Samy Hale
VERFLUCHTES BLUT
ANGEL

Samy Hale

VERFLUCHTES BLUT

ANGEL

Eisermann Verlag

Verfluchtes Blut – Angel

Taschenbuchausgabe 1. Auflage 01/2018
Copyright ©2018 by Eisermann Verlag, Tobias Eisermann, Bremen
Printed in Poland 2018
Umschlaggestaltung: Juliane Schneeweiß
Satz: André Piotrowski
Lektorat: Cara Rogaschewski
Korrektur: Larissa Moritz

http://www.Eisermann-Verlag.de
ISBN: 978-3-96173-079-7

Kapitel 1

Arcors Sicht – Untergrund

Ein kleines Wesen von zarter Gestalt versteckte sich in den Schatten der Häuser, musterte mit kläglichem Blick die Umgebung, um festzustellen, dass es sich in Sicherheit befand. Es beugte sich nach hinten, flüsterte seiner Gefährtin etwas ins Ohr, bevor beide zurücktraten. Zwei rote Augenpaare durchstießen die Dunkelheit, als sie schließlich darin verschwanden.

Besorgnis kroch durch meinen Körper.

Ich wandte den Blick ab, richtete ihn auf den Rest meiner Umgebung – es gab sonst niemanden, der sich momentan an so einem Ort aufhielt. Mit gespitzten Ohren und einem aufmerksamen Blick huschte ich wie ein Schatten auf die andere Straßenseite, suchte Schutz in einer dunklen Ecke der Gasse, in der sich vor wenigen Sekunden noch die Mädchen versteckt gehalten hatten. Ungesehen, ja, fast unsichtbar, durchschritt ich die düstere Nacht, hoffend, bald den Ort zu erreichen, dessen Geschehen bereits bis zur Menschenwelt vorgedrungen war.

Ich befand mich in einer kleinen Stadt südlich der großen Mauer, die das Königreich Liliths umschlungen hielt. Cósanya nannte man diese Region, oder auch die Stadt des Verfalls, ein Ort umgeben von Ruinen.

Winzige Regentropfen fielen wie gläserne Perlen vom Himmel. Sie verwandelten die Wege in ein schlammiges Geläuf und prasselten lautstark gegen die schmutzigen Fensterscheiben. Die Nässe zog sich durch den dicken Stoff meines Mantels. Mürrisch – ich verabscheute Regen, obwohl er doch so wohltuende Dinge für die Natur tat – zog ich mir die Kapuze tiefer ins Gesicht und ignorierte die vereinzelten Tropfen, die an meinem Gesicht hinunterwanderten. Sie bahnten sich ihren Weg in ineinander verschlungenen Rinnsalen an meinem Hals entlang.

Mit einem mulmigen Gefühl in der Magengrube spähte ich um die Ecke des Gebäudes, suchte nach hungrigen Vampiren oder angriffslustigen Dämonen, doch das Schauspiel, das sich einige Hundert Meter vor mir abspielte, zog die gesamte Aufmerksamkeit auf sich. Allerhand Wesen sammelten sich dort, grölten oder verfielen mit geschärften Krallen einer Auseinandersetzung.

Abseits der aufdringlichen Masse erblickte ich einen Werwolf. Er drückte seine Klauen in den Boden, schnaufte gefährlich und hinterließ einen weißen Nebel um seine Schnauze herum. Daneben lehnte eine Dämonin an der Wand. Tätowierungen bedeckten ihre gesamte Gestalt, auch die kleinen Hörner – sie lugten auffällig unter ihrem hellen Haar hervor – erkannte man sofort.

Dämonen jeglicher Herkunft lauerten in den verschiedensten Ecken, Ghule tarnten sich mithilfe des Schlamms. Selbst eine Sirene versteckte sich auf einem der Dächer, obwohl diese Rasse das Festland doch mied, sich eher zu den Küsten hingezogen fühlte.

Obwohl die meisten sich versteckt hielten, strahlte jeder von ihnen etwas Bedrohliches aus. Hier war es nicht sicher. Weder für mich noch für Ihresgleichen.

Das Licht einer einzigen Laterne – das grelle Leuchten flackerte bereits gefährlich – bot mir eine gute Sicht, ließ die scharfen Reißzähne in der Dunkelheit funkeln.

Mit kalten, zittrigen Fingern zog ich meine alte Taschenuhr aus der Manteltasche, starrte auf den kleinen Zeiger, der auf der Zwei verharrte. Ich wusste, dass ich nicht noch länger warten konnte.

Also zog ich meine schwarzen Stiefel aus dem Matsch – der Schlamm fesselte den Schuh wie Ketten einen Strafgefangenen – und näherte mich dem Geschehen, in der Hoffnung, unentdeckt zu bleiben.

Je näher ich kam, desto glitschiger wurde der Boden, zeigte mir deutlich, wie viele Personen hier bereits vorbeigegangen sein mussten. Es erleichterte meine Schritte etwas, ich würde nicht ständig meine Füße aus der festen Masse ziehen müssen. Trotzdem lief ich Gefahr, auszurutschen, und dadurch meine Tarnung zu verlieren.

Deswegen bewegte ich mich langsam fort, um keinerlei Aufmerksamkeit zu erregen und in den Augen der anderen unwichtig zu erscheinen.

Das Gerede der übernatürlichen Wesen schallte durch die Straßen, hallte und verfing sich in meinem Verstand, wo ich es auseinanderzuhalten versuchte. Sofort kam mir in den Sinn, mir einige von diesen Gesprächen einzuprägen, ihre Worte zu entschlüsseln, doch stattdessen ließ ich die Stimmen miteinander verschmelzen, um den Lauten zu entkommen, die ein grässliches Piepen in meinen Ohren hinterließen.

Ich hasste den Untergrund, verachtete das Zuhause der Dämonen und Vampire, die Geburtsstätte aller Werwölfe und Banshees. Meine Welt befand sich auf der Erde, ruhte in jeder einzelnen Blume, die im Sonnenlicht ihre Blüten entfaltete und Schönheit präsentierte. So etwas gab es an diesem Ort nicht, dessen Größe der der Menschenwelt glich. Hier lebte man für Tod und Verderben, geboren, um zu kämpfen und Familien zu verteidigen. Frieden gab es keinen – würde hier wahrscheinlich niemals herrschen. Dazu gab es zu viel Böses, das sich sofort auf Liliths Seite schlug, sollte die Herrscherin aus ihrem grausamen Schlaf erwachen.

Bosheit regierte diese Welt und der Thron gehörte demjenigen, der zum Meucheln geboren wurde, die Hände benetzt mit dem Blut Unschuldiger. Der Versuch, mit diesem Abschaum zivilisiert umzugehen, würde scheitern, sodass man sich bereits von vornherein sicher sein konnte, dass jemand, der dieses Ziel verfolgte, nicht lange an der Macht bleiben würde.

Regeln gab es in dieser Welt nur an den wenigsten Orten. Natürlich gab es Monster, deren Hauptanliegen nicht das Töten anderer *Menschen* war, doch diese überlebten nicht lange, entschlossen sie sich, diesem Weg zu folgen. Niemand von ihnen, hier zählten nur die Stärke und die ausgebauten Fähigkeiten im Kampf. Bei einem Angriff konnten wohlgemeinte Worte niemanden retten, denn hier siegte die Kraft, nicht der Verstand.

Deshalb verachtete ich dieses Volk von Dieben, Mördern und Vergewaltigern.

Nicht einmal vor mir, dem hochrangigsten Mitglied des Rates

der vier Kreise, würden sie haltmachen, weswegen ich mich in den Schatten bewegte und mein Gesicht unter einer Kapuze verbarg.

Diese Monster zollten dem Rat keinerlei Respekt, behandelten uns wie Frischfleisch, etwas, das man vernichten musste. Unsere Anwesenheit konnte an keinem Ort unerwünschter sein, denn die Regeln, die wir aufstellten, galten in dieser Welt nicht. Nur das königliche Geschlecht war in der Lage, diesem Blutbad ein Ende zu bereiten und die Kontrolle zu übernehmen. Selbst die Engel, die zu den mächtigsten Geschöpfen zählten, taten sich in dieser Welt schwer, denn niemand hegte auch nur ein Fünkchen positiver Gefühle für sie.

Im Gegensatz zu den gefallenen Engeln, die hier wahrlich willkommen waren und deren Nähe jeder freudig suchte.

Bei diesem Gedanken schäumte ich sonst vor Wut, hielt den Ärger jetzt jedoch zurück, um nicht aufzufallen und womöglich meinen Frust an dem nächstbesten Dämon auszulassen.

So etwas tat man in einer Vorbildfunktion und als Ratsmitglied nicht.

So etwas sollte generell niemand tun, ob Vorbild oder nicht.

Der Regenguss verstärkte sich, zog durch meinen Mantel und sickerte in meinen Pullover. Die Feuchtigkeit rieb unangenehm über meine Arme. Eine Gänsehaut überfuhr meinen Körper, doch ich versuchte, sie auszublenden.

Ich näherte mich dem Geschehen, stoppte jedoch hinter einem stark gestikulierenden Dämon. Er fluchte über einen Vampir in seiner Muttersprache, die der Blutsauger nicht zu übersetzen wusste. Dieser stand lässig daneben und versuchte, den Worten des anderen keine Beachtung zu schenken. Auch die tätowierte Dämonin flüsterte in der Sprache der Toten, packte einen Gestaltwandler am Arm und zerrte ihn grob mit sich.

»Friss sie!«, brüllte ein Ghul dem Werwolf zu, der dessen Ruf zähnefletschend quittierte.

Zwei Vampire lachten heiser auf, als sich ihre Blicke auf die Leichen richteten, um die herum sich die Schaulustigen drängten.

Diese perversen Schweine, fluchte ich innerlich. *Ergötzen sich am Ableben anderer.*

Niemand zeigte Trauer, Mitgefühl oder gar Bedauern. Sie schämten sich nicht einmal dafür, dass sie sich in einer regnerischen Nacht zwischen den Gebäuden tummelten und Tote beobachteten, deren Mörder bereits verschwunden war. Nein, es wurden Späße gemacht, das Vorgefallene ins Lächerliche gezogen.

»Er hätte das Geld bezahlen sollen«, kicherte ein schmächtiger Blutsauger, dessen Grinsen sich breit durch sein Gesicht zog. »Man legt sich eben nicht mit den Kriegern an, fertig.«

»Den Kriegern? Nennen sie sich so?«, erkundigte sich sein Partner, der dem Ganzen offenbar skeptisch gegenüberstand. »Das ist ein äußerst lächerlicher Name.«

Sein Gegenüber grunzte, was wohl ein Lachen darstellen sollte, bevor er sich umsah.

»Sag das lieber nicht zu laut, sonst bist du der Nächste.«

Seine roten Augen weiteten sich, bevor er nach hinten trat und fest gegen die Brust eines Sukkubus stieß, der seine Krallen tief in seinem Magen versenkte.

Die junge Frau beschimpfte ihn, stieß ihn ohne Reue zu Boden und leckte sich das schwarze Blut von den Krallen.

Ihre Begleitung lachte, als man dem Vampir half, sich aufzurichten, der im nächsten Moment mit seinem Freund verschwand.

Wie sehr ich dieses Volk verachtete, das das Verlangen in mir auslöste, jedem von ihnen den Tod zu bescheren. So, wie diese Monster es gegenseitig taten.

Still, hoffentlich unauffällig, trat ich an dem Sukkubus vorbei, quetschte mich durch die breite Masse, bis ich schließlich vor dem Massaker hielt. Ihr tragischer Tod war noch nicht allzu lange her, was man deutlich an den Körpern erkennen konnte. Blut besudelte den feuchten, hässlichen Untergrund, ihre Kleidung war zerrissen, zeigte sie, wie *Gott* sie geschaffen hatte – vollkommen nackt. Selbst die Glieder hatte man durchtrennt. Derjenige, der dies getan hatte, handelte unkontrolliert und mit einer unfassbaren Wut.

Es konnte unmöglich das Werk der Gefolgsleute Liliths sein.

Solch einen Hass verspürten ihre Untertanen nicht. Außerdem würde es Lilith nicht gutheißen, wenn man ihre Sklaven tötete.

Doch wer, zum Teufel noch mal, war dann für dieses Schlamassel verantwortlich?

Nachdenklich betrachtete ich die Toten, musterte die Zerstückelungen und die Teile des Körpers, die unversehrt geblieben waren. Dabei handelte es sich um die Handflächen und Oberschenkel. Alles andere wurde von Wunden bedeckt, ja selbst die Gesichter waren verunstaltet.

Gleichgültigkeit übermannte mich, als ich die verstümmelten Leiber erblickte. Ich lebte nun schon seit etlichen Jahrhunderten, hatte bereits Schlimmeres erfahren als das. Obwohl ich dieses Desinteresse an ihrem Tod verspürte, begann etwas in meiner Brust zu schmerzen. Mir wurde schlecht. Auf einmal verspürte ich den Drang, meinen Blick von ihnen abzuwenden.

Bis mir plötzlich etwas ins Auge stach, was für mich wie ein Muster aussah. Mit einem Mal erkannte ich es an den brutalen Verletzungen. Meine Hexersinne schlugen Alarm. Doch mir erschloss sich nicht, was es bedeutete, und ohne Magie, die zeigen könnte, wo der Mörder die Waffe zuerst angesetzt hatte, kam ich hier nicht weiter.

Unauffällig sah ich mich um, suchte nach Monstern, die mich sehen und entblößen könnten, doch niemand schien mich wahrzunehmen. Stattdessen starrten sie auf die beiden Dämonen, ein Mann und eine Frau. Sie lachten über die brutale Kastration des Mannes und suhlten sich in dem Blut, all dem Hass, den man hier vorfand.

So ein schrecklich erbärmliches Volk! Ich verzog angewidert das Gesicht.

Nervosität stieg in mir auf, vermischte sich auf meiner Zunge mit dem Geschmack der Galle, bevor ich langsam den Handschuh von meiner rechten Hand zog. Das Leder knirschte, als ich ihn in meiner Manteltasche verschwinden ließ. Anschließend streckte ich alle fünf Finger auseinander, richtete sie unauffällig auf die beiden Toten.

Mir war bewusst, dass diese Kraft nicht unentdeckt bleiben würde, doch dieses Risiko nahm ich in Kauf.

Meine Aufgabe bestand darin, Unschuldigen das Leben zu retten und ihnen Frieden zu schenken. Auch wenn der Rat im Untergrund keinerlei Rechte besaß, wollte ich diese Personen nicht ungeschützt lassen. Es gab Missgestalten sowie Böses, das man bekämpfen musste, doch selbst hier – wenn auch sehr, sehr selten – gab es Personen, die Hilfe benötigten. Und diese würde ich ihnen nicht verwehren. Selbst wenn es mich mein Leben kosten sollte.

Ich spürte die Magie, die wie eine Droge durch meinen Körper schoss und sich in meiner Hand sammelte, dort ein angenehmes Kribbeln hinterließ. Ich benötigte all meine Konzentration, um in diesem wunderbar ansteigenden Gefühl nicht einfach genussvoll die Augen zu schließen.

Ein leises, wohliges Seufzen entfloh mir, als meine Magie ihren Höhepunkt erreichte, sich gleichzeitig in die toten Körper schlich, um mir das grausame Schauspiel zu präsentieren.

Mir wurde schwindlig – meine Iriden veränderten sich zu einer weißen, klaren Fläche, so, wie sie es immer bei dieser Art von Magie taten, mein Magen rebellierte, doch ich kämpfte gegen den Brechreiz an. Widerliche, grausame Bilder schossen durch meinen Kopf, zeigten mir die Ermordung des Dämonenpärchens.

Ich erkannte eine Hand. Sie umfasste den Schaft eines Katanas, schwang es wie ein einfaches Messer, das sich gegen die Opfer richtete und dessen Spitze in das Fleisch des Mannes drang. Sein verzweifelter Schrei hallte durch die stille Nacht.

Der Mörder zeichnete etwas in seine Brust, eine Art Stern, was ich jedoch nicht richtig erkennen konnte. Die Frau kreischte, flehte panisch um das Leben ihres Geliebten.

»Ich habe einen Sohn«, brüllte sie mit kratziger Stimme. *»Verschone mich, bitte!«*

Doch die Person, die die Waffe voller Leichtigkeit schwang, interessiert das Leben des Kindes nicht. Man sah, wie sich der Körper des Fremden entspannte, zu wippen begann. Er lachte.

Die Frau wusste binnen weniger Sekunden, dass er sie nicht gehen lassen würde. Sie warf ihrem Gatten einen verzweifelten Blick zu, bevor sie sich von der Untat abwandte und die Flucht ergriff. Doch der Psychopath erriet ihren Gedanken, durchtrennte mit einem sauberen, einfachen Schnitt ihr Bein. Die schluchzende Mutter fiel.

Keuchend zwang ich mich, meine Augen offen zu halten, das Geschehen weiter mit anzusehen. Ich erkannte dieses Muster, wusste, dass dieses Pärchen nicht sein erstes Opfer gewesen war. Nein, Erinnerungen an vier weitere Morde sammelten sich in meinem Verstand, befahlen mir, mich sofort von hier zu entfernen und das Weite zu suchen. Doch ich konnte nicht.

Nicht, solange ich den Rat der Hexer vertrat.

»Pass doch auf, Arschloch!«, fauchte ein Mann, als er gegen mich stieß.

Seine Hand streifte die meine, ließ mich erschrocken aufschreien. Magie floss durch uns hindurch, sammelte sich auch in dem Fremden. Erinnerungen schäumten über, zeigten mir Millionen von Bildern. In meinem Schädel pochte es.

Ich erblickte blutrote Kirschbäume, tote Körper umhüllt von fleischlosen Knochen. Männer standen um ein meterhohes Feuer herum, musterten die nackte Frau, die darin stand. Schreiend. Sterbend.

Der Brechreiz verschlimmerte sich, als ich es endlich schaffte, mich von ihm zu lösen. Ich taumelte nach vorn, hielt mir angestrengt den Kopf, dessen Schmerzen unerträglich wurden. Meine Augen normalisierten sich, nahmen ihr vertrautes Blau an, als man mich grob zu Boden stieß.

Keuchend landete ich im Matsch, schüttelte benommen mein Haupt und versuchte mich vergebens wieder aufzurichten.

Lachen, das zuvor noch die Nacht durchschnitten hatte, erstarb. Schluckend blickte ich hinter mich, bemerkte zu spät, dass meine Kapuze mir keinen Schutz mehr bot, mein Gesicht offenlegte.

»Ein Hexer!«, brüllte der Sukkubus, starrte mich mit großen, purpurnen Augen an. »Tötet ihn!«

Plötzlich verlief alles unglaublich schnell.

Bevor ich überhaupt realisieren konnte, was geschah, stürmten Dutzende übernatürliche Wesen auf mich zu. Mit geschärften Krallen und erhobenen Fäusten jagten sie mich. Ich schaffte es, mich auf die Seite zu rollen und der ersten Welle zu entkommen, doch sie ließen keinen Ausweg zu. Ohne wirklich über eine andere Möglichkeit nachzudenken, warfen sie sich ein zweites Mal auf mich. Wut und Hass funkelten in ihren Augen, als sie ihre Zähne entblößten und mit erhobenen, spitzen Klauen nach mir schnappten.

Schluckend erstarrte ich für einen Moment, während ich realisierte, dass mich die Anwendung dieser bestimmten Magie mehr mitgenommen hatte, als ich zugeben wollte.

Ein zweites Mal schaffte ich es, mich zu erheben. Ich wusste, dass kämpfen keinen Sinn machen würde. Wenn wir in der Menschenwelt gewesen wären, hätte ich mit einem Sieg rechnen können. Doch hier befand sich meine Macht auf einem Level, das von einem gut trainierten Kämpfer überschritten werden konnte. Ich musste von hier verschwinden – auf der Stelle!

Ein lautes, angestrengtes Keuchen entfloh mir, als ich beim Aufstehen erneut in den Schlamm sank. Es kostete mich eine unglaubliche Anstrengung, mich noch einmal zu erheben und einen Fuß vor den anderen zu setzen. So schnell ich konnte – der Matsch machte es mir unmöglich, schnell zu rennen, ohne den Halt zu verlieren –, raste ich die Straße entlang, wissend, die Verfolger nicht einfach abhängen zu können.

Sie kannten diese Welt in- und auswendig. Ich hingegen, jemand, der sich nur hier aufhielt, wenn es wirklich sein musste, wusste nicht einmal, wohin die nächste Gasse führte. Doch einen Vorteil besaß ich, schließlich wusste ich von einem Portal in die Menschenwelt, das vor den anderen verborgen in den Schatten lag. Dieses Portal würde nur mir dienen, jedem anderen das Betreten verwehren.

So schnell ich konnte, bog ich in die nächste Gasse, hörte, wie meine Verfolger im Dreck versanken. Doch mir blieb keine Zeit, mich darüber zu freuen. Stattdessen beschleunigte ich meine Schritte, sprang über die kleinen, kniehohen Ruinen eines Gebäudes. Wärme breiteten sich in mir aus, so angenehm wie die Flammen eines Feuers, als ich das helle Schimmern wahrnahm: den Durchgang in eine vollkommen andere Welt. Ich raste darauf zu, plötzlich blieb mir die Luft weg. Ich streckte meine Hand danach aus, wissend, dass ich es nur zu berühren brauchte.

Es waren nur noch wenige Zentimeter!

Da umfasste der Schweif eines Sukkubus meinen Fuß und schleuderte mich nach hinten, weg vom Portal. Ein unterdrückter Schrei entwich meiner Kehle, als ich hart gegen die Ruine schlug und wie ein Stein auf dem Boden landete. Meine linke Seite schmerzte, meine Rippen waren gebrochen – eine Wunde, die durch meine Unsterblichkeit jedoch ohne Weiteres verheilen würde.

»Tu es! Vernichte den Verräter.«

Bevor ich die Worte wahrhaftig realisierte, packte mich jemand am Mantel und zog mich in die Luft. Im nächsten Moment spürte ich scharfe Zähne, die sich wie Messerklingen in meine Schulter bohrten. Erneut schrie ich – dieses Mal jedoch lauter, gequälter.

Mir wurde schwarz vor Augen, doch das Licht kämpfte gegen die Dunkelheit an, sodass ich bei Bewusstsein blieb. Derjenige, der mich gebissen hatte, spuckte verächtlich zu Boden.

Schallendes Gelächter brach aus.

»Sieh dir das an! Und dieses *Ding* soll die Menschenwelt verteidigen. So jemand stellt Regeln auf. Dass ich nicht lache!«, grunzte eine Frau. »Er ist eine Schande für alle übernatürlichen Wesen!«

»Oh, siehst du das so?«, kicherte ein anderer. »Ich finde, er gehört nicht einmal zu uns. Er ähnelt viel zu sehr der unteren Nahrungskette, wenn du verstehst.«

Sie gackerten wie wild gewordene Teenager, traten mich, bohrten ihre Krallen in mein Fleisch.

Doch ich verspürte keinerlei Schmerzen. Der Biss setzte mich unter Storm, brachte meinen Körper dazu, sich der Schwerelosigkeit hinzugeben und die Pein von sich zu stoßen.

Dennoch fühlte ich mich nicht gut, eher betäubt, wie ein wildes Tier, dessen Fell die Jäger für sich gewinnen wollten.

»Tötet ihn endlich«, brüllte ein Mann mit dunkler Stimme. »Setzen wir dem Rat ein Zeichen!«

Ich konnte nichts sehen, Nebel bedeckte meine Sicht, ließ nicht einmal zu, dass ich meinem Mörder in die Augen blickte.

Die Geräusche von fallendem Regen und schweren, lauten Schritten hallten in meinem Verstand wider, erweckten ein weiteres Mal

Brechreiz in meinem Magen, dem ich dieses Mal nachgab. Ich beugte mich zur Seite und übergab mich, bis ich mich noch schlechter fühlte als zuvor.

Das Gelächter wurde lauter, gehässiger.

Auf einmal umfasste mich ein angenehmes, warmes Gefühl. Ein Wall, gefüllt von wunderbarer Magie, umschloss meinen verletzten Körper und stieß den Feind von mir. Ich erkannte das helle, blaue Schimmern, die Kuppel, die sich um mich gelegt hatte.

Die Laute der Wesen erstarben, als sich jemand Neues näherte. Ich erkannte ihren Duft, obwohl der Regen ihn zu verwischen drohte.

Meine geliebte Karda.

»Ihr werdet ihn nicht mehr anrühren, habt ihr verstanden? Wenn ihr weiterhin gegen die Regeln verstoßt, werdet ihr mit einer angemessenen Strafe rechnen müssen! Geht nun! Los, verschwindet!«

Scham überflutete meinen gebrochenen Körper, ließ mein Herz mit gewaltiger Wucht gegen meinen Brustkasten donnern. Ich verlangte danach, aufzustehen und diesen Widerlingen die Schädel von den Schultern zu reißen, mich vor meiner Frau zu behaupten, doch ich schaffte es nicht einmal, einen Finger zu heben.

Ich spürte, dass die Wesen nicht verschwinden wollten. Sie zollten Karda ebenso wenig Respekt wie mir, doch der Schutzwall, den meine Frau erschaffen hatte, hielt sie von uns fern. Sie wusste ebenso gut wie ich, dass sie allein keine Chance besaß.

Sanft berührte Karda meine Wange, nahm mein Gesicht in ihre zarten Hände. Zu gerne würde ich ihr nun in die wunderschönen, goldenen Augen blicken, ihr sagen, wie gut es mir doch ginge, was ich jedoch nicht konnte.

»Diese Barbaren«, fauchte Karda leise, verschränkte unsere Hände miteinander. Scharf zog sie die Luft ein, als ihre Finger vorsichtig über die Bisswunde strichen. Karda fluchte. »Verdammt, Gift! Ich muss dich sofort von hier wegschaffen.«

Die Biester wollten nicht aufgeben, warfen sich mit voller Wucht gegen den Wall, der ihren Attacken jedoch standhielt. Bei jedem Stoß leuchtete unser Schutz bläulich auf. Obwohl keinerlei Risse entstanden, die zeigten, dass ihre Brutalität Funken schlug, warfen sie sich weiterhin dagegen. Karda war eine talentierte, starke Hexe und niemand – wirklich niemand! – würde es jemals schaffen, eine ihrer Barrieren zu durchbrechen.

Ihre rosigen Lippen legten sich auf meine Hand. Obwohl ich die Berührung kaum spürte, erschauderte mein Körper. Er schien die Taubheit in ihrer Nähe zu vergessen.

Mit einem verschwommenen Blick sah ich sie an, erkannte ihre kurzen, blonden Haare, die ihr durch die Nässe im Gesicht klebten.

»Ich bringe dich zu einem Heiler, Liebster. Er wird sich um dich kümmern.«

Die Magie um uns herum verstärkte sich, knisterte in der Luft und erschuf ein elektrisierendes Gefühl. Mit einem Mal verschwanden die angriffslustigen Stimmen, es herrschte absolute Stille. Karda hatte ihre Fähigkeiten genutzt, um uns aus dem Untergrund zu befreien.

Ich roch die süße Luft, die es nur im Schloss gab, das die Hexer ihr Zuhause nannten.

Sonnenstrahlen bedeckten meinen schwachen Körper, zauberten mir ein sanftes Lächeln auf die Lippen. Ich fühlte mich in Sicherheit, geborgen in den Armen meiner Geliebten.

Türen wurden aufgestoßen und Schritte donnerten über den steinigen Weg.

»Was ist geschehen?«, keuchte eine Frau erschrocken. Jupiter.

»Wir brauchen sofort ärztliche Versorgung! Er wurde gebissen.« Karda.

»Schaffe ihn hinein! Ich werde den Heiler herbeirufen, er wird sein Leben retten.« Ilex.

Ich hörte, wie sich der Rest des Rates näherte, andere verschwanden wieder. Die großen Flügeltüren des Schlosses donnerten laut, als die Hexer mich meiner Geliebten abnahmen und sich meine Wunden besahen. Sie fluchten, sprachen aufgebrachte Worte.

Ich nahm vereinzelt die Gesellschaft meiner Freunde wahr, spürte kaum, wie mich jemand auf eine Trage legte und von diesem schönen, warmen Ort davontrug. Dunkelheit nistete sich in meinem Herzen ein, umschlang gleichzeitig meinen Verstand.

Plötzlich, von einer Sekunde auf die andere, löste sich die Taubheit und ließ den Schmerz frei. Er umfasste mich wie eine Welle, wild und erbarmungslos.

Ich bäumte mich auf und brüllte, bis ich das Bewusstsein verlor.

Kapitel 2

Zweieinhalb Jahre

Als Angel das tanzende Paar erblickte, leuchteten ihre Augen wie am jährlichen Weihnachtsabend. Sie packte die Hand ihrer liebreizenden Mutter, zog sich auf die Beine und stand nun wacklig da, geblendet von der Schönheit der Tänzer. Sie musterte die beiden. Ihr Mund stand offen, als sie mit der freien Hand nach ihnen griff, einen Fuß vor den anderen setzte.

Die Musik verzauberte Angel, ließ sie in eine Welt gleiten, die sie zuvor nicht gekannt hatte. Ihr kleines, aufrichtiges Herz schlug hart gegen ihren Brustkorb, als das Pärchen sich voneinander löste. Sie teilten einen sinnlichen Kuss, bevor sie sich dem Publikum zuwandten und eine Verbeugung andeuteten.

Angels Quietschen zauberte ihrer Mutter ein Lächeln ins Gesicht, wurde gleichzeitig jedoch von der Frau vernommen, die das Mädchen zuvor in ihren Bann gezogen hatte. Auch sie begann zu strahlen und kam dem Kind immer näher.

Angel schluckte nervös. Schließlich sprang sie immer wieder ungeduldig von einem Fuß auf den anderen.

Michelle, so nannte Angels Mutter die tanzende Schönheit, lächelte ihre Bekannte an und reichte deren Tochter ihre manikürten Finger. Zuerst glitt der Blick des kleinen Mädchens zu ihrer Mutter, die ihr einverstanden zunickte. Also griff sie nach der freien Hand, um sich auf die Tanzfläche ziehen zu lassen.

Man musste kein Hellseher sein, um zu erkennen, wie viel Freude Angel das Tanzen bereitete. Obwohl sie gerade erst das Laufen erlernt hatte, stellte sich heraus, dass sie eine Begabung besaß, die nur wenigen zuteilwurde. Ihre Bewegungen ähnelten einem Pfau – grazil und voller Eleganz. Michelle war nicht die erste Person, die diese Besonderheit in dem Kind erkannte, doch die Person, die ihr zeigte, wie man sie auslebte.

Zusammen glitten sie über das Parkett, als wären sie dafür geboren worden.

Irgendwann setzte die Musik aus und Applaus hallte durch den Saal. Angel leuchtete über das ganze Gesicht, bemerkte erst jetzt, dass das Klatschen ihr und Michelle galt. Ihre Gefühle überschlugen sich, verwandelten sich in wunderschöne Schmetterlinge, deren Flügelschläge in ihr kitzelten.

Noch am selben Abend kaufte ihre Mutter Angel neue, wunderschöne Tanzschuhe, die das Mädchen in Ehren halten würde. Noch nie war sie glücklicher gewesen.

Drei Jahre

Für Angel schien jeden Tag die Sonne, vor der sie ihre neuen Tanzschritte präsentierte und ihre Nachbarn zum Applaudieren brachte. So oft sie durfte, trug sie ihre rosa Tanzschuhe, zeigte ihr Können allen Schaulustigen und liebte die Komplimente, die man ihr entgegenbrachte.

An ihrem dritten Geburtstag schlichen sich zum ersten Mal Träume in ihren Verstand, die ihr eine Zukunft voller Musik und zauberhafter Tänze zeigten. Grund dafür war das Geschenk ihrer Eltern, das sie mit Freuden entgegengenommen hatte. Karten fürs Ballett.

Zuvor hatte sie so ein Meisterwerk nur im Fernsehen gesehen oder auf Bildern, was ihr so unwirklich vorgekommen war. Nun erfüllte sich ihr sehnlichster Wunsch – sie durfte Schwanensee miterleben. Die Geschichte dahinter verstand Angel nicht, was sie jedoch nicht sonderlich störte. Alles, was sie wollte, war, den schönen Klängen zu lauschen und die Schritte zu beobachten, die sie nicht beherrschte.

Obwohl der Abend wundervoll verlief, Angel konnte ihr Glück kaum fassen, verspürte sie Neid. Sie wollte sich ebenso wundervoll bewegen. Das Ballett verzauberte sie so sehr, dass sie ihre vorigen Schritte, die Tänze zu den schnellen Klängen, beiseiteschob. Sie wollte ein Schwan sein, weswegen sie ihre Mutter um Tanzstunden bat.

Es dauerte nur zwei Tage, bis ihr Wunsch in Erfüllung ging.

Viereinhalb Jahre

Angels Talent zeigte sich deutlich, als sie den ersten Tanzwettbe-
werb gewann. Mit feuchten Augen stand sie auf der Bühne und
drückte die kleine Trophäe an ihre Brust, in der ihr Herz laut und
schnell pochte. Der verträumte Blick glitt zu ihrer Mutter und zu
ihrem Vater, die in der ersten Reihe saßen und ihr hunderte Küsse
zuwarfen. Freudentränen kullerten über die Wangen ihrer Eltern
und Angel wusste, wie stolz die beiden auf sie waren.

Als sie die Bühne endlich verlassen durfte, rannte sie schnur-
stracks auf ihre Mutter zu, um sich in ihre Arme zu werfen. Angels Dad küsste ihren Kopf, während er mit zittrigen Händen die
Kamera hielt, mit der er den großen Auftritt seiner Tochter aufgenommen hatte. Diese Erinnerung würde er sicher stets in Ehren
halten.

Angel wurde von allen Seiten beglückwünscht. Jeder wollte mit
ihr sprechen, selbst die eifersüchtige Amy, die ebenfalls am Wettbewerb teilgenommen hatte. Die beiden Kinder umarmten sich,
lachten und kuschelten miteinander.

Angel wusste, dass so ein Preis etwas Schönes war, doch die
Aufmerksamkeit, die sie durch den Sieg erhielt, gefiel ihr fast noch
besser. Sie wollte, dass die Menschen wegen ihr erschienen, nur,
um ihr beim Tanzen zuzuschauen. Angel war sich bewusst, dass
Tanzen glücklich machte, weswegen sie versuchte, damit auch
andere zum Lächeln zu bringen. Sie wollte Gutes tun, wenn auch
auf eine vollkommen andere Weise.

Auch beim nächsten Wettbewerb schaffte sie es, die Jury von sich
zu überzeugen. Und als Angel in die vielen lachenden Gesichter
sah, wusste sie, dass es die richtige Entscheidung gewesen war.

Fünfeinhalb Jahre

Angel gewann Preise, sobald sie nur eine Bühne betrat und einen
Fuß vor den anderen setzte. Sobald sie ihre Augen schloss und
sich zur Musik bewegte, schien die Welt stillzustehen. Der Fun-
ke sprang über, egal ob ihr ein Fehler unterlief, oder ob sie ihre

Performance perfekt ausführte. Angel war der Star des Kinderballetts, ein Mädchen, von der man Großes erwartete.

Es wurde bereits spekuliert, andere schworen, dass Angel den Sprung zum echten Stern am Balletthimmel schaffen würde. Menschen sahen sie bereits auf einer großen Bühne, im Kostüm des schwarzen Schwans.

Angel hingegen dachte nicht an einen derart großen Auftritt. Im Gegenteil, sie tanzte, weil es ihr Spaß bereitete. Die Idee, andere damit glücklich zu machen, verfolgte sie noch immer, doch nun konzentrierte sie sich mehr auf das, woran sie Gefallen fand.

Schließlich nahm sie Geigenunterricht, wobei sie das Ballett nicht vernachlässigte, wie ihre Eltern es erwartet hatten. Zusammen mit ihrem Vater entwarf sie einen Zeitplan.

Als sie jedoch entschied, auch in dieser Kategorie bei einem Wettbewerb anzutreten, und haushoch verlor, schwand das Interesse an der Geige. Angel ertrug das aufmunternde Lächeln ihrer Mutter nicht, da sie das Strahlen in ihren Augen doch so unbeschreiblich liebte. Kaum war der Abend des Wettstreites beendet gewesen, wandte Angel sich wieder dem Tanz zu, der ihre Trauer aus dem aufrichtigen Herzchen verdrängte.

Doch weil sie noch immer ein Kind war, verschwand die Niederlage wieder, und alles, was zählte, waren ihre rosa Tanzschuhe.

Sechs Jahre

Angels blonde Haare klebten an ihrem Gesicht, niedergedrückt vom prasselnden Regen, der sie, Matt und ihre Freundinnen jedoch nicht daran hinderte, im Garten herumzutollen. Sie genossen es, im Schlamm hin und her zu springen und sich gegenseitig damit zu bewerfen.

An diesem regnerischen, dunklen Tag sollten sie und ihre Freundinnen eigentlich in Angels Zimmer sitzen und mit ihren geliebten Puppen spielen.

Doch Matt, der Nachbarsjunge, hatte ihre gesamte Aufmerksamkeit auf sich gezogen, als er mit seinen roten Gummistiefeln lachend in eine Pfütze sprang, als sie ihm vom Fenster aus zugesehen hatten. Mit einem Winken hatte er sie aufgefordert, herauszukommen.

Obwohl Angels Mutter ihnen das Spielen im Regen verboten hatte, waren sie, eingepackt in Regenjacken und Gummistiefeln, durch die Hintertür nach draußen geschlichen.

Matt warf einen Ball vor Angels Füße, wobei er sie auffordernd angrinste.

Ein Spiel entbrannte, das daraus bestand, den Ball so zu schießen, dass der andere ihn nicht erreichen konnte. Dabei rutschten sie aus und fielen in den Matsch.

Sie kicherten, lachten und bewarfen sich mit Dreck, als Matt den Ball plötzlich Richtung Straße schoss.

Angel hastete keuchend dem Ball hinterher, damit er nicht auf die Fahrbahn rollte.

Matt und ihre Freundinnen jubelten, warfen die Hände über den Kopf. Bis Melissa vor Lachen taumelte und in eine Pfütze stolperte. Die Rufe verhallten, doch dann brachen sie erneut in schallendes Gelächter aus. So sehr, dass ihre Bäuche zu schmerzen begannen.

Angel schloss ihre Augen, während sie die Hände gegen die Hüfte drückte, den stechenden Schmerz auszublenden versuchte.

Plötzlich schnitt ein lautes Hupen durch den Regen.

Alles was Angel erblickte, waren zwei helle Lichter, die sich in ihren Verstand brannten und sie schließlich in eine gewaltige Dunkelheit rissen.

Sieben Jahre

Angel konnte sich an den Unfall nicht mehr erinnern, sah vor ihrem geistigen Auge nur zwei funkelnde Lichter, die schnell auf sie zu rasten. Trotzdem fühlte sie keine Furcht.

Tapfer nannten sie die Ärzte.

Ihre Mutter hatte sie weinend in die Arme genommen, als Angel nach einer langen Ohnmacht die Augen geöffnet hatte.

Als Angel in dem Bett in dem weißen Raum ohne Farben gelegen hatte, waren ihr die Erinnerungen an ihre Auftritte durch den Kopf geschossen und sie wollte wieder das Gefühl verspüren, wenn sie einen Tanz beendete und Applaus durch den Saal brandete.

»Ich will aufstehen und tanzen«, waren die ersten krächzenden Worte gewesen, die sie zustande brachte.

Worte, die ihre Mutter erneut in Tränen ausbrechen ließen. Angel hatte ihre Reaktion nicht verstanden, da sie doch wusste, dass ihre Mutter ihre Aufführungen liebte.

Sie merkte erst spät, dass ihr das Aufstehen nicht gelang. Obwohl sie es versuchte und versuchte, ihre Beine rührten sich nicht.

In ihren Augen sammelten sich heiße Tränen, die sich langsam den Weg über ihre Wangen bahnten. In ihrem Herzen begriff Angel bereits, was mit ihr los war, doch das Kind in ihr – das Mädchen, das noch immer an den Tanz und die herrliche Musik dachte – verdrängte dieses Wissen und versuchte, sich aus dem Bett zu zerren.

Als ihre Mutter sie fest an die Brust drückte, ihr leise ins Ohr flüsterte, es werde doch alles gut, sträubte sie sich, daran zu glauben.

Angels kleine, heile Welt war in Nullkommanichts zerbrochen.

21 Jahre

Angels Sicht

Regentropfen suchten sich ihren Weg durch das geöffnete Fenster und donnerten wie Hagelkörner auf das Laminat. In Rinnsalen floss das Wasser über die breite Fensterbank, rannen an der Heizung hinunter, um sich schließlich auf dem Fußboden zu sammeln.

Kalter Wind und Regen hinterließen eine Gänsehaut auf meinem Körper. Ich fröstelte, vermied es aber, nach einem dicken Pullover oder einer Decke zu greifen. Stattdessen genoss ich die eisige Kälte, ließ das unangenehme Gefühl zu und ignorierte die Tatsache, dass sich die harten Tropfen in den Stoff meiner Kleidung sogen.

Stumm starrte ich nach draußen, musterte den dunklen, von Blitzen umhüllten Himmel. Donnergrollen ließen mich zusammenzucken und zwang mich, meine Augen zu schließen.

Ich konnte es vor mir sehen. Zwei helle Lichter, umschlossen von Feuchtigkeit und Schlamm. Lautes Hupen hallte durch meinen Verstand, brachte mein Herz dazu, um das Hundertfache schneller zu schlagen. Je länger ich meine Augen geschlossen hielt, umso fester umschlangen mich die alten Erinnerungen, packten mich wie Ketten und verursachten Schmerzen. Alte Wunden rissen, deren Heilung doch weit fortgeschritten zu sein schien.

Ein Wimmern schlich durch meine Kehle, füllte meine Lungen mit eiskalter Luft, die mich innerlich zum Erfrieren brachte. Das Zittern meines Körpers war unkontrollierbar, meine Tränen nicht haltbar.

Etwas zog an meinen Armen, zwang mich dazu, in die Tiefe zu sinken, deren Grund ich nicht erkennen konnte. Pein und Verzweiflung hielten mich in einer Umarmung gefangen, nicht gewillt, mich wieder gehen zu lassen; zwangen mich, dortzubleiben, an diesem schwarzen, hässlichen Ort, von dem ich allein nicht entkommen konnte.

Alles, was ich tun konnte, war qualvoll darin zu versinken.

Jemand packte mich plötzlich an meinen Schultern, schüttelte mich und zwang mich, meine Augen zu öffnen.

»Bist du von allen guten Geistern verlassen?«, zischte Dean. Seine grünen Augen funkelten vor Entsetzen, bevor er eine Decke vom Bett riss und sie um meine Schulter legte. »Du holst dir noch den Tod, du dummes Ding. Was zur Hölle soll das?«

Blinzelnd schüttelte ich den Kopf und starrte ihn mit verschleierten Augen an. Tränen rannen über meine Wangen. Ich wusste nicht, was ich sagen oder wie ich das Ganze erklären sollte. Als ich meine Lippen öffnete, in der Hoffnung, ihm etwas entgegen bringen zu können, entfloh mir kein Laut. Mein Hals fühlte sich geschwollen an. Fast so, als verwehrte er mir das Atmen.

Dean schien offensichtlich zu verstehen, was in mir vorging. Ohne etwas zu sagen, schlang er seine starken Arme um meinen fröstelnden Körper, hob mich aus meinem Rollstuhl und trug mich in mein Badezimmer. Vorsichtig, als könnte ich jede Sekunde zerbrechen, setzte Dean mich auf dem Klodeckel ab, wo er mir einen Kuss auf die feuchte Nasenspitze hauchte.

Ein sanftes Lächeln zierte seine Lippen, als er nach einem Handtuch griff. Er kniete sich vor mich und rieb zärtlich meine Arme trocken. Er gewährte meinen Tränen ihre Wanderungen hinunter zu meinem Kinn, obwohl ich danach verlangte, von ihm getröstet zu werden. Dean sollte mir nicht helfen, mich trocken zu reiben. Stattdessen wollte ich, dass mein Freund mich in seine Arme zog und meine Wange streichelte. So lang, bis die Tränen versiegten.

»Es tut mir leid«, schluchzte ich leise, als ich realisierte, wie kindisch ich mich benahm.

Ich blinzelte wild, um weitere Tränen von mir zu stoßen, was jedoch nur dazu führte, dass sich das Brennen in meinen Augen verstärkte.

Dean stoppte in seinem Tun, schüttelte traurig dreinblickend den Kopf und hauchte mir sanfte Küsse auf meine Knie, die ich nicht spürte.

»Hör auf damit«, befahl er mit sanfter Stimme.

Schluchzend löste ich meinen Blick von ihm, starrte zum geschlossenen Badezimmerfenster. Die feuchten Spuren zogen sich über das Glas, verhinderten eine klare Sicht nach draußen.

Mein Freund seufzte, als er mich zwang, ihn anzusehen. Mit dem Daumen fuhr er über meinen Mundwinkel, fing eine entflohene Träne auf, die sich ihren Weg nach unten suchte.

»Sieh mich an, Angel. Du bist in Sicherheit, hörst du? Niemand wird dir wehtun, solang ich an deiner Seite bin. Nichts und niemand kann dir etwas anhaben. Auch nicht der Regen, vor dem du dich so fürchtest. Es ist nur Wasser.«

Es war nicht das nasse Element, vor dem ich mich fürchtete. Nein, die Erinnerung an diesen einen schicksalhaften Tag – ein winziger unbedeutender Moment in dem Leben eines kleinen Mädchens – verursachte diese Panik in meinem Inneren. Kaum verdunkelte sich der Himmel, schossen Bilder durch meinen Verstand, die mich zum Erstarren brachten.

Beklommenheit umschlang mich, mit dem Willen, mich nie wieder loszulassen. Zumindest schien es mir so, bis sich der Himmel lichtete und der Sonne den Vortritt ließ. Erst dann löste sich die

Anspannung, befreite mich von dem Dunkel, das mein Herz bedrohte.

»Sieh mich an!«, wiederholte Dean laut und lenkte meine Aufmerksamkeit auf ihn.

»Das tue ich«, flüsterte ich leise, nachdem ich den Kloß in meinem Hals hinuntergeschluckt hatte. »Ich sehe dich an.«

»Und was siehst du?«

Seine Worte durchzuckten mich wie Blitze, ließen mich zusammenfahren. Dennoch änderte er seine Haltung nicht.

»Ich sehe dich«, antwortete ich zögernd. Die Tränen verhinderten einen freien Blick auf meinen Geliebten, während sie sich erneut einen Weg über mein glühendes Gesicht suchten. Beinahe hätte ich meinen Blick abgewandt, um mir *heimlich* die brennenden Tränenspuren von der Haut zu reiben. Doch Dean griff nach meinen Händen, hielt sie so fest, dass es leicht zu schmerzen begann.

»Und warum siehst du mich, Angel? Warum bin ich bei dir?« Als ich nicht antwortete, rückte er etwas näher an mich heran und verstärkte den Händedruck. »Angel, sag mir warum!«

»Weil du für mich da bist«, schluchzte ich leise, wissend, dass nun die Mauer brach, die sich wie ein Schutzwall um mein Herz geschlossen hatte. »Das warst du schon immer, Dean. Egal was geschieht, du bist an meiner Seite und hilfst mir.«

Mein Herzschlag verdoppelte sich bei jedem einzelnen Wort, brachte die Schmetterlinge in meinem Bauch dazu, aus ihren Verstecken zu kriechen. Wild flatterten sie durch meinen Oberkörper und waren schließlich auch der Grund dafür, dass die Tränen innehielten.

Eine neue, aber dennoch bekannte Hitze durchströmte die Umgebung um meine Nase, als ich schüchtern in Deans grünen Augen sah, die mich so sehr an Smaragde erinnerten.

»Und das werde ich auch immer, das weißt du doch.«

Ein naives, aber durchaus starkes Lächeln zierte seine Lippen, als er mich vorsichtig an sich zog. Dean wiegte mich wie ein Kind hin und her, brachte mich dazu, meine Arme um seinen Hals zu schlingen. Ich vergrub meine Hände in seinen hellen Haaren und drückte mich etwas enger an seine Brust.

»Es tut …«

»Wenn du dich jetzt entschuldigst, wird das Konsequenzen nach sich ziehen, Fräulein.«

Ich brauchte ihn nicht anzusehen, um zu wissen, dass er grinste. Deans Tun, nein, seine gesamte Art brachte mich dazu, in leises Gelächter auszubrechen. In meinem Magen kribbelte es, als ich sein helles Gekicher vernahm.

Er streichelte meine Schultern und ließ seine Hände an meiner Wirbelsäule hinuntergleiten.

»Komm«, sagte er nach einiger Zeit. »Lass uns dich ins Bett bringen. Du brauchst etwas Ruhe, deine Eltern erwarten dich morgen frisch und ausgeruht.«

Ich kam nicht umhin, mit den Augen zu rollen. Dennoch, obwohl ich protestieren wollte, ließ ich mich erneut von ihm hochheben und zurück ins Schlafzimmer bringen.

Hier lag noch immer der kühle Hauch des Regens in der Luft, trotz des nun geschlossenen Fensters. Die Kühle hinterließ eine unangenehme Gänsehaut auf meinem Körper, die Dean sofort bemerkte.

Als er mich schließlich ins Bett gelegt hatte – ohne ein Wort darüber zu verlieren, hatte er mir meine Hose ausgezogen –, zog er die Decke über mich. Wie ein Vater tätschelte er meinen Bauch durch den dicken, warmen Überwurf und lächelte liebevoll.

»Brauchst du noch etwas? Willst du vielleicht etwas trinken, oder reicht dir ein wenig Schlaf?«

Seine Frage hätte mich beinahe zum Seufzen gebracht. Dean war doch derjenige, der mich ins Bett beordert hatte. Und nun fragte er, wonach ich verlangte? Trotzdem schüttelte ich den Kopf und schmiegte mich an das kühle Kissen, bevor ich ihm ein dankbares Lächeln zuwarf.

»Danke, ich brauchte nichts.«

Er brachte den Rollstuhl zu seinem nächtlichen Platz und ging zur Tür. Erneut warf er einen Blick auf mich, als überprüfe er, ob ich nicht doch etwas anderes wollte. Seine hellen Zähne blitzen im Licht, als er mir erneut sein entspannendes Lächeln zeigte. Dean löschte schließlich die Lampe und ging hinaus in den Flur.

Noch einmal hielt er inne und drehte sich zu mir um.

»Ich liebe dich, Angel. Das weißt du, oder?«

Mit zittrigen Fingern umklammerte ich den flauschigen Stoff meiner Decke, bevor ich sie über mein Kinn hinauf zu meiner Nase zog. Ich starrte an die Wand und kaute nervös auf meiner Lippe.

»Ich weiß, Dean. Ich … ich weiß …«

»Ist in Ordnung. Du musst es nicht sagen. Weder heute, noch nach solch einem Tag. Ruh dich aus, mein Schatz. Morgen wird die Sonne scheinen, nur für dich. Das verspreche ich.«

Deans leises Lachen hallte in meinem Verstand wider, als er schließlich die Tür schloss.

Augenblicklich verschwanden die Schmetterlinge in meinem Bauch, drückten sich zurück in ihre Kokons und verschlossen den Eingang mit Fäden der Furcht. Angst, die sich bis in meinen Verstand schlich und mich daran hinderte, meine Augen zu schließen.

Ich wusste, wenn ich mich den Träumen hingab, würde ich es sehen. Lichter, Schlamm, Regentropfen.

Fest drückte ich meine Hand auf den Mund, unterdrückte damit das laute Schluchzen. Heiße, salzige Tränen rollten über meine Wangen, trieben neue Spuren über meine gerötete Haut. Ich wollte aufheulen, nach Dean rufen und ihn bitten, die Nacht bei mir zu verbringen. Doch ich tat es nicht, blickte stattdessen hinüber zum Fenster, das noch immer mit Feuchtigkeit benetzt war.

Donnergrollen erschütterte die Nacht und ein helles Licht ließ mich wie ein verstörtes Kind zusammenfahren.

Einsamkeit erfüllte mein Herz, als ich es endlich schaffte, mir die Decke über den Kopf zu ziehen und in den Schatten zu verschwinden.

Währenddessen rührte sich etwas in meinem Inneren, zog das passende Material hervor und begann erneut, die Mauer aufzubauen. Risse wurden gefüllt, Löcher gestopft. Man reparierte mich.

Während ich hier lag, verängstigt und äußerst verletzt, dachte ich über Deans Worte nach.

Morgen wird die Sonne scheinen, nur für dich.

Ich wusste, dass sie nicht für mich aufkommen und die Dunkelheit vertreiben würde, doch der Sinn hinter dieser Aussage stimmte.

Morgen würde tatsächlich alles anders sein.

Morgen würde ich wieder die Alte sein.

Kapitel 3

Ich saß mit einem meiner Lieblingsbücher im großen Schatten des einzigen Apfelbaums. Doch ich konnte mich nicht auf den fast sechshundert Seiten starken Roman konzentrieren.

Der Boden war feucht.

Trotz des heftigen Regenfalls, der uns letzte Nacht heimgesucht hatte, strahlte nun die Sonne hell vom Himmel herab. Es war warm, fast noch sommerlich.

Es überraschte mich, auch wenn Dean so etwas erwähnt hatte. Ich hatte ihm keinen Glauben geschenkt, schließlich war es jetzt an der Zeit, die Kälte und den Regen willkommen zu heißen. Auch wenn ich dafür noch nicht bereit war.

Ich mochte den Herbst nicht sonderlich. Mit dem Frühling konnte ich mich anfreunden, doch den Sommer verehrte ich. Warme Sonnenstrahlen, braun gebrannte Haut und entspannende Tage am Pool.

Oh ja, diese Tage waren mir eindeutig am liebsten.

Müde musterte ich die hellen, vereinzelten Wolken, die den blauen Himmel zierten. Sonnenlicht fiel wie Sternschuppenregen hindurch, tränkte den Garten mit seiner Helligkeit. Mürrisch hielt ich mir die Hand über die Augen, um nicht geblendet zu werden.

»Angel! Um Himmels willen, was tust du denn hier draußen?«, erklang eine besorgte, weibliche Stimme. Katharina, meine Pflegerin, kam durch die Hintertür gerannt und stürmte mit einem Handtuch in den Händen auf mich zu. »Du wirst krank, wenn du dort sitzen bleibst. Wieso hast du nicht Bescheid gegeben, dann hätte ich dir eine Decke zurechtgelegt.«

Ich kam nicht umhin, die Augen zu verdrehen. Katharina ging nicht auf meine genervte Haltung ein und legte mir ein Handtuch um die Schultern.

»Es ist in Ordnung«, sagte ich und lächelte sanft. »Ich komme zurecht.«

»Offensichtlich nicht«, sagte sie in einem tadelnden Ton. »So fängt es an: Zuerst denkt man, alles wäre in Ordnung und schwups, ist man krank. Ich kenne das von meinem Sohn. Er wollte auch nie auf mich hören!«

Wild gestikulierend wandte sie sich meinem Rollstuhl zu, der nur einen Meter neben mir seinen Platz gefunden hatte. Sie fragte nicht, weshalb ich nicht darin saß und dort die warmen Stunden genoss, sondern löste die Bremse und reichte mir ihre Hand.

»Komm, ich bringe dich erst einmal hinein. Dann mache ich dir einen leckeren heißen Tee mit Honig.«

Mein Herz machte einen Hüpfer, dennoch reichte ich ihr nur widerwillig meine Hand. Katharina schimpfte leise, während sie ihren Arm um meine Hüfte schlang und mir in den Rollstuhl half. Als ich ihren verstimmten Gesichtsausdruck sah, fühlte ich mich schlagartig schuldig. Ich wollte nicht, dass sie wütend auf mich war.

»Wie geht es eigentlich deinem Sohn? Er hat am Wochenende seine neue Freundin mitgebracht, nicht? Ist sie nett?«, fragte ich, um vom Thema abzulenken.

Es funktionierte, denn plötzlich hellten sich ihre Gesichtszüge auf. Mit einem strahlenden Lächeln auf den Lippen schob sie mich über die Rampe auf die Terrasse und ins Wohnzimmer.

»Sie ist wunderbar«, schwärmte meine Pflegerin und Freundin, »und einen ausgezeichneten Geschmack besitzt sie auch noch. Ein Prachtfang! Mein Sohn kann sich wirklich glücklich schätzen.«

Während sie über ihre hoffentlich baldige Schwiegertochter schwärmte, rollte sie mich zum Ende der Treppe, die in den zweiten Stock führte. Daneben gab es einen kleinen Fahrstuhl, groß genug, um mich nach oben zu bringen. Ich verkniff mir ein Seufzen, als Katharina mein Gefährt losließ und das Gitter schloss, das mich vor einem Fall schützen sollte.

»Also«, sprach sie schließlich, »ich möchte, dass du dich zu deinem Zimmer begibst. Solange setze ich Tee auf, dann komme ich und helfe dir aus den nassen Sachen. In Ordnung?«

Innerlich schüttelte ich den Kopf, wünschte mich zurück in den Garten, in dem ich mich so wohlgefühlt hatte. Ich verlangte nach der wohlig warmen Sonne, die mein Gesicht wie eine Maske bedeckte und mir ein angenehmes Gefühl vermittelte. Stattdessen befand ich mich wieder im Haus, das einem Gefängnis ähnelte.

All das wollte ich ihr entgegenwerfen, sie anflehen, mich trotz der feuchten Kleidungsstücke wieder nach draußen gehen zu lassen. Stattdessen nickte ich und schenkte ihr ein sanftes Lächeln.

»Verstanden. Ich werde mir schon mal eine neue Hose heraussuchen.«

»Oder einen Rock«, schlug Katharina vor. »Vielleicht sogar ein Kleid? Das Mittagessen wird bald fertig sein und deine Eltern würden sich bestimmt über einen hübschen Anblick freuen.«

Sie lachte kokett, was ich mit einem gespielt freundlichen Lachen quittierte. Dann drückte sie auf den roten Knopf an der Seite des Fahrstuhles, der daraufhin zu wackeln begann. Er brachte mich in die zweite Etage.

Währenddessen konnte ich Katharina summen hören, voller Freude und Glückseligkeit.

Wie schaffte es diese Frau, so ausgeglichen und glücklich zu wirken?

Ein lautes Piepen erklang, was mir noch einmal deutlich machte, dass ich in der nächsten Etage angekommen war. Ich schob das Gitter zur Seite, löste die Bremsen an meinem Rollstuhl und rollte den Flur entlang. Mein Zimmer lag nur wenige Meter rechts von der Treppe. Meine Eltern wollten mich in deren Nähe wissen, damit sie mir sofort zu Hilfe eilen konnten, falls ich diese benötigen sollte.

Obwohl ich es für recht unsinnig hielt, liebte ich die beiden für diese Entscheidung umso mehr. Nicht, weil das alte Schlafzimmer meiner Eltern größer war, sondern weil dieses Zimmer als einziges einen Balkon besaß. Er ermöglichte mir eine Fluchtmöglichkeit, wenn ich mich in diesem Raum zu eingeengt fühlte. Außerdem konnte ich dadurch hinunter in den Vorgarten blicken und alles beobachten.

Gott, bei diesem Gedanken fühlte ich mich wie eine alte Lady, die tagsüber nichts anderes tat, als hinter den Vorhängen zu lauern und darauf zu warten, dass eines der Kinder in der Gegend einen Unsinn beging, nur um es daraufhin bei seinen Erziehungsberechtigten anzuschwärzen.

Hoffentlich würde ich niemals so enden.

Kopfschüttelnd begab ich mich ins Zimmer und rollte zum Kleiderschrank. Praktisch, dass der kleine Schrank lediglich aus verschieden großen Schubladen bestand. Ohne wirklich über die Auswahl nachzudenken, griff ich nach einer schwarzen, gefütterten Leggins und einem grauen Longshirt. Ich mochte das Shirt, obwohl es für meinen Geschmack etwas zu viel Ausschnitt besaß. Doch die flauschigen Ärmel, die an den Enden weiter wurden, ließen mich das kleine Detail vergessen.

Das Buch, das ich auf meinem Schoß mit mir herumgetragen hatte, legte ich auf die Kommode, bevor ich mich mit der Kleidung dem Bett näherte. Als ich sie auf der Decke ablegte, erhaschte ich einen Blick in den Spiegel.

Ich verharrte erschrocken, bevor ich erneut in die Richtung meines Schminktisches blickte.

Graue, unglückliche Augen sahen mir entgegen. Ich wirkte blass und müde.

Unsanft biss ich mir auf die Lippe, als ich mich dem Spiegel näherte und über die kühle Oberfläche strich. Ich sah schrecklich aus, fast wie ein Geist.

Meine Haut war unheimlich blass und mein halblanges Haar spröde und glanzlos. Meine Augen hatten allen Glanz verloren und wurden von dunklen Augenringen untermalt. Ich erinnerte mich an die anderen Male, die ich in den Spiegel geschaut und einen Schreck bekommen hatte. Stürmische Stunden machten mich kaputt und das Schlimme war, dass ich es vor niemandem verstecken konnte. Meine Eltern würden die Schatten unter meinen Lidern sehen, erkennen, dass es mir letzte Nacht nicht gut gegangen war.

Sie würden sich Sorgen machen – schon wieder.

Ich wollte ihnen das Ganze nicht mehr antun, meinen Eltern endlich das schenken, was sie verdienten. Ruhe und Entspannung. Meine Anwesenheit in diesem Haus machte das nicht einfach.

Hastig schüttelte ich den Kopf, rieb mir fest über das Gesicht, als könnte ich so das Negative von mir wischen, und blickte meinem Selbst entgegen. Sofort streckte ich meinen Rücken durch, zog den Bauch ein, um mein Spiegelbild im nächsten Moment zu einem Lächeln zu zwingen.

In den letzten Jahren hatte ich mich so gut verbessert, dass es mir kaum jemand ansah, wenn ich mich nicht gut fühlte. Zumindest solang mein Körper mitspielte. Ich konnte meine Lippen zu einem Lächeln zwingen, meine Augen jedoch nicht zum Strahlen.

»Du solltest damit aufhören. Sie werden dir dein Schauspiel sowieso nicht abkaufen.«

Erschrocken fuhr ich zusammen, starrte durch den Spiegel zur Tür, an der Dean stand. Er hielt ein Tablett mit Tee in den Händen.

»Ich soll dir beim Umziehen helfen und dir den Tee bringen. Katharina kämpft gerade mit dem Essen. Offenbar hat sie es im Ofen vergessen. Sie wird richtig schusslig.«

Verwirrt hob ich meine Brauen, drehte mich gleichzeitig in seine Richtung.

»Essen? Ich dachte, Mama kocht für uns.«

»Das hat sie.«

Er nickte mir zu, während er zu mir kam. Dean stellte das Tablett auf den Tisch, dann reicht er mir die Tasse. Ich bedankte mich und blies den heißen Dampf weg.

»Du kennst doch deine Mum. Sie hat alles vorbereitet und Katharina sollte den letzten Schliff übernehmen. Beten wir, dass alles überlebt.«

Dean grinste breit, als er sich meiner Kleidung zuwandte. Er musterte sie skeptisch, als wäre etwas verkehrt damit.

Statt ihn darauf anzusprechen, drehte ich mich wieder um und musterte erneut mein Gegenüber.

Es war zum Verrücktwerden.

»So wirst du sie nicht überzeugen können«, stellte er fest und seufzte leise.

»Ich muss«, antwortete ich bestimmt. »Und ich werde.«

Ich überhörte sein frustriertes Stöhnen. Dean ließ sich aufs Bett fallen. Währenddessen stellte ich meine volle Tasse zurück auf das Tablett. Mir war die Lust darauf vergangen.

»Du weißt, dass du das nicht tun musst. Angel, sie sind deine Eltern und lieben dich, egal, ob hier oder an einem anderen Ort.«
Schnaufend senkte ich meinen Blick.

»Es geht nicht um ihre Liebe. Ich weiß, wie sie für mich fühlen, Dean. Hierbei geht es um mich. Um meine freie Entscheidung.«

»Angel ...«

»Nein!« Ich umfasste den Greifreifen und brachte mich vor meinem Freund in Position. »Wir haben das doch besprochen, und du warst auf meiner Seite. Dean. Du wolltest mir doch helfen.«

»Ich weiß.« Auf einmal klang er furchtbar nervös. »Aber ich habe darüber nachgedacht. Ich halte es für keine gute Idee ...«

Mein Selbstvertrauen sank und der Mut, noch einmal das Wort zu erheben, fehlte mir. Traurigkeit stieg in mir auf, trieb Tränen in meine Augen. Doch ich zwang sie zurück, verschloss mein schmerzendes Herz und ignorierte das unangenehme Gefühl in meinem Körper.

Ein leichtes, gut gespieltes Lächeln kehrte auf meine Lippen zurück. Es fühlte sich fast so an, als würde es dorthin gehören.

»Angel, es tut mir leid ...«, fing er an, doch ich schüttelte mein blondes Haupt.

»Schon in Ordnung«, log ich. »Ich verstehe dich und du hast irgendwie auch recht. Es war eine blöde Idee.«

Plötzlich herrschte zwischen uns eine bedrückende Stille, die von dem erfreuten Ruf meiner Pflegerin durchbrochen wurde. Offenbar hatte sie es geschafft, das geliebte Essen meiner Mama zu retten. Wenigstens etwas, worüber ich mich freuen konnte.

Im selben Moment hörte ich ein Auto vorfahren. Es parkte direkt vor der Tür. Dean raffte sich auf und hielt mir das graue Shirt entgegen.

»Deine Eltern sind eingetroffen. Es wird Zeit, dass du dich umziehst. Darf ich ...?«

Nickend betätigte ich die Bremse und ließ mich von Dean aus dem Rollstuhl heben.

* * *

»Da ist ja mein Mädchen«, begrüßte mich mein Vater schmunzelnd, als er die vollen Taschen zur Seite stellte und mich fest in seine Arme zog. Anschließend drückte er mir einen Kuss auf die Stirn. Er wirkte besorgt.

Ich wusste sofort, worüber er nachdachte, und es gefiel mir nicht.

»Wie war eure Fahrt? Ihr kommt ziemlich spät.«

Mein Blick huschte kurz über die Taschen, die meine Mutter zu meinem Missfallen in Richtung Küche schob. Offenbar durfte ich den Inhalt nicht sehen.

Innerlich betete ich darum, dass es keine Geschenke für mich waren.

»Wir haben Tante Betty besucht«, sagte meine Mutter und lächelte. Dann folgte sie dem Beispiel meines Vaters und schloss mich in eine innige Umarmung. Einige Küsse später bemerkte ich, dass mein Dad zusammen mit den restlichen Taschen verschwunden war.

»Ich soll dir liebe Grüße ausrichten und sie bittet dich, das nächste Mal mitzukommen.«

»Das werde ich«, versprach ich, obwohl ich eigentlich nicht wollte.

Ich mochte Tante Betty nicht sonderlich. Sie war zwar eine sehr freundliche Person, doch in ihrer Gegenwart fühlte ich mich nicht wohl. Sobald ich zu Besuch kam, behandelte mich Tante Betty wie eine zerbrechliche Statue, die nur in Knisterfolie durch die Wohnung getragen werden durfte. Auf keinen Fall durfte sie zerbrechen!

Dass ich jedoch auf mich allein aufpassen konnte, verstand die Frau nicht. Sie behandelte mich wie ein kleines Kind.

Manchmal kostete es all meine Nerven, um mich nicht sofort aus den Klauen all derer zu befreien, die es offensichtlich gut mit mir meinten, um ihnen zu beweisen, dass ich bereits ein großes Mädchen war. Doch ich brachte es nicht übers Herz, ihnen die Illusion meiner Hilflosigkeit zu nehmen.

»Komm, Liebling.« Meine Mutter trat lächelnd hinter meinen Rollstuhl und begann, ihn zu schieben. »Hast du nicht auch so unglaublichen Hunger wie ich?«

Meine Mum lachte, doch sie konnte niemanden damit täuschen.

Auch ihr waren meine Augenringe wohl nicht entgangen. Trotzdem sagte sie nichts, behielt ihre Sorgen für sich, um mich nicht noch mehr zu belasten.

Seufzend ließ ich zu, dass sie mich ins Esszimmer schob, wo wir den bereits gedeckten Tisch vorfanden.

Deans Blick wanderte in meine Richtung, bevor er in die Hände klatschte. »Ich helfe Katharina beim Servieren«, rief er.

Dad schüttelte den Kopf. »Quatsch. Setz dich hin und lass mich die Arbeit erledigen. Du hast genug getan.«

Dankbar setzte sich Dean auf einen Stuhl, der bereits zu seinem Stammplatz geworden war.

Meine Mum parkte mich daneben und betätigte die Bremse. Dann huschte sie ebenfalls in die Küche.

Dean griff nach meiner Hand, verschränkte unsere Finger miteinander. Lächelnd drehte ich meinen Kopf in seine Richtung.

»Alles in Ordnung?«, erkundigte ich mich, als er das Lächeln nicht erwiderte.

»Vielleicht sollten wir doch ...«

»Hier kommt das Essen«, sang Katharina, als sie mit vollen Händen das Esszimmer betrat. »Schaut euch diese Köstlichkeiten an! Ein wahr gewordener Traum!«

Zusammen mit meinen Eltern stellte sie die Schüsseln auf den Tisch, stemmte anschließend zufrieden die Hände in die Hüfte, um uns freudestrahlend anzusehen.

»Entschuldige, dass wir dich heute als Köchin missbrauchen mussten«, entschuldigte sich mein Vater, bevor er sich setzte. »Das gehört nun wirklich nicht zu deinen Aufgaben.«

»Oh, schon in Ordnung. Das habe ich gern getan. Außerdem war Dean ja noch hier und hat sich rührend um Angel gekümmert.«

Ich überging ihre Worte, zwang meine Lippen jedoch, sich zu einer freundlichen Grimasse zu ziehen. Sie sprachen über mich, als wäre ich gar nicht hier. Das gefiel mir nicht. Trotzdem ließ ich mir nichts anmerken und tat so, als wäre das Ganze vollkommen in Ordnung.

Ich wollte keine Probleme verursachen, außerdem machte Katharina einen wunderbaren Job. Sie arbeitete nun schon seit etlichen

Jahren für uns, in denen sie sich großartig um mich gekümmert hatte.

Katharina konnte man einfach nur lieben. Sie war intelligent, weise und wunderschön. Etwas, das man an ihr zu schätzen wissen sollte.

Solange der Charakter nicht stimmt, bringt dir ein hübsches Aussehen nichts, hatte sie einmal gesagt, als ich sie auf ihren fehlenden Partner angesprochen hatte. Der Vater ihrer zwei Söhne verstarb vor einigen Jahren. Seitdem ließ sie keinen anderen Mann mehr an ihre Seite. Sie brauche das nicht, hatte sie einmal gemeint. Laut ihrer Aussagen hatte sie genug um die Ohren und brauchte keinen Kerl, der ihr die Freizeit stahl.

Manchmal wirkte sie deswegen sehr traurig auf mich. Einmal hatte ich einen Verkupplungsversuch gestartet, doch dieser war leider in die Hose gegangen. Sie hatte den Fremden für einen Stalker gehalten, da er ihr durch mich immer einen Schritt voraus gewesen war.

Das Ganze endete in einem Desaster, an das sie nie wieder erinnert werden wollte.

Katharina gehörte inzwischen zur Familie, verbrachte fast den ganzen Tag in unserem Haus. Sie blieb nicht nur wegen mir – auch wenn sie durch mich ihr Geld verdiente –, nein, sie belegte bei meiner Mutter den Platz der engsten Vertrauten. Das war auch der einzige Grund, weshalb sie mich betreuen durfte.

Mama ließ nur ungern Fremde in mein Leben, da ich doch so unglaublich verletzlich war.

»Riecht es nicht äußerst verführerisch?«, fragte mich Katharina, die an meiner freien Seite Platz gefunden hatte.

Ich nickte sofort und häufte mir etwas von den Kartoffeln auf den Teller.

»Natürlich. Mamas Kochkünste sind perfekt.«

Oh, jetzt trägst du aber etwas zu dick auf, meine Liebe.

Die Angesprochene errötete, blicke verlegen zu ihrem Mann, der bloß lachte. Die Stimmung lag auf dem Höhepunkt. Es wurde geschäkert, getratscht und es wurden Komplimente verteilt. Ich genoss das Mittagessen, die Atmosphäre, in der wir uns befanden.

So glücklich hatte ich meine Eltern schon lange nicht mehr erlebt. Sie wirkten ausgefüllt, fast schon entspannt.

Sofort wünschte ich mir ein leeres Glas, in dem ich diesen Moment auffangen und verwahren konnte. Es war so friedlich, dass mir ganz warm ums Herz wurde.

Ja, selbst Dean, der die gestrige Nacht miterleben musste, schien glücklich zu sein. Wir erinnerten an eine Familie aus der Cornflakes-Werbung.

Deswegen verstand ich nicht, wieso mein Mund schneller handelte, als mein Gehirn. Ich wollte die Worte nicht aussprechen, doch ich konnte sie nicht mehr verhindern. Sie sprudelten einfach aus mir heraus.

»Mama, ich würde gern ausziehen.«

Plötzlich wurde es still am Tisch.

Katharina verschluckte sich an ihrem Fleischstück, sodass ihr Husten das Einzige war, was man hörte.

Mum ließ ihre Gabel fallen und ihr Lächeln verblasste, wobei ihr Mund offen stand. Dean schluckte hörbar. Ich spürte seinen Blick auf mir, den ich jedoch zu ignorieren versuchte, er machte mich unglaublich nervös.

Mein Dad hingegen blinzelte einige Male, als glaubte er, sich verhört zu haben.

»Wie bitte?«, stotterte meine Mutter schließlich.

Ihr Gesicht nahm plötzlich dieselbe rote Farbe wie ihr Haar an und das Braun ihrer Augen begann zu leuchten. Jedoch schien sie nicht wütend, sondern eher besorgt zu sein.

»Ich würde gerne allein wohnen.«

Wild schüttelte sie den Kopf, nachdem ich meine Worte wiederholt hatte.

»Das kommt nicht infrage! Angel, wir können nicht für dich sorgen, wenn du dir eine eigene Wohnung zulegst. Es ist unmöglich. Nein, nein. Vergiss diesen Gedanken lieber, bevor du dir irgendwas zusammenspinnst«, sprudelten die Worte nur so aus ihr heraus.

Nun lag es an mir, verwirrt zu sein. Das waren ihre Argumente, um meinem Vorhaben ihre Zustimmung zu verweigern?

»Papa, was sagst du dazu?«

Vielleicht stand mein Dad auf meiner Seite und konnte dafür sorgen, dass sich Mama etwas beruhigte. Das schaffte er meist am besten von uns beiden. Man würde ihm einfach nichts abschlagen können, hatte er einmal lachend gesagt.

Nun hoffte ich, dass er recht behielt.

»Dein Vater denkt genauso«, antwortete meine Mutter, noch bevor er zur Antwort ansetzen konnte. »Es wäre unverantwortlich von uns, dich einfach gehen zu lassen.«

Unverantwortlich, wie bitte?

»Hast du darüber nachgedacht, was das für dich bedeutet?«, mischte sich nun auch Katharina ein. Zum ersten Mal wünschte ich mir, dass sie den Mund halten und sich nicht in Angelegenheiten einmischen würde, die sie nicht zu interessieren hatten. Ihre Meinung konnte doch vollkommen egal sein, auch wenn sie bereits zu uns gehörte. Hier ging es um etwas, das nur meine Familie und mich betraf!

»Ich bin mir der Schwierigkeiten bewusst«, antwortete ich selbstsicher. »Außerdem habe ich gründlich mit Dean darüber gesprochen. Wir sind zu dem Entschluss gekommen, dass ich das hinbekommen würde.«

»Mit Dean also, ja?«, wiederholte meine Mutter.

Sie warf einen Blick auf meinen Freund, dessen Finger immer nervöser zuckten. Dean legte den Löffel zur Seite und begann mit der Serviette zu spielen. Irgendwie kam es mir so vor, als würde er sich vor etwas drücken wollen. Ich blickte von ihm zurück zu meiner Mutter.

Sie seufzte laut.

»Du bist doch noch viel zu jung«, klagte Katharina. »Wie willst du für dich sorgen?«

»Ich bin einundzwanzig.«

»Wenn du mit ihr gesprochen hast«, unterbrach mich meine Mutter, »was hältst du dann von dem Ganzen, Dean?«

Die aufkommende Stille fühlte sich unheimlich drückend an. Jeder wartete auf eine Antwort von unserem Gast, dem Jungen, dem ich einst mein Herz geschenkt hatte.

Er ließ von der Serviette ab, bevor er sich zurücklehnte und meinen Blick auffing. Sofort wurde mir schlecht, als ich den traurigen Glanz in ihnen erkannte.

Er richtete sich gegen mich.

»Eigentlich halte ich es für keine gute Idee«, sprach er langsam.

Mein Gehirn ratterte, suchte nach einer passenden Reaktion.

»Wir könnten in ein paar Jahren darüber noch mal nachdenken. Doch ehe Angel ihre Ängste nicht im Griff hat, würde ich mir viel zu viele Sorgen um sie machen.«

Er entschuldigte sich stumm bei mir, ich konnte es in seinen Augen lesen. Doch ich akzeptierte es nicht, hasste es, dass er mir gerade in den Rücken fiel.

So oft hatte mir der Mut gefehlt, ihm von meiner Idee zu erzählen und nun, als die Möglichkeit bestand, gehört zu werden, hatte er sich dazu entschlossen, meinem Wunsch keine Achtung zu schenkten. Wie konnte er nur so egoistisch gegenüber seiner Liebe sein?

»Da hörst du es, Kindchen.« Katharina seufzte mit einem sanften Lächeln auf den Lippen. »Niemand hält es für eine gute Idee, nicht einmal dein Freund.«

In meinen Ohren klang jedes Wort wie eine Beleidigung, böse Beschimpfungen gegen das arme Mädchen im Rollstuhl. Natürlich war ich mir bewusst, dass sie nur mein Bestes wollten und um meine Sicherheit besorgt waren, doch das ging zu weit.

Auf einmal kümmerte es mich nicht mehr, ob ich gegen die Regeln verstieß und mich nicht wie das brave, liebe Mädchen von nebenan benahm. Ruckartig löste ich die Bremse meines Rollstuhles und fuhr etwas zurück, um im nächsten Moment aus dem Raum zu flüchten.

»Angel, bitte warte doch«, rief Dean frustriert.

Doch seine Stimme verblasste, als sich meine Mutter an ihn wandte und sagte, dass er mir etwas Zeit schenken sollte.

Ich brauchte keine Zeit, sondern ein eigenes Leben. Privatsphäre. Einen Ort, den ich mein Eigen nennen konnte.

Mit Tränen in den Augen rollte ich die Rampe zum Vorgarten hinunter. Ich stoppte, schnappte aufgebracht nach Luft. Mein Brustkorb schmerzte. Obwohl ich dieses Gefühl nicht zum ersten Mal verspürte, schien es vollkommen neu zu sein. Es umfasste meinen Körper und hüllte mich in einen tranceartigen Zustand. Noch bevor ich es wirklich realisierte, öffnete ich das Gartentor und rollte die Straße entlang.

Freundliche Nachbarn, die mich mit einem Lächeln begrüßten, nahm ich nur am Rande wahr. Kindern fuhr ich, so gut es ging, aus dem Weg. Außerdem versuchte ich, von Bekannten nicht erkannt zu werden.

Als ich meinen Kopf hob, mich mit dem Gedanken auseinandersetzte, mich um der Versöhnung willen bei meinen Eltern zu entschuldigen, bemerkte ich, dass ich mich an der Kreuzung mitten in der Stadt befand.

Was zum Teufel ...?

Überfordert sah ich mich um, keuchte erschöpft. Erst jetzt bemerkte ich den Schmerz in den Armen, der durch die gewaltige Anstrengung entstanden war. Meine Finger kribbelten, als ich sie von dem Metall löste.

Kühler Wind umschlang meine Gestalt und eine Gänsehaut überkam mich wie eine gewaltige Welle. Schlotternd schlang ich meine Arme um meinen Oberkörper, versuchte, die Kälte damit zu vertreiben.

Plötzlich legte mir jemand eine Jacke über die Schultern.

Erschrocken und gleichzeitig überrascht sah ich auf und blickte in das Gesicht einer jungen Frau. Fasziniert starrte ich in ihre hellblauen Augen, bevor ich den Kopf schüttelte, um wieder klar denken zu können.

»Danke schön«, murmelte ich leise, krallte mich für den Moment an dem Stoff fest.

Die junge Frau lächelte, bevor sie mir die Hand reichte, die ich ohne zu zögern annahm.

»Wie ist dein Name?«, fragte sie.

Verwirrt stellte ich fest, dass der Schmerz, der zuvor mein Herz geplagt hatte, in ihrer Gegenwart verschwand. Verlegen richtete ich mich etwas auf, als sie mich fragend anblickte, noch immer auf eine Antwort wartend.

»Angel. Mein Name ist Angel.«

»Mein Name ist Skylar«, sagte sie lächelnd, »freut mich dich kennenzulernen.«

Kapitel 4

Mit großen Augen starrte ich die junge Frau an und legte dabei meinen Kopf zur Seite. Sie sah so unglaublich hübsch aus. Braunes Haar fiel in leichten Wellen über ihre Schultern, wobei einige Strähnen geflochten und mit einer Spange am Hinterkopf befestigt worden waren.

Ihre rosa geschminkten Lippen zeigten ein aufrichtiges Lächeln und an dem Funkeln in den Augen erkannte ich, dass sie mir ihre Freundlichkeit nicht nur vorspielte.

Aus irgendeinem Grund kam sie mir seltsam bekannt vor, doch ich konnte sie zu keinem Menschen zuordnen, den ich bereits kannte. Das machte mich irgendwie nervös.

Skylar löste unsere Hände und zeigte schließlich auf ein kleines Café, das sich auf der gegenüberliegenden Straßenseite befand. Erst jetzt schlich mir der süße Geruch von frisch gebackenen Kuchen und Broten in die Nase, der durch den Wind in unsere Richtung getragen wurde.

»Trotz der Sonne ist es um diese Jahreszeit sehr kühl«, sagte Skylar. »Wie wäre es, wenn wir uns ins Warme setzen? Ich gebe auch einen Kakao aus.«

Sie zwinkerte und überraschenderweise errötete ich.

Ohne an die Konsequenzen zu denken, ich war mir nicht einmal sicher, ob es welche geben würde, nickte ich und wandte mich Richtung Ampel.

»Oh, Moment. Ich helfe dir!«

Skylar trat sofort hinter mich, umschlang die Griffe und rollte mich, als es schließlich grün wurde, auf die andere Straßenseite.

Obwohl ich sie nicht kannte, ließ ich zu, dass sie sich um mich kümmerte. Freundlicherweise hielt sie mir die Tür des Cafés auf, sodass ich ungehindert eintreten konnte.

Ich entschuldigte mich, als ein Mann wild fluchte. Ich stand ihm im Weg. Durch meinen Rollstuhl konnte er nicht zurück auf seinen Platz gelangen. Verlegen senkte ich den Kopf, bevor ich zu einem freien Platz rollte. Obwohl ich nicht höflich begrüßt wurde, half mir die Kellnerin, indem sie einen Stuhl entfernte. So passte mein Rollstuhl perfekt und belästigte niemanden.

Manchmal hasste ich es, nicht laufen zu können. Ich konnte mich weder kurz an jemandem vorbeischleichen, noch schaffte ich es, ohne Problem durch die Stadt zu *laufen*. Es gab Momente, in denen ich mir wünschte, alles ändern zu können.

Das Spielen im Regen. Den Unfall. Die Angst.

»Hey, sei nicht traurig, Angel«, versuchte Skylar, mich aufzumuntern. »Ignoriere diesen Idioten einfach. Wenn du willst, kann ich mich auch kurz mit ihm unterhalten.«

Etwas Gefährliches blitzte in ihren Augen auf, wenn auch nur für eine Sekunde. Offensichtlich meinte sie damit nicht, mit ihm die Situation auszudiskutieren.

Ich schüttelte energisch den Kopf.

»Oh nein. Nein, alles in Ordnung. Mein Rollstuhl ist nur nicht für solch schmale Gänge geeignet.«

»Trotzdem hätte er helfen können«, protestierte sie. »Ich hasse unhöfliches Verhalten.«

Ich fragte mich, was ihrer Meinung nach noch unhöflich war. Ob sie es genauso verabscheute wie ich, wenn Menschen mit offenem Mund Kaugummi kauten? Oder fand sie es lediglich nervig, wenn ihr jemand bei der Begrüßung nicht die Hand reichte?

Überraschenderweise wollte ich mehr über sie erfahren, trotz der Tatsache, dass Skylar eine vollkommene Fremde war. Komisch, sonst ließ ich mich nicht so leichtsinnig um den Finger wickeln. Vor allem nicht, wenn ich diese Person nicht kannte.

»Was möchtest du trinken? Schau mal, es gibt frischen Schokoladenkuchen. Möchtest du ein Stück?«

Überrumpelt faltete ich meine Hände ineinander und blickte verlegen auf die rote Karte, die vor mir auf dem Tisch lag. Sofort glitt mein Blick zum Sonderangebot.

»Äh, ich habe leider kein Geld dabei.«

»Ich bezahle.«

Ihre Stimme klang auf einmal härter, als verlangte sie von mir, keinerlei Widerspruch zu leisten. Obwohl ich das nicht mochte, stimmte ich zu. Vielleicht könnte ich ihr das Geld an einem späteren Zeitpunkt zurückzahlen. Es waren immerhin nur wenige Münzen.

»Schokoladenkuchen und Kakao klingt köstlich.«

Erfreut klatschte sie in die Hände und erhob sich. »Ich bestelle uns beiden etwas. Bleib du solange hier und roll nicht weg.«

Tatsächlich brachte mich dieser Satz zum Lachen. Kichernd beobachtete ich, wie Skylar einen schwarzen Geldbeutel aus ihrer Handtasche zog und Richtung Theke ging. Warum sie nicht auf die Kellnerin wartete, wusste ich zwar nicht, dachte jedoch nicht länger darüber nach.

Wahrscheinlich mochte sie es einfach nicht, länger als nötig auf etwas zu warten.

Neugierig musterte ich während ihrer Abwesenheit das Innere des Cafés. Es sah recht gemütlich aus. An den Wänden hingen einige Bilder und jedes von ihnen zeigte ein anderes Stillleben. Zudem wurden sie von schmalen Neonlichtern umrahmt, was ich jedoch nicht sonderlich schön fand. Ansonsten sah es recht gut aus.

Die Sitzgelegenheiten passten perfekt zusammen. An den Wänden standen kuschlige Sofas, während auf der anderen Seite des Tisches Stühle mit weich aussehenden Polstern standen. Auf jedem Tisch stand ein frischer Blumenstrauß. Es überraschte mich, dass es sich dabei um echte Blumen handelte. Offenbar konnte sich das Café solch eine Kleinigkeit leisten, woran ich bei der Menge an Gästen auch nicht zweifelte.

Immerhin gab es nur wenig freie Plätze.

Gegenüber des Ausgangs gab es eine breite gläserne Theke, hinter der sich die duftenden Köstlichkeiten verbargen. Man konnte sie bis vor die Tür riechen, was wohl ein Pluspunkt für den Laden war, schließlich lockte es Kunden herein.

Meine Gedanken bestätigten sich, als ein Pärchen den Laden betrat und die Dame den Duft tief einsog. Ich sah förmlich, wie ihr das Wasser im Mund zusammenlief.

»Hier, bitte schön«, sagte Skylar, die zurück an den Tisch gekommen war.

Sie trug ein Tablett mit unserer Bestellung. Offenbar mochte sie es tatsächlich nicht, zu warten.

»Lass es dir schmecken.«

»Danke, ebenfalls.«

Ich hatte nicht einmal zu kauen begonnen, da explodierte etwas in meinem Mund, was mich unglaublich glücklich machte. Weiche Schokoladencreme verteilte sich auf meiner Zunge und brachte mich wohlig zum Seufzen.

Das war der beste Kuchen, den ich jemals gegessen hatte. Wieso hatten wir dieses Café nicht schon vorher besucht? War es mir je bei einem Spaziergang aufgefallen?

»Das ist köstlich«, rief ich erfreut, worauf Skylar zu lachen begann.

»Ja, nicht? Ich komme gerne hierher, weil es so gut schmeckt. Es ist zwar etwas teurer als normaler Schokoladenkuchen, aber es lohnt sich.«

So viel zu ›ein paar Münzen‹, murrte ich in Gedanken.

Mit einem Nicken stimmte ich ihr zu, während ich den Rest des Kuchens in Windeseile verputzte. Innerlich nahm ich mir vor, nun öfter hierher zu kommen. Dean würde das Gebäck sicherlich schmecken, schließlich liebte er Kuchen.

Sofort verschwanden das Gefühl von Glückseligkeit und die Freude an dem außergewöhnlichen Geschmack. Wie konnte ich hier sitzen und mit einer Fremden Kuchen essen, zumal ich doch von zu Hause geflüchtet war? Meine Eltern, Katharina, selbst Dean – alle würden sich solche Sorgen um mich machen. Sie hatten sicherlich schon bemerkt, dass ich mich nicht mehr im Garten aufhielt.

Ob sie nach mir suchten?

Gott, ich hatte etwas ausgelöst, vor dem ich immer geflüchtet war. Ich wollte niemandem Kummer bereiten, ihnen Friede und Freude bringen, für Entspannung sorgen.

Das war doch auch der Grund, weshalb ich endlich auf eigenen Beinen stehen wollte. Meine Eltern taten so viel für mich, dass sie mehr an ihre Tochter als an sich selbst dachten. Und so dankte ich es ihnen? Indem ich einfach ohne ein Wort verschwand? Mich aus den Fesseln der Liebe riss und ihre Sorgen verdoppelte, anstatt zu versuchen, ihnen dabei zu helfen, ihre Gedanken auf sich selbst zu richten?

Ich passte einfach nicht in die Rolle der Tochter, schaffte es nicht, ihnen das zu geben, was sie verdienten. Himmel, ich musste sofort gehen!

»Es tut mir leid.«

Skylar sah mich verdutzt an.

»Ich muss nach Hause, sofort. Man erwartet mich dort. Eigentlich hätte ich gar nicht hier sein sollen.«

Entschuldigend senkte ich mein Haupt, hoffte, dass Skylar das verstand. Ich wollte sie nicht verletzen oder gar ausnutzen. Doch ich musste zurück und die Wogen glätten.

Ich musste meine Familie um Verzeihung bitten.

»Ist schon in Ordnung.« Skylar winkte lächelnd ab. »Es muss wichtig sein, du siehst nicht sonderlich glücklich aus.«

»Ist es. Ich habe einen Fehler begangen und muss nun dafür geradestehen.«

Auf einmal schien meine neue Bekanntschaft verwirrt, irgendwie nachdenklich. Obwohl sie damit meine Neugier weckte, fragte ich nicht nach dem Grund. Es gab Wichtigeres.

»Nun, ich habe bezahlt und aufgegessen haben wir auch. Komm, ich begleite dich nach draußen.«

Freude und Erleichterung breiteten sich in mir aus. Oh Mann, normalerweise brachte mich eine neue Bekanntschaft nicht so aus der Rolle.

Skylar stand auf und half mir durch den schmalen Weg zum Ausgang. Dieses Mal sagte der Mann nichts, obwohl ich ihn aus Versehen anrempelte. Der heutige Tag zählte eindeutig nicht zu meinen Glücksmomenten.

Draußen reichte ich Skylar ihre Jacke, die, wie ich unangenehm feststellen musste, noch immer über meinen Schultern hing.

»Hier, bitte, und danke noch mal«, sagte ich ein wenig verlegen, als ich bemerkte, dass ich vorhin vergessen hatte, mich zu bedanken. Wie unhöflich von mir! Eigentlich vergaß ich so etwas

Wichtiges nicht. Das Erste, das ich meistens tat, war, mich zu bedanken. Dicht gefolgt von beschämenden Entschuldigungen, die ich öfter aussprach, als ich sollte. Dennoch änderte ich daran nichts, sondern lebte so weiter wie zuvor. Lieber büßte ich für etwas, das nicht meine Schuld war, anstatt noch länger mit einer bestimmten Person zu streiten.

So war ich nun mal.

»Du kannst sie ruhig behalten, bis wir uns das nächste Mal sehen«, sagte sie und lächelte.

Überrascht hob ich meine Brauen, starrte zu ihr hinauf.

»Das nächste Mal?«, fragte ich verwirrt und sah, dass sie ihr Handy aus der Tasche zog.

»Na klar, wie wäre es, wenn du mir deine Nummer gibst? Dann revanchierst du dich für den Kuchen. Was hältst du davon, klingt doch gut, oder?«

Ungeduldig nickte ich und freute mich, eine neue Bekanntschaft gemacht zu haben. Ich wusste zwar nichts von ihr, doch sie war mir sympathisch. Vielleicht würde sie ja eine Freundin werden. Ob sie mich wohl zu Hause besuchen würde?

»Natürlich. Meine Nummer ist ...«

»Angel!«, rief eine männliche Stimme und ließ mich erschrocken zusammenfahren. Ich drehte meinen Rollstuhl zur Seite, um besser nach dem Mann sehen zu können. Meine Augen weiteten sich, als ich Dean erkannte, der keuchend auf mich zurannte.

»Gott, Angel!«

Während ich hier saß und unsanft auf meiner Lippe kaute, fühlte ich mich blitzartig unwohl. Ich wusste nicht, was ich sagen oder tun sollte. Ob eine Entschuldigung sofort angebracht war, oder sollte ich noch etwas warten? Wollte er zuerst mit mir sprechen?

Plötzlich fühlte ich mich so überfordert wie schon lange nicht mehr. Dieses Ungewisse machte mich verrückt und meine Gefühlslage um Welten komplizierter.

Dean hielt vor mir und bevor ich etwas sagen konnte, schloss er mich fest in seine Arme.

»Hier bist du! Ich habe überall nach dir gesucht. Du kannst nicht einfach ohne ein Wort zu sagen verschwinden. Auf den Straßen ist es für jemanden wie dich gefährlich, wie hätte ich dich beschützen sollen?«

Traurigkeit durchschoss mich, die mein Herz zum Schmerzen brachte.

So jemanden wie mich also, hm?

Ich verzog meine Lippen zu einem Lächeln und begann sanft über seinen Rücken zu streicheln.

»Mir geht es gut«, versuchte ich, ihm klarzumachen. »Siehst du? An mir ist noch immer alles dran.«

»Das ist nicht witzig!« Plötzliche Wut übermannte ihn, als er sich verärgert durch die wilden Strähnen strich. »Dir hätte sonst etwas passieren können, ist dir das nicht bewusst? Angel, bitte tu das nie wieder.«

Wieso tat Dean mir das an? Ich war einundzwanzig, also seit einer Weile volljährig, und konnte tun und lassen, was ich wollte. Wenn ich Lust dazu verspürte, konnte ich einfach die Straße überqueren, trotz der vielen Autos. Außerdem konnte ich bei Nacht ohne eine Taschenlampe durch eine dunkle Gasse streifen, ohne dass ich mich daran hindern ließ!

Schlechte Beispiele. Die zeigen nun wirklich nicht viel meiner erwachsenen Seite.

Seufzend schüttelte ich den Kopf, verwarf die nutzlosen Gedanken und versuchte, Dean etwas runterzubringen.

»Es tut mir leid. Ich werde nie wieder einfach weglaufen, versprochen. Sei bitte nicht mehr wütend auf mich.«

»Das bin ich aber«, rief er aufgebracht, gestikulierte wild mit seinen Händen. Dann stoppte er, atmete tief ein und aus. Das Grün seiner Iriden funkelte, als er mich erneut in Augenschein nahm. »Entschuldige, ich wollte dich nicht anschreien. Du musst wissen, deine Eltern machen sich furchtbare Sorgen um dich. Elena wollte die Polizei rufen, wovon ich sie gerade noch abbringen konnte.«

Es hätte sowieso nichts gebracht. Die Polizei agierte erst, wenn sie es für nötig hielt. Nach vierundzwanzig Stunden. Bis dahin hätte ich meinen Weg wieder zurück nach Hause gefunden.

»Dean, bitte. Lass uns einfach nach Hause gehen, ja?«

Ich wollte nicht hören, wie schlecht es meinen Eltern ging und wie groß ihre Sorgen um mich waren. Die Realität übertraf meine Vorstellung um Längen. Leider war diese bereits so riesig, dass ich fürchtete, ihnen das Herz gebrochen zu haben.

Was hatte ich nur getan?

»Wem gehört eigentlich die Jacke?«, wechselte Dean schließlich das Thema.

Bei dem Gedanken an Skylar begann mein Herz schneller zu schlagen. Ich hatte die Arme vollkommen vergessen!

Ich drehte mich um. »Oh, darf ich vorst...«

Verwirrt starrte ich auf die Stelle, an der vor wenigen Sekunden Skylar noch gestanden hatte. Doch sie war wie vom Erdboden verschluckt. Selbst als ich mich umsah und nach ihr Ausschau hielt, konnte ich sie nicht mehr finden.

Ich fragte mich, wieso sie einfach verschwunden war. Sie besaß weder meine Nummer noch meine Adresse. Wie sollte ich ihr die Jacke wiedergeben?

Zu gerne hätte ich mich richtig von ihr verabschiedet. Womöglich war sie auch geflohen. Ich fragte mich, ob sie Dean wohl nicht ganz fremd war. Oder war meine unhöfliche Unaufmerksamkeit ihr gegenüber der Grund für ihr Verschwinden?

»Wer hat dir etwas gekauft?«, fragte Dean skeptisch. Er folgte meinem Beispiel und sah sich ebenfalls um, konnte jedoch nichts Auffälliges entdecken.

»Sie ist weg«, stellte ich traurig fest. »Sie stand noch vor wenigen Momenten genau hier!«

Ich deutete auf den Platz, an den sie mich begleitet hatte.

»Bist du sicher?«, fragte Dean, als hielte er mich für verrückt.

Er tat gerade so, als hätte ich mir Skylar bloß eingebildet. Die Jacke bewies das Gegenteil!

»Gut, vielleicht musste sie gehen und wollte uns nicht unterbrechen«, überlegte Dean, wirkte davon jedoch nicht allzu überzeugt. Im Gegenteil, auf einmal wirkte er viel wachsamer. Seine Augen schienen überall zu sein.

Ohne noch etwas von sich zu geben, trat Dean hinter mich und schob den Rollstuhl. Dabei entging mir nicht, dass er sich schneller fortbewegte als sonst. Irgendwas stimmte nicht mit ihm. Irgendein wichtiges Detail entging mir.

Was übersah ich hier?

»Dean? Ist alles in Ordnung?«, fragte ich vorsichtig.

Er antwortete nicht sofort, woraus ich schloss, dass er sich eine Antwort zusammenreimte.

»Lüg mich bitte nicht an.«

Er stöhnte hörbar frustriert auf. Himmel, er konnte mit mir über alles sprechen, das musste ihm doch klar sein. Was, zum Teufel, entging mir?

»Zu Hause. Ich werde es dir erzählen, wenn wir zu Hause sind.«

Ein Teil fragte sich, ob er mir tatsächlich die Wahrheit erzählen wollte, oder ob er die Zeit brauchte, sich eine glaubhafte Lüge auszudenken. Bei beidem lief es mir eiskalt den Rücken hinunter. Es fühlte sich so unglaublich falsch an. Selbst der Gedanke, dass er mich hintergehen könnte, ließ meinen Magen rumoren.

Ich hatte das Gefühl, mich jeden Moment übergeben zu müssen.

Als wir an einer Ampel stehen blieben und Dean sich erneut umsah, tat ich es ihm gleich.

Und tatsächlich sah ich Skylar nur wenige Meter entfernt an einer Hauswand stehen. Sie lächelte mir entgegen, bevor sie ihre Hand hob, um mir zu winken.

Noch bevor ich diese Geste erwidern konnte, erschien ein Mann neben ihr, der ihr etwas ins Ohr flüsterte. Sie schüttelte den Kopf.

Irgendwie erschien mir der Mann unheimlich. Er war groß gebaut, fast anderthalb Köpfe größer als die junge Frau. Da er nur ein Muskelshirt trug, erkannte ich eine Reihe von Tattoos auf seinem Körper.

Himmel, war ihm nicht fürchterlich kalt?

Der Mann hauchte Skylar einen Kuss auf die Lippen. Vermutlich war er ihr Freund. Ein unerklärlicher Schauder rann über meinen Körper, als beide erneut ihre Blicke auf mich richteten.

Nervös hob ich meine Hand, um ihre vorige Geste zu erwidern.

»Wem winkst du?«, erkundigte sich Dean besorgt, der sofort in die Richtung des Pärchens starrte. Es war jedoch genauso schnell verschwunden wie Skylar vorhin. Verwirrt starrte ich an die Hauswand und rieb mir die Schläfen.

Was für ein komisches Verhalten.

Ich erklärte Dean, dass ich eine Freundin gesehen hätte, mich jedoch verguckt haben musste. Es war nicht so, dass ich ihn unbedingt belügen wollte, aber er machte sich bereits genug Sorgen. Außerdem verlangte ich nach etwas Ruhe, bevor ich meinen Eltern gegenübertrat. Jetzt über den Verdacht zu sprechen, dass Skylar Dean offensichtlich nicht begegnen wollte, würde lediglich zu einer Diskussion führen, die ich nicht wollte.

Dean zuckte nur mit den Schultern, bevor die Ampel auf Grün schaltete.

Den Rest des Weges blieb er still, während ich meinen Theorien nachhing, worüber er wohl mit mir sprechen wollte. Es war wohl das Beste, ich würde es einfach auf mich zukommen lassen. Nun in Panik zu geraten brachte nichts. Ich würde sowieso warten müssen, also ließ ich die albernen Gedanken fallen.

Es dauerte nicht lange, bis wir am Grundstück ankamen und meine Eltern wie wildgewordene Furien auf mich zugerannt kamen. Statt jedoch mit mir zu schimpfen und mich zu belehren, wie schrecklich sie mein Verhalten fanden, schlossen sie mich in eine feste Umarmung.

Mama zitterte und ich spürte ihre Tränen, die erbarmungslos über ihre Wangen liefen.

Augenblicklich kehrte der Schmerz zurück und schlang sich mit stählernen Ketten um mein Herz, das wie wild gegen meinen Brustkorb donnerte.

»Mama, bitte hör auf zu weinen«, sagte ich, während ich die Umarmung erwiderte.

Sie begann zu schluchzen, als sie ihre Hand in mein Haar krallte und dabei ihre Stirn gegen meine Schulter presste.

Mein Vater löste sich langsam aus der Umklammerung, um sie zu beruhigen. Sie schien jedoch davon nichts wissen zu wollen, denn ihre Umarmung verstärkte sich, sodass sie mir Schmerzen bereitete. Doch ich ließ es über mich ergehen, sagte nichts, verzog lediglich die Mundwinkel.

»Mach das bitte nie wieder!«, rief sie weinerlich und brachte mich an den Rand der Verzweiflung.

Ich wollte sie nicht traurig machen und nicht der Grund für ihre Tränen sein. Sie sollte überhaupt nicht weinen. Nicht heute, nein, niemals!

»Mama, es tut mir leid«, hauchte ich und strich beruhigend über ihren Rücken. »Hörst du? Ich wollte nicht weglaufen, sondern nur etwas Zeit für mich allein.«

Langsam löste sie sich von mir, begann mit dem Handrücken über ihre Wangen zu reiben. Ihr Gesicht hatte die Farbe einer Tomate angenommen und konkurrierte mit ihren Haaren. Obwohl sie weinte, strahlten ihre Augen außergewöhnlich hell.

»Du dummes Ding«, sagte sie leise, lächelte aber. »Wenn du Luft brauchst, sag es bitte das nächste Mal. Gott, ich darf nicht daran denken, wenn dir etwas zugestoßen wäre?«

»Kommt erst einmal herein«, schlug mein Vater vor. »Es ist trotz des Sonnenscheins ziemlich frisch. Wir wollen doch nicht, dass ihr euch eine Erkältung einfangt.«

»Dein Dad hat recht«, stimmte ihm Dean zu, der auf einmal ziemlich müde wirkte. »Lasst uns reingehen.«

Ohne ein Wort erhob sich meine Mutter, umrundete mich und schob mich durch den Garten. Sie ging langsam und vorsichtig, als könnte ich bei einer falschen Bewegung zerbrechen.

Ich wollte ihr sagen, dass es mir gut ging und sie sich keine Sorgen machen musste, doch ich bekam kein Wort heraus. Nicht einmal eine weitere Entschuldigung glitt über meine Lippen. Stattdessen ließ ich mich stumm ins Wohnzimmer fahren, wo sich meine Mutter einen Platz auf der Couch suchte.

Mama schien total in ihren Gedanken versunken.

Als ich zu meinem Vater sah, seufzte dieser und zeigte mit dem Finger nach oben.

»Wie wäre es, wenn ihr in dein Zimmer geht, hm?«, schlug er erschöpft vor.

»Gute Idee.«

Nun war Dean derjenige, der sich hinter mich stellte, um mich aus dem Raum zu schieben. Ich drehte mich noch einmal um, fühlte mich nicht gut bei dem Gedanken, meiner Mama jetzt fern zu sein.

Da gesellte sich Katharina zu ihr und nahm sie in die Arme. Anschließend hörte ich erneut ihr Schluchzen, das mein Blut gefrieren ließ.

Eine gute Tochter war ich wirklich nicht.

Dean brachte mich schweigend zum Aufzug, sicherte mich und betätigte den Knopf. Währenddessen stieg er die Treppe nach oben, wo er mir schließlich hinaushalf, um mich in mein Zimmer zu bringen.

»Das ist alles meine Schuld, richtig?«, fragte ich, obwohl ich die Antwort bereits kannte.

»Angel, nichts davon ist deine Schuld. Du kennst sie doch.«

Dean klang nicht sonderlich überzeugend. Trotzdem rechnete ich es ihm hoch an, dass er mich aufzumuntern versuchte. Als wir mein Zimmer betraten und er die Tür hinter uns schloss, rieb ich mir traurig über die Augen. Ich fühlte mich träge, irgendwie verloren.

»Bist du so lieb und setzt mich aufs Bett?«

»Natürlich, alles was du möchtest, Süße.«

Mit einem sanften Lächeln hob er mich aus meinem Rollstuhl und setzte mich auf der Bettdecke ab. Dann stellte er den Rollstuhl an die linke Wand unter das Fenster, bevor er sich zu mir gesellte. Zärtlich griff er nach meiner Hand. Wohlige Streicheleinheiten folgten, worauf ich mich dankbar an ihn lehnte. In seiner Nähe fühlte ich mich geborgen.

»Ich liebe dich, Angel, das weißt du, oder?«

Mit der freien Hand streichelte er über mein Kinn, ließ seinen Daumen über meine Lippen gleiten. Ich schenkte ihm ein Nicken, zu mehr war ich momentan nicht imstande.

Seine Gesichtszüge veränderten sich. Plötzlich wirkte er ernst und die Besorgnis wich aus seinen Augen. Er benetzte meine Stirn mit vorsichtigen Küssen.

Als ich seufzte – der Druck unserer Hände verstärkte sich –, liebkoste er meine Nase, die geschlossenen Augenlider und meine Wangen. Jäh stoppte er, als würde er noch einmal einen Gedanken an etwas anderes verschwenden. Ich spürte seinen heißen Atem an meinen Lippen, die sich wie von selbst öffneten. Mir wurde auf einmal sehr warm und die Hitze, die sich in meinem gesamten Körper ausbreitete, war nichts im Vergleich zur heutigen Sonne.

Dean lächelte, als er mich schließlich küsste. Es war ein sanfter, vorsichtiger Kuss. Doch als ich ihn erwiderte, seiner Zunge Einlass gewährte, verwandelte sich mein Freund in ein wildes Tier.

Seine Hände umfassten meine Arme, drückten mich dabei unbeholfen an sich. Unsicherheit übermannte meinen Körper, da ich doch nicht wusste, was zu tun war. Die Hitze schwand, als er den Kuss schließlich löste und sich seine Lippen einen Weg an meinem Hals hinunterbahnten.

Ich ahnte, worauf er hinauswollte.

»Dean, bitte. Hör auf.«

Obwohl ich mich bemühte die Worte gefühlvoll klingen zu lassen, waren sie grob und bestimmt.

Er zuckte, löste sich sofort von mir und sprang auf die Beine. Beschämt starrte er auf seine Füße, als wollte er nicht, dass ich seine Verlegenheit erkannte.

»'tschuldigung«, nuschelte er, »ich habe nicht nachgedacht.«

Ein weiterer Mensch, den du unglücklich gemacht hast. Toll gemacht, Angel.

Hastig schüttelte ich den Kopf, bevor ich tief Luft holte. Ich war wirklich ein Feigling. Wie sollte ich meine Familie glücklich machen, wenn ich nur an mich dachte? Mir war klar, dass ich an mir arbeiten musste, doch es erschien schwerer als gedacht.

»Wenn du möchtest, können wir heute Abend kuscheln«, murmelte ich, spürte, wie sich eine sanfte Röte über meine Wangen zog. Himmel, mir war es noch immer unangenehm, so mit Dean zu sprechen. Und dabei stand er mir so unheimlich nah. Wir waren nun schon seit drei Jahren ein Paar. Dennoch hatte ich es nie geschafft, eine Stufe höher zu klettern.

Er wollte schon lange mit mir schlafen. Obwohl ich mich dazu zwang, Dean so viel Liebe wie möglich zu schenken, konnte ich mich nicht dazu durchringen, ihn mich anfassen zu lassen.

Es war nicht nur die Angst vor dem ersten Mal, sondern die

Tatsache, die mein Freund immer zu vergessen schien. Meine Lähmung.

Bei einer Untersuchung hatte ich mich getraut, das Thema anzusprechen. Der Arzt hatte gelacht und gesagt, dass alles *funktionieren* würde. Es läge nur an mir.

Ich wollte nicht, dass es an mir lag.

»Das fände ich schön«, sagte Dean und hauchte mir einen sanften Kuss auf die Stirn.

Womit hatte ich diesen wundervollen Mann nur verdient?

»Aber da wir nun sowieso Zeit haben ... Du hattest doch eine Frage, nicht wahr?«, wechselte er das Thema.

Auch ich wollte diesen Moment ganz schnell vergessen.

»Oh, ja!«, rief ich, erfreut darüber, dass er mich daran erinnerte. »Erklär mir bitte, weshalb du so in Sorge bist. Ich kann deine Reaktionen nicht nachvollziehen.«

Auf einmal wirkte es auf mich wie ein Verhör, etwas, das mir fremd war. Ich wollte Dean nicht dazu bringen, mir etwas zu sagen, über das er nicht sprechen wollte. Dennoch saß ich gespannt auf meinem Bett und hoffte, mehr von ihm zu erfahren.

Doppelmoral war verdammt doof. Dabei hatte er dieses Spiel begonnen!

Dean raufte sich die Haare, bevor er tief ein- und ausatmete. Er trat er einen Schritt zurück, ließ mich jedoch nicht aus den Augen.

»Ich möchte, dass du genau hinsiehst, und bitte, fürchte dich nicht, Angel. Du bist in Sicherheit.«

Überrascht hob ich meine Brauen, als er für einen Moment seine grünen Augen schloss. Dabei hob und senkte sich seine Brust gleichmäßig. Es sah aus, als würde er schlafen. Als er seine Lider jedoch wieder hob, schluckte ich erschrocken.

Das Grün leuchtete, starrte geradezu durch mich hindurch. Kleine, klare Linien bildeten sich auf seinen Wangen und seine Gestalt begann sich zu verändern.

Ich tat, worum er mich gebeten hatte. Ich sah hin.

Dean schrumpfte, bis er schließlich so klein wie eine Ratte war. Fell bedeckte seinen winzigen Körper, während sich seine Ohren vergrößerten, spitzer wurden.

Er verwandelte sich vor meinen Augen in ein Tier und zu meiner Überraschung in etwas, vor dem ich mich einfach nicht fürchten konnte.

In ein Babykätzchen.

»Dean?«, fragte ich vorsichtig, nicht wissend, ob er mich verstehen konnte.

»Habe keine Angst.« Seine Stimme erklang laut und menschlich, obwohl er in dieser kleinen Gestalt hauste. »Ich bin noch immer derselbe. Nur mein Aussehen hat sich verändert.«

Mit einem gewaltigen Sprung – unmöglich für ein normales Katzenbaby – landete er auf meiner Bettdecke und tapste auf mich zu. Seine süßen Ohren wackelten hin und her, seine Schnurrhaare zuckten und der kleine graue Schwanz wedelte wie der eines Hundes hin und her.

Ohne Zurückhaltung nahm ich ihn in meine Arme, drückte das Tierchen an meine Brust, hinter der sich ein wild pochendes Herz versteckte.

»Gott, du bist unheimlich niedlich! Dein Fell ist so weich! Dean, grau steht dir ausgezeichnet.«

Fast hätte ich aufgelacht. Sein Blick, so verwirrt und doch überwältigt, amüsierte mich köstlich. War er wirklich der Meinung gewesen, dass ich Angst vor ihm empfinden könnte? Vor ihm, meinem geliebten und gleichzeitig besten Freund? Manchmal konnte seine Naivität wirklich süß sein.

Ich bin die Letzte, die sich darüber lustig machen sollte. So wie ich das sehe, bin ich die Naivität in Person, seufzte ich innerlich.

»Ich verstehe das nicht!«, stöhnte Dean empört. »Ich habe mich gerade vor deinen Augen in eine Katze verwandelt. Schockt dich das überhaupt nicht?«

»Nicht im Geringsten«, gab ich trocken zu, konnte mir das Lachen jedoch nicht verkneifen.

Es war richtig, dass ich vieles verdrängte und auf Probleme nicht einzugehen versuchte. Zumindest nicht, bis sie die Gefühle eines anderen verletzten, denn dann half ich, den Ärger aus dem Weg zu räumen. Doch ich sprach keine Dinge an, die mich nichts angingen.

So auch Deans Verwandlung nicht.

»Dann sieh dir das an!«

Seine Stimme bebte vor Stolz, als ich das Kätzchen vor Schreck fallen ließ. Sein Körper leuchtete für einen Moment und die Tatzen vergrößerten sich. Aus den kleinen, flauschigen Pfoten wurden große, gefährliche Pranken. Das Fell färbte sich schwarz, doch die Augen blieben gleich, erinnerten mich in jedem Augenblick an meinen festen Freund.

Dean knurrte, als er die Gestalt eines Panthers annahm und seine Schnauze provokant gegen mein Kinn drückte und die Lefzen zurückzog. Ich blickte auf die messerscharfen Zähne, die jeden erwachsenen Mann in die Flucht geschlagen hätten.

Dennoch empfand ich keine Angst.

Ohne auf sein leises Knurren zu achten, legte ich meine Hand flach auf Deans Schnauze. Seine Schnurrhaare kitzelten mich, hinterließen ein angenehmes Prickeln auf meiner Haut. Vorsichtig fuhr ich hinter seine runden Ohren, wo ich ihn schließlich kraulte.

Sein Schnurren verriet mir, wie sehr er meine Streicheleinheiten genoss.

Obwohl er auf mich angsteinflößend wirken sollte, ließ er sich nun auf den Bauch fallen, überkreuzte seine Pranken und legte seine Schnauze in meine Hände. Dean schloss die Augen, was mir verdeutlichte, dass ich weitermachen sollte.

Nur durch diese kleine Geste schienen all meine Probleme in Vergessenheit zu geraten. Ich vergaß das Mädchen, das mysteriöserweise verschwunden war, ignorierte die verletzten Gefühle meiner geliebten Eltern und konzentrierte mich lediglich auf das wunderschöne Wesen, das vor mir lag.

Ich kraulte Dean hinter den Ohren, streichelte über sein weiches, schwarzes Fell. Mit den Fingerspitzen strich ich vorsichtig über seine Schnurrhaare, beobachtete, wie er dabei zusammenzuckte. Dennoch protestierte er nicht, als ich den Vorgang wiederholte.

Fast hätte ich mich in dem schönen Tier verloren.

»Was hat das nun mit meiner Sicherheit zu tun?«, erkundigte ich mich leise.

In diesem Moment öffnete er seine Augen. Ich hielt seinem Blick stand und zwang mich zu einem sanften Lächeln.

Ich wollte mehr erfahren, wissen, worüber Dean sich solche Gedanken machte.

Dean seufzte, bevor er sich mit einer geschmeidigen Bewegung auf die Beine hievte, um sich hinzusetzen. Währenddessen verwandelte er sich in seine normale Gestalt zurück.

Zuerst blieb er stumm.

Ich wusste, dass er nach den richtigen Worten suchte, konnte in seinen Augen lesen, wie sehr es ihn beschäftigte, weswegen ich ihm die Zeit gab, die er brauchte.

»Ich bin nicht der einzige Gestaltwandler in meiner Familie ...«

»Gestaltwandler? Nennt man so die Menschen, die sich in Katzen verwandeln?«

»So einfach ist das nicht.« Dean schüttelte schmunzelnd den Kopf. »Jeder Gestaltwandler wird mit einer bestimmten Gabe geboren, die ihm hilft, sich in ein gewisses Tier zu verwandeln. Bist du, so wie ich, ein Katzenwandler, ist man in der Lage, sich in jede Art von Katze zu verwandeln. So auch ein Hunde- oder Bärenwandler. Es gibt jedoch auch Wolfswandler, die du vielleicht unter der Bezeichnung Werwolf kennst. Sie nehmen nur eine Form an.«

»Oh!«

Mein Hirn lief auf Hochtouren, während versuchte, die neuen Informationen abzuspeichern. Trotz der Tatsache, dass es ziemlich unglaubwürdig klang, obwohl ich gerade seine Verwandlung gesehen hatte, überlegte ich fieberhaft, ob ich nicht schon einem anderen Gestaltwandler begegnet war.

»Ja, du bist einigen bereits begegnet«, sagte Dean, als wüsste er, was in mir vorging. »An dem Abend – erinnerst du dich, du wolltest meine Familie kennenlernen – waren doch so viele Personen zu Besuch und ich sagte dir, dass sie eine Feier planen würden. Es war eine Lüge. Diese Menschen gehören zu meinem Rudel. Sie sind meine Familie...«

Ich nickte. Deans Stimme rückte in den Hintergrund. Überraschenderweise machte mir der Gedanke, den ganzen Abend zwischen *Tierwandlern* verbracht zu haben, keine Angst. Im Gegenteil, ich verspürte sogar den Drang, den Besuch zu wiederholen.

Vielleicht würden sie mir ein paar Fragen beantworten oder so lieb sein, mir ihre richtige Gestalt zu zeigen. Das würde mich unheimlich freuen.

»Angel? Hörst du mir noch zu?« Dean lachte überrascht auf, wobei er mit der Hand vor meinem Gesicht herumwedelte.

»Entschuldige! Sprich ruhig weiter.«

»Meine Familie beschützt Unschuldige, Angel. Jemanden wie dich. Das ist auch der Grund, weswegen sie mich mit dir bekannt gemacht haben. Ich liebe dich, Angel, so unbeschreiblich, und ich könnte es nicht ertragen, wenn dir etwas zustößt.«

»Aber was sollte mir passieren?«, fragte ich verwirrt.

Deans Augen wirkten auf einmal gequält, fast so, als wüsste er nicht, für was er sich nun entscheiden sollte. Sagte er mir die Wahrheit, oder verschwieg er mir den wichtigsten Teil?

»Dort draußen gibt es bösartige Geschöpfe, Süße. Sie jagen, fangen und töten, deswegen gebe ich auf dich acht. Du erkennst sie nicht, ich hingegen schon. Weißt du nun, wieso ich dich nicht allein lassen möchte?«

Ich nickte, verstand aber trotzdem nicht, was das mit mir zu tun hatte. Warum sollte man mich jagen und töten wollen? Ich gab mir stets Mühe, nett und höflich zu den Menschen zu sein, sie so zu behandeln, wie ich es auch von ihnen erwartete. Es lag in meiner Natur, anderen alles recht zu machen. Ich wünschte niemandem etwas Böses.

Ich bin keine Heilige, das sollte ich nicht vergessen. Ich benehme mich, als würde ich den ganzen Tag mit Blumen um mich schmeißen, stattdessen versuche ich nur, mich vor den Sorgen anderer Menschen zu retten.

Dieser Gedanke ließ mich seufzen, während ich mit einem Kopfschütteln versuchte, ihn zu verdrängen.

Normalerweise dachte ich über solche Dinge nicht nach und tat, was ich für richtig hielt. Doch an dem Abend, an dem ich zum ersten Mal gründlich über einen Auszug nachgedacht hatte, veränderte sich alles.

»Dämonen, Hexen, Ghule … All diese Wesen existieren, Angel, und ich möchte nicht, dass du ihnen begegnest. Stattdessen möchte ich dich in Sicherheit wissen und, so gut es geht, beschützen.«

»Was wollen diese Leute?« Bei dem Gedanken, dass Dean mich hütete und auf mein Wohlergehen achtete, begann mein Herz heftig zu pochen. Genau diese Reaktion verabscheute ich an mir, brachte mich fast dazu, erneut in Tränen auszubrechen.

Wie konnte ich nur so einen egoistischen und selbstverliebten Gedanken gutheißen?

»Sie suchen jemanden. Frag mich nicht wen, das weiß ich nicht, aber ich kann dir sagen, dass sie vor Unschuldigen nicht zurückschrecken. Wenn sie denken, du wärst ihnen im Weg, eliminieren sie dich. Das kann ich nicht verantworten.«

Mit einem zustimmenden Nicken griff ich nach ihm. Er verschränkte unsere Hände, rückte in meine Richtung und lehnte seine Stirn gegen meine. Ich schloss die Augen und verlor mich in der beruhigenden Stille.

Zuerst sagte Dean nichts – keine Ahnung, ob er bemerkte, dass ich die Ruhe mochte. »Reicht dir das?«, fragte er dann doch. »Ich möchte dich nicht mit unnötigen Informationen belasten, die dir Angst machen könnten.« Seine Stimme bebte.

Erneut nickte ich, schmunzelte.

»Ich danke dir, dass du mir die Wahrheit gesagt hast. Von dir, deiner süßen Gestalt und diesen Wesen. Das werde ich nicht vergessen«, hauchte ich verliebt.

Plötzlich sprang er auf, raufte sich die Haare und ging hektisch auf und ab.

»Ich verstehe das nicht! Warum nimmst du das alles so leicht und locker? Du hättest ausrasten oder verängstigt sein müssen. Glaub mir, ich will dir keinesfalls Angst einjagen, aber deine Reaktion überrumpelt mich geradezu!«

Er lachte kurz, bevor er mich ansah.

»Nein, sie überfährt mich.«

Verlegen sah ich auf, schämte mich für einen Moment für das, was ich gleich sagen würde.

»Ich habe dich beobachtet«, murmelte ich.

Augenblicklich begann Dean, wissend zu grinsen. Eine Grimasse, die ich bei ihm nicht mochte.

»Wo?«, fragte er mit diesem zweideutigen Ausdruck in den Augen.

Himmel, ich wollte im Erdboden versinken. Jetzt, auf der Stelle. Am liebsten ganz schnell! Ich entschloss mich, ihm nicht die vollständige Wahrheit zu erzählen, auch wenn ich ihn nicht belügen wollte. Doch das, was ich gesehen hatte, konnte ich nicht in Worte fassen.

Es war mir zu unangenehm, zu ... pervers.

»Beim vorletzten Gewitter bin ich mitten in der Nacht noch einmal wach geworden. Ich habe gesehen, wie du dich in eine Hauskatze verwandelt hast, um schließlich zu mir unter die Decke zu hüpfen. Du hast die halbe Nacht geschnurrt.«

Er lachte, öffnete seine Lippen und zeigte mir seine strahlenden Zähne. Noch bevor er zum ersten Wort ansetzen konnte, öffnete sich meine Zimmertür.

Mein Vater trat mit einem Klopfen ein.

»Ich hoffe, ich störe nicht«, entschuldigte er sein Eintreten. Ich winkte ab. Um ehrlich zu sein, war ich froh, erneut etwas Ablenkung zu finden.

»Was hast du, Papa?«

Dad kam zu mir und legte mir einen kleinen Umschlag in die Hände.

»Wir wissen, es ist etwas zu früh für dein Geburtstagsgeschenk, aber ich hoffe es gefällt dir, mein Engel.«

Womit habe ich das verdient? Ich habe Mama zum Weinen gebracht und du, Papa, ich sehe in deinem Blick, wie traurig dich die Situation macht. Doch ihr beide schiebt eure Sorgen beiseite, um mir zu beweisen, dass ihr immer an meiner Seite sein werdet. Das habe ich nicht verdient.

Nicht ... nach alledem.

»Das wäre nicht nötig gewesen, Papa.«

Er gluckste, bevor er mir einen sanften Kuss auf die Stirn hauchte.

»Du hast es dir verdient, Angel. Verzeih uns, dass wir dich heute Mittag so angefahren haben, in Ordnung? Wir sprechen ein andermal noch mal darüber. Und nun guck in den Umschlag, es wird dir gefallen.«

Unsicher lag mein Blick auf dem Umschlag. Ich wollte meinen Papa nicht noch einmal enttäuschen, weswegen ich mich schließlich dazu entschied, das Papier zu öffnen.

»Was ist es?«, fragte Dean neugierig. Er beugte sich zu mir und öffnete erstaunt seinen Mund. »Wow! Das sind ...«

»Karten fürs Ballett«, beendete ich seinen Satz.

Ich konnte nicht fassen, was dort auf dem Papier stand. Diese elf Buchstaben trieben mir die Tränen in die Augen. Ein pochender Schmerz legte sich über mein Herz.

Für mich brach eine Welt zusammen, obwohl gleichzeitig die Sonne aufging.

Schwanensee.

Kapitel 5

Im Kreis der zehn Hexer – Kardas Sicht

Laut fluchend stürmte ich wie eine wild gewordene Katze durch die Gänge des alten Gemäuers, wobei mein Blick durch jede Tür glitt, an der ich vorbeirannte. Doch in keinem der Räume befand sich die Person, nach der ich suchte.

Orga, eines der ältesten Ratsmitglieder, schien vom Erdboden verschluckt zu sein. Er war nicht wie die anderen zu uns gestoßen, um seine Hilfe anzubieten. Doch nun brauchten wir ihn.

Es ging um Leben und Tod, was die Situation nur noch verschärfte.

»Orga!«, brüllte ich, erhielt jedoch keine Antwort.

Mit zittrigen Händen stoppte ich, um nach Luft zu schnappen. Mich plagten schreckliche Kopfschmerzen, weswegen ich mich erschöpft gegen das Gestein lehnte, um mir den Schweiß von der Stirn zu wischen. Ich schaffte es nicht, mich zu beruhigen. Obwohl ich versuchte, regelmäßig ein- und auszuatmen, schien der Sauerstoff knapp zu werden. Um zu verhindern, dass ich hyperventilierte, schnappte ich immer wieder nach Luft.

Doch dafür gab es keine Zeit. Orga musste gefunden werden, ansonsten würde etwas Schreckliches geschehen.

Etwas, das mich und mein Herz für immer brechen würde.

Also ignorierte ich den pochenden Schmerz in meiner Brust, stieß mich von der Wand ab und setzte meinen Weg fort. Panisch suchte ich das Gebäude ab, wissend, diese Aufgabe nicht allein erledigen zu müssen. Innerlich hoffte ich, dass einer unserer Schüler den Hexer fand.

Wir brauchten ihn und sein Können, all die Erfahrung, die sein langes Leben mit sich brachte.

Arcor ging es den Umständen entsprechend, also nicht sonderlich gut. Die Heiler, die sich bereits um ihn kümmerten, verabreichten ihm ein Mittel, dass die inneren Blutungen stoppen und heilen würde. Tatsächlich schien das Medikament anzuschlagen. Auch die Knochenbrüche konnten ohne große Anstrengung geheilt werden, doch etwas anderes machte ihnen zu schaffen.

Der Biss, der Arcors rechte Schulter verunstaltete, besserte sich nicht. Wir konnten das Gift nicht identifizieren. Leider bedeutete das auch, dass wir Arcor nichts nutzten. Ohne ein Gegenmittel würde die tödliche Flüssigkeit nicht verschwinden.

Das würde den Tod meines Geliebten bedeuten.

Zu unserem Leidwesen wussten wir nicht einmal, welches Wesen Arcor gebissen hatte. Ich hasste mich dafür, nicht auf meine Gegner geachtet zu haben, doch niemand von denen, an die ich mich erinnern konnte, passte ins Profil. Selbst unsere erfahrensten Ärzte wussten keinen Rat.

Jupiter und Radia waren die Einzigen von uns, die ebenfalls etwas von Medizin verstanden. Radia hatte sich vor langer Zeit auf Tränke und Gifte spezialisiert. Sie konnte mit der Verletzung jedoch nicht viel anfangen. Und das, obwohl sie eines der tödlichsten Mittel herstellen konnte. Momentan hatte sie sich mit einer Probe in ihrem Labor verschanzt, um die Substanz zu analysieren und möglicherweise ein Gegenmittel herzustellen.

Jedoch wusste niemand, ob sie rechtzeitig damit fertig werden würde.

Unsere Jupiter hingegen befand sich gerade inmitten ihres Studiums, das sie bei den Heilern absolvierte. Ihr Wissen war noch nicht weit genug fortgeschritten, dennoch versuchte sie ihr Möglichstes.

Ein Wimmern entfloh mir, als ich um die Ecke bog und erneut einen Stopp einlegte. Tränen schossen mir in die Augen, die ich gekonnt abzuschütteln wusste.

Ich durfte keinerlei Schwäche zeigen, schließlich gehörte ich zum Rat der vier Kreise, zu den stärksten Vertretern der Wesen auf der gesamten Welt. Wenn ich so eine Kleinigkeit nicht überstand, wie konnte ich mich dann ein Ratsmitglied nennen?

Trotz dieser Erkenntnis schmerzte mein Herz gewaltig, als würde jemand darauf einschlagen. Mir war schrecklich zum Weinen zumute. Eigentlich wollte ich mich irgendwo verkriechen und über eine Lösung nachgrübeln. Irgendeinen Weg musste es doch geben!

»Karda?«

Erschrocken hob ich den Kopf, starrte direkt in Orgas fragendes Gesicht. Augenblicklich umschloss eine unheimliche Wärme meinen Geist, erfüllte mich mit der tiefsten Freude, die man empfinden konnte.

»Karda, ist alles in Ordnung? Du siehst echt beschissen aus.«

Ich ignorierte seine Wortwahl und hastete auf ihn zu. So fest ich konnte, packte ich den Hexer am Arm, nur um ihn anschließend mit mir zu ziehen.

»Du musst sofort mitkommen. Arcor wurde verletzt und die Heiler können ihm nicht helfen«, rief ich aufgebracht, dämpfte jedoch dann meine Stimme. »Du kennst dich von uns am besten mit dem Kämpfen aus. Vielleicht kennst du das Geschöpf, das solche Bisse hinterlässt.«

Orga grunzte kurz, schien jedoch keinesfalls belustigt.

»Karda, Bisse sind meist gleich. Das solltest du wissen.«

»Das tue ich!« Langsam wurde ich wütend. Wie konnte er nur so ein Desinteresse an der Gesundheit meines Geliebten und seines Kameraden zeigen? »Doch ihre Zähne sind stets anders. An den Einstichstellen könntest du erkennen, um welches Wesen es sich handelt. Ich habe einen Sukkubus in Verdacht, bin mir aber nicht sicher.«

Aus den Augenwinkeln erkannte ich, dass er seine Augen verdrehte.

»Sukkubusbisse sind nicht giftig. Manche lähmen dich für einige Minuten, verletzen dich jedoch nicht«, erklärte er neunmalklug.

Unsanft biss ich mir auf die Lippe, hielt mich so davon ab, Orga verbal den Hals umzudrehen. Ich verstand den Hexer nicht. Sonst verhielt er sich vollkommen anders, war für seine Kameraden da. Auch wenn sie ihm auf die Nerven gingen und er ihre Taten nicht guthieß.

Doch seit geraumer Zeit interessierte ihn die Meinung der anderen nicht mehr. Orga verhielt sich merkwürdig, irgendwie zurückhaltender. Seit dem verlorenen Kampf gegen den Orden, der Skylar erfolgreich beschützt hatte, schien Orga seinen eigenen Weg zu gehen.

Etwas, was sich eine Gemeinschaft, wie wir es waren, nicht leisten konnte.

Als ich mit ihm schließlich um eine weitere Ecke eilte und wir dabei dem Krankenzimmer, in dem Arcor lag, näher kamen, erklang ein lauter, schmerzverzerrter Schrei. Panik ergriff mich, sodass ich mich von Orga löste und ohne auf ihn zu achten ins Zimmer stürmte.

»Arcor! Liebster!«, keuchte ich erschrocken, als ich den Mann regungslos dort liegen sah.

»Er lebt«, versicherte Jupiter, die auf einem Stuhl neben dem Bett saß.

Erleichtert atmete ich aus, doch der Blick der Hexe verriet nichts Positives. »Noch.«

Meine Hoffnung sackte in sich zusammen. Stumm ging ich an die andere Bettseite und setzte mich auf den freien Stuhl. Angst schlich sich in meinen Geist, als ich Arcors Hand umschloss. Sie war gefährlich kalt. Ein Schauder übermannte mich, ich fühlte mich wie ein verlorenes Kind.

Beim Willen aller Götter, wir mussten einfach etwas unternehmen!

Mein Blick wanderte zu dem Biss, den man deutlich erkennen konnte. Seit ich den Raum vor ungefähr fünfzehn Minuten verlassen hatte, hatte sich die Wunde verschlechtert. Das Fleisch verfärbte sich noch vor meinen Augen dunkel, fast schwarz. Auch das Blut – zum Glück konnte die Blutung einigermaßen gestoppt werden – nahm diese Farbe an. Es sah grässlich aus und stank. Gott, auf dem verletzten Fleisch bildeten sich kleine Blasen.

»Wurde die Wunde gereinigt?«, erkundigte sich Orga, als er in den Raum trat.

Jupiter seufzte.

Verärgert blickte einer der Heiler in seine Richtung. »Natürlich, wir wissen, wie wir unsere Arbeit zu erledigen haben!«

»Offensichtlich. Arcor sieht richtig munter aus«, stichelte Orga.

»Orga!«, fauchte ich erschrocken. »Hör auf damit! Streitereien bringen uns hier nicht weiter. Arcors Leben steht auf dem Spiel!«

Ich war fassungslos. Wie dreist musste man sein, um einen Arzt zu bezichtigen, seine Arbeit nicht sorgfältig zu erledigen? Was war in den Kämpfer gefahren?

Der Hexer kam näher und legte Arcor eine Hand auf die Stirn.

»Fieber«, murmelte er. Dann blickte er auf die dunklen Linien, die sich über den Körper des Verletzten zogen. »Zudem eine Blutvergiftung. Anzeichen von Verseuchung, schwarzes Blut.«

Seuchen konnten Unsterbliche nicht töten. Weder Messer, noch Zerstückelungen konnten dies. Doch es gab Wesen, Anhänger von starker Magie, die in der Lage waren, selbst das Wunder des Lebens zu zerstören, das man Unsterblichen geschenkt hatte. Es gab wenige Gifte, die zu solch einer Tat fähig waren und es waren bloß eine Handvoll Menschen in der Lage, diese herzustellen. Nichtsdestotrotz gab es da auch noch uns – den Rat der Hexer. Auch wir waren in der Lage, Unsterblichkeit auszulöschen. Doch unsereiner würde so etwas niemals tun!

Besorgt beobachtete ich sein Tun, versuchte zu verstehen, was er tat.

Orga schien etwas zu schlussfolgern, was ich allerdings nicht nachvollziehen konnte. Tatsächlich sah er so aus, als wüsste er, um welches Gift es sich handelte, doch zu meiner Enttäuschung schüttelte er den Kopf.

Orgas Augen funkelten, als er sich aufrichtete und zu den Heilern blickte.

»Habt ihr ihm etwas zur Beruhigung gegeben, damit er schläft?«

»Nein«, antwortete die Ärztin. »Als wir eine weitere Probe genommen haben, hat er vor Schmerzen geschrien und wurde ohnmächtig. Wir vermuten, dass er in einer Art Koma liegt.«

»Das heißt«, murmelte ich wie in Trance, »dass er ohne ein Heilmittel nicht erwachen wird.«

»Höchstwahrscheinlich nicht.« Orga seufzte und ballte seine Hände zu Fäusten. »Verflucht noch mal! Wieso hat er uns nicht Bescheid gegeben? Wir hätten helfen können!«

Er ließ sich auf einen weiteren Stuhl fallen und fuhr wild durch sein schulterlanges Haar. Auf einmal wirkte er müde und erschöpft, als hätte er seit Tagen nicht mehr ordentlich geschlafen. Dunkle Ringe umschatteten seine Augen, während seine Wangen eingefallen wirkten.

Meine Aufmerksamkeit richtete sich auf die Ärztin, als sie ihre Hand zum Leuchten brachte. Sie tastete Arcors Körper ab und schenkte mir einen traurigen Blick. Offenbar glaubte sie nicht an das Leben, das noch immer in dem Hexer steckte.

»Kann er es schaffen?«, fragte ich sie zögerlich. Innerlich hoffte ich, die Antwort zu erhalten, nach der ich verlangte. Arcor durfte nicht sterben. Verdammt, was nutzte einem die Unsterblichkeit, wenn man nicht unverwundbar war?

»Das wird sich zeigen«, antwortete der ältere Heiler. »Es kommt ganz darauf an, wie sich Arcor verhält. Es ist sein Kampf. Entweder er gewinnt und erwacht oder er verliert und bleibt in ewiger Finsternis.«

»Und stirbt«, fügte Orga flüsternd hinzu.

Eine düstere Stille legte sich über das Behandlungszimmer.

Mein Herz pochte schmerzhaft. So konnte es nicht enden.

Das würde ich auf keinen Fall zulassen!

Zärtlich küsste ich die Hand unseres Anführers, bevor ich sie auf seine Brust legte.

Ernst, trotz der Trauer in meiner Seele, blickte ich zu Orga, der den Blickkontakt erwartungsvoll erwiderte. Laut erklangen die Worte, die sich an den Kämpfer richteten.

»Versammle den Rat im großen Saal. Lass Radia jedoch im Labor, sie wird die Zeit brauchen, um das Gegengift herzustellen. Wir müssen ein neues Oberhaupt wählen«, sagte ich bestimmt, auch wenn es mich innerlich zerriss.

Orga nickte und hob seine behandschuhte Hand. Sie begann bläulich zu leuchten, bis auf einmal ein lautes Läuten im Schloss erklang. Dann richtete er sich auf und verließ den Raum.

Doch das belustigte Grinsen auf seinen Lippen war mir nicht entgangen. Rasch folgte ich ihm. Irgendwas stimmte nicht mit ihm und ich konnte mir denken, was sich gerade in seinem Kopf abspielte. Orga hielt mich nicht für ein geeignetes Oberhaupt.

Meine Vermutung bestätigte sich, als wir den großen Saal betraten. Der Rest hatte sich bereits versammelt und wartete auf die Verkündung des Grundes.

»Geht es Arcor gut?«, erkundigte sich Aga, der ebenfalls sehr mitgenommen aussah.

»Nein«, erwiderte Orga, »deswegen sind wir alle hier. Wir haben eine Mission, die wir nicht vernachlässigen dürfen. Skylars Dämon wurde erweckt und es wird nicht lange dauern, bis Schwester Nummer zwei gefunden und freigelassen wird. Das können wir nicht verantworten.«

»Das ist auch der Grund«, unterbrach ich ihn, »warum wir ein stellvertretendes Oberhaupt benötigen. Arcor wird in diesem Zustand keine Befehle erteilen können. Das muss einer von uns übernehmen.«

Taxus, der blonde Jüngling, verschränkte die Arme vor der Brust und nickte.

»Ihr habt recht«, stellte er fest. »Doch wer kommt dafür infrage? Karda, ich würde dich vorschlagen. Du kennst Arcor am besten von uns und bist mit seinen Plänen besser vertraut als jeder andere.«

»Ich würde mich freuen, für einige Zeit seinen Platz einzunehmen«, sagte ich und lächelte, wurde jedoch von Orgas Lachen unterbrochen. Als ich in seine Richtung blickte, bemerkte ich, wie Aga belustigt sein weißes Haupt schüttelte.

»Oh nein«, lachte der kampferfahrene Hexer. »Karda, du wirst diesen Zirkel nicht übernehmen.«

»Ach, und warum nicht? Ich bin genauso ...«

»Ich werde das neue Oberhaupt sein.« Orga strotzte nur so vor Selbstverliebtheit.

»Das hast nicht du zu entscheiden!«

»Oh, sicherlich. Falls du unsere Regeln vergessen haben solltest, liebe Karda, besetzt derjenige mit den zweitmeisten Wahlstimmen das Regime. Und, wenn mich meine Erinnerungen nicht trügen, war ich derjenige, nicht du.«

Ich starrte ihn fassungslos an, verstand nicht, wieso er sich gegen mich stellte. Orga wollte das neue Oberhaupt sein? Am liebsten hätte ich laut gelacht. Er würde es niemals hinbekommen, diesen Zirkel so zu führen, wie Arcor es getan hatte.

»Verzeih.« Jupiter lächelte schwach. »Aber Orga hat in diesem Punkt leider recht.«

Mein Verstand setzte für einen Moment aus, sodass ich es kaum schaffte, die Situation zu verarbeiten. Sie ließen also einen Mann den Zirkel führen, der nur das Schlechteste von den Schwestern dachte? Die Menschen, die die Welt der Sterblichen beschützten, fanden es tatsächlich in Ordnung, einem leicht reizbaren Mann die Macht zu geben, alle Entscheidungen zu treffen?

Befand ich mich vielleicht nur in einem grausamen Albtraum?

»Du siehst, ich habe das Recht, von nun an Befehle zu erteilen«, sagte Orga und grinste breit.

Mir schwante Böses. Noch während er sich auf den eigentlichen Platz von Arcor begab, klatschte er in die Hände. Dann setzte er sich, warf seinen Umhang lässig nach hinten.

»Und nun verkünde ich meine erste Amtshandlung: Findet die Schwestern …«

Zum ersten Mal verspürte ich Furcht vor meinem Kameraden, die meine Freunde jedoch nicht zu teilen schienen. Sie wirkten genauso besorgt wie vorher. Nur Aga lächelte erfreut.

»… und richtet sie hin.«

Kapitel 6

Wundervolle Töne würden erklingen und den gefüllten Saal mit einem melodiösen Lied bereichern, Töne, die im Gedächtnis der Besucher widerhallen und Freude auslösen würden.

Ja, so stellte ich mir das Ballett vor, obwohl die Erinnerungen an die Stücke, die ich zu sehen bekommen hatte, noch immer vorhanden waren. Ich roch den himmlischen Duft frischer Brezeln, die mir meine Mutter gekauft hatte. Verspürte den Hauch des Windes, der durch die geöffnete Tür zog und die langen Kleider der Damen in die Höhe hob. Hörte das Gelächter der Männer, die sich vor dem Auftritt im Vorraum einen Drink gönnten. All das sah ich, wenn ich meine Augen schloss.

Doch wenn ich sie öffnete, starrte ich in traurige, graue Augen, die mich dennoch hoffnungsvoll durch lange Wimpern musterten. Aufgeregt knabberte ich an meiner Lippe, während Katharina mir liebevoll die Haare richtete. Große, wellenförmige Locken fielen über meine nackten Schultern und bedeckten sie wie feinster Stoff.

Ein kühler Windstoß umschloss meinen Körper, ließ eine unangenehme Gänsehaut über meinen Körper gleiten, die mich zum Beben brachte.

Katharina bemerkte es und schloss das Fenster.

Ich spürte, wie sich der kalte Hauch auflöste und Platz für das Gegenteil machte.

Nachdem Katharina sich wieder zu mir gesetzt hatte, steckte sie süße Blütenspangen in mein Haar, die etwas von meinem Pony an der Seite hielten. Es handelte sich um blaue Rosen, die man von Weitem kaum erkennen konnte. Sie passten perfekt zu meinem meerblauen Kleid, das mir meine Mutter am Morgen geschenkt hatte.

Meine Schultern wurden lediglich von durchsichtigen Trägern bedeckt, die mein Dekolleté an Ort und Stelle hielt. Darunter schlang sich eine enge Korsage um meinen Oberkörper. Der weiche Stoff reichte bis zu meinen Knöcheln, bevor er die dunkelblauen Ballerinas preisgab, die meine Füße schmückten. Das silberne Fußkettchen passte perfekt zu meinem Collier – eine Überraschung Deans. Es zeigte ein Herz, das inmitten einer Schneeflocke baumelte.

Ich verstand zwar den Zusammenhang nicht, es war mir schleierhaft, was er mir mit der Schneeflocke sagen wollte, fand den Schmuck jedoch wunderschön. Ich würde ihn nie mehr ablegen.

Dennoch beschämte mich das sicher teure Geschenk, da ich seine eine Geste nicht erwidern konnte. Ich mochte es nicht, wenn man mir teure Dinge überreichte, auch wenn man darauf beharrte, damit ein Schnäppchen gemacht zu haben.

Warum verspürte ich nur immer das Gefühl, andere auszunutzen, wenn ich ihre lieb gemeinten Gesten annahm? Manchmal fragte ich mich, ob sich auch andere Menschen darüber Gedanken machten.

Jeder liebte Geschenke, richtig? Zumindest hatte Dean so etwas in der Art gesagt.

»Du siehst bildschön aus«, sagte Katharina verträumt, als sie die letzte Spange in meinem Haar befestigte. Anschließend strich sie sanft über meine Schultern.

»Danke, Kath, du hast gute Arbeit geleistet«, bedankte ich mich.

Sie winkte ab, bevor sie leise auflachte.

»Du musst dich nicht bedanken«, stellte sie klar. »Dafür bin ich doch hier. Ich bin deine helfende Hand, hast du das etwa vergessen?«

Wie könnte ich?

Katharina drehte sich zum Regal, das links neben dem Bett stand, und griff nach der schwarzen Handtasche. Mit einem Lächeln auf den Lippen blickte sie hinein, packte noch eine Packung Taschentücher und das kleine Fläschchen Parfüm dazu. Dann reicht sie mir die Tasche. »Nun bist du auf alles vorbereitet. Ich wünschte, ich könnte dich begleiten.«

»Wenn du möchtest …«

»Vergiss es!«, unterbrach sie mich, ohne wirklich zu wissen, was ich eigentlich sagen wollte.

»Du wirst den Abend mit Dean verbringen. Es wird ein richtiges Date, vielleicht kommt ihr euch sogar etwas näher.«

Das Grinsen auf ihren Lippen wurde breiter, was mich zum Erröten brachte. Dachte sie etwa gerade an ...?

»Ich sollte unten auf ihn warten.«

Katharina griff nach meinen Händen, ging vor mir auf die Knie und hauchte einen Kuss auf meinen Handrücken, als wäre sie meine Mutter.

Augenblicklich fühlte ich mich unwohl in meiner Haut. Am liebsten wäre ich davongelaufen, ein irrwitziger Gedanke.

»Ich weiß nicht, ob deine Mutter schon mit dir gesprochen hat, aber du musst einiges über deinen Körper wissen. Natürlich weiß ich, dass du kein naives Mädchen mehr bist. Womöglich hast du dich bereits selbst nach all dem erkundigt, doch ich möchte dennoch sichergehen ...«

Mir wurde schlecht und der Gedanke daran, heute Abend alleine mit Dean im Ballett zu sitzen, machte mir auf einmal Angst.

Mir war durchaus klar, dass ich mich gerade äußerst kindisch benahm, doch über dieses Thema wollte ich nicht sprechen. Irgendwann einmal, ja. Aber dann doch bitte mit meiner Mutter und nicht mit einer engen Freundin, die sich in meiner Familie aufspielte, als gehörte sie dazu!

Du bist unglaublich mies zu ihr!, rief ich in Gedanken. *Sie meint es doch nur gut!*

Dennoch, obwohl mir bewusst war, wie sehr ich Katharina am Herzen lag, schnitt ich ihr das Wort ab. Verwirrt starrte sie mich an.

»Ich will nicht mit dir darüber sprechen, okay? Dean und ich sind ein Paar, was wir machen oder nicht, geht nur uns etwas an. Ich würde mich freuen, wenn du nie wieder davon anfangen würdest.«

Ich sah, dass ihr Blick sich veränderte. Die Freude über den heutigen Abend verschwand, ließ stattdessen der Trauer Vortritt.

Befand ich mich im falschen Film, oder verpasste ich gerade etwas Wichtiges?

Warum wirkte sie auf einmal so verletzt, obwohl ich doch im Recht war? Oder bildete ich mir das Ganze nur ein und beging einen Fehler? Ich verstand diese Situation nicht. Je länger ich darüber nachdachte, desto verrückter wurde sie.

»Gut, wenn du so denkst ... Ich werde deiner Mutter ausrichten, dass du abfahrbereit bist. Dean kann es wahrscheinlich kaum noch erwarten.«

Mit diesen Worten löste sie sich von mir und verließ das Zimmer.

Als die Tür ins Schloss fiel, fehlten mir die Worte. Ich wusste nicht, was ich denken oder sagen sollte.

Hatte ich doch etwas falsch gemacht?

Bevor ich mir weiter den Kopf zerbrechen konnte, kam meine Mutter herein. Sie lächelte, als ihr Blick mich einfing.

»Du siehst bezaubernd aus«, flüsterte sie, fast so, als würden ihr die Worte fehlen.

Offenbar schien sie meine innere Unruhe nicht zu erkennen. Sie kam zu mir und nahm meine Hände.

Dieses Szenario kam mir leider bekannt vor.

»Blau steht dir ausgezeichnet, mein Schatz. Nicht, dass du andere Farben nicht tragen kannst, aber Blau betont deine wunderschönen Augen. Was hältst du von einer gemeinsamen Shoppingtour? Das haben wir schon lange nicht mehr gemacht.«

Ihr Gesicht strahlte vor Glückseligkeit. Alles, was ich sah, sobald ich sie anschaute, waren ihre vergossenen Tränen. Sie verlangte keine Entschuldigung, sprach meine kleine Flucht nicht einmal mehr an. Stattdessen hatte sie mir ein Kleid gekauft, mit der Begründung, es würde zum heutigen Geschenk passen.

»Weißt du, passend zu deinem Kleid habe ich Dean eine Krawatte gekauft. Ihr werdet das Traumpaar des Abends sein.«

Oh mein Gott. Will sie gerade etwa genau das andeuten, was mich dazu veranlasst hat, Katharina zu vergraulen?, fragte ich mich panisch, als sich ihr Gesichtsausdruck veränderte.

Mama nahm meine Hand, streichelte jeden einzelnen Finger mit ihrem Daumen. Eine Geste, die mir langsam nicht mehr gefiel. Ich wollte meine Mutter nicht verletzen, doch ich hatte das Gefühl, sie bei der nächsten Streicheleinheit wegstoßen zu müssen.

Glücklicherweise löste sie sich wieder von mir, faltete ihre Hände ineinander und legte sie auf ihre Schenkel.

Gut, langsam machte ich mir wirklich Sorgen.

»Angel, ich weiß, wir reden nicht oft über solche Dinge.«

Nie!

»Aber ich denke, es ist an der Zeit, dir ein paar Sachen zu erklären. Dean hat mir erzählt, dass ihr noch keinen Geschlechtsverkehr miteinander hattet. Mein Schatz, es ist wirklich nicht unüblich ...«

Mein Verstand schaltete ab. Zum ersten Mal fühlte ich pure Wut auf meinen engsten Freund, meinen, wie er sich immer gerne nannte, Geliebten.

Ich ballte meine Hände zu Fäusten und krallte meine Nägel grob in mein Fleisch. Selbst meine liebe Seite, die auf mich einredete, ich solle das Gespräch über mich ergehen lassen, ignorierte ich.

Etwas in mir explodierte.

»Es reicht!«

Meine Mutter sah mich irritiert an.

»Ich will das alles nicht hören! Ist das angekommen? Mama, ich weiß, du willst nur das Beste für mich, aber ich werde keinen Sex mit Dean haben. Ich bin erwachsen, ja, alt genug für den *Akt der Liebe*, doch ich bin nicht soweit. Würdet ihr alle bitte aufhören, auf mich einzureden?«

Sie schwieg. Sicher hatte ich sie verletzt. Doch dann lächelte sie erneut, als wäre ich nicht unhöflich geworden.

»Es tut mir leid, Angel. Ich wollte nicht auf dich einreden oder dir irgendetwas an den Kopf werfen, was du nicht hören möchtest. Wenn du dazu nicht bereit bist, ist das vollkommen in Ordnung. Aber du musst keine Angst haben, hörst du? Dean ist ein lieber Junge und wird dich bei allem unterstützen.«

»Das weiß ich.« Ich seufzte und wusste nicht, weswegen sie nun über Dean sprach. Der Grund, warum ich nicht darüber sprechen wollte, lag an mir. Nicht an meinem Freund. Warum verstand sie das nicht? »Ich habe Dean auch fürchterlich gern, aber ich bitte dich, nicht mehr über dieses Thema zu reden.«

Meine Worte klangen naiv, kindisch und irgendwie auch dumm. Ich war einundzwanzig und wahrscheinlich das einzige Mädchen, das nicht darüber nachdenken, geschweige denn reden wollte. So benahmen sich Kinder, elfjährige Mädchen im Sexualunterricht. Wie sollte mich meine Familie als Erwachsene sehen, wenn ich dauerhaft zeigte, wie unreif ich mich fühlte?

Mit einem Blick auf ihre Armbanduhr erhob sich meine Mutter. Sie strich mir über die Wange und sah mich an, als wäre ich der größte Schatz auf Erden. Fast wäre ich wieder errötet, doch die Wut ließ das nicht zu. Stattdessen drehte ich meinen Kopf zur Seite, damit sie mich nicht mehr berühren konnte.

Sie verstand nicht, dass ich nicht angefasst werden wollte, denn im nächsten Augenblick küsste sie meinen Kopf.

»Glaub mir, Angel. Alles wird gut. Vertrau mir einfach, wenn ich dir sage, dass sich alles zum Besseren wenden wird.«

Ich antwortete nicht, ließ jedoch zu, dass sie mich aus dem Zimmer fuhr. Wie erstarrt blickte ich auf meine Hände, sah zu, wie sich meine Fingerknöchel röteten. Ich verstärkte den Druck, bis mein Verstand den Schmerz endlich realisierte und lockerließ.

Mama fuhr mich zum Fahrstuhl. Dean, der mich unten empfing, grinste mich an.

Ich musste mich zusammenreißen, um ihm nicht die Beleidigungen an den Kopf zu werfen, die er verdiente. Normalerweise war das nicht meine Art, aber etwas, das mich zur Weißglut brachte, zerrte an meinen Nerven. Es war nicht nur das dämliche Grinsen in seinem Gesicht.

Sein Kompliment überging ich. Stattdessen blickte ich zu ihm auf, dieses Mal zwang ich mich nicht zu lächeln, und zeigte Richtung Haustür.

»Wir können gehen.«

Er zuckte kaum merklich zusammen.

»Wartet, ich möchte noch ein Foto machen«, rief meine Mutter, bevor sie ins Wohnzimmer verschwand.

Ich wollte nicht mit Dean fotografiert werden und rollte den Flur entlang. Ohne auf ihn zu achten, öffnete ich die Haustür und verließ das Haus.

Der Wagen meines Freundes stand bereits in der Auffahrt, bereit, uns zum Ballett zu fahren. Ich rollte zur Beifahrertür und wartete darauf, dass Dean zu mir stieß. Zu meinem Leidwesen musste er mir helfen, ins Auto zu steigen. Alleine schaffte ich das leider nicht. Dazu war sein Wagen zu hoch.

Kurz darauf kamen Dean und meine Eltern zu mir. Katharina blieb an der Tür stehen. Ich ignorierte sie, wollte nicht erneut einen ihrer traurigen Blicke erhaschen, für die ich kein Verständnis hatte. Gott, meine Wut stieg von Minute zu Minute.

»Liebes, das Bild!«, hallte die Stimme meiner Mutter in meinem Verstand wider.

Ein frustriertes Stöhnen entfloh mir, bevor ich mich geschlagen gab. Ein Bild würde mich nicht umbringen.

Mit einem schrägen Lächeln auf den Lippen drehte ich mich zu meinen Eltern. Mein Vater sah besorgt aus, fast ängstlich, was ich jedoch nicht nachvollziehen konnte. Als sich unsere Blicke trafen, veränderte er seine Haltung, als würde er nicht wollen, dass ich seine Angst sah.

Mama hingegen grinste über beide Ohren. Von der Trauer, die sie am vorigen Tag geplagt hatte, gab es keine Spur mehr. Selbst die Augenringe existierten nicht. Ob sie diese vielleicht weggeschminkt hatte?

Das wäre auf jeden Fall nicht das erste Mal gewesen, wie ich widerwillig feststellte.

Dean ging neben mir auf die Knie, verschränkte unsere Hände miteinander und lächelte zufrieden in die Kamera.

»Schau doch bitte etwas freundlicher«, forderte meine Mutter mich fröhlich auf. Sie überspielte diesen beschämenden Augenblick, wenn sie überhaupt realisierte, wie unangenehm mir ihre Freude war.

Schließlich tat ich ihr den Gefallen.

Es dauerte nur einen Augenblick, ehe uns die Kamera auf einem Bild verewigt hatte, auf dem wir glücklich wirkten.

Betrübt drehte ich mich zurück zum Wagen, ohne auf Deans Hand zu achten, die erneut nach mir gegriffen hatte. Und ich wartete. Solange, bis mein Freund die Autotür öffnete und mir half, hineinzusteigen. In der Hoffnung, den Abend schnell hinter uns zu bringen, ließ ich all seine helfenden Griffe zu.

* * *

Eine halbe Stunde später parkte Dean auf einem der letzten Parkplätze vor dem Gebäude, in dem heute Schwanensee getanzt wurde. Mit einem lauten Seufzen betätigte er die Handbremse, bevor er sich zu mir drehte. Ich starrte hinaus, beobachtete die vielen Besucher, die Richtung Eingang gingen.

Die Damen trugen lange, elegante Kleider und die Männer gesellten sich in schicken Anzügen zu ihnen. Jeder von ihnen sah fabelhaft, fast glamourös aus. Aufregung rumorte in meinem Magen, als ich daran dachte, jeden Moment zu ihnen zu stoßen.

»Ich habe noch etwas für dich«, sagte Dean und riss mich aus meinen Gedanken. Mir hatte die Stille gefallen, die die Fahrt über im Wagen geherrscht hatte.

Gut, ich konnte nicht den ganzen Abend Dean mit meinem Schweigen bestrafen. Außerdem wäre das recht kindisch.

Ich sah zu ihm und beobachtete, wie er ein kleines Kästchen vom Rücksitz holte. Eine riesige, rote Schleife umschlang das Geschenk, das Dean mir überreichte.

»Ich hoffe, es gefällt dir. Zumindest passt es zu deinem Kleid.«

Mit einem leisen Danke nahm ich das Kästchen entgegen, löste die Schleife und öffnete das Geschenk. Überrascht hob ich meine Brauen, während ich ein mit Blumen bestücktes Armband hervorzog.

Er behielt recht. Die Blüten passten perfekt zu meinem Kleid, und als ich es an meinem Handgelenk befestigte, schien es, als gehörte das Armband von Anfang an dazu.

»Wie beim Abschlussball«, sagte ich leise, nicht in der Lage, meinen Blick davon abzuwenden.

Ich wusste, ohne Dean anzusehen, dass er grinste.

»Ja, dir hat das Gesteck doch so gefallen, also dachte ich, dir damit eine Freude zu machen.«

Tatsächlich sollte es mich glücklich machen, doch aus irgendeinem Grund spürte ich nichts. Keine Schmetterlinge in meinem Bauch, kein Kribbeln und keine Glücksgefühle. Stattdessen kehrte die Wut zurück, die ich während der Fahrt verdrängt hatte. Sie bahnte sich ihren Weg durch meinen Körper, bis sich meine Lippen wie von selbst öffneten.

»Du hast mit meiner Mutter über Sex gesprochen.«

Dean stockte, bevor er sich verlegen durchs Haar strich. Zuerst sagte er nichts, suchte womöglich nach den passenden Worten. Ich hoffte, nicht angelogen zu werden.

»Ja, das habe ich«, antwortete Dean schließlich. »Sie hat mich darauf angesprochen, ob wir auch ... an Verhütung denken. Das hat sich dann zu einem längeren Gespräch entwickelt.«

»Wann war das?«

»Heute Morgen vor dem Frühstück. Sie schien sich Sorgen um dich zu machen. Du benimmst dich in letzter Zeit anders als sonst.«

Ach, und das wundert euch? Wie soll ich mich denn eurer Meinung nach benehmen?, fauchte ich innerlich. Doch ich versuchte, das grässliche Gefühl für mich zu behalten.

»Ist das so? Ich denke nicht, dass meine Mutter über so etwas Bescheid wissen muss. Denkst du, ich will, dass du darüber mit ihr sprichst?«

Mein Ton war nicht sonderlich freundlich.

Dean musterte mich überrascht. Dann lachte er, doch es klang trocken und lustlos.

»Angel, sie macht sich Sorgen um dich! Es ist doch ganz natürlich ...«

»Es ist alles andere als natürlich! Gott, verstehst du nicht, wie unangenehm mir das ist?«

Als ich ihn ansah, erkannte ich ein aufmunterndes Lächeln auf seinen Lippen. Dann griff er nach meiner Hand, streichelte wie meine Mutter zuvor über meinen Handrücken. Der Drang, ihn von mir zu stoßen, wurde übermächtig.

Konnte es sein, dass er mich nicht ernst nahm?

»Bitte beruhige dich. Ich kann mir nicht einmal vorstellen, wie es sich anfühlt, im Rollstuhl zu sitzen. Doch wir bekommen das hin, in Ordnung? Wir lassen uns Zeit, bis du dich wohl in deiner Haut fühlst.«

Irgendetwas brach in mir, löste etwas aus, das mich verrückt werden ließ. Der Behälter, in dem ich versucht hatte, meine Wut zu bändigen, zerschellte.

Zornig schlug ich Deans Hand weg, bevor ich ihn wutentbrannt ansah.

»Du denkst, ich möchte nicht mit dir schlafen, weil ich im Rollstuhl sitze? Hast du komplett den Verstand verloren? Dean, was bildest du dir eigentlich ein, so etwas Dummes zu behaupten? Ich dachte, du kennst mich! Gott, du bist so ein Idiot!«

Er blinzelte erschrocken, bevor er versuchte, erneut nach meiner Hand zu greifen.

»Nein!« Ich schlug auf seine Finger. »Fass mich ja nicht an! Wage es ja nicht, mir jetzt zu nahe zu kommen!«

»Du verpasst die Vorstellung«, murmelte Dean.

»Ja, genau. Das ist jetzt natürlich das Einzige, was zählt. Verdammt noch mal, Dean! Weißt du was? Vergiss es!«

»Angel …«

»Sei ruhig! Hilf mir beim Aussteigen und dann fährst du nach Hause, oder was auch immer. Ich will dich bei der Aufführung nicht dabeihaben.«

Er schwieg. Stattdessen stieg er aus, holte meinen Rollstuhl aus dem Kofferraum und half mir, mich hineinzusetzen. Dass er mich dabei berühren musste, nahm ich hin, obwohl ich ihm am liebsten jedes Mal eine Ohrfeige verpasst hätte.

Stattdessen strafte ich ihn mit Schweigen.

Himmel, plötzlich wurde mir furchtbar schwindlig.

Als Dean sich schließlich von mir löste, nahm ich meine Handtasche und rollte ein Stück von ihm weg. Ich wollte nicht, dass er mich dazu brachte, meine Meinung zu ändern. Leider verschwendete ich damit eine Karte, womit ich mich jedoch anfreunden konnte.

Er verdiente es nicht einmal mehr, mich nach Hause zu fahren. Doch da ich meine Eltern nicht belasten wollte, schließlich hatten die beiden den heutigen Abend für sich, musste ich mich wohl über übel von ihm abholen lassen.

»Ich möchte, dass du nach der Aufführung hier bist und mich

nach Hause bringst. Dann wirst du ebenfalls nach Hause gehen, ich will dich heute Nacht nicht bei mir haben.«

Dean seufzte, während er sich gegen den Wagen lehnte.

»Angel, ich kann do...«

»Du wirst nicht zu meinen Eltern rennen und ihnen sagen, dass ich dich nicht mit hineingenommen habe! Ist das klar? Oder möchtest du mir noch einmal in den Rücken fallen?«

Das saß. Dean zuckte zusammen, als hätte ich ihm eine verpasst.

Er nickte. »Pass bitte auf dich auf«, flüsterte er besorgt. »Ich hoffe, dir gefällt die Aufführung.«

»Danke, das hoffe ich auch.«

Mit diesen Worten drehte ich mich um und rollte Richtung Eingang. Tränen der Wut standen in meinen Augen. Ich wollte nicht weinen, wehrte mich eisern gegen den Gefühlsausbruch und atmete einige Male tief ein und aus, um meinen Puls unter Kontrolle zu bekommen.

Es funktionierte.

So freundlich ich konnte, bedankte ich mich bei der jungen Frau, die mir die Tür aufhielt. Dann trat ich ein, ohne mich noch einmal umzudrehen. Zwar war ich neugierig, ob Dean tatsächlich gehen würde – schließlich sorgte er sich um mich, wegen dieser Verrückten –, doch ich zwang mich, nicht daran zu denken.

Mit straffen Schultern und eingezogenem Bauch rollte ich zum Saaleingang, an dem ein hoch gewachsener Mann wartete, der die Karten kontrollierte. Er hatte noch nicht viel zu tun, da die meisten weiterhin im Vorraum standen. Ich hörte wildes Gelächter, leise Stimmen und aufgeregte Damen, die Richtung Badezimmer eilten.

»Ihre Karte, Miss«, sagte der Mann höflich.

»Natürlich.« Ich reichte ihm meine Karte, die er sich ansah. Anschließend riss er eine Ecke davon ab, bevor er sie mir zurückgab.

»Ich wünsche Ihnen viel Spaß und hoffe, dass Ihnen die Vorstellung gefällt.«

»Vielen Dank. Könnten Sie mir sagen, wohin ich muss? Ich war schon lange nicht mehr hier und kenne mich leider nicht aus.«

Verlegen blickte ich zu ihm auf, als er sich mit einem verstohlenen Lächeln zur Seite beugte. Dann zeigte er auf Tür, die weit geöffnet war. »Dort müssen Sie hin.« Ich erkannte einige Personen, die zusammen mit ihren Begleitungen hindurchgingen.

»In diesem Saal findet die Aufführung statt. Die Toiletten liegen links, am Ende des Ganges, und falls Sie durstig werden, können Sie sich sowohl hier draußen, als auch dort rechts, in der Ecke, etwas zu Trinken holen.«

Ich deutete eine leichte Verbeugung an, bedankte mich und rollte den Gang entlang.

Zu meiner Erleichterung schienen die Besucher gute Laune zu besitzen, denn sie gingen mir freundlicherweise aus dem Weg. Es folgte auch keine fiese Bemerkung, als ich eine Dame streifte und sie mit meinem Ellbogen traf. Stattdessen winkte sie ab und lächelte.

Auch wenn hier alle recht nett zu mir waren – nun, jeder mit einem Hauch Anstand hätte so gehandelt –, fühlte ich mich nicht gut aufgehoben. Das lag aber nicht an den Leuten, sondern an der Tatsache, dass ich hier niemanden kannte.

Ich war zum ersten Mal auf mich selbst angewiesen. Niemand würde mir aus Gewohnheit zur Hilfe eilen. Mein Herz klopfte vor Aufregung heftig und mir wurde warm.

Gott, ich konnte einfach nicht aufhören zu grinsen, trotz der Wut in meiner Magengrube.

Als ich schließlich den Saal erreichte, in dem die Aufführung stattfinden sollte, schluckte ich. Meine Finger zitterten, als ich durch den Torbogen rollte. Nervös leckte ich mir über die trockenen Lippen, während ich versuchte, einen Weg zu meinem Sitzplatz zu finden.

Mir wurde erst jetzt richtig klar, dass ich seit dem Unfall zum ersten Mal wieder vor einer Bühne stand. Ich würde mir das Ballett ansehen, etwas, das ich früher geliebt hatte. Ich stockte bei der Erinnerung. Reflexartig griff ich nach einer Hand, die sich in meiner Nähe befand, und krallte mich an die fremde Person, ohne es wirklich zu realisieren.

Bis ich plötzlich eine raue, starke Hand spürte, die behutsam meine Finger tätschelte.

Erschrocken starrte ich hinauf, blickte in unbeschreibliche grüne Augen, die mich mit einem Mal in wundervolle Frühlingstage versetzten. Mit geöffneten Lippen musterte ich die schwarzen Sprenkel, die sich mit dem Grün zu vermischen schienen.

»Miss?«

Hastig schüttelte ich den Kopf, löste meinen Blick von dem Mann und starrte auf unsere Hände. Erschrocken riss ich mich von dem Fremden los, umfasste wie eine Verrückte den Greifreifen und murmelte verlegen eine Entschuldigung. Ich spürte förmlich, wie eine dunkle Röte über meine Wangen zog.

Ohne noch einmal aufzusehen, oder auf eine Reaktion des Fremden zu warten, rollte ich davon.

Die Scham ließ mich peinlich berührt aufseufzen.

Ich blieb erst stehen, als ich bemerkte, dass ich in der ersten Reihe angekommen war. Offensichtlich schien heute nicht mein Tag zu sein, da es keinen freien Platz gab. Natürlich gab es einen Sitzplatz für mich, meine Mutter hatte schließlich zwei Karten gekauft, doch man hatte nicht damit gerechnet, dass ich im Rollstuhl saß. Obwohl mein Vater die Fürsorge meiner Mutter teilte, hatte er vergessen, mir einen für mich speziellen Platz zu reservieren. Super, der Abend konnte nur besser werden!

Unsanft biss ich mir auf die Lippe, während ich fieberhaft überlegte, wie ich das bewerkstelligen sollte. Es war nicht so, dass ich mir nicht alleine zu helfen wusste, doch in diesem Kleid konnte ich mich nicht von meinem Stuhl auf den Sitz hangeln. Das war schier unmöglich, ohne die Aufmerksamkeit aller Besucher auf sich zu ziehen.

Ich wollte auf keinen Fall angestarrt werden.

»Mist«, fluchte ich leise.

Dann sah ich mich um, in der Hoffnung, jemanden vom Personal zu erhaschen. Vielleicht wäre derjenige so freundlich, mir seine helfende Hand anzubieten.

Mir war durchaus bewusst, dass es noch genügend Zeit gab, um noch einmal umzukehren und den Mann, der mich so freundlich empfangen hatte, um Hilfe zu bitten. Leider musste ich dann jedoch an der Person vorbei, an die ich mich wie ein kleines Kind geklammert hatte.

Zu meinem Pech sah ich niemanden vom Personal, was daran

liegen könnte, dass ich von meinem Rollstuhl aus nicht allzu viel erkennen konnte. Die Besucher strömten durch die geöffneten Türen und suchten ihre Plätze.

»Kann ich Ihnen helfen, Miss?«, erkundigte sich plötzlich eine tiefe Stimme.

Erleichtert drehte ich mich um und sah erneut in hellgrüne Augen. Ich erkannte in ihnen so etwas Belustigung, die offensichtlich mir galt.

Ich musterte den Mann, während meine Lippen ein weiteres Mal offen standen.

Das konnte doch kein Zufall sein!

»Ähm ... bitte was?«

Er schmunzelte.

»Darf ich Ihnen meine Hilfe anbieten? Das Personal hat wohl nicht an Ihren Rollstuhl gedacht und es wäre doch sehr schade, einen Sitzplatz in der ersten Reihe zu verschwenden.«

Ich nickte und konnte meinen Blick nicht von ihm abwenden. Fasziniert starrte ich in das Waldgrün seiner Augen. Der Mann reichte mir seine Hand, die ich ohne Zögern annahm.

Ich kannte und wusste nichts von ihm, und dennoch dachte ich nicht einen Moment daran, seine Hilfe abzulehnen, um auf einen anderen zu warten. Stattdessen schluckte ich den Kloß in meinem Hals hinunter, um im nächsten Moment meine Arme um seinen Hals zu schlingen. Mit sanften Griffen hob er mich aus meinem Rollstuhl.

Mein Gesicht kam dem seinen sehr nah. Er besaß ein markantes Antlitz mit schmalen Lippen, die im Licht der Scheinwerfer funkelten, als wären sie zuvor befeuchtet worden. Ich lächelte verlegen, als er mich zu den Plätzen trug und nach der Nummer fragte.

»Zwölf«, murmelte ich kleinlaut.

»Oh, direkt neben meinem.«

Der Fremde setzte mich ab und versicherte sich, dass ich auch bequem saß. Dann schob meinen Rollstuhl an die Seite. Auf dem Rückweg schnappte er sich meine Handtasche, die bei dem Durcheinander auf den Boden gefallen war. Er überreichte sie mir mit einer leichten Verbeugung.

»Danke schön … Auch für die Tasche.«

»Kein Problem, hat mir keinerlei Umstände bereitet.« Er lächelte verschmitzt und sah zur Bühne.

Ich starrte ihn an. Als er jedoch meinen Blick bemerkte, schaute ich angestrengt nach vorn.

Überrascht stellte ich fest, wie heftig mein Herz schon wieder schlug. Hitze breitete sich in meinem ganzen Körper aus und meine Fingerspitzen kribbelten. Erstaunt, so etwas bei einem vollkommen Fremden zu verspüren, schüttelte ich leicht den Kopf.

Ich versuchte mich auf den dunklen Vorhang zu konzentrieren, der noch immer die Sicht auf die Bühne versperrte, und hoffte, dass die Vorstellung bald beginnen würde. Allerdings fiel es mir schwer, mich auf die bevorstehende Aufführung zu konzentrieren. Ich warf einen weiteren Blick zu meinem Helfer, der sich mit einem Mann, der neben ihm saß, unterhielt.

Worüber die beiden wohl tuschelten? Ich ermahnte mich wegen meines unhöflichen Gedankens. Schließlich gingen mich die Gespräche anderer Leute nichts an.

Verstohlen musterte ich den Mann noch einmal. Er trug einen offenbar teuren Anzug, dazu elegante Schuhe, die meinem Vater sicherlich gefallen hätten. Die Arme, die auf der Lehne lagen, wirkten stark, wie die eines Sportlers.

Mir wurde flau im Magen, als ich Brandverletzungen an seinem Hals entdeckte. Sie zogen sich bis zu seinem Kinn hinauf. Sie zeigte sich auch auf seiner rechten Hand, die ziemlich nah bei mir lag. Ich widerstand dem ungewöhnlichen Drang, unsere Finger miteinander zu verschränken.

Gleichzeitig stellte ich mir die Frage, was dem Mann wohl zugestoßen sein mochte.

Ich betrachtete sein hübsches Gesicht. In diesem Augenblick strich er sich durch sein dunkles Haar. Er trug eine recht modische Frisur – einen Irokesenschnitt, mit etwas längeren Haaren. Perfekt, um seine Finger darin zu vergraben. Sie stand ihm fantastisch.

Himmel, hör auf, einen Mann anzuschmachten, den du nicht kennst!

»Miss?«

Mein *Held* sah mich fragend an. Fast so, als würde er auf etwas Bestimmtes warten. Wie unangenehm!

»Äh, Entschuldigung. Ich wollte nicht lauschen. Ich … habe mich nur gefragt, wie Ihr Name ist. Mir ist es lieber, die Namen der Männer zu kennen, die mich auf ihre Arme hieven und ….«

Ich stockte, während sich die Hitze in meinem Körper ausbreitete. Gott, wieso war es gerade jetzt derart schwer, die richtigen Worte zu finden? Sonst verhielt ich mich doch auch nicht so komisch. Ob es am Streit mit Dean lag?

Der Fremde lachte, als er mir seine Hand reichte.

»Total unhöflich von mir. Entschuldigung«, sagte er, als wären wir alte Freunde. »Mein Name ist Cole. Wie darf ich die Schönheit neben mir nennen?«

Verlegen nahm ich seine Hand, wobei ich die Wärme, die von ihm ausging, nicht als unangenehm empfand.

»Danke für das Kompliment. Ich bin Angel.«

»Ein Engel mit verlorenen Flügeln also«, murmelte er und lächelte. »Schön, dich kennenzulernen.«

Ich musterte ihn und wollte mich für das weitere Kompliment bedanken, ihm sagen, wie nett ich es fand, meine fehlende Beinkraft in solch nette Worte zu packen, doch kein Wort wollte meinem Mund entfliehen.

Cole grinste, als er bemerkte, dass ich stumm bleiben würde, und hauchte mir einen zarten Kuss auf den Handrücken.

»Du solltest dich auf die Vorstellung konzentrieren, Angel«, sagte er sanft. »Sie wird dir gefallen.«

Es kümmerte mich nicht, dass er mich ohne Erlaubnis duzte, oder dass er mich mit seinem Mund berührt hatte. Ich konnte meinen Blick nicht von ihm abwenden.

Cole drehte sich nach vorn und löste seine Hand aus meiner.

Die Hitze, die mich zuvor in Beschlag genommen hatte, verschwand. Verwirrt versuchte ich, mich auf die schwindende Helligkeit und den sanften Auftakt der Melodie zu konzentrieren. Trotz meiner Liebe zu diesem Stück interessierte mich die Musik nicht ein bisschen.

Ich blickte wie eine Verrückte hin und her und fragte mich, was das für Gefühle in meiner Magengrube waren.

Himmel, eigentlich müsste ich einen Mann, der eine unbekannte Frau ohne wirkliche Erlaubnis auf Händen trug, gruselig finden. Stattdessen verlangte ich nach einem weiteren Gespräch mit ihm, wollte Dinge über ihn erfahren, um ihn besser kennenzulernen.

Außerdem mochte ich die Schmetterlinge in meinem Bauch, wenn er mich mit seinen wundervollen Augen musterte.

Moment mal! *Schmetterlinge?*

Kapitel 7

Das Stück war bezaubernd und kam mir vor wie aus einem weit entfernten Traum. Leider bekam ich nicht sonderlich viel davon mit, denn der attraktive Mann, der die Aufführung sichtlich zu genießen schien, lenkte stetig meine Aufmerksamkeit auf sich.

Ich verstand nicht wieso, musste jedoch, sobald ich meinen Blick von ihm abgewandt hatte, sofort zurückblicken. Ich studierte sein Äußeres, seine Gesichtszüge und Haltung. Wenn Cole lächelte, zuckte ich erschrocken zusammen, als hätte er mich dabei erwischt.

Trotz des Starrens sah Cole nicht neben sich, um meinen Blick aufzufangen. Stattdessen widmete er sich den Tänzern, die voller Elan Sprünge und Pliés ausführten.

Ich bemerkte erst, dass die Aufführung beendet wurde, als Cole sich aufraffte und zu klatschen begann. Erschrocken erkannte ich, dass auch andere Besucher aufgestanden waren, um den Künstlern ihren Applaus zu schenken. Verlegen – meine Wangen glühten vor Scham – folgte ich ihrem Beispiel, um nicht vollkommen dämlich auszusehen, und klatschte ebenfalls.

Anschließend fiel der Vorhang und der Applaus verhallte. Er verwandelte sich in leises Gemurmel, das immer lauter wurde. Menschen erhoben sich, verließen mit strahlenden Augen den Saal, während andere sich etwas mehr Zeit ließen. Sie sprachen bereits über das Stück, die Darsteller und deren Leistungen. Kurz erhaschte ich ein Gespräch zwischen zwei Damen, die die Hauptdarstellerin lobten. Offenbar musste diese einen wundervollen Job gemacht haben.

Schade, dass ich davon nichts mitbekommen hatte.

Wie hatte ich eine derart wundervolle Gelegenheit an mir vorbeiziehen lassen können?

Ich bemerkte nicht, wie er mir seine Hand reichte. Erst sein dunkles, belustigtes Lachen zog mich in die Realität zurück.

»Darf ich bitte, Angel?«

»Wie ...?«

Verwirrt sah ich ihn an, bis ich verstand, auf was er hinauswollte. Mein Rollstuhl stand bereit, mich wieder zurück zum Wagen zu bringen. Cole war so nett, mir noch einmal zu helfen.

Dankbar nahm ich seine Hand entgegen und ließ mich erneut von ihm in die Luft heben. Überraschenderweise stellte ich fest, dass es mir missfiel, dieses Mal nicht so nah an sein Gesicht gedrückt zu werden. Stattdessen hielt er mich etwas von sich gestreckt, bevor er mich in den Stuhl setzte.

Sein Blick wanderte über meinen Körper.

»Ist es bequem genug?«

Ich kämpfte noch immer gegen meine Gefühle und versuchte, nicht noch röter anzulaufen, während ich hastig nickte. Dabei krallte ich meine Finger fest in den rauen Stoff meiner Tasche, um meinen Puls etwas runterzubringen.

»Ja, danke dir«, antwortete ich mit einem Lächeln auf den Lippen.

Cole blickte sich kurz um, schüttelte den Kopf und sah mich wieder aus seinen grünen Augen an.

»Darf ich dich zu einem Glas Sekt verführen?«

Seine Haltung hatte sich verändert, er wirkte plötzlich viel eleganter. Nur zu gerne hätte ich seine Einladung angenommen, doch Dean wartete draußen auf mich. Es wäre unhöflich von mir, ihn länger als nötig warten zu lassen.

»Ich trinke keinen Alkohol, tut mir leid.«

»Dann ... auf ein Glas Saft?«, sagte Cole und sah kurz auf.

Ich lauschte dem angenehmen Ton seiner Stimme und erwischte mich dabei, mir vorzustellen, wie es wohl wäre, ihn aus vollem Herzen lachen zu hören. Ob er ein humorvoller Mensch war? Oder genoss er es lieber, etwas düsterer zu leben?

Gut, das konnte ich mir irgendwie nicht vorstellen.

»Saft?«, wiederholte ich überrascht.

»Ja, Saft. Wenn du keinen Alkohol trinkst, dann hole ich dir auch gerne etwas anderes. Was hältst du außerdem von einer leckeren, heißen Brezel?«

Bei der Erinnerung, wie mein Vater mir nach einem Auftritt eine Brezel gekauft hatte, schlug mir das Herz bis zum Hals. Ich fühlte mich in die Vergangenheit versetzt.

Freudig klatschte ich in die Hände.

»Liebend gern!«

Cole deutete eine Verbeugung an. Er fragte mich, ob es in Ordnung sei, wenn er mich schob, was ich mit einem scheuen Lächeln bejahte. Den Gedanken an Dean ließ ich außer Acht.

Er hat es verdient. Dean hat mich nicht gut behandelt, weswegen er nun mit den Konsequenzen leben muss. Das ist nur fair.

Cole schob mich in das volle Foyer. Die Besucher kamen in Gruppen zusammen, gönnten sich einen weiteren Drink und verwickelten sich gegenseitig in Gespräche.

Das gefiel mir. Meine Blicke huschten durch den Raum, fingen jeden Vorbeigehenden ein. Ich verlangte nach einem tiefsinnigen Gespräch, wollte Menschen kennenlernen und Bekanntschaften schließen. Vielleicht fand ich sogar Freundinnen.

Gott, das klang erbärmlicher, als es eigentlich sollte.

»Nicht weglaufen, okay?«, sagte Cole und grinste schelmisch.

»Ich werde es versuchen«, versicherte ich, »obwohl es mir wahrscheinlich sehr schwerfallen wird. Meine Beine besitzen leider einen eigenen Willen.«

»Oh, du musst aufpassen, Angel.« Coles Stimme veränderte sich. »Nicht, dass ich sie aneinanderfesseln muss.«

Aus einem unergründlichen Grund wurde mir plötzlich ganz warm, was nicht an der dunkeln Röte lag, die ich erneut in mein Gesicht steigen spürte.

Ich starrte Cole hinterher, als er sich schließlich zu einem Brezelstand aufmachte.

Es überraschte mich nach wie vor, dass es hier so etwas gab. Schließlich legte man großen Wert auf Eleganz. Es wirkte ungewöhnlich, einen Brezelstand auf dem roten Teppich zu sehen. Ich hätte eher mit einem Buffet voller teurer Dinge gerechnet. Kaviar und kleine Leckereien zum Beispiel.

Das Handy in meiner Tasche vibrierte. Hastig zog ich es hervor und las die SMS.

Ich warte draußen auf dich und hoffe, du hattest viel Spaß. Dean.

Ich schüttelte den Kopf. Keine Entschuldigung oder liebe Worte, um mich etwas zu besänftigen?

Enttäuschung machte sich in mir breit, verschwand jedoch, als ich den wundervollen Duft frisch gebackener Brezeln roch. Ich verstaute das Handy und hielt nach Cole Ausschau. Leider entdeckte ich ihn nicht.

Ich verstand nicht, wie ich für Cole Gefühle dieser Art hegen konnte, obwohl ich ihn nicht einmal kannte.

Ja, er hatte mir seine Hilfe angeboten, die ich mit Freude angenommen hatte. Doch mehr war zwischen uns nicht. Dennoch war es, als würde ich ihn schon viel länger kennen. Diese Gefühle in meiner Brust erinnerten mich an Skylar.

Mann, das war alles so furchtbar kompliziert.

Zuerst hatte ich eine junge Frau kennengelernt, die mir furchtbar sympathisch erschienen, jedoch vor meinem Freund geflüchtet war. Und nun wartete ich auf einen fremden Mann, der mir etwas zum Knabbern brachte. Wieso vertraute ich Cole so sehr, dass ich mir von ihm etwas kaufen ließ?

Was, wenn er nicht der war, der er vorgab zu sein?

Moment, ich wusste doch noch gar nicht, wer er in Wirklichkeit war. Alles, was ich über ihn wusste, war, dass er Cole hieß und offensichtlich das Ballett mochte.

Konnte ich jemandem tatsächlich so schnell meine Aufmerksamkeit schenken?

Und was zum Teufel bedeuteten die andauernden Schmetterlinge in meiner Magengrube?

»Bitte schön. Entschuldige, dass es etwas gedauert hat. Die Schlange war ziemlich lang«, sagte Cole, bevor er mir eine kleine Tüte und eine Flasche Orangensaft reichte. Dankbar nahm ich die Dinge entgegen, bevor ich erneut in meiner Tasche herumwühlte und nach meinem Geldbeutel suchte.

»Warte, ich kann ...«

»Ich hoffe für dich, dass du nicht gerade deinen Geldbeutel

zücken willst.« Coles Stimme wurde kühler, doch ich konnte heraushören, dass er es nicht allzu ernst meinte.

»Ich möchte keine Umstände bereiten.«

»Das tust du nicht. Lass es dir einfach schmecken.«

Dankbar schenkte ich ihm ein verlegenes Grinsen, das er nur mit einem Kopfschütteln quittierte. Während ich an meiner Brezel knabberte, wurde es still zwischen uns. Ich fragte mich, wo sich wohl Coles Begleiter herumtrieb. Ob ich ihn vom Gehen abhielt?

Sicherlich nicht. Er würde doch einen Freund nicht einfach stehen lassen, oder?

Obwohl seine Haltung entspannt wirkte, schien mir sein Gesichtsausdruck nervös. Sein Blick war überall. Während er so tat, als würde er etwas Aufregendes entdecken, bemerkte ich, dass er die Umgebung musterte. In diesem Moment erinnerte er mich an Dean. Auch er hatte sich gestern in der Stadt auf diese Weise umgesehen. Seine Begründung kannte ich, doch wieso sah sich Cole so aufmerksam um?

»Ist alles in Ordnung?«, erkundigte ich mich schließlich. Eigentlich hatte ich den Mund halten wollen, doch dieser neigte in letzter Zeit leider zur Selbstständigkeit.

»Natürlich.« Trotz seines Lächelns schien er nicht aufrichtig zu sein. »Ich schaue nur nach dem Brezelstand.«

Schlechte Lüge.

Ich riss das letzte Stück meines Leckerbissens in zwei Hälften und reichte ihm eine davon. Überrascht hob Cole seine Brauen, bevor er mit einem Hauch von Verwirrung danach griff und sich bedankte.

»Wir wollen doch nicht, dass du vom Fleisch fällst.«

Du Dummkopf! Was sollte denn dieser doofe Spruch? Du vergraulst ihn!

Zu meinem Glück kicherte Cole, ehe er die mit Salz bestreute Brezel verspeiste.

»Danke, du hast mir damit das Leben gerettet. Ich wüsste gar nicht, wie ich ohne hätte auskommen sollen. Ich stehe in deiner Schuld, liebste Angel«, scherzte er, während er sich gespielt getroffen ans Herz griff.

Obwohl ich wusste, dass er mir damit half, nicht im Erdboden zu versinken, wandte ich verlegen den Blick von ihm ab. Ich fühlte mich komisch, irgendwie nervös und gleichzeitig aufgebracht.

Es erinnerte mich an meinen ersten Kindheitsschwarm, bei dem ich nur errötete, wenn er meine Hand ergriff.

Himmel, so etwas sollte ich nicht denken! Vor allem nicht, wenn Dean draußen auf mich wartete.

»Ich sollte viel...«

»Wollen wir den Flur hinuntergehen? Hier ist es etwas zu laut, um sich zu unterhalten, findest du nicht? Etwas Ruhe fände ich ganz nett.«

Trotz des Druckes in meinem Inneren stimmte ich seinem Vorschlag zu. Er stellte sich hinter mich, packte meinen Rollstuhl und fuhr den stark besuchten Gang entlang. Bei jedem ›Entschuldigen Sie bitte‹ erschauderte ich, nicht wissend, warum.

Wir kamen schließlich in einen Nebensaal, in dem sich nur wenige Besucher aufhielten. Ein paar von ihnen blickten durchs Panoramafenster hinaus. Andere versuchten wohl, sich eine ruhige Minute zu gönnen.

Ein mulmiges Gefühl erklomm meine Magengrube, wobei es versuchte, die Schmetterlinge zu ermorden, als ich bemerkte, dass wir fast vollkommen alleine waren.

Ich – mit einem fremden Mann.

So begannen Horrorfilme!

Trotz des Gedankens fühlte ich mich komischerweise in seiner Nähe wohl. Nicht so, als wäre mein Leben in Gefahr. Gott, wenn Dean mich sehen könnte, würde er mich augenblicklich aus dem Zimmer zerren.

Metaphorisch gesehen natürlich.

Cole stoppte vor einem Tisch, zog einen Stuhl zur Seite und setzte sich schließlich. Für jeden anderen sahen wir wahrscheinlich wie Freunde aus, vielleicht auch nur Bekannte. Nichts schien ungewöhnlich, außer meinen widersprüchlichen Gefühlen. Aber ein angenehmes Kribbeln machte unser *Treffen* zu etwas, das ich nicht zu beschreiben wusste.

»Darf ich fragen, wieso du ohne Begleitung hier bist?«, unterbrach Cole schließlich die Stille. Es war nicht allein die persönliche Frage, die mich aus der Bahn warf, sondern auch seine Stimmlage, die mich verunsicherte.

Dennoch antwortete ich ihm.

»Eigentlich wäre mein Freund mitgekommen, aber wir hatten einen Streit.«

»Du hast ihn sozusagen *ausgeladen*?« Er gluckste.

»Sozusagen.« Ich knabberte an meiner Lippe. »Er hielt es nicht für nötig, mir zu vertrauen. Sagen wir es mal so.«

»Klingt für mich nach einem Idioten.«

»Das ist er auch, irgendwie«, entfuhr es mir. »Äh, also ich mag ihn. Dean ist toll, aber er ist ... wie Jungs nun mal sind.«

Cole hob seine Braue, während er mir in die Augen sah.

Der Frühling kehrte zurück, wickelte mich in einen kühlen Hauch, der mir eine Gänsehaut über den Körper jagte. Sein Gesicht näherte sich dem meinen, dennoch wich ich nicht zurück.

»Dann solltest du deinen Blick von Jungen abwenden, Angel, und dich Männern zuwenden.« Seine Stimme klang rau, unheimlich gefährlich.

Erschaudernd schnappte ich nach Luft, bevor ich im hellen Schein der Blüten verschwand, mich der Wiese hingab, die darauf wartete, von mir betreten zu werden. Sein Seelenspiegel umschlang meinen Verstand wie eine Umarmung, umhüllte mich mit einer angenehmen Wärme. Mein Puls beschleunigte sich, als Cole seinen Finger unter mein Kinn legte.

Er berührte meine Haut sanft und vorsichtig, als wäre ich aus Porzellan. Obwohl ich derartige Berührungen verabscheute, löste er ein Feuerwerk in meiner Brust aus, das mein Gehirn außer Betrieb setzte. Mir stockte der Atem, während sich meine Lider senkten.

Süße Dunkelheit versuchte, mich zu verschlingen, als ich die Lippen spitze. Ein Seufzen entfloh mir, noch bevor ich es wirklich realisierte.

Im selben Moment betrat jemand den Raum.

Cole wich von mir zurück.

Ein junger blonder Mann lachte und hatte eine Flasche Sekte und zwei Gläser in den Händen.

»Hast du sie endlich gefragt?«, erkundigte sich der Fremde mit einer ungewöhnlich guten Laune.

»Ich sollte gehen«, sagte ich bestürzt über mein unmögliches Verhalten und umklammerte den Greifreifen, als wäre er mein Anker. »Verzeihung.«

»Nein, nicht.« Cole schüttelte den Kopf und griff instinktiv nach meiner Hand. Leider zog er sie zurück, bevor unsere Finger sich berühren konnten. »Wir müssen uns unterhalten, Angel.«

Meine Welt drehte sich und stand in wenigen Sekunden auf dem Kopf. Nicht verstehend, was Cole mir damit sagen wollte, blickte ich zu dem Neuankömmling, der sich an einen anderen Tisch setzte.

»Reden?«, wiederholte ich.

Cole kratzte sich am Kopf, bevor er sich zurücklehnte und seine Hände in den Hosentaschen verschwinden ließ.

»Ich kann dich beschützen, Angel.« Der Fremde hüstelte laut, worauf Cole seine Augen verdrehte. »Okay, *wir* können dich beschützen. Du solltest wissen, dass du in Gefahr schwebst und wir es nicht sonderlich gutheißen, dich hier vollkommen ungeschützt zu sehen. Ich weiß, es wird dich sicherlich etwas überrumpeln, aber Gerrit, der Gründer des Ordens, möchte dich in Sicherheit wissen. Deswegen möchten wir, dass du zu uns ins Hauptquartier ziehst.«

Ich starrte ihn an, versuchte in seinen Augen den Witz zu lesen, den er mir aufzutischen versuchte. Doch alles, was ich in den wunderschönen grünen Tönen erkannte, war seine Ernsthaftigkeit.

»Gerrit?«, wiederholte ich leise. »Ins Hauptquartier ziehen, um ... beschützt zu werden.«

»Sie versteht es nicht«, rief der Blonde, worauf Cole genervt fauchte.

»Wollen wir tauschen?«, blaffte er ihn an.

»Was läuft hier?« Aus meiner Sicht sah es so aus, als würde Cole erwarten, dass ich bereits wusste, worüber er sprach. Dean hatte zwar gesagt, dass ich in Gefahr schweben würde. Den Grund dafür hatte er nicht genannt und auch keinen Orden erwähnt. Außerdem: Wer, um Himmels willen, sollte dieser Gerrit sein?

»Hat dir das dein kleiner Gestaltwandler nicht gesagt?«, fragte der Fremde, stand auf und kam an unseren Tisch. Breit grinsend musterte er mich, fast so, als hätte er irgendwas gewonnen.

»Ames, bitte. Ich dachte, du wolltest dich raushalten«, murrte Cole.

»Ach, komm schon, Großer. Wenn du nicht auf den Punkt kommst, muss ich es eben.«

»Du verstörst sie.«

»Ach so? Soll ich lieber versuchen, sie zu küssen, so wie du es tun wolltest?« Ames lachte belustigt. Cole ballte seine Hände zu Fäusten, bevor er sich umsah. Zu meiner Überraschung waren wir nun die Einzigen im Raum.

Plötzlich sprang Cole auf und verpasste Ames einen Schlag ins Gesicht.

Ich schrie auf, als der Blonde zusammen mit einigen Stühlen zu Boden ging. Er jammerte leise.

Cole hingegen strich über sein Jackett, setzte sich wieder neben mich und verzog seine Lippen zu einem Lächeln.

»Okay, wo war ich ...? Ah, genau. Wir können für dich und deine Sicherheit sorgen, das verspreche ich dir. Du, als Schwester, wirst dich sicherlich wohlfühlen.«

»Geht es Ihnen gut?«, fragte ich Ames, der sich wieder aufrappelte, sich einen Stuhl angelte und zu uns setzte.

»Dem geht's prächtig«, knurrte Cole. »Zurück zum eigentlichen Thema. Ich bitte dich, mit uns zu kommen.«

Während sich Ames grinsend über die Schulter rieb, wanderte mein Blick zwischen den beiden Fremden hin und her. Ich wusste nicht, was ich darauf antworten, geschweige denn tun sollte. Mein Verstand riet mir, sofort zu fliehen. Ich würde jedoch nicht allzu weit kommen.

Ein Hoch auf meinen bescheuerten Rollstuhl!

Plötzlich erhellte eine Glühbirne meinen Schädel, als ich seine Worte Revue passieren ließ. Hatte er etwa Gestaltwandler gesagt?

»Woher wisst ihr von meinem Freund?«

»Du hast mir von ihm erzählt, Angel«, sagte Cole.

Ich schüttelte den Kopf. »Das meine ich nicht! Woher wisst ihr, dass er ein Gestaltwandler ist?«

Ames rümpfte die Nase, bevor er abfällig zu Boden blickte.

»Bitte, seinen Gestank erfasst man noch aus hundert Meter Entfernung. Jeder mit Verstand erkennt, dass er ein Kätzchen ist.«

»Ein ... Kätzchen?«

»Oh, eine Frage. Schnurrt er, wenn du ihm in Menschengestalt das Ohr kraulst?«

Cole seufzte erneut, bevor er gegen Ames' Schulter schlug. Dieses Mal jedoch eher freundschaftlich.

»Halt endlich die Klappe. Meine Güte, mit dir kann man sich wirklich nicht in der Öffentlichkeit sehen lassen.«

»Wie liebenswert«, erwiderte der Blonde und kicherte. »Glaub mir, Angel, eigentlich liebt Cole mich. Er kann mir kaum widerstehen.«

Mir fehlten die Worte. Ich verspürte keinerlei Angst, nur Verwirrung. Noch immer verstand ich nicht einmal die Hälfte von dem, was sie sagten.

»Was bedeutet ... sein Geruch? Was seid ihr?«

»Oh!«, rief Ames überrascht. »Sie besitzt eine schnelle Auffassungsgabe. Wie herrlich.«

Ich ignorierte ihn, um nicht vollkommen den Faden zu verlieren. Eigentlich war ich mir nicht einmal sicher, ob es überhaupt einen Faden gab.

»Wir sind ähnliche Geschöpfe«, erklärte Cole, »aber keine Sorge. Wir wollen dir nichts Böses. Alles, was wir wollen, ist für deine Sicherheit zu sorgen. Das kannst du uns glauben. Dein Freund hat dir von dem Orden erzählt.«

Er wollte weitersprechen, doch ich schüttelte den Kopf.

»Dean hat mir nichts davon erzählt.«

Ames schnaufte und fuhr sich durchs Haar. Wut zeichnete sich auf einmal auf seinem Gesicht ab.

»Ist das zu fassen? So ein Wichser.«

»Ames, beruhig dich einfach. Wir erklären es ihr.« Cole richtete seinen Blick wieder auf mich, doch ich wich ihm aus.

Ich wollte nicht erneut in das schöne Grün eintauchen und das Gefühl verspüren, darin zu verschwinden.

»Was wollt ihr mir erklären?« Ich ließ nervös meinen Blick über das Parkett gleiten. »Entschuldigt, aber ich verstehe überhaupt nichts.«

»Du bist wie wir, Angel, nur viel bedeutsamer. Dein Wesen gehört zum königlichen Blut. Das Erbe der Lilith fließt durch deine Venen und ein falscher Biss, nur eine Attacke der Wesen, die dich suchen, führt dazu, dass du dich in die Tochter verwandelst, die du seit deiner Geburt bist.«

»Einfacher gesagt«, fügte Ames kopfschüttelnd hinzu, »wenn du von einem Dämon gebissen wirst, wird das reine Blut in dir geweckt und verwandelt dich ebenfalls in einen Dämon.«

»Das ist auch der Grund, weshalb man dich tot sehen möchte. Es gibt Geschöpfe, die alles dafür tun würden, um deine Verwandlung aufzuhalten«, fügte Cole hinzu.

»Okay«, antwortete ich schließlich nach einer kurzen Pause. »Und um mich zu beschützen, möchtet ihr mich in euer ... Hauptquartier bringen?«

»Richtig.« Cole schien verwirrt, wechselte unsicher einen Blick mit Ames. Dieser zuckte nur mit den Schultern, blieb jedoch stumm. Niemand sagte etwas, sodass ich befürchtete, sie könnten meinen heftigen Herzschlag hören.

Gott, ich wusste, dass ich mich unheimlich dämlich benahm. Eigentlich sollte ich mir keine Sorge darum machen, sie könnten merken, wie nervös ich war. Ich sollte panisch werden, bei dem Gedanken, mit zwei fremden Männern in ein Gebäude zu verschwinden, indem offensichtlich noch andere ihrer Art warteten.

Was, wenn sie diejenigen waren, vor denen mich Dean gewarnt hatte?

Das ist Blödsinn. In diesem Fall hätten sie mich doch einfach k.o. hauen können. Stattdessen sitzen sie hier und versuchen, mir ihre Situation zu erklären. Halt! Meine *Situation.*

»Eine Frage habe ich dann aber noch.«

Überrascht richteten sich die Männer auf. Offensichtlich hatten sie mit etwas anderem gerechnet.

»Natürlich. Was möchtest du wissen?«, sagte Cole und lächelte mir aufmunternd zu.

Langsam hob ich meinen Blick, bis mein Blick auf den seinen traf.

»Wer um alles in der Welt ist Lilith?«

Erneut wurde es still. Doch dieses Mal war es anders – kein peinliches Schweigen. In ihren Gesichtern erkannte ich Fassungslosigkeit.

Ames stand auf und holte die Sektflasche vom Nebentisch, zog den Korken mit purer Gewalt aus dem Hals, setzte die Flasche an seine Lippen und trank.

Cole schüttelte den Kopf in seinen aufgestützten Händen, leise Flüche durchdrangen das Schweigen, bevor die Flasche auf den Tisch knallte. Ich zuckte zusammen. Ames schluckte und leckte sich den letzten Tropfen von den Lippen.

Mit geweiteten Augen starrte ich auf seine Zähne, die mir spitzer vorkamen als normal.

Wenn sie von Wesen sprachen, gehörten die spitzen Zähne etwa zu einem Vampir?

Hastig verwarf ich diesen Gedanken.

»Verflucht. Dieses Zeug zeigt keinerlei Wirkung«, stellte Ames nüchtern fest.

»Liegt wahrscheinlich daran, dass Alkohol bei dir nutzlos ist, Vollidiot«, murmelte Cole. Er hörte sich auf einmal unglaublich erschöpft an. Beide sahen aus, als hätten sie eine Niederlage einstecken müssen.

Hatte ich etwas Falsches gesagt?

Stöhnend nahm Ames noch einen Schluck, bevor er Richtung Tür ging.

»Wir haben keine Zeit mehr. Er kommt, Cole. Wir sollten verschwinden.«

»Verschwinden?« Fragend richtete ich mich an Cole. »Und wer kommt?«

Im selben Augenblick ertönte Deans besorgte Stimme. Er rief meinen Namen, laut und panisch. Außerdem vernahm ich Getuschel. Leute, die über Dean sprachen. Ein überraschend entspanntes Gefühl zog durch meinen Körper, als Cole meine Hand ergriff und einen Kuss auf meinen Handrücken hauchte.

»Dein Freund verheimlicht dir etwas, Angel. Du musst erfahren, wer Lilith ist. Dann wirst du verstehen.«

Mit diesen Worten ließ er von mir ab und folgte Ames. Dieser zwinkerte mir zu, bevor er verschwand. Cole hingegen drehte sich in der Tür noch einmal um. Dabei blickte er mich so unglaublich sanft an, dass es mir das Blut in den Adern gefrieren ließ. Ich rang nach Luft, während mein Körper von einem Schauder überwältigt wurde.

»Cole, bitte, ich verstehe nicht ...«

»Such danach«, verlangte er geheimnisvoll. »Wenn du mir nicht glaubst, erkundige dich bei deinem *Geliebten*. Er verschweigt dir etwas Wichtiges.«

Noch bevor ich erneut das Wort erheben konnte, bog er nach links ab. Im selben Augenblick lugte Dean zur Tür herein. Sein Gesicht erhellte sich, als er mich erblickte. Er eilte auf mich zu und schloss mich in die Arme.

Besorgt küsste er mich auf die Stirn und strich mit den Fingern behutsam über meine Wangen. Dann lachte er, fast so, als wollte er sich damit selbst beruhigen.

»Wo bleibst du denn, Süße? Ich warte doch auf dich.« Er ließ mich nicht zu Wort kommen. »Du bist sicherlich völlig fertig. Es war ein anstrengender Tag für dich, richtig? All die Erinnerungen, der Streit und so ... Lass uns nach Hause fahren.«

In Gedanken versunken ließ ich zu, dass mich Dean aus dem Raum fuhr.

Cole tauchte vor meinem inneren Auge auf. Ich beobachtete, wie er meine Hand küsste, hörte die besorgten Worte, die leisen Flüche.

Cole hatte aufrichtig gewirkt, nicht wie ein Lügner. Deswegen verstand ich den Aufruhr in meinem Inneren nicht. Auf der einen Seite glaubte ich Cole und würde meine Hand dafür ins Feuer legen, dass er mich tatsächlich beschützen wollte. Auf der anderen standen jedoch Deans Worte, die eines Jungen, der seit Jahren mein enger Freund war, auch wenn er mich oft wie ein Kind behandelte. Ich konnte mir einfach nicht vorstellen, dass Dean etwas Wichtiges vor mir geheim hielt.

Wieso auch?

Die Verwandlung hat er mir ebenfalls vorenthalten. Doch aus einem einfachen Grund. Er wollte nicht, dass ich mich vor ihm fürchte.

Ob der Grund vielleicht derselbe war?

Ich wollte Dean darauf ansprechen. Als ich schließlich drauf und dran war, Liliths Namen fallen zu lassen, bemerkte ich, dass ich bereits in Deans Auto saß. Wir standen noch auf dem Parkplatz. Dean schloss gerade die Fahrertür und steckte den Schlüssel ins Zündschloss.

»Du bist immer noch wütend auf mich, oder?«, fragte er betrübt. »Wie kann ich das wieder gutmachen? Ich hasse es, wenn du sauer bist. Wollen wir morgen vielleicht zusammen in die Stadt? Du hast doch von dem Schokoladenkuchen geträumt. Ich fände es nett, wenn ...«

»Hast du mir alles über diese Wesen erzählt?«, unterbrach ich ihn und erhaschte seinen empörten Gesichtsausdruck.

»Natürlich. Wieso sollte ich dir etwas verheimlichen?«, fragte er.

Aus irgendeinem Grund schenkte ich seinen Worten keinen Glauben. Niemals zuvor hatte ich an ihm zweifeln müssen, doch dieses Mal sprang mir seine Lüge förmlich ins Gesicht. Und daran waren nur Coles Worte schuld.

Lilith ... Ich würde recherchieren müssen.

»Ich möchte nach Hause«, sagte ich, gähnte und richtete meine Aufmerksamkeit auf die Umgebung außerhalb des Wagens.

»Natürlich. Alles, was du möchtest, mein Schatz.«

»Macht es dir etwas aus, wenn du morgen zu Hause bleibst? Ich möchte für mich sein, mich vielleicht einem neuen Buch widmen.«

Ich wusste, dass er dies falsch verstehen würde, fügte aber nichts hinzu, um ihn nicht auf andere Gedanken zu bringen. Natürlich glaubte ich nicht, dass er mir nachspionieren würde, dennoch wollte ich auf Nummer sicher gehen.

»Wie du möchtest.« Dean seufzte traurig. »Wie du möchtest ...«

Kapitel 8

In der Bibliothek herrschte eine wundervolle Ruhe. Ich lauschte dem Rascheln der Seiten, hörte, wie Stühle verrückt und Bücher übereinandergestapelt wurden.

Als ich den riesigen Raum betrat, schlug mir sofort der Geruch von gedrucktem Papier entgegen, wie der wundervolle Duft frisch gebackener Waffeln. Herrlich!

Ein wohliges Gefühl umschloss meinen Leib wie eine Umarmung, als ich mich Richtung Information begab. Umgeben von all den interessanten und lesenswerten Büchern fühlte ich mich augenblicklich wohl. Hätte ich am heutigen Tag mehr Zeit mitgebracht, wäre ich wohl zu dem Schluss gekommen, mich für einige Stunden in eine Ecke zu setzen und mich all den Sätzen hinzugeben, die dem Leser ein wahrhaftes Bild in den Kopf setzten.

Leider war ich aus einem anderen Grund hier.

Lilith ... Noch immer schien mir dieser Name bekannt, doch leider schaffte ich es nicht, ihn einer Person zuzuordnen. Innerlich fragte ich mich, ob es sich dabei wirklich um eine Person handelte. Laut Coles seltsamen Worten *musste* es so sein.

Vor der Information verkniff ich mir ein Seufzen, während ich gleichzeitig gegen das Holz klopfte, das meinen Kopf fast überragte. Na super. Wer wohl auf die Idee gekommen war, die Information auf einem Podest zu bauen?

»Schönen guten Tag«, grüßte mich eine etwas pummelige Brünette. Sofort fiel mir ihre süße Spitznase auf.

Mit einem Lächeln erwiderte ich die Begrüßung. Ich wollte die Dame gerade um etwas bitten, als sie sich von ihrem Platz erhob und das Podest verließ. Mit langen, kräftigen Beinen baute sie sich vor mir auf.

»Was kann ich für Sie tun? Womit kann ich Ihnen helfen?«

Mit einem Mal war sie mir unsympathisch, obwohl sie mir die *Umgebung* lediglich erleichtern wollte.

Als Miss Wagner, wie es auf ihrem Namensschild stand, merkte, dass meine Antwort nicht augenblicklich folgte, übernahm sie erneut das Reden für mich. »Einen Liebesroman vielleicht? Wir haben vor wenigen Tagen neue Ware erhalten. Sie wird Ihnen sicherlich gefallen.«

Ich schüttelte den Kopf. Freundlich, aber bestimmt sah ich sie an.

»Nein, aber danke. Ich suche nach etwas Bestimmten, weiß jedoch nicht, in welchem Genre ich es finden kann.«

»Okay, was suchen Sie denn? Wenn Sie mir einen Namen oder einen anderen Hinweis nennen, kann ich Ihnen helfen.«

»Lilith, ich suchte etwas über Lilith.«

Sie zog ihre Brauen in die Höhe, wobei sie ihre Stirn in tiefe Falten zog. Nachdenklich wippte sie mit den Zehen auf und ab, was durch ihre festen Sohlen ein Klacken hinterließ. Mit den lackierten Nägeln fuhr sie sich durch die Haare, als stünde sie unter enormem Stress.

»Lilith, sagen Sie? Sind Sie sicher, dass das kein Irrtum ist?«

Verwirrt starrte ich sie an, nicht wissend, wie ich darauf reagieren sollte. Mit dieser Reaktion hatte ich nicht gerechnet.

»Kein Irrtum, ich suche Informationen über Lilith. Können Sie mir dabei behilflich sein?« Ich schielte zu ihrem Computer auf dem Podest. »Können Sie nicht in Ihrem PC nachsehen? Gibt es nicht … so ein System?«

Als ginge in ihrem Kopf ein Lämpchen auf, klatschte sie in die Hände und kicherte. Sie wirkte auf mich irgendwie verrückt, durchgeknallt.

»Natürlich. Ich Dummkopf!«

Mit diesen Worten stieg sie die wenigen Stufen hinauf. Anschließend hörte ich das Tippen. Ich wartete mehr oder weniger geduldig. Etwas anderes konnte ich sowieso nicht tun.

Während Miss Wagner ihrem Tun nachging, sah ich mich um. Es gab nicht sonderlich viele Besucher, was jedoch nicht bedeutete, dass sich nicht der ein oder andere hinter den Regalen versteckte.

Ich erblickte drei Studenten – man erkannte sie deutlich an den hohen Bücherstapeln und den Collegejacken –, die leise miteinander tuschelten. Ihnen gegenüber standen ein paar Computer auf einem Tisch. An einem davon saß ein junges Mädchen mit lila gefärbten Haaren. Piercings bedeckten ihre Lippen, die sie zu einem Schmollmund verzogen hatte. Gespannt, als gäbe es nichts anderes, starrte sie auf den flimmernden Bildschirm. Kurz fragte ich mich, was sie wohl so begeisterte, ließ den Gedanken jedoch schnell wieder fallen.

Ein junger Mann mittleren Alters mit offenen Hemdknöpfen und verwuschelten Haaren lenkte jetzt meine Aufmerksamkeit auf sich. Seine Lippen waren geschwollen, die Haut darüber mit Lippenstift beschmiert.

Man musste kein Genie sein, um zu wissen, dass dieser Mann eindeutig nicht nach Büchern gesucht hatte. Meine Vermutung bestätigte sich, als eine Frau – sie schienen im selben Alter zu sein – mit strahlenden Augen und erhitzen Wangen kurz darauf auftauchte.

Zu ihrem Glück bemerkte Miss Wagner die beiden nicht, da sie noch immer vor dem Computer saß. Oder sie ignorierte die Tatsache einfach, dass jemand neben all den Meisterwerken Sex gehabt hatte.

Die Studenten hingegen merkten schnell, wie der Hase lief. Sie kicherten, während sie versuchten, dass lautstarke Lachen zu unterdrücken. Das Pärchen – ich hoffte wirklich, dass dies kein One-Night-Stand gewesen war – machte sich offensichtlich nichts daraus, ertappt worden zu sein. Ihr strahlendes Grinsen zeugte genau vom Gegenteil. Ohne auch nur auf die Bibliothekarin zu achten, verschwanden sie erneut zusammen zwischen den Regalen.

Kopfschüttelnd wandte ich mich ab und blickte zu Miss Wagner, die nun die Treppe herabkam. Ihr Lächeln wirkte auf einmal sehr gestellt auf mich.

Wahrscheinlich bildete ich mir das nur ein. Vermutlich hatte sie die Anwesenheit des Pärchens doch bemerkt und wollte nicht, dass ich ihre Missgunst beobachtete.

»Ich habe etwas über Lilith gefunden«, sagte sie zögernd. »Folgen Sie mir. Ich bringe Sie zu den gewünschten Büchern.«

Ihre Stimme klang kühl, ganz anders als zuvor. Langsam zweifelte ich an meiner Theorie, versuchte jedoch, mir nichts anmerken zu lassen. Ich durfte nicht voreilig schlussfolgern, immerhin wusste ich nicht, was in dieser Frau vorging. Sie einfach zu verurteilen, wäre nicht gerecht von mir.

Mit einem freundlichen Nicken folgte ich ihr den Flur entlang. Sie führte mich an verschiedenen Bücherregalen vorbei, bog in die ein oder andere Richtung ab, sodass ich mir bald sehr verloren vorkam. Diese Bibliothek war wohl doch größer, als ich gedacht hatte.

Schließlich stoppte die Bibliothekarin. Ihr Lächeln kehrte zurück, wärmer und höflicher als zuvor, bevor sie mit den Fingerspitzen über die Einbände in dem Regal vor uns strich.

»Hier finden Sie alles, was Sie benötigen. Falls es noch Fragen gibt oder Sie ein Buch ausleihen möchten: Sie finden mich wie zuvor an der Information.«

Mit diesen Worten drehte sie sich um und verschwand, ohne mir die Bücher zu geben, die ich gesucht hatte.

Schluckend beäugte ich das Regal, das von mir aus noch riesiger wirkte.

Verdammt, wie sollte ich an diese Einbände kommen, wenn ich doch im Rollstuhl saß?

Ich wollte die Dame nicht zurückrufen und um ihre Hilfe bitten, die sie mir offensichtlich aus welchem Grund auch immer verweigerte.

Seufzend schüttelte ich den Kopf, bevor ich meine Brust nach vorne drückte, um mich etwas wachsen zu lassen. Mit einem Stöhnen versuchte ich, eines der Bücher zu erreichen, auf die Miss Wagner gezeigt hatte.

Leider war das leichter gesagt als getan.

Ich reckte und streckte mich, rollte so dicht an das Regal, wie ich konnte. Leider vergebens. Ich schaffte es nicht, auch nur eines der Bücher zu erreichen. Verzweifelt rüttelte ich an dem Regal, was durch die Schwere und Größe nicht funktionierte. Stattdessen

– meine Finger rutschten von dem Brett, an dem ich gerüttelt hatte –
kam ein Buch auf mich zugeflogen, das wohl auf den anderen
gelegen hatte. Rasch hielt ich mir schützend die Hände vors Gesicht.

Jemand lachte leise.

Verwirrt zog ich die Hände weg und sah, wie jemand das Buch
aufgefangen hatte und zurück ins Regal legte. Mein Blick folgte
der großen Hand, kletterte an dem nackten Arm hinauf und fiel
schließlich auf den Mann mit dem schönsten Seelenspiegel der
Welt.

Erschrocken schnappte ich nach Luft, nicht wissend, wie ich
mich verhalten sollte.

»Cole?«

Er verschränkte die Arme und lehnte sich gegen das Regal. Grinsend sah er auf mich herab.

Ich konnte meinen Blick nicht von ihm lösen. Er wanderte von
seinem Gesicht zu den heftigen Verletzungen an seinem Hals, die
sich auch seinen Arm hinunterzogen.

Brandwunden.

»Ich weiß, sie sehen schlimm aus.« Er krempelte die Ärmel seines
Hemdes hinunter. »Besser, ich erspare dir diesen Anblick.«

Wie in Trance griff ich nach seiner Hand, bevor er sich am zweiten Ärmel zu schaffen machen konnte und schüttelte den Kopf.

»Es gibt Schlimmeres«, sagte ich mit Blick auf meinen Rollstuhl.

Mit einem Lächeln beugte er sich zu mir herunter.

»Darf ich fragen, was du hier suchst, kleine Angel?«

Mein Puls verdoppelte sich, trieb mir eine erhitzende Röte ins
Gesicht. Schnell schüttelte ich seine Hand ab, atmete tief ein und
aus, wobei ich in eine andere Richtung blickte. Meine Kopfhaut
begann zu prickeln und ich konnte mein Herz lautstark pochen
hören.

»Ich tue, worum du mich gebeten hast. Lilith, erinnerst du dich?«

»Natürlich. Schließlich liegt das Gesagte nur eine Nacht zurück.«

»Aber?«, fragte ich, als ich den zögernden Unterton in seiner
Stimme bemerkte.

Cole schmunzelte. »Du wirst hier keinerlei Antworten finden.
Nun, zumindest nicht das, was ich dir zeigen wollte.«

»Wo hätte ich sonst suchen sollen? Ich besitze keinen Computer.«

Da fiel mir ein, dass einige PCs am Ende des Flures darauf warteten, benutzt zu werden. Daran hätte ich sofort denken sollen!

Er ging nicht darauf ein, sondern zog das Buch aus dem Regal, nachdem ich vergeblich gegriffen hatte. Er schlug er es auf, blätterte kurz darin und hielt es mir unter die Nase.

»Das ist es, was du suchst. Jedoch wird es nicht deine Fragen beantworten.«

Ich murmelte einen Dank, versuchte, mich auf Lilith zu konzentrieren, und überflog einige Seiten. Zuerst fand ich nichts Interessantes. Auch den Namen Lilith las ich nirgendwo. Dann wurde ich fündig.

»Oh! Da steht es! Lilith ist eine Göttin der sumerischen Mythologie!«

Gedanklich klapperte ich meinen ehemaligen Geschichtsunterricht ab, suchte nach Erinnerungsfetzen oder dergleichen. Vergebens.

Diese Mythologie sagte mir rein gar nichts.

»Es ist nicht wichtig«, meinte Cole, als hätte er meine Unwissenheit erkannt. »Vergiss die Mythologie und lies weiter.«

Tief holte ich Luft, bevor ich mich erneut dem Text zuwandte. Laut, aber dennoch der Umgebung entsprechend, begann ich zu lesen: »Bei Lilith handelt es sich um die erste Frau Adams, dessen Wesen jedoch nicht wie das der Eva war. Sie war ablehnend und keine gute Geliebte Adam gegenüber. Sie wendete sich gegen Gott und ihren Liebsten, weswegen sie das Paradies verließ. Geschichten zufolge soll sie einfach vom Boden abgehoben haben und in die Lüfte geflogen sein. Lilith ging mit dem Dämon Djinn eine Verbindung ein und zeugte mit ihm einige dämonische Kinder. Jedoch verlangte Gott von ihr, zu Adam zurückzukehren. Er sandte drei ausgewählte Engel namens Sanvi, Sansanvi und Semangelaf. Die Engel versuchten, Lilith dazu zu überreden, doch sie lehnte die Bitte ab. Deswegen erschuf Gott eine zweite Frau: Eva. Da Gott Eva aus einer Rippe von Adam erschaffen hatte, wurde sie eine ehrliche Frau – das Gegenteil von Lilith. Doch dies änderte sich, als Eva eines Tages von einer Schlange verführt wurde. Sie aß einen Apfel vom verbotenen Baum, was jedoch strikt verboten war. Eva aß die Frucht und änderte damit ihre Zukunft im Paradies, denn nur kurz darauf erschien ein Engel, mit einem Schwert so hell wie das Licht selbst, und verbannte die beiden Menschen. Erzählungen nach soll Lilith die Schlange gewesen sein, die sowohl Evas, als auch Adams Schicksal veränderte.«

Ungläubig blickte ich zu Cole auf, der mich mit einem belustigten Blick musterte. Offenbar schien ihm die kleine Geschichte nicht zu gefallen, was ich verstehen konnte. Ich glaubte an nichts davon. Weder an Gott, noch an Adam und Eva. Außerdem musste ich feststellen, dass ich noch nie von Lilith im Zusammenhang mit den beiden Liebenden gehört hatte. Ja, sie kam mir sicherlich bekannt vor. Doch an solch eine skurrile Geschichte hätte ich mich erinnert.

»Glaubst du dem Buch?«, erkundigte sich Cole gespannt. Er lächelte, als ich verneinte. »Dachte ich mir. Alles, was da steht, ist vollkommener Blödsinn.«

»Warum lässt du mich es dann lesen? Wenn alles sowieso eine Lüge ist?«

Cole setzte sich an den kleinen Tisch, der am Ende des Ganges stand und winkte mich zu sich. Ich hielt neben ihm und beobachtete, wie er sich umsah. Dann richtete Cole seine Aufmerksamkeit wieder auf mich.

»Nun, eigentlich wollte ich, dass du die Geschichte selbst herausfindest. Aber der geborene Sherlock scheinst du nicht zu sein.«

Gespielt beleidigt verschränkte ich die Arme vor der Brust. Natürlich wusste ich, dass er recht hatte. Ich Dummkopf hätte das Ganze vollkommen anders angehen müssen. Stattdessen saß ich nun hier, unwissend wie eh und je, darauf hoffend, eine Erklärung von einem Mann zu erhalten, den ich erst vor Kurzem kennengelernt hatte.

Gott ... Wieso unterhielt ich mich überhaupt mit Cole? Ich wusste kaum etwas über ihn, nur dass er wohl nicht menschlich war. Anders. Komplizierter.

»Möchtest du mich noch weiter beleidigen oder erzählst du mir nun, wer diese Lilith ist?«, fragte ich ihn, worauf er seine Lippen zu einer Grimasse verzog.

Cole lehnte sich zurück.

»Ich wollte deine Gefühle nicht verletzen und werde deiner Bitte nachkommen.«

Ein Schauder erfasste mich wie eine wilde Welle. Er zog mich in seine Umarmung und hinterließ eine Gänsehaut. Dennoch zwang ich mich zur Konzentration.

Es gab nun wichtigere Dinge. Wichtiger als ... *das*.

»Ich bin bereit, Cole.«

»In der Geschichte heißt es, Lilith sei ein Mensch gewesen. Doch das ist eine Lüge. Sie war etwas Besonderes, klüger und geschickter als der Rest. Lilith war ein Engel.«

Erstaunt weiteten sich meine Augen und mein Puls beschleunigte sich ein weiteres Mal.

»Aber ich dachte, Engel sind gute Geschöpfte!«

»Angel, willst du mich ausreden lassen, oder möchtest du dir den Rest zusammenspinnen?« Tadelnd hob er seine Brauen.

Verlegen entschuldigte ich mich.

»Lilith war nicht nur ein Engel, sondern ein Mitglied des Großen Rates, der im Himmel seinen Platz hat. Um ehrlich zu sein, teilte sie dort oben mehr als nur die Federn ihrer Flügel mit dem Rat. Sie war sozusagen Gottes Geliebte. So heißt es zumindest.«

Ich öffnete meinen Mund, was Cole dazu brachte, seine Brauen zu heben.

»Gott ist nur ein Wort, Angel. Der höchste Engel – das älteste Ratsmitglied – wird Gott genannt. Sie lassen die Menschen im Glauben, von einer höheren Macht bewacht zu werden. Von jemandem, den sie Gott nennen«, beantwortete er meine stumme Frage.

Ich nickte brav und fühlte mich im nächsten Moment in die Grundschule zurückversetzt. Auch dort hatte ich gespannt an den Lippen des Lehrers gehangen, wenn er vom Thema abgeschweift war und sich abenteuerlichen Geschichten zugewandt hatte.

»Das heißt, Lilith und *Gott* waren ein Pärchen?«, fragte ich.

Cole lächelte verschmitzt.

»Ja, theoretisch heißt es das. Doch Lilith war nicht zufrieden. Sie wollte mehr, gierte nach Macht, bis sie schließlich fiel. Man nahm ihr die Flügel und verbannte sie auf die Erde. Natürlich gefiel Lilith das nicht und sie tat das, was sie am besten konnte: Rache üben. Sie ging einen Schwur mit Satan höchstpersönlich ein. Lilith zeigte sich als armes, hilfesuchendes Mädchen und tauschte ihre Seele gegen das Geschenk, ein Dämon zu werden. Leider entwickelte sie dadurch Kräfte, die man ihr niemals hätte schenken dürfen. Sie nahm sich den Thron neben Luzifer, zeugte Nachkommen und somit den ersten Sukkubus. Ihre Macht stieg, und als Luzifer sie aus seinem Reich verbannen wollte, schlug sie ihn mit seinen eigenen Waffen. Er war unterlegen, sie hingegen besaß zu diesem Zeitpunkt bereits eine Armee. Lilith verführte, meuchelte und betrog, bis sie sich einen Thron erkämpft hatte. Sie krönte sich selbst zu Herrscherin des Dämonenreichs. Doch selbst das war ihr nicht genug. Der Dämon in ihr verlangte nach mehr – nach der Herrschaft der gesamten Welt. Und so kam es, dass sie den Plan verfolgte, das Reich der Menschen zu übernehmen.«

»Das ist schrecklich!«, entfuhr es mir. »Einfach fürchterlich. Wieso hat denn niemand etwas unternommen?«

»Man hat es versucht«, antwortete er nach einer kurzen Pause. »Kläglich. Als Engel besitzt du Fähigkeiten, die ein normaler Mensch nicht hat. Selbst als Gefallene verfügst du über mehr Stärke als ein Sterblicher.«

»Das bedeutet, dass sie so stark wie beide zusammen ist? Satan und der Hauptengel?«

Er lachte. »Gott, nein. Beide zusammen könnten Lilith wahrlich aufhalten, das stimmt. Jedoch verstößt das gegen die Regeln. Engel dürfen das geweihte Land der Dämonen nicht betreten. Genauso wenig, wie diese das Himmelreich betreten dürfen.«

»Diese Regel ist Schwachsinn«, protestierte ich. Es klang einfach nicht logisch! »Man kann doch eine Ausnahme machen. Vor allem bei so etwas Wichtigem!«

»Im Gegenteil.« Coles Hand griff nach der meinen und drückte sie. »Diese Regel ist sinnvoller, als du wahrscheinlich annimmst. Es muss Grenzen geben, Befehle, die zu befolgen sind. Ansonsten würde das Chaos ausbrechen.«

»Aber ...«

»Für solche Situationen gibt es den Rat der Geschöpfe. Eine Gruppe von zehn Mitgliedern mit Kräften, die dazu dient, die Menschheit zu beschützen und den Frieden zu wahren. Sie waren es auch, die Lilith letztendlich schlugen und verbannten. Doch auch in ihren Reihen gibt es Regeln. Sie dürfen in meine Welt, können jedoch nichts einfordern. Ihr Wort zählt dort nicht. An solch einem Ort gelten nur die Regeln der Bewohner.«

»Das verstehe ich nicht.«

Der Druck seiner Hand wurde stärker, was sich überraschenderweise sehr gut anfühlte. Mein Puls normalisierte sich. Mein Geist genoss die wundervolle Ruhe, die Cole ausstrahlte, vollkommen.

Seine Berührung löste ein Kribbeln auf meiner Haut aus, das mich äußerlich wie innerlich wärmte, wie die warmen Sonnenstrahlen nach der Winterkälte.

Ich wollte mich von ihm lösen, doch ich rührte mich nicht. Als Cole schließlich seine Hand zurückzog, verspürte ich Leere.

»Das waren für den Anfang viele Informationen. Wir sollten hier abbrechen. Es wird wohl besser sein, wenn ich dich mit deinen Gedanken allein lasse. Du musst sicherlich einiges verdauen.«

Cole erhob sich und ging vor mir in die Hocke.

Sofort erkannte ich das faszinierende Funkeln in seinen Augen, als er ein weiteres Mal nach meiner Hand griff und sie küsste.

Augenblicklich brach das Eis, dessen plötzliche Süße in der Sonne dahinschmolz. Mein Verstand war leer gefegt, doch meine Gefühle spielten verrückt. Hitze durchdrang meinen Oberkörper, durchstieß wie ein Messer mein sehnsüchtiges Herz. Es war, als wäre ich verhext worden.

In meinem Inneren entstand ein schon längst verloren geglaubtes Gefühl, das mich verwünschte. Mir die Kraft zum Leben raubte. Etwas, das mich aufzufressen versuchte.

»Ich werde nun gehen, Angel«, hauchte Cole, als er mir einen zweiten Kuss schenkte. »Wenn etwas sein sollte, falls du über mein – unser Angebot nachgedacht hast, ruf mich an.«

Er löste sich und auf einmal schien die Zeit wieder normal weiterzulaufen. Tief sog ich die Luft in meine Lunge, was mich zum Husten brachte. Als ich mir die Hand vor den Mund halten wollte, bemerkte ich den kleinen, weißen Zettel, den er hinterlassen hatte.

In einer schönen, geschnörkelten Schrift stand dort eine Handy-nummer. Ebenso Coles Name.

»Denk darüber nach, Angel. Ich habe dich nicht belogen und werde es auch in Zukunft nicht tun. Dein *Freund* hingegen scheint diese Ansicht nicht zu teilen.«

Cole lächelte sanft und deutete eine leichte Verbeugung an, ehe er um die Ecke verschwand.

Ich wusste nicht, was ich tun oder denken sollte. Auf der einen Seite hatte Cole recht. Dean belog mich, enthielt mir Dinge vor, die offensichtlich sehr wichtig waren. Wie konnte ich an der Seite eines Mannes bleiben, der vor mir Geheimnisse hatte? Trotz seiner Warnung, mir würde etwas zustoßen, hatte er mir nicht einmal verraten, vor wem ich wirklich Angst haben sollte. Cole hingegen legte die Karten auf den Tisch – auch wenn er mich damit ängstigte.

Seufzend löste ich mich von diesen negativen Gedanken und legte das Buch auf den Tisch, da ich nicht in der Lage war, es ins Regal zurückzustellen.

Ich würde Miss Wagner Bescheid geben, damit sie sich darum kümmern konnte.

Mit dem Entschluss, die Bibliothek nun zu verlassen und nach Hause zurückzukehren, rollte ich den Gang entlang. Doch weit kam ich nicht, denn Cole eilte erneut in meine Richtung.

»Hast du was vergessen?«, erkundigte ich mich verwirrt, als er sich hinter mich drückte und meinen Rollstuhl umfasste.

»Still. Wir müssen sofort hier weg«, fluchte er leise.

Überfordert starrte ich Cole an. Beruhigend legte er mir die Hand auf die Schulter, um mir zu zeigen, dass alles gut werden würde. Und ich glaubte ihm.

Er rollte mich nicht zur Vordertür, sondern schob mich immer tiefer in das Labyrinth. Wir kämpften uns durch die engen Gänge, bis wir schließlich in der Abteilung *Fantasy* stoppten.

Cole spähte an einem der Regale vorbei, zog sein Handy aus der Hosentasche und tippte etwas.

»Ich möchte, dass du mir nun zuhörst, Angel«, sprach er leise. »Egal was passiert, versuch bitte nicht, etwas auf eigene Faust zu unternehmen. Sobald du fliehen kannst, tu es!«

114

»Wovor fliehen?«, erkundigte ich mich und schluckte.

»Dämonen.«

Seine schlichte Antwort ließ mich zusammenfahren. Ich erkannte, dass er nicht scherzte. Hektisch atmend nickte ich. Rasch legte er mir die Hand auf den Mund.

»Na, na, na. Wo versteckst du die Nachfolgerin, Hüter?«, erklang plötzlich eine laute, männliche Stimme. »Möchtest du uns das süße Mädchen nicht vorstellen?«

Cole knurrte leise, antwortete dem Fremden jedoch nicht. Stattdessen zog er einen Dolch aus seinem Gürtel und ließ ihn zwischen seine Finger gleiten. Obwohl er in Angriffsposition ging, schien er nicht sonderlich aufgeregt zu sein. Nein, er grinste sogar.

»Es scheinen nur die zwei zu sein. Sie zu erledigen wird ein Kinderspiel.« Sein sanfter, ja, fast zärtlicher Blick streifte den meinen. Vorsichtig, als würde ich binnen weniger Sekunden zerbrechen, nahm er mir die Hand vom Mund. »Alles wird gut, Angel. Ich beschütze dich.«

Meine Lippen bewegte sich, doch keines der Worte, die durch meinen Kopf schwirrten, wollte entfliehen. Stattdessen zeigte ich ihm mit einem Nicken, dass ich verstand. Bevor er sich den Angreifern stellen konnte, griff ich nach seiner verletzten Hand.

Er hob fragend seine Brauen. Ich wollte mich bedanken, brachte jedoch keinen Ton heraus. Dennoch schien er mich zu verstehen.

»Dank mir, wenn du hier heil herausgekommen bist.«

Mit diesen Worten verließ er mich.

Nun saß ich da, allein und in Furcht gehüllt. Nervosität schoss wie Adrenalin durch meinen Körper, packte meinen Hals wie eine Schlinge.

Ich kann hier nicht einfach sitzen bleiben. Das schaffe ich nicht.

Nicht Neugierde, sondern etwas, das ich nicht zu erklären wusste, drängte mich, Cole zu folgen.

»Oh, der werte Herr kommt uns entgegen«, rief nun eine Frau und lachte höhnisch. »Das heißt wohl, du händigst uns das Mädchen nicht freiwillig aus?«

»In der Tat«, entgegnete Cole. »Ich rate euch, besser zu verschwinden.«

Die beiden brachen in schallendes Gelächter aus.

Als ich hinter einem der Regale hervorlugte, erkannte ich das Pärchen, das sich zusammen vergnügt hatte. *Das* waren Dämonen?

»Das soll doch wohl ein Scherz sein«, gluckste die Frau, während sie sich mit einem starken Hüftschwung an einem der Regale vorbeischlängelte. »Denkst du wirklich, dass du uns alle aufhalten kannst?«

»Dazu mit so einem mickrigen Dolch?«, fügte ihr Partner gackernd hinzu.

Meine Augen wanderten zu Cole, dessen Kiefer sich anspannte. Er schloss die Finger fest um den Dolch und obwohl er aufgebracht wirkte, strahlte er keinerlei Angst aus.

»Euch alle?«

Im selben Augenblick tauchten die Studenten auf, die ich vor Kurzem beobachtet hatte. Ein hämisches Grinsen zierte den Größten von ihnen.

»Wir alle«, versicherte die Frau, die an ihnen vorbeiging, mit rot glühenden Augen.

Ziemlich erschrocken erkannte ich Miss Wagner, die nun eine Art Maske von ihrem Gesicht zog. Darunter verbarg sie kalkweiße Haut, gespickt mit Schuppen, die sich über ihr linkes Auge zogen.

Himmel, wo war ich nur hier reingeraten?

»Okay, Planänderung«, kommentierte Cole ihre *kleine* Zurschaustellung. »Ich schicke euch alle zurück in die Hölle.«

Wie auf ein Stichwort stürmte das Pärchen auf Cole zu.

Erschrocken hielt ich mir die Hand vor den Mund, um nicht laut aufzuschreien. Panik, dass Cole sich verletzten könnte, bahnte sich ihren Weg durch meine Knochen, verankerte sich in ihnen wie die Spitze eines Pfeils.

Die Frau kämpfte mit den bloßen Händen, dafür mit Krallen so lang wie Messer. Immer wieder sprang sie auf Cole zu, in der Hoffnung, ihre Krallen in seine Haut zu schlagen. Der Mann hingegen hielt sich etwas im Hintergrund, ließ sich den *Spaß* jedoch nicht nehmen, gegen seinen Gegner zu kämpfen.

Miss Wagner – wenn das überhaupt ihr richtiger Name war – ging gemessenen Schrittes an den Kämpfenden vorbei und kam in meine Richtung.

Wenn meine Beine nicht gelähmt wären, würden sie garantiert zittern. Fest umfasste ich die Greifreifen und wollte mich von dem Geschehen entfernen. Doch sie drehten sich nicht, ließen sich einfach nicht bewegen.

»Was zum ...?«

»Kannst du dich nicht bewegen, kleines Mädchen?«, fragte die Bibliothekarin, die nun vor mir stand.

»Was hast du getan?«, fragte ich keuchend. »Wieso bewegen sie sich nicht?«

»Dein Schatten.« Die Frau lachte gehässig. »Kannst du meine Kräfte nicht spüren, Erbin?«

Von Angst beherrscht starrte ich auf die Räder, die sich nun von allein zu drehen begannen. Langsam hob sich mein Rollstuhl in die Höhe. Sie ließ mich schweben!

»Finger weg, Bestie!«, brüllte Cole, als er seine Hand in ihrem Haar vergrub und sie mit einer gewaltigen Wucht zu Boden schleuderte.

Ich schrie auf, als mein Rollstuhl unsanft auf dem Boden aufschlug. Im letzten Augenblick fand ich den Halt, um nicht ebenfalls zu Boden zu stürzen.

Cole streichelte kurz meine Wange, ehe er sich wieder den Dämonen stellte, die ihn bösartig musterten.

Miss Wagner knurrte und sprang auf die Beine. Sie leckte sich die Lippen, ihr Blick aus schwarzen Pupillen wanderte für einen Moment zu mir.

»Du wirst uns nicht alle gleichzeitig aufhalten können, Krieger«, schnurrte sie. »Lass uns zu ihr. Lass sie uns zusammen verwandeln.«

»Nur über meine Leiche.«

Mit einem zufriedenen Gesichtsausdruck stürmte die Bibliothekarin auf ihn zu. Offensichtlich gefiel ihr seine Art zu denken. Die *Studenten* rissen sich die Jacken vom Oberkörper und warfen sie in alle Richtungen. Anschließend fielen sie Cole wie wilde Tiere an, packten seine Hände und Füße wie Klammeraffen und bohrten ihre Krallen in sein Fleisch.

Coles Schrei hallte durch die engen Flure, wiederholte sich in meinem Kopf wie eine beschädigte Aufnahme.

Ich presste mir die Hände auf die Ohren, konnte den schrecklichen Laut jedoch nicht ausblenden. Er ließ meinen gesamten Körper vibrieren, brachte mich innerlich zum Zittern.

»Du gehörst mir, Erbin«, knurrte die Frau erregt, als sie sich mir ein zweites Mal näherte. »Mir allein!«

Sie packte mich unsanft an den Haaren, zog meinen Kopf in die Höhe bis ihr Mund fast meinen Hals berührte. Mit der Zunge befeuchtete sie ihre Lippen.

»Nimm deine Finger von ihr!«, brüllte Cole, der seine Angreifer mit voller Wucht von sich schleuderte. Er eilte in meine Richtung, doch die Dämonin war schneller. Wie in Trance hob sie ihre spitzen Finger, um ihren Schatten fest um Cole zu schlingen.

Als wäre er lediglich ein einfaches Spielzeug, wirbelte sie ihn durch die Luft, nur um ihn in der nächsten Sekunde gegen eines der Bücherregale zu schleudern. Holz zerbarst unter seinem Gewicht, Bücher wurden zu Boden geschleudert, ehe Cole auf ihnen landete. Sein Versuch, sich auf die Beine zu hieven, scheiterte.

»Und nun zu dir, Erbin.«

Mit einem Ruck zog sie mich aus dem Rollstuhl, kickte diesen zur Seite und warf mich auf das harte Parkett. Sie lachte bei meinem Versuch, vor ihr davonzukriechen.

Die Panik nahm mich nun voll in Beschlag. Wehrlos lag ich vor ihr. Doch als die Dämonin nach mir griff, geschah etwas, das ich mir nicht einmal in den Träumen vorgestellt hätte.

Ein riesiger weißer Tiger stürmte auf uns zu. Die Frau ließ mich los und wollte fliehen. Doch das Tier war schneller. Mit einem einzigen Satz packte er sie mit seinen Pranken, versenke seine prächtigen Zähne in ihrem Fleisch und schüttelte sie.

Die Dämonin schrie, während sie mit ihren Krallen um sich schlug. Im selben Moment lösten sich die Schatten, die Cole umklammert hatten.

Er rappelte sich auf, um einem der Studenten im nächsten Augenblick das Genick zu brechen. Mit dem Dolch in den Händen ging er drohend auf das Pärchen zu, das sich vorsichtig von ihm entfernte.

»Ich gebe euch drei Sekunden«, sagte er rau. Er brauchte nicht einmal anfangen zu zählen, um zu wissen, dass das Paar sich entschieden hatte.

Blitzartig verschwanden die Gegner.

Cole, der den Dolch wie einen Schatz umklammert hielt, wandte sich dem Tiger zu, der die Dämonin noch immer zwischen seinen Pranken hielt. Das weiße Geschöpfe wollte nicht von ihr lassen, biss immer wieder zu. Doch auch die Frau gab nicht nach, wehrte sich, so gut es ging.

Cole, dessen Augenrollen mir fast entgangen wäre, packte das Tier am Nacken und zog es zurück, als wäre es nur ein Kätzchen. Die Dämonin raffte sich auf und setzte zur Flucht an. Doch Cole bohrte ihr gnadenlos den Dolch in die Brust.

Erschrocken, dem Gefühl der Übelkeit sehr nahe, hielt ich mir die Hand vor den Mund.

Die Frau löste sich jäh in Luft auf.

Cole wandte sich mir zu. »Du bist nun in Sicherheit.« Mühelos hob er mich hoch, sein Gesicht verharrte einen Moment direkt vor meinem, bevor er mich in den Rollstuhl setzte.

Erst dann bemerkten wir das gefährliche Knurren.

»Das hat sie mir zu verdanken«, erklang auf einmal eine männliche Stimme.

»Dean!«, keuchte ich überrascht und starrte ihn an.

Dort, wo zuvor der Tiger auf starken Tatzen geruht hatte, stand nun mein Freund – nur mit einer locker sitzenden Hose bekleidet kam er auf mich zu.

Cole rührte sich nicht vom Fleck, obwohl Dean sich zwischen uns stellte. Mit hasserfülltem Blick starrte er dem *Fremden* entgegen, nicht gewillt, ihn noch einmal in meine Nähe zu lassen.

»Halte dich von ihr fern, Dämon«, sagte Dean ruhig.

Cole lachte gehässig. »Dann hätte ich sie wohl gleich den Dienern der Hölle zum Fraß vorwerfen sollen.«

Besänftigend griff ich nach Deans Hand, die er von sich stieß.

»Was hast du dir nur dabei gedacht, Angel?«, fuhr er mich an. Cole schien er vollkommen vergessen zu haben. »Ich habe dich gewarnt, dir von all den bösen Kreaturen erzählt und du verlässt ohne mich das Haus? Wie soll ich dich beschützen, wenn du mir nicht wenigstens ein kleines Bisschen entgegenkommst?«

Mein Kopf war wie leer gefegt und es ließ sich kein sinnvoller Gedanke mehr bilden. Alles, was ich zu diesem Zeitpunkt konnte, war, meinen Freund mit großen, enttäuschten Augen anzublicken. So vieles wollte ich sagen – so vieles wollte ich verschweigen.

Doch womit sollte ich beginnen?

Plötzlich schüttelte er wild den Kopf; leise, hässliche Worte kamen über seine Lippen, als er gegen eines der auf dem Boden liegenden Bücher trat.

»Das ist unverantwortlich! Angel, verdammt. Weißt du, was sie dir hätten antun können? Es gibt schlimmere Dinge als den Tod, ist dir das nicht bewusst? Himmel noch mal! So etwas wird nie wieder passieren, verstanden?«

Er gestikulierte wild durch die Gegend. Cole seufzte und schenkte mir ein aufmunterndes Lächeln.

Eine Geste, die mich realisieren ließ, was gerade falsch lief.

Ich, offensichtlich kein normaler Mensch, geschockt und den Tränen nahe, saß in einem verdammten Rollstuhl und musste mir von der Person, die mir am nächsten stand, anhören, was *ich* falsch gemacht hatte? *Ich* war diejenige, die nun eine Standpauke ertragen musste?

Ich schaffte es nicht, meine Gefühle zu kontrollieren.

Cole, der Deans Rede augenscheinlich nicht mehr ertrug, kniete sich vor mich. Zärtlich griff er nach meinen verschwitzen Fingern, um sie behütend zu umschließen.

»Ich kann dich von hier fortbringen, Angel. Mit deiner Erlaubnis kann ich dich an einen Ort bringen, an dem du wahrhaftig beschützt werden kannst. Du wirst keine Tränen mehr vergießen müssen.«

Seine Worte waren Balsam für meine angegriffene Seele. Sie hüllten mich in einen magischen Mantel, der die Fähigkeit besaß, meine Ängste und all die negativen Dinge in mir verschwinden zu lassen. Gleichzeitig hinterließ er ein prickelndes, aufregendes Gefühl.

Es war seltsam, aber dennoch so unheimlich gut, dass ich ihm nicht zu widerstehen wusste.

»Bitte ...«

»Oh nein!«, rief Dean. »Das kannst du vergessen Dämon! Angel ist meine Freundin, mein kleines Mädchen. Ich alleine bin für ihren Schutz verantwortlich!«

»Sie bittet darum«, stellte Cole klar, bevor er sich erhob. Dabei hielt er meine Hand fest. »Mich kümmert dein Gelöbnis nicht oder warum auch immer du denkst, an ihrer Seite sein zu müssen. Ich bin ihr Hüter, ausgesandt von den Engeln, um die Schwestern zu beschützen. Mein Schicksal ist bindend.«

»Und so ist auch das meine!«

»Verschwinde, Kleiner.« Eine unheimliche Drohung schwang durch seine wenigen Worte.

»Angel, bitte nicht ...«

Traurig blickte ich ihn an, als die erste, einsame Träne an meiner Wange hinunterglitt.

»Verzeih mir, Dean.«

Er griff nach mir, doch seine Hand erreichte mich nicht. Helles, warmes Licht umschloss Cole und mich. Es legte sich wie einen Schleier um uns, ließ die Umgebung in wunderschönen Farben versinken. Bis Dean nicht mehr zu erkennen war – verschwunden im Farbenspiel.

Ich schloss die Augen.

Als ich meine Lider, schwer, wie nach Tagen ohne Schlaf, wieder hob, blickte ich direkt in einen vertrauten blauen Seelenspiegel.

»Willkommen zu Hause, Angel.«

»Skylar?«

Kapitel 9

Im Kreis der zehn Hexer – Kardas Sicht

Vierundzwanzig Stunden verstrichen wie im Flug. Jede Minute, die verging, sicherte Arcors Ableben, verwandelte meine Hoffnung in panische Angst. Ich fürchtete mich vor dem Gedanken, nie wieder in die wundervollen Augen meines Liebsten zu blicken. Keinen Befehl meines Hauptmannes mehr ausführen zu können.

Arcor würde verschwinden, seine Gestalt allerdings in Erinnerungen bleiben und für immer dort verweilen. Doch seine Seele würde gehen, diese Welt verlassen und hinabsinken. Dorthin, wohin ich ihm nicht folgen konnte. Noch nicht.

Mit zittrigen Fingern wischte ich über mein tränenüberflutetes Gesicht, rieb meine geröteten Wangen und versuchte das Brennen zu ignorieren.

Es waren erst wenige Stunden vergangen, seit ich Arcor verlassen hatte und in unser gemeinsames Schlafgemach zurückgekehrt war. Nichtsdestotrotz kam es mir länger vor. Wie lange Tage, hartnäckige Monate. Vor meinem geistigen Auge sah ich den Winter auf uns zukommen, das Grab meines Liebsten mit Schnee bedeckt.

Hastig schüttelte ich bei diesem Gedanken meinen Kopf, bevor ich mir mit den Handflächen sanft auf die Wangen schlug. Ich zwang mich, all das Negative zu verdrängen und an die Zukunft zu glauben. Ein Traum, der bereits verblasste.

Dennoch, ich konnte ihn nicht seinem Schicksal überlassen. Arcor war mein Leben, alles was ich brauchte. Was wäre ich für eine Partnerin, wenn ich nun aufgeben würde?

Ich erhob mich und besah mein bedauernswertes Selbst im Spiegel. Meine Augen blickten mir blutunterlaufen entgegen, während sich die letzten Tränen lösten.

Laut seufzend strich ich mir das helle Haar zurück, bevor ich das Gesicht mit beiden Händen bedeckte. Ich besaß zwar keine guten

Heilkräfte, geschweige denn die Magie, Schönheit herbeizuzaubern, doch ich war in der Lage, mein Gesicht wieder instandzusetzen.

So blickte ich schließlich, als ich meine Finger wieder sinken ließ, in ein frisches, waches Antlitz. Es blieben keine Spuren zurück, die hätten beweisen können, wie schlecht es mir ging.

Zufrieden mit dem Ergebnis wandte ich mich von meinem Spiegelbild ab und öffnete den Schrank. In Nullkommanichts hatte ich mich umgezogen. Nach einem letzten Gang ins Badezimmer verließ ich das Gemach, um nach meinem Liebsten zu sehen.

Mit eiligen, großen Schritten lief ich die kalten Flure entlang und begegnete dem ein oder anderen Schüler. Doch etwas war anders. Sie waren nervös, ja fast schon ängstlich. Niemand sagte etwas, grüßte nur mit einem Nicken und wenn unsere Blicke sich trafen, sahen sie schnell weg.

Schließlich packte ich einen jungen Mann – ich erinnerte mich nicht mehr an seinen Namen – an seinem Umhang und brachte ihn zum Stehen.

»Herrin«, sprach er bedrückt, wich meinem Blick ebenfalls aus.

»Was ist hier los? Was soll dieses Benehmen?«

»Verzeiht, Herrin. Ich wollte Sie nicht beleidigen oder unhöflich wirken. Aber wir Schüler wurden ausgesandt, um nach der Leiche zu sehen.«

Innerlich versteifte ich mich, ballte krampfhaft meine Hand zu einer Faust. Ich betete, hoffte, dass sie nicht von meinem Liebsten sprachen.

»Welche Leiche?«

»Ein Kobold, Herrin. Er wurde im Dunklen Reich gefunden und wies Spuren einer Folterung auf«, antwortete er hibbelig. Offensichtlich wollte er verschwinden.

»Und? Gibt es Ähnlichkeiten zwischen seinem Tod und denen in den letzten Wochen?«

Er nickte rasch und hob zum ersten Mal seinen Kopf.

»Ähnlichkeiten? Herrin, er ist genau auf dieselbe Art und Weise getötet worden.«

Schon wieder eine Leiche. Was ging in dieser Welt nur vor sich?

»Wer hat dir den Befehl erteilt, dich um den Leichnam zu kümmern?«

Der Gedanke, dass jemand den Toten hierhergebracht hatte, gefiel mir nicht. Es gab Regeln, Traditionen in dieser Welt, dir wir nicht zu missachten hatten. Kobolde waren reine, nette Geschöpfe, doch wenn man ihnen Schlechtes tat oder ihre Bräuche ignorierte, konnten sie zu Monstern mutieren. Und den toten Körper eines Familienmitgliedes nicht an einer bestimmten Stelle zu begraben, würde ihnen sicherlich missfallen.

»Hexer Aga hat den Befehl gegeben«, antwortete er zögerlich. »Er hielt es für das Beste, wenn wir auf diese Art und Weise herausfinden, wer oder was die Morde zu verantworten hat. Es muss gestoppt werden.«

Ich nickte. Natürlich klang das in gewisser Weise plausibel, doch es würde uns Schwierigkeiten bereiten. Das musste ihnen doch klar sein!

»Darf ich nun gehen, Herrin?« Erneut blickte er zu Boden, demonstrierte mir jedoch diesmal seinen tiefsten Respekt.

»Du darfst, aber ich möchte einen Bericht, verstanden? Erläutere mir alle Wunden, jedes noch so kleines Detail. Ich muss alles wissen.«

»Hexer Aga möchte die Dinge jedo...«

»Das war ein Befehl!«

»Ja, Herrin.«

Mit diesen Worten deutete er eine Verbeugung an, bevor er davoneilte.

Ich sah ihm nach, bis er um die nächste Ecke verschwand. Es kam mir komisch vor. Sein Verhalten, Agas Anweisung – einfach alles. Selbst die Tatsache, dass man die Jünglinge dazu aufgefordert hatte, sich um den Leichnam zu kümmern. Seit wann überließen wir so etwas unseren Schülern?

Entschlossen, dieses Thema erst einmal fallen zu lassen, setzte ich meinen Weg fort. Es dauerte nicht lange, bis ich die bekannten Stimmen in Arcors Zimmer hörte. Jupiter konnte man einfach nicht überhören. Als ich jedoch auch Radia vernahm, stieg meine Hoffnung wieder.

Ob sie ein Heilmittel hatte herstellen können?

Ich rannte die letzten Meter und stürmte wie eine Verrückte ins Krankenzimmer. Mein Blick wanderte sofort zu Arcor, dessen Augen noch immer geschlossen waren.

Radia stand neben dem Bett und injizierte ihm etwas. Mein Glaube sank, als ich ihren ausdruckslosen Augen sah.

»Sag mir bitte, dass du etwas gefunden hast!«

»Verzeih, Karda«, sagte sie traurig. »Noch gibt es nichts, was ihn retten könnte. Aber ich habe etwas zusammengemischt, was ihn für mehrere Stunden ein wenig stabilisieren sollte. Falls er ...«

»Stirbt?«, beendete ich wispernd ihren Satz.

Sie nickte und obwohl ich das Gefühl verspürte, augenblicklich aus dem Raum zu stürmen, um dort in Tränen auszubrechen, atmete ich tief durch. Ich näherte mich Arcor und setzte mich neben ihn. Während ich seine Hand nahm, um ihm die Zärtlichkeiten zu schenken, die er verdiente, blickte ich zu Jupiter.

»Kannst du auch nichts tun?«

»Nein«, antwortete sie seufzend. »Ich bin erst in der Ausbildung, Karda. Das ist zu viel.«

»Ich verstehe. Gott, irgendwie will das nicht in meinen Kopf!«

Jupiter kam zu mir und tätschelte mir sanft die Schulter. Als ich sie ansah, bemerkte ich ihren leidenden und gleichzeitig entschuldigenden Blick. Doch da war noch etwas, etwas, das ich nicht vermutet hätte – Angst!

Jupiter öffnete gerade ihren Mund, als Taxus hereinkam.

Seine Stirn lag in tiefen Falten, er wirkte müde und abgekämpft. Offensichtlich war er schon wieder von einer Vision heimgesucht worden. Doch noch etwas anderes machte ihm scheinbar zu schaffen, wie mir die Veränderung in seiner Iris zeigte.

»Wo sind die anderen?«, fragte er laut, fast schon überdreht. Er wandte sich hektisch zu Arcor und verharrte an Ort und Stelle. Seine Brust hob und senkte sich ungleichmäßig und kleine Schweißperlen lösten sich von seinen Schläfen. Taxus schniefte und vergrub seine verkrampfen Hände in den weiten Hosentaschen.

Er wirkte alles andere als gesund.

»Überall«, antwortete Radia, »verstreut und ihren Aufgaben

nachgehend. Nur Orga ist nicht da. Ich vermag seine magische Kraft nicht zu spüren.«

»Deswegen bin ich hier.« Der Seher schluckte. »Ich habe erneut den Tod gesehen – gefoltert und in Stücke geschlagen. Es ist das gleiche Muster, derselbe Aufbau. Nur ist es diesmal nicht im Reich der Schatten geschehen.«

»Ein Mensch?«, entfuhr es mir erschrocken. Perlen der Furcht schlichen sich meinen Nacken hinab und eine Gänsehaut überfiel meinen Leib. »Unschuldige Menschen wurden getötet?«

»In der Menschenwelt – vor nicht einmal einer Dreiviertelstunde.«

Stille durchschnitt den Raum wie die Schneide eines Messers. Keiner sagte auch nur ein Wort. Jeder hing seinen Gedanken nach.

Ein ungutes Gefühl drückte schmerzhaft auf meinen Magen. Es war nicht der Tod des unschuldigen Menschen, der mir dieses Unwohlsein bescherte, auch wenn ich natürlich diese Tat verachtete und mir für die Vergebung Trost und Rache wünschte.

Es war die Tatsache, dass sich nun auch ein Mensch unter den Opfern befand. Jedes Wesen, das das Reich der außergewöhnlichen Geschöpfe betreten wollte, musste mit diesen in Verbindung stehen. Meine Gedanken und Gefühle überschlugen sich.

Der Mörder musste übernatürliche Kräfte besitzen und konnte zwischen den Welten hin- und herwandern.

Wir befanden uns an einem Wendepunkt. Es war nun unsere Aufgabe, die Erde und deren Bewohner zu beschützen. Durch die Hand dieser finsteren Kreatur durften nicht noch mehr Menschen sterben.

Doch dann gab es auch noch Arcor, um den wir bangten.

»Wir müssen Orga suchen«, ergriff Jupiter das Wort und wandte sich an Taxus, der noch immer wie versteinert an derselben Stelle verharrte.

Sein Blick suchte den ihren und ich erkannte etwas in ihm, was mich stocken ließ. War das Misstrauen?

»Ich kann ihn nicht finden«, flüsterte er, als wollte Taxus nicht belauscht werden. »Seine Macht befindet sich nicht im Schloss Auch ihr könnt sie nicht spüren, richtig?«

Niemand erwiderte etwas.

Radia war die Einzige, die sich rührte. Ihre flimmernden Finger glitten über Arcors bebende Brust.

»Ich habe einen Schüler darum gebeten, mir alle Details über den Mord am Kobold mitzuteilen«, sprach ich leise, ebenfalls im Flüsterton. »Dasselbe werde ich nun auch mit dem Leichnam des Menschen tun.«

Die anderen widersprachen nicht.

Lauter Tumult brachte uns dazu, die Blicke auf die Tür zu richten. Stimmen erhoben sich und schnelle Schritte waren zu hören. Sie kamen aus östlicher Richtung, was mich stutzig werden ließ.

Normalerweise war es den Schülern verboten, die Labore zu betreten. Nun schienen sie in Scharen eben diese aufzusuchen.

Radia sprang mit einem Fluch auf den Lippen auf, stürmte mit den Worten »Nicht meine Forschungen!« nach draußen.

Jupiter folgte ihrer Freundin.

Um Himmels willen! Die Forschungen für Arcors Gegengift!

»Er ist zurück.« Taxus drehte sich ebenfalls zur Tür, zitterte am gesamten Körper und sah aus, als würde er sich jede Sekunde übergeben müssen. »Orga ist soeben eingetroffen.«

»Taxus ... Was hast du noch gesehen?«

Ich wagte es kaum, diese Frage zu stellen. Doch ich zwang mich dazu.

Der Seher richtete seinen müden Blick auf mich. Seine Iriden funkelten. »Wir sollten Orga mitteilen, dass sich nun ein Mensch unter den Getöteten befindet. Er wird sicherlich in Kenntnis gesetzt werden wollen. Jetzt, da er unser Hauptmann ist.«

Das Ende des Satzes ließ bittere Galle in mir aufsteigen. »Sollten wir?«

»Sollten wir!«

Taxus verließ wie in Trance den Raum und ließ mich mit meinen Gedanken allein. Verwirrt und aufgebracht schüttelte ich den Kopf und wollte mich von allem Negativen befreien, was mir nicht vollständig gelang. Arcors Verletzungen, Taxus' Visionen und Orgas erzwungene Herrschaft.

Irgendetwas lief hier komplett schief und wenn wir dies nicht bereinigten, könnte es zu einem viel größeren Übel führen.

»Ich bin bald wieder da«, sagte ich und küsste die Finger meines Liebsten.

Meine Beine trugen mich den langen, kalten Flur entlang. Immer wieder überholte mich ein Schüler, stürzte förmlich Richtung Labor, in dem ich Radia wütend schimpfen hörte. Doch ich blendete ihre Stimme aus, konzentrierte mich lediglich auf Orga, der mit verschränkten Armen vor der Tür stand.

Tiefe Gräben zogen sich über seine Stirn, ließen ihn um Jahre älter wirken. Sein ganzes Wesen drückte Besorgnis aus. Er seufzte, als er mich erblickte.

»Karda! Wie geht es ihm?«

Ich überging seine Frage, nicht gewillt, nach der Aktion mit ihm über unseren Anführer zu sprechen.

»Was ist hier los, Orga? Liegt es an den Morden? Wurdest du darüber schon in Kenntnis gesetzt?«, erkundigte ich mich, während ich einige Schüler davoneilen sah.

»Ich war dort.«

Wie bitte?

»Ich habe den Leichnam überprüft. Auf dieselbe Art und Weise sind auch die anderen gestorben. Nun liegt es an uns, ihr Ableben zu rächen.«

Seine Stimme bebte, er wirkte ausgesprochen wütend und irgendwie gefesselt.

Doch warum, um Himmels willen, fühlte ich mich betrogen? Hintergangen, getäuscht wie von einem Fuchs?

»Wir sollten ein Treffen einberufen, Orga. Dämonen, Werwölfe, Vampire. Sie können uns helfen! Auch sie sind für die Zukunft zuständig!«

»Nein«, widersprach Orga barsch. »Wir besitzen Kräfte, von denen andere nur träumen, und es ist unsere Aufgabe, die Menschen zu beschützen. Der Rat der Hexer wird dieses Problem allein beheben.«

Mein Herz pochte durch meinen gesamten Körper, brachte mich von innen heraus zum Vibrieren. Ich konnte nicht fassen, was er von mir verlangte. Wie leer gefegt – dergestalt fühlte sich mein Schädel an.

Mit zusammengepressten Lippen erwiderte ich seinen Blick. Verdammt noch mal, hier stimmte etwas ganz und gar nicht.

Kapitel 10

Das Leben bereitete mir schon lange keine Angst mehr. Selbst vor dem Rollstuhl fürchtete ich mich nicht.

Doch nun saß ich zusammen mit Cole in einem fremden Haus und versuchte, meine Furcht zu ignorieren. Sie umschloss mich wie ein eisiger Wind an einem nebligen Morgen. Das unbekannte Kribbeln in den Fingern fühlte sich eklig an. Ich wünschte mir, es einfach abschütteln zu können. Leider vergebens.

Ich versuchte, meine Umgebung zu betrachten. Doch es machte keinen Sinn, nichts schien Wirkung zu zeigen. Dabei war der Grund für meine Furcht so dämlich, dass ich mich am liebsten geohrfeigt hätte.

Die Angst, die bereits wie eine Made in meinem Körper nistete, kam durch das schnell pochende Herz in meiner Brust. Ausgelöst durch ein wohliges Prickeln in der Magengrube.

Trotz meiner Angst ließ dieser Ort meinen Puls höherschlagen und verbreitete das Gefühl von Glückseligkeit. Verrückt! Wieso kam es mir so vor, als wäre dies mein Zuhause? Weshalb fühlte ich mich gleichzeitig unwohl und wohl?

Cole, der neben mir auf der Bank saß, schlug die Beine übereinander und schob die Hände die Hosentaschen. Ich wusste nicht, wie lange wir bereits im Garten saßen, aber er machte mich auch nicht darauf aufmerksam, nach drinnen zurückzukehren. Stattdessen ruhte er still neben mir, sprach nicht. Auch ich blieb ruhig, wagte es nicht, auch nur ein Wort zu verlieren. Die Idylle, die inzwischen entstanden war, genoss ich in vollen Zügen. Auch wenn ich mehr oder weniger in Gedanken versunken war und von der Schönheit meiner jetzigen Umgebung kaum etwas mitbekam.

Entschlossen, nicht mehr allzu viel über all das Neue nachzudenken, schüttelte ich mich. Anschließend richtete ich meine Aufmerksamkeit auf den wunderschönen Garten, der mich normalerweise sicherlich in seinen Bann gezogen hätte. Leider war dies heute nicht der Fall, obwohl ich den Anblick der wilden, schönen Blumen mochte. Der berauschende Duft ließ mich wohlig seufzen. In einiger Entfernung entdeckte ich zahlreiche Obstbäume. Ich fragte mich, ob ich mich daran wohl bedienen durfte, verwarf diesen Wunsch aber sogleich.

Deswegen war ich nicht hier.

Cole starrte vor sich hin, als würde er träumen. Ich streckte die Hand nach ihm aus. Noch bevor ich ihn berühren konnte, drehte er seinen Kopf zu mir.

»Bist du bereit, hineinzugehen und meinen Freunden gegenüberzutreten, oder möchtest du noch etwas bleiben?«, fragte er sanft.

Ich wusste nicht, was ich wollte. Irgendwie verlangte ich danach, sitzen zu bleiben und die wenigen Sonnenstrahlen zu genießen. Auf der anderen Seite wollte ich Antworten auf meine Fragen erhalten, wissen, warum ich tatsächlich hier war.

Nun, in gewisser Weise wusste ich, weshalb mich Cole hierhergebracht hatte. Ich musste beschützt werden, da ich etwas Besonderes war.

Cole, der scheinbar meine Unentschlossenheit spürte, sprach sanft auf mich ein. Fragte, was ich denn persönlich wolle.

Ich antwortete ihm, dass ich es nicht wisse, mir nicht klar war, was ich zuerst wollte. Also nahm mir Cole diese Entscheidung ab. Ohne jegliche Worte nahm er meine Hand in seine, strich mit dem Daumen über den Handrücken und lächelte. Eine aufmunternde Geste, die mir tatsächlich half, mich zu entscheiden. Er schien in meinen Augen zu lesen, stand auf und drückte für einen Moment die Finger, trat hinter meinen Rollstuhl und brachte mich über die Terrasse in den Salon.

Mir wurde schlagartig bewusst, wie klein ich in diesem Rollstuhl eigentlich war. Alles was ich sah, fungierte als ein Beispiel dessen, was größer sein konnte als ein *armes kleines* Mädchen. Mein ganzes Selbst wurde von diesem großen Gebäude in eine Umarmung gezogen. Umschlungen wie ein Schatten, als würde es mich nicht mehr gehen lassen. Und dennoch, obwohl es so bedrückend wirkte, fühlte ich mich hier zu Hause.

Skylar winkte mir freudig. Sie saß bei dem gefährlich wirkenden Mann, mit dem ich sie in der Stadt gesehen hatte, auf der Couch, während mich dieser eingehend musterte. Keine Ahnung, was in seinem Kopf vorging, aber er schien nur körperlich anwesend zu sein. Plötzlich schlang er seinen Arm fest um Skylar und drückte sie an seinen Oberkörper, während sie lächelnd seine Knie streichelte.

Auf dem Sessel links neben dem Pärchen saß eine bildhübsche, rothaarige Frau, die etwas grimmig wirkte. Ihre Erscheinung kannte ich noch nicht, denn an solch prachtvolle Haare hätte ich mich sicherlich erinnert. Ich erwischte mich dabei, wie ich für einen Moment zu schwärmen begann. Ob die Haare gefärbt waren?

Ihr gegenüber stand ein großer, breit gebauter Mann. Unter dem engen T-Shirt zeichneten sich deutlich seine Muskeln ab. Die Gesichtszüge des Muskelprotzes zeigten das vollkommene Gegenteil. Er schenkte mir ein väterliches Lächeln, liebevoll wie das eines Familienoberhauptes. Gleichzeitig jedoch auch stark, prachtvoll.

Cole stellte ihn mir als Gerrit vor, ein Hauptmann und gleichzeitig Sexdämon, wie er ihn nannte. Cole fuhr mich an den Tisch, damit ich dem Hauptmann zur Begrüßung die Hand reichen konnte. Dabei brachte ich nur ein Nicken zustande.

Der Krieger hieß mich herzlich willkommen. Seine Stimme klang weich, sanft und irgendwie betörend. Dennoch erinnerte sie mich an die Tonlage meines Vaters.

Seine Worte wärmten mein Herz und ließen mir eine sanfte Röte in die Wangen steigen. Gerrit begrüßte mich wie einen alten Freund und ich wusste nicht, wie ich mich verhalten sollte. Coles Kichern machte meine Situation nicht gerade einfacher.

Skylar wandte ihren Blick von mir ab und richtete ihre Aufmerksamkeit auf ihren Liebsten. Es kam mir vor, als würde sie mir etwas Raum verschaffen wollen. Mir die Enge nehmen, damit ich nicht allzu schüchtern war. Tatsächlich war ich alles andere als zurückhaltend, was mich selbst überraschte. Die Worte sprudelten einfach aus meinem Mund, als hätte ich niemals etwas anderes getan.

»Ich verstehe das Meiste nicht. Cole hat mir Liliths Geschichte erklärt, wie sie es schaffte, Königin der Unterwelt zu werden«, sprudelte es plötzlich aus mir heraus.

»Des Dämonenreiches«, fügte Cole lächelnd hinzu.

»Genau! Außerdem sagte er mir, dass man nichts unternehmen könne – zumindest nicht Satan und *Gott* höchstpersönlich. Das sei gegen die Regeln. Ganz davon abgesehen soll ich als Schwester beschützt werden. Ich verstehe den Zusammenhang – irgendwie zumindest –, aber ich verstehe dennoch nicht alles.«

Dass meine Worte keinen wirklichen Sinn ergaben, schien niemanden zu stören.

Gerrit lächelte mir kurz zu und sah dann zu Cole, bevor er seinen Blick wieder auf mich richtete. Dann lachte er leise.

»Offenbar weißt du bereits über einiges Bescheid«, sagte er und setzte sich auf die Couch. »Das ist gut, sehr gut. Damit ersparen wir uns etwas Zeit, Angel. Es freut mich, dein Interesse daran geweckt zu haben.«

Ich blinzelte verwirrt.

»Ähm ... ja. Natürlich interessiere ich mich dafür, schließlich trage ich als Schwester eine gewisse Verantwortung. Richtig? Das tue ich doch, oder?«

Cole nickte, während die rothaarige Frau sich aus dem Sessel erhob. Nervös ging sie auf und ab, als würde sie sich die Beine vertreten wollen. Es schien die anderen nicht zu stören, dass die sie wie ein verwirrtes Kind herumwuselte, doch mich machte es etwas nervös. Jedoch ließ ich mir das nicht anmerken und wollte mich wieder Gerrit widmen, als sie zu sprechen begann.

»Du glaubst, du besitzt eine Verantwortung?«, fragte sie skeptisch, wirkte jedoch nicht allzu glücklich. Ihre Miene verfinsterte sich, als ich nickte.

Dennoch wirkte sie irrsinnigerweise zuvorkommend, fast liebevoll auf mich.

»Ja, oder etwa nicht? Ihr möchtet mich beschützen, da ich eine Schwester bin. Die Tochter von Lilith, oder? Ich weiß zwar nicht, warum das euer Ziel ist, und was eure Organisation davon hat, aber ihr trachtet nicht nach meinem Leben wie diese Gestalten in der Bibliothek.«

Gerrit schüttelte belustigt den Kopf, während die rothaarige Frau frustriert aufstöhnte.

»Das kann nicht wahr sein«, knurrte sie, hielt plötzlich an. »Was hast du ihr alles erzählt, Cole? Es war nicht deine Aufgabe, all unsere Geheimnisse zu offenbaren, sondern sie zu beschützen.«

»Das hat er auch, Talisha«, sagte Skylar.

Ich war froh, endlich ihren Namen zu erfahren. Talisha ... Irgendwie kam mir der Name bekannt vor, ich erinnerte mich aber nicht, wo ich ihn schon einmal gehört hatte. Vielleicht irrte ich mich auch und hatte ihn nur einmal in einem Buch gelesen.

Ich musterte Skylar, die mit einem geheimnisvollen Grinsen zu Cole blickte.

»Er hat sie beschützt, so gut er konnte. Ich glaube, Angel ist einfach ein anderes Kaliber. Sie versteht mehr, als sie eigentlich sollte.«

Talisha wollte etwas sagen, doch Gerrit erhob seine Hand und stoppte sie in ihrem Tun. Er teilte anscheinend Skylars Meinung.

»Du glaubst uns also?«, fragte er, was mich für einen klitzekleinen Moment verunsicherte.

Dann verstand ich, dass er die gesamte Situation meinte. Lilith, die Schwestern, Dämonen und andere Wesen. Er sprach von einer Sache, die in den Köpfen der meisten Menschen als Fantasie galt, und fragte sich, ob ich ihnen all das glaubte.

Ohne Zögern nickte ich schließlich.

»Natürlich, wieso denn auch nicht? Ich glaube nicht, dass ihr mich belügen würdet, auch wenn ich euch noch nicht wirklich kenne. Jedoch scheint mir das, was ihr zu sagen habt, recht plausibel. Vor allem, nachdem ich von solchen Wesen angegriffen wurde und mein bester Freund sich vor meinen Augen in eine Katze verwandelt hat.«

Ich hatte Dean nicht als meinen *festen Freund* vorgestellt.

»Du überraschst mich«, sagte Talisha und ließ sich lachend in den Sessel fallen. »Skylar hat dafür Tage gebraucht, Gott, Wochen. Sie hat kaum den Gedanken ertragen, anders zu sein.«

Skylar errötete und schenkte ihrer Freundin einen finsteren Blick.

»Du übertreibst«, verteidigte sie sich. »So schlimm war es gar nicht. Außerdem ist es logisch, dass man die Fassung verliert, wenn man bemerkt, dass sein voriges Leben eine Lüge war.«

Koen, so hatte es mir Cole ins Ohr geflüstert, griff nach Skylars Hand, übermittelte ihr das Gefühl von Sicherheit, was selbst ein Blinder hätte sehen können. Kaum hatte er sie berührt, schmolz ihr aufgebauschter Ärger sichtlich dahin. Anschließend blieb sie still, lehnte sich an ihren Geliebten und überließ Talisha sich selbst. Diese beachtete das Ganze gar nicht, stattdessen starrte sie mich aufgeregt an.

»Bist du dir da wirklich sicher, Mädchen? Glaubst du wirklich, damit umgehen zu können?«

Verwirrung zog durch meinen gesamten Verstand, umhüllte mich wie dichter Nebel in einer dunklen, kalten Nacht. Sie hinterließ eine dünne Gänsehaut auf meinen Armen, die mich ins Unwohlsein drängte.

»Ich habe dabei zugesehen, wie mein bester Freund sich in eine Katze verwandelte, sah, wie Menschen sich verwandelten und gegeneinander kämpften und lese Bücher, in denen es von fantasievollsten Wesen nur so wimmelt. Warum sollte ich nur an die Dinge glauben, die andere Menschen für real halten? Selbst wenn ihr nicht vor mir stehen würdet, würde sich an meiner Meinung nichts ändern. Ich glaube daran – auch wenn es noch so unwahrscheinlich erscheint.«

Ich richtete mich selbstbewusst auf – es musste wahrlich lächerlich im Rollstuhl aussehen –, zog meinen Bauch ein und schenkte Talisha einen Blick, der sie zum Grinsen brachte. Ich wusste nicht, ob ich diese Geste nun gutheißen sollte, schloss jedoch aus Gerrits Lächeln, dass sich meine Offenheit bezahlt machte.

Oder hatten sie mit solch einem Ausbruch gerechnet? Ich war nie sonderlich gut darin gewesen, die Art anderer Menschen zu analysieren. Ich nahm sie, wie sie sich mir zeigten. Egal, ob nun gut oder schlecht.

»Gut, ändern wir unsere Vorgehensweise«, sagte Gerrit und stand auf. Er durchquerte den Salon, um eine Schriftrolle aus einem Regal zu nehmen, die er mir reichte.

Ich öffnete sie. Auf dem Pergament standen drei Namen. Koen,

Aaron und Cole. Ein Pfeil führte von der Dreiergruppe zu weiteren Namen. Skylar und Angel. Daneben stand das Wort ›Schwester‹. Sofort wusste ich, was das zu bedeuten hatte.

»Du, Koen und Aaron, ihr sollt mich schützen«, sagte ich zu Cole, der sich seit geraumer Zeit nicht mehr gerührt hatte. Gerrit setzte sich wieder und griff nach meiner Hand, was mich sofort beruhigte.

»Du bist eine Schwester, Tochter der Lilith und geboren mit königlichem Blut. Es gibt Wesen, die deiner Mutter helfen wollen, zurück an die Macht zu gelangen, doch das können wir nicht zulassen. Deswegen versuchen wir, euch zu behüten. Schon ein kleiner Fehler könnte euch in eine gefährliche Situation bringen, euch in das verwandeln, was alles zerstören kann. Ihr besitzt Kräfte, die ihr in eurem sterblichen Körper jedoch nicht anwenden könnt. Wir, der Orden, möchten euch – dir – helfen. Skylar wurde bereits gewandelt, doch du, Angel, bist noch immer ein vollwertiger Mensch.«

Neugierig lauschte ich seinen Worten, mein Körper begann zu kribbeln. Seine Worte machten mich nervös, aber ich verspürte keine Angst.

»Okay, und wie verhindern wir, dass Lilith an die Macht kommt?«

Plötzlich herrschte eine unangenehme Stille. Niemand gab auch nur einen Ton von sich, es schien, als wäre selbst das Atmen eingestellt worden. Wäre mein Herzschlag noch etwas lauter gewesen, hätte man ihn sicherlich durch den ganzen Raum hallen hören können.

»Das ist alles, was dich interessiert?«, erhob Koen das Wort. Er hatte die Stille durchbrochen, was Cole anscheinend aus seiner Trance weckte, denn er war es, der auf einmal laut zu lachen begann.

Talisha bedeckte mit den Händen ihr Gesicht, während sie mit dem Kopf schüttelte.

Verlegenheit machte sich wieder einmal in mir breit.

»Erstaunlich«, kommentierte Gerrit, der ebenfalls amüsiert wirkte. »Mir fehlen tatsächlich die Worte.«

Bevor jedoch noch jemand diesen peinlichen Moment kommentieren konnte, öffnete sich die Tür. Ein Mädchen, gehüllt in einen langen schwarzen Mantel, betrat das Zimmer. Sie wirkte aufgebracht. Ihre Augen funkelten, doch sie sah nicht so aus, als hätte sie geweint.

Gerrit stand auf. Gleichzeitig verlor er sein Lachen und Besorgnis zeichnete sich auf seinem Gesicht ab.

»Was ist passiert? Gibt es mehr von ihnen.«

Wer wohl mit *ihnen* gemeint sein könnte?

»Nein, aber ich habe Neuigkeiten. Der Rat hat sich gespalten.«

»Inwiefern?«, raunte Talisha erschrocken, doch das Mädchen schüttelte den Kopf.

»Liebling, komm. Ich werde es dir erklären.«

Damit wandte sie sich um und verließ gefolgt von Gerrit den Salon.

»Man gönnt uns aber auch keine Minute Ruhe«, sagte Skylar, die sich erschöpft gegen Koen lehnte, der den Arm um sie legte. Er hauchte ihr einen sanften Kuss aufs Haar, bevor er ihr versprach, dass alles gut werden würde. Ob er sich dabei wirklich sicher war?

Cole regte sich als nächstes. Seine Lippen waren noch immer zu seinem Lächeln verzogen.

»Komm«, sagte er. »Wir verschieben das Gespräch. Für jetzt reicht es erst einmal. Ich werde dir das Anwesen zeigen, wenn du möchtest.«

Etwas überrumpelt nickte ich. Trotzdem fragte ich mich, was sich wohl hinter all diesen Wänden verbarg. Ich stellte mir Magie und Fallen vor, Räume mit Käfigverkleidungen, Kerker und magische Kugeln.

Himmel, ich las eindeutig zu viele von diesen Büchern.

Das Pärchen blieb sitzen, während Talisha sich ihren Weg nach draußen ins Sonnenlicht bahnte. Mit einem letzten Winken in Skylars Richtung verließen auch wir den Salon und befanden uns im nächsten Moment im Eingangsbereich des Hauses, dessen Anblick mir den Atem raubte. So etwas Fantastisches hatte ich lediglich in Filmen gesehen. Der gesamte Flur erinnerte mich an vergangene Zeiten, in denen es noch keine Maschinen gab, die beim Aufbau solcher Kunstwerke helfen konnten. Alles wirkte handgefertigt, entzückte und erschreckte mich zugleich – verrückt!

Wie konnte mich der Dekor eines Hauses so durcheinanderbringen?

»Das Haus ist ein wahres Museum«, sagte Cole, der scheinbar wieder einmal meine widersprüchlichen Gefühle erraten hatte. »Es wurde vor Hunderten von Jahren erbaut und gehörte einst einer adligen Familie. Skylars Eltern haben es restaurieren lassen. Ich frage mich, wie es vorher ausgesehen haben muss.«

»Recht kindisch, nicht wahr? Ich hinterfrage weder Hexen noch Dämonen oder sonstige dunkle Wesen aus der Hölle, aber beim Anblick dieses Hauses wird mir bang. Ich bin echt komisch.« Ich senkte den Kopf.

Cole hielt inne und legte seine Finger unter mein Kinn. Sanft hob er mein Gesicht und musterte mich mit einem liebevollen Blick, der mein Herz zum Schmelzen brachte.

»Du bist alles andere als komisch. Jeder Mensch ist einzigartig in seinem Wesen. Du bist du, weil du aus dir das machst, was du von dir selbst erwartest. Entschuldige dich nicht für deine Gedanken oder Taten, denn erst sie machen dich zu etwas Besonderem.«

Hitze schoss mir ins Gesicht, verwandelte meine Wangen in knallrote Tomaten. Ich wollte gar nicht wissen, wie ich gerade aussehen musste.

Cole beugte sich weiter zu mir herunter und küsste mich auf die Stirn. Plötzlich erschien mir alles in einem anderen Licht. Wie Magie, die sich um unsere Körper legte und mich mit einer wohltuenden Wärme erfüllte. In diesem Augenblick vergaß ich alles um mich herum. Dämonen, Lilith, ja, selbst Dean. Mein Verstand und mein Herz konzentrierten sich nur auf Cole, der mich mit diesen wundervollen Augen ansah, als gäbe es niemand anderen.

Erschrocken über meine Gefühle lehnte ich mich ruckartig zurück, rollte von ihm weg und zwang mich, eine bestimmte Entfernung beizubehalten. Ich wandte mich der beidseitigen Treppe zu, die sich im ersten Stock zu einer Empore vereinigte, und tat so, als hätte sie meine Aufmerksamkeit auf sich gezogen. Ich versuchte, mich auf jedes Detail zu konzentrieren, begannen sogar die Stufen zu zählen, was ich allerdings schnell sein ließ.

Natürlich gab es in diesem altertümlichen Haus keinen Fahrstuhl.

Ich hatte keine Ahnung, wie ich da hinaufkommen sollte, aber eines war mir klar: Ich würde mich auf keinen Fall von Cole hinauftragen lassen. Der Dämon sollte seine Finger bei sich behalten, aufhören, mich ständig zu reizen.

Angel! Also wirklich, tadelte ich mich. *Er reizt dich nicht im Entferntesten, sondern will dir lediglich helfen.*

Heftig schüttelte ich meinen Kopf und die Röte, die langsam zu verblassen drohte, kehrte zurück. Fluten von Hitze übermannten mich, brachten mich dazu, an diesem Gedanken festzuhalten. Selbst als ich versuchte, ihn bestimmt von mir zu schubsen und mir etwas anderes vorzustellen, trat dieser Satz immer wieder in den Vordergrund.

Beim besten Willen! Was bildete ich mir hier eigentlich für einen Schwachsinn ein?

Cole trat zu mir und fragte, ob ich zuerst den oberen Stock begutachten wollte. Ich nickte. Da legte er mir seine Hände fest auf die Schultern. Keuchend starrte ich auf seine Finger, als er seine Nägel etwas zu doll in meine Haut drückte. Im nächsten Moment wurde mir schwarz vor den Augen und in meinem Magen rumorte es. Ich schloss die Lider.

Als ich sie wieder hob, staunte ich nicht schlecht. Wir standen auf der Empore. Entgeistert sah ich zu Cole auf, der mir frech zuzwinkerte.

»Sieh mich nicht so an, Angel. Du solltest inzwischen wissen, dass Materialisierung eine meiner Fähigkeiten ist«, sagte er, als spräche er über das heutige Wetter.

»So hast du mich aus der Bibliothek gebracht?«

»Richtig, ich besitze die Gabe, meine Mitmenschen und mich an einen anderen Ort zu befördern. Jedoch brauche ich dazu ihre Einwilligung – ein *Opfer*, das sie bringen müssen.«

»Wieso brauchst du ihre Zustimmung? Fragst du sie danach? Ich kann mich nicht daran erinnern, dass ich dich um diese Transportmöglichkeit gebeten hätte.«

»Das ist schwer zu erklären. Ich spüre es, wenn die Person mit meiner Hilfe fliehen möchte, oder ihr Einverständnis gibt. Es braucht oft nicht viele Worte. Jedoch kann ich nicht jeden mitnehmen. Skylar zum Beispiel erreiche ich nicht. Zwar passiert es nicht oft, aber es gibt bestimmte Personen, bei denen dies selbst mit ihrer ausdrücklichen Zustimmung nicht funktioniert. Koen und Ames – du hast unseren Vampir bereits kennengelernt – wollen aus Prinzip nicht. Egal was sie tun oder sagen, ich werde mich mit ihnen niemals materialisieren können.«

»Das klingt ... kompliziert.«

Cole erwiderte nichts darauf, für ihn war das Thema offensichtlich beendet.

Stattdessen brachte er mich in den linken Teil des Hauses, der mich augenblicklich gefangen nahm. Wunderhübsche Portraits zeigten fantasievolle Wesen, lachende Hexen flogen auf Besen über farbenfrohe Landschaften, auf einem war ein brennendes Dorf zu sehen. Schillernde Drachen glitten mit weit ausgebreiteten Flügeln über Burgen hinweg. Eine andere Darstellung zeigte Werwölfe, die ihre Zähne fletschten.

Ich konnte meinen Blick kaum von den faszinierenden Kunstwerken abwenden. Eines der Bilder hatte ich schon einmal irgendwo gesehen. Leider erinnerte ich mich weder an den Namen des Künstlers, noch an das Entstehungsjahr, oder wo es mir begegnet war.

»Wie es aussieht, interessierst du dich für Kunst«, stellte Cole fest.

»Ich male gern, bin jedoch nicht sonderlich begabt. Von Kunst verstehe ich auch nicht allzu viel.«

»Skylars Eltern haben sich sehr für diese spezielle Kunst interessiert und aus ihrem Anwesen das reinstes Museum gemacht. Die Galerie wird dir sicherlich gefallen.«

Überrascht weiteten sich meine Augen. Mir fehlten die Worte, bei all dem, was ich nun erfahren hatte. Skylars Eltern gehörte ein ganzes Schloss!

»Das müssen interessante Leute sein. Lerne ich sie noch kennen?«, fragte ich aufgeregt.

Cole antwortete nicht sofort. Ich sah ihn fragend an.

»Sie sind verstorben, als Skylar noch ein Kind war.«

»Das tut mir leid«, sagte ich leise. Hastig versuchte ich den unangenehmen Klos hinunter zu schlucken, der sich augenblicklich in meiner Kehle bildete. Ich wollte mein Beileid bekunden, ihm sagen, dass ich dieses Thema eigentlich nicht ansprechen wollte. Doch kein Wort entfloh mir. Stattdessen hustete ich gekünstelt, um das peinliche Schweigen zu überbrücken. Cole ließ sich davon nicht beirren.

Er rollte mich den Gang entlang, blieb jedoch nach einigen Metern stehen und trat ein paar Schritte vom Rollstuhl zurück. Mir wurde schlagartig schwindlig.

»Das ist mein Lieblingsbild«, sagte Cole seltsam leise und erschreckte mich.

Langsam rollte ich den Stuhl in seine Richtung. Er stand vor einem hellen, leuchtenden Porträt. Es zeigte einen kleinen Jungen, der mit einer Katze auf einer Wiese spielte.

Ich sah keine Besonderheit, erkannte nicht das, was Cole darin zu sehen schien.

»Cole, ist alles in Ordnung?«, fragte ich mit so viel Mut, wie ich aufbringen konnte.

Er antwortete nicht. Vorsichtig, als könnte das Bild jeden Moment in Millionen Teile zerbrechen, strich er über die Farbe.

Ein seltsames Gefühl beschlich mich. Ich streckte die Hand nach ihm aus, hatte aber dann doch nicht den Mut, ihn zu berühren.

Überraschenderweise kam mir Dean in den Sinn. Seine beschützende Art, seine Worte, wenn er versuchte, mich hinter sich zu halten – als hätte ich keine eigene Meinung.

Zorn stieg in mir auf, entschlossen packte ich Coles Hand und stöhnte erschrocken auf. Meine Lider flackerten, als ein Stromschlag durch meinen Körper jagte.

Ich wollte unsere Hände trennen, doch sie hafteten aneinander, wie miteinander verschmolzen. Krampfhaft versuchte ich, die Augen offen zu halten. Doch vergebens. Ich verlor die Beherrschung über mich selbst und als sich meine Augen letztendlich schlossen, umhüllte mich keine Dunkelheit.

Plötzlich stand ich auf einer grünen Wiese, umgeben von wundervollen Blumen. Ich sah Cole und bei ihm einen kleinen Jungen.

Sie lachten, tollten herum und fielen sich in die Arme.

Etwas streifte meine Beine. Ich sah nach unten. Eine Katze

schmiegte sich schnurrend an mich. Als sie zu mir aufsah, miaute sie.

Jäh überlief es mich eiskalt. Mein Rollstuhl war fort und ich ... ich stand.

Kapitel 11

Es konnte nur ein Traum sein. Niemals hätte ich erwartet, jemals wieder auf meinen Beinen zu stehen. All meine Gedanken kreisten nur noch darum, ließen meine Umgebung, den Jungen und Cole in den Hintergrund rücken. Alles, was ich wollte, war laufen.

Mit schlotternden Knien tat ich den ersten Schritt, verlor das Gleichgewicht und schaffte es im letzten Moment, meinen Halt wiederzufinden.

Mein Hals fühlte sich trocken und rau an. Auch mehrfaches Schlucken änderte nichts daran. Das Herz schlug mir bis zum Hals. Blut rauschte in meinen Ohren. In gewisser Weise fühlte ich mich schwerelos, als würde ich schweben.

Die ersten Schritte waren holprig, doch langsam ging es immer leichter. Meine Beine wurden immer schneller. Heißer Atem glitt über meine Lippen, meine Haare tanzten ausgelassen und Muskeln, die ich zuvor nicht hatte benutzen können, spannten sich an.

»Sieh dir das an«, schrie ich wie ein kleines Kind. »Cole, sieh dir das an!«

Lachend drehte ich mich im Kreis, breitete meine Arme aus und reckte mein Gesicht dem Himmel entgegen. Doch schnell hielt ich inne, starrte weiterhin nach oben. Etwas stimmte hier ganz und gar nicht.

Der Himmel besaß eine helle, weiche Farbe, keine einzige Wolke bedeckte ihn. Doch die Sonne, die auf uns herabschien, strahlte keine Wärme aus. Ich starrte direkt in den hellen Punkt, doch das Licht machte mir nichts aus, ließ mich nicht einmal blinzeln.

Just in diesem Augenblick realisierte ich, dass ich nicht einmal den Hauch eines Windes verspürte. Mein Haar ruhte regungslos auf meiner Schulter. Auch die Temperatur der Umgebung war nicht auszumachen. Es fühlte sich weder warm noch kalt an.

Unwohlsein machte sich in meinem Magen breit, sodass ich fast vergaß, dass ich laufen konnte.

»Cole?«, erhob ich wieder meine Stimme, doch er reagierte nicht. Ich versuchte es erneut.

Ich drehte mich um und sah Cole neben dem Kind im Gras sitzen. Die rot-weiße Katze lag auf den Beinen des Jungen. Selbst von hier aus konnte ich sie schnurren hören. Als ich mich näherte, öffneten sie wie auf Knopfdruck die Augen.

Cole lächelte das Kind an, als es ein Buch öffnete und gegen dessen Brust drückte, um ihn zum Lesen aufzufordern. Dieser Bitte kam der Dämon sofort nach. Ohne mir zu antworten oder einen Blick in meine Richtung zu werfen, folgte der er Aufforderung des Jungen.

Ich verstand kein Wort; so leise sprach er.

Sein kleiner Zuhörer hingegen lauschte aufgeregt und vergrub die Finger im Fell seines flauschigen Begleiters.

Eigentlich wollte ich ihre Zweisamkeit nicht stören, doch mir kam dies alles spanisch vor. Ich wusste nicht, wo wir uns befanden. Schließlich konnten wir nicht wirklich in einem Bild festhängen – oder etwa doch?

»Hey ... Cole«, sagte ich vorsichtig, doch er reagierte nicht. »Hallo? Cole! Hörst du mir bitte zu?«

»Er kann nicht«, rief das Kind, kicherte, blies die Wangen auf und entließ die Luft prustend. »Dein Freund ist beschäftigt und kann jetzt nicht mit dir reden.«

Ich hatte keine Ahnung, was ich von dieser Situation halten sollte, aber das Kind flößte mir Angst ein.

»Cole, bitte«, flehte ich, obwohl ich nicht zeigen wollte, dass ich mich fürchtete.

»Geh und spiel mit deinem Geschenk«, sagte der Kleine und schenkte mir eine flüchtige Handbewegung, mit der ich verschwinden sollte.

»Welches Geschenk?« Verwirrt sah ich mich um und ärgerte mich über seine freche Art.

Lachend schüttelte das Kind den Kopf. »Deine Beine, Dummkopf. Du läufst, Angel. Ist das nicht großartig?«

144

Mich überlief es eiskalt. Mein Glücksgefühl von soeben war schlagartig verschwunden.

Irgendjemand spielte mit mir – mit uns.

Cole schien das Ganze nicht einmal mitbekommen zu haben, da er noch immer las, als würde sein Zuhörer nach wie vor treu an seinen Lippen hängen.

Leichtfüßig sprang die Katze ins Gras, als der Junge aufstand.

»Du solltest die Zeit nutzen, Angel. Lauf und renne von mir aus wie ein Hühnchen herum, aber geh.«

Verwundert registrierte ich seine erwachsene Art.

»Wo befinden wir uns?«

»Dort, wo immer du sein möchtest. Stell dir doch nicht solch unnötige Fragen. Du liebst es zu tanzen, richtig? Wie wäre es, wenn du über deinen Schatten springst und endlich das tust, was du so sehr vermisst?«

Seine Antwort raubte mir fast den Atem.

Unsicher trat ich einen Schritt zurück. Plötzlich gelang es mir nicht mehr, meine Beine so zu bewegen. Erneut fuhr ein Kribbeln durch meine Muskeln. Wacklig versuchte ich, Halt zu finden, und stürzte hart zu Boden. Meine Glieder schmerzten, als ich den Aufprall mit den Handgelenken abfing. Unglücklich versuchte ich, meine Beine zu bewegen, wenigstens mit den Zehen zu wackeln. Doch sie blieben still, rührten sich nicht einen Zentimeter.

»W-was hast du getan?«, rief ich panisch, umfasste meine Schenkel. Verrückt, ja, fast schon irre, rüttelte ich an meinen Beinen. Das alles hier war der reinste Albtraum. Ein Ort, von dem ich sofort verschwinden wollte.

Das Kind kam auf mich zu, kniete sich mit einem gehässigen Grinsen vor mich hin und kicherte.

»Ich habe dir gesagt, dass du deine Chance nutzen sollst. Du hast nicht auf mich gehört. Ich mag es nicht, wenn man mir nicht gehorcht.«

Seine Gesichtszüge ähnelten denen eines unschuldigen Kindes, doch seine Worte brannten wie Gift in einer Wunde.

»Was bist du?«, fragte ich leise.

Doch bevor sich die schmalen Lippen des Jungen öffnen konnten, stand er hastig auf, um sich im nächsten Moment hinter Cole zu verstecken.

Verwirrt blinzelnd, hob ich meinen Blick.

Gerrit stand neben mir und sah ausdruckslos zu seinem Freund und dem Kind.

»Er ist ein Geist«, erklärte er mir. »Betrachte ihn als eine Art ... Vorsichtsmaßnahme. Scarlett hat ihn vor wenigen Tagen hergebracht. Er soll als Hilfe dienen.«

Der Junge schob seine untere Lippe schmollend vor. Beleidigt rieb er mit den Fingern über Coles Schulter, der sich allerdings immer noch nicht rührte.

Gerrit jagte das Kind mit einer einzigen Bewegung fort und legte die Hand auf den Kopf seines Kameraden, der plötzlich nach oben schnellte. Das Buch fiel zu Boden.

»Fuck«, fluchte er und rieb sich sichtlich verwirrt die Schläfe, »was ist passiert?«

Er rappelte sich auf und legte seine Arme sanft um mich und hob mich hoch. »Geht es dir gut?«

Ich nickte. »Ich konnte mich nur nicht auf den Beinen halten.«

Das Funkeln in seinen Iriden sprachen Bände.

»Nur kurz«, fügte ich rasch hinzu. »Es war nur ein kurzer Moment, nicht der Rede wert.«

»Sag so etwas nicht, Angel.«

Ich wollte keine Erklärung, wollte nicht wissen, ob dieser Moment ein Wunder oder ein Albtraum gewesen war; hasste es, dass er mich mit diesen wundervollen Augen anblickte und mich aufzumuntern versuchte. Seit Jahren saß ich nun schon in diesem Rollstuhl, wissend, wie ich mit meiner Situation umzugehen hatte. Dass ich jemals wieder auf meinen beiden Beinen stehen würde, hätte ich niemals erwartet.

Dennoch wollte ich ihr Mitleid nicht, verlangte, kein Wort darüber zu verlieren. Es quälte mich, obwohl ich es nicht zugeben wollte.

Himmel, meine Eltern wären sicherlich glücklich gewesen, wenn sie mich so gesehen hätten.

Oh nein! Ich hatte meine Familie total vergessen!

»Spielt ihr nun alle drei mit mir?«, fragte der Junge, der sich hinter einem großen Stein verbarg.

»Nein, wir werden gehen«, erwiderte Gerrit, der Coles Arm packte.

Mir wurde übel, als sich alles in Dunkelheit verwandelte.

»Bitte nicht«, rief der Geist. »Wer soll denn sonst mit mir spielen?«

Auf einmal veränderte sich alles. Das Bild der schönen Landschaft verschwand und verwandelte sich zurück in den Flur, in dem wir zuvor gestanden hatten. Cole hielt mich noch immer in den Armen. Behutsam setzte er mich in den Rollstuhl.

»Was passiert mit dem Geist?«, erkundigte ich mich mit rumorenden Magen.

»Scarlett wird ihn heute Abend besuchen und ihm etwas Gesellschaft leisten«, sagte Gerrit. Er wandte sich an Cole. »Du weißt, dass ihr dieses Bild nicht berühren sollt.« Dann sah er mich an. »Es ist ein Portal in seine Welt. Ohne Hilfe von außerhalb könnt ihr von dort nicht mehr entkommen.«

Inzwischen überraschte mich hier nichts mehr, ich wunderte mich aber, dass Cole sich nicht an die Anweisung gehalten hatte.

Ich suchte seinen Blick, hoffte auf irgendeine Erklärung. Leider blieb diese aus. Sanft sprach ich Coles Namen, doch er reagiere nicht. Stattdessen verstärkte er den Druck seiner Hände, lächelte vorsichtig.

»Ich bitte dich, Angel in ihr Zimmer zu bringen«, fuhr Gerrit fort. »So eine Erfahrung zerrt an den Nerven und hat sie sicher erschöpft. Wir vertagen alles einfach um einige Stunden.« Erneut wandte er sich an mich. »Wir werden dir den Rest morgen in Ruhe erklären. Jede deiner Fragen wird eine Antwort finden, versprochen. Cole wird dir dein Zimmer zeigen.«

»Das geht nicht«, widersprach ich. »Bringt mich bitte nach Hause. Meine Eltern machen sich sicherlich fürchterliche Sorgen um mich. Ich war noch nie so lange von Zuhause weg. Das ... das wird sie kaputt machen.«

»Zuallererst steht deine Sicherheit im Vordergrund. Ich denke, dass deine Eltern es nicht gutheißen würden, wenn du dort zusammen mit unseren Hütern erscheinst. Nimm Coles Hilfe bitte an, wir kümmern uns um den Rest. Ich werde deine Eltern kontaktieren und deinen Aufenthalt klären. Solltest du es jedoch wünschen, bringe ich dich morgen höchstpersönlich nach Hause. Heute Nacht jedoch wirst du hierbleiben. Das ist das Beste.«

»Gerrit ...«

»Nein, Cole. Ende der Diskussion.«

Mein Verdacht, Gerrit sei so etwas wie ein Vater, bestätigte sich damit. Er benahm sich wie das Oberhaupt einer Familie, was er allerdings auch war. Es hinterließ ein Lächeln in meinem Gesicht, das von einem Gähnen jedoch unterbrochen wurde.

»Gut«, stimmte ich schließlich zu. »Sag ihnen bitte, dass ich sie lieb habe und es in Ordnung ist. Meine Mutter soll sich bitte keine Sorgen machen.«

»Natürlich. Ich werde mein Bestes tun«, erwiderte Gerrit und verabschiedete sich.

Eine drückende Stille blieb zurück.

Schließlich räusperte sich Cole.

»Ich werde dir dein Zimmer zeigen.«

Mit einem Dank auf den Lippen ließ ich mich in den gegenüberliegenden Flügel bringen. Ich war ein wenig enttäuscht, dass er mir nicht mehr von all den Kunstwerken gezeigt hatte. Allerdings hatte mir eine Geistererscheinung gereicht.

Kurz darauf blieb Cole vor einer hohen Tür stehen. Dunkles Holz, mit einer schwarzen, edel wirkenden Gravur versehen, ragte vor mir auf. Erstaunt öffnete sich mein Mund.

»Das hat Cherry gemacht, ebenfalls ein Mitglied unseres Ordens«, erklärte Cole. »Sie wollte das Haus etwas *erstrahlen* lassen.«

»Es erstrahlt doch bereits buchstäblich an jeder Stelle, zumindest an den Stellen, die ich gesehen habe.«

Er lachte. »Allerdings. Leider sieht Cherry das anders und hat mit Skylars Erlaubnis alles ziemlich ... aufgehübscht. Aber mich soll es nicht stören; schön sieht es allemal aus.«

Mit diesen Worten öffnete er das Kunstwerk und schob mich in den Schlafbereich. Mir stockte der Atem, ich war unfähig, etwas darauf zu sagen.

148

Das Zimmer war in hellblauen Tönen gehalten. Ein Himmelbett nahm die Mitte des Raumes ein, cremefarbene Schleier verhüllten es und versperrten mir halbwegs die Sicht auf die vielen Kissen, die sich auf dem weißen Laken tummelten. Rechts neben dem Bett stand ein Nachttisch mit einer Kanne, aus der heißer Dampf trat. Der Geruch von Kamille stieg mir in die Nase. Offensichtlich hatte jemand an mich gedacht und Tee bringen lassen.

Die Kommode zu meiner Linken war so hoch, dass ich die Oberfläche aus meinem Stuhl heraus nicht erreichen konnte. Darauf standen einige Kerzen, Bücher und eine zartgelbe Orchidee. Gleich neben der Tür gab es eine weitere Kommode, die niedriger und mit hübschen Mustern verziert war.

Das Besondere an diesem Zimmer war jedoch der von einer Mauer umschlossene und mit Glas überdachte sich anschließende Garten. Blumen und Blätter rankten sich an den Wänden empor, Rosen zierten die Ecken, blühten in Farben, die ich vorher noch nie zu Gesicht bekommen hatte. Orchideen wechselten sich in einer unglaublichen Fülle ab und Lilien schienen in der Luft zu tanzen. Der Duft dieser Blumenpracht mischte sich mit der Kamille und hinterließen eine wohlige Gänsehaut auf meiner Haut.

»Das ist wundervoll«, sagte ich und strahlte Cole an.

»Ich hoffe, du fühlst dich ein wenig heimisch. Sie haben alles getan, um es dir gemütlich zu machen.«

»Das haben sie!«, versicherte ich erfreut. »Gott, ich weiß gar nicht, was ich dazu sagen soll!«

»Am besten gar nichts«, flüsterte Cole, bevor er mir einen Kuss auf den Kopf hauchte. »Bedanke dich morgen bei ihnen, das reicht.«

Oh, das würde ich tun. Am liebsten würde ich mich nun nach unten begeben und mich bei allen bedanken, was momentan jedoch nicht möglich war und vor allem an meinem Rollstuhl lag. Und Coles Hilfe wollte ich auch nicht noch einmal in Anspruch nehmen. Es machte mir ein furchtbar schlechtes Gewissen, wenn ich daran dachte, ihn erneut zu bitten, mir zur Hand zu gehen.

Irgendwie schämte ich mich dafür. Obwohl es dazu keinerlei Grund gab.

»In den Kommoden findest du einige Kleidungsstücke, gesponsert von Skylar und Scarlett. Sie dachten, du möchtest dich morgen sicherlich umziehen. Leider hast du hier kein eigenes Badezimmer, aber wenn du den Raum verlässt, findest du rechts hinter der dritten Tür einen Ort, an dem du dich frisch machen kannst. Dort gibt es auch einige Toilettenartikel, die du nutzen kannst.«

Verlegen bedankte ich mich, nicht wissend, wie ich mich jemals erkenntlich zeigen konnte. Zuerst dachte ich an einen Präsentkorb, hielt dies schließlich jedoch für eine unmögliche Idee. Sie spiegelte nicht einmal ansatzweise den Dank wider, den ich ihm schuldete.

»Möchtest du dich hinlegen? Ich könnte dir helfen. Noch bin ich bei dir.«

Wieder tanzten die Schmetterlinge in meinem Bauch.

»N-nein, nicht nötig«, stotterte ich. »Das schaffe ich auch selbst.«

Doch Cole hob mich einfach aus meinem Rollstuhl und legte mich auf dem Bett ab. Er strich über meine Wange, schubsten eine lose Strähne zurück auf ihren Platz.

Seine harten Gesichtszüge wurden von Sekunde zu Sekunde weicher. Braune, längere Strähnen seines Irokesenschnittes fielen ihm ins Gesicht, als er sich etwas zu mir herunterbeugte. Hitze schoss durch meine Wangen, als sich unsere Blicke trafen. Das helle, verführerische Grün zog mich vollkommen in seinen Bann.

Ich wollte etwas sagen, doch ohne ein Wort zu verlieren schloss sich mein Mund wieder. Er fühlte sich trocken an, ausgedörrt. Langsam leckte ich mir über die Lippen, befeuchtete sie, so gut es mir gelang.

»Du bist bildschön«, hauchte Cole, trieb mir das letzte bisschen Scham in die Wangen, kolorierte sie mit der dunkelsten Farbe. »So unglaublich lieblich anzusehen.«

Ein hypnotisierendes Glänzen schlich sich in seine Augen.

Auf einmal verspürte ich das Verlangen, geküsst zu werden. Ich blickte zu seinen Lippen, nur um im nächsten Augenblick erneut von seinem Blick gefesselt zu werden.

Cole raubte mir den Verstand, die Luft zum Atem. Meine Gedanken setzten aus. und die Vernunft, die vor wenigen Momenten noch versucht hatte, nach mir zu rufen, verschwand im Nichts. Es war wie Nebel, der sich um meinen Kopf zog.

»Angel ...«

Seine Stimme war so sanft, so unglaublich liebevoll. Sie schmeichelte mir, brachte meine Ohren zum Brennen und meinen Bauch zum Kribbeln. Und das, obwohl er nur meinen Namen aussprach.

Ich war schüchtern, hasste es jedoch, wie das kleine Mädchen von nebenan zu wirken, das Kind, das unbedingt beschützt und behütet werden musste, dem man jede Entscheidung abnehmen musste.

Doch diesmal lief es, wie ich es wollte.

Mit einem Seufzen drückte ich meine Lippen auf seinen Mund, küsste ihn mit einer Hingabe, die ich nie für möglich gehalten hätte. Feuerwerkskörper explodierten in meiner Brust, hinterließen Glücksgefühle in jeder Faser meines Körpers. Meine Fingerspitzen kribbelten, als Cole sich etwas weiter zu mir herunterbeugte, um den Kuss zu vertiefen. Seine Zunge bahnte sich verspielt seinen Weg zwischen meine Lippen, drang in meinen Mund ein, um anschließend mit mir zu verschmelzen. Cole schmeckt süß, geheimnisvoll wie die verbotene Frucht. Ich wollte mehr von ihr schmecken, von der Sünde kosten und ihren Nektar in mir aufnehmen, als Dean plötzlich vor meinem inneren Auge auftauchte. Ich zuckte kaum merklich zusammen und löste, wenn auch widerstrebend, den Kuss.

Coles Atem streifte mein Gesicht, überzog meine Arme mit einer angenehmen Gänsehaut. Gleichzeitig strichen seine Finger erneut über meine Wangen, bevor er zurückwich.

»Du solltest etwas schlafen, Angel. Morgen wird viel Neues auf dich einstürmen.«

Kurz dachte ich, er würde meinen Mund noch einmal in Beschlag nehmen. Doch stattdessen drückte er mir einen sanften Kuss auf die Stirn.

»Gute Nacht, Angel.«

Leise verließ er den Raum.

Ich lehnte ich mich gegen die Kissen, bedeckte mein Gesicht mit den Händen. Für einen Moment verspürte ich Schuld. Ich sollte Dean sofort anrufen und ihn um Verzeihung bitten. Doch stattdessen empfand ich nun eine grenzenlose Freude. Aufregung machte sich in mir breit, wenn ich daran dachte, morgen erneut auf den Krieger zu stoßen.

Dennoch regte sich mein schlechtes Gewissen.

Ich genoss es, in den Armen eines anderen zu liegen, obwohl ich doch bei Dean hätte sein sollen, um mich an ihn zu schmiegen und ihn zu küssen.

Stattdessen lag ich hier, dümmlich grinsend und mit dem Kopf hoch in den Wolken.

* * *

Skylar liebte Koen von ganzem Herzen, wie jeder sofort erkennen konnte, wenn er die beiden zum ersten Mal zusammen sah. Er hielt sie, wie auch jetzt, offensichtlich nur zu gern in seinen Armen.

Jetzt lachte sie hinter ihrer Hand, als sie sich mit Ames, dem blonden Burschen aus dem Theater, unterhielt. Ich verstand nicht, was die beiden miteinander besprachen, hielt es jedoch für besser, sie nicht zu belauschen.

Koen tat so, als würde er sich gelangweilt im Raum umsehen, doch sein Blick kehrte immer wieder zu seiner Frau zurück, die er besitzergreifend an sich drückte. Das Bild, das sich mir bot, ließ mich verträumt seufzen. Die beiden waren der Inbegriff eines Traumpaares. In meinen Augen vollkommen perfekt.

Ich ertappte mich bei dem Gedanken, wie es wohl wäre, an ihrer Stelle dort zu stehen. Die Arme meines Geliebten an meiner Hüfte, seinen stetigen, beschützenden Blick auf mir spürend, und das berauschende Gefühl in der Brust, ausgelöst von durchdrehenden Schmetterlingen.

Insgeheim wünschte sich doch jedes Mädchen so etwas. Träumte von einem aufmerksamen Mann an ihrer Seite, der niemals dazu in der Lage wäre, sie zu verlassen.

Eigentlich sollte dort Dean stehen. Doch stattdessen fragte ich mich, wie es wohl wäre, mit Cole dieses Szenario durchzuspielen. Mit ihm zu lachen und Dinge zu erleben, die man nie wieder vergessen wollte. Für solche Gedanken sollte ich mich schämen; sie sofort verbannen.

Ich musste lächeln, als ich begann, mir mehr vorzustellen, als ich eigentlich sollte.

»Gefällt es dir hier?«, erklang plötzlich Talishas Stimme neben mir.

Etwas erschrocken blickte ich zu ihr auf.

»Ja, es ist wundervoll, aber ich werde bald gehen müssen.«

»Müssen? Wir jagen dich nicht fort, falls du das glauben solltest. Wir sind durchaus gewillt, dich noch etwas hierbleiben zu lassen.«

»Das weiß ich zu schätzen, wirklich, aber meine Eltern machen sich sicherlich tierische Sorgen.«

»Sie machen sich wohl ständig Gedanken um dich. Waren nicht sonderlich begeistert davon, dass du nicht nach Hause gekommen bist.«

»Dachte ich mir.« Ich seufzte innerlich. »Sie sind sehr ... fürsorglich. Seit ich im Rollstuhl sitze, behandeln sie mich wie eine offene Wunde. Mum versucht mich zu behüten und zu pflegen, doch sie merkt bei ihrem Tun nicht, dass ich das alles gar nicht brauche. Vielleicht sehe ich nicht sonderlich stark aus, aber ich kann sehr gut auf mich selbst aufpassen.«

»Das glaube ich dir.«

»Ernsthaft?«

Es überraschte mich, dass sie sofort meiner Meinung war. Normalerweise behandelten mich Menschen anders.

»Natürlich. Du bist eine Nachfahrin Liliths. In dir fließt königliches Blut, wodurch du stetig an Stärke gewinnen wirst. Egal, auf welche Art und Weise.«

Damit weckte sie meine Neugier, erfüllte sie mit Fantasie und Theorien darüber, was für eine Stärke wohl gemeint sein sollte.

»Wie meinst du das? Inwiefern soll mich das Blut stark machen?«

Ihre Stirn legte sich in Falten, als überlegte sie, ob sie nun wahrheitsgemäß antworten oder lieber schweigen sollte.

»Momentan bist du ein Mensch, Angel. Wir haben dir doch erklärt, dass dein Blut sozusagen aktiviert werden kann. Das bedeutet, die Fähigkeiten, die du als Dämonin gehabt hättest, beginnen in dir neu zu wachsen. Du veränderst dich, bis du schließlich deine wahre Gestalt erlangst. Keine Sorge, dir sollten keinerlei Hörner oder andere Missgestalten wachsen.« Sie lachte belustigt. Ich starrte sie entsetzt an, versuchte, in meinem Kopf die gestrigen Informationen abzurufen. Leider konnte ich mich kaum an Details erinnern. Nur eines wusste ich genau: Ich steckte in ziemlichen Schwierigkeiten.

»Welche Fähigkeiten?«, fragte ich schließlich. Meine Finger begannen zu schwitzen, was mich dazu veranlasste, fest über meine Schenkel zu reiben.

Talisha schnaufte. »Das kann man nicht einfach so frei heraus sagen. Bei Skylar wussten wir es anfangs auch nicht. Sie entwickelte ihre Fähigkeiten nach einem Biss und lernte nach und nach, mit der Situation umzugehen.«

»Darf ich fragen, was Skylar nun kann?«

Mit einer geschmeidigen Bewegung drehte sie sich von mir weg, strich sich mehrmals durch ihr strahlendes Haar und spitzte die Lippen.

»Sie kontrolliert«, verriet Talisha mir schließlich. »Sie zwingt Dämonen ihren Willen auf und lässt sie tun, was sie will.«

Noch bevor ich ein weiteres Wort verlieren konnte, klingelte es plötzlich. Talisha, die zuvor entspannt und gut gelaunt gewirkt hatte, verspannte sich. Ihre Lippen verzogen sich zu einer Grimasse und ihre Körperhaltung verriet mir, dass der Gast wohl nicht willkommen war.

»So ein Mistkerl!«, fluchte sie und ballte ihre Hände zu Fäusten. »Das kann doch nicht wahr sein! Scarlett! Wir haben ein Leck!«

Ihre Stimme hallte durch das Anwesen, brachte mein Herz aufgeregt zum Flimmern. Skylar rannte hastig die Treppe hinunter. Im Gegensatz zu Talisha lag jedoch ein Lächeln auf ihren Lippen.

»Es ist kein Leck, Tal. Nennt man Zauber.«

»Dann hat dein Zauber ein Leck«, fauchte sie. »Er hat hier nichts zu suchen.«

Ich fragte, von wem sie sprachen, bekam aber keine Antwort.

Im nächsten Augenblick stürmte Dean herein.

»Wo ist sie?«, knurrte er gestresst und reckte die Nase in die Luft. Mit einem wütenden Blick sah er sich um, ehe er mich auf der Empore erblickte. Seine angespannte Haltung erschlaffte augenblicklich und Erleichterung zeichnete sich in seinem Gesicht ab.

Seufzend kam er zu mir herauf, kniete sich vor mich und griff nach meinen Händen.

»Angel! Gott, dir geht es gut. Nicht auszumalen, was sie dir hätten antun können!«

Talisha schnaufte genervt. »Wir«, äffte sie ihn nach, »weil wir natürlich eine Bedrohung sind! Dreckskatze!«

Dean ignorierte ihre Worte, zog meine Finger zu seinen Lippen und hauchte Küsse darauf. Ich wusste wieder einmal nicht, wie ich reagieren sollte, und lächelte verlegen.

»Komm«, flüsterte Dean, »lass uns nach Hause gehen.«

Er richtete sich wieder auf, hob mein Kinn, damit ich zu ihm aufblicken musste. Plötzlich beugte er sich herunter und küsste mich.

Sofort verkrampfte ich mich. Das Kribbeln, das ich früher bei ihm verspürt hatte, war irgendwie anders.

Komplizierter.

»Was geht hier vor sich?«, drang Coles Stimme an meine Ohren. Sofort wich ich von Dean zurück. Ich sah zu Cole, konnte aber in seinem Blick weder Eifersucht noch Wut erkennen.

»Ich werde sie mit nach Hause nehmen«, bestimmte Dean, dessen Augen sich zu Schlitzen verengten. »Dieses Mal nimmst du sie mir nicht.«

»Das ist keine gute Idee«, sprach Gerrit, der mit Scarlett hinzugekommen war. »Angel wird von uns nicht festgehalten, jedoch können wir sie auch nicht einfach gehen lassen. Wir beschützen ihr Leben und geben ihr die Information, die sie benötigt.«

»Sie benötigt keine davon!«, fauchte mein Freund. »Ihr wird das alles zu Kopf steigen! Ob ihr es wollt oder nicht, ich nehme sie jetzt mit nach Hause. Hier gehört sie nicht hin; vor allem nicht zu euch. Eure Lügen könnt ihr euch sonst wohin stecken.«

Unfassbar genervt blickte ich zwischen den beiden Parteien hin und her. Dean wollte mich mit sich nehmen, obwohl er gelogen und mir Dinge verheimlicht hatte. Die anderen hingegen sagten mir die Wahrheit. Ich war zwischen meinem alten und vielleicht neuen Leben hin- und hergerissen.

»Es geht nicht darum, ob du das möchtest«, sagte Cole, »sondern um das, was Angel möchte.«

»Sie weiß nicht, was gut für sie ist.«

»Doch, das weiß ich!«

Wie hatte ich diese ewige Bevormundung nur so lange ertragen können. Er hegte keinerlei Respekt mir gegenüber, missachtete meine Wünsche und behandelte mich wie ein unmündiges Kind.

Ich rollte zu Gerrit und Cole, wollte ihm damit zeigen, dass ich es ernst meinte.

»Du hast mir nie etwas über Lilith erzählt, Dean, und ich weiß nicht, wieso. Ich möchte mehr darüber erfahren, wissen, woher ich wirklich stamme und ob ich ihnen auf irgendeine Art helfen kann. Sie haben mich gut behandelt. Ich vertraue ihnen, ob du das nun gut findest oder nicht.«

Aus den Augenwinkeln sah ich Cole lächeln.

Mein Freund gestikulierte wild mit den Armen, wirbelte zeitgleich herum und stolzierte aufgeregt hin und her.

»Das kann nicht dein Ernst sein! Dein Platz ist an meiner Seite, in deinem Elternhaus, unter dem Schutz meiner Familie. Du brauchst diese Irren nicht! Gut, vielleicht habe ich dir etwas verschwiegen, doch nur, um dich nicht in Gefahr zu wissen. Ich verspreche dir, dass ich dir zu Hause alles erzählen werde. Jedes einzelne Detail, das du wissen möchtest.«

Um mich in meinem Protest zu bestärken, legte Cole seine Hand auf meine Schulter.

»Angel ist ein eigenständiger Mensch. Sie weiß mit ihrem kleinen Problem umzugehen und schafft es, ihr Leben in die eigene Hand zu nehmen. Und ich denke, du weißt das ganz genau. Du willst nicht wahrhaben, dass sie dich nicht braucht, weil du derjenige bist, der sie braucht.«

Entsetzt starrte Dean Cole an, als sähe er in ihm den Geist seines Großvaters. Er rang um Fassung, seine Hände schlossen und öffneten sich unregelmäßig. Die Ader auf seiner Stirn trat hervor. So hatte ich ihn noch nie erlebt.

Talisha trat vor und ließ ihn nicht aus den Augen.

»Was bildest du dir ein, Arschloch?«, fauchte Dean hinter zusammengepressten Zähnen. »Ich liebe Angel, deswegen bin ich um ihre Gesundheit besorgt. Sie soll verdammt noch mal alt werden, ihre Enkelkinder aufwachsen sehen und nicht mit zwanzig von ihren Eltern beerdigt werden! Du hast doch keine Ahnung von alldem. Nur weil du ein beschissener Dämon bist, hast du nicht das Recht, so zu tun, als könntest du dich besser um sie kümmern als ich!«

Seine Stimme war von Wort zu Wort lauter geworden, bis er plötzlich zu brüllen begann. Seine Wut zeigte sich nun auch in seiner Gestalt. Unter seinen Kleidern färbte sich Deans Haut schwarz und die Hände verwandelten sich in Tatzen. Schwarze, leuchtende Krallen durchstießen seine veränderten Hände, mit denen er schließlich über den Boden kratzte. Er verwandelte sich in einen Panther.

»Dramatischer Auftritt, Kleiner, nur wird dir das nichts nützen.« Talisha, die auf einmal ein Schwert in der Hand hielt, grinste gehässig.

Woher, zum Teufel, kommt die Waffe?

»Tal, ruhig!«, forderte Gerrit. »Wir werden in unserem Zuhause sicherlich niemanden verletzen. Wir sollten die Angelegenheit in Ruhe klären.«

Sie grunzte abwehrend und ließ das Schwert nicht sinken. »Es wird Zeit, dass man dem Kätzchen ein paar Manieren beibringt.«

»Was jedoch nicht deine Aufgabe ist.« Cole stellte sich mit breiten Schultern vor mich, um sich Dean zu stellen. Er besaß zu seiner Verteidigung jedoch weder eine Waffe, noch so kraftvolle Pranken.

Ein wildes Knurren hallte durch den Raum und das Kratzen seiner Tatzen wurde lauter. Dean benahm sich wie ein wild gewordener Stier. Zum ersten Mal fühlte ich Furcht in seiner Nähe.

Gerrit versuchte noch einmal, die beiden Streithähne mit Worten zu besänftigen. Doch er schaffte es nicht einmal, auszureden, als Dean nach vorn stürmte und nach Cole schlug.

Ich schrie auf.

Der Dämon wich zur Seite aus, sodass Dean nun auf mich zu gestürmt kam. Bevor er mich jedoch erreichen konnte, trat Cole ihn in die Seite, katapultierte ihn ein ganzes Stück durch den Raum. Doch Dean war nicht leicht unterzukriegen. Er landete elegant auf seinen Pfoten und ging erneut auf Cole los. Der wirkte regelrecht gelangweilt, machte sich diesmal nicht einmal die Mühe, aus dem Weg zu gehen. Die Wildkatze kratzte ihm gefährlich tief über die Schulter, als dieser sie wie ein Hauskätzchen am Nacken packte, und zu Boden drückte.

»Es reicht, Dean. Wir kämpfen für die gleiche Sache, merkst du das nicht?« Seine Stimme donnerte wie Zeus' Wut persönlich durch die Eingangshalle. »Wir verteidigen Angel mit allem, was wir besitzen, um ihr das Leben zu ermöglichen, was du ihr so sehr wünschst! Denkst du, es bringt etwas, wenn du hier durchdrehst?«

Ein Wimmern entfloh dem Panther, doch so schnell gab er nicht auf. Dean besaß eine Menge Stolz, den er nur ungern überwand. Stattdessen suchte sein Blick mich, doch ich konnte ihn nicht ansehen. Alles in mir sträubte sich dagegen.

»Du kannst hierbleiben«, sprach Gerrit, der Cole mit einer Handbewegung aufforderte, die Raubkatze loszulassen. »Wir wissen, dass du nichts Böses im Schilde führst, ansonsten hättest du dieses Anwesen nicht einmal gefunden. Ich erlaube dir, hier zu verweilen und uns zu helfen, Angel zu beschützen. Solange, bis sie dich nicht mehr an ihrer Seite möchte.«

»Das wird nicht allzu lange dauern«, kicherte Talisha leise, ehe sie sich auf dem Absatz umdrehte und ohne ein weiteres Wort die Empore verließ.

Cole trat zurück, blinzelte in meine Richtung und lächelte sanft.

Dean erhob sich langsam, schüttelte sein dunkles Fell und verwandelte sich schließlich wieder zurück.

»In Ordnung«, knurrte er und es überraschte mich, dass er so schnell nachgab. Normalerweise genoss er es, stundenlang mit jemanden über etwas zu diskutieren. Selbst wenn es vollkommen unnötig war.

Er wies auf Cole. »Aber ihr haltet mir diesen Spinner vom Hals!«

Gerrit stimmte seinem Wunsch zu und befahl seinem neuen Gast, ihm zu folgen. Dieser wollte protestieren, hielt es aber dann doch wohl für das Beste, den Mund zu halten. Seine Hand streifte meine Schulter, als er Gerrit folgte.

»Geht es dir gut?«, erkundigte ich mich augenblicklich, nachdem Dean verschwunden war.

Cole nickte und besah sich kurz sein aufgerissenes, blutiges Shirt. »Das ist kein Problem, mach dir keinen Kopf.«

Ich schluckte. »Es sieht aber nicht gut aus, Cole! Lass es mich wenigstens verbinden.«

»Nein, Angel, es heilt gleich.«

Ich nannte ihn einen Blödmann, als ich seine Hand packte. Ohne Hemmungen zog ich ihn weiter zu mir herunter und schob den Fetzen Stoff nach oben. Die Wunde war tief, blutete noch immer und sah nicht danach aus, als würden sie sich jeden Moment schließen.

»Zeig mir, wo ihr euren Verbandskasten aufbewahrt.«

Ich sah ihm deutlich an, dass er meine Hilfe nicht wollte, doch sein Seufzen verriet mir, dass er keine Lust hatte, mit mir darüber zu streiten. Also brachte er mich ins Badezimmer.

Dort kramte er in der Schublade unter dem Waschbecken und zog einen kleinen, weißen Kasten hervor. Anschließend zog er einen winzigen Hocker zu uns heran, setzte sich darauf und hielt mir seine Schulter entgegen.

»Tu, was du nicht lassen kannst.«

Zufrieden lächelnd, nahm ich eine Schere aus dem Verbandskasten und zerschnitt den restlichen Fetzen.

»Ich mochte dieses Shirt sowieso nie«, murrte er.

Ich lachte leise und besah mir erneut die Wunde. Es gab kein Anzeichen einer Heilung. Schnell desinfizierte ich sie – zu meiner Überraschung zuckte Cole nicht einmal – und legte einen Verband an. Allzu perfekt sah mein vollendetes Werk nicht aus.

»Du weißt, dass das für die Katz ist?«, fragte Cole, der schließlich wegen seines Wortwitzes zu lachen begann.

»Sei nicht albern, ohne Behandlung entzündet sich die Wunde.«

Sanft griff er nach meiner Hand, schüttelte lächelnd den Kopf.

»Nimm den Verband wieder ab und sieh selbst.«

»Warum? Was gäbe das für einen Sinn, wenn ich sie dir gleich wieder abnehme?«

»Tu es einfach«, forderte er und verstärkte den Druck seiner Hände. Ich seufzte, schnitt den Verband auf und staunte nicht schlecht, als ich auf seine reine, glatte Haut blickte.

»Das ist doch unmöglich!«

»Nicht für mich. Dämonen heilen viel schneller als Menschen, aber Hüter sind ... sagen wir mal ... anders. Wir haben Fähigkeiten, die die eines normalen Dämons übersteigen.«

»Das ist so cool«, sagte ich fasziniert und strich über seine glatte Haut. Mit einem Mal drängte sich mir eine brennende Frage auf.

»Darf ich dir eine Frage stellen, Cole?«

Er zeigte mir mit einem Nicken, dass ich fortfahren durfte. »Wenn dein Körper Verletzungen schneller heilen kann, wieso ist dann dein Körper von so vielen Brandnarben gezeichnet?«

Cole drehte sich mir zu, ließ meine Hand jedoch nicht los.

»Das ist etwas komplizierter. Diese Verbrennungen zog ich mir durch das Feuer eines Ratsmitgliedes zu. Es war ein Hexer mit viel Macht und der Segnung eines Engels. Ihre Kräfte können uns ernsthaft verletzen, wenn nicht sogar umbringen.«

Seine Stimme verlor sich am Ende, was mir Sorgen bereitete. Ich fragte ihn, was passiert sei.

Doch Cole schüttelte den Kopf und versprach mir, es mir irgendwann zu erzählen.

»Und diese Hexer sind böse, ja?«, erkundigte ich mich.

»Eigentlich nicht«, antwortete er nach einer kurzen Pause. »Sie sind gute Personen, die versuchen, das Gleichgewicht zwischen Gut und Böse aufrechtzuerhalten. Doch momentan scheinen sie durchzudrehen. In ihren Reihen ändert sich eine Menge, was eigentlich nicht passieren sollte. Wir haben viele überraschende Dinge in Erfahrung gebracht, die du noch früh genug erfahren wirst. Belaste dich nicht auch noch mit solchen Sachen.«

Just in diesem Moment trat jemand durch die Badezimmertür. Cole verdrehte die Augen, als er sich erhob und dem Besucher einen genervten Blick entgegenwarf. Dean, den ich erkannte, noch bevor er zu sprechen begann, beobachtete Cole dabei.

»Ich habe hier ein eigenes Zimmer bekommen«, erzählte Dean, ohne meinen neuen Freund aus den Augen zu lassen. »Gerrit und ich haben ein Abkommen getroffen. Ich bleibe bei dir, hier in diesem Haus. Dafür musst du jedoch jetzt mit mir kommen und deinen Eltern beibringen, dass du bei ihnen *nicht* gut aufgehoben bist.«

Ich starrte ihn für einen Moment an, aber so dumm war der Vorschlag nicht. Natürlich würde ich mit ihnen sprechen müssen. Ich war nicht nach Hause gekommen und wer wusste, was Dean ihnen erzählt hatte. Also musste ich die Wogen glätten und hoffen, dass sie meine Entscheidung akzeptierten.

»Ich werde dich begleiten«, schlug Cole vor, was Dean jedoch ganz und gar nicht gefiel.

»Vergiss es«, fauchte Dean angriffslustig. »Sie kennen dich nicht und werden wahrscheinlich denken, dass du ihre Tochter entführen möchtest.«

»Egal, was sein könnte«, mischte ich mich ein, bevor es erneut zum Streit kommen konnte, »Cole begleitet uns. Er muss ja nicht mit ins Haus kommen. Ich denke es reicht, wenn er vor dem Haus auf uns wartet.«

Nicht vollständig zufrieden ließ sich Dean schließlich darauf ein. Er meckerte und fluchte, fauchte leise und beleidigte Cole, als dieser mir half, aus dem Bad zu kommen. Doch alles andere lief recht normal ab. Der Dämon ließ sich nichts anmerken, schenkte dem Gestaltwandler so wenig Aufmerksamkeit, wie er zustande brachte. Fast hätte ich darüber gelacht, wenn ich nicht gewusst hätte, was für ein Zusammentreffen nun auf uns wartete.

Meine Eltern würden den Verstand verlieren. Sicherer war ich niemals zuvor gewesen. Dennoch hoffte ich, dass sie mir das Vertrauen schenkten, welches ich seit Jahren von ihnen verlangte.

»Gut, Jungs. Fahren wir.«

Kapitel 12

Ich *stand* bereits eine gefühlte Ewigkeit vor der Einfahrt zu meinem Elternhaus, ohne auch nur einen Fuß hineinzusetzen. Nicht, dass ich das wirklich hätte tun können.

Cole lehnte mit verschränkten Armen an dem schwarzen Auto, mit dem wir hergekommen waren. Hinter den getönten Scheiben erkannte man nichts, und doch wusste ich, dass Koen sich dahinter verbarg. Er hatte darauf bestanden, mitzukommen. Dean akzeptierte dies nur, weil Koen versprochen hatte, sich im Hintergrund zu halten, um wenigstens im Notfall da sein zu können.

Tatsächlich merkte man nicht, dass Koen unsere Gesellschaft teilte. Er sagte nichts, machte kaum ein Geräusch. Ab und zu hörte man ein Seufzen, mehr allerdings nicht.

Dean, der sich auf die Bürgersteinkante gesetzt hatte, zog seine Stirn kraus. Ich kannte ihn gut genug, um zu wissen, dass er es hasste, hier zu verweilen. Geduld war sicherlich nicht sein bester Freund.

Mit der Fußspitze tippte er immer wieder auf die Straße, bewegte seinen Kopf in einem Rhythmus, der ihn aussehen ließ, als würde er Musik hören. Stattdessen versuchte er nur, sich die Zeit zu vertreiben, ohne mich aufzufordern, endlich hineinzugehen.

Nervös presste ich die verschwitzten Finger in den Schoß. Adrenalin, ausgelöst durch meine Aufregung, schoss wie ein Blitz durch meinen Körper. Natürlich war mir klar, dass ich nicht für immer hier verweilen und warten konnte. Selbst wenn ich hier nicht weggehen würde, kämen meine Eltern irgendwann aus ihrem Haus, um einkaufen zu gehen oder Derartiges. Sie würden mich sofort erkennen und dann gäbe es erst recht Probleme.

»Möchtest du?«, fragte Cole sanft.

»Lass sie sich die Zeit nehmen, die sie braucht! Hör auf zu hetzen!«, rief Dean zickig.

»Ist schon gut.« Ich atmete ein paarmal tief durch »Ich sollte nun hineingehen. Wir warten hier schon viel zu lange.«

Cole wollte sich zu mir gesellen, doch Dean war schneller. Mit einer Hand packte er den Rollstuhl, mit der anderen öffnete er das Tor. Es quietschte schrecklich, als wäre es seit Monaten nicht geölt worden. Ich verstand nicht, warum es solche Töne von sich gab. Das war mir noch nie aufgefallen.

Dean brachte mich zur Tür. Ich zog den Schlüssel aus meiner Tasche und rollte ins Haus, nachdem die Tür etwas zu fest gegen die Wand geschlagen war.

»Oh Gott, Steven! Sie ist zu Hause, hörst du? Unser Engel ist hier!«, hörte ich die zittrige Stimme meiner Mutter. Im nächsten Augenblick stürmte sie die Treppe herunter, während mein Vater aus der Küche eilte, das Shirt mit Kaffee bekleckert.

»Angel!«, keuchte er erschrocken, als er mich schließlich fest in seine Arme zog. »Wo bist du nur gewesen? Wir haben einen seltsamen Anruf erhalten und uns wurde gesagt, dass es dir gut gehe, aber du weißt gar nicht, was für Sorgen wir uns gemacht haben!«

Mama nahm mein Gesicht in ihre Hände, küsste und liebkoste meine Wange. Dabei tätschelte sie ständig meine Schulter, sodass ich mich bald wie ein Hündchen fühlte, das von allen geliebt wurde. Obwohl ich es ziemlich unangenehm fand, ließ ich all ihre Berührungen zu.

Dean, der aus Respekt zurückgetreten war, grinste selbstsicher. Offenbar schien er zu denken, dass ich diese Aufmerksamkeit genoss.

Wie falsch er doch lag ...

»Danke, dass du sie zurückgebracht hast«, freute sich mein Vater, bevor er auch Dean in eine familiäre Umarmung zog.

Augenblicklich zog sich mir der Magen zusammen. Meine Eltern sahen offenbar bereits ihren Schwiegersohn in ihm. Das gefiel mir nicht, auch wenn ich einer Beziehung mit Dean nicht vollkommen abgeneigt gegenüberstand.

Im Gegenteil. Er liebte mich aus ganzem Herzen – sagte er zumindest immer. Es gab für mich keinen Grund, daran zu zweifeln. Aber konnte ich mir mein Leben nur mit ihm allein vorstellen? Noch vor zwei Tagen hätte ich nicht einmal im Traum daran gedacht, dass Dean nicht der Richtige für mich sein könnte.

Er war klug, gebildet und kam aus einer guten Familie. Er war mir gegenüber stets freundlich und liebevoll. Dennoch sahen seine Träume anders aus als meine. In seinen Augen war mein Platz bei meinen Eltern, und wenn wir zusammenzogen, dann sollte es sicher in der Nähe sein. Ich wäre eingeengt in einem Leben, das mir überhaupt keinen Spaß bereitete. Familie hin oder her, sollte ich mir deswegen die Freude an jedem verfluchten Tag nehmen lassen?

»Eigentlich hat er mich nur gefahren«, stellte ich klar, was sie jedoch außer acht ließen. Zu sehr freuten sie sich, mich wieder bei ihnen zu sehen. Es brach mir das Herz, sie verlassen zu müssen. Doch es musste sein, ob sie diese Entscheidung gutheißen würden oder nicht.

Kurz bevor ich ihnen von meinem Vorhaben berichten konnte, zog Mama Dean am Arm weiter hinein.

»Kommt, wir haben noch etwas Kuchen da. Lasst uns zusammen essen!«

Dad lachte, lief um mich herum und geleitete mich in die Küche.

Zuerst wollte ich ablehnen, doch es konnte nicht schaden, ihnen erst einmal das zu geben, was sie wollten. Vielleicht schluckten sie den Rest dann etwas leichter.

»Also, für dich Schokolade, richtig, mein Engel? Und Dean mag Nusskuchen, nicht wahr?«

Etwas Kuchen hatte sie gesagt. Sie besaß eine verdammte Konditorei in ihrer Küche. Offenbar war sie gestern so aufgewühlt gewesen, dass sie die ganze Nacht gebacken hatte. Das war erst zweimal vorgekommen und ich erinnerte mich nicht allzu gerne an diese Zeit. Gott, mir rann es eiskalt den Rücken hinunter, als ich an die vergangenen Zahnarztbesuche dachte, die der übermäßige Zuckergenuss mit sich gebracht hatte. Durch die Zuckermenge hatte ich schlimme Karies davongetragen.

Bevor Dean sich setzte, bedankte er sich. Hemmungslose Freude zeichnete sich auf seinem Gesicht ab, als er den ersten Bissen nahm.

»Er ist wie immer wunderbar, Elena«, schleimte er, was mich dazu veranlasste, die Augen zu verdrehen.

Auch ich kostete von meinem Stück Kuchen und versuchte zu lächeln.

»Du siehst fürchterlich aus, mein Kind.« Meine Mutter schüttelte den Kopf. »Am besten, ich lasse dir ein erholsames Bad ein. Es wird dir guttun.«

»Danke, aber das wird nicht nötig sein.«

»Inwiefern?«, erkundigte sich Papa. »Möchtest du gleich ins Bett? Wenn du möchtest, können wir auch noch etwas spielen. Mensch-ärgere-dich-nicht, das hat Dean und dir doch letztens gefallen.«

Ich fühlte mich wie in eine Werbung für Cornflakes versetzt, in der alles perfekt war. Warum war mir nicht vorher aufgefallen, wie verkorkst das Ganze hier war?

»Nein«, antwortete ich, nachdem ich tief Luft geholt hatte. »Ich würde gerne ein paar Tage bei Freunden unterkommen und hole deshalb ein paar Sachen ab.«

Es herrschte Stille. Niemand, nicht einmal Dean, sagte etwas. Dass er mir nicht zur Seite stand, machte mich wütend.

Mama war die erste, die das Wort ergriff: »Ähm, bitte was? Ich glaube, ich habe dich nicht richtig verstanden, Süße.«

»Sie möchte bei Freunden schlafen«, sagte nun auch Dean, doch ich unterbrach ihn.

»Ich bin alt genug, um zu entscheiden, was ich tue oder nicht, Mama. Und ich denke, es wäre eine schöne Erfahrung, wenn ich mal etwas mit Freunden unternehme. Es ist ja nicht für lange Zeit.«

»Das kommt gar nicht infrage!«, polterte mein Vater aufgebrachter, als ich erwartet hatte. Ich starrte ich ihn an.

Auch Dean schien überrascht zu sein.

»Schatz, dein Ton ist unangemessen«, ermahnte ihn meine Mutter. »Süße, wer soll für dich sorgen, wenn wir nicht bei dir sind? Wenn du möchtest, kannst du deine Freunde gerne hierher einladen.

Wir haben sicherlich genug Platz, und es würde uns freuen, sie kennenlernen zu dürfen.«

Hastig schüttelte ich den Kopf. »Nein, Mama! Ich bin alt genug, um auf mich aufzupassen. Nur weil ich im Rollstuhl sitze, heißt es nicht, dass ich vollkommen unfähig bin, etwas zu tun.«

»Das haben wir auch ni...«

»Doch!«, widersprach ich laut. »Ihr behandelt mich Tag für Tag, als wäre ich nur ein dummes Kind. Ja, ich sitze im Rollstuhl, aber ich kann trotzdem kochen oder Wäsche waschen. Ich kann allein einen Spaziergang unternehmen und brauche keinen Aufpasser, der regelmäßig meine Hand tätschelt. Mama, Papa, ich bin erwachsen. Bitte, ich habe die Flügel bereits ausgebreitet, wieso helft ihr mir nicht, zu fliegen?«

Tränen sammelten sich in meinen Augen. Mein Herz pochte mir bis zum Hals und mir wurde heiß und kalt zugleich. Ich war aufgebracht, aber nicht mehr wütend. Irgendwie konnte ich nicht fassen, dass ich es geschafft hatte, mich so lange zurückzuhalten. Warum hatte ich mir immer den Mund verboten?

Die beiden starrten mich fassungslos an. Nicht wissend, wie sie reagieren würden, drückte ich mich etwas weiter in den Sitz. Innerlich war ich für eine Standpauke gewappnet, wartete nur auf ihre besorgten Worte, mit denen sie meine Meinung zu ändern versuchten.

Doch stattdessen stürmten Cole und Koen in die Küche. Koen hob belustigt seine Brauen, als er den Kuchen auf meinem Teller betrachtete, bevor er nach vorn trat.

»Zeit zum Gehen. Es gibt Probleme.«

»Wer zur Hölle sind Sie?«, brüllte mein Vater entsetzt und sprang von seinem Stuhl auf. »Was, zum Teufel, verdammt, machen Sie in meinem Haus? Verschwinden Sie, oder ich verständige die Polizei!«

»Schon in Ordnung!«, sagte ich schnell, um die Situation zu entschärfen. »Das sind meine Freunde. Sie haben draußen auf uns gewartet.«

»Und sind gerade eingebrochen«, keuchte Mama.

»Angel, Dean. Wir müssen sofort verschwinden.« Coles Stimmlage zeigte mir, dass er nicht zu scherzen versuchte. Irgendwas ging hier vor sich und es war sicherlich nichts Gutes. Ich versuchte, ihm klarzumachen, dass das nicht ging. Wenn wir in Gefahr waren, konnte ich meine Eltern nicht einfach zurücklassen. Das widersprach allem, woran ich glaubte!

»Ihnen wird nichts geschehen, versprochen!«

Zu meiner Überraschung sprang Dean auf, um mich an Cole vorbeizuschieben. Das Lächeln war aus seinem Gesicht gewichen. Plötzlich stoppte er. Finster blickte er von meinen Eltern zu Koen, der sich bereits in Stellung gebracht hatte.

»Es ist zu spät«, sagte er. »Wir sind bereits nicht mehr allein.«

»Schatz, wovon sprechen sie?«, fragte meine Mutter ängstlich. Sie merkte sofort, dass etwas nicht stimmte. Auch, dass es nichts mit den beiden Männern zu tun hatte, die einfach in ihr Zuhause eingedrungen waren. Mit zittrigen Händen krallte sie sich an ihren Mann, der besitzergreifend seine Arme um sie schlang. Auch sein Blick, in dem ich Angst erkannte, ruhte auf mir.

»Das ist kompliziert.«

Im oberen Stockwerk polterte es, etwas zerbrach. Ich war mir sicher, dass es sich dabei um die beige Vase im Flur handelte.

»Besitzen Sie einen Hinterausgang?«, fragte Cole meinen Dad, der hastig nickte. »Dann bringen Sie Ihre Frau sofort raus. Haltet euch vom Haus fern!«

»Aber Angel! Was ist mit unserer Tochter?«

»Wir werden uns um sie kümmern.« Cole griff nach meiner Hand, warf ihnen einen vertrauensvollen Blick zu. »Ich verspreche, dass ihr nichts geschehen wird.«

»Bitte, Mama«, flehte ich sie an. »Geht!«

»Ich vertraue Ihnen das Leben meines Engels an. Enttäuschen Sie mich nicht!«

Ich sah meiner Mutter deutlich an, dass sie sich am liebsten vor mich geworfen und beschützt hätte. Doch Dad schenkte Cole sein Vertrauen, etwas, das nicht jedem zuteilwurde, und zog meine Mutter grob am Ellbogen nach draußen. Zuerst sträubte sie sich, griff nach mir, ihrem kleinen, verletzlichen Kind. Letztendlich gab sie sich jedoch geschlagen.

Ich betete, dass den beiden nichts passierte.

Der Krach wurde lauter und erstarb plötzlich. Die Stille war drückend, gefährlich und hinterließ einen ungewöhnlichen Geschmack auf der Zunge. Ich malte mir das Schlimmste aus, Kreaturen wie die in der Bibliothek.

Stattdessen flogen Monster auf uns zu und umflatterten uns wie ein Schwarm Vögel.

Schwarze Federn, die sich im gesamten Haus verteilten, bedeckten ihre Körper. Ihre Kommunikation glich einem verebbten Schrei, voller Pein und Verletzlichkeit.

Ihre Hände formten sich zu scharfen Krallen, als sie nach mir schlugen. Mit einem verzerrten Laut riss ein Wesen sein Maul auf, entblößte die spitzen, hässlichen Reißzähne. Wutentbrannt schleuderte einer von ihnen Koen nach hinten, rammte seine Krallen in dessen Oberschenkel. Doch der Krieger reagierte schnell und stieß seinen Dolch in den Körper des Wesens, welches zu Boden glitt und wie Glas in tausend Teile zersprang.

Das Monster brüllte, als fühlte es jeden Schmerz auf Erden, bevor es wie ein Schatten im Boden verschwand.

»Cole, hinter dir! Dean, rechts und links!«, kommandierte Koen, der sich um seine Wunde kaum scherte. Stattdessen packte er meinen Rollstuhl und brachte mich außer Gefahr – dachte ich zumindest.

»Schaffen sie das?«, erkundigte ich mich.

Koen lachte nur, als er die Haustür öffnete. In derselben Sekunde schlug er sie wieder zu.

»Sieht so aus, als wäre der Ausgang versperrt.« Er ignorierte meine Frage, trat mit mir etwas zurück und ließ schließlich von mir ab.

Blitzartig zog er eine Pistole aus seinem Halfter. Zwinkernd wandte er sich von mir ab, zielte auf die geschlossene Haustür und feuerte drei Schüsse ab.

Ich presste die Hände auf meine Ohren.

Koen lacht finster, als sich die Tür öffnete und das Monster uns tot entgegenfiel.

»Einer erledigt, bleiben noch vier.«

168

Vier?!

Noch bevor ich irgendetwas tun oder sagen konnten, schossen zwei weitere Wesen in unsere Richtung. Eines streifte mich und zerstörte den Reifen meines Stuhles. Mit einem hellen Pfiff entwich die Luft, ich merkte, wie ich nach rechts sackte.

Koen fluchte leise, löste erneut einen Schuss, der jedoch nicht traf.

Es sind zu viele, dachte ich panisch. *Das schaffen sie nicht ohne Hilfe. Verdammt noch mal!* Wütend verkrampfte ich meine Hände zu Fäusten und versuchte, mir eine Idee zurechtzulegen, um den Kämpfern zu helfen. Allerdings fehlten mir Mittel und die Kraft. Was sollte ich in diesem verfluchten Rollstuhl auch ausrichten können?

»Angel!«, erklang die laute Stimme meines Vaters. Er rannte mit einem Baseballschläger bewaffnet durch die Tür, und knallte ihn im nächsten Moment gegen das Wesen. Es wimmerte und verschanzte sich in den Schatten.

»Daddy! Was tust du hier?«, rief ich erschrocken.

Er strich mir über die Wange.

»Ich bin dein Vater und ich muss für deine Sicherheit sorgen.«

»Sie wissen nicht, wie sehr Sie sich und Ihre Frau gerade in Gefahr bringen«, rief Koen.

Doch Papa wollte nichts davon hören. Stattdessen schlug er erneut nach einem Wesen und erwischte es an der Schulter. Er stellte keine Fragen, alles, wonach er verlangte, war meine Sicherheit.

Augenblicklich fühlte ich mich schäbig. Tränen rannen an meinen Wangen hinunter, die ich jedoch sofort mit dem Handrücken entfernte.

»Zeig's ihnen, Daddy.«

Ein verschmitztes Grinsen zierte seine Lippen. Er grinste kampfbereit, als er den Schläger erneut auf das Wesen von eben sausen ließ; doch er verfehlte es und versuchte es noch einmal.

Ich konnte nichts anderes tun, als dazwischenzusitzen und zu hoffen, dass wir die Oberhand erlangten.

Coles laute Stimme drang an mein Ohr, doch ich verstand nicht, was er sagte. Dean keuchte und fluchte.

Mist! Was ging da drüben vor sich?

»Nimm das, du Mistvieh«, fauchte Papa, als er sich dem Monster mit verschwitzter Stirn näherte. Plötzlich packte das Monster den Hals meines Vaters, bohrte seine Krallen in dessen Fleisch, als wäre es ein Stück Butter. Blut glitt in Rinnsalen an seine Kehle hinunter, saugte sich sofort in den Kragen seines Hemdes.

Der Schlag meines Herzens verdoppelte sich, schmerzte, als würde jemand mit einer Nadel seine Spielchen damit treiben.

Koen schleuderte seinen Dolch durch den Kopf des Monsters, das meinen röchelnden Vater sofort fallen ließ.

Augenblicklich war Koen an seiner Seite. Er zog sein T-Shirt aus und zerriss es. Dann band er den Stoff um den Hals meines Vaters.

»Was ist passiert?«, rief Dean, der zusammen mit Cole zu uns stieß.

Hinter ihnen tauchte meine Mutter auf.

»Steven! Oh Gott, Liebling!«

»Es ist alles gut, nur ein kleiner Kratzer. Nicht so schlimm wie es aussieht.«

»Aber all das Blut ...«

»Keine Sorge, Miss«, lächelte er. »Es sind Gott sei Dank nur Kratzer. Nichts Ernstzunehmendes.«

Sie nickte vorsichtig, bevor sie sich zu ihrem Mann kniete. Der hatte sich ebenfalls zu Boden gesetzt, nachdem Koen ihn verbunden hatte. Beide zitterten am ganzen Körper, brachten meine Schuldgefühle damit auf einen Höhepunkt, den ich mir niemals hätte ausmalen können.

Ich schämte mich dafür, ihnen so etwas Schreckliches angetan zu haben.

»Geht es dir gut?«, fragte Mama schließlich, als sie ihre Worte wiederfand.

Ich nickte. »Gut. Sehr gut.«

Mit einem kleinen Lächeln schloss sie ihre Augen und lehnte ihre Stirn gegen Vaters Schulter. Er drückte seine Lippen in ihr Haar und schlang seinen Arm um ihre Hüfte.

Dean beugte sich zu ihnen hinunter und bekundete sein Mitleid. Außerdem entschuldigte er sich für die *Unannehmlichkeiten*.

Sofort verspürte ich das Verlangen, ihm in die Kniekehlen zu treten und auf ihm herumzuspringen wie auf einer Hüpfburg.

»Halt die Klappe!«, sagte mein Vater.

Sichtlich verlegen richtete sich Dean wieder auf und wusste offenbar nicht, wo er hinsehen sollte.

»Miss, ich möchte Ihnen keine Angst machen«, sagte Cole, »aber es werden mehr von ihnen kommen. Sie sollten für diese Nacht ein Hotel aufsuchen.«

»Werden sie danach wiederkommen?«, fragte mein Vater.

»Nein«, versicherte Koen. »Sie waren wegen jemand anderem hier und haben keinerlei Interesse an Ihnen.«

Sofort schnellten ihre Blicke zu mir.

»Sie ... waren wegen dir hier?« Mamas Beine schlotterten. Ich schaffte es lediglich, zu nicken. Ihr Blick schnellte von Koen zu Cole, dann wieder zurück. Dean schenkte sie überraschenderweise keinerlei Beachtung.

»Beschützt sie«, bat Mama sie. »Egal, was dafür zu tun ist, helft ihr!«

»Das werden wir«, versprach Cole und kniete sich zu ihnen hinunter. »Ihre Tochter ist bei uns in guten Händen.«

Mama vergrub ihr Gesicht an der Brust meines Vaters, während dieser Cole seine Hand reichte, die er lächelnd annahm. »Danke!«

Dieses eine Wort ließ mein Herz höherschlagen.

Sofort verspürte ich das Verlangen, meine Eltern in den Arm zu nehmen. Leider schaffte ich es nicht, den Rollstuhl auch nur einen Meter voranzutreiben.

Koen, dessen Scharfsinn scheinbar noch immer auf hundert Prozent stand, bemerkte meinen Willen sofort. Er bedeutete Cole, dass er mir doch helfen sollte.

Cole hob mich aus meinem Gefängnis und kniete sich neben meine Eltern.

Dean beobachtete uns schweigend.

Vorsichtig drücke ich mich an meinen Vater, streichelte zärtlich die Hand meiner Mutter. Sie schluchzte leise, doch ich erkannte keinerlei Trauer in ihren Augen.

»Wolltest du deswegen gehen?«, fragte sie leise und zog mich noch etwas näher zu sich.

Cole, der meinen Bewegungen folgen musste, hüstelte zögerlich.

»Ja, aber es wurde auch langsam Zeit, Mama. Findest du nicht auch?«

Sie antwortete nicht, lehnte ihre Stirn jedoch an die meine. Die Geste füllte meinen Körper mit einer angenehmen Wärme. Dann löste sie sich von mir und schmiegte sich wieder an meinen Vater.

»Ihr solltet gehen. Wenn sie wirklich nur wiederkommen, wenn du hier bist, wird es hier bald etwas eng werden.«

Cole verstand den Wink und erhob sich zusammen mit mir. Jedoch setzte er mich nicht wieder zurück in den defekten Rollstuhl, sondern behielt mich an sich gedrückt.

»Wartet. Angel blutet am Nacken. Hast du dich verletzt, mein Schatz?«, sagte mein Vater besorgt.

Koen hob meine Haare und entdeckte das Blut, von dem mein Dad gesprochen hatte.

Er schüttelte den Kopf und versicherte ihm, dass man mir nur einen Kratzer zugefügt hatte. So ähnlich wie die Wunde meines Vaters.

Ich erinnerte mich nicht daran, verletzt worden zu sein, zeigte ihnen meine Verwirrung jedoch nicht. Ich wollte sie nicht noch mehr beunruhigen. Inständig hoffte ich, sie bald wiedersehen zu können. Sie bedeuteten mir so viel, mehr als alles andere auf dieser Welt. Niemals würde ich sie missen wollen. Am liebsten hätte ich ihnen angeboten, mitzukommen. Auch wenn sie mich dort weiterhin wie ein Baby behandeln würden. Nach dieser Aktion vermutlich schlimmer als zuvor. Aber ich durfte nicht zulassen, dass den beiden etwas geschah.

Cole trug mich zum Auto und setzte mich auf den Rücksitz, ehe er neben mich glitt. Koen übernahm das Steuer, während sich Dean, ohne zu murren, auf den Beifahrersitz setzte. Mit einem lauten Knall schlossen sie die Türen, Koen startete den Motor und kurz darauf befanden wir uns auf der Hauptstraße.

»Schau nach!«, befahl Koen. »Ich bin mir nicht sicher, aber die Wunde ist eindeutig tiefer.«

»Bitte?« Erschrocken drehte sich Dean zu mir um. »Ihr habt do...«

»Gelogen«, stellte Cole klar, der mich bat, ihm meinen Nacken zu präsentieren. Er strich etwas zu fest über die Wunde, sodass sich ein stechender Schmerz in mir breitmachte.

Wie, um Himmels willen, konnte ich nicht mitbekommen, dass ich attackiert wurde?

»Nicht ganz so tief wie ich dachte, Kumpel. Scarlett muss es sich nicht ansehen.«

»Und das Gift?«

»Negativ. Ich sehe weder Verfärbungen, noch riecht es danach. Es war also eine Klinge, keine Kralle. Allerdings kann ich mich auch irren.«

»Das ist nicht gut«, schnaufte Koen, der etwas fester aufs Gaspedal trat.

Dean schlug mit der Faust auf das Armaturenbrett.

»Sagt mal, bin ich hier im falschen Film?«, brüllte er verzweifelt. »Wovon zum Fick noch mal redet ihr überhaupt?«

Cole seufzte demonstrativ genervt und mir schien, als würde er ernsthaft darüber nachdenken, Dean keine Beachtung zu schenken.

»Skylars Blut wurde im Kindesalter durch einen Angriff in Wallung gebracht«, erwiderte er schließlich, als Dean offenbar zu einem neuen Wutausbruch ansetzte. »In ihr veränderte sich das Blut bereits zum Erbe ihrer Schöpferin, doch es verwandelte sie nicht in eine Dämonin. Allerdings wurde sie vor wenigen Monaten gebissen. Dieser Biss zwang sie, die Verwandlung durchzustehen. Sie ist nun ein vollständiger Dämon.«

»Und was hat das mit Angel zu tun?«

»Bist du so dumm, oder tust du nur so?«, schnauzte Koen aggressiv. »Diese Viecher waren dämonischer Abstammung. Wenn diese Bastarde sie mit den Krallen erwischt haben, kann es sein, dass sie auch ihr Erbe aktiviert haben. Benutz doch mal das Gehirn, das du mit dir herumträgst!«

Dean presst die Lippen zu einem dünnen Strich aufeinander und schwieg.

Auch Koen war still, blies aber immer wieder wütend etwas

Luft durch seine Zähne, wohl in der Hoffnung, runterzukommen. Allerdings schien das nicht zu funktionieren.

Cole, der mich mit einer einzigen Bewegung angeschnallt hatte, hielt seinen Blick aus dem Fenster gerichtet. Seine Hand lag neben ihm auf dem Sitz, als würde er wollen, dass ich sie ergriff.

Dass dies Blödsinn war, wusste ich. Dennoch mochte ich den Gedanken und legte meine Hand auf seine Finger.

Cole zuckte für einen Moment zusammen und ich überlegte, ob ich meine Hand nicht lieber wegziehen sollte, als seine Finger sich um meine schlossen. Fest verschränkte er sie ineinander und ich konnte nicht anders, als den Druck zu erwidern.

Gedankenverloren und noch immer den dumpfen Schmerz spürend, schloss ich meine müden Augen. Ich wollte an nichts mehr denken, meinem Verstand etwas Ruhe gönnen.

Wir kamen schneller an, als mir lieb war.

* * *

Dean hatte es sich offenbar zur Aufgabe gemacht, nicht von meiner Seite zu weichen. Obwohl ich noch immer aufgewühlt war, wünschte ich mir nichts sehnlicher, als ihn endlich loszuwerden. Seit gefühlten Stunden saß er nun schon auf meiner Bettkante und starrte ins Leere. Er sagte nichts, rührte sich kaum und versuchte nicht einmal, mir seine Aufmerksamkeit zu schenken.

Ohne Rollstuhl konnte ich das Zimmer nicht verlassen. Natürlich hätte ich einfach verschwinden können. Allerdings stellte sich das momentan als unmöglich heraus. Mein Rollstuhl war zwar nicht wirklich kaputt gewesen, doch sie hatten ihn in meinem Elternhaus gelassen. Scarlett hatte mir versprochen, einen Neuen für mich anzufertigen. Das würde jedoch etwas Zeit in Anspruch nehmen.

Und diese Zeit nutze ich, um über viele Dinge nachzudenken. Das Grübeln ließ ich auch nicht sein, als es an meiner Zimmertür klopfte. Skylar kam mit einem Tablett, beladen mit köstlichsten Kleinigkeiten, herein und stellte es auf die kleinere Kommode. Sie wünschte uns einen guten Appetit und verschwand wieder.

Mir tat es sofort leid, sie ignoriert zu haben. Aber der Gedanke, der gerade in meinem Verstand herumschwirrte, benötigte all meine Konzentration.

Dean, der sie auch nicht beachtet hatte, stand plötzlich auf und nahm zielsicher einen Muffin vom Tablett. Er pellte die Papierhülle ab und kostete von der Schokoladenglasur. Er stöhnte wohlig, nahm einen Zweiten und setzte sich wieder zu mir. Ohne mich anzusehen, reichte er mir den zweiten Muffin.

Ich nahm ihn entgegen und folgte seinem Beispiel. Das Gebäck schmeckte köstlich. Der Kern der Schokoladenstückchen verflüssigte sich, sobald ich darauf biss.

»Tut mir leid, dass ich dich vorhin so angegangen bin«, beendete Dean das Schweigen. »Ich bin etwas durchgedreht. Die ganze Situation ist ... ätzend.«

Ich wusste nicht, was ich von dieser Aussage halten sollte.

Die Süße des Muffins vermischte sich mit dem bitteren Geschmack der Überforderung.

»Ich verstehe schon, Dean«, sagte ich mit wenig Überzeugungskraft. »Wir waren alle gestresst und dann kamen auch noch diese ... Keine Ahnung, was das waren. Ich will es auch gar nicht wissen.«

»Nein, mein Verhalten ist nicht zu entschuldigen. Dieser Dämon ... Cole ... hat leider recht. Ich habe Angst, dich zu verlieren. Gott, ich weiß doch, wie sehr du unter den Fittichen deiner Eltern leidest und reiche dir immer wieder die Hand, um dich schließlich in Ketten zu legen. Das ist nicht richtig von mir. Ich möchte einfach dabei sein, wenn du auf eigenen Beinen stehst; als dein Freund an deiner Seite stehen. Die Furcht, dass du mich verlassen könntest, sitzt bei jedem Schritt in meinem Kopf.«

Ich suchte nach einer Antwort, die ihn etwas beruhigen konnte. Leider schaffte ich es nicht einmal annähernd.

Dean interpretierte meine Pause richtig.

»Du willst mich doch nicht verlassen, oder?«

»Dean ...«

Traurigkeit schimmerte in seinen Augen, als er den Rest des Muffins zur Seite legte und mich ansah. Schnell rutschte er näher, bis er mir ganz nah war. Er legte seine Hand auf mein Knie, doch ich spürte seine Berührung nicht.

»Das ... ist doch nicht dein Ernst, oder? Ist es wegen Cole? Himmel, Angel, du kennst ihn doch erst seit ... keine Ahnung ... zwei, drei Tagen? Schmeiß das mit uns bitte nicht einfach weg.«

Ich spürte, wie mein Kopf zu schmerzen begann, als ich ihn schüttelte. Es lag nicht an Cole! Nicht ein bisschen!

Nein, nur ein bisschen mehr als nur ein bisschen! Wem willst du etwas vormachen, Angel? Du magst Cole, obwohl er dir eigentlich vollkommen fremd ist.

Ich sträubte mich gegen den Gedanken, musste jedoch aufgeben. Natürlich mochte ich den Dämon, ansonsten hätte ich mich von ihm nicht auf diese Art und Weise behandeln lassen. Doch ich war weder verliebt, noch verspürte ich sonstige romantische Gefühle für ihn.

Zumindest nicht immer.

»So ist das nicht«, versuchte ich, Dean klarzumachen. »Du hast es doch schon gesagt. Ich bin durchaus in der Lage, eigenständig Entscheidungen zu treffen, und ich denke, dies ist eine. Ich bin schon ... so unglaublich lange mit dir zusammen, aber ich habe nie ... nie das erlebt, was immer in den Büchern steht. Ich liebe dich, Dean. Das steht außer Frage. Jedoch nicht so sehr, dass ich mir den Rest meines Lebens mit dir vorstellen könnte.«

Die Worte verließen schneller meinen Mund, als ich es eigentlich wollte. In meinem Kopf warf ich mit Schimpfwörtern. Wie konnte ich meinem besten Freund nur so frech und beleidigend gegenübertreten? Ich wollte die Situation entschärfen, indem ich mich entschuldigte. Bis mir schließlich klar wurde, dass ich das gar nicht brauchte. Warum sollte ich mich für meine eigene Meinung schämen? Auch wenn es Dean wehtat; der Schmerz würde vergehen.

»Ich verstehe, aber glaub nicht, dass ich dich einfach aufgeben werde. Du bist im Augenblick einfach verwirrt und überfordert. Das verstehe ich vollkommen. Ich werde dir alle Zeit der Welt geben. So viel wie du auch immer benötigen wirst.«

»Dean, das ist zu viel. Ich möchte nicht, dass du auf mich wartest und am Ende enttäuscht wirst. Das will ich dir nicht antun. Du bist dennoch mein bester Freund, und ich brauche dich.«

Den letzten Satz hätte ich besser für mich behalten sollen, auch wenn es so war.

Ein kleines Lächeln umspielte seine Lippen, als er mir einen Kuss auf die Stirn hauchte.

»Ich werde warten!«, versprach er. »Und ich werde dafür sorgen, dass du dich neu in mich verliebst. Wir werden wieder glücklich sein.«

»Bitte, Dean. Ich möchte das nicht.«

Er wollte mir nicht zuhören und ich entschied, seine Entscheidung mit gesenkten Schultern hinzunehmen. Wenn er meinen Worten keinen Glauben schenken wollte, konnte ich nichts tun. Ich würde ihn wahrscheinlich verletzen, aber ich hatte ihn gewarnt.

Mann, diese Einstellung gefiel mir überhaupt nicht. Ich wollte niemanden verletzen. Konnte er nicht einfach glücklich und zufrieden einen Schritt zurücktreten, um wieder mein bester Freund zu sein?

Dean schnappte sich seinen Muffin. Er lächelte noch immer, als er das Tablett auf meiner Bettdecke abstellte.

»Ich werde mal sehen, wie Scarlett mit deinem Rollstuhl vorankommt. Bitte iss in der Zwischenzeit etwas. Du musst wieder zu Kräften kommen.«

Mit diesen Worten drehte er sich auf dem Absatz um und verschwand aus dem Zimmer.

Viel zu nett und fröhlich für meinen Geschmack.

Ich ließ mich nach hinten fallen und schlug mit den Armen wild auf das Laken. In was für einer verzwickten Lage befand ich mich denn nun schon wieder?

»Oh, Angel«, flüsterte ich erschöpft. »Was hast du wieder angerichtet?«

Kapitel 13

Unsicher blickte ich der Hexe entgegen.

Scarlett lachte ausgiebig, als sie meinen Blick auffing und zeigte auf den Rollstuhl, den sie soeben in mein Zimmer gebracht hatte.

»Hör auf so grimmig dreinzuschauen. Er ist perfekt!«

»Das mag schon sein.« Ich lächelte verlegen. »Aber warum um alles in der Welt, freust du dich so sehr darüber? Dennoch vielen Dank, das wäre wirklich nicht nötig gewesen. Ich hätte auch einfach den alten Stuhl nehmen können.«

Sie schüttelte bestimmt ihren Kopf. »Nein, erstens war der Reifen sowieso im Eimer, und zweitens ist dieser hier um einiges besser. Du brauchst kaum Anstrengung, um ihn zu fahren; ist nun alles elektrisch«, klärte Scarlett mich auf.

Ob das nun gut oder schlecht war, wusste ich noch nicht. Ich musste mich wohl oder übel überraschen lassen. Nur zu genau erinnerte ich mich an die Tage, an denen ich steile Rampen nach oben rollen musste. Gott, wie hatten mir die Arme danach geschmerzt.

»Na los, rein mit dir«, forderte mich Scarlett ungeduldig auf. »Oder muss ich dir helfen?«

»Nein, nein!«, winkte ich lachend ab, als sie rasch auf mich zukam. »Ich kann das, keine Sorge.«

»Stimmt. Ins Bad hast du es schließlich auch aus eigener Kraft geschafft.«

Dass mir Dean vor wenigen Stunden dabei geholfen hatte, erwähnte ich nicht. Es war auch nicht sonderlich wichtig. Es zählte nur, dass er nicht darauf bestanden hatte, bei mir zu bleiben und mir beim Baden zu helfen.

Gut, das wäre auch sichtlich gruselig gewesen.

Ich zog mich mit den Armen übers Bett, während Scarlett den Stuhl seitlich ans Bett rollte. Sie versuchte nicht, mir zu helfen, als ich mich hinüberhangelte. Schließlich schaffte ich es, mich in den Stuhl zu ziehen. Anschließend richtete ich meine Beine, damit sie normal auf dem unteren Podest standen. Scarlett musterte mich sichtlich erfreut.

»Alles in Ordnung?«, fragte ich sie, worauf sie mir freundschaftlich auf die Schulter schlug.

»Das sollte ich dich fragen«, tadelte die Hexe mich. »Probier ihn aus. Er wird dir bestimmt gefallen.«

Es war nicht das erste Mal, dass ich in einem elektronischen Fortbewegungsmittel für Leute wie mich saß, doch als ich den Knopf betätige, überfielen mich tausend verschiedene Gefühle. Ich drehte mich darin wie in einem Karussell und die Lenkung erinnerte mich an ein Videospiel. Dennoch war sie recht einfach und leicht zu verstehen.

Scarlett ließ sich auf mein Bett fallen, als ich durch das Zimmer *düste*, immer wieder nach rechts, dann wieder nach links fuhr. Wieder drehte ich mich im Kreis, um mich an das Neue zu gewöhnen. Es war recht ... unkompliziert, aber dennoch nicht sonderlich toll für mich. Ich verstand nicht wieso, aber in diesem Gestell fühlte ich mich alles andere als wohl.

Allerdings wollte ich es mir Scarlett gegenüber nicht anmerken lassen. Immerhin hatte sie sich solche Mühe gegeben, ihn für mich anfertigen zu lassen. Oder zu kaufen; keine Ahnung wie sie das hinbekommen hatten. Vielleicht hatten sie meinen alten Rollstuhl doch noch abgeholt und modifiziert. Jedoch erkannte ich nichts vom Alten in dem Neuen. Also strich ich diese Theorie.

»Gefällt er dir?«, erkundigte sie sich.

»Er ist anders«, antwortete ich zögerlich, achtete genau darauf, was ich sagte. »Wirklich toll. Ich kann mich nun viel schneller fortbewegen und meine Arme werden entlastet.«

»Richtig.« Ihre blonden Locken wippten hin und her, als sie stürmisch mit dem Kopf nickte. »Das wird dir hoffentlich einiges erleichtern. Außerdem wirst du schneller flüchten können, sollte sich so eine Situation wie gestern noch mal ergeben.«

»Du glaubst, dass das noch mal passieren könnte?«

»Hier auf jeden Fall nicht, versprochen. Ich habe mir die größte Mühe gegeben, um dich und Skylar in Sicherheit zu wissen. Dean war eine Ausnahme. Er will ja eigentlich nichts Böses. Deswegen konnte er dich finden.«

»Was meinst du mit *eine Ausnahme*?«

Ihr Blick verdunkelte sich. Sie verschränkte ihre Finger ineinander, versuchte, sich offensichtlich von etwas abzulenken. Zumindest glaubte ich das.

»Es gab da einen Vorfall«, sagte sie nach einer kurzen Pause. »Wir haben jemanden aus unseren Reihen verloren.«

Erschrocken starrte ich sie an.

Ihr Lächeln wirkte so traurig, dass ich das Verlangen verspürte, sie fest in meine Arme zu ziehen.

»Unser Freund ist nicht verstorben. Er hat uns verraten.«

Ich war fassungslos und nicht in der Lage zu antworten. Nicht, dass ich wirklich gewusst hätte, was ich sagen sollte. Eine Entschuldigung wäre unangebracht gewesen, schließlich hatte ich diese Person nicht gekannt. Alles andere wäre respektlos.

»Oh, Süße. Jetzt zieh bitte nicht so ein Gesicht.« Scarlett lachte leicht und legte ihren Arm um meine Schultern. Einfühlsam tätschelte sie meinen Rücken. »Und nun komm runter. Skylar würde dir gern Cherry, ihre beste Freundin, vorstellen.«

Sie richtete sich wieder auf und hielt mir die Tür auf.

Als wir die Treppe erreicht hatten, hielt ich überrascht inne. Auf der rechten Seite erstreckte sich eine Rampe bis hinunter zum Erdgeschoss. Sie waren gerade so breit, dass mein Stuhl darauf Platz fand.

Ich blickte zu Scarlett. »Ihr habt mir eine Rampe gebaut?«

»Nun, eigentlich habe ich sie gezaubert, aber bauen klingt viel besser.«

Sie grinste breit, bevor sie die Stufen hinunterging. Mit einem Wink bedeutete sie mir, ihr zu folgen.

Vorsichtig wagte ich mich die ersten Zentimeter nach vorne, bis der Rollstuhl schließlich auf der Rampe stand. Sie hielt, wackelte nicht ein bisschen. Langsam ließ ich mich rollen, betätigte immer wieder lachend die Bremse, um das Tempo zu kontrollieren.

Scarlett klatschte, als ich sie unten einholte.

»Gut gemacht. Ich bin stolz auf dich.«

»Oh, nein! Sie hat die Rampe ohne uns betreten«, schmollte Skylar, die einen Moment später zu uns stieß, an ihrer Seite ein wunderhübsches, blondes Mädchen. Das musste Cherry sein. Ihre grünen Augen funkelten, als sie mir ihre Hand reichte, die ich freundlich entgegennahm.

»Freut mich, Tochter Nummer zwei kennenzulernen«, scherzte sie. »Mein Name ist Cherry und ich bin die Aufpasserin von dieser kleinen Spinnerin hier.«

»Nicht so frech«, schmollte Skylar, die sofort ihre Wangen aufblies. »Ich zeig dir gleich, auf was du aufpassen kannst, du mit deinem losen Mundwerk.«

Wie auf Kommando begannen beide wie Teenager zu kichern. Ihre Wangen röteten sich und Skylar wuschelte durch Cherrys Frisur, was diese allerdings nicht so lustig fand. Sie begannen sich gegenseitig zu ärgern, gackerten und fluchten leise, bis Skylar die Flucht nach oben ergriff und Cherry ihr demonstrativ folgte. Während sie davonstürmte, rief sie mir zu, dass es sie freue, mich kennenlernen zu dürfen.

Ich mochte sie von der ersten Sekunde an.

Mit einer Frage auf den Lippen drehte ich mich zu Scarlett um, doch die war verschwunden. Allein saß ich nun hier, nicht wissend, was ich tun sollte. Also entschied ich, den Stimmen zu folgen. Sie kamen aus dem Salon, dachte ich zumindest. Doch der Raum war leer. Da die Terrassentür weit offen stand, wusste ich, wo ich die anderen finden würde.

Koen saß zusammen mit Ames und Talisha auf einer Couch. Der Vampir hatte seine Beine hochgelegt und lachte ausgelassen, als Koen ihm etwas erzählte. Dieser wirkte unglaublich befreit, nicht mehr so ernst, wie ich ihn zunächst erlebt hatte.

Talisha blätterte in einem Buch, schien sich aber nicht wirklich auf den Inhalt zu konzentrieren.

Erst jetzt erblickte ich die beiden fremden Männer bei den Obstbäumen. Der eine dunkelhäutig und gut aussehend, der andere blass, mit schwarzen Haaren und blutroten Augen, die ich sogar auf die Entfernung hin glühen sah. Sie schienen sich zu streiten, gestikulierten wild miteinander.

Cole, der gerade auf mich zukam, lächelte herzlich und verdeckte mir schließlich die Sicht auf die beiden unbekannten Streithähne.

»Schön, dich wieder *fahren* zu sehen«, sagte er.

Ich strich mir durchs Haar.

»Ja, Scarlett hat ganze Arbeit geleistet. Mit allem. Es ist wirklich gut geworden.«

Er nickte und stellte sich neben mich. Lässig schob er seine Hände in die Hosentaschen.

»Der Bart steht dir«, stellte ich fest, während Ames laut wurde. Cole hatte gestern bereits einen kleinen Ansatz getragen, doch nun traten die dunklen Härchen schon deutlicher hervor. Sie bildeten eine Linie, bedeckten Kinn und Wangen. Normalerweise gefiel mir Bart nicht, doch Cole stand er ausgezeichnet.

»Was hast du gesagt?«, fragte er und verzog mit Blick zur Couch das Gesicht. »Mann, halt doch mal deine Klappe! Man kann sich ja kaum unterhalten!«

»Dann verzieh dich doch!«, konterte Ames. »Wir waren zuerst hier.«

»Kinder«, schnauzte Talisha, schleuderte das Buch auf den Glastisch und ging ins Haus.

»Jetzt hast du unsere Königin vergrault«, meckerte Ames, konnte sich das Lachen allerdings nicht verkneifen.

Cole musste nun ebenfalls lachen. »Oh, ich böser Junge.«

»Meine Güte, am besten, ihr verzieht euch beide«, feixte Koen, zeigte uns mit einer Handbewegung, dass wir verschwinden sollten. Jedoch merkte man sofort, dass er das nicht allzu ernst meinte.

Cole packte meinen Rollstuhl und schob mich über den Rasen. Während ich ihn fragend musterte, sah ich, wie er Koen eine Grimasse schnitt. Ein kindischer Zug, den ich von ihm nicht erwartet hatte.

»Also«, fuhr er schließlich fort. »Was hattest du gesagt?«

»Äh ... das ist nicht so wichtig.«

»Ich würde es aber gerne hören, Angel.«

Seufzend gab ich nach: »Der Bart steht dir wirklich ... gut.«

Schnell richtete ich meine Augen wieder nach vorne, neugierig darauf, wohin er mich eigentlich brachte.

»Ich weiß – wollte es nur noch einmal hören.«

Empört plusterte ich die Wangen auf. Zur Strafe sprach ich nicht mehr mit ihm. So war ich früher auch immer mit Dean umgegangen, wenn er mich geärgert hatte.

Doch statt, wie Dean in solchen Fällen, an mir zu kleben und zu versuchen, mir irgendwelche Worte zu entlocken, blieb Cole stumm. Er schob mich durch den weitläufigen Garten. Als ich einen Blick zurückwarf, dass das Haus bereits ein gutes Stück in den Hintergrund gerückt war. Wie groß das Grundstück wohl sein mochte.

»Wohin führst du mich?«, brach ich schließlich mein Schweigen.

»Lass dich überraschen. Wird dir sicherlich gefallen.«

»Eine Überraschung?« Hitze schon mir in die Wangen, obwohl ich die ganze Situation eigentlich hinterfragen sollte.

»So in etwa.«

Dann sah ich es. Mitten auf der Wiese, umgeben von Apfelbäumen, lag eine große, blaukarierte Decke. Darauf stand ein Korb. Ich erkannte Getränke und etwas zu Naschen.

In welchem romantischen Film war ich hier gelandet?

»Ähm ... das ist mir irgendwie unangenehm.«

»Wirklich? Wir können auch wieder umdrehen, wenn du möchtest.«

Cole blickte fragend auf mich herunter.

»Wieso ... Ich verstehe das nicht. Wieso machst du das?«

Er zuckte mit den Schultern und schob die Hände erneut in seine Hosentaschen.

»Eigentlich ist das nicht meine Art. Und ich habe Skylar gefragt, was einem Mädchen wie dir wohl gefallen würde. Ich wollte dir einfach nur eine Freude machen. Die ganze Scheiße in den letzten Tagen ist uns ziemlich zu Kopf gestiegen. Jemand wie ich kann damit umgehen, doch du bist noch recht neu in dieser Szene. Leider kann ich mir nicht mal annähernd vorstellen, wie du dich fühlen magst, aber ich wollte dir zeigen, dass es auch etwas Gutes gibt.«

Verlegen raufte er sich die Haare, schob seine längeren Strähnen nach hinten. Immer wieder trat er auf der Stelle, leckte sich über die vollen Lippen. »Mann, so viel wollte ich gar nicht quatschen.«

»Das ist lieb von dir. Vielen Dank, Cole.«

Während ich mit Wallungen in der Magengrube auf die Decke starrte, blickte Cole verlegen in den Himmel. Schweigen herrschte zwischen uns, was jedoch nicht schlimm war. Es fühlte sich gut an, mal etwas Ruhe zu finden. Es blieb auch still, als er mich ohne zu fragen aus dem Rollstuhl hob, um mich schließlich auf die Decke zu setzen.

Ich legte mich zurück und blickte hinauf in den hellen Himmel. Obwohl sich der Winter bereits näherte, lag bloß ein kühler Hauch in der Luft. Ansonsten war es recht angenehm, sodass man sogar ohne eine Jacke hätte hinausgehen können. Es überraschte mich, dass das Wetter momentan so verrückt spielte. Noch vor zwei Wochen hatte es einen leichten Schneefall gegeben, und nun schien die Sonne, als befänden wir uns kurz vorm Sommeranfang.

Cole setzte sich ebenfalls, stützte sich mit den Händen nach hinten ab und folgte meinem Blick. Während er nun in die Wolken starrte, wanderte mein Blick zu ihm. Er trug ein schlichtes, weißes Shirt und darüber eine Jeansweste, die er nicht zugeknöpft hatte. Selbst unter dem weißen Stoff, den die Weste freigab, erkannte ich feine, schwarze Linien. Die Linien zeichneten sich auch auf seinem linken Arm bis hinunter zum Handgelenk ab. Ich musterte die Bilder, Männer und Frauen und mir unbekannte Zeichen. Hörner stießen durch die Köpfe der männlichen Figuren, während über denen der Frauen ein Heiligenschein lag.

Als Cole seine Hand etwas drehte, erkannte ich Wörter in einer fremden Sprache. Vielleicht war es seine Muttersprache. Immerhin stammte er von einem Dämon ab und war deswegen sicherlich auch in der Lage, dessen Sprache zu sprechen.

Diese Gedanken beunruhigten mich zu meiner Überraschung nicht.

»Gefallen sie dir?«, erkundigte sich Cole, ohne seinen Blick vom Himmel abzuwenden.

»Ja, haben sie eine bestimmte Bedeutung?«

»In der Tat.«

»Erzählst du mir davon?«

Cole sah mich nun doch an.

»Wieso willst du das wissen? Es ist nicht wichtig.«

Ich strich über einen Heiligenschein, der perfekt über dem schönen Gesicht einer jungen Frau schwebte. Leider war ihre Schönheit durch die hässlichen Brandwunden verzerrt.

»Wen oder was verkörpern all diese Figuren?«

Er seufzte.

»Wie wäre es mit einem Deal? Ich erzähle es dir, wenn du mir etwas von dir erzählst, was noch niemand über dich weiß.«

»Einverstanden, aber du zuerst.«

Als er sich zu mir drehte, setzte ich mich auf und winkelte mit den Händen mein Bein etwas an, damit ich besseren Halt fand. Dann wandte ich mich wieder Cole zu., der mich noch immer im Dunkeln tappen ließ. In seinen Augen funkelte Überraschung. Offenbar hatte er nicht damit gerechnet, dass ich zustimmen würde.

Selbst ich bin in der Lage, jemanden zu überraschen.

Mit einem Nicken forderte ich ihn auf, mir sein Geheimnis zu verraten.

»Das«, sagte er langsam, »ist meine Frau.«

»Du bist verheiratet?«, stieß ich perplex aus. Sofort schoss mir unser Kuss in den Sinn.

»Ich war es.« Er richtete seinen Blick wieder in den Himmel. Anschließend drehte er sich von mir weg, um ein weiteres Mal hinauf zu starren. »Sie starb vor sehr langer Zeit an einer Krankheit. Sie war nicht so wie ich, sondern menschlich.«

»Das tut mir sehr leid. Entschuldige bitte, dass ich nachgefragt habe.«

Mir wurde übel und in meinem Hals bildete sich ein Kloß. Ich konnte nicht glauben, dass ich so dumm war, und nachgefragt hatte. Natürlich hätte ich niemals erraten können, wer diese Frau war und was sie ihm bedeutete. Allerdings hätte mich das ungute Gefühl in meinem Magen warnen sollen.

Ich schämte mich, weil ich ihn so bedrängt hatte.

Cole schüttelte den Kopf. »Das muss dir nicht leidtun. Sie wäre so oder so längst gestorben. Sie wollte nicht zu einem Vampir werden und irgendwann ganz normal sterben. Ich bin darüber hinweg.«

Ich glaubte ihm nicht. Wenn man jemand wirklich liebte, konnte man nicht einfach sagen, man hatte es abgehakt. Cole trauerte noch immer, ich sah es in seinen Augen. Und das war auch gut so. Trauer gehörte zum Leben dazu, machte uns zu den Menschen, die wir jetzt waren.

Wortlos schlang ich meine Arme um seine Brust und lehnte meine Stirn gegen seine entstellte Schulter.

Er lachte leise. »Was wird das, Angel?«

»Ich versuche, dir Trost zu spenden.«

Sanft, viel zu zärtlich für diesen Moment, küsste er meine Stirn, bevor er mich sanft von sich schob.

»Es ist alles gut. Mach dir bitte keine Gedanken. Ich bin nicht der Einzige, der jemanden verloren hat. Außerdem ist das schon über hundert Jahre her.«

»So alt bist du schon?« Ich sah ihn erschrocken an.

Er lachte auf. »Ja, so unglaublich alt bin ich.«

In meinem Kopf begannen sich Zahnräder zu drehen, Gedanken zu spinnen. Hundert Jahre waren eine lange Zeit. Ich überlegte, was er wohl alles mit angesehen haben musste. Kriege, Morde, unendliches Leid. All dies musste sich doch in seinen Verstand gebrannt haben.

Nannte man ihn deswegen einen Krieger? Weil er bereits in unzähligen Schlachten gekämpft hatte? Oder war er gar nicht involviert gewesen?

»Hör auf, dein schönes Köpfchen anzustrengen. Ich habe deine Frage beantwortet, nun bist du dran.«

Zuerst war ich verwirrt, wusste überhaupt nicht mehr, worüber er sprach. Bis er seine Worte von vorhin wiederholte und mir dabei vorsichtig über die Arme streichelte.

Verdammt, wenn das so weiterging, würde ich es nicht einmal schaffen, einen klaren Satz zustande zu bringen.

»Also, was weiß nicht einmal Dean über dich?«

Ich hatte die ganze Nacht damit verbracht, über eine Entscheidung nachzudenken, von der nicht einmal Dean wusste. Innerlich hatte ich sogar eine Pro- und Kontraliste angelegt, die allerdings sehr wenig gebracht hatte. Selbst wenn die Liste voller negativer Punkte gewesen wäre, hätte ich mich nicht dagegen entschieden.

»Ich möchte verwandelt werden«, sagte ich schließlich, nachdem ich tief Luft geholt hatte. »Ich möchte, dass mich jemand beißt. So, wie Skylar gebissen wurde.«

Seine Augen weiteten sich, dann wurde es still. Kühler Wind pfiff auf einmal durch das Geäst der Bäume und die restlichen Blätter fielen zu Boden. Mir kam es vor, als würde es sofort um zehn Grad kälter werden.

Plötzlich nahm Cole mein Gesicht in seine Hände.

»Ist das dein Ernst?«, erkundigte er sich. »Hast du dir das auch genau überlegt? Du weißt, dass es kein Zurück mehr gibt?«

»Natürlich! Ich habe die ganze Nacht gegrübelt und mich gefragt, was wohl das Beste wäre.«

Er lachte. »Du denkst, es ist das Beste, wenn du dich verwandeln lässt? Warum?«

Seufzend strich ich über meine Beine, verstärkte den Druck. Doch ich spürte nichts.

»Ich werde niemals wieder laufen können, Cole. Weglaufen ist für mich keine Option und ich kann mich nicht darauf verlassen, dass ihr stets für mich da seid. Skylar hat gesagt, dass man durch die Verwandlung Kräfte erlangt, sie jedoch nicht wisse, welche mir geschenkt werden. Vielleicht werde ich das Wasser kontrollieren oder Sonnenlicht produzieren können. Die Fähigkeit ist mir im Grunde egal, aber sie könnte mir beistehen und der Grund sein, weswegen ich euch vielleicht einmal das Leben rette. Verstehst du? In meiner jetzigen Situation bin ich schwach und nutzlos. Für euch, ja, selbst für mich, bin ich nur eine Last. Und mit dem Biss habe ich die Möglichkeit – zumindest eine kleine Chance –, etwas mehr zu sein, als nur ein Mädchen im Rollstuhl.«

»Das ist ein ziemlich ... guter Grund. Aber ich muss dich noch einmal daran erinnern. Wenn ich dich beiße – wenn du überhaupt möchtest, dass ich es tue –, dann gibt es kein Zurück mehr. Du könntest eine Fähigkeit erhalten, die du überhaupt nicht ausstehen kannst. Zu allem gibt es eine negative Seite, das solltest du wissen.«

Ich zog meine Stirn in Falten, griff nach seiner Hand und drückte sie so fest, dass ich Angst verspürte, ihm tatsächlich wehzutun. Tränen sammelten sich in meinen Augen. Obwohl ich ernst bleiben und meine Gefühle verstecken wollte, schaffte ich es nicht, mich zu konzentrieren. Stattdessen entfloh mir ein Schluchzen, als ich seine Hand zu meiner Brust führte. Ich strich mit den Fingern über seine Verletzungen, wischten die Träne fort, als sie auf seine Haut fiel.

»Ich möchte mehr sein! Ich möchte zum ersten Mal etwas nicht nur für andere. Es ist für mich, Cole. Vielleicht wird meine Hilfe nicht gebraucht, aber ich möchte sie wenigstens anbieten können.«

Er schluckte, als wüsste er nicht, wie er darauf reagieren sollte. Ich beobachtete, wie es hinter seiner Stirn arbeitete.

»Gerrit würde das sicherlich nicht gutheißen«, murmelte er leise, »aber deine Argumente haben mich überzeugt. Ich tu's.«

»T-tatsächlich?« Meine Augen weiteten sich, erschrocken, aber auch erfreut darüber, dass er meinem Wunsch Folge leisten würde.

Er antwortete mir nicht mit Worten, sondern drehte unsere Hände um, sodass er nun derjenige war, der mich festhielt. Vorsichtig streifte er den Ärmel meines Pullovers zurück, befreite mein Handgelenk. Ein Lächeln schmückte seine Lippen, als er meine helle Haut entblößte. Liebevoll, wie die Berührungen eines Geliebten, führte er mein Handgelenk zu seinen Lippen, benetzte es mit hauchzarten Küssen.

Ich erschauderte, ein wundervolles Kribbeln wanderte durch meine Brust und wärmte mich von innen. Es verlieh mir Sicherheit.

Seine Küsse wurden etwas fester. Cole öffnete seine Lider und sein helles Grün zog mich vollkommen in seinen Bann. So merkte ich kaum, dass er seine Lippen öffnete und seine Zähne in mein Fleisch drückte. Ich zuckte kaum merklich, als ich einen kurzen Schmerz, ähnlich dem Stich einer Nadel, spürte.

Ich schloss die Augen. Das Kribbeln wanderte von meiner Brust ins Handgelenk und kreiste warm um die Stelle, wo Cole mich gebissen hatte. Ein Keuchen entfloh mir, als er seine Lippen löste.

»Das hast du gut gemacht.«

Ich hörte das Lächeln in seiner Stimme und genoss das angenehm warme Gefühl noch einen Augenblick, bevor ich meine Augen wieder öffnete, um Cole schließlich ins Gesicht zu blicken.

»Das war es schon?«, fragte ich verwundert.

Eigentlich hatte ich mehr erwartet. Höllische Schmerzen, dunklere Adern oder das Gefühl des Übelseins, aber nicht, dass es so ... schön sein würde.

»Und nun?«

»Lass uns warten. Ich wundere mich, dass du so ruhig geblieben bist. Soweit ich weiß, ist Skylar in Tränen ausgebrochen und hatte wohl starke Schmerzen. Sie muss allerdings ziemliche Angst vor der Verwandlung gehabt haben.«

Ich hörte ihm nur mit halbem Ohr zu und fragte mich, welche Fähigkeiten ich wohl erlangt hatte. Was war ich nun in der Lage zu tun? Ob ich vielleicht fliegen oder Blumen wachsen lassen konnte?

Ich hatte eindeutig zu viel Fantasie im Kopf.

»Was erwartet mich nun?«, erkundigte ich mich und rieb mir über die Bisswunde. Als ich meine Hand entfernte, staunte ich nicht schlecht. Die Wunde war verschwunden.

»Ähm ... Cole?«

»Ich weiß es nicht, Angel. Normalerweise dauert es eine Weile, ehe die Verwandlung zutage tritt.«

»Cole!«

Er verstummte.

»Ist das normal?« Ich hielt ihm mein gesundes Handgelenk entgegen.

Rasch packte er es und drehte meine Hand immer wieder nach links und nach rechts.

»Unmöglich!«, staunte er. »Wo ist der Biss? Es müsste zumindest ein Abdruck zu sehen sein! Warte hier, ich hole Gerrit.«

»Gerrit?«, wiederholte ich. »Ist das etwas Schlimmes? Was bedeutet das?«

»Mach dir keine Sorgen! Ich kläre das. Vielleicht habe ich auch etwas falsch gemacht, oder bin doch nicht der Richtige für diese Aufgabe.«

»Nicht der Richtige?« Ich starrte ihn entgeistert an. »Du kannst mich doch nicht beißen, wenn du dir nicht sicher bist!«

»Beruhige dich, in Ordnung? Ich bin gleich wieder da!«

Er ließ mich einfach auf der Decke zurück. Angstvoll starrte ich ihm nach. Cole hatte mir damit Angst gemacht. Weshalb tat er all dies, wenn er sich nicht einmal sicher war, ob es überhaupt funktionierte?

Ich hätte doch auch jemand anderen fragen können!

Je länger ich auf seinen sich entfernenden Rücken starrte, desto verlassener fühlte ich mich. Das Verlangen, ihn sofort zurückzuholen, kam in mir auf. Ich bemerkte kaum, dass ich meine Lippen öffnete und nach ihm rief. Sein Name verließ meinen Mund. Immer und immer wieder. Fest stützte ich meine Hände auf der Decke ab und zwang meinen Körper in die Höhe, bis ich auf einmal auf den Knien stand, und einen längst vergessenen Druck in meinen Schenkeln spürte.

»Heilige Scheiße, Angel!«, brüllte Cole auf einmal und rannte auf mich zu. Mein Knie rutschte schwach nach hinten, als ich mich zur Seite lehnte. Keuchend fiel ich zu Boden, spürte ein Ziehen in meinen Beinen.

»Das ... ist unmöglich«, flüsterte ich. Er legte seinen Arm um meine Schultern. »Cole ... meine Beine!«

Er hob mich höher, bis ich erneut kniete. Das Prickeln kehrte zurück, durchflutete meine Schenkel, hinunter zu den Knöcheln. Brachte meine Zehen zum Zucken. Das Gefühl, endlich wieder zu leben, etwas Neues zu spüren, ließ nicht von mir ab.

Mit Coles Hilfe schaffte ich es, mich auf die Beine zu hieven, rutschte jedoch immer wieder weg. Ein taubes Gefühl nistete sich in meinen Gliedern ein.

»Nicht zu viel«, sagte Cole. »Du musst es langsam angehen. Vorsichtiger.«

Seine Worte klangen logisch und ich wusste, dass er recht hatte, doch etwas sträubte sich in mir. Ich veränderte mich von Sekunde zu Sekunde.

Ich schob ihn von mir, damit ich allein Halt finden musste. Ich dachte, mich gleich wieder von der Decke erheben zu müssen.

Doch nichts dergleichen. Ich blieb auf den Beinen, hielt mich an Ort und Stelle.

»Ein Wunder«, hauchte ich. »Das ... ist doch vollkommen unmöglich.«

Ich wusste nicht, was ich sagen oder denken sollte. Sollte ich die ersten Schritte wagen, oder mich wieder setzen und so tun, als wäre nichts geschehen?

Cole starrte mich an. »Dämonengene heilen nicht auf diese Weise! Sie beschleunigen die Wundheilung, das ist richtig, aber so etwas ... habe ich noch nie gesehen. Vor allem so schnell! Die Wirkung benötigt Zeit!«

Ich spürte den Boden unter meinen Füßen und zwang mich, den ersten Schritt zu tun ... Es gelang.

Es folgte noch einer und noch einer, der Nächste ... Ich ging, lief und rannte sogar, nachdem ich meine Angst endgültig überwunden hatte. Mein Atem ging schneller, mein Puls beschleunigte sich und meine Lungen füllten sich mit kühler Luft. Keuchend kam ich zum Stehen, glücklich wie ein Kind am Weihnachtsmorgen.

Cole stand nur da und starrte mich an, als wäre ich der Osterhase höchstpersönlich, den er dabei erwischt hatte, wie er Schokoladeneier versteckte.

»Ich weiß nicht, was ich tun soll«, gestand ich.

Er kam auf mich zu und reichte mir die Hand. »Ich weiß, was du tun könntest.«

Ihn auf meiner Haut zu spüren, fühlte sich unglaublich gut an.

Bestimmt zog er mich an sich und brachte mich fast zum Stolpern. »Und was?«

Cole grinste, bevor er mich einmal herumwirbelte. »Tanzen.«

Die Freude ließ mich beinahe taumeln. Meine Muskeln schienen nicht mehr auf mich zu hören. Cole nahm mich vollkommen in seinen Besitz, als er mich zwang, einen Schritt nach hinten zu gehen, sein Fuß folgte dem meinen, stupste mich in Richtung eines Apfelbaumes. Gleichzeitig festigte sich sein Griff und seine andere Hand wanderte zu meiner Hüfte.

Ich schluckte, rückte ihm automatisch näher, ließ meine freie Hand über seine Brust zu seiner breiten Schulter wandern und krallte mich in den Stoff seines T-Shirts. Fest, ja, fast ängstlich, krallte sie sich in den dünnen Stoff seines T-Shirts, zog daran. Doch Cole ließ sich nicht beirren. Seine Schritte wurden schneller, bestimmter. Ich folgte ohne Widerstand.

Er drehte mich im Kreis und kaum hatte er mich wieder an seine Brust gedrückt, versenkte ich erneut meine Nägel in seiner Kleidung.

Wir tanzten in einem Rhythmus, der mich an ein bekanntes Lied aus meiner Kindheit erinnerte.

Bilder von früher tauchten vor meinem inneren Auge auf, zeigten mich in Strumpfhose und Tutu. Tränen schossen mir in die Augen, glitten langsam wie Perlen über meine geröteten Wangen. Die Hand meines Tanzpartners wanderte hinunter zu meiner Hüfte und als er mich das letzte Mal drehte, hob er mich sogleich in die Lüfte, um mich dann elegant nach hinten fallen zu lassen. Seine Stärke hinderte mich daran, zu Boden zu stürzen.

Mit tränenden Augen starrte ich ihn an und als ein Schluchzen schließlich meine Kehle verließ, zog er mich erneut an sich und wischte zärtlich die Tränen von meinen Wangen. Zittrig und mit Schmetterlingen im Bauch nahm ich seine verletzte Hand, führte sie zu meinen trocknen Lippen, küsste die Fingerkuppen und drückte sie schließlich an meine Brust.

»Danke«, hauchte ich glücklich.

Zum ersten Mal seit langer Zeit spürte ich, wie ich weiche Knie bekam. Sie zitterten, bebten unter Coles Blick. Dieser beugte sich nach vorne und lehnte seine Stirn gegen die meine.

»Du musst dich nicht bedanken, Angel. Für gar nichts.«

Ein Feuerwerk der Gefühle explodierte in meiner Brust.

Wie in Trance begann ich erneut Küsse auf seiner Hand zu verteilen, konnte die Tränen der Freude nicht stoppen. Ich verlor die Beherrschung, schaffte es nicht, mich und meine Emotionen zu bändigen. Salzige Tropfen wanderten an meinem Kinn hinab, fielen auf seine verletzten, starken Hände.

»Ich wünschte, ich könnte dir helfen«, offenbarte ich meinen Gedanken und küsste die feuchte Stelle.

Ein eiskalter Luftstrom pfiff jäh durch das Geäst.

Mit einem Keuchen wich ich zurück, als Coles Hand plötzlich zu leuchten begann. »Was passiert hier?«

Er rieb sich über die leuchtende Stelle. Zuerst geschah nichts, doch dann, als wir genau hinsahen, erkannten wir, wie sich die Brandwunden in Luft auflösten. Die Narben verschwanden, deutlich sah ich nun seine Tattoos.

Cole streifte das T-Shirt ab. Das Licht verschwand so plötzlich, wie es aufgetaucht war, und hinterließ einen reinen, tätowierten Körper.

Da nahm Cole mein Gesicht in seine Hände. »Das warst du!«

»Ich ...? Nein, also ... Das kann nicht sein.«

»Das ist deine Fähigkeit, Angel«, stellte er mit Bewunderung in der Stimme fest. »Du bist eine Heilerin.«

Kurz sah er noch einmal an seinem Körper hinunter, dann zu meinen Beinen, auf denen ich noch wacklig stand. Ich wollte ihm sagen, dass er sich wahrscheinlich irrte. Ich wollte es zuerst abstreiten, doch der Gedanke machte zu viel Sinn. Also entschloss ich mich, ihm Glauben zu schenken, streichelte vorsichtig über seine Arme. Die Berührungen dauerte nicht allzu lange, doch kaum hatte ich mich von ihm getrennt, zwang mich mein Verlangen, ihn wieder zu berühren.

Sein Daumen wanderte langsam über meine Wangen. Als unsere Blicke sich trafen, schmolz ich dahin wie Butter in der Sonne.

Ich wollte etwas sagen, doch Coles Zunge stoppte meine Worte, als seine Lippen die meinen berührten und seine Zunge meine Mundhöhle erforschte. Ich seufzte, schmiegte mich an ihn und gab mich vollkommen diesem Moment hin, nicht gewillt, ihn je wieder loszulassen.

Zum ersten Mal seit unzähligen Jahren fühlte ich mich vollkommen frei.

Bis plötzlich Deans wütende Stimme, die suchend nach mir rief, den wunderschönen Moment durchbrach und meine Traumwelt wie eine Seifenblase zerplatzen ließ.

Kapitel 14

Kaum wurde ich gezwungen, dem *wundervollen* Ton meines Freundes Gehör zu schenken, schreckte ich überstürzt zurück und stolperte rückwärts zu Boden. Cole, dessen breites Grinsen nicht eine Sekunde lang verwischte, verhinderte mit einem raschen Griff meinen Sturz. Schließlich hob er mich auf die Beine. Sie fühlten sich immer noch wie Pudding an, was allerdings nicht mehr an dem Kribbeln lag. Dieses versteckte sich nämlich momentan in jeder Faser meines Körpers. Ausgelöst durch die Berührungen von Coles Lippen.

Verlegen schluckte ich und wandte meinen Blick von ihm ab. Was war nur über mich gekommen, mich derart gehen zu lassen. Sein Kuss hat meine Mauern eingerissen.

Außerdem, hatte ich Dean nicht klar und deutlich meinen Standpunkt dargelegt? Ihm gesagt, dass ich meinen Freiraum brauchte. Etwas Zeit für mich, um über meine Zukunft nachzudenken. Ich konnte tun und lassen, was ich wollte!

Jetzt bezweifelte ich jedoch gewaltig, dass er mich richtig verstanden hatte. Obendrein hatte er mir zu verstehen gegeben, dass er um mich kämpfen würde, auch wenn ich ihn um das Gegenteil gebeten hatte. Vor allem, weil er damit meine Entscheidungsfreiheit vergaß. Selbst wenn er den Kampf gewinnen würde, Nebenbuhler – selbst der Gedanken daran, so jemanden zu besitzen, ließ mir die Röte ins Gesicht schießen – ausschaltete, lag es immer noch an mir, ob ich weiterhin an seiner Seite bleiben wollte. Oder eben nicht. Und im Moment sah es verdammt danach aus, als würde ich meinen Weg allein, zumindest ohne ihn, weitergehen.

Cole schlang seine Arme um meine Taille und drückte mich erneut an seine Brust. Deans offensichtliche Wut störte ihn kein bisschen. Er legte die Stirn gegen meine.

»Lass dich von ihm nicht beirren«, flüsterte er. »Entspann dich einfach, Angel.«

Er strich erneut mit dem Daumen über meine Lippen, die sich automatisch öffneten. Sie waren trocken, reflexartig befeuchtete ich sie mit der Zunge und leckte über seinen Finger. Er schmeckte salzig, herb.

Cole ließ seine Hand etwas nach unten gleiten, bis sie über meiner Halsschlagader lag. Sicher konnte das heftige Schlagen meines Herzens spüren.

Unsere Blicke trafen sich und erneut spürte ich dieses prächtige Feuerwerk in meiner Magengegend. Sein heller, unglaublicher Seelenspiegel ließ nicht von mir ab, verbannte mich in eine Welt, der ich nicht mehr entkommen konnte. Coles leises Lachen drang an meine Ohren, glich meiner Lieblingsmusik. Als er seinen Oberkörper an mich presste, erfasste mich eine ungeheuerliche Gänsehaut. Gleichzeitig verführte mich sein Atem, der meine Wange streichelte. So unglaublich nah war er mir, dass ich ihn förmlich schmecken konnte.

Himmel, sein Geruch – herb und männlich, schöner als jedes Aftershave – ummantelte mich, zog mich vollkommen in seinen Zauber. Für einen Moment verlangte ich nichts weiter, als in seinen Armen zu stehen und ihn zu riechen, anzufassen, zu schmecken. Mein Mund zuckte bei dem Gedanken, erneut von seinen süßen Lippen zu kosten, seine Zunge in mir zu spüren.

Verdammt, diese Vorstellungen klangen unheimlich verlockend.

Der Dämon ließ mir keine Zeit, mich an das Neue zu gewöhnen, oder mir eine Flucht zu ermöglichen.

Cole überbrückte die wenigen Zentimeter zwischen uns und küsste mich. Es war kein sanfter, vorsichtiger Kuss, sondern der Wind auf See, wild wie ein Orkan, heiß wie lodernde Flammen. Der Druck an meiner Hüfte verstärkte sich. Seine andere Hand, die noch immer an meinem Hals lag, strich sanft über die pulsierende Ader.

Ein Stöhnen, erschrocken und dennoch überwältigt, entfloh mir, was Cole dazu animierte, weiterzumachen. Seine Zunge stürmte meinen Mund und forderte meine zu einem Kampf heraus, den ich haushoch verlor. Er löste sich von mir, um mich im nächsten Moment fordernder, besitzergreifender zu küssen. Für mich existierte nur noch Cole, der Mann, der mich das erste Mal *richtig* küsste.

Hitze bäumte sich in mir auf, das Kribbeln wanderte zwischen meine Beine, hinterließ ein Gefühl, das ich noch nicht kannte. Erneut wurden meine Knie weich, doch Cole gab mir den Halt, den ich brauchte.

»Was zum Teufel wird das, Arschloch?«, brüllte Dean, bevor ich ruckartig von Cole getrennt wurde.

Dieses Mal stolperte ich tatsächlich und landete keuchend auf meinem Allerwertesten. Aber noch immer spürte ich seine wunderbaren Lippen, seine fähige Zunge und seine prächtigen Hände

Himmel, das Kribbeln verwandelte sich in ein seltsames Prickeln, verdoppelte die Hitze.

Dieses erregende Gefühl verschwand allerdings, als ich sah, wie Dean mit der Faust ausholte und drohte, dem Krieger eine zu verpassen. Trotz der *kleinen* Ablenkung wirkte der Kämpfer gefasst, fing die Attacke seines Gegenübers locker auf und beförderte den Kleinen zu Boden. Seine Augen funkelten im Licht der Sonne.

Mein Blick wanderte an ihm herunter zu einer Beule in der Hose, die kaum zu übersehen war. Auch Dean entging dieser Anblick offenbar nicht, allerdings war er davon nicht so fasziniert wie ich.

Mit einem animalischen Gebrüll sprang er auf, verwandelte sich noch in der Luft in einem Löwen, riss das Maul weit auf und stürzte sich auf Cole.

Ohne zu zögern, schmetterte der Krieger seine Faust in das Maul des Löwen. Ich erkannte Blut, als er das Tier wie ein Sack Kartoffeln zu Boden schleuderte. Der Korb mit den Leckereien zerbarst und die Flasche zersplitterte. Die Flüssigkeit tränkte die Decke und hinterließ einen kleinen, dunklen Fleck, auf Deans Fell.

Der Löwe brüllte schmerzerfüllt. Zähne brachen, Blut spritzte.

Plötzlich erklang Gerrits Stimme.

Ich sah ihn erst, als Dean zur einen und Cole zur anderen Seite flog.

Der Dämon krachte gegen einen Apfelbaum, der – egal wie standhaft er gewesen sein mochte – aus der Erde gerissen wurde.

Dean hingegen konnte sich gerade noch auf alle viere drehen, bevor er sich zurückverwandelte. Sein Gesicht zeigte puren Hass.

»Das geht dich nichts an, Gerrit«, rief mein ehemaliger Geliebter. »Diese Sache betrifft nur ihn und mich. Es geht um meine Ehre und um diejenigen, die ich liebe. Ich werde nicht zulassen, dass er ihre Unschuld beschmutzt!«

Cole sagte nichts, lachte allerdings leise, wobei er sich die Hand auf die Stirn legte. Offensichtlich hielt er das Ganze für so lächerlich, dass er darauf nichts erwidern wollte.

»Ist mir vollkommen egal«, brüllte Gerrit, der mir mit einem Mal tatsächlich Angst einjagte. Der väterliche Ausdruck in seinem Gesicht war verschwunden, hatte Platz für etwas Gefährliches gemacht. Seine Augen funkelten rot und sein Körper bebte, als stünde er kurz davor, den Verstand zu verlieren.

»Gerrit …«

»Halt's Maul, Cole!«, knurrte er. »Haltet gefälligst beide euer Maul! Wir sind hier nicht im Kindergarten, verdammt noch mal. Ihr benehmt euch wie Kinder, und ich habe keine Lust, euren Erzieher zu spielen, kapiert? Entweder, ihr beruhigt und vertragt euch, oder ihr erlebt einen richtigen Kampf.«

Cole hob seine Brauen, wagte es jedoch nicht zu widersprechen.

Selbst Dean, der sich nur ungern etwas sagen ließ, entschloss sich, den Mund zu halten. Zufrieden ließ Gerrit seine Schultern sinken, verlor dabei allerdings nicht an Autorität.

Ohne auf die beiden Männer zu achten, kam Gerrit auf mich zu und reichte mir seine Hand. Ich nahm sie dankbar an, wollte gerade den Versuch wagen, aufzustehen, als er mich in seine Arme schloss, in den Rollstuhl setzte und meine Beine richtete.

»Ähm … Gerrit«, sprach ich langsam, nicht wissend, ob auch ich den Mund halten sollte. Offenbar schien dies nicht der Fall zu sein, denn seine Augen zeigten einen Hauch von Verwirrung. Dann richtete er seine vollkommene Aufmerksamkeit auf mich.

»Sprich ruhig. Keine Sorge, anders bekommt man kleine Jungs nicht in den Griff. Ich wollte dir keine Angst bereiten.«

Ich sah, wie sich Cole durchs Haar strich. Er schien zu wissen, was ich sagen wollte.

Ich biss mir auf die Lippen, wusste nicht, wie ich es sagen sollte.

»Sie braucht den Rollstuhl nicht mehr«, sagte Cole stattdessen.

»Wovon redest du?« Gerrit sah irritiert aus. »Wie soll Angel denn bitte sonst ...«

»Ich habe sie gebissen.«

Gerrit ballte seine Hände zu Fäusten und fletschte vor Zorn die Zähne. Ein weiteres Mal flog Cole durch die Luft, landete diesmal allerdings im Gras. Keuchend richtete er sich wieder auf.

Dean schmunzelte gehässig.

»Bist du von allen guten Geistern verlassen, Cole?«, polterte Gerrit. »Das wollten wir im Notfall tun, wenn es keinen Ausweg mehr geben sollte! Hast du dir mal Gedanken darübergemacht, wie sie sich fühlt? Du hast ihr gerade die Chance auf ein menschliches Leben geno... Moment. Was meintest du mit, sie braucht den Rollstuhl nicht mehr?«

Cole grinste, hob seine Brauen.

»Na was wohl? Sie läuft.«

»Das ist unmöglich!«, rief Dean, als sei er komplett irre. »Darüber macht man keine Scherze.«

»Tut er auch nicht«, mischte ich mich ein. So viel Interesse an meinem Befinden machte mich nervös. Plötzlich wurde ich durch ihre Sorge, die Worte, die sie wechselten, furchtbar verlegen. Also entschloss ich mich, es schnell hinter mich zu bringen. Langsam stellte ich meine Beine auf den Rasen, ehe ich mich abstützte und langsam aufrichtete.

Dean sank zu Boden, die Hände über den Mund gelegt. Tränen schimmerten in seinen Augen. Fassungslosigkeit kämpfte gegen die Freude, die sich in seinem Gesicht abzeichnete.

Gerrit teilte seine Sprachlosigkeit, nahm mich schließlich väterlich in den Arm. Unsicher, was ich nun tun sollte, ließ ich seine Umarmung zu.

»Das ist ... Das ist großartig! Aber es war nicht dein Biss, Cole, der sie verwandelt hat. Die Veränderung hätte sich niemals so schnell ausbreiten können. Nicht in dieser Zeit. Offensichtlich waren wir zu unachtsam. Der Kratzer muss dein Erbe aktiviert haben. Oh, Angel!«

Erneut verspürte ich dieses berauschende Gefühl der Freiheit, doch zu meinem Glück hatte sich ein seltsames Gefühl gesellt, das ich nicht zuordnen konnte.

Meine Fingerspitzen begannen zu kribbeln, als ich erneut einen Schritt nach vorn machte. Obwohl ich perfekt gehen konnte – alles schien wie vor gefühlten hundert Jahren zu sein. Eigentlich hätte ich keine Angst haben sollen –, fürchtete ich mich vor jedem Schritt. Bei jeder Berührung, die mein Fuß mit dem Boden machte, verspürte ich fast schon Panik, das alles könnte nur ein Traum sein.

»Das machst du großartig«, lobte mich Dean, der auf einmal an meiner Seite stand. Er hakte sich bei mir ein, um mir so eine Stütze zu sein. Obwohl ich das aufgrund unseres Gespräches nicht wollte, erlaubte ich es ihm. Er half ein paar weitere Schritte zu gehen, bevor er mich wieder losließ. Kurz verfluchte ich ihn dafür – ich schwor mir, irgendwann tatsächlich mit tauben Gliedern umzufallen – genoss dann aber das Vertrauen, welches er mir damit schenkte. Und tatsächlich realisierte auch ich bald, dass meine Beine mich trugen. Auch jetzt zitterten sie nicht. Das Wunder meiner neuen alten Beine verdrängte endgültig die Angst.

Wieder schossen mir heiße Tränen in die Augen, die ich allerdings zurückdrängte. Nun war nicht die Zeit, um *Schwäche* zu zeigen. Jetzt musste ich stark sein. Für mich und alle anderen.

Ich wollte in diesem wunderbaren Augenblick stark sein.

Gerrit seufzte. »Ich will diesen glücklichen Moment nicht trüben. Aber ich denke, du solltest dich von Scarlett durchchecken lassen. Der Gedanke, dich nie wieder in diesem Stuhl zu sehen, ist verlockend, doch – ich weiß, ihr wollt das nicht hören – es gibt immer eine Schattenseite. Es wäre ein Fortschritt, aber ich möchte nicht, dass ihr euch darauf einstellt, Angel immer laufen zu sehen und enttäuscht werdet.«

Dass er dabei Cole ansah, versetzte mir einen leichten Stich ins Herz. Nichtsdestotrotz verstand ich Gerrits Reaktion. Auch er verspürte Angst, die ihren Ursprung jedoch in einem anderen Gedanken fand. Doch sie ähnelte der meinen, Coles und Deans. Wahrscheinlich dachten wir alle dasselbe.

»Komm, ich geleite dich zu unserer Wunderhexe«, sagte er mit einem väterlichen Lächeln.

Dankbar nahm ich seinen Arm an, den er mir anbot. Er tätschelte meine Hand und schaffte es, meinen Puls ein wenig zu normalisieren.

»Ach du Kacke«, rief Ames, nachdem wir das Haus betreten hatten.

»Glaub mir Kumpel«, grinste Cole. »Das Lachen wird dir vor Staunen gleich vergehen.«

Wie konnte ich nur all die Aufmerksamkeit, die mir noch bevorstand, überleben?

Ich wusste nicht, wie ich das Ganze überstehen sollte. Dean legte seinen Arm um mich. Doch alles, woran ich denken konnte, waren Coles wundervolle Lippen.

Das änderte sich auch nicht, als die Hexe mit einem spitzen Schrei auf mich zueilte, um mich im nächsten Moment aus dem Raum zu ziehen. Ich ließ es geschehen.

* * *

»Du musst wirklich keine Angst haben«, sagte Skylar, die aus dem Strahlen nicht mehr rauskam. »Ich war auch schon mal in dieser Lage. Es sind harmlose Tests.«

Unsicher blickte ich von ihr zu Scarlett, die gerade an einem Gerät herumfummelte, das ich nicht identifizieren konnte, obwohl ich schon viele medizinische Geräte zu Gesicht bekommen hatte. Vor allem auf der Kinderstation. Normalerweise las ich jeden Sonntag dort vor, um die kleinen, kranken Kinder zu beschäftigen und ihnen eine Freude zu bereiten. Leider würde ich dies erst einmal nicht mehr tun können. Was mich zu der Maschine zurückbrachte. Was um Himmels willen war das?

Scarlett, die meine Unruhe zu spüren schien, nahm meine Blutprobe, die sie mir zuvor abgenommen hatte.

»Ich untersuche dein Blut auf Veränderungen. Sollte ich welche feststellen können, hast du die Verwandlung bereits abgeschlossen. Dann werden wir dich leider noch mehr im Auge behalten müssen.«

»Wieso?«, fragte ich sie.

Skylar hüstelte leise und ihre Ohren wurden feuerrot.

Scarlett zeigte auf sie, als wäre Skylars Person Erklärung genug.

»Das ist wohl mein Verdienst«, sagte diese. »Als ich mich verwandelt habe, ist etwas passiert, das … sagen wir mal … nicht so hätte laufen sollen.«

»Sie hat den Verstand verloren.«

»Das ist nicht richtig«, widersprach Skylar. »Mein Dämon ist eben eine Person für sich und hat meinen Körper übernommen.«

Scarlett zog die Augenbrauen in die Höhe.

»Gut, er hat versucht, euch alle umzubringen. Aber er hat sich dafür entschuldigt!«

Ich starrte sie entsetzt an. Sie sprach von dem versuchten Mord an ihren Freunden, als hätte sie heimlich Kekse aus dem höchsten Regal der Küche genommen und es jemand anderem in die Schuhe geschoben.

Würde ich auch so … gleichgültig werden? War sie das überhaupt? Ich wusste nicht allzu viel, eigentlich nichts über Skylar. Aber die anderen würden sie bestimmt nicht frei herumlaufen lassen, wenn sie gefährlich wäre, oder?

»Du machst ihr Angst«, sagte Scarlett, die das alles andere als komisch fand.

»Das war nicht meine Absicht!«, verteidigte sich die junge Frau. »Du hast doch damit angefangen, dass wir sie dann unter Kontrolle halten müssen.«

Unsicher biss ich mir auf die Lippe, konnte mir ein Seufzen nicht verkneifen. Ich wollte nicht, dass die beiden sich nun wegen mir stritten. Doch sie waren so in ein Wortgefecht vertieft, dass sie nicht mehr auf mich achteten. Langsam stand ich auf und verließ den Raum, da ich ihr Gezanke nicht ertrug.

Kaum hatte ich die Tür hinter mir geschlossen, nahm ich meine neuen Beine in die Hand und rannte. Hinaus aus dem *Krankenzimmer*. Die Treppe hinauf, an Ames vorbei und schlug schließlich die Tür meines Zimmers hinter mir zu. Leider gab es keinen Schlüssel zum Abschließen. Ich warf mich aufs Bett, umfasste das Kissen mit beiden Händen und drückte es an mich.

Widersprüchliche Gefühle beherrschten mich. Im Grunde fühlte ich mich hier wohl, wie zu Hause, und doch kam mir dieses Gebäude fremd vor. Ich wollte nicht weg von hier, gleichzeitig suchte ich nach einem Grund, um zu gehen. Ich hatte keine Ahnung, woher diese Empfindungen auf einmal kamen.

Vielleicht wurde mir das Ganze ja doch zu viel. Alles stürmte auf mich ein, ließ mir kaum Zeit zum Durchatmen. Ständig geschahen Dinge und verwickelten mich in etwas, in das ich nicht involviert werden wollte. Gott, ich kam mir furchtbar egoistisch vor. Schließlich gab es Gründe, weshalb ich hier war, warum mich meine *Freunde* zu beschützen versuchten. Ich sollte es ihnen nicht so schwermachen!

Hastig schüttelte ich meinen Kopf, richtete mich auf und lehnte mich an die vielen weichen Kissen. Noch vor wenigen Tagen hätte ich nicht mal darüber nachgedacht und ihnen sofort meine Hilfe angeboten. Ich wäre nicht weggerannt, sondern hätte alles über mich ergehen lassen. Jetzt saß ich hier, in einem Zimmer, das nichts von mir enthielt, und verbarrikadierte mich. Mein Verhalten, das mir fremd war, gefiel mir nicht.

Also stand ich auf und verließ das Zimmer. Da ich keine Ahnung mehr hatte, wo sich das Krankenzimmer befand, ging ich zuerst einmal die Treppe hinunter.

Ames saß auf der untersten Stufe. Als er mich hörte, drehte er sich in meine Richtung und lächelte.

»Schön, dass du dich umentschieden hast.«

Ich fragte ihn erst gar nicht, woher er das wusste.

Lange musste ich nicht suchen – die Tatsache machte mich unheimlich verlegen –, denn Skylar kam zusammen mit der Hexe um die Ecke. Zu meiner Überraschung wirkten sie weder wütend noch enttäuscht. Stattdessen zierte ein sanftes Lächeln ihre Lippen, als sie sich mir näherten.

Ich verbeugte mich leicht vor ihnen.

»Was soll das denn?«, rief Skylar.

»Es tut mir leid, dass ich abgehauen bin. Ich bin etwas überfordert mit der ganzen Situation und ... habe Angst, dass ich jemandem wehtun könnte. Was ist, wenn der Dämon in mir die Überhand gewinnt? Ich … denke nicht, dass mir die Kontrolle über ihn gelingt.« Verlegen sah ich zu Boden.

Sie fingen an zu lachen.

Verwirrt hob ich meinen Blick.

Scarlett griff sanft nach meiner Hand. »Dein Blut zeigt, dass du vollständig entwickelt bist. Hättest du vorgehabt, uns alle umzubringen, wären wir bereits tot. Angel, du hast die Fähigkeit zu heilen. Schau dir an, was mit deinen Beinen geschehen ist! Denkst du wirklich, so ein wundervoller Mensch könnte jemandem Schaden zufügen?«

Das Gefühl, von hier verschwinden zu müssen, flog davon wie ein kleiner Vogel, der seinen ersten Flug erfolgreich hinter sich gebracht hatte. Stattdessen erschien eine wohlige Wärme in meiner Brust und Tränen sammelten sich in meine Augen.

Himmel, war ich heute sentimental.

»Du hast keine zweite Persönlichkeit«, sagte Skylar. »Du bist einfach nur du, Angel. Daran ändert auch unser Erbe nichts. Und nun lächle, Schwester. Das steht dir viel besser.«

Schwester …

Ein lautes Schluchzen entfloh mir. Ich zitterte am ganzen Körper. Das änderte sich auch nicht, als die beiden mich fest in ihre Arme schlossen.

»Lass es raus«, sagte meine *Schwester*, die mir familiär über den Rücken streichelte. »Du musst nicht mehr stark sein. Wir sind nun für dich da.«

Das ließ meinen Damm brechen, löste Gefühle in mir aus, die ich bisher verborgen gehalten hatte. Meine Beine gaben unter mir nach, sodass ich zusammen mit meiner neuen Familie zu Boden sank. Fest krallte ich mich an die beiden, weinte, wie ich es noch nie getan hatte. Als ich meinen Blick hob, sah ich direkt in Coles Gesicht, der an der Tür lehnte und mich weichem Blick ansah.

Sofort wünschte ich mir, er wäre derjenige, der mich in seinen Armen hielt.

* * *

Die Nacht kam schneller, als uns allen lieb war. Dunkelheit brach herein, überzog den Himmel mit einer Decke und versagte uns die helle Sonne, die am Tag über uns gewacht hatte. Stattdessen blickten wir in tiefes Schwarz. Sterne hielten sich versteckt und auch den Mond konnte man nicht sehen. Da man uns den Blick auf die Schönheit der Nacht verwehrte, hatten wir uns entschlossen, den Abend im Salon ausklingen zu lassen. Allerdings waren nicht viele anwesend. Koen und Skylar verzogen sich bald nach oben und selbst Dean verabschiedete sich nach kurzer Zeit. Wie ich ihn kannte, würde er seinen Vater anrufen und ihm berichten, wo ich war, und vor allem *was* ich nun war. Das berührte mich allerdings wenig.

Kurz lernte ich Lyras, Koens jüngeren Bruder kennen, der in meinen Augen das genaue Gegenteil von ihm war. Außerdem wurde mir Shawn, ein Vampir, vorgestellt, der sehr sympathisch auf mich wirkte. Die beiden verwickelten Gerrit in ein kurzes Gespräch, nahmen neue Munition an sich und verschwanden wieder.

Ich fragte lieber nicht, wofür sie die Waffen benötigten.

Wenig später verabschiedeten sich Gerrit und Scarlett.

Talisha und Aaron, die Wache hielten, würden die Nacht außerhalb des Hauses verbringen. Cherry entschied sich, hierzubleiben, und leistete uns mit einer Flasche Wein Gesellschaft. Sie beanspruchte die Flasche lachend für sich. Es dauerte nicht lang, bis sie die Hälfte geleert hatte. Ich verkniff mir einen Kommentar.

Ames hingegen stichelte, bis Cherry eine weitere Flasche und ein zusätzliches Glas brachte, um sich den Wein mit ihm zu teilen.

Cole, der auf dem Sessel saß, schüttelte belustigt den Kopf. Auch ich konnte mir das Lachen nicht verkneifen. Ich fragte mich, wieso Ames so erpicht auf den Rebensaft war, wenn er davon doch gar nicht betrunken werden konnte. Ob Cherry wohl den Nebeneffekt des Alkohols genoss?

»Wollt ihr auch etwas?«, erkundigte sich Ames, der erst mir und dann Cole die Flasche hinhielt. Ich schüttelte den Kopf, während Cole lachte.

»Lieber trinke ich etwas Ordentliches und nicht ... so etwas.«

»Kann ja nicht jeder ein Whiskey-Trinker sein«, schmollte Cherry, die ihn gespielt beleidigt anblickte.

Anschließend folgte eine Diskussion darüber, was wohl besser schmecken würde. Cole verteidigte den Whiskey, bezeichnete ihn als einen Drink für Erwachsene, während Cherry ihren Wein hochpries. Ames wurde es wohl irgendwann zu viel, sodass er den Wodka ins Spiel bringen wollte. Allerdings wurde er ignoriert.

Ich hingegen hielt mich aus ihrem Gespräch heraus, da ich keinerlei Ahnung von Alkohol hatte. Bei meiner Mutter war es nie gestattet gewesen, und Lust, davon zu probieren, hatte ich eigentlich auch nie verspürt. Ich hatte bei meinen Eltern nur zu gegebenen Anlässen, wie an Geburtstagen und Weihnachten, Sekt getrunken.

Der Gedanke an meine Eltern warf Fragen über Fragen auf, doch keine davon würde so schnell eine Antwort finden. Wie ging es ihnen? Wenigstens hatten sie es unbeschadet ins Hotel geschafft. Ich wusste von Gerrit, dass Koen noch einmal zurückgekehrt war, um ihnen zu helfen. Bei dieser Gelegenheit hatte der Dämon mir ein paar Klamotten mitgebracht. Allzu viel war es zwar nicht, aber ich würde damit auskommen. Skylar und Scarlett hatten mir angeboten – selbst Talisha hatte sich breitschlagen lassen –, mir im Notfall etwas von ihnen zu leihen. Dieses Angebot würde ich auf jeden Fall annehmen.

Ich vermisste meine Eltern. Es war noch so unglaublich neu für mich, ungewohnt, sie nicht an meiner Seite zu wissen. Immerhin hatten sie mir Tag und Nacht beigestanden und mich beschützt. Sie liebten mich. Auf der anderen Seite hatte ich endlich die Chance, ihnen zu zeigen, dass sie mich nicht mehr bemuttern mussten. Bald würden sie stolz auf mich sein können.

Dieses Ziel zauberte mir ein Lächeln ins Gesicht. Gott, wie würden sie sich freuen, wenn sie mich auf sich zulaufen sahen? Es gab ihnen das zurück, was sie vor so langer Zeit verloren hatten. Glückseligkeit. Nie wieder würden sie so viel Geld für mich aus dem Fenster werfen müssen. Keine Rampen oder Fahrstühle mehr im Haus. Vielleicht gönnten sie sich dann endlich ihren wohlverdienten Urlaub. Meine Mutter träumte schon so lange davon, die Welt zu bereisen, Orte zu sehen, die sie nur aus Fernsehdokumentationen kannte. Es würde sie so unglaublich glücklich machen.

Vielleicht konnte ich sie für ihren Traum sogar finanziell unterstützen. Immerhin war ich jetzt in der Lage, mir einen richtigen Job zu suchen, Arbeit, die mir Spaß machte. Nun war ich nicht mehr zu belastend für Firmen, von denen ich bereits Absagen erhalten hatte.

Aber konnte ich tatsächlich so ein Leben führen? War ich, trotz des Dämons in mir, in der Lage, normal zu sein?

Mir rauchte der Schädel bei all den Fragen. Ich wollte viel zu viel auf einmal. Obwohl es erst der Anfang war, malte ich mir bereits das Ende aus.

»Alles in Ordnung?«, erkundigte sich Cole.

Ich schreckte auf, blickte ihm fragend entgegen.

»Angel?«

»Entschuldigung. Ich war in Gedanken.«

»Nicht zu übersehen.« Er setzte sich zu mir. »Machst du dir Sorgen?«

Mir war gar nicht aufgefallen, dass Cherry und Ames verschwunden waren. Es war tatsächlich ziemlich still geworden. Im Flur war das Licht gelöscht worden und auch hier gab es kaum eine richtige Lichtquelle. Am Fenster brannte eine kleine Lampe. Kerzen taten den Rest. Es war wunderbar romantisch.

Und ich war mit Cole allein.

»Ich denke nur über verschiedene Dinge nach«, ging ich Coles Frage ein. »Es war ein ... harter Tag.«

»In der Tat«, er lächelte. »Wir dürfen aber nicht meckern. Schöne Dinge sind immer anstrengend.«

Es war offensichtlich, dass er auf meine Beine anspielte.

Ich zog sie auf die Couch und klemmte mein Kinn zwischen die Knie. Es war wundervoll, mich so bewegen zu können.

»Deine Mum wird den Verstand verlieren.«

Ein Scherz, der mich zum Lachen brachte.

»Allerdings!«, stimmte ich ihm zu. »Sie macht sich seit Jahren unglaubliche Sorgen um mich und nun ... muss sie das nicht mehr. Es fühlt sich unecht an, weißt du? Als wäre das Ganze nicht real.

Ich kann es nicht fassen, dass ich gehen, laufen, springen … dass ich das alles endlich tun kann.«

»Es wird wahrscheinlich eine Weile dauern, bis du dich daran gewöhnt hast. Aber jetzt solltest du dich erst einmal entspannen. Wie gesagt, es war ein harter Tag. Du solltest dich hinlegen.«

Ich schüttelte den Kopf. Um ehrlich zu sein, wollte ich nicht schlafen, sondern die ganze Nacht die Augen offen halten.

»Du hast Angst, richtig?« Cole rückte etwas näher und legte seine Hand unter mein Kinn, als ich den Blick abwandte.

Sofort wurde ich nervös und das Kribbeln kehrte zurück.

»Ja.« Ich seufzte leise. »Ich habe Angst. Angst davor, dass ich, wenn ich morgen aufwache, nichts mehr spüren kann. Was, wenn es einfach vergeht und alles wie zuvor ist? Es könn…«

Seine Lippen streiften die meinen. Kurz, viel zu kurz. Er umschloss mein Gesicht mit seinen Händen, sein Lächeln wich. Stattdessen sah er mich ernst an.

»Hör auf, dir darüber Sorgen zu machen. Es wird morgen genauso sein wie jetzt. Deine Beine werden dich überallhin tragen. Du wirst durch deine Fähigkeiten nie wieder in einem Rollstuhl sitzen müssen! Angel, du hast mich geheilt. Siehst du auch nur noch eine Brandwunde? *Du* hast das gemacht und *du* wirst es wieder tun.«

Mit verschleiertem Blick sah ich ihn an. Ich wollte etwas sagen, aber mir fehlten die Worte.

»Sag nichts.« Coles Stimme klang ruhig. »Ich werde dir diesen Gedanken austreiben.«

»Was …«

Doch bevor ich den Satz zu Ende sprechen konnte, küsste er mich. Nicht so zart wie eben, doch auch nicht so wild wie vor ein paar Stunden. Doch bevor ich den Kuss erwidern konnte, löste er sich von mir.

»Ich habe eine bessere Idee!«, rief er, sprang auf und eilte zum Regal. Schon erklang leise Musik. Sofort machte mein Herz einen Hüpfer.

Anschließend kam er auf mich zu, um seine Hand nach mir auszustrecken. Er brauchte nichts sagen, keine Aufforderung äußern. Ich wusste genau, was er nun von mir wollte. Also ergriff ich seine

Hand und ließ mich auf die Beine ziehen. Sofort zog er mich an seine Brust, seine Lippen dicht an meinen.

»Du weißt doch noch, wie das geht?«

Es kribbelte in meinen Fingerspitzen, breitete sich aus und brachte meine Beine dazu, sich im Takt der Musik zu bewegen. Wild drehte ich mich in seinen Armen, sodass ich nun mit dem Rücken zu ihm stand, seinen Arm um mich gelegt. Ich musste mich nicht umdrehen, um zu wissen, dass ein Grinsen auf seinen Lippen lag.

Als sich der Rhythmus des Liedes änderte, presste er mich mit Nachdruck noch einmal an seine Brust, bevor er mich erneut zum Drehen brachte, meinen Körper zu Boden sinken ließ.

Ich lächelte.

In meinem Kopf wurde die Musik lauter, drängender und vereinnahmte mich. Cole tat den Rest.

Wir tanzten ... bis ich außer Atem auf die Couch fiel. In seine Arme. Mit einem glücklichen und sorgenfreien Lächeln auf den Lippen.

Kapitel 15

Langsam öffnete ich die schweren Lider und blickte in das flackernde Licht einer Kerze, deren Erdbeerduft kaum zu ignorieren war. Ich gähnte und fragte mich gleichzeitig, wo ich war.

Ich musste wohl eingeschlafen sein.

Ich grummelte unwillig, als ich daran dachte, aufstehen zu müssen, um ins Bett zu kommen. Mein Körper streikte, ich hörte auf ihn und schmiegte mich weiter an meine gemütliche Wärmequelle. Ich schloss die Augen, winkelte die Beine etwas an und versuchte erneut in das Land der Träume zu sinken.

Dort war es schön, unheimlich friedlich gewesen. Ich erinnerte mich an bunte Schmetterlinge, köstliche Muffins und Musik, die mir den Verstand benebelt hatte. Dazwischen hatte niemand Geringeres als Cole gestanden, mein Held in strahlender Rüstung.

Bei dem Gedanken wäre ich fast in Gelächter ausgebrochen. Tatsächlich hatte der Dämon in meinem Traum eine Rüstung getragen, ähnlich der eines Prinzen in Filmen, bereit, in die Schlacht zu ziehen. Er hatte mich wortlos in seine Arme gezogen und mich im nächsten Augenblick um die eigene Achse gedreht. Als ich ihn wieder ansah, hatte er statt der schweren Rüstung einen wunderschönen Anzug getragen. Ich erinnerte mich an die blaue Blume, die an seinem Jackett befestigt war und seine Eleganz unterstrichen hatte.

Ob ich wohl wieder mit demselben schönen Traum belohnt werden würde?

Ich musste kichern. Das Bild, Cole als Ritter, bereit, mit mir zu tanzen, ließ meinen Verstand nicht mehr los. Am liebsten hätte ich ein Foto gemacht und es meinen Freundinnen gezeigt. Da sie Cole viel länger und eindeutig besser kannten, wäre es für sie sicherlich ein Fest gewesen. Vor allem, weil jeder von ihnen einen unbeschreiblichen Humor besaß. Cherry zum Beispiel konnte richtig kindisch sein. Diese Art an ihr hatte ich heute – oder war es gestern? – kennenlernen dürfen.

»Was ist so lustig?«, erklang eine männliche, sehr bekannte Stimme.

Unsicher, ob ich nicht doch noch träumte, öffnete ich ein zweites Mal meine Augen, um direkt in das betörende Grün zu blicken. Coles Kopf war leicht nach unten gebeugt. So bemerkte ich erst jetzt, dass er auf mich hinabblickte.

Meine Lider flackerten und die Wimpern bedeckten einige Male mein Sichtfeld, bevor ich realisierte, dass ich mich in der Realität befand.

Als ich nicht antwortete, legte Cole vorsichtig seine Hand auf meine Stirn. Seine Berührung war sanft, fast liebevoll. Er wickelte eine Haarsträhne um seinen Finger und klemmte sie hinter mein Ohr. Im selben Moment begriff ich, dass mein Kopf auf seinen Schenkeln ruhte. Es war mir nicht aufgefallen, weil er sich kein einziges Mal gerührt hatte.

Zaghaft wollte ich mich erheben. Allerdings gelang es mir nicht, denn Coles rechte Hand, die sich zu meiner Schulter gearbeitet hatte, drückte mich an Ort und Stelle.

»Ist schon in Ordnung«, sprach er leise, wusste genau, wo ich mit meinen Gedanken hing. »Es macht mir nichts aus. Ich wollte dich zuerst in dein Zimmer bringen, aber ich wollte nicht riskieren, der Grund für dein Aufwachen zu sein. Du brauchst diese Pause.«

Ich fühlte mich tatsächlich deutlich besser, obwohl meine Füße ein wenig schmerzten. Das lag allerdings an den vielen Tanzschritten, die ich mit ihm ausprobiert hatte. Ansonsten ging es mir gut. Meine Wangen, die vom übermäßigen Weinen geschwollen waren, fühlten sich wieder normal an, auch die Angst, erneut die Fähigkeit des Laufens zu verlieren, war verschwunden. Ich glaubte nicht mehr daran, dass mir so etwas jemals wieder widerfahren würde. Das war alles Coles Verdienst.

»Danke schön.«

Ich blieb liegen und genoss die angenehme Wärme, die sich von ihm auf mich übertrug, deren Gemütlichkeit ich nicht missen wollte.

»Und?«, wiederholte er. »Was war nun so komisch?«

Ich musste lachen.

Seine Brauen hoben sich.

»Ich habe von dir geträumt. Du hast in einer Rüstung vor mir gestanden und mich zum Tanzen aufgefordert.«

Belustigt schüttelte er den Kopf.

»Du hast Vorstellungen. Warum und wann sollte ich eine Rüstung benötigen?«

Ihm gefiel es offenbar, dass ich von ihm geträumt hatte. Das machte mich unglaublich glücklich. Die bunten Schmetterlinge, die ich ebenfalls gesehen hatte, hüpften in meinem Bauch auf und ab. Sie wartete auf den Startpfiff, um ihre Flügelchen auszubreiten und das zu tun, was sie am besten konnten. Fliegen.

»Hast du auch geträumt?«

Cole schüttelte seinen Kopf, wobei ihm einige Strähnen ins Gesicht fielen. Sofort verspürte ich den Drang, sie mit meinen Fingern zurückzustreichen. Die Erinnerung an ihre Weichheit kehrten zurück, brachte Aufregung in die Ansammlung von Schmetterlingen. Sofort zwang ich mich an etwas anderes zu denken, doch ich konnte meinen Blick nur schwer von demjenigen lösen, der der Grund für diesen Trubel war. Wie sollte ich in solch einer Situation an etwas anders denken?

»Nein«, sagte Cole, der von meinem inneren Konflikt nichts mitbekam. »Ich habe nicht geschlafen, sondern auf dich Acht gegeben, damit du nicht von der Couch fällst.«

»Blödmann«, entfuhr es mir schneller als ich wollte.

Doch anstatt gekränkt zu sein – eigentlich war ich mir gar nicht sicher, ob ihnen solch ein Wort missfiel, immerhin kannte ich von dem Orden bereits ganz andere –, lachte Cole. Dabei legte er noch einmal seine starke Hand auf meinen Kopf, begann seine Finger langsam durch mein Haar wandern zu lassen. Es war unbeschreiblich beruhigend, ein wundervolles Gefühl. Ich ließ es geschehen, seufzte sogar. Natürlich entging ihm dies nicht, doch mehr als lächeln tat er nicht. Stattdessen beugte er sich weiter hinunter, um mir einen Kuss zu schenken.

»Du solltest versuchen, weiterzuschlafen. Es ist sehr spät und du brauchst deinen Schlaf. Außerdem bin ich doch sowieso bei dir, richtig?«

Cole zwinkerte, brachte mich zum Erröten. Ich hatte nicht damit gerechnet, dass er mich deswegen aufziehen würde. Warum hatte ich es ihm eigentlich erzählt?

»Ich bin nicht mehr allzu müde. Also könnte ich dir etwas Gesellschaft leisten, wenn du noch aufbleiben möchtest.«

»Würdest du das wollen, Angel?«

Die Frage irritierte mich. Mit gerunzelter Stirn musterte ich sein kantiges Gesicht. Was wohl in seinem Kopf vorgehen mochte? Warum sollte ich nicht wach bleiben und meine Zeit mit ihm verbringen wollen?

»Sicher«, sagte ich schließlich. »Ich mag deine Gesellschaft. Du bist ganz anders als ... er. Das ist etwas, was ich noch nicht kenne.«

Ich musste Cole nicht erklären, wer gemeint war. Seine Augen funkelten auch so angriffslustig.

»Du hast nicht viel Kontakt zu anderen, kann das sein?«

Es fühlte sich an wie ein Stich ins Herz. Mein Brustkorb zog sich zusammen, hinterließ einen blauen Fleck an einem Ort, an dem dies gar nicht möglich sein sollte. Dabei schlug mir das Herz bis zum Hals, meine Nervosität stieg.

Er hatte direkt ins Schwarze getroffen und verletzte mich auf eine Art und Weise, die ihm nicht klar war. Dabei war er nur der Mann, der meine Furcht ausgesprochen hatte, eine Angst, die Dean jahrelang verborgen gehalten hatte.

»Doch, sehr viel sogar, nur nicht sonderlich viele Freunde, mit denen ich auch privat etwas unternehme. Mit den meisten Menschen tausche ich nur Höflichkeiten aus, manchmal entsteht ein kleines Gespräch über Familie oder die Arbeit. Aber sobald wir wieder getrennte Wege gehen, endet unser Kontakt. Es gibt nur sehr wenige, die mich zu Hause besuchen.«

»Sie machen sich sicherlich Sorgen um dich.«

»Unwahrscheinlich, wir tauschen uns nicht allzu oft aus. In der Regel sind es nur Tagesbeziehungen.«

»Das klingt traurig, Angel. Ich hielt dich für einen Menschen mit vielen sozialen Kontakten, mit mehr als nur ein paar Freunden.«

»Es ist nicht so, als hätte ich keine Freunde. Ich unterscheide nur anders. Leute, mit denen ich jeden Tag in Kontakt trete, sind nicht unbedingt meine Freunde.«

Er blieb still und als ich ihm einen neugierigen Blick zu warf, schien es auch nicht so, als würde Cole noch etwas sagen wollen. Das hätte mich eigentlich auch dazu gebracht, die Klappe zu halten. Doch aus irgendeinem Grund konnte ich den Mund nicht geschlossen halten.

Mein Herz schlug wie verrückt und meine Finger wurden feucht, als die nächsten Worte meinen Mund verließen. »Du bist mein Freund, Cole.«

Sein Blick durchbohrte mich wie ein Speer, verankerten sich in meiner Brust und zerrten an dem pochenden Herzen. Das gefiel mir. Ich fragte mich, ob das normal war.

Gab es in der heutigen Zeit, in diesen außergewöhnlichen Situationen, überhaupt irgendetwas, was man als normal betiteln konnte?

Der junge Mann sagte nichts, doch sein Gesicht zeigte keinerlei negative Bewegungen. Kein abschätzender Blick. Kein gehässiges Grinsen auf den Lippen.

Langsam erhob ich mich und setzte mich neben ihn auf die Fersen. Es war etwas unbequem, doch das Ziehen in meinen Oberschenkel erinnerte mich an das Vergangene und half mir in die Zukunft. Ich nahm seine Hand und strich über seine Finger. Sie versteiften sich kurz, doch er entzog sich mir nicht.

Tief schnappte ich nach Luft. Während ich die Lider geschlossen hielt, versuchte ich mich zu sammeln. Etwas, das auf eine gewisse Art unmöglich erschien. Erst als sich mein Puls etwas normalisierte, öffnete ich die Augen, schenkte dem Dämon ein weiches Lächeln.

»Das sind wir doch, Freunde?«

Cole drückte den Rücken durch, sah mich unverwandt an und schwieg.

Seine Haltung bestürzte mich. Sie verhieß für mich nichts Gutes. Als er nach einer Weile wegsah, beobachtete ich, wie sich seine Pupillen weiteten. Sie glänzten, färbten sich dunkler.

»Cole?«

Er sah auf einmal so unendlich traurig aus.

Langsam richtete er seinen Blick wieder auf mich. »Nein, das sind wir nicht, Angel, und ich denke, das werden wir auch niemals sein.«

Ich blinzelte verwirrt.

Da legte er seine Hand auf meine Wange. Diese Berührung war so schön und zärtlich, dass sie mich die Pein seiner Worte vergessen ließ. Die Stelle, die er streichelte, kribbelte wie Brausepulver. Und als er sich schließlich zu mir hinüberbeugte und mich küsste, war alles vergessen.

Meine Augen schlossen sich wie von selbst, während ich näher an ihn heranrückte. Cole seufzte, was mich dazu veranlasste, meine Hand auf seine Brust zu legen. Ich wollte ihn berühren, seine Haut auf meiner spüren.

In mir drehte sich alles, meinen Verstand blendete ich komplett aus.

Sanft drückte er mich auf die Couch. Seine Finger fühlten sich an wie Seide, als sie an meinen Armen hinabwanderten. Ich drückte mich an ihn, legte meine Hände auf seine breiten Schultern, streichelte seinen Nacken, fühlte eine Narbe. Als ich erneut darüberstreichen wollte, war sie verschwunden.

Sein Mund benetzte meine Lippen, er küsste mich wie ein Verrückter auf der Suche nach etwas Wichtigem – mal sanft, dann wieder, als stände er kurz vorm Hungertod. Seine prächtigen Hände setzten ihre Wanderung fort, schlichen sich hinunter zu meinem Bauch. Ich spürte seine Wärme auf meinem Nabel, keuchte, als er mein Shirt weiter nach oben schob.

Das aufkommende Gefühl war neu, die Aufregung in meiner Brust unbeschreiblich. Die Schmetterlinge flatterten wild mit ihren Flügeln, ummantelten mich mit ihren Schlägen und schickten ein außergewöhnliches Kribbeln durch meine Glieder. Hitzewallungen taten sich auf, als er seine Hand um meine Brust schloss.

Mein Verlangen wuchs und ich wollte, dass er mich berührte, seine Finger auf meine Knospen legte und das tat, was Männer mit Frauen zu nächtlichen Stunden taten.

Doch Cole ließ mich ruckartig los, als hätte er sich an mir verbrannt. Er stand auf.

Außer Atem, keuchend, blickte ich ihn an, stemmte mich mit zittrigen Armen auf. Mein Blick fiel auf seine Beule.

Cole schluckte.

»Verzeihung«, raunte er mit dunkler Stimme.

Meine Brust hob und senkte sich gleichmäßig. Als ich mich weiter aufzurichten versuchte, rutschte mein Shirt nach unten.

Er sah mich verlegen an. »Das hätte nicht passieren dürfen«, sprach er weiter. »Ich wollte dir nicht zu nahe treten. Entschuldige bitte.«

Ich wollte nicht, dass er sich hierfür schuldig fühlte, sondern in seinen Armen liegen und erneut von seinen Lippen kosten. Ich wollte, dass er mich an sich zog, besitzergreifend seine Hände auf meine Hüfte legte und mir zeigte, dass er es genauso sehr wollte wie ich. Doch stattdessen drückte ich mich an die Lehne der Couch, um etwas mehr Halt zu finden, bevor ich meine Beine an mich zog. Dabei konnte ich meinen Blick nicht von ihm abwenden. Er war so unglaublich schön.

Cole stand einfach nur da, mit erhobener Brust und einem funkelnden Seelenspiegel. Er seufzte und rieb sich über die Nase, bevor er sich wieder auf die Couch fallen ließ.

Wir schwiegen. Die Stille, die uns umschloss, war kaum auszuhalten. Deutlich spürte ich das Knistern zwischen uns, doch weder er noch ich taten den ersten Schritt.

Dabei wollte ich nichts anderes.

»Bevor du noch einmal einschläfst, solltest du vielleicht lieber ins Bett gehen. Deinem Rücken gefällt es sicherlich nicht, wenn du die Nacht hier unten verbringst.«

Seine Worte versetzten mich in eine Art Trance, verwandelten das schöne Pochen in meiner Brust in einen unbändigen Schmerz. Doch dieser verpuffte auf Anhieb, als er meine Finger streifte. Obwohl Cole sich gerade für die Annäherung entschuldigt hatte, umschloss er meine Hand, stand auf und zog mich an sich. Dann führte er mich zur Tür.

Eigentlich wollte ich hierbleiben, im Flimmern der wunderbar riechenden Kerzen, erneut meinen Kopf auf seinen Schoß betten und mich von ihm streicheln lassen.

In meinem Zimmer schaltete er das Nachtlicht an und drückte mich aufs Bett. Dann wandte er sich einer Kommode zu, holte zielsicher aus der obersten Schublade einige Kerzen heraus, verteilte sie im Zimmer und entflammte ihre Dochte.

Ich verstand nicht, wieso er sich solch eine Mühe machte, mir ein schönes Umfeld zu schaffen. Vor allem, weil ich es ziemlich unverantwortlich fand, eine Kerze während des Schlafes brennen zu lassen. Was, wenn ich Schlafwandeln und ein Feuer entfachen würde?

»Danke«, quetschte ich heraus, als Cole sich bereits auf den Weg nach draußen machte. Der Krieger lächelte, hielt noch einmal inne, um mir einen seiner Blick zu schenken.

»Gute Nacht, Angel.«

Seine Stimme ging runter wie Öl, verwandelte meine Beine in Wackelpudding. Sie war rau, aber gleichzeitig so unheimlich sanft. Ich wollte niemand anderem mehr lauschen. Coles Stimme sollte die Melodie sein, die mich abends in den Schlaf sang.

Endlich realisierte ich, dass ich nicht länger auf den nächsten Schritt warten konnte. Wenn ich erwachsen sein wollte, musste ich endlich nach dem greifen, wonach ich verlangte. Und das war Cole. Rasch ging ich zu ihm und packte ihn bei den Händen.

Er reagierte genauso, wie ich es mir erträumte. Reflexartig schlang er seinen linken Arm um meine Hüfte, während er seine rechte Hand in meinen Haaren vergrub. Ich stöhnte auf, als seine Lippen stürmisch auf meine trafen. Sie auf einen Schlag eroberten.

Meine Knie wurden weich, als seine heiße Zunge durch meine feuchten Lippen drängte. Ich empfing sie, stupste sie vorsichtig an, um anschließend in ein leidenschaftliches Spiel gezogen zu werden. Mir wurde heiß und kalt zugleich, meine Emotionen kochten, ließen mir das Herz bis zum Hals schlagen. Das Blut rauschte durch meine Venen und es schien, als könnte ich es hören.

»Bleib«, hauchte ich elektrisiert, während Coles Lippen über meine Wangen strichen. Sie wanderten zu meinem Hals, der sanfte Biss entflammte ein Feuer in meinem Unterleib, das meinen Verstand ausschaltete. Niemals zuvor hatte ich mich so lebendig gefühlt!

Cole bat nicht darum, hinüber zum Bett zu wandern. Stattdessen legte er seine starken Hände auf meinen Hintern und hob mich hoch. Ohne von meinem Hals abzulassen, trug er mich zum Bett und legte mich behutsam darauf ab.

Ich schloss meine Augen.

Es war ein Spiel, bei dem ich ihm die Führung überließ. Dennoch nahm ich sein Gesicht in meine Hände und küsste ihn. Er schmeckte herb, aber auch irgendwie süßlich.

Mein Körper verlangte nach mehr, wollte alles viel schneller. Ich öffnete meine Hose, bereit, sie von mir zu stoßen.

Doch Cole stoppte mich. Ein Grinsen zierte sein Gesicht und seine Augen glänzten vor Belustigung.

»Nicht so hastig, Angel. Wir haben alle Zeit der Welt.«

Das Prickeln zwischen meinen Beinen verstärkte sich, flehte darum, von Cole beachtet zu werden.

»Wir fangen langsam an. Sieh genau hin, Angel.«

Erschrocken merkte ich, wie er sich von mir löste. Als er allerdings sein Shirt auszog, verpuffte meine Empörung, verwandelte sich in lodernde Lust. Mein Blick haftete an seiner Brust, den feinen Muskeln und dem V, welches in seine Hose führte. Zarte Härchen zogen sich von seinem Bauchnabel hinunter, verschwanden in der geöffneten Jeans. Er ließ mich nicht eine Sekunde aus den Augen. Mit geöffneten Lippen starrte ich ihn an, beobachtete, wie er sich langsam von seiner Jeans trennte. Er warf sie über die Lehne eines Stuhles, bevor er sich an dem Bund seiner Boxershorts zu schaffen machte.

Ich spürte, wie sich meine Wangen dunkel färbten, bei der Erwartung, einen attraktiven Mann in natura zu sehen. Doch mit der Lust kam auch die Angst, die sich in meinen Hinterkopf einnistete.

»Ich liebe diesen Blick an dir.« Cole grinste lüstern. Er löste sich von seiner Shorts und beugte sich über mich, zog mir meine Jeans aus und schleuderte sie zu seiner. Ich keuchte erschrocken, presste reflexartig meine Beine zusammen. Sofort fühlte ich Scham, als ich die kleinen Herzchen auf meinem Höschen sah. Allerdings schien Cole gar nicht darauf zu achten. Stattdessen streifte er mir das T-Shirt über den Kopf, als ich die Arme hob.

Ich versuchte, die Hitze in meinem Körper zu kontrollieren. Ich wollte mehr. Viel mehr und das eindeutig schneller. Doch Cole ignorierte meine Ungeduld. Seine Hände umschlossen meine Schenkel. Gleichzeitig streichelte er mit dem Daumen die Innenseite. Vorsichtig öffnete er meine Beine, blickte genau dazwischen und leckte sich über die Lippen.

Aufgeregt schluckte ich den Kloß in meinem Hals hinunter, versuchte mir nicht ansehen zu lassen, wie sehr mich das erregte.

»Oh, was ich alles mit dir anstellen könnte«, raunte er. »Aber es geht heute nicht um mich. Das werden wir wohl auf das nächste Mal verschieben müssen.«

In meinem Kopf drehte sich alles bei der Vorstellung, ihn noch einmal so nah bei mir zu wissen. Die Erkenntnis, dass er es von sich aus wollte, machte es nicht besser. Langsam, um nicht vollkommen den Verstand zu verlieren, öffnete ich meinen BH, entblößte die einzigen gewollten Rundungen an meinem Körper. Errötend legte ich sogleich meine Hände auf die Brüste, bedeckte das, was ich ihm eigentlich zu zeigen versuchte.

Warum beschämte mich diese Situation so dermaßen?

Doch sein ruhiges Lächeln entspannte mich und ich ließ meine Hände auf die Bettdecke sinken.

»Du bist wunderschön«, sagte er leise, ließ somit auch den letzten Rest meines Selbstzweifels verschwinden. Ich räkelte mich unter ihm, hob sogar zuvorkommend meine Hüfte, als er mein Höschen hinunterzog und spreizte meine Beine. Er brauchte nicht viel zu sagen, damit ich mich schön fand. Mir waren die kleinen Röllchen an meinem Bauch unangenehm. Auch die dickeren Schenkel gefielen mir nicht, doch Cole brachte mich dazu, mich perfekt zu fühlen.

»Du weißt gar nicht, wie schön du gerade aussiehst. So unglaublich ästhetisch!«

Cole beugte sich zwischen meine Beine und begann sanfte Küsse auf meinem Bauch zu verteilen. Er liebkoste meinen Nabel, knabberte an meiner Hüfte und wanderte schließlich zu meinen Brüsten.

Ich seufzte, legte meinen Kopf in den Nacken und gab mich ihm hin. Alles, was ich wollte, war, endlich von ihm berührt zu werden.

Und als ich ihn schließlich zwischen meinen Beinen spürte, explodierte ein Feuerwerk in meiner Brust. Sanft rieb sein Daumen über meine Öffnung, umhüllt von dem Saft meiner selbst, um anschließend meine Perle zu umspielen.

Flammen schossen durch meinen Unterleib, zogen mein Herz in eine Umarmung. Der Grund für die aufkommende Gänsehaut. Seine Berührungen wurden intensiver, schöner. Meine Beine begannen zu zittern, als Coles Finger leicht in mich eindrangen, mich mit seinen Berührungen neckte. Ein Wimmern kam über meine Lippen, als das Kissen, das als Anker für mich diente, fast zerrissen wurde. Unfähig, einen klaren Gedanken zu fassen, konzentrierte ich mich auf das Beben meines Körpers. Ich wollte ihn endlich spüren, gleichzeitig verlangte ich danach, das neue Gefühl so lange auszukosten, wie es ging.

Coles Lippen liebkosten meine Brustwarzen. Als er schließlich zubiss – vorsichtig, aber dennoch fest genug, um mich aufschreien zu lassen –, zog sich alles in mir zusammen. Automatisch presste ich meine Schenkel zusammen, spürte seine reibenden Finger noch immer auf meiner Perle, als die Explosion mich packte. Mein Atem ging schneller, gleichzeitig überschlug sich mein Verstand. Nicht mehr wissend, wo sich oben und unten befanden, strich ich mir durch mein Haar. Das Gefühl war unbeschreiblich, wunderschön. Nach Luft schnappend leckte ich mir über die Lippen, befeuchtete ihre raue Oberfläche.

Als das Beben nachließ, zwang ich mich, meine Schenkel zu öffnen, seine Hand preiszugeben. Dies war auch der Moment, an dem ich mir erlaubte, einen Blick auf den bildschönen Mann zu werfen. Bei diesem Anblick fehlten mir regelrecht die Worte.

Coles Lippen waren leicht geöffnet, die Sprenkel in seinen Augen funkelten, umspielten das Grün und ließen es viel dunkler wirken. In seinen Augen lag etwas Geheimnisvolles, das ich sofort erkunden wollte. Gleichzeitig wollte ich nie mehr etwas ansehen, als dieses Grün.

Als er anzüglich grinste, packte ich seine Arme und drängte ihn näher an mich heran. Meine Begierde verwandelte sich in einen Trieb, der mich vollkommen in Besitz nahm. Doch Cole tat nicht, wonach ich verlangte. Stattdessen strich er über meine Schenkel, berührte allerdings keine Stelle, die mich gerade noch zum Lodern gebracht hatte. Also küsste ich ihn so hemmungslos, wie es mir möglich war. Der Nebel in meinem Verstand lichtete sich für einen Moment, bevor dieser den letzten Rest meiner Sorge abwarf und sich dem Krieger hingab, der bereits mehr von mir verschlungen hatte, als jeder andere Mann.

Der Kuss war feucht, hitzig und mit Gefühlen verbunden, die mein Herz an einen anderen Ort brachte. Schmetterlinge flogen durch meinen Bauch und ich hörte das Rauschen meines Blutes. Ich war so weit, hier und jetzt. Nichts wollte ich lieber, als von diesem Mann geliebt zu werden.

Langsam, unheimlich zärtlich glitt er in mich hinein. Er ließ seine Hände zu meinen Handgelenken wandern, hob sie über meinen Kopf und fixierte sie dort. Dort hielt er mich gefangen, zwang mich, ihm die Kontrolle zu überlassen. Ein Stöhnen entfloh mir, als der Schmerz verging und etwas hinterließ, was ich nicht zu beschreiben wusste.

Wie von selbst schlangen sich meine Beine um seine Hüften.

»C-Cole bitte!«, flehte ich.

Doch seine Stöße wurden nicht schneller. Stattdessen verlangsamte er sie etwas, ließ mich gequält keuchen. Ich wollte mehr, verlangte nach allem! Doch der Krieger wollte es mir nicht geben. Zumindest nicht sofort, er hielt sich zurück. Und obwohl ich ein geduldiger Mensch war, konnte ich damit nicht leben. Etwas in mir brüllte wie ein wildes Tier, als ich ihm fordernd meine Hüfte entgegenreckte.

Coles erregtes Stöhnen klang wie Musik in meinen Ohren, erneut presste ich mich ihm entgegen.

Sein Griff verfestigte sich, er drückte meine Handgelenke tief ins Kissen. Ich wand mich, räkelte mich unter seinen Stößen. Coles Härte stieß fester, trieb mich an einen Punkt, an dem ich mich nicht mehr zu beherrschen wusste.

»Fühlst du es, Angel?«, erklang seine raue, zitternde Stimme. »Verspürst du den Drang nach mehr?«

Seine Stimme berauschte mich wie die giftigste Droge.

Ich wusste, er hatte sanft sein wollen. Nichtsdestotrotz sah ich in seinen Augen Verdorbenheit, den Willen mir zu geben, was ich brauchte. Cole hatte mich für etwas Reines gehalten, ein Wesen ohne Kanten, umschlossen von Licht. Jetzt – es war in dem schimmernden Grün zu lesen – erkannte er, dass ich hier und jetzt nichts anderes als ein wildes, hungriges Tier war. Und dieses gierte nach Beute, hoffend auf die Stillung seiner Gelüste. Seine Bewegungen wurden abrupter, fester, sein Schweiß verschmolz mit dem meinen.

Finger gruben sich tief in den Stoff der Bezüge, Haut rieb aneinander und wurde eins. Laute, himmlische Töne erfüllten das Schlafzimmer wie die schönste Melodie, hallten in meinem Verstand wider. Es war ein Bild für die Götter.

Cole atmete schwer, als er meine Brustwarze mit seinem Mund umschloss und an dem harten Rosa zu saugen begann. Ich schrie vor Lust, warf meinen Kopf in den Nacken, wölbe meinen Oberkörper gegen sein Gesicht. Sein Schwanz stieß fester zu, gröber.

Das Feuerwerk brach aus, als mein Name Coles Lippen streifte, meine Seele mit einem Schleier umhüllte. Gleichzeitig sprangen wir, Hand in Hand. Das Gefühl war magisch, göttlich. Feuer und Eis reichten einander die Hände. Ich brannte lichterloh. Nur langsam verebbten die Flammen und hinterließen ein angenehmes Kribbeln, das sich durch meinen ganzen Körper zog.

Coles Lächeln holte mich zurück in die Realität. Sanft ließ er eine Hand über meine Seite gleiten. Ich erwiderte die Geste, hauchte ihm einen vorsichtigen Kuss auf den Hals. Als ich mich zurücklegte, den salzigen Rest von meinen Lippen leckte, beugte sich Cole zu mir herunter und lehnte seine Stirn gegen meine.

Ich spürte noch immer seine Wärme, den Druck seines Körpers. Und ich liebte es.

»Danke«, hauchte ich. In meinen Ohren klang das nicht richtig. »Also ... ich meine ...«

Mit einem leisen Kichern küsste er mich. Hauchzart, und ich wünschte mir sofort, richtig geküsst zu werden. Coles Mund wanderte zu meiner Wange, liebkoste auch diese, bevor seine Stirn zurück zu meiner fand.

Erneut verschmolzen unsere Seelenspiegel. Ich wollte etwas sagen, doch als Cole leise zu lachen begann, hielt ich inne. Zum ersten Mal, seit ich ihn kannte, wirkte er vollkommen gelassen, lachte, als gäbe es keinerlei Sorgen, um die er sich Gedanken machen musste. Und ich konnte nicht anders, als ebenfalls in Gelächter auszubrechen.

Er ließ seinen starken, gottgleichen Körper neben mich fallen. Automatisch verschränkten wir unsere Finger ineinander.

Wir lagen einfach nur da, prustend wie Teenager, eng miteinander verbunden.

Ich starrte an die Wand, während ich meine Hand über meinen Schambereich legte. Noch immer schien es mir, als würde ich ihn spüren können. Selbst die Hitze. Es war mir egal, dass wir verrückt wirken mussten. Doch mein Lachen wurde lauter, ehrlicher.

Ich fühlte mich wunderbar, glücklich und zu meiner Überraschung nicht einen deut erwachsener. Reue verspürte ich keine, denn als ich zurück zu Cole sah, der sich kichernd durch das wilde Haar rieb, wusste ich, genau das Richtige getan zu haben.

Dieser Mann machte etwas mit mir, was mir eigentlich Angst bereiten sollte.

Stattdessen fühlte ich Neugier, Lust auf noch mehr davon. Offensichtlich schien es ihm nicht anders zu gehen. Denn als er mich dabei erwischte, wie ich ihn anstarrte, beugte sich Cole zu mir hinüber, nur um unsere Lippen erneut miteinander zu verschmelzen.

Aus mir war eine junge Frau geworden, die endlich auszusprechen wusste, was sie wollte.

Ich wusste nicht, was die Zukunft bringen würde. Deshalb konzentrierte ich mich auf das Hier und Jetzt. Und auf ihn, Cole, meinen Dämon in der goldenen Rüstung.

Kapitel 16

Es fühlte sich warm und kuschelig an. Bei dem Gedanken, die Augen zu öffnen und das wundervolle Bett zu verlassen, grauste es mir. Doch mein Magen knurrte laut. Mir war bewusst, dass ich etwas essen und deshalb aufstehen musste. Trotzdem schmiegte ich mich etwas fester an meine Wärmequelle, dessen Brust sich langsam hob und senkte. Die Hand meines *Kissens* streichelte über meinen Rücken, hinterließ eine angenehme Gänsehaut auf meiner nackten Haut. Ein Seufzen konnte ich nicht unterdrücken, löste bei dem muskulösen Mann an meiner Seite ein Kichern aus.

»Du bist wach«, stellte er fest.

Doch ich antwortete nicht. Stattdessen bewegte ich meinen Kopf etwas, um eine bessere Position zu erhalten. Leider konnte ich keinen Unterschied feststellen. An seiner Seite zu liegen, war einfach perfekt. So unheimlich bequem – was bei diesem wundervollen Bett echt an seine Grenzen stieß. Wie konnte eine Liegefläche nur so gut sein? Selbst das Bett, welches meine Mutter mir extra hatte anfertigen lassen, war nicht halb so bequem gewesen. Nun überlegte ich allerdings, ob es sich überhaupt lohnte, jemals wieder einen Fuß nach draußen zu setzen.

»Gut«, kicherte er wieder, verstärkte den Druck seiner Hand. »Du musst nicht mit mir sprechen, wenn du nicht willst. Ist dein gutes Recht. Aber ich würde mich gerne mit dir unterhalten. Hm, vielleicht über das Wetter?« Ich hörte das Grinsen in seiner Stimme. »Schlecht, die Vorhänge sind zugezogen, aber ich bin mir sicher, dass es nicht regnet. Obwohl man das bei diesen Wetterbedingungen momentan echt nicht sagen kann. Das ist aber auch alles recht kompliziert. Vielleicht sollte ich mit Scarlett reden. Sie kennt sich mit dem ganzen Zauberkram besser aus als ich. Ich ...«

»Ist ja schon gut«, lachend hob ich den Kopf. Sein grüner Seelenspiegel empfing mich belustigt. Ich konnte nicht wegsehen.

»Du kannst ja wirklich nervig sein«, sagte ich, während ich mich aufsetzte. Dass ich nun vollkommen nackt vor ihm saß, zur gleichen Zeit die schützende Decke verlor, interessierte mich nicht. Im Gegenteil, ich fand den Gedanken, wie er meine Nacktheit beobachtete, sich vielleicht ausmalte, was er alles letzte Nacht mit mir hätte anstellen können, unheimlich aufregend.

Himmel, ich hatte mich doch tatsächlich in wenigen Tagen um 180 Grad gedreht.

Cole – sein Haar stand chaotisch zu allen Seiten ab und dennoch schmolz ich bei seinem Anblick dahin wie weiche Butter – grinste schelmisch. Die Bewegung seiner Zunge, als er sie über die trockenen Lippen wandern ließ, hätte jeden nervös gemacht. Ich wollte von ihm kosten und seinen Duft inhalieren. Nie wieder meine Arme von ihm lösen.

Allerdings machte mich dieser Gedanke so unglaublich verlegen, dass ich schlagartig meine Hände auf die Wangen schlug. Gleichzeitig tätschelte ich sie, versuchte mir innerlich auszureden, mir solche Bilder und vorzustellen. Immerhin war ich ein gutes Mädchen.

Der Krieger schien meine Gedanken gelesen zu haben, denn sein Grinsen verbreitete sich über das ganze Gesicht, spiegelte sich in seinen Augen wider.

»Gute Mädchen merken erst, dass sie sie selbst sind, wenn sie von der bösen Seite gekostet haben. Richtig, Angel?«

Die junge Frau, die er Angel nannte, sah plötzlich ganz anders aus. Ich blickte in den Spiegel, der gegenüber an der Wand stand und betrachtete mich erstaunt. Ich wirkte tatsächlich verändert. Niemals zuvor hatte ich mich so frisch und aufgeweckt gefühlt. Meine roten Wangen glühten nicht vor Scham oder Wut, sondern vor Glück und Zufriedenheit. Es war mir unmöglich, mein Lächeln zu verbergen. Mein Gesicht fühlte sich weicher an. Selbst meine Brüste, deren Ansatz ich ebenfalls deutlich erkennen konnte, erschienen mir anders. Schöner. Runder.

Auch die kleinen Fettpölsterchen an meinem Bauch kümmerten mich nicht mehr. Das Gefühl von letzter Nacht kehrte zurück, verbreitete Millionen von Schmetterlingen in meinem Bauch. Sie mischten sich mit denen, die bereits von Cole geweckt worden waren.

Cole pellte sich aus der Decke, griff sich seine Unterwäsche und die Jeans und schlüpfte in beides.

»Ruh' noch etwas, wenn du möchtest. Ich hole uns Frühstück.«

Das *uns* brachte mein Herz dazu, im doppelten Takt zu schlagen. Was machte dieser Mann mit mir?

Noch bevor mein Hüter das Zimmer verließ, kehrte er zu mir zurück, um mein Gesicht in seine Hände zu nehmen. So dauerte es auch nicht lange, bis unsere Lippen zueinander fanden. Der Kuss war nichts im Vergleich zur vergangenen Nacht. Er übertrug Sanftheit, Zärtlichkeit. Keine Spur von der gespürten Leidenschaft. Ich wusste nicht, ob ich deswegen traurig sein sollte, doch die Tatsache, dass er mich noch immer küsste, verschleierte die Fragen.

So ließ ich mich schließlich zurück aufs Bett fallen, als der Dämon verschwand. Ich schaffte es nicht, das unerbittliche Lächeln zu lassen. Dafür begannen meine Mundwinkel zu schmerzen, was ich durch das wunderbare Kribbeln in meinem Körper kaum beachtete. Meine Aufmerksamkeit schenkte ich Coles Oberteil, das über der Lehne des Stuhles hing. Hatte er es letzte Nacht nicht zu Boden geworfen?

Ohne einen weiteren Gedanken dran zu verschwenden, schnappte ich mir meine Unterwäsche und sein Shirt. Ich zog beides an und schlüpfte wieder ins Bett. Herrlich eingekuschelt fühlte ich mich vollständig. Das Shirt schenkte mir Sicherheit, Vertrauen und auf eine gewisse Art und Weise Liebe.

Um Himmels willen! Dachte ich gerade über die Liebe nach? War ich etwa in Cole verliebt?

Nein, seufzte ich innerlich, fast grübelnd. *dafür kenne ich ihn doch zu wenig. Man kann sich nicht einfach Hals über Kopf in jemanden verlieben. Das geht doch nicht. Immerhin wächst die Liebe mit der Zeit, die gegenwärtig absolut nicht auf meiner Liste steht. Dazu gibt es zu viel zu bewältigen.*

Unzufrieden mit dieser Aussage biss ich mir fest auf die Lippe. Zuerst würde ich alles vergessen. Anschließend käme dann die

Hilfe meinerseits, um Tochter Nummer drei zu finden. Zu mehr konnte ich mich nicht *zwingen*. Momentan prallte alles wie ein Steinschlag auf mich ein. Ich wusste gar nicht mehr, wo mit der Kopf stand.

Meine Eltern konnte ich dieses Mal außen vor lassen. Die Sorge, ob es ihnen wirklich gut ging, verharrte an Ort und Stelle. Selbst wenn ich nun bei ihnen wäre, würde ich mir von Minute zu Minute mehr Sorgen machen. Selbstverständlich für eine Tochter, oder?

Ich dachte an meine Kräfte. Wie setzte ich sie richtig ein? War ich tatsächlich in der Lage, Menschen auf jede erdenkliche Art zu heilen? Es würde nie wieder jemanden geben, der aufgrund seiner Krankheit sterben musste. Ich könnte es mir zur Aufgabe machen, von Stadt zu Stadt zu reisen, Viren zu töten und vor allem Kindern eine Zukunft zu schenken. Ob ich zu weit vorausdachte? Sollte ich mich nicht erst einmal um mich selbst kümmern?

Als ich noch zu Hause gewohnt hatte, hatte ich regelmäßig den Kindern im Krankenhaus vorgelesen. Mit einem Kopfschütteln erinnerte ich mich an die kleine Lisa. Sie liebte *Die kleine Meerjungfrau*, würde die Geschichte aber mit hoher Wahrscheinlichkeit bald nicht mehr hören können. Ich entschloss mich, sobald ich alles erledigt hatte, dem kleinen Mädchen das Leben zu ermöglichen, das es verdiente, falls ich tatsächlich dazu in der Lage war.

Um mich auf andere Gedanken zu bringen, stellte ich mir Lilith vor, auch die Hexer und den ganzen verdammten Rat. Wie sollte man solche Personen aufhalten, die nur ihren Wertvorstellungen folgten. Nichts anderes interessierte sie – so sagte man mir. Doch immerhin kämpften die Magier um das Recht aller. Sie schützen die Menschenwelt vor gefährlichen Kreaturen, vor Monstern wie Lilith.

Vielleicht verstanden sie nicht, dass der Orden an dieselbe Sache glaubte, sich Mühe gab, Leben zu retten, und niemandem das nehmen wollte, was die Magier bei sich und den unschuldigen Menschen zu beschützen versuchten. Konnten sich nicht alle zusammensetzen und darüber sprechen?

Nein, das war lächerlich, magische, starke Personen, die sich zu einer Diskussionsrunde zusammensetzten. Fast hätte ich aufgelacht.

Cole kam mit einem Tablett zurück. »Ich habe ich keine Ahnung, was du gern isst. Also habe ich dir Eier mit Speck gemacht. Orangensaft ist auch in Ordnung, oder?« Seine entschuldigende Stimme schlich sich in das pochende Organ in meiner Brust und brachte die Flügel der kleinen Tierchen zum Flattern. Sofort richtete ich mich auf und zog automatisch einladend die Decke zurück, um ihn willkommen zu heißen. Er nahm meine Bitte stumm an, indem er sich neben mich setzte, die Decke über seine Beine rollte. Das Tablett platzierte er dabei in der Mitte.

»Danke, das ist perfekt!«

»Daran gibt es nichts zu bezweifeln.«

Liebevoll küsste er meine Stirn.

Ich lächelte und widmete mich dem Frühstück. Das Spiegelei schmeckte etwas verbrannt, doch ich wollte mir nichts anmerken lassen. Er hatte sich so viel Mühe gegeben. Zuversichtlich schnappte ich mir auch etwas Speck. Leider sah er besser aus, als er schmeckte. Schnell hielt ich mir die Hand vor den Mund. Ich hatte auf etwas Hartes gebissen, was eindeutig nicht zum Speck gehörte. Um Cole nicht zu kränken, schluckte ich den Bissen hinunter. Dabei rann es mir eiskalt den Rücken hinunter.

Schnell spülte ich mit den Orangensaft nach, und wünschte mir, ich hätte es nicht getan. Manche Leute mochten das Fruchtfleisch, ich gehörte jedoch nicht dazu und spuckte den Saft automatisch ins Glas zurück.

Zu spät realisierte ich, dass Cole mich beobachtete. Seine Stirn lag in Falten. Sonderlich glücklich sah er nicht aus, was ich vollkommen nachvollziehen konnte. Ich würde es auch nicht toll finden, wenn jemand mein selbst gekochtes Essen missbilligte.

Gott, mir war das unheimlich peinlich! Vor Scham röteten sich meine Wangen, füllten sich mit einer brennenden Hitze. Am liebsten hätte ich mich versteckt und gewartet, bis dieser Moment in Vergessenheit geriet. Leider beschlich mich das Gefühl, dass er so etwas nicht einfach ignorieren und somit vergessen würde. Zu meinem Bedauern.

»Tut mir leid!«, stammelte ich mit erhobenen Händen. »Es ist nicht so, dass es mir nicht schmeckt.«

»Du verziehst dein Gesicht also nicht deshalb, weil du es ekelig, sondern gut findest?«

Ich konnte nicht einschätzen, ob er belustigt war oder es ernst gemeint hatte.

Unsicher zuckte ich mit den Schultern.

»Es ist nicht ... schlecht.« Ich suchte nach den richtigen Worten. »Aber ... es ist auch nicht gut.«

»Unmöglich«, grummelte er. Cole hatte noch nichts gegessen und holte dies jetzt nach. Er mischte ein großes Stück Speck mit dem Ei, ließ das Eigelb etwas verlaufen, und aß es.

Ich hielt den Blick auf seine Lippen gerichtet. Als er gleich darauf wie ein kleines Kind, das von der Mutter Brokkoli serviert bekam, sein Gesicht verzog, konnte ich mir das Lachen nicht verkneifen.

»Gott, ist das widerlich. So etwas Ungenießbares habe ich noch nie gemacht!«

Er schüttelte sich und trank ein ganzes Glas Orangensaft hinterher.

»So schlimm ist es auch wieder nicht«, versuchte ich das Ganze etwas zu entschärfen. Cole stellte das Tablett zu Boden.

»Bitte? Das ist eine Schande für alle Hobbyköche.«

»Du kochst also gerne?«

»Nein«, grummelte er, worauf ich erneut lachte. Obwohl er so negativ reagierte, sah er alles andere als betrübt oder deprimiert aus. Im Gegenteil sogar. Auch seine Lippen verzogen sich, bis er meiner Belustigung folgte. Seine Augen suchten die meinen

»Jetzt musste auch er lachen.«

»Du findest das also komisch, ja?«, sagte er gespielt streng.

Ich versuchte, das Gelächter zu bändigen, welches ungehalten durch den Raum hallte. Dessen unfähig schüttelte ich den Kopf, bedeckte meine Lippen mit den Fingern.

»Na warte, Fräulein! Ich lasse mich hier doch nicht auslachen!« Er packte mich an den Hüften und begann mich zu kitzeln. Meine Stimme verwandelte sich in ein krächzendes Schreien. Ich flehte ihn an, damit aufzuhören. Leider war er nicht gewillt, meinem Wunsch Folge zu leisten. Cole beugte sich über mich, um etwas mehr Halt zu finden, damit er mich besser ärgern konnte. Seine Hände strichen über meinen Bauch, piekten mir frech in die Seite. Als ich mich wegdrehen wollte, kniff er mich.

Mit einem lauten Quieken wand ich mich unter ihm, versuchte, den Hüter mit zitternden Fingern von mir zu drücken. Es gelang mir nicht, genügend Kraft aufzubringen, um Cole von mir zu stoßen. stattdessen rannen Lachtränen über meine Wangen.

Coles starke Hände glitten unter sein T-Shirt. Ich spürte sie unter meinem Nabel, wo sie für einen Moment über mein Höschen wanderten.

»Cole, bitte«, flehte ich lachend, die Augen verschwommen von den vielen Tränen. »Ich kann nicht mehr! Bitte!«

Tatsächlich stoppte er und schenkte mir ein Strahlen, dass unmöglich aus dieser Welt stammen konnte.

»So gefällst du mir«, schmunzelte er und berührte meine Brust, die sich schnell hob und senkte. »Deine Wangen sind gerötet und deine Lippen verraten mir, wie gern du geküsst werden möchtest. Außerdem fühlt sich deine Haut seidig glatt an, weich und perfekt für meine rauen Hände. Was ich jetzt wohl alles mit dir anstellen könnte ...«

Die Schmetterlinge wurden ruckartig aus ihrem Schlaf gerissen. Wie aufgeschreckte Rehe polterten sie durch meinen Bauch, flogen hinauf zu meinem Herzen. Dieses pochte mir bis zum Hals, aufgeregt und voller Neugier.

Ich legte meine Arme um seinen Hals, kraulte seinen Nacken, spielte mit den wenigen Strähnen und zog spielerisch an ihnen.

Im nächsten Augenblick küssten wir uns lustvoll. Cole erkundete meinen Mund, als würde er ihn nicht kennen. Ich drückte mich an seine Brust, spürte die Wärme, die sich wie vergangene Nacht auf mich übertrug.

Ich genoss Cole mit jeder Faser meines Körpers.

Er ließ seinen Mund an meinem Hals hinuntergleiten, leckte über meine Halsschlagader. Augenblicklich erzitterte ich.

Jäh erklang ein lauter Schrei.

Ames!

Erschrocken schreckte Cole auf, stolperte vom Bett und riss die Zimmertür auf.

»Ich rieche Vampirblut. Das ist nicht gut. Zieh dich an, Angel!«

Als er nach draußen hastete, schlüpfte ich schnell in meine Hose. Noch während ich den Reißverschluss zuzog, rannte ich aus dem Schlafzimmer, hinunter in den Flur.

Ames lag mit schwarzem Blut bedeckt auf dem Boden. Er umklammerte einen Holzpflock, der tief in seiner Brust steckte.

»Hör auf, dich zu bewegen!«, schimpfte Scarlett, die sich über ihn beugte. »Eine falsche Bewegung ...«

»...und ich sterbe«, beendete Ames ihren Satz. »Als wäre mir das entgangen. Dabei hielt ich den Pflock für eine neue modische Erscheinung!«

»Halt endlich die Klappe!«

Ihre Stimme klang hektisch, aufgebracht. Helle Lichtblitze umhüllten ihre Finger, erschufen eine kleine magische Kuppel, die sich über den Pflock legte.

»Was ist geschehen?«, schallte Gerrits Stimme durch das Anwesen. Wut prägte seine Gestalt, als er sich neben seinen Freund kniete. Er ergriff Ames' Arm, der ihn jedoch abwehrte.

»Still«, befahl die Hexe erneut. »Du könntest alles noch schlimmer machen!«

»Schlimmer als was?«, keuchte Ames. »Ich stehe bereits am Rande des Unterganges. Du siehst doch ...«

»Sei ruhig, Ames. Lass Scarlett ihre Arbeit erledigen. Niemand wird heute sterben. Vor allem du nicht«, sagte Cole.

Ames plusterte seine Wangen auf, blieb allerdings still. Gerrit wiederholte seine Frage nicht. Scarlett versuchte, die Blutung zu stoppen. Großen Erfolg schien sie dabei nicht zu haben. Es folgte mehr von dem schwarzen Schleim. Sie fluchte leise. Ihre Körpersprache zeigte uns deutlich, wie konzentriert sie war.

Ames' Hand begann zu zittern.

Es sah nicht gut aus. Das sah selbst ich.

Moment!

Ich hastete zu ihnen und ließ mich auf die andere Seite fallen.

»Angel, du solltest ihn nicht berühren!«, riet mir Scarlett, hob nicht eine Sekunde ihren Blick. »Der Pflock steckt ziemlich tief in seiner Brust.«

»Ich kann wahrscheinlich helfen.«

»Siehst du die steinartige Schicht auf seiner Haut?«, fragte sie und sah mich an.

Plötzlich erschien sie mir fürchterlich fremd. Ihre liebevolle, lustige Art war verschwunden. Die Hexe war mehr als ein sanftes Gemüt. Eine starke, ehrfurchtserregende Frau, die versuchte, das Leben anderer zu schützen. Ihre Familie vor dem Tod zu bewahren. Ihre Fähigkeiten begrenzten sich nicht nur auf die Magie, mit der sie ein gesamtes Anwesen zu verteidigen wusste. Nein, sie besaß eine gewisse Grazie, Mut und den Willen, etwas zu verändern. Eine ehrgeizige Frau mit einem reinen Herzen.

Sie war die Person, die ich schon immer sein wollte.

»Die Veränderung der Haut signalisiert uns, dass das Herz bereits betroffen ist. Vampire sterben, sobald Holz ihr Herz durchdringt. Was glaubst du also, was geschehen wird, wenn er seine Hand fortnimmt, geschweige denn sich falsch bewegt?«

Natürlich wusste ich, was sie damit sagen wollte. Dennoch nahm ich das Risiko in Kauf, in der Hoffnung, dass Ames noch die Kraft hatte, den Pflock zurückzuhalten. Vorsichtig drückte ich meine Handflächen auf seinen Bauch. Augenblicklich benetzte das schwarze Blut meine Haut. Es fühlte sich eiskalt an.

Ich schaffe das, rede ich mir ein. *Ames wird nicht sterben! Cole konnte ich ebenfalls heilen, dann wird das doch sicherlich kein Problem sein.*

»Gerrit, bitte!«, wandte sich Scarlett an den Boss.

»Lass sie es versuchen«, keuchte Ames, dessen Körper zu zucken begann.

Ihre Worte rauschten an mir vorbei wie die höchsten Wellen, deren Wasser den Strand fluteten. Innerlich sammelte ich mich, atmete mehrmals tief ein und aus, versuchte, mich auf die Wunde zu konzentrieren. Ich stellte mir vor, wie das Holz herausglitt und die Wunde sich automatisch schloss. Doch es geschah nichts dergleichen.

Stattdessen veränderte die Magie die Haut um den Dolch. Sie wurde fester, irgendwie härter. Ein metallischer Geruch brannte in meiner Nase.

»Du kannst das«, machte mir Cole Mut. »Denk nicht zu viel darüber nach. Lass es einfach geschehen.«

Ich ließ meine Gedanken ziehen, trennte mich von den Bildern in meinem Kopf, schloss die Augen und strich mit den Daumen über seine feuchte Kleidung.

Plötzlich spürte ich eine Veränderung. Ich öffnete die Augen.

Ein weißer Schleier ummantelte den Vampir, ließ ihn laut keuchen. Sein Körper verkrampfte sich und die Hand, die das Holz umfasste, färbte sich rot.

Scarlett versuchte, ihn ruhig zu halten. Schnell sprach sie einen Zauber, der Ames dazu zwang, still liegen zu bleiben.

Doch er war nicht der Einzige, der Pein verspürte. Es war, als würden seine Angst und sein Schmerz auf mich übergehen. Mein Puls beschleunigte sich und mein Magen rebellierte. Augenblicklich hatte ich das Verlangen, mich zu übergeben. Ein stechender Schmerz durchfuhr mich. Mit einem Stöhnen trennte ich die Verbindung, sank zur Seite und schnappte nach Luft. Sofort kniete Cole an meiner Seite.

»Fuck, hat das wehgetan«, fluchte Ames, der den Pflock von sich pfefferte. Nachdem Scarlett den Zauber gelöst hatte, setzt er sich auf und schüttelte seine hellen Locken. Er schenkte mir ein strahlendes Lächeln. »Danke!«

»Kein Problem.«, wimmerte ich. Langsam schien ich mich zu erholen. Die Qualen, die ich zuvor verspürt hatte, verschwanden rasch wieder. Doch der Aufruhr in meinem Inneren blieb. Plötzlich plagten mich Gliederschmerzen und Krämpfe. Kopfschmerzen bahnten sich an, vergingen allerdings genauso schnell, wie sie gekommen waren. Der Drang, mich übergeben zu müssen, verstärkte sich für einen Moment, zerplatzte dann jedoch wie eine Seifenblase.

Im nächsten Augenblick ging es mir wieder gut, als wäre nichts geschehen.

»Geht es dir gut?«, fragte Scarlett, die mich mit besorgter Miene musterte. Ich nickte und leckte mir reflexartig über die trockenen Lippen.

»Ja, es geht schon wieder.«, versicherte ich ihr, obwohl mir dabei nicht wohl war. »Ich habe seine Schmerzen gespürt. Irgendwie habe ich sie in mir aufgenommen. Ist das möglich?«

»Sicher. Keine Fähigkeit ist ohne Fehler. Dies ist wohl deiner.«

»Oder auch nicht.« Cole nahm behutsam, als könnte ich jeden Moment zerbrechen, mein Handgelenk. Seine Brauen hoben sich, und er wandte sich an Gerrit, der das Schauspiel stumm beobachtet hatte.

Meine Augen weiteten sich, als ich das kleine Brandmal in der Mitte meines Handgelenkes betrachtete. Kurz schwoll es an, doch dieser Zustand verflog rasch. Als die Rötung verschwunden war, kam ein Zeichen zum Vorschein, das mich an ein japanisches Schriftzeichen erinnerte.

Dünne rote Linien schlängelten sich über meine Haut, hatten sich zu einem Kreis geformt, in dessen Mitte mich das Zeichen brandmarkte. Grob wollte ich es wegreiben, was natürlich Unsinn war. Als würde ich es damit entfernen können, rieb ich mir über dieses ... *Etwas* – für mich sah es aus wie eine Narbe. Gegen meinen Willen blieb es erhalten, ließ sich nicht abreiben. Natürlich nicht. Niemand war in der Lage, Narben im Handumdrehen verschwinden zu lassen. Normalerweise.

Mit aufkeimender Hoffnung bedeckte ich das Brandzeichen mit der Handfläche und schloss meine Augen. Ich versuchte erneut, meine Fähigkeiten zu nutzen. Vergeblich.

»Angel, nicht«, sagte Scarlett sanft. Ihr Lächeln wirkte gequält. »Das wird nicht funktionieren.«

»Wieso?« Meine Stimme klang hoch und gehetzt. »Ich kann doch heilen, richtig? Warum also geht es nicht weg?«

Ames, der sich immer wieder über die Stelle rieb, die zuvor noch geblutet hatte, blickte zu Gerrit auf. Dieser seufzte leise, bevor er sich die Nase rieb. Er sah unendlich müde und erschöpft aus.

»Eine Nebenwirkung.«

Ich merkte sofort, dass er seine Worte genau überdachte.

»Offensichtlich bist du in der Lage, Wunden zu heilen, selbst solche, die unter normalen Umständen unweigerlich zum Tod führen würden.«

»Dafür noch mal danke schön. Ich bin eindeutig zu jung zum Sterben.« Ames zwinkerte mir zu. Gerrit hingegen räusperte sich, bevor er fortfuhr. Sein Kumpan ignorierte indessen, dass dieser ihn mit bösen Blicke durchstieß, wie die Schneide eines Schwertes.

»Offenbar besitzen die Schwestern zusätzlich zu ihren Fähigkeiten eine Art Makel. Skylars zweite Persönlichkeit ist ihrer. Leider ist diese zusätzliche Person weniger tödlich als die Nebenwirkung, die dir zuteilgeworden ist.«

»Was meinst du damit?«

Will ich das überhaupt wissen?

»Es ist ein Fluch. Man nennt ihn auch die *Schicksalsgrenze*. Bei jeder Person, die du im Laufe deines Lebens heilst, zeichnet sich ein weiterer Teil des Musters auf deiner Haut ab. Die Narben können überall auftauchen, schließen sich allerdings am Ende zu einem Gesamtbild zusammen. Niemand weiß, wie dieses Bild zum Schluss aussehen mag.«

»Was passiert, wenn es vollständig ist? Das Bild?«

Hör auf zu fragen!

»Trotz deiner unsterblichen Zellen wirst du sterben.«

»Aber ... das ist doch bescheuert!«, rief ich. »Cole habe ich doch auch geheilt. Und da ist kein Zeichen erschienen. Meine Beine sind doch ebenfalls verheilt, ohne eine Narbe zu hinterlassen.«

Scarlett biss sich auf die Lippe. »Da gibt es einen feinen Unterschied. Offensichtlich begrenzt sich dieser Fluch auf tödliche Wunden. Sollte ich mir einen Arm brechen, wäre es für dich ein Leichtes, ihn wieder verheilen zu lassen. Liege ich allerdings wegen zu hohen Blutverlusts im Sterben, ... dann erscheint, solltest du mir das Leben retten, eine Narbe.«

»Und es gibt keine Möglichkeit, herauszufinden, wie das Endergebnis aussehen soll?«

Halt endlich die Klappe! Du machst es nur noch schlimmer!

Meine Hoffnung verlor sich, als Gerrit den Kopf schüttelte. Meine Pläne zerstoben in tausend Scherben. Wie sollte ich den vielen Menschen, Lisa, helfen, wenn ich nicht wusste, wie vielen von ihnen ich wirklich ein normales Leben schenken konnte? Ich würde meine Lebensenergie für sie geben müssen. Wenn ich doch nur wüsste, wie viele Brandnarben mir noch zur Verfügung standen.

Meine Unruhe legte sich ein wenig, als Cole meine Hand ergriff. Sanft verteilte er Küsse auf meinem Haaransatz, beruhigte mich damit. Ich ließ die unschönen Gedanken fallen und zwang mich, ein andermal darüber nachzudenken. Vorerst brauchte der Orden mich, um Lilith für immer gefangen zu halten. Das stand an erster Stelle.

Ich begriff noch nicht allzu viel von dieser neuen, geheimnisvollen Welt, doch ich erkannte die Wichtigkeit hinter dem Tun des Ordens. Es gehörte einfach zu meiner Pflicht als Schwester, ihnen zur Seite zu stehen.

Oder sah ich das falsch?

Kopfschüttelnd richtete ich meine Aufmerksamkeit auf Ames, der sich langsam erhoben hatte. Der niedliche Kerl klopfte sich etwas Staub von der Hose, als hätte er gerade nicht mit einem Pfahl in der Brust auf dem Flurboden gelegen. Er wirkte irgendwie fröhlich. Ich glaubte nicht, den Vampir jemals auch nur ansatzweise verstehen zu können.

Da ich mich unwohl fühlte – all ihre Augen lagen auf mir –, wechselte ich das Thema. Über die Konsequenzen meiner Fähigkeiten würde ich später nachdenken.

»Wer hat dich eigentlich so stark verletzt, Ames? Das sah nicht nach einem Unfall aus.«

Nun richteten sich die Blicke der anderen blitzartig auf Ames, der sich sichtlich verlegen durch die Haare fuhr.

»Das wüsste ich auch gerne«, gestand er, was Gerrit überhaupt nicht gefiel. Seine Hand ballte sich zu einer Faust und Wut verzerrte sein Gesicht.

Gerrit sah ihn zornig an. »Du wärst fast zu ihrem Opfer geworden.«

Ihrem Opfer? Was meint er damit?

»Das kann ich nicht sagen. Ich habe mich im Untergrund etwas umgesehen und einen Kumpel getroffen, der für mich mehr in Erfahrung bringen wollte. Diese Spur verlief jedoch in einer Sackgasse. Auf dem Rückweg zum Portal wurde ich von einer Gestalt in einer schwarzen Robe angegriffen. Es war kaum eine Spur von Magie an ihr. Es war auf jeden Fall keine Frau, dafür hat die Person viel zu ... männlich gekämpft.«

»Tarnung«, warf Scarlett ein, die ihre Hand in die ihres Geliebten schob. »Darauf dürfen wir uns nicht verlassen. Es gibt Monster dort unten, die Wege kennen, um ihre Gestalt zu verändern, oder jemanden wie uns zu täuschen.«

»Sicher, sicher, aber das hätte ich bestimmt gemerkt. Scar, vielleicht bin ich noch jung, aber ich weiß, wie ein ausgewachsener, trainierter Mann kämpft. Diese Gestalt war hundertprozentig keine Frau.«

»Aber der Partner könnte es sein.« Cole knurrte bedrohlich, als er mir auf die Beine half. Ich fühlte mich schon viel besser. »Für so etwas braucht man mehr als zwei Hände. Gerrit.«

Der Angesprochene nickte.

»Cole, ich denke, das besprechen wir zu einem anderen Zeitpunkt. Ames wird mir erst einmal alles erzählen, woran er sich erinnern kann. Scar wird ihm dabei sicherlich zur Hand gehen können. Zeig Angel bitte noch etwas mehr vom Anwesen. Aber haltet euch von den Gemälden fern. Noch einen Zwischenfall brauchen wir nicht.«

Cole lachte bitter auf und schüttelte den Kopf. Unausgesprochene Worte flogen durch den Raum, die Gerrit mit einem Nicken quittierte.

Die Hexe hauchte mir einen Kuss auf die Wange und wünschte mir viel Spaß, bevor die drei den Flur verließen. Ames sprang wie ein Kind auf und ab, was mich fast zum Lachen gebracht hätte.

Bei welchem verrückten Haufen war ich nur gelandet?

»Wollen wir?«, erkundigte sich Cole, als er mich etwas dichter an sich heranzog. Sofort rückten die letzten Minuten in den Hintergrund.

Mein Blick fiel auf den schwarzen Schleim. »Was ist mit dem ... äh ... Blut?«

Cole lachte. »Das wird schon jemand wegmachen. In James' Abwesenheit teilen wir uns die Aufgaben. Na gut, meistens missbrauchen wir Scarlett dafür.«

Bevor ich fragen konnte, wer dieser James war, zog er mich die Treppe hinauf. Die Tatsache, dass er noch immer meine Hand hielt, ließ mich die Frage schnell vergessen.

Wir kehrten in den Gang mit den Gemälden zurück. Ich erspähte schnell das Bild des Geists und schwor mir, Gerrits Rat zu befolgen. Noch einmal wollte ich nicht zu ihm hinein. Auch wenn er im Grunde nur spielen wollte.

Das hoffte ich zumindest.

Aus Furcht, dass auch die anderen Bilder verzaubert sein könnten, widmete ich den Kunstwerken keine Aufmerksamkeit. Eine Schande, wie ich feststellen musste, als ich doch einmal den Kopf hob. Die Gemälde waren Meisterwerke. Sofort schämte ich mich dafür, achtlos an ihnen vorbeigegangen zu sein.

Wir kamen zu einer großen Flügeltür.

»Das wird dir sicherlich gefallen«, sagte Cole und grinste breit, während er die Tür öffnete. »Das Heimmuseum der Coleman-Familie.«

Voller Ehrfurcht blickte ich in den langen Saal und hielt mir die Hand vor den Mund, bevor ich einen Schritt hineinsetzte. Cole hatte wahrlich nicht untertrieben. Es mussten unheimliche Schätze sein – in Millionenhöhe! Himmel, jedes Museum würde sich darum reißen! Ich zweifelte an der Echtheit der Werke. Ansonsten wäre doch sicherlich schon jemand hier aufgetaucht, um diese ... Aber vielleicht gehörten sie gar nicht in ein richtiges Museum?

»Schau dich ruhig um, aber sei vorsichtig. Skylar hängt ziemlich an dem Erbe ihrer Familie und würde mir den Kopf abreißen, wenn etwas zu Schaden käme. Sie kann echt zur Furie werden.«

»Das kann ich mir nicht vorstellen.« Ich wagte es kaum, den Gegenständen näher zu kommen.

»Du hast ihre zweite Persönlichkeit noch nicht kennengelernt. Glaub mir, du wirst sie hassen.«

Wie es für Skylar wohl sein mochte, noch jemand anderes in ihrem Körper wohnen zu lassen? Waren sie nicht eigentlich ein und dieselbe Person?

Ich schob den Gedanken beiseite. Himmel, es gab eindeutig zu viele Dinge, die Bedenken in mir auslösten.

Ich blieb vor einer kleinen Drachenskulptur stehen. Sie war aus feinem Marmor und sicher von Hand gefertigt. Das Wesen wirkte unglaublich echt. Ich konnte mich in den schwarzen Augen spiegeln. Mir wurde ein wenig mulmig zumute.

Ich setzte meinen Weg fort, sah mir jedes Ornament genau an, betrachtete jedes Ausstellungsstück. An den Wänden hingen jede Menge Porträts in goldenen Rahmen. Unzählige Skulpturen kämpften um die Aufmerksamkeit des Besuchers. Es gab Drachen, Wölfe mit gefletschten Zähnen, Monster, die in meinen Augen wie Dämonen aus alten Geschichten aussahen. Unheimlich.

An einer Seite des Saals stand eine Vitrine, die sich zu einer Halbkugel formte und in der Wand verschwand. Hinter dem Glas versteckten sich unzählige Schmuckstücke. Goldene Halsketten, Amulette und eine silberne Taschenuhr. Es gab aber auch Dinge, die vollkommen unspektakulär wirkten. Zum Beispiel ein winziges Schmuckkästchen, ummantelt von einem billig aussehenden Stoff. An den Seiten hingen einige lose Fäden. Auf einem schmalen Podest lagen einige Münzen. Auf den ersten Blick gingen sie fast in der Fülle der anderen Gegenstände unter.

»Gefällt es dir?«, fragte Cole in die andächtige Stille.

»Oh ja! Es ist wunderschön hier. So ... magisch. Das hier ist wahrlich mehr als nur ein Museum.«

Cole feixte, als er mir näher kam. Sein heißer Atem streifte meinen Nacken, hinterließ eine Gänsehaut auf meinen Armen. Das Verlangen, mich umzudrehen und unsere Lippen zu vereinigen, wuchs. Statt diesem nachzugehen, entfernte ich mich von Cole, indem ich einige Schritte nach vorne hastete. Erneut erklang sein Lachen.

Worte verließen seinen Mund, hauchend, mit einem belustigten Unterton. Doch ich nahm sie nicht wahr. Stattdessen ließ ich ihn stehen und verharrte gleich darauf vor der Statue eines Mannes.

Das steinerne Gesicht kam mir bekannt vor.

Der Mann musste ungefähr in meinem Alter sein, die breiten Schultern und das spitze Kinn machten ihn recht anschaulich. Er trug ein altertümliches, griechisches Gewand. Sein Antlitz wirkte gequält, die steinernen Augen fast flehend. Die Hand hatte er in meine Richtung gestreckt, fast so, als wollte er von jemandem berührt zu werden.

Ich tat es.

Langsam, sehr zögerlich, legte ich meine Hand in seine. Doch statt eines eiskalten Steins erwartete mich eine fremde Wärme, die durch meine Finger floss. Ich fuhr zurück und presste die Hand an meine Brust.

»Oh Gott. Ich habe das Frühstück vergessen«, schimpfte sich Cole. »Hast du noch Hunger, oder hat dir mein *Meisterwerk* den Rest gegeben?«

»Essen klingt gut«, antwortete ich langsam, während ich mich von der Gestalt abwandte. Jäh durchfuhr mich ein höllischer Schmerz. Ich schrie auf und krümmte mich zusammen.

Cole stürzte auf mich zu. »Angel! Was ist los?«

Panisch starrte ich auf die feinen Linien, die sich zu einem weiteren Zeichen formten, kaum anders als das erste. Es fehlte lediglich der wellenförmige Strich an der Seite.

»Eine Narbe! Cole, ihr habt doch gesagt, das geschieht nur, wenn ich tödlich wirkende Wunden heile!«

Cole fehlten offenbar die Worte.

»Wie kann das sein? Ich habe niemanden geheilt!«

Flehend schaute ich auf und bemerkte, dass er an mir vorbeisah. Ich dreht mich um und erstarrte. Das konnte unmöglich sein!

»Das hast du gerade, Angel ... irgendwie.«

An der Stelle, an der gerade noch die steinerne Gestalt gestanden hatte, klopfte sich ein muskulöser, langhaariger Mann den grauen Belag vom Körper.

Als sich unsere Blicke trafen, lächelte er breit und in seinen Augen lag ein glückliches Strahlen. Er ging auf die Knie und hielt mir seine ausgestreckte Hand entgegen. Die andere legte er auf seine Brust.

»Wie schön, einen Engel zu erblicken. Prinzessin, Ihr habt mir gefehlt! Lasst mich Euch vorstellen. Man nennt mich Àris.«

In meinem Kopf drehte sich alles, der Schmerz in meinem Körper hatte sich noch nicht zurückgezogen, und ich spürte, wie die Kraft aus meinem Gliedern glitt. Kurz bevor alles schwarz wurde, legte

Cole besitzergreifend seinen Arm um meine Hüfte, ein Knurren auf den Lippen.

Augenblicklich fehlte es mir an nichts mehr.

Kapitel 17

»Oh, meine Liebste. Es freut mich, Euer Gesicht zu erblicken, nach all den Schwierigkeiten, denen ich zu entkommen versuchte. Ich habe nicht erwartet, noch einmal in Eure wundervollen Augen blicken zu können, den freudigen Glanz darin zu beobachten. Nennt mir Euren Namen, Prinzessin. Er ist mir während der langen Zeit im Stein entfallen.«

Staub bröckelte zu Boden, sammelten sich um den jungen Mann herum, der noch immer vor mir kniete. Er rührte sich kein Stück von der Stelle und würdigte Cole keines Blickes.

Unwohlsein machte sich in mir breit, worauf ich einen Schritt zurückwich.

Der Fremde, Àris, schüttelte stürmisch den Kopf, bevor er sich erhob.

»Nicht, fürchtet Euch nicht vor mir!« Nachdenklich strich er sich durch das lange Haar, ließ kleine Gesteinsbrocken zu Boden fallen. »Vielleicht sollte ich mich Euch anpassen. Meine Aussprache muss *dir* wohl Angst bereiten.«

»Das macht ihr sicherlich am wenigsten Angst«, kommentierte Cole sein Getue und stellte sich schützend vor mich, zog mich halb hinter sich.

Erst durchlöcherte der Fremde ihn mit überraschtem Blick, ehe er wieder zu mir sah.

»Ich verstehe ...«

Was um Himmels willen hatte ich getan? War ich tatsächlich in der Lage gewesen, eine Statue zum Leben zu erwecken? Das war doch vollkommen unmöglich! Wenigstens hatte ich die Finger von dem Drachen gelassen. Der hätte sicherlich mehr als nur Staub und Dreck verbreitet.

Der Fremde rieb über seine nackten Arme, um die staubigen

Überreste loszuwerden. Unzufrieden verzog er sein Gesicht, als davon feine Striemen auf seinen Oberarmen zurückblieben. Als er merkte, dass sein Unterfangen zwecklos war, sah er von mir zu Cole.

»Wo befindet sich das Badezimmer?«

Mir rauchte der Schädel. Das konnte doch nur ein schlechter Scherz sein.

»Du wirst diesen Raum erst einmal nicht verlassen«, erwiderte Cole kalt.

So hatte ich ihn noch nie erlebt. Wenn ich nicht eine andere Seite von ihm gekannt hätte, wäre mir durchaus in den Sinn gekommen, mich vor ihm zu fürchten. Stattdessen griff ich nach seiner Hand, verschränkte sie mit meiner. Er erwiderte die Geste mit einem Händedruck, ließ die Last sofort von meinen Schultern fallen. »Wer, beziehungsweise was bist du?«

Àris verbeugte sich tief und lachte verlegen. »Verzeiht. Wie unhöflich von mir! Ich bin Àris, ein Winterdämon und Beschützer der griechischen Berge. Ich schulde euch meinen aufrichtigen Dank, dafür, dass ihr mich aus dem Stein befreit habt. Ich hoffe, irgendwann in der Lage zu sein, meine Dankbarkeit zu beweisen und euch einen Gefallen zu erweisen.«

Unsicher blickte ich in Coles Gesicht. Er schien nicht sonderlich begeistert von dem Dämon zu sein. Im Gegenteil. Ich spürte, dass er ihn nicht mochte. Außerdem hatten sich seine Muskeln verspannt.

»Hör mit diesem dämlichen Geschwafel auf. Wie bist du hierhergekommen?«, polterte Cole.

Der Grieche hob seine Brauen, als hätte sein Gegenüber den Versand verloren.

»Nun, ich wurde vor langer Zeit in einem Transporter zu diesem Haus gebracht, nachdem ich jahrelang in einer verlassenen Höhle mein steinernes Dasein verbringen musste. Bis heute stand ich hier. Nur durch die Macht dieses wundervollen Engels konnte ich ins Leben zurückkehren.«

»Das reicht!« Cole fuhr sich durch die Haare. »Genug davon. Du wurdest verflucht, das wissen wir nun.«

Àris helles Lachen glitt wie die Melodie einer Spieluhr durch den

Saal und entlockte dem Krieger an meiner Seite ein gefährliches Knurren.

»Gewiss nicht verflucht, mein Freund«, erklärte Àris »Sie nannte es einen Zauber. Gesprochen, um in der Zukunft Gutes zu tun.«

»Wie lange?«, fragte ich unsicher. »Wie lange ist das her?«

Sein Lächeln glitt zu mir. Auch wenn dieses seine Augen erreichte, erinnerte mich sein Blick an das leblose Starren einer Puppe.

»Das weiß ich nicht mehr, meine Teure.« Er wies hinter sich. »Zu lange habe ich auf diesem Sockel Menschen und Monster beobachtet. Die Zeit ist ein tückischer Spieler und kennt die Regeln besser als jeder andere. Sie tut gut daran, Dinge zu irritieren. Zudem vergaß ich irgendwann die verstrichenen Tage. Alles schien gleich, wie die Stunden zuvor und ...«

»Wir verstehen schon«, unterbrach ihn Cole. »Du erinnerst dich nicht.«

»Erinnerungen sind hinterhältig«, sagte Àris, während er nun wie eine Katze um uns herumschlich. Kurz legte er seine Hand auf Coles Schulter.

Cole zuckte zurück und richtete seinen eiskalten Blick auf den Neuling.

Doch Àris lächelte nur. Ehe mein Dämon reagieren konnte, hatte der seltsame Kerl bereits meine Hand ergriffen und seine Lippen darauf gepresst. Sie waren so kalt wie Schnee.

»Erinnerungen können gefährlich werden, Geheimnisse lüften und der Schlüssel für etwas sein, das man seit geraumer Zeit sucht. Man findet sie nicht sofort, meist nur über rätselhafte Wege. In der Regel behält man sie für sich, hütet damit einen Schatz, wichtige Ereignisse. Doch sie dienen zu vielem mehr.« Er hatte meine Hand nicht losgelassen.

»Fass sie gefälligst nicht an«, herrschte Cole ihn laut an und beförderte den Fremden mit einem gezielten Tritt von mir weg. Er stürzte, riss eine teuer aussehende Vase mit sich zu Boden, die sofort zu Bruch ging.

»Cole!« Ich sah ihn an. »Er hat doch gar nichts getan!«

»Aber er hätte! Wir kennen diesen Typen nicht, und dass er nun hier ist, gefällt mir ganz und gar nicht. Wer weiß, ob er uns nicht belügt?«

»Was, wenn er doch die Wahrheit sagt?«

Mit diesen Worten löste ich mich von dem Hüter, um Àris meine Hand zu reichen. Er nahm sie dankbar an, erhob sich allerdings nicht. Stattdessen ging er ein weiteres Mal auf die Knie und hauchte zärtliche Küsse auf meine Finger. Ich mochte es nicht, hielt allerdings an meiner Meinung fest. Aber solang ich nicht wusste, ob er etwas Böses wollte, behandelte ich ihn wie einen Freund. Das hatte ich schon immer getan und würde die Art auch nicht aufgeben. Jeder sollte eine Chance bekommen, seine guten oder auch schlechten Absichten zu beweisen.

»Oh, Teure«, säuselte er.

Augenblicklich zog sich mein Magen zusammen. Obwohl ich ihm eine Möglichkeit der Rechtfertigung einräumen wollte, kam Ekel in mir auf. Dabei wusste ich nicht einmal, was genau ich daran nicht zu mögen schien.

»Ich bin zu tiefstem Dank verpflichtet. Wie soll ich mich erkenntlich zeigen? Oh, schönster Engel, gewähre mir die Ehre, dein Gatte zu sein. Ich will dich pflegen und hüten, dein Schild in dunklen Tagen sein. Nichts würde mich glücklicher machen, als die Frau meines Herzens an meiner Seite zu wissen.«

Mir blieben die Worte im Hals stecken. War es früher Gang und Gebe gewesen, Frauen aus dem Nichts einen Antrag zu machen? Ich fühlte mich geschmeichelt und angewidert zugleich.

Cole drängte er den Griechen unsanft zu Boden. Seine Hände zitterten vor Empörung, als er mich, ohne etwas zu sagen, über die Schulter warf. Erschrocken klopfte ich gegen seinen Rücken und ließ ihn schließlich gewähren. An der gläsernen Vitrine setzte er mich ab. Für einen Moment streichelte seine Hand über meine Wange, als wollte er sichergehen, dass der Fremde mir nichts getan hatte. Dann drehte er sich zu Àris um und funkelte ihn an wie ein tollwütiger Hund.

»Du wirst sie nicht wieder berühren! Hast du mich verstanden?«

»Beruhige dich, mein Freu...«

»Den Teufel werde ich tun!«, rief er laut. »Und nenn mich nicht so. Wir sind keine Freunde!«

Mit einem lauten Knall flog die Tür auf und Gerrit stürmte herein. Scarlett folgte ihm zusammen mit keiner anderen als Skylar höchstpersönlich. Ihr Blick fiel auf die zerbrochene Vase. Irrte ich mich oder verdunkelten sich tatsächlich ihre Augen?

»Was zur Hölle ist hier verdammt noch mal los?«, schrie Gerrit und wandte sich sofort an den *Eindringling*. »Und wer ist das?«

»Das ist Àris«, sagte ich. Warum war er nur so mies gelaunt? »Ich habe ... ihn irgendwie geheilt.«

»Von einem Fluch erlöst trifft es eher«, mischte sich Cole ein. Dann hob er mein Handgelenk, damit die anderen die neue Brandnarbe sehen konnten. »Und sie musste dafür bezahlen.«

Skylar eilte an meine Seite. Für den Augenblick war die Vase vergessen. Ob ihre andere Persönlichkeit sie daran erinnern würde?

»Alles in Ordnung?«, wollte sie wissen. Als ich nickte, zog sie mich in eine innige Umarmung.

»Ich habe von deinem Makel gehört«, sagte sie mit sanfter Stimme. »Du musst aufpassen. Die nächste Heilung könnte die letzte sein.«

Wow, das war ja jetzt wirklich aufbauend! Danke für die lieben Worte, Skylar.

Trotzdem konnte ich mir ein leises Kichern nicht verkneifen. Die Situation war so skurril, dass ich einfach darüber lachen musste. Etwas anderes würde mich wahrscheinlich in den Wahnsinn treiben.

»Und du hast ihn tatsächlich ... na ja, zurückverwandelt? Ich erinnere mich an ihn. Er war eines der ersten *Kunstwerke*, die mein Vater mit nach Hause gebracht hatte. Früher wollte ich immer damit spielen.« Sie lächelte.

Àris erhob sich.

»Wahrlich. Du bist Skylar, richtig? Ich kenne dich.«

»Gut, gut. Ihr kennt euch also alle untereinander. Klasse!«, warf Gerrit ein. Seine Augen funkelten vor Zorn.

Scarlett griff nach seiner Hand und küsste sie. Obwohl sie ihn zu beruhigen versuchte, klappte dieses Vorhaben nicht. Er schien noch genauso wütend wie zuvor. Nur seiner Freundin schenkte er einen sanften, liebevollen Augenblick. Dieser verflog allerdings schneller als erwartet.

»Ich will wissen, was das hier werden soll!«

»Es war meine Schuld«, gestand ich unterwürfig. »Ich habe ihn berührt und nur einen Moment später ist ... na ja, das Gestein abgebröckelt. Es war nicht meine Absicht.«

»Sie ist unschuldig«, murrte meine Schwester. »Angel kann nichts dafür«, sagte Skylar. »Woher sollte sie wissen, was sich hinter einer Statue verbirgt. Selbst wir anderen haben nichts bemerkt. Sogar der Zauber hat versagt.«

»Daran habe ich auch nicht gedacht!«, warf Scarlett ein. »Hätte ich gezielt danach gesucht, wäre mir seine Erscheinung sicherlich aufgefallen.«

Gerrit schüttelte seinen Kopf, signalisierte seiner Geliebten so, dass sie still sein sollte. Recht hatte er. Es brachte überhaupt nichts, jetzt darüber zu diskutieren, wie man solch einen Moment hätte verhindern können. So etwas hätte man sicherlich nicht ahnen können.

»Angel ... So ist also der Name meines Engels. Sehr passend.« Àris wollte erneut auf die Knie fallen, stoppte sein Tun jedoch bei Coles Blick, der sich schützend vor mich stellte.

»Ich habe oft von deinen Augen geträumt, meine Teure. So oft wollte ich in den hellen Nebel deiner Augen blicken, wissen, was du wohl von mir halten würdest. Und nun stehst du vor mir. Ich erkenne noch immer das süße, wunderschöne Kind in dir, das ich einst im Arm halten durfte.«

»So etwas Ähnliches hast du vorher auch gesagt. Was meinst du damit? Woher willst du wissen, wie sie als Kind ausgesehen hat?«, erkundigte sich Cole argwöhnisch. »Das dürftest du überhaupt nicht wissen.«

»Cole hat recht.« Gerrit löste den Dolch von seinem Gürtel und richtete ihn auf den Eindringling. »Erkläre dich, oder wir finden einen anderen Weg, unsere Antworten zu erhalten.«

Der Angesprochene gluckste, streckte genüsslich seine Arme über dem Kopf aus. Das *nette* Lächeln verschwand und machte etwas Geheimnisvollem Platz. Ihm war bewusst, dass er nun die Oberhand besaß. Hatte er deswegen vorhin so aufgeregt über Erinnerungen gesprochen? Erinnerte er sich an etwas, was uns helfen konnte? Musste er dann nicht auch wissen, wer ich wirklich war? Wenn er mich bereits als Kleinkind gesehen hatte – was in der heutigen Zeit unmöglich gewesen sein konnte –, lieferte er uns dann Informationen, von denen wir noch nichts ahnten?

»Wie viel wisst ihr wirklich über die Schwestern?«, stellte er die Gegenfrage. »Kennt ihr Amateure die wahre Geschichte?«

Seine Sprache veränderte sich. Sie klang nicht mehr hochgestochen. Er versuchte nicht einmal, zu verbergen, dass sein Getue nur Schauspiel gewesen war. Trotz der Tatsache, dass er seit unglaublich langer Zeit in Stein verwandelt gewesen war, schaffte er es, unsere Sprache fehlerfrei zu sprechen. Nur sein griechischer Akzentes verriet seine Herkunft. Dieser Mann war nicht nur irgendein Dämon, sondern eine Verbindung zur Vergangenheit.

»Alles!« Gerrit wurde ungeduldig.

»Dann kennt ihr sicherlich auch die Geschichte des *Halbgottes*, der es sich zur Aufgabe gemacht hat, das Jüngste der Brut aufzuwecken. Nun, darf ich mich vorstellen? Ich bin Àris, starker Winterdämon und der von den Menschen genannte Halbgott. Ich allein habe die Blume gefunden, die den Zauber brechen konnte.«

»Du solltest tot sein«, stellte Skylar trocken fest. »Die Geschichte besagt, dass du dich in den Tod gestürzt hast, nachdem man dir Angel *weggenommen* hatte.«

Nun wusste ich, woher der Brechreiz kam. Genau betrachtet handelte es sich bei ihm um einen verrückten Stalker, einen Kinderlieber. Ich wollte sofort eine Toilette aufsuchen, zwang mich jedoch, auf der Stelle zu verharren. Mehr zu erfahren war nun das Wichtigste.

Er lachte bitter, bevor er sich lässig gegen die Wand lehnte. »Das habe ich tatsächlich versucht. Doch die Hexe, die mir damals half, die Blume zu finden, hinderte mich daran. Sie brachte mich zu einem engen Freund von ihr, der mir einige erschaudernde Dinge berichtete. Leider war ich zu dieser Zeit nicht dazu bestimmt gewesen, solches Wissen in mir zu tragen, sodass er mich in Stein verwandelt hat; in der Hoffnung, dass ich irgendwann aufwachen und den Schwestern zur Hilfe eilen könnte.«

»Das ist eine schöne Geschichte.« Gerrit seufzte. »Hilft dir allerdings nicht, am Leben zu bleiben. Jeder Dämon, nein, jedes verfluchte Wesen, kennt die Geschichte der Schwestern und des Halbgottes. Du sagst die Wahrheit? Dann beweise es uns! Was kannst du uns sagen, was wir noch nicht wissen?«

Das Grinsen auf Àris' Gesicht wurde breiter, eingebildeter. »Ich kenne den Magier, der die Mädchen in die Menschenwelt brachte. Er ist ein verbannter, gutgläubiger Zauberer, suchte damals seinen Platz zwischen den anderen Ratsmitgliedern. Ein Mann, der in der Lage ist, Dinge aus der Zukunft zu sehen und die bevorstehenden Zeiten zu verändern. Er kennt jede verfluchte Antwort, alle Geheimnisse einer Person, das Schicksal dieser gottverdammten Welt.«

»Wie ist sein Name?«

»Früher nannte man ihn *den Seher*, oder auch *das weite Auge*. Doch sein richtiger Name ist Thelion, verbannter und totgeglaubter Hexer.«

Stille kehrte ein. Die Wut verschwand aus Gerrits Gesicht. Stattdessen zeigte Miene jetzt eine Menge Verwirrung. Auch uns anderen ging es nicht anders. Ich konnte die Räder in Skylars Kopf quasi rattern hören. Gedankenverloren knabberte sie an ihrer Lippe herum und starrte zu Boden.

Cole hingegen versenkte seine Hände in den Hosentaschen, hing seinen eigenen Vorstellungen nach. Allerdings wirkte er nicht sonderlich konfus. Natürlich, er glaubte dem Fremden kein Wort.

Ich teilte in etwa seine Meinung. Doch woher hätte der sogenannte Halbgott sonst wissen sollen, wer ich war? Niemand kannte das Aussehen der Schwestern. Gerrit hatte mir versichert, dass die Wesen nach dem Geruch gingen, bekannten Spuren und Hinweisen folgten. Hier gab es nichts davon. Durch den Fluch hätte er nichts davon wahrnehmen dürfen. Oder irrte ich mich?

»Folge mir«, forderte Gerrit ihn schließlich auf. »Du wirst mir alles bis ins kleinste Detail erzählen. Anschließend wird Scarlett dir zeigen, wo du dich reinigen kannst. Komm!«

Àris tat, wie ihm geheißen, und folgte Gerrit, als dieser ohne ein weiteres Wort den Raum verließ. Scarlett eilte ihnen nach, die Lippen zu einer Linie verzogen.

Cole, Skylar und ich standen da und wussten nichts mit uns anzufangen. Ich begriff nicht, warum Gerrit uns ausschloss. Warum ließ er uns nicht an dem Gespräch teilhaben? Es ging schließlich um unsere Zukunft. Der Grieche hatte meine Neugier geweckt. Ich wollte wissen, wer sich hinter dem Namen Thelion verbarg. Oder wenigstens, ob seine Worte der Wahrheit entsprachen.

Mein Magen knurrte lautstark.

»Natürlich, das Frühstück.« Cole seufzte und drückte mir einen Kuss auf die Stirn. »Ich werde dir etwas Genießbares holen.« Schon war er verschwunden.

Zwischen meiner Schwester und mir herrschte einvernehmliches Schweigen. Als sich unsere Blicke trafen, wusste jede, was die andere dachte. Wir wollten beide wissen, was da vor sich ging. Es juckte uns in den Fingerspitzen.

Wie auf Knopfdruck wandten wir uns zur Tür. Sie nahm meine Hand und wir hasteten zu Gerrits Büro, wo er sich vermutlich mit dem Griechen aufhielt. Schließlich war er auch mit Ames darin verschwunden. Noch ein Geheimnis. Warum erzählte der Dämon uns nicht, wer für den Angriff auf den Vampir verantwortlich war? Musste er uns schützen, indem er den Mund hielt? Gehörten diese Informationen zu den Sachen, die gefährlich werden konnten?

»Kannst du sie hören?«, flüsterte Skylar. Sie drückte ihr Ohr gegen die Tür.

Ich nickte, folgte ihrem Beispiel, auch wenn es nicht nötig war. Auch so vernahm ich ihre Worte laut und deutlich, blieb aber in dieser Position. Meine Schwester schenkte mir ein Lächeln, das ich sofort erwiderte. Dann konzentrierten wir uns beide auf die Stimmen.

»Du willst uns also sagen, dass er dir Wissen anvertraute, das uns helfen kann?«, fragte Gerrit hörbar ungläubig.

Es dauerte einen Moment, bis Àris antwortete.

»Ja, das hat er. Thelion hat mir eine Menge über die Zukunft erzählt. Ich kenne Geheimnisse, von denen ihr nicht einmal ahnt, dass sie existieren.«

»Und welche?«

Àris seufzte. »Ich kenne den Namen seines Sohnes und den Ort, an dem er *arbeitet.*«

»Damit könntest du uns täuschen«, kommentierte Gerrit.

Jemand stellte etwas auf den Tisch.

»Niemand weiß von einem Sohn, nicht einmal davon, dass dieser Hexer noch lebt. Du könntest uns jeden Namen nennen, es würde keinen Unterschied machen.«

»Selbst nicht, wenn er im Rat sitzt und die Fähigkeiten seines Vaters besitzt?«

»Du redest von Taxus? Er ist ein Seher. Man hätte ihn niemals im Rat aufgenommen, wenn er der Sohn von Thelion wäre. Die Hexer vermeiden den Nachwuchs von Verrätern.«

»Das ist richtig. Daher weiß auch niemand etwas davon. Taxus wurde außerdem sehr spät geboren. Heute glaubt niemand mehr an das Leben von Thelion. Immerhin ist sein Verschwinden bereits enorm lange her, und er zeigt sich nur sehr selten.«

Scarlett murrte leise. Sie wirkte unzufrieden.

»Das ergibt doch alles überhaupt keinen Sinn. Wieso hat der Hexer das getan, was er tat? Was hat es ihm gebracht, die Schwestern in die Menschenwelt zu bringen?«

»Das weiß ich nicht«, gestand er. »Dieses Wissen wurde mir nicht gegeben. Er möchte es euch selbst erklären.«

»Du willst behaupten, dass er auf uns wartet?«

»Ganz recht«, sagte er. »Doch er lebt nicht hier in der Menschenwelt. Um sich vor den Hexern zu schützen, hat er sich im Untergrund verbarrikadiert.«

»Wo es fast unmöglich ist, ihn aufzuspüren«, sagte Scarlett leise.

Ein Rauschen drang an meine Ohren und erneut stellte jemand etwas auf den Tisch. Papier raschelte, bevor das Fenster geöffnet wurde. Kälte schlich durch das Schlüsselloch und legte sich auf meine Haut.

Skylar sah mich fragend an, als würde sie nicht verstehen, was gerade vor sich ging. Mir ging es allerdings nicht anders. Neugier, warum sie nichts sagten, flatterte durch meinen Magen und hinterließ ein Prickeln in meinen Gliedern. Ich wollte noch mehr erfahren, wissen, was passieren würde. Und eine Antwort folgte sogleich.

»Okay«, sagte Gerrit schließlich. »Wir wissen nicht, ob es wahr oder gelogen ist, aber ich verspüre Hoffnung bei dem Gedanken, dass es jemanden gibt, der uns helfen könnte. Ich werde mich auf die Suche nach ihm machen, egal wie lange es dauern wird. Womöglich finden wir so eine Möglichkeit, die Schwestern zu beschützen.«

»Nein!«, protestierte Scarlett. »Ich werde mit dir kommen. Die Unterwelt ist riesig und unheimlich gefährlich. Alleine lasse ich dich bestimmt nicht gehen.«

Ein Stuhl scharrte über den Boden. Gerrit erhob sich scheinbar. »Doch, das wirst du. Scar, du wirst die Stellung halten und den anderen helfen, Schwester Nummer drei zu finden. Ich nehme Aaron, Cherry und Àris mit. Wir werden ihn finden.«

»Aber ...«

»Nein!«, sagte der Dämon unmissverständlich. »Hiermit ist das Gespräch beendet.«

Skylar packte meine Hand und zog mich ins Nebenzimmer.

Im nächsten Moment öffnete sich die Tür. Gerrit kam heraus und steuerte auf die Treppe zu.

Scarlett sprach mit dem Neuankömmling. Allerdings vermieden wir es, erneut zu lauschen, und schlossen schnell die Tür, in der Hoffnung, dass sie uns nicht bemerken würden.

Meine Schwester kicherte. »Das war echt knapp, fast wären wir erwischt worden.«

»Was meint ihr mit fast?«, erklang plötzlich Talishas Stimme und erschreckte uns zu Tode.

Mit einem spitzen Schrei fuhr Skylar herum.

»Verdammt! Willst du mich umbringen?«

»Momentan nicht, aber darüber könnte ich noch einmal nachdenken. Also, was macht ihr da?«

»Nichts!«, sagten wir beide wie aus der Pistole geschossen.

Sofort folgte Gelächter.

»Nichts sieht anders aus. Ihr habt gelauscht richtig? Gerrit hat seine Gründe, um Àris vor euch zu verstecken. Es geht euch nichts an.«

»Dich aber auch nicht.« Meine Schwester grinste sie breit an. »Außerdem kannst du nur von seinem Namen wissen, wenn du sie ebenfalls belauscht hast. Also vergiss deine Vorwürfe.«

Bitter sah sie uns an, erhob sich anschließend aus dem Sessel, in dem sie gesessen hatte. Ihre Mine verfinsterte sich, doch sie behielt die Worte, die ihr offensichtlich auf der Zunge lagen, für sich.

»Okay, erwischt. Was ist nun euer Plan?«

Verwirrt musterte ich sie. Nicht wissend, was sie damit meinte, wanderte mein Blick schließlich zu meiner Schwester, deren Augen abenteuerlich funkelten. Sie tat gerade so, als müssten wir genau wissen, an was die junge Frau dachte.

Skylar kicherte erneut. »Ist doch logisch. Wir gehen mit!«

* * *

Verrückt! Anders konnte Skylars Idee nicht nennen. Wer würde daran denken, zusammen mit einem ehemals versteinerten Mann in den Untergrund hinabzusteigen, um einen totgeglaubten Hexer zu suchen? Skylar musste vollkommen durchgeknallt sein!

Ein strahlendes Lächeln zierte ihre Wangen.

Talisha schüttelte den Kopf. Sie hielt den Plan offensichtlich für genauso bescheuert.

Ich wusste nicht, ob ich tatsächlich mitgehen wollte. Natürlich verlangte ich nach Antworten, und ja, diese Möglichkeit könnte uns unwahrscheinlich helfen. Aber würde ich mich dort verteidigen können? Was nützte ich ihnen, wenn ich beschützt werden musste? Ihre Aufmerksamkeit sollte anderen Dingen gelten. Wahrscheinlich wäre ich lediglich eine Last für die anderen.

Trotzdem wollte ich irgendwie auch dabei sein. Skylar hatte auf eine gewisse Art und Weise recht. Es ging hierbei um uns. Warum sollten sie uns also außen vor lassen?

Wir hielten auf dem oberen Treppenabsatz inne.

Gerrit stand in der Mitte der Eingangshalle. Cherry kaute mit mürrischem Gesichtsausdruck an einem Lollipop. Ames neben ihr starrte immer wieder zu Aaron hinüber. Dieser sah zu Talisha hinauf, die sich lässig gegen das Treppengeländer fallen ließ. Etwas abseits standen Cole und Koen zusammen. Da sie sich flüsternd unterhielten, verstand ich nicht, was sie sagten. Scarlett stand neben Gerrit und lächelte zu uns herauf. Doch dann wandte sie sich wieder an Ames, mit dem sie zuvor gesprochen hatte.

»Und deswegen will Gerrit in den Untergrund, um den Hexer zu finden.«

»Das könnte Wochen, vielleicht sogar Monate dauern!«, erwiderte Ames offenbar wenig begeistert. »Wie sollen wir jemanden finden, der nicht gefunden werden will?«

Der Grieche lachte leise. »Wahrscheinlich hat er es kommen sehen, dass ich heute erwachen würde. Er wird euch sicherlich erwarten.«

»Na super!«, motzte Cherry. »Dadurch finden wir ihn aber auch nicht schneller! Wenn es wenigstens einen Hinweis gäbe!«

Skylar wollte den kurzen Moment der Ruhe nutzen, um Gerrit anzusprechen. Sie kam ihm sogar einen Schritt näher, doch das entsetzte Gesicht des Griechen ließ sie innehalten. Was war denn jetzt los?

»Ich bin der Hinweis, Dummkopf!«, schimpfte er, als läge es das auf der Hand. »Ich kenne weder das Haus, die Wohnung oder von mir aus noch die Hütte, in der er lebt. Aber ich weiß den Namen der Stadt.«

»Soll das ein Scherz sein?«, erwiderte Cherry. »Warum rückst du nicht sofort mit der Sprache heraus? Das hätte uns eine Menge Zeit erspart!«

Er zuckte mit den Schultern. »Man hat mich nicht gefragt.«

»Okay«, Gerrit hob beschwichtigend die Hände, »Cherry, Cole und Àris kommen mit mir. Der Rest bleibt hier.«

Scarlett wollte etwas hinzufügen, doch ein einziger Blick von ihm reichte, um sie verstummen zu lassen. Trotzdem konnte ich ihren Unmut von der Stirn ablesen.

»Du solltest die Auswahl überdenken«, rief Talisha hinunter.

Überrascht sah ich sie an. Was hatte sie vor? Skylar schien ebenfalls irritiert.

»Was meinst du damit?«, erkundigte sich Gerrit, sichtlich unzufrieden. Ganz augenscheinlich mochte er kein Wiederworte.

»Du solltest die beiden Mädchen mitnehmen«, antwortete sie ihm. »Sie wollen genauso viele Antworten wie du, mein Freund. Außerdem könnten sie dir als Wegweiser dienen. Wenn dieser Hexer tatsächlich geplant hat, auf die Schwestern zu treffen, taucht er vielleicht von allein auf, sobald ihr nah genug an ihm dran seid.«

»Hast du den Verstand verloren?«, knurrte Koen. »Ich lasse Skylar bestimmt nicht in den Untergrund gehen!«

Seine Haltung versteift sich, bevor er sich von der Wand abstieß und zu seiner Freundin rauschte, die er fest an sich drückte. Beschützend legte er seinen Arm um ihre Hüfte, mit der Absicht, sie so schnell nicht mehr gehen zu lassen. Gerrit schien ihm zuzustimmen. Er schüttelte den Kopf, als wäre Talisha nicht in der Lage, klar zu denken. Anschließend wandte er sich an Àris, zeigte ihm mit einer kurzen Bewegung, dass es gleich losgehen würde.

Talisha ging die Treppe hinunter. Skylar und ich folgten ihr.

Koen legte beschützend den Arm um meine Schwester.

»Gerrit, hör mir zu!«, bat Talisha und trat an seine Seite. »Ich weiß, dass die Idee nicht gerade die Beste ist, aber denk bitte darüber nach. Wenn es dir zu gefährlich ist, nimm die Hüter mit. Sie sorgen automatisch für ihren Schutz. Außerdem, welcher Dämon würde schon damit rechnen, die Schwestern im Untergrund anzutreffen?«

Sie hatte recht. Der Untergrund war ein Ort für Wesen wie uns, Monster, wie Menschen sie oft nannten. Außerdem wussten diese Kreaturen – selbst wenn sie auf der Suche nach uns waren –, dass wir in der Menschenwelt lebten. Deshalb geschahen ja all die grausamen Dinge. Aus genau diesem Grund waren sie bei meinen Eltern aufgetaucht. Wären wir im Untergrund dann nicht am sichersten?

Überraschenderweise nickte Gerrit und gab sich mit einem müden Seufzen geschlagen.

»Gut«, sagte er schließlich. »Unsere Hüter, Sky, sowie Angel begleiten Àris und mich. Ihr anderen werdet hierbleiben und euch um Tochter Nummer drei kümmern. Ach, und Talisha, du bürgst für diese Aktion. Sollte irgendwas passieren, geht das auf deine Rechnung.«

Sky warf sich lachend um Talishas Hals, als diese seine Rede mit einem Nicken quittierte. Sie ließ die freundschaftliche Anwandlung kurz über sich ergehen, bevor sie Skylar wieder in Koens Arme schob.

Gerrit strich sich durchs Haar, bevor er Scarlett einen sanften Kuss auf die Nase hauchte. Er flüsterte ihr etwas zu. Scarlett löste sich kurz darauf von ihm, drückte ihn zur Seite und fluchte. Wütend – das Gesicht verzerrt und mit schimmernden Tränen in den Augen – raste sie die Treppe hinauf. Nur kurze Zeit später knallte eine Tür.

Sicher war sie sauer, weil sie nun doch hierbleiben musste.

»Gut, gehen wir.«

»Halt!« Cole hob seine Hände, bevor er zu mir kam. »Können wir eine halbe Stunde warten? Wir haben noch nicht gefrühstückt, und es wäre eine Schande, von anderen Dämonen bemerkt zu werden, nur weil unser knurrender Magen kilometerweit zu hören ist.«

»In Ordnung. Ihr habt eine Dreiviertelstunde. Dann brechen wir auf.« Mit diesen Worten eilte Gerrit die Treppe hinauf, vermutlich zu Scarlett.

Ich verspürte keinen Hunger mehr. Auch das unsägliche Knurren meines Magens war verschwunden. Cole nahm mich trotzdem bei der Hand und zog mich hinter sich her. Unser Weg führte in die Küche, in der bereits ein Mahl aufgebaut war.

Obwohl gerade alles nach Plan lief – wenn man das so nennen konnte –, kam mir etwas unheimlich falsch vor. Und plötzlich wusste ich, warum. Dean war nicht aufgetaucht. Normalerweise wäre er der Erste gewesen, der mir zur Seite stand. Stattdessen hatte er sich den ganzen Vormittag nicht blicken lassen. Ob er sich noch immer in seinem Zimmer aufhielt? Ich wollte ihn aus meinem Kopf verdrängen, schaffte ich es aber nicht.

Ich zwang mich, ein paar Bissen zu mir zu nehmen.

Wo bist du, Dean? Warum machte mir seine Abwesenheit so viel aus?

Kapitel 18

Rat der Hexer – Taxus' Sicht

Dichter Nebel zog auf, ließ die Fassaden der zerstörten Gebäude auf wundersame Weise verschwinden. Er wanderte durch die Stadt, schnell und mit eisernem Willen, er ließ selbst die Hände vor seinen Augen verblassen. Gleichzeitig nährte er sich von der aufkommenden Kälte, ummantelte sich mit dem eisigen Atem und ließ feuchte Gebiete zu Eis erstarren. Der sonst so matschige Untergrund wurde gefährlich rutschig, sodass sich kaum jemand auf die Straße wagte. Selbst vor der Dunkelheit der Nacht fürchteten sich die Einwohner und verbarrikadierten sich in den Unterschlüpfen. In der Hoffnung, von dem erbarmungslosen Odem verschont zu bleiben.

Doch eine Frau, mit Haaren so weiß wie Schnee, rannte durch die Gassen der umschlossenen Stadt. Ihre Wangen waren vom vielen Rennen gerötet, das Haar zerzaust und einige Strähnen waren gewaltsam herausgerissen worden. Heftiges Keuchen kam ihr über die Lippen – die dünne Haut war brüchig und aufgerissen, getrocknetes Blut bedeckte sie. Immer wieder drehte sich die Frau um ihre eigene Achse, versuchte, die Person zu erkennen, vor der sie floh. Doch der Nebel verschleierte ihre Sicht, ließ nicht zu, dass sie den Mann ausmachte. Stattdessen riss er sie in die Tiefe, ließ sie über etwas stürzen. Die enge, gerissene Jeans tränkte sich mit Blut, als sich deutliche Blessuren auf ihren Knien zeigten. Auch der Rest ihres Körpers sah nicht gesund aus. Ihre Hände zitterten – der rechte Zeigefinger fehlte und sie humpelte jetzt. Regenbogenfarbene Flecken kennzeichneten ihren halb entblößten Busen, zogen sich hinauf zu ihrer Wange. Die gebrochene Nase blutete.

Die junge Frau schrie, als sie sich aufzurichten versuchte. Sie verlor den Halt, landete erneut im Dreck, wollte sich an etwas klammern, als ihr die Sicht genommen wurde und ihr Magen rebellierte. Heftig übergab sie sich, krallte ihre Nägel hilflos in ihre beschmutzten

Klamotten. Sie wusste, wie wenig Zeit ihr wirklich blieb. Sie musste fliehen, doch die klaffende Wunde an ihrer Hüfte ließ diesen Gedanken scheitern. Weinend saß sie da, spürte die bittere Kälte bis in die Knochen.

Die Sicht wurde immer undeutlicher. Ihr Herz hämmerte, Adrenalin schoss durch ihre Adern. Sie wollte nicht aufgeben, nach Hause zurückkehren und den heutigen Abend vergessen.

Doch es war zu spät.

Im Licht der schwachen Laterne entdeckte man einen Schatten. Sie brauchte sich nicht umzudrehen, um zu wissen, wer das Spiel verloren hatte. Dennoch, obwohl fürchterliche Angst ihren verletzten Körper zierte, wanderte ihr Blick zurück. Um im letzten Moment in Messers Schneide zu blicken.

Schweißperlen standen auf meiner Haut, als ich erwachte. Schwer atmend starrte ich zur Decke. Angst durchflutete mich. Ich versuchte, mich aufzurichten, verspürte Übelkeit.

Als ich mein Gesicht mit den Händen bedeckte, spürte ich die Tränen auf meinen Wagen. Kälte übermannte mich, als läge ich im tiefsten Schnee. Doch der Schnee schmolz, als ich meine Schläfen rieb, und verwandelte sich in brennende Hitze. Jede Berührung schmerzte, als würde ich jedes Mal aufs Neue verbrennen.

Auf einmal durchströmte Magie meine Venen, versetzte mich in eine Art Trance. Die Übelkeit verstärkte sich, ließ Galle in mir aufsteigen. Speichel lief an meinem Mundwinkel hinunter und Blut rann aus meinen Augen. Ich spürte Schmerzen, Verbrennungen am ganzen Körper. Dann hatte ich das Gefühl, in einem Regenschauer zu stehen, die Nässe auf mir zu spüren und ihre Feuchtigkeit in mir aufzunehmen. Gleichzeitig veränderte sich mein Blickfeld, wurde heller und undeutlicher. Bis ich schließlich in eine Art Traum verfiel. Magie umarmte mich.

Der Raum strahlte vor Sanftheit und Wärme. Helle, schöne Farben zierten die Wände und überall lag Kinderspielzeug. Das Bett war weich und voller Stofftiere, der Schreibtisch belegt mit Büchern. Inmitten des kleinen Chaos saß ein Kind, gerade mal fünf Jahre alt. Der Junge hielt ein Buch für Erwachsene in den Händen, las darin, wie es einst sein Vater getan hatte. Dem Burschen war bewusst, dass er damit nicht spielen durfte, doch er wollte sich mehr Wissen aneignen. Die Bücher – sie ruhten seit Wochen unberührt auf seinem Maltisch – waren bereits ausgelesen.

Dieses Kind war viel klüger als andere, erfasste Dinge viel schneller, sprach bewusster und las Artikel, für die sich kein Wesen in seinem Alter interessierte. Der Junge wusste viel, versuchte, noch mehr zu lernen, um seinem Vater zu gefallen.

Magie war etwas, das in ihrer Familie lag. Der kleine Junge wusste, was für ein wunderbarer Zauberer sein Vater war, weswegen er den Wunsch hegte, seinem Vorbild gerecht zu werden. Nachts lernte er aus alten, verstaubten Pergamentrollen, mit dem Willen, seine eigene Magie endlich nutzen zu können. Blumen sollten aus allen Wänden wuchern und Sonnenlicht sollte auch bei Nacht erstrahlen, Sterne im Hellen funkeln und Statuen zum Leben erwachen. Der Gedanke, irgendwann mit seinen Spielfiguren Hand in Hand zu spielen, machte den geborenen Hexer unheimlich glücklich.

Doch an diesem Tag legte er das Buch zur Seite, verspürte nicht den Drang, weitere Worte zu studieren und sein Glück zu versuchen. Nein, er wollte etwas essen – etwas, das er seit zwei Tagen nicht getan hatte. Normalerweise brachte sein Vater ihm etwas, da er das Zimmer nur sehr selten verlassen durfte, doch er war nicht aufgetaucht, hatte ihn im Stich gelassen. Nichtsdestotrotz glaubte das Kind an seinen Vater, betete, dass es ihm gut ging.

Er hatte vor langer Zeit ein paar Süßigkeiten hinter seinem Bett versteckt, die er nun zu essen gezwungen war.

Die Süßigkeit schmeckten zäh und das Kind wünschte sich sofort, die Kleinigkeiten nicht angerührt zu haben. Dennoch aß er davon, schluckte das letzte Stück zwingend hinunter. Angeekelt wurde das Gesicht verzogen, die Zunge provokant herausgestreckt.

Plötzlich erklang das laute Gepolter von Stiefeln. Jemand kam die Treppe herauf und ging in Richtung seines Zimmers. Es klang nicht vertraut und hinterließ einen unangenehmen Schauder auf der Kindeshaut. Der Junge zitterte und verkroch sich unter seinem Bett. Das hatte er schon lange nicht mehr getan.

Die Tür öffnete sich mit einer Wucht, die das Herz des Jungen vor Angst schmerzen ließ. Er wimmerte und Tränen rannen über seine Wangen, als blickte er dem Teufel höchstpersönlich in die Augen. Stattdessen sah er ihn: Seinen Vater.

Warme, liebevolle Augen blickten ihm entgegen, als hätte sein Vater geahnt, dass er sich verstecken würde. Eine starke Hand streckte sich seinem eigen Fleisch und Blut entgegen, bevor er dem Jungen ein Lächeln schenkte.

»Komm«, sagte er in einem Ton, der dem Kind Angst bereitete. »Wir müssen fort.«

Die blutigen Tränen stoppten, als ich meine Augen erschrocken öffnete. Mit einem unsicheren Blick starrte ich auf meine Hände, die sich verkrampft um die Decke legten. Wie in Trance versuchte ich, das Bett zu verlassen. Doch weit kam ich nicht. Unfähig mein Gleichgewicht zu halten, stürzte ich zur Seite und übergab mich. Ich schmeckte bittere Galle. Bei dem Versuch, ins Bad zu kriechen, übergab ich mich ein zweites Mal.

Das Gefühl von Schwäche übermannte mich so stark, dass ich den Verdacht hegte, gleich wieder in einen ruhelosen Schlaf zu driften. Also rührte ich mich nicht, in der Hoffnung, nicht noch einmal zu brechen.

Es dauerte eine ganze Weile, bis ich mich besser fühlte. Dann schleppte ich mich ins Bad, putze meine Zähne und machte mich frisch. Mit einem mulmigen Gefühl in der Magengrube kehrte ich nach einer gefühlten Ewigkeit ins Schlafzimmer zurück. Der ätzende Gestank nach Erbrochenem verstärkte die Übelkeit erneut, doch ich kämpfte dagegen an. Als ich mich einigermaßen stabil fühlte, überzog ich mein Bett mit einem Zauber. Der Spruch war mir inzwischen in Fleisch und Blut übergegangen.

Anschließend betrat ich den Balkon, wo ich die frische, kühle Luft willkommen hieß.

Mit zitternden Fingern massierte ich meine Schläfen. Die starken Kopfschmerzen, die mich zuvor geplagt hatten, lösten sich augenblicklich auf. Wohlig seufzend lehnte ich mich gegen das Geländer, während ich mir weiter die Schläfen massierte. Das Pochen in meinem Schädel umspielte eine Weile meinen Verstand, bevor auch dieses von dannen zog. Sofort fühlte ich mich besser.

»Was für ein verfluchter Tag.«

»Orga, bitte! Das kann doch nicht wirklich dein Ernst sein!«, erklang Kardas erregte Stimme.

Neugierig wandte ich mich um und erblickte die Hexe und unser neues Oberhaupt. Die junge Frau gestikulierte wild umher, während sie dem Mann mit schnellen Schritten folgte. Sie wirkte schockiert.

»Ich werde sicherlich nicht mit dir darüber diskutieren. Mein Entschluss steht fest«, fuhr Orgas sie an.

Sie fluchte. »Oh, nein! Das werde ich sicherlich nicht so einfach hinnehmen! Arcors Leben geht uns alle etwas an!«

»Dennoch ist es meine Entscheidung, was ich tu. Wir können Arcor nicht mehr helfen. Niemand kann das.«

Ein ungutes Gefühl beschlich mich. Normalerweise kannte ich Orga anders. Früher hatte er eine reine Seele besessen und stets um jedermanns Leben gekämpft. Seines hätte er liebend gerne dafür gegeben. Warum verlor er diesmal die Hoffnung? Es war komisch, und das Vertrauen, das ich ihm einst mit Freude entgegengebracht hatte, erlosch.

Ich krallte die Hände um das Balkongitter. Wut überkam mich, die ich nicht sofort einzuordnen wusste. Mir wurde wärmer, Schweiß bildete sich auf meinen Händen.

»Das werde ich auf keinen Fall zulassen!«, schrie Karda panisch und zitterte wie Espenlaub. »Ich werde eine Möglichkeit finden, ob es dir nun passt oder nicht.«

Wie ein Blitz drehte sich Orga herum, packte seine Kameradin am Hals und presste sie gegen die Hauswand.

Ich erstarrte.

»Du Närrin!«, knurrte er. »Ich bin nun das Oberhaupt des Rats und mein Wort ist Gesetz! Ordne dich endlich unter, Karda. Oder steht dir der Sinn, dir einen höheren Rang zu erschlafen?«

Kaum hatte er den Satz zu Ende gesprochen, schlug sie ihm ins Gesicht. Tränen standen ihr in den Augen und Magie wirbelte um sie herum. Ihr Gesicht zeigt Hass, als sie den Hexer von sich schob.

»Ich werde Arcor retten, verlass dich darauf.« Karda drehte sich auf dem Absatz um, doch bevor sie verschwand, hielt sie noch einmal inne. »Egal was du vorhast, Orga. Ich werde dich aufhalten.«

Ihr Körper löste sich in kleine Schmetterlinge auf, die wild flatternd davonflogen.

Orga blieb zurück, mit einem hämischen Grinsen im Gesicht.

Es zu sehen, bereitete mir überraschenderweise unheimliche Angst. Sofort fühlte ich mich in meinen Traum zurückversetzt.

Ich hätte es viel früher bemerken müssen, doch nun war es höchste Zeit, an der Situation etwas zu ändern. Wenn der Rat sich entzweite, würde man den Worten eines höheren Wesens mehr Glauben schenken. Wir brauchten einen Engel.

Bei dem Gedanken, zugeben zu müssen, dass man versagt hatte, wurde mir ganz schlecht. Ich eilte zurück in mein Gemach, gewillt, den Himmel zu informieren. Im Bad übergab ich mich ein weiteres Mal.

Kaum wollte ich den Kopf heben, spürte ich erneut Magie in mir aufflammen. Tränen rannen über meine Wangen, so dunkel wie getrocknetes Blut. Und als sich meine Augen verfärbten, erkannte ich, welches Unheil uns bevorstand.

Es war das vierte Mal an diesem Tag, dass ich meinen Mageninhalt entleerte.

Kapitel 19

Warme, sanfte Sonnenstrahlen schienen auf mich hinab und schlossen mich in eine angenehme Umarmung. Dabei brachten sie mich nicht nur zum Lächeln, sondern auch zum Träumen. Genüsslich löste ich meinen Blick vom hellblauen, wolkenfreien Himmel und schloss die Lider, um mich vollkommen den Gedanken hinzugeben, die mich wie eine Welle erfassten.

Ich sah so viel vor mir. Tiere, friedlich miteinander spielend auf der schönsten Lichtung, die ich je zu Gesicht bekommen hatte. Menschen tummelten sich ganz in der Nähe, picknickten und plauderten ungezwungen miteinander. Ihr heiteres Lachen hallte in meinem Kopf wider, wobei es mich fast ansteckte. Während ich mich vollkommen entspannte, ließ ich meine Hände über das feuchte Gras wandern. Kleine Wasserperlen blieben an meiner Haut haften. Als ich meine Finger hob, konnte ich sie regelrecht fallen hören. Grashalme nahmen sie in ihre Obhut, spielten mit ihnen.

Das Gelächter der Anwesenden wurde etwas lauter, hitziger. Blumen sprossen aus dem Untergrund, bedeckten die Hälfte der Lichtung mit den wunderschönsten Farben. Solch ein Farbenspiel hatte ich noch nie zuvor gesehen, sodass ich sofort versuchte, mir das einzigartige Bild einzuprägen. Es schien – obwohl ich wusste, dass sich das alles nur in meinen Gedanken abspielte –, als könnte ich den Geruch der verschiedenen Arten wahrnehmen. Ich spürte ihn in meiner Nase und sogar auf meiner Haut.

Es war perfekt, bis sich der grüne Untergrund plötzlich wie Stroh anfühlte, trocken und zerbrechlich. Wind kam auf, stürmisch und ungehalten, voller Kälte. Die Erde zerbröckelte zwischen meinen Fingern, wurde zu Staub. Die Menschen verstummten und das Essen verdarb. Leblose Körper, die Tiere, die so niedlich ausgesehen hatten, fielen in sich zusammen und verwesten. Kurz darauf bedeckten

Fliegen ihre Leiber, und der wundervolle Geruch der Blumen wurde vom Gestank des Todes überdeckt.

Mein Körper bebte vor Ekel, während sich der säuerliche Geschmack meiner Galle bemerkbar machte. Gänsehaut, so rau wie Schleifpapier, legte sich wie eine Rüstung über meine sensible Haut.

In meinen Gedanken flehte ich nach Vergebung für die Lebewesen, für den Schatten, der sich über die Lichtung legte. Schreiend wollte ich mit den Händen das Licht ergreifen. Allerdings schaffte ich es nicht, wurde jedoch von der geheimnisvollen Macht in die Tiefe gepresst. Krallen, schwarz und hart, gepanzert durch stählende Schuppen, bohrten sich wie Schwerter in mich hinein. Egal wie oft ich meinen Mund öffnete und zu schreien versuchte, kein Wort entrang mir.

Etwas wollte von mir Besitz ergreifen, mich auf eine schwarze, böse Seite ziehen, als plötzlich Skylars sanfte Stimme an meinem Ohr erklang.

»Du musst dich vor Veränderungen nicht fürchten, Angel. Sie sind gut für dich, für jeden von uns. Ohne sie können wir nicht überleben. Vertrau dir und deinen Veränderungen und löse dich von den negativen Gedanken. Sie verwirren nur deinen Verstand.«

Als ich meine Augen öffnete, sah ich ihren wunderschönen Seelenspiegel. Sie begrüßte mich mit einem herzlichen Lächeln, das mich auf der Stelle von innen wärmte. Sie war ein wundervolles Mädchen.

Nachdem ich ausgiebig den Kopf geschüttelt und mich versichert hatte, dass wir uns tatsächlich nicht auf der Lichtung befanden, blickte ich mich um. Statt einer Wiese umhüllte uns dunkler Stein, der sich über das gesamte Gebiet erstreckte. Felsen, hoch wie Türme, bildeten eine Art Höhle, in der wir vor dem aufkommenden Sturm Schutz gesucht hatten. Regen peitschte gegen die Außenwände und eiskalte Luft zog durch die Spalten im Stein herein.

Ich wusste nicht, wie lang wir uns bereits hier aufhielten, hatte jegliches Zeitgefühl verloren.

Skylar lachte.

»Fast zwei Stunden und es sieht nicht danach aus, als würden wir bald weitergehen können«, sagte sie, als hätte sie meine Gedanken gelesen. »Womöglich werden wir die Nacht hier verbringen müssen. Ja, ziemlich ungemütlich, ich weiß. Gerrit sucht bereits nach einer anderen Lösung. Vor allem für dich. Immerhin kommst du damit noch ...«

»Das muss nicht sein«, unterbrach ich sie. »Ich habe schon an ganz anderen Orten geschlafen. Da werde ich dann wohl auch eine Nacht auf einem ... Felsen verbringen können.«

»Es geht nicht darum, ob du es kannst.« Sie zwirbelte eine Strähne um ihren Finger. »Gerrit ist nur um deine Gesundheit besorgt. Wir alle sind das. Zu Recht, meine Teuerste. Bei meiner Verwandlung bin ich ziemlich durchgedreht, weißt du. Da ist es nur verständlich, dass sie sich Sorgen um dich machen.«

Und um sich selbst, vervollständigte ich in Gedanken, sprach es aber nicht aus. Jedoch würde ich das auch nicht müssen.

Skylars Blick sagte mehr als tausend Worte. Das Lächeln in ihrem Gesicht wurde breiter.

»Was soll's. Wenn du verrückt wirst, genießen wir wenigstens etwas Ablenkung.«

Unser Lachen erschallte, worauf gleichzeitig ein Donnergrollen über unseren Köpfen ertönte. Der Regenschauer verstärkte sich. Wir mussten uns wohl tatsächlich auf eine Nacht in dieser bizarren Umgebung einstellen.

Meine neue Schwester stand auf und ging zu Koen. Bevor sie auf seinem Schoß Platz nahm, hauchte sie ihm einen vorsichtigen Kuss auf den Mundwinkel, der Koen zum Schmunzeln brachte. Die beiden Verliebten boten einen wirklich traumhaften Anblick.

Wie oft ich früher wohl davon geträumt hatte, von einem wunderbaren Mann geliebt zu werden, der mich jede Nacht in seinen Armen hielt. Hm, ich konnte bei dem Gedanken nur schmachten. Leider erlaubte ich mir nicht, weiterhin solche Gedanken zu haben. Nicht, weil die Situation es nicht zulassen könnte, sondern weil ich mich damit nicht mehr identifizieren konnte.

Dean war für so eine lange Zeit mein Leben gewesen. Bis ich beides am Schopf gepackt und aus der Erde gerissen hatte. Ein Albtraum für jedes kleine Mädchen.

Kopfschüttelnd vertrieb ich diesen Unsinn, die Schwarzmalerei, die sich seit Tagen in meinem Kopf tummelte. Es war nun wirklich nicht der richtige Zeitpunkt dafür, um über irgendwelche Liebeleien nachzudenken.

Auch wenn mir das verdammt schwerfiel, sobald Cole in meiner Nähe war. Dann erwachten die Schmetterlinge in meinem Magen zum Leben, als hätten sie sich zuvor in einem tiefen Schlaf befunden, der nur von der wahren Lie-

Stopp! Hör auf damit!

Ein weiteres Donnergrollen lenkte mich ab. Er erinnerte an einen schmerzerfüllten Schrei. In dieser Umgebung konnte man doch nur von finsteren Träumen heimgesucht werden. Ich verbannte die düsteren Gedanken aus meinem Kopf. Alles würde wieder in Ordnung kommen. Irgendwann und irgendwie.

Ich musste nur warten. Im Grunde hasste ich es, zu warten.

Mit den Schuhsohlen schob ich etwas roten Sand von mir, bis ein kleiner Hügel vor meinen Zehenspitzen entstand. Der feine Sand purzelte zurück, sobald ich mich bewegte, was mich dazu veranlasste, von vorne zu beginnen. Irgendwie entspannte es mich.

Àris gesellte sich an meine Seite. Obwohl er nichts sagte, fühlte ich mich unbehaglich. Am liebsten wäre ich ein Stück von ihm weggerutscht, aber ich wollte ihn nicht beleidigen.

»Ängstigt dich meine Anwesenheit?«, erkundigte er sich leise. Er zog seine Knie an und stützt die Arme darauf. Bei genauerer Betrachtung ähnelte er eher einem Kind, als einem alten Krieger. Nichtsdestotrotz ließ ich mich nicht davon beirren.

»Nein.« Es war gar nicht schwer, zu lügen. »Es ist nur etwas frisch. Ich hätte mich wärmer anziehen sollen.«

Augenblicklich zog er seine Jacke aus und legte sie mir um die Schultern. Ich roch Gerrit an ihr, wohl wissend, dass sie ihm gehörte. Dennoch jagte es mir einen Schauder über den Rücken, den ich am liebsten sofort wieder losgeworden wäre. Obwohl ich mir vor dem Gedanken grauste, dass der Grieche sie getragen hatte, ließ ich die Jacke an Ort und Stelle.

Eine Geste, die Àris zum Lächeln brachte.

»Freut mich, dass ich dir ein wenig helfen kann, Prinzessin. Du weißt gar nicht, wie sehr ich mich darüber freue. Ich habe so lange auf diesen Moment gewartet, gehofft, dir irgendwann zur Seite stehen und meine Hilfe anbieten zu können. Es ist so aufregend, dich endlich kennenzulernen!«

Es schüttelte mich innerlich. Normalerweise nahm ich Komplimente verlegen entgegen und erwiderte sie. Doch jetzt verspürte ich lediglich den Wunsch, ihn von mir fortzujagen.

»Danke.« Ich durfte ihn auf keinen Fall auf den Gedanken bringen, dass ich seine Anwesenheit genoss. Ich verlangte nur nach etwas Ruhe!

Der Grieche beugte sich zu mir herüber.

»Mann, mein Herz schlägt so schnell, dass ich kaum einen klaren Gedanken fassen kann. Liebe nennt man so ein Gefühl, Angel. Kennst du das? Das Kribbeln in der Magengrube, das sich bis in die Fingerspitzen zieht. Du erkennst das Ganze nicht, bevor du nicht jeden einzelnen Teil in den Händen gehalten hast. Und nun ... würde ich gerne dich in den Händen halten.«

Seine Finger umschlangen die meinen und seine etwas zu langen Nägel drückten sich in mein Fleisch. Àris strahlte, er merkte nicht, wie unheimlich mir sein Verhalten war.

Ich wollte meine Hand zurückziehen, doch er hielt sie fest, als fürchtete er sich vor meiner Flucht.

Früher hätte ich es geschehen lassen, mich dem traurigen Schicksal hingegeben, dass Freundlichkeit jedem Menschen gebührte. Doch diese Zeiten standen endgültig am Abgrund.

Fest entriss ich mich ihm, bevor ich auf die Beine sprang. Durch das Adrenalin in meinem Körper verblassten die schmerzenden Ballen wie eine Erinnerung.

»Dass du uns hilfst, ist wirklich sehr nett, aber nein danke. Ich möchte dich nicht in meiner Nähe haben. Weder deine Hand, noch irgendwas anderes halten. Bitte akzeptiere das! Deine Aufdringlichkeit kann ich wirklich nicht gebrauchen.«

Ich wandte mich von ihm ab, ignorierte Skylars fragenden Blick und ging zum Ausgang der provisorischen Höhle. Sofort peitschte mir der Wind entgegen, der mich mit Feuchtigkeit bedeckte.

Obwohl ich fror, ließ ich die Jacke zu Boden fallen, setzte mich und lehnte mich an den Felsen in meinem Rücken. Ich schloss die Augen.

Noch immer trafen mich die kleinen, aber mehr werdenden Regentropfen. Das Interesse daran schwand, als ich schließlich meine Augen schloss. Die Dunkelheit in Empfang nahm.

Trotz der Kälte und des Regens schlief ich in dieser Nacht besser als in den vergangenen Wochen.

Aus einem unverständlichen Grund fühlte ich mich zu Hause.

* * *

Laubblätter, die die Unverfrorenheit besaßen, mich zu attackieren, rissen mich aus meinem wunderbaren Schlaf. Ich spuckte und hustete, als ich mir mit dem Ärmel meiner Jacke über den Mund rieb. Als ich sie mir ansah, klebte Matsch am Stoff. Es war wohl doch keine so gute Idee gewesen, so nah am Eingang zu schlafen, obendrein im Sitzen. Im Nachhinein verstand ich nicht, wieso ich mir diesen Platz ausgesucht hatte. Wäre es bei den anderen nicht viel sicherer gewesen?

Ich gähnte und streckte meine Glieder. Meine Schultern und mein Rücken schmerzten, ganz zu schweigen von meinem Hintern. Dennoch fühlte ich mich trotz der Nässe prächtig.

Wobei sich mein Körper feuchter anfühlte, als er eigentlich sollte. Der Schauder hatte heute Nacht eindeutig genügend Opfer heimgesucht.

Zuerst blickte ich mich um. Mein Magen knurrte. Obwohl ich wusste, dass wir sparsam mit den Rationen umgehen mussten – wer wusste schon, wie lange wir an diesem Ort verweilen mussten? –, ging ich zu den anderen zurück und wollte Gerrit nach einem kleinen Snack fragen.

Doch er schlief – genau wie die anderen.

Meine Alarmglocken schrillten. War nicht die Rede von einer Wache gewesen, die in der Nacht ein Auge auf uns werfen würde?

Ratlos stand ich hier, abwägend, ob ich jeden einzelnen von ihnen wecken, oder zurück in den Schlaf fallen sollte. Schließlich beugte ich mich über Cole, um ihn zu wecken, als ich durch den Regen ein Geräusch vernahm.

Leise ging ich zum Ausgang, wo mir sofort der Regen ins Gesicht schlug.

Im Regenschauer bewegte sich etwas. Ich näherte mich leise dem Ausgang, spürte, wie sich die Nässe über mir ausbreitete. Meine Haare hefteten sich sofort an meine Haut und die Sicht verschwamm. Tropfen bahnten sich ihren Weg an meinen Wimpern entlang. Und obwohl ich lieber umkehren und die anderen wecken sollte, ging ich in den Regen hinaus, dem Unbekannten entgegen. Mein Verstand schrie, verfluchte meine Neugier und versuchte mich zum Umkehren zu überreden. Doch das Argument, dass ich bereits durchnässt war, verdrängte den Zweifel.

Ich wusste nicht, woher ich auf einmal den Mut nahm, warum ich nicht einfach kehrtmachte, mir eine trockene Stelle suchte und träumte. Womöglich tat ich das bereits. Vielleicht machte ich einen riesigen Fehler, der uns alle in Gefahr brachte. Etwas drängte mich, dieses Risiko einzugehen.

Zwischen den Felsen sah ich durch den Regen einen Schatten umherhuschen. Es musste ein Mensch sein!

Langsam ging ich auf die Person zu. Der Regen hatte den Untergrund in eine glitschige Fläche verwandelt, Ich musste mich immer wieder an den aufragenden Steinen festhalten, um nicht im Schlamm auszurutschen.

Ein heftiger Donner ließ mich zusammenfahren. Um einen Schrei zu verhindern, presste ich meine schmutzigen Hände auf den Mund, in dem sich ein säuerlicher Geschmack ausbreitete. Ich schnappte nach Luft und setzte mich in den Schlamm. Um im nächsten Moment daran erinnert zu werden, dass ich nicht alleine war.

Ich vernahm einen markerschütterten Schrei, der wie ein Blitz durch meinen Körper fuhr, Blut rauschte wild durch meine Venen, ließ mein Herz wie verrückt gegen meinen Brustkorb donnern. Mein Mut verschwand in den Tiefen der Dunkelheit. Furcht lähmte meine Glieder. Ich hielt den Atem an, als der Schrei ein weiteres Mal erklang, diesmal leiser, trauriger. Ein Klirren folgte und lautes, grässliches Lachen.

Verdammt! Wie konnte ich so eine Dummheit begehen? Dies war nicht die Welt, in der ich aufgewachsen war. Hier herrschten andere Wesen. Und eines davon entdeckte mich in diesem Augenblick.

Trotz der Lautstärke des zischenden Windes konnte ich die Schritte des Wesens hören – wie es im feuchten Untergrund versank und mit welcher Kraft es sich wieder aus dem Schlamm befreite. Das Licht eines Blitzes erhellte die Nacht, ließ mich vollkommen in mich zusammenfahren.

Ein Monster, Pranken wie die eines Bären und den Schweif eines Löwen, hoben sich vom Regen ab, das Maul mit Blut getränkt. Der Regen vermischte sich damit, schmückte ihn mit der dunklen Farbe, als wäre es bloß ein Schleier. Der Blick aus blutroten Augen durchstieß die Schatten und traf mich wie eine Kugel. Meine Angst vervielfältigte sich.

Jetzt stampfte das Ungeheuer durch den Matsch auf mich zu.

Plötzlich ließ er ein Organ, oder was auch immer, seines Opfers fallen und fiel auf die Knie.

Er senkte den Blick und legte die Pranken auf seinem gebeugten Knie ab.

»Prinzessin. Es ist mir eine Ehre, Euch hier vorzufinden!«

»*Arcárnus marcuró*«, erklang eine fremde, leise Stimme im Hintergrund.

Das Wesen, das sich vor mir verbeugte, leuchtete für einen Moment auf, ehe es plötzlich bewusstlos zu Boden fiel.

Ein Fremder mit einem Regenschirm in der Hand kam auf mich zu.

»Dir soll nichts geschehen, Liebes. Hab keine Angst, ich helfe dir.«

Ob es am Schock lag, der mir tief in den Knochen saß, oder die Tatsache, die Hülle des Mannes tatsächlich als menschlich identifizieren zu können, dass mich seine Worte des Fremden sofort beruhigten? Wie in Trance zog ich mich aus dem Dreck und schlang die Arme um die Brust. Die Hand, die er mir freundlicherweise entgegenstreckte, nahm ich vorsichtig an. Mit einem Ruck – seine Kraft überraschte mich mehr als sein Aussehen – zog er mich unter den Schirm.

Dieser Mann war alt, womöglich so alt wie meine Großeltern. Siebzig, achtzig, und doch besaß er eine Stärke, die ihn unheimlich mächtig wirken ließ. Trotz der faltigen Haut wirkte er, als könnte er Bäume stemmen. Metaphorisch gesehen natürlich.

»Fürchte dich nicht.« Er ließ seine Hand über meine Schulter gleiten. Es kitzelte, ich lachte leise und verstummte, als ich bemerkte, dass Dreck und Nässe von meinem Körper verschwunden waren.

»Hexer«, sagte ich schneller, als ich meinen Mund halten konnte.

»In der Tat. Ich wurde mit Magie in den Adern geboren, genauso wie du das Erbe des Bösen in dir trägst, Angel. Doch das macht uns nicht automatisch zu etwas Schlechtem.«

Ich biss mir auf Lippe und zuckte mit den Schultern. Gehörte er zum Rat, von dem mir die anderen erzählt hatten? Woher kannte er meinen Namen?

»Komm«, lud er mich mit einem aufrichtigen Lächeln ein. »Begleite mich hinunter zu meinem Zuhause. Ich denke, dir täte ein heißer Tee ganz gut.«

Warum ich ihm schließlich folgte, konnte ich mir nicht erklären. Ohne über mein Tun nachzudenken, folgte ich dem alten Mann die zerstörte Straße entlang, bis wir auf magische Weise plötzlich an einem anderen Ort auftauchten – wie aus dem Nichts! Wir waren durch kein Portal gegangen, hatten die Stadt nicht mal mit einem Zeh verlassen. Und dennoch befand ich mich beim nächsten Wimpernschlag in einer niedlichen Hütte mitten im Wald. Äste wuchsen durch die fehlenden Fenster herein, wucherten an Wänden und Decke. Blumen in allen Farben blühten darauf, nicht größer als mein Daumen. Sprachlos sah ich mich um.

Der Schirm klappte von selbst zu, bevor er auf magische Weise hinter einer Tür verschwand.

Der Mann setzte Tee auf. Zu meiner Überraschung tat er es, ohne Magie zu verwenden – wie ein normaler Mensch.

Erst jetzt bekam ich die Gelegenheit ihn richtig anzusehen. Sein Haar war schneeweiß und kurz geschnitten. Hinten war es etwas länger, als versuchte er, etwas von der Jugend einzufangen, die durch seine Finger glitt. Sein schlichtes Gewand reichte ihm bis zu den Knöcheln. Das Blau des Stoffes stand ihm sehr gut.

Ich zuckte zusammen, als er sich mit einem Klatschen zu mir umdrehte.

»Wo bleiben meine Manieren? Man nennt mich Thelion, ehemaliger Ratsvorsitzender und nun Junggeselle, verbannt in die Wälder.«

Sein Lachen irritierte mich etwas, sodass ich ziemlich lange brauchte, um zu verstehen, was er gerade gesagt hatte. War er tatsächlich ...

»Sie sind der Mann, den wir seit Stunden suchen?«, platze es aus mir heraus.

Wie unhöflich!, tadelte ich mich innerlich. *Was wird er wohl von dir denken, wenn du dich so scheußlich benimmst?*

»Wohl wahr, der bin ich. Nun, ich war es zumindest vor unendlich langer Zeit. Nun bin ich nur ein verrückter, alter Mann.« Er lachte über seine Feststellung.

Als er mich mit einer Geste bat, Platz zu nehmen, folgte ich dem Angebot. Es herrschte Stille, bis er mir den Tee serviert hatte

Waldfrucht mit einem Hauch Honig. Mein Lieblingsgeschmack!

»Entschuldigen Sie bitte, ich habe mich noch gar nicht bei Ihnen bedankt. Ich sollte nicht so undankbar sein!«

»Nicht nötig.« Er füllte seine Tasse mit dem aromatischen Tee. »Und duze mich bitte, ansonsten fühle ich mich noch älter, als ich es ohnehin schon bin.«

Ich musste lächeln, was die Augen des Mannes zum Strahlen brachte.

»Dennoch. Ich war unfähig mich zu bewegen. Danke für die Hilfe.«

Thelion schüttelte belustigt den Kopf. »Er hätte dir nichts getan, Angel. Dieses Wesen tut niemandem etwas zuleide.«

»Aber ...«

»Augen verwirren. Wir sehen Dinge und interpretieren sofort das, was uns als erstes in den Sinn kommt. Doch wir denken in diesem Moment nicht daran, auch die andere Seite zu betrachten. Du musst häufiger mit deinen inneren Augen sehen.« Er wusste, dass ich kein Wort verstanden hatte, also fuhr er fort.

»Während der Paarungszeit reißen sie ihre Weibchen fast in Stücke. Diese heilen allerdings so schnell, dass es kaum der Rede wert ist. Je länger der Heilungsprozess dauert, desto genauer weiß das Weibchen, wie gut das Männchen seine Brut beschützen und ernähren kann. Gefällt ihr diese Art, bleibt sie. Sollte er ihr allerdings zu schwach sein, verschwindet sie.«

»Das ist grausam.« Ich schüttelte mich. Die Natur konnte manchmal so unheimlich schrecklich sein.

»Wie ich bereits sagte, das Auge entscheidet, was wir sehen und denken. Dir mag das bösartig erscheinen, aber ihr sichert es das Überleben. Auch wir Menschen tragen diesen Instinkt in uns. Jedoch verändert sich unsere Entscheidung durch Liebe und Fürsorge. Eine sehr einfache Art, den Partner fürs Leben zu finden.«

Ich dachte über seine Worte nach. Tatsache war, dass ich vor diesem Wesen Furcht empfunden hatte. Nichts hätte mich von dem Gedanken abbringen können, dass es, als es mit dem blutigen Maul auf mich zukam, töten wollte. Doch dann beugte es das Knie, um mir zu huldigen. Mir, der Tochter des Bösen.

Ich nahm einen Schluck des heißen Getränks und seufzte. Konnte ich wirklich so blind sein?

»Selbst Menschen ohne Augenlicht sehen. Angel, du bist noch jung und unerfahren und wirst lernen, was es bedeutet, wirklich zu sehen.«

Mit großen Augen starrte ich ihn an. Wie konnte er wissen, worüber ich nachdachte?

»Wer bist du?«, fragte ich langsam.

Erneut legte sich ein Lächeln auf sein Gesicht. »Ich bin bloß ein alter Mann, der bereits viel zu viel gesehen hat. Jemand mit dem dritten Auge.«

* * *

Ich verstand, was er damit meinte. Sehen war ein Hilfsmittel, um das Ganze erkennen zu können. Dieser Mann konnte in die Zukunft blicken, wusste, was als Nächstes passieren würde, wenn nichts und niemand die Zeit veränderte. Ich lauschte begierig seinen Worten, hing an seinen Lippen als wären sie aus Gold. Sein Wesen, die Art wie er mit mir sprach, Gedanken die er hegte – all das berührte mich. Ich wollte mehr über seine Fähigkeiten erfahren, wissen, was er damit alles anstellen konnte.

Zu meinem Glück reagierte er gelassen auf meine vielen Fragen. Ohne mich zu stoppen, beantwortete er jede ausführlich und verständlich. In der Menschenwelt wäre er ein grandioser Lehrer geworden.

Trotz seines hohen Alters gab sich Thelion recht jung. Ich erfuhr auch, wieso. Thelion versteckte sich vor allem. Weder die Ratsmitglieder noch wir hätten ihn finden sollen. Er hatte es unmöglich gemacht, auch nur eine Spur zu ihm zurückzuverfolgen. Magie konnte wirklich tückisch sein.

Thelions Aufgabe war es gewesen, sich um meine Schwestern und mich zu kümmern. Er hatte uns in die Menschenwelt geschickt. Die Zukunft hatte sich vor seinem dritten Auge gezeigt und ihm bewusst gemacht, auf welchen Weg er sich begeben musste. Als ich mehr darüber erfahren wollte, lachte er bloß. Ich würde es wohl selbst herausfinden müssen.

Als Thelion mir das zweite Mal Tee einschenkte, sprach er über seinen verlorenen Sohn. Ein Junge, den er vor Jahrhunderten von sich gedrängt und ins Leben hinausgeschickt hatte. Er vermisste ihn so unendlich, dass sein Herz von Tag zu Tag mehr blutete. Durch sein drittes Auge wusste er zwar, dass aus dem Jungen ein stattlicher Mann geworden war, aber das war nichts im Vergleich dazu, ihn in die Arme zu schließen, seine Körperwärme zu spüren.

Thelion verriet mir den Namen des verstoßenden Sohnes: Taxus.

Wo Taxus sich aufhielt oder was er beruflich machte, verriet Thelion mir nicht. Zu meiner Überraschung erfuhr ich jedoch, dass der Sohn des großen Hexers mit demselben Zauber belegt worden war, wie auch einst wir Schwestern; drei Mädchen, gezwungen, Jahrhunderte zu schlafen. Dieser Junge würde wohl jetzt, in der heutigen Zeit, gebraucht werden.

Aber war es richtig, dass er sich in die Zukunft einmischte? Hatte man mich nicht immer gelehrt, die Zeit sei ein schlechtes Spielzeug? Meine Mutter hatte früher oft darüber gesprochen.

Wenn ich doch bloß mehr Zeit gehabt hätte!

Reflexartig berührte ich meine Schenkel, strich mit den Handflächen bis zu meinen Knien. Meine Beine bewegten sich noch immer. Beruhigt atmete ich auf. Ich wippte mit den Füßen hin und her. Meine Sohlen streiften über den laminierten Boden. Blätter, die überall verteilt lagen, raschelten durch die Bewegungen.

Um diesen für mich so lebendigen Augenblick zu würdigen, schenkte ich ihm ein sanftes Lächeln, gefolgt von einem tiefen Seufzen.

Die Vögel trugen ihre Melodie durch die fensterlosen Öffnungen in den Wänden ins Haus. Die sanften Töne vertieften mein Lächeln. Mit ihr zog ein frischer Wind auf, der mich angenehm streichelte. Die darauffolgende Gänsehaut nahm ich mit Freude in Empfang. Diese Ablenkung tat mir gut, ließ mich das Vergangene vergessen. Wie es wohl wäre, für immer hier zu leben?

Als Thelion sich erhob, kehrte ich in die Realität zurück. Ich umfasste mit beiden Händen meine Tasse, die nun wesentlich kühler anfühlte.

»Du wirst mir nicht verraten, wer hinter Schwester Nummer drei steckt, oder?«

Sein Schweigen war Antwort genug und ich überlegte, was er mir wohl offenbaren durfte. Dass ich nun den Namen seines Sohnes kannte, konnte wohl nicht die Zukunft verändern.

»Ich werde dir sagen, was ich weiß«, versprach er, als er zur Küchentheke ging und leicht die wuchernden Äste berührte. Plötzlich begannen sie sich zu bewegen. Blüten Sprossen und lila Staub vermischte sich mit dem Laub am Boden.

Thelion kicherte, als wäre etwas Witziges geschehen.

»Sie werden gleich hier sein, Angel.« Mit diesen Worten drehte er sich zu mir herum, schmunzelte. »Es wird Zeit, euch die Wahrheit zu erzählen.«

Just in diesem Moment wurde die dunkle Tür aufgerissen.

Àris war der Einzige, der sich augenblicklich mit Demut auf die Knie fallen ließ, um dem Hexer Respekt zu zollen.

Kapitel 20

Ein angespanntes Knistern lag in der Luft. Es roch nach Schweiß und dem Duft der Natur. Niemand sagte etwas. Niemand rührte sich.

Unsere Haare, die sich durch das Hauchen des Windes erhoben, waren das Einzige, was sich bewegte. Àris kniete noch immer auf dem Boden, wobei er seine Stirn voller Hingabe gegen den mit Laub bedeckten Boden drückte. Sein Atem ging schnell und obwohl ich sein Gesicht kaum erkennen konnte, bemerkte ich ein fröhliches Lächeln. Glückseligkeit lag auf seinen Lippen.

Mein nächster Blick glitt zu Cole. Ich suchte Wut in seinen Augen, die mir gelten sollte, doch entdeckte nur tiefe Besorgnis und Furcht. Jetzt tat es mir leid, dass ich einfach mit dem Hexer mitgegangen war, ohne den anderen Bescheid zu geben.

Der Hexer legte Àris eine Hand aufs Haar.

Gerrit knurrte leise, sicher gewillt, bei einer falschen Bewegung auf den alten Mann loszugehen. Mit einem Kopfschütteln versuchte ich ihm klarzumachen, dass er sich beruhigen konnte. Der Gedanke verfehlte sein Ziel, denn unser Gruppenführer dachte nicht einmal daran, auch nur einen Blick in meine Richtung zu werfen. Stattdessen durchbohrte er den Hexer förmlich mit seinem Blick.

»Erhebe dich, mein Kind«, sagte Thelion. Der Dämon folgte seiner Aufforderung, hielt den Kopf jedoch gesenkt. Es wirkte fast so, als traute er sich nicht, etwas zu tun, was nicht von ihm verlangt wurde. Eigenartig.

»Ich bin stolz auf dich, mein Kind. Du hast Gutes getan, meinen Befehl erfolgreich ausgeführt. Sei nun frei und breite deine Flügel aus. Ich habe dich viel zu lange in meinen Fängen gehalten, dich mit einer Bürde beauftragt, die dich hätte nicht belasten dürfen. Lebe dein kurzes Leben, Àris, und teile dein Glück mit einer Gefährtin.«

Der Blick des Dämons schnellte zu mir, bevor er sich an den Hexer wandte. Stolz lag in ihm, gepaart mit Zuversicht. Dunkle Wolken der Trauer bedeckten diese positiven Gefühle, als er die Hand seines Gegenübers küsste.

»Verzeiht, dass ich erst jetzt erscheine. Der Zauber hielt lange und bannte stark. Nur die Schwester der Heilung konnte mich aus meinen einsamen Träumen reißen. Herr, ich möchte Euch weiterhin dienen, meine Hände auf Eure legen und Taten vollbringen, für die mich die Engel loben werden. Eine Gefährtin wird es leider nicht geben.«

Sofort war mir klar, auf was der Dämon anspielte. Die Liebe, die er seit meinem Kindesalter verspürt hatte, brannte noch immer in seinem Herzen. Sein Herz versuchte, daran festzuhalten, dass ich mich für ihn entscheiden könnte. Doch sein Verstand sagte ihm bereits, dass diese Hoffnung vergeblich war. Er gab sich geschlagen.

Es hätte mich womöglich schmeicheln sollen. Vielleicht hätte ich auch eine Entschuldigung aussprechen sollen, doch ich konnte und wollte nicht. Ich stellte fest, wie wenig ich mich für seine Gefühlslage interessierte. Àris war nur irgendein Fremder, dessen Hilfe ich in Anspruch genommen hatte. Früher wäre es mir niemals in den Sinn gekommen, mit solchen Reaktionen meinerseits sein Herz zu verletzen. Heute mochte es mir egal sein.

War diese neue Seite an mir die Veränderung, von der Skylar gesprochen hatte?

Der Hexer küsste die Stirn seines treuen Dieners. In dieser Handlung lag jedoch eine tiefe Trauer. Ich fragte mich, was der Grund dafür sein mochte.

Der alte Mann setzte sich mir gegenüber. Ruhig, als wären wir erneut allein, nahm er einen Schluck von seinem kühlen Tee. Aufregung kannte er wohl nicht.

»Schluss mit den Spielchen«, knurrte Gerrit, der herankam und mit der flachen Hand auf den Tisch schlug. »Ich verlange Antworten! Auf der Stelle!«

»Gerrit, er stellt keine Gefahr da«, versuchte Aaron seinen Freund zu beruhigen.

Vergeblich.

Da schob sich Scarlett nach vorn und ergriff Gerrits Hand. Er stieß sie unsanft weg.

Deshalb war er so wütend. Sie war uns ohne seine Zustimmung gefolgt, hatte sich ohne jeden Schutz in Gefahr gebracht.

Sie wandte sich an mich.

»Geht es dir gut, Angel?«

»Ja, alles in Ordnung.«

Gerrits Laune änderte sich durch meine Antwort nicht. Auch wenn er erleichterter aussah. Anstatt jedoch noch einmal das Wort an Thelion zu richten, verschränkte er seine Arme und lehnte sich gegen die Wand. Seinen Blick wandte er von allen ab.

»Ich bin keine Gefahr für Angel«, ergriff nun Thelion wieder das Wort. »Für niemanden.«

Cole trat an meine Seite, ohne mich zu berühren. »Das wissen wir bereits. Entschuldigt die Reaktion meines Freundes, aber es war ein großer Schock, als wir erwachten und Angel verschwunden war.«

Thelion nickte verständnisvoll und bat seinen Besuch, sich ebenfalls zu setzen.

Aaron und Scarlett nahmen das Angebot an.

Eine angespannte Stille kehrte ein.

Sie dauerte an, bis Thelion sich wieder erhob und die Hände ineinander faltete. Das machte ihn um Jahre älter, was ich natürlich für mich behielt.

»Ich bin Thelion, ein ehemaliges Ratsmitglied. Vermutlich kennt mich niemand mehr. Schnell geraten Dinge in Vergessenheit, die in der Zukunft nicht erwähnt werden sollen. Mein Tun, die Verbannung durch den Rat, ist der Grund, warum wir uns hier zusammenfanden.«

Àris hörte aufmerksam zu, strahlte über das ganze Gesicht.

Mir hingegen fiel es schwer, mich auf die Worte des Hexers zu konzentrieren. Ohne Frage gehörten seine Worte unheimlicher Wichtigkeit an, doch mein Herz wollte, dass ich mich zu Cole drehte. Meine Finger kribbelten bei dem Gedanken, nach ihm zu greifen. Ich durfte mich nicht ablenken lassen!

»Was ist damals wirklich passiert?« Koens Stimme klang wie ein Vorwurf.

Alle, selbst Gerrit, starrten nun in die Richtung des Hexers. Dieser lächelte zaghaft.

»Ich werde wohl am Anfang beginnen müssen. Es heißt, Lilith soll schon immer schlecht gewesen sein, dunkel und abgebrüht. Doch das ist eine Lüge. In meinen jüngeren Jahren gehörte Lilith zu den klügsten und fröhlichsten Mädchen, die der Himmel hatte beherbergen können. Ja, Lilith trug vor einigen Jahrhunderten Flügel, Flügel so weiß und hell wie die keines anderen. Ihre Schönheit wurde verehrt, ihre Klugheit gelobt und die Magie bewundert. Sie war in der Lage, dunkles Land in Wärme zu hüllen, Blumen wachsen zu lassen und Menschen Leben zu schenken. Ihr Wesen war friedlich und sanft gewesen, geprägt von der Liebe ihrer Eltern. Man malte sich eine leuchtende Zukunft für sie aus. Einst würde sie im obersten Teil des Himmels schweben und den Platz der Vorsitzenden einnehmen. Als ein Gott den Menschen Kraft und Hoffnung schenken.

Bis sie sich eines Tages in einen Menschen verliebte.

Sie vernachlässigte ihre Aufgaben als Engel, wodurch manche Menschen begannen, die Existenz ihrer gottesgleichen Art anzuzweifeln. Obwohl man sie an ihren Eid erinnerte, an das Talent, das die Welt verändern konnte, gehörte ihre gesamte Aufmerksamkeit nur noch einer einzigen Person. Der junge Mann, der in ihren Augen perfekt für sie erschien, nahm sie in Besitz. Er war nicht sonderlich reich, besaß weniger, als er zum Überleben brauchte. So bat er Lilith, ihm die nötige Kraft für sein Überleben zu schenken, ihm mehr von ihr zu geben.

Sie tat es.

Ohne zu zögern. kehrte sie dem Himmel den Rücken zu und tat etwas, das sie aus der Welt der Engel verbannte. Sie opferte ihre Flügel für den Mann ihres Herzens. Nicht mehr als eine Feder blieb ihr.

Lilith besaß Macht, die Kraft, Wunder zu vollbringen. Also stellte sie einen Trank her, der den Mann in etwas Besonderes verwandeln sollte. Nie wieder sollte er hungern oder Leid ertragen müssen, sondern leben – für immer an ihrer Seite. Dieser Trank, gebraut aus den strahlenden Federn ihrer Flügel, verwandelte den jungen Geliebten in einen Dämon, unsterblich, für Menschen unverwundbar. Sie opferte ihr Leben im Reich des Himmels, um eine Familie mit diesem Mann gründen zu können. Sie gab alles auf. Er hatte ihre Sinne vernebelt, sodass sie erst merkte, dass er sie betrog, als es zu spät war.«

Gebannt lauschte ich den Worten des Hexers.

»Das Herz des Mannes gehörte bereits einer anderen Frau. Sie war nicht so schön wie Lilith, besaß keine besonderen Fertigkeiten und dennoch bevorzugte er sie. Mit der Unsterblichkeit gelang es ihm, für immer an der Seite seiner Geliebten zu bleiben. Sie, halb Dämon und halb Mensch, er endlich unsterblich.

Ohne ein Wort verließ er Lilith, um zu seiner Frau zurückzukehren. Lilith folgte ihm und erkannte, in welches Unglück sie gelaufen war, sah, wie ein Wesen im Bauch der fremden Frau heranwuchs. Ihr Herz brach und verursachte einen Schmerz, mit dem sie nicht umzugehen wusste. Sie stellte ihn zur Rede, doch er schickte sie fort, offenbarte ihr, dass sie ihm nichts bedeutet hatte.

Lilith litt.

Mit einem Herz gefüllt mit Pein und Trauer wollte sie nach Hause zurückkehren. Doch dies wurde ihr verwehrt. Man erlaubte ihr den Aufenthalt in den Wolken nicht mehr. Sie galt als Verräterin, die obendrein ihre Flügel geopfert hatte. Der oberste Engel verbannte sie.

Nun war sie gezwungen, auf der Erde um ihr Überleben zu kämpfen. Nicht einmal ihre Magie konnte ihr helfen, denn diese war in ein Gefäß gesperrt und tief im Inneren der Dunkelheit versteckt worden, in der Unterwelt. An diesen Ort konnte sie nicht gelangen.«

»So kenne ich die Geschichte nicht«, sagte Koen. Skylar stupste ihn in die Seite und schüttelte den Kopf, womit sie ihm bedeutete, still zu sein.

»Wochenlang blieb Lilith an dem Ort, an dem sie und ihr Liebster sich geliebt hatten«, fuhr Thelion fort. »Sie konnte den Gedanken nicht ertragen, das letzte Bisschen von ihm verloren zu haben. Die Tage zogen sich dahin und sie wurde schwächer. Ihr nun sterblicher

Körper verkraftete die Entbehrungen nicht. Sie verwahrloste und wurde krank. Sie wusste, dass sie bald sterben würde.

Und dann war sie da. Die Wut, die alles änderte. Die hingebungsvolle Liebe verwandelte sich in Hass. Warum war er nicht bei ihr geblieben? Oben in den Wolken war sie begehrt worden. Viele Männer hatten um ihre Hand angehalten. Stark und prächtig. Doch dieser Eine, so schwach und ohne magische Kraft, wollte sie nicht. Sie erreichte das Haus des Paares, bevor sie überhaupt wusste, was auf sie zukommen würde. Der Anblick, der sich ihr bot, zerstörte etwas in ihrem Inneren.

Die junge Frau hatte ihr Kind zur Welt gebracht und auch dieses trug unsterbliche Gene in sich. Diese Familie würde bis in alle Ewigkeit zusammenbleiben. Nichts konnte sie trennen – bis zu jener Nacht, als Lilith ihr Haus betrat, bewaffnet mit einem Dolch. Die Waffe, aus dem eigenen Hause des Mannes, durchstieß das Herz seines Kindes kurz nach Mitternacht.«

Thelion verzog angewidert das Gesicht, als wäre er in der Lage, erneut die quälenden Schreie des Mannes zu hören. Die Tränen der Frau zu schmecken. Ihren Schmerz zu spüren.

»Der Mann versuchte, Lilith aufzuhalten, doch diese wurde einzig von ihrem Schmerz und ihrem Hass beherrscht. Als sie die junge Frau tötete, zwang sie ihn, dabei zuzusehen. Es war ein grausamer, langsamer Tod. Mehrere Minuten hatte Lilith die junge Frau leiden lassen, den Engeln dafür die Schuld gegeben. Ihren Geliebten verflucht.

Nichts davon wäre geschehen, wenn man sie nach Hause hätte zurückkehren lassen.

Der Mann wollte sein Leben beenden, um mit Kind und Frau vereint zu sein. Doch Lilith ließ dies nicht zu. Sie kettete ihn an einen Stuhl und gab dem grässlichen Gefühl nach, welches in ihrer Brust geboren worden war. Er wurde gefoltert. Tagelang bereitete sie ihm die größten Schmerzen, doch trotz seiner niedrigen Geburt blieb er standhaft und beteuerte jede Stunde aufs Neue die Liebe zu seiner verstorbenen Frau.

Bis es der ehemalige Engel nicht mehr aushielt.

Sie nahm das einzige Stück, das von ihrem Federkleid übrig

geblieben war und wünschte sich nichts sehnlicher, als vergessen zu können. Sie sandte Gebete aus, in der Hoffnung, von den Engeln erhört zu werden.

Doch ein anderer wurde auf sie aufmerksam, jemand, der die Macht besaß, Schreckliches zu tun. Dieser Jemand schenkte ihr einen Funken Magie, der für einen letzten Zauber reichte.

Die Feder in ihrer Hand, getränkt vom Blut der Unschuldigen und der Trauer ihrer Selbst, färbte sich schwarz. Sie opferte ihre Seele und verwandelte sich in einen Dämon mit außergewöhnlichem Blut. Mit diesem Zauber wurde die adlige Rasse geboren. Die Dealórc-Dämonen.«

Koen und Skylar wechselten gegenseitig einen Blick.

»Lilith schwor sich Rache. Sie wollte, dass ihr Geliebter genauso litt wie sie. Doch dazu durfte er nicht sterben. Auch der Himmel sollte seine gerechte Strafe erlangen. Also nutze sie ihre Intelligenz für das Böse und dachte sich einen Plan aus, um in die Unterwelt zu gelangen.«

»Dies tat sie, indem sie Satans Braut wurde«, fügte Gerrit verächtlich hinzu.

Thelion zuckte mit den Schultern, was einer Zustimmung gleichkam.

»Tatsächlich gelang es Lilith, an die Seite des Hüters der Hölle zu gelangen. Sie gab sich als ein hilfloses Mädchen aus, wie es ihr Geliebter einst getan hatte, und erlangte dadurch ihre Stärke zurück. Luzifer schenkte ihr Unsterblichkeit und das Recht, in die Unterwelt gehen zu dürfen. Es war nur eine Frage der Zeit, bis sie das Gefäß mit ihrer Magie fand. Sie vereinte die Kraft der Engel mit der des Bösen und erschuf damit etwas, was die Unterwelt für immer prägen sollte.

Sich selbst.

Lilith wurde zum personifizierten Bösen, geleitet vom Hass, der noch immer tief in ihrer Seele steckt. Sie entwickelte sich weiter und erschuf den Sex-Dämon, auch Sukkubus genannt. Sie beraubte die ersten dieser Art und nahm deren Energie in sich auf. Dadurch wurde sie noch schöner und prächtiger als zuvor. Ihr Aussehen und ihre Verführungskünste erlaubten es Lilith, zu verschlingen und zu meucheln. Nur in diesen Momenten fühlte sie sich ein wenig besser.«

»Was ist aus dem Mann geworden, dem sie den Tod verweigert hat?«, unterbrach ich ihn. Ein aufgeregtes Ziehen entstand in meinem Körper und meine Neugier wuchs. Fast hätte ich mich selbst geohrfeigt, nur weil ich ihn unterbrochen hatte. Doch ich musste unbedingt alles von dieser Geschichte erfahren. Jedes einzelne Detail.

»Er lebt noch«, antwortete Thelion betrübt. »Nach Hunderten von Jahren lebt er noch immer. Lilith schenkte ihm etwas, was er niemals hatte haben wollen: das Leben. Sie verfluchte ihn zu einem unsterblichen Leben in den Tiefen der Hölle. Er wurde zur rechten Hand des Teufels.«

»Das ist ja schrecklich«, rief Skylar. »Er wird niemals den Frieden finden. Niemals wieder seine Frau in den Arm nehmen, die Stirn des Kindes küssen können. Seine Seele wird für immer in der Hölle schmoren. Was für ein hinterlistiges Biest!«

»Wahrhaft das netteste Wort, das ich für sie verwenden würde.« Thelion gluckste, wurde dann aber wieder ernst. »Es ist wahr, dass sie damit nur das Schlechteste versuchte. Er sollte jeden Tag aufs Neue gefoltert und an den Rand des Wahnsinns getrieben werden, doch der Verrat an Satan gab dem jungen Mann Hoffnung. Er stirbt vielleicht nicht, erleidet durch Luzifers Güte allerdings auch kein Leid.«

»Warum habt ihr nicht versucht, den Fluch zu brechen?«, wollte Gerrit wissen und funkelte den Hexer noch immer wütend an. »Ihr Hexer besitzt Macht. Die Kraft von euch allen hätte sicherlich ausgereicht, um ihn in das Reich der Toten zu schicken. Er hätte nicht all die Zeit dort unten verrotten müssen.« Er schnaufte verächtlich. »Ihr seid doch nichts als Heuchler. Tut, als würde euch die Qual eines anderen etwas angehen, und kehrt ihnen bei den kleinsten Problemen den Rücken zu! Alles hättet ihr verändern können. Niemand hätte zur heutigen Zeit sterben müssen.« Sein Blick wanderte zu meiner Schwester. »Niemand.«

»Gerrit, bitte ...« Scarlett blickte ihn flehend an.

Doch der Dämon ging bedrohlich auf Thelion zu.

»Nein, keine Bitten mehr! Mir reicht es. Wie viele müssen noch sterben, bevor ihr Idioten von Hexern endlich realisiert, dass ihr Wunder vollbringen könnt? Koen hätte vor wenigen Monaten fast sein Leben verloren, wegen dieser ganzen Scheiße! Habt ihr daran gedacht, uns zu helfen? Nein, stattdessen dreht ihr uns den Rücken zu, obwohl wir nur versuchen, den ganzen Mist wieder gerade zu biegen! Eine Aufgabe, die normalerweise euch zuteilwerden sollte.«

»Ich verstehe deine Wut«, erhob ich das Wort. »Aber Thelion gehört schon lange nicht mehr ihren Reihen an. Er wurde verbannt. Die meisten halten ihn für tot. Was soll er in seiner Lage ausrichten?«

Gerrits Zorn richtete sich nun auf mich.

»Viel mehr, als wir es jemals können! Merkst du nicht, dass er noch immer die Fäden in den Händen hält? Ja, vielleicht weiß der Rat nicht von seiner Existenz. Gut möglich, dass sie der Meinung sind, ihn bereits losgeworden zu sein. Dennoch stehen wir nun hier, Angel. Wegen ihm. Sag mir also nicht, dass er das Ganze nicht auch auf eigene Faust hätte lösen können!«

Ich verstand nicht, warum Gerrit so außer sich war. Es konnte nicht nur an Scarlett liegen, die seine Befehle missachtet hatte. Etwas anderes, das er uns nicht offenbarte, musste in plagen. Hielt er womöglich etwas vor uns geheim? Oder entsprang sein Unmut der Sorge um die Schwestern?

Skylar hatte mir von der Modenschau erzählt, bei der viele Menschen ihr Leben verloren, nur weil Kreaturen hinter meiner Schwester her gewesen waren. Hätten diese Leute weiterleben können, wenn Thelion mehr getan hätte? Konnten wir ihm tatsächlich für so eine große Sache die Schuld geben? Er war doch bloß ein alter, einsamer Mann.

Aaron zog an Gerrits Jacke und schüttelte energisch den Kopf. Seine Augen strahlten pure Stärke aus. Gerrit presse die Lippen so fest aufeinander, dass sie fast weiß wurden, trat jedoch zurück und lehnte sich wieder an den Ast.

Aaron entschuldigte sich mit einer Verbeugung. Der Hexer lächelte lediglich. Den Wutausbruch schien er bereits vergessen zu haben.

»Wir konnten den Fluch nicht brechen«, nahm Thelion das Thema wieder auf. »Glaubt mir, wir haben es versucht, aber selbst unsere gemeinsame Magie funktioniert in der Unterwelt nicht. Zauberei ist nicht zu bändigen, auch nicht für Personen, die sie von Geburt an in sich tragen. Durch die dunklen Kräfte Liliths konnten wir den Fluch nicht brechen. Ihre Wut gab ihr Energie, raubte uns jedoch jeden Funken Magie. Zauber können nicht aus weiter Entfernung gesprochen werden. Vor allem ein derart starker, mächtiger Zauber nicht. Es war uns nicht möglich, den Mann aus seinen Qualen zu befreien.«

Bei jedem Wort hatte er Gerrit angesehen, als richtete er diese Worte nur an ihn. Dieser zuckte lediglich mit den Schultern, schenkte dem Hexer keine Aufmerksamkeit mehr. Dennoch wusste ich, dass er jedem Wort gespannt lauschte.

»Was ist dann geschehen?«, erkundigte sich Skylar. »Ich habe gehört, dass Lilith nach mehr von dieser Macht verlangte und deswegen die Menschenwelt zu ihrem Territorium machen wollte. Ist das richtig, oder ist auch dieser Teil der Geschichte erfunden?«

»Die Hälfte der Legenden und Gerüchte ist sicherlich wahr«, erwiderte der Hexer. »Allerdings erinnert sich kaum jemand mehr an den Beginn des Ganzen. Es wird vieles verschwiegen, Münder werden gezwungen, geschlossen zu bleiben. Lilith ließ jeden töten, der auch nur ein Wort darüber verlor.«

»Was ist mit ihr geschehen?« Meine Nase kribbelte, worauf ich sie hektisch rieb.

Ich wollte mehr von der Geschichte. Mehr von den vergangenen Fantasien.

»Es klingt unglaubhaft, aber Lilith hatte anfangs keinerlei Interesse an der Menschenwelt. Sie hatte Rache nehmen wollen. An ihrem Geliebten und den Engeln. Es hatte nicht lange gedauert, bis sie dieses Ziel erreichte. Gefürchtet von den meisten Wesen besaß sie die Herrschaft über ein ganzes Land. Lilith hatte mehr erreicht, als sie sich jemals vorstellen konnte. Doch ein Teil ihrer verdorbenen Seele wollte noch etwas. Eine Sache, die ihr bis jetzt verwehrt geblieben ist. Liebe. Auch in ihr tobte der Wunsch nach einem Gefährten, Kindern, die nicht von Spielzeugen und Affären stammten. Keine neu entstandenen Rassen. Sie wollte ein Baby, dessen Wohlergehen in den Händen seiner Familie liegen würde.

Tatsächlich fand Lilith jemanden, der ihr versteinertes Herz berührte. Durch einen Zufall traf sie auf den gefallenen Engel Azul. Zum zweiten Mal in ihrem Leben verliebte sich die junge Frau. Diesmal in einen Engel. Ein Wesen, das ihr nicht unähnlich war.«

Sein Gesichtsausdruck verriet mir bereits das Ende. Auf einmal verspürte ich Mitleid mit Lilith.

»Sie versuchte Azul für sich zu gewinnen. Leider gehörte sein Herz bereits einer Sterblichen. Auch er opferte seine Federn für die Liebe, trotz Liliths Versuche, ihn zu warnen. Sie glaubte, auch ihn ins Verderben rennen zu sehen. Doch die Geliebte des Engels scheuchte ihn nicht davon. Im Gegenteil. Azul blieb, selbst als sie älter und älter wurde. Schließlich verstarb sie im hohen Alter, doch Jahr für Jahr besuchte der gefallene Engel ihr Grab. Seine Geliebte war niemals untreu gewesen, verspürte für ihn mehr Liebe als für sich selbst.

Liliths Herz brach erneut. Ihre Schönheit bedeutete dem Engel nichts, und auch ihr Ansehen vermochte seine Gefühle nicht zu lenken. Lilith konnte dieses Leid nicht noch einmal ertragen.

Sie gab den Menschen die Schuld. Das sterbliche Volk war es, das ihr die Liebe verwehrte und sie zwang, Mächte auszuüben, von denen Unschuldige nicht einmal etwas ahnten.

Also entschied sie, dass es besser sein würde, wenn die sterbliche Welt nicht mehr existierte. Lilith wollte ihre verlorene Kontrolle zurück und sie wusste, dass diese Welt nur zu beherrschen war, wenn sie einen Großteil der Menschen ausrottete, die übrigen versklavte und für ihren Willen missbrauchte.«

»So weit kam sie allerdings nicht«, flüsterte Skylar.

»Richtig. Wir wussten, dass wir Lilith stoppen mussten. Zu viele Menschen waren bereits gestorben, zu viele Kreaturen versklavt worden. Zu viel Leid hatte sich über beide Welten gelegt. Die Sterblichen beteten zu ihren Göttern und die Engel erhörten sie. Sie schickten uns, den Rat der Vier Kreise, hinunter in die Unterwelt.«

Der Hexer sah von einem zum anderen. »Nun, meine Freunde, ändert sich die Geschichte. Tatsächlich war ich es gewesen, der

Lilith durch einen Trick gefangen nehmen und verbannen konnte. Wir standen vor einem Krieg; der Rat, Kreaturen, die sich gegen Lilith zu richten versuchen und die Menschen. Wir standen vor der Apokalypse. Ein Zustand, den niemand mehr hätte verhindern können. Bis der Rat sich gegen meine Empfehlung darauf einigte, Lilith zu töten. Sie versuchten auf verschiedenen Wegen, an die Unsterblichkeit der Dämonenkönigin heranzukommen. Viele meiner Freunde verloren dabei ihr Leben.

Ich konnte es nicht mehr mit ansehen. So viel Zerstörung und Tod. Jeder Ort hatte danach gestunken, die Welt in Dunkelheit gehüllt. Nichts Grünes wollte mehr wachsen, die Tiere verendeten.

Lilith war dabei, die gesamte Welt zu zerstören.«

»Also habt ihr sie eingesperrt«, schlussfolgerte Aaron. »Ich frage mich allerdings, wie du es geschafft haben solltest, diesen Zauber zu sprechen. Sagtest du nicht, dass eure Magie in der Unterwelt nichts nützt? Zudem hat euch Lilith ausgetrickst. Wie konntet ihr die Kinder übersehen?«

»Es war ein Trick, ein kleines, ausgedachtes Kunststück. Karda, eine äußerst talentierte Hexe, half mir dabei, Lilith das Schlimmste glauben zu lassen. Wir wollten Zeit sparen, womöglich den Krieg auf Eis legen. Waffenstillstand war unser Ziel. Ja, wahrlich. Uns hätte nicht entgehen dürfen, was sich in der Festung des Bösen zusammenbraute. Doch Karda und ich waren so mit uns selbst beschäftigt gewesen, dass wir Lilith vollkommen aus den Augen verloren. Sie war es, die von der Existenz der Kinder – euch – erfuhr.

Der Rest des Rates wollte euch töten, das Erbe Liliths vernichten. Doch ihr wart nur Kinder! Unschuldige Wesen, geboren von einer Frau, die euch nicht liebte. Nun wurdet ihr zu unserem Anliegen. Es galt, euer Leben zu schützen.«

Sein Blick wurde glasig und ich fürchtete, ihn jede Sekunde weinen zu sehen. Doch es erschien keine Träne, bloß ein trauriger Gesichtsausdruck.

»Sie haben nicht auf uns gehört. Meine Visionen sind klar und bedeutungsvoll. Sie zeigen Zukunft, Gegenwart und Vergangenheit. Ich weiß, wann etwas passiert, bevor der Träger der Zukunft überhaupt geboren wurde. Doch sie zweifelten an meiner Gabe und glaubten nicht, dass man Liliths Brut behüten sollte. Sie forderten den Tod der Kinder. Euren Tod.«

Ein eiskalter Schauder lief mir über den Rücken. Schockiert sah ich den Hexer an. Da legte Cole beruhigend seine Hand auf meine Schulter. Sofort breitete sich Wärme in mir aus.

»Karda und ich konnten euren Tod nicht zulassen. Wir wussten, dass es falsch sein würde. Man tat Kindern kein Leid an. Kein unschuldiges Wesen verdiente es, nach den Taten seiner Eltern gerichtet zu werden.

Wir überlegten uns einen Weg, wie wir euch in Sicherheit bringen konnten. Diesen Teil der Geschichte kennt ihr bereits. Während der Rat versuchte, Lilith das Leben zu nehmen, starteten Karda und ich einen Zauber. Magie, die eigentlich niemand hätte ausführen dürfen. Wir gaben uns dem Wunsch nach Frieden hin und schenkten dem dunklen Zauber Energie, mehr, als wir eigentlich wollten. Ich verlor einen Teil meiner Sehkraft und alterte augenblicklich. Mir war es nicht mehr möglich, die Visionen zu kontrollieren. Ich verlor die Fähigkeit der Beherrschung.

Und doch gewannen wir, wodurch sich ein Fünkchen Hoffnung erhob.«

Wir schwiegen, jeder hing seinen Gedanken nach, stellte sich vor, was damals passiert war.

»Es war eigentlich Kardas Aufgabe gewesen, euch unauffällig fortzubringen«, unterbrach Thelion schließlich wieder die Stille. »Diese Rolle übernahm ich, als es ihr nicht mehr möglich war. Ohne das Einverständnis der anderen versteckte ich euch in einem Berg, umschlossen von Wachen und Zaubern. Leider befreite Àris euch, sodass ich euch in einen tiefen Schlaf sinken ließ, um euch zur richtigen Zeit zu wecken.«

»Das erklärt aber nicht, wieso du kein Ratsmitglied mehr bist«, sagte Gerrit.

»Er wurde der Kinder wegen verbannt«, erklärte Koen. »Sein Tun wurde als Verstoß eingestuft, sodass er es nicht mehr wert war, dem Rat der Vier Kreise anzugehören.«

»Ja ... Ihre Sicht wurde vom bevorstehenden Krieg vernebelt.« Thelion seufzte. »Das innere Auge hatte sich lediglich auf den

Verstoß gerichtet. Was wir allerdings dadurch erreicht hatten, davon wollten sie nichts hören. Sie verbannten mich, und bevor sie mir die Gabe der Unsterblichkeit nehmen konnten, täuschte ich meinen Niedergang vor. Mein vermeintlicher Tod hielt sie davon ab, euch zu finden. Ohne die Unsterblichkeit wäre es nicht möglich gewesen, euch zu beschützen und ihr würdet heute nicht vor mir sitzen.«

Er sank auf seinen Platz zurück. Auf einmal wirkte er noch älter und gebrechlicher. Seine Hände zitterten, als er die leere Tasse umfasste. Sein Atem ging stockend.

»Mit mir geht es zu Ende«, prophezeite er. »Mein unsterbliches Leben ist ausgeschöpft. Selbst mein drittes Auge versinkt in der Müdigkeit der Welt, nicht gewillt, mehr von dem Leid anderer zu sehen.«

»Sag es uns«, forderte Gerrit. »Wie können wir Schwester Nummer drei finden? Wie, um Himmels willen, sollen wir Liliths Auferstehung verhindern? Antworten, wir brauchen verdammt noch mal Antworten! Keine Geschichte, die wir bereits halbwegs kannten. Uns nützt das Vergangene nichts! Wir brauchen eine Lösung für die Zukunft!«

Seine Stimme war mit jedem Wort lauter geworden. Sein zorniges Auftreten ängstigte mich.

Bevor ein Streit ausbrechen konnte, wechselte ich das Thema.

»Du hast erwähnt, dass der Zauber Spuren bei dir hinterließ. Dein Sehvermögen ist eingeschränkt und die Visionen nicht kontrollierbar. Was ist mit Karda? Zeigten sich bei ihr ebenfalls Nebenwirkungen? Was hat sie verloren?«

Er lachte leise, doch tiefe Traurigkeit lag in seinem Blick, als er mich ansah.

»Ihr Leben, Angel. Sie verlor ihr Leben.«

»Hör auf meine Fragen zu ignorieren«, donnerte Gerrit, er seine Faust auf den Ast niedersausen ließ. Das Holz zerbarst, Laub wirbelte auf. »Rede!«

»Gerrit, bitte!«, rief Scarlett.

»Nein, ich ertrage diese Zeitverschwendung nicht mehr! Raus mit der Sprache. Wie zum Fick sollen wir die gesamte Menschheit retten? Etwas, was ihr vor Jahrhunderten hättet tun sollen!«

Wovon sprach Gerrit? Lilith würde es ohne unser Blut nicht gelingen, aus ihrem Gefängnis zu entfliehen. Wir, drei dämonische Schwestern, glichen Schlüsseln. Realisierte er nicht, dass niemand in Gefahr war? Kein Mensch würde durch Lilith sterben.

Oder übersah ich eines der Puzzelteile, die Gerrit bereits dabei war, zusammenzufügen?

»Mir ist bewusst, dass ihr von mir mehr erwartet. Antworten, Wege, Dinge zu lösen. Doch ich werde nicht in der Lage sein können, euch die gewünschte Hilfe zu bieten.« Thelions Hände begannen zu leuchten. »Ich habe euch alles erzählt, das Vergangene offengelegt. Nun müsst ihr entscheiden, wie ihr mit dieser Information umgeht. Erinnert euch an meine Worte, an das Gesagte. Es wird euch die Lösung bringen, nach der ihr so dringend sucht.« Jetzt leuchtete sein ganzer Körper. »Lebt wohl, meine Kinder. Folgt dem dargelegten Pfad. Wir werden uns wiedersehen.«

Mit einem grellen Licht verschwand der Hexer und mit ihm Àris.

Gerrit schrie auf, trat gegen den Stuhl, auf dem der Hexer gerade noch gesessen hatte.

»Verflucht noch mal! Was soll uns das bringen? Wir stehen noch immer am Start, obwohl das Ziel so nah war! Wieso will uns dieser Bastard nicht helfen?«

Gerrits Fluchen hallte in meinem Kopf wider, doch ich realisierte es kaum. Stattdessen spulte ich immer wieder die Worte des Mannes ab, der uns soeben verlassen hatte.

Folgt dem dargelegten Pfad. Erinnert euch an meine Worte, an das Gesagte. Es wird euch die Lösung bringen, nach der ihr so dringend sucht.

Es war ein Rätsel! Womöglich wollte uns der alte Mann prüfen. Natürlich! Er durfte nicht über Dinge sprechen, die die Zukunft verändern könnten. Das war die oberste Regel! Mische dich niemals in die Zeit ein.

Die Natur nahm stets den richtigen Weg, Umwege ignorierend. Wenn ich mich nun mitten auf den Pfad stellte, wissend, dass die Natur ihren Plan ändern, womöglich sogar umkehren müsste ... Alles würde sich verändern.

Angestrengt rieb ich mir über die Schläfe, spielte seine Worte immer und immer wieder in meinem Schädel ab. Die Geschichte wiederholte sich. Liliths Dasein als Engel, die Liebe zu einem Menschen, Verrat an der eigenen Rasse.

Plötzlich traf es mich wie ein Schlag. Ruckartig sprang ich auf, lachte hysterisch.

Augenblicklich richtete sich die gesamte Aufmerksamkeit auf mich. Selbst Gerrit verstummte.

»Wir müssen in die Hölle.« Freude durchströmte mich. Ich wünschte mir so sehr, recht zu behalten. »Ich glaube, wir sollten der rechten Hand des Teufels einen Besuch abstatten. Treffen wir uns mit dem Mann, der Lilith einst das Herz gebrochen hat!«

Kapitel 21

Feuchter Sand rann zwischen meinen Zehen hindurch, als ich die Füße unter die Erde grub. Es kitzelte, doch das Kichern verkniff ich mir. Stattdessen starrte ich hinab und beobachtete, wie sich der Sand auf der hellen Haut verteilte, bis er schließlich von meinen Füßen und zwischen die vereinzelten Grashalme rutschte. Hastig wiederholte ich mein Tun. Brachte den Sand dazu, erneut meine Füße zu bedecken, ehe er sich wieder im spärlichen Gras verlor.

Seufzend rieb ich nach einer Weile die letzten Körnchen, die zwischen meinen Zehen hängen geblieben waren, weg, schlüpfte in meine Schuhe und überlegte.

Ich langweilte mich und dies auf einem Level der Frustration, dass ich kurz zu überlegen wagte, wie es sich wohl anfühlen würde, in den Laubhaufen einzutauchen. Ein Gedanke, der mir durchaus Freude bereitete, ein Kribbeln in meinem Magen hinterließ.

Allerdings entschied ich mich dazu, es sein zu lassen. Stattdessen zu überlegen, was ich als Nebenperson in diesem Szenario verändern könnte. Die Antwort lag auf der Hand. Nichts! Doch die Wahrheit zu akzeptieren, war kompliziert.

Das raubte mir den letzten Nerv.

Gerrits Stimme, die aus dem Haus hinter mir erklang, war der wahre Grund für meine Frustration, sie hallte wie ein Schrei durch meinen Schädel. Am liebsten hätte ich ihm einfach einen Socken in den Mund gestopft.

Doch so etwas wäre nicht meine Art.

Nun, anderseits verschwendete ich normalerweise auch keine Zeit damit, überhaupt darüber nachzudenken.

Diese Leute veränderten mich!

»Scarlett, hör sofort auf damit! Du weißt genauso gut wie ich, dass das nicht auf Anhieb funktionieren kann. Wir können nicht einfach mit dem Finger schnipsen und ein Portal öffnen, das uns in die Hölle befördert. Denkst du auch nur eine Sekunde über die Konsequenzen nach?«

»Hältst du mich etwa für dämlich?«, verteidigte sie sich. »Ich kenne mich mit den Regeln und Gesetzen in der Unterwelt bestens aus, danke. Du brauchst mir solche Dinge nicht an den Kopf werfen.«

Sie klang viel ruhiger als ihr Partner, obwohl auch in ihrer Stimme Ärger lag. Sie hasste es, auf so eine Weise von Gerrit abgestuft zu werden. Ich kannte das Gefühl, wenn Menschen einem von vornherein einredeten, man könne etwas nicht.

Scarletts Gegenwehr schien bei Gerrit jedoch keine Wirkung zu zeigen.

»Wir reden hier aber nicht von der Unterwelt, Scarlett. Verstehst du nicht, auf was ich hinauswill? Luzifer ist hinterlistig, ein Mann umgeben vom Tod. Glaubst du ernsthaft, er wäre in der Lage, uns einfach wieder gehen zu lassen? Uns womöglich noch seine Hilfe anzubieten?«

»Die brauchen wir auch nicht!« Scarletts Stimme erhob sich. Ihre Wut brodelte unüberhörbar, und ich fürchte mich vor der bevorstehenden Explosion. »Wir werden in die Hölle gelangen. Um den Rest werden wir uns keine Sorgen machen müssen. So, wie wir eintreten, kommen wir auch wieder hinaus. Wenn dir meine Idee nicht passt, kann ich das gern allein durchziehen. Ich brauchte dich dafür nicht!«

Ein Knistern lag in der Luft, was wir nun wirklich nicht gebrauchen konnten.

Aaron versuchte, auf beide einzureden, doch sie schenkten ihm keine Beachtung.

Ich schüttelte den Kopf, griff in meine Haarpracht und zog etwas daran. Der entstandene Schmerz erinnerte mich daran, dass ich nicht nur tatenlos herumsitzen sollte. Doch was konnte ich dagegen unternehmen? Solch eine Kraft besaß ich nicht.

Ich stand auf, um mir etwas die Beine zu vertreten. Dabei versuchte ich, die Diskussion, die inzwischen in ein gegenseitiges Geschrei ausgeartet war, zu ignorieren.

Ich überlegte, wozu ich wirklich in der Lage war.

Könnte ich eine weitere Macht besitzen, die uns erlaubte, in die Unterwelt zu gelangen?

Hatte uns der Hexer indirekt mitgeteilt, wie wir durch Taten, Worte oder Dinge die Rettung bewältigen konnten?

Angestrengt spielte ich das Szenario in meinem Kopf noch einmal ab. Erinnerte mich an jedes Wort, an die Dinge, die er getan hatte. Doch nichts weckte in mir das Gefühl, einen Hinweis gefunden zu haben. Wahrscheinlich bildete ich mir das Ganze einfach nur ein und es entsprang nur meinem Wunsch, eine Lösung zu finden, die uns auf direktem Weg ans Ziel führte.

Doch, Mensch, so einfach war das wirklich nicht.

»Du solltest den Moment nutzen und dich ein wenig ausruhen«, erklang Coles Stimme. Er war nicht zu sehen, als ich mich einmal um die Achse drehte, mit dem Wunsch, in seine hübschen Augen zu sehen.

»Hier oben!«

Ich sah hinauf und entdeckt ihn auf einem der Bäume.

»Was treibst du dort oben?«, fragte ich, als sei es das Normalste der Welt.

»Abhängen.« Er lachte, betrachtete seine Beine, die locker über einem Ast baumelten. Dann sprang er herunter und landete direkt vor mir.

»Du solltest dich ausruhen«, bat er mich erneut. »Wir wissen nicht, wie weit unsere Reise noch gehen wird, wie lange du dich auf den Beinen halten musst. Es wäre besser, wenn du dich etwas schonst und Kräfte sammelst.«

»Mir geht es gut«, versicherte ich ihm. Es freute mich, dass er sich um mein Wohlergehen sorgte. »Wirklich, Cole. Ich kann nicht mehr herumsitzen und Däumchen drehen. Das macht mich verrückt.«

»Ist das so?« Seine Lippen verzogen sich zu einem koketten Grinsen. Er amüsierte sich. Worüber, erahnte ich allerdings nicht. »Du solltest dir diese Bürde nicht auferlegen. Niemand erwartet von dir, dass du alles selbst in die Hand nimmst. Lass dich von den beiden Streithähnen nicht irritieren. Im Grunde lieben sie sich trotzdem.«

Das wusste ich natürlich. Jeder konnte auf Anhieb sehen, wie nah sich die beiden standen. Zu jeder guten Beziehung gehörte Streit. Es würde vielleicht eine Weile dauern, doch sie würden sich auf jeden Fall wieder vertragen. Da war ich mir sicher.

Dennoch hatte Cole einen wunden Punkt getroffen. Ich wusst nur zu gut, wie leicht ich etwas auf mich nahm, das ich nicht stemmen konnte.

»Das ist es nicht«, widersprach ich trotzdem.

»Suche nicht nach Ausreden, Angel. Wir wissen beide, dass ich dich durchschaut habe.«

Ich sollte mich über die Selbstverständlichkeit, mit der er meinen Schwachpunkt erkannt hatte, ärgern, doch stattdessen entspannte ich mich.

»Du versuchst, allen das perfekte Leben zu schenken, ohne einmal an dich zu denken. Deine Sorgen gelten anderen, deine Liebe jedermann. Nur nicht dir selbst. Glaub mir, niemand wird dich verurteilen, nur weil du an dich denkst. Jeder Mensch braucht das ab und zu, Eigenliebe.«

Sein Daumen wanderte an meiner Halsschlagader hinab. Mein Puls beschleunigte sich, drückte die Ader fest gegen seine Fingerkuppen.

Sobald seine Hand fest und durchaus bestimmt an meinem Hals lag, begann sich eine bekannte Wärme in meinem Magen auszubreiten. Das Blut schoss mir in die Wangen, färbten sie rot, als er sich zu mir herunter beugte. Automatisch kam ich ihm entgegen, spitzte meine Lippen für einen Kuss, den ich so sehr erwartete.

Doch Cole küsste mich nicht, ließ mich erhitzt auf ihn warten. Alles, was er tat, war, mich anzustarren, als suchte er in meinem Inneren etwas, was er woanders nicht finden konnte.

Mir stockte der Atem.

»Erlaube dir eine Pause, Prinzessin«, hauchte er so leise und zart, dass ich seinen Atem spürte.

Ich wollte etwas erwidern, ihm sagen, dass mit mir alles in Ordnung war. Doch diese Lüge brachte ich nicht über die Lippen. Stattdessen senkte ich meinen Blick und vergrub meine Nase in seiner Brust. Gleichzeitig überraschte ein Zittern meinen Körper, welches mich unerwartet traf. Tränen flossen unbeholfen meine Wangen hinunter, brannten wie die letzten Fünkchen Glut.

Cole schlang schützend seine Arme um meine Schultern, fing mich in einem Moment auf, in dem ich es am meisten brauchte.

Ohne Erfolg versuchte ich meine Überreaktion zu bändigen. Mir vor diesem Mann nicht die Blöße zu geben. Es gelang mir nicht. Nein, die Tränen fielen unnachgiebig, nicht gewillt, jemals wieder gezähmt zu werden.

»So ist es gut«, sagte Cole zärtlich, was mich noch schwächer werden ließ. Ich verlor den Halt, die Kontrolle über alles und jeden. Ein stechender Schmerz machte sich hinter meiner Stirn bemerkbar, der mich dazu zwang, meine Augen zu schließen. Ich sackte auf die Knie.

Cole folgte meinen Bewegungen und ließ mich nicht los. Auch nicht, als ich schwach versuchte, ihn von mir zu stoßen. Nein, seine Berührungen wurden kräftiger und die Umarmung enger.

Er siegte, und in dem Moment, als er mich vollkommen in Besitz nahm, erlosch das Licht und Erschöpfung überrollte mich.

* * *

Verlegen räusperte ich mich, bevor ich unsicher in seine Richtung schaute. Cole saß neben mir an einen Baumstamm gelehnt und döste vor sich hin. Trotz seiner geschlossenen Augen wusste ich, dass er nicht schlief. Er wartete geduldig auf eine Reaktion von mir.

Ich schüttelte den Kopf, was den Schmerz zurückbrachte.

So ein Blödsinn!, rief ich mir innerlich zu. *Er gibt dir die Zeit, die du brauche. Mehr nicht!*

»Es tut mir leid«, sagte ich zögerlich. »Ich wollte nicht, dass du das siehst.«

Was rede ich denn da?

»Ich meine ... Es ist nicht üblich für mich, den Verstand zu verlieren.«

Nein, nein. Angel, was versuchst du da?

»Nicht, dass ich keinen Verstand mehr besäße! Es ist nur so, dass ich damit noch nicht sonderlich gut klarkomme. Es ist nun mal so ... Na ja, du hast recht.«

Bedanke dich doch einfach! Seit wann fällt es dir so schwer, Dankbarkeit zu zeigen? Angel, verflixt!

»Alle ist irgendwie komisch. Ansonsten war immer Dean ...«

Warum um Himmels willen sprichst du nun von Dean?

Ich hustete. »Nicht, dass er noch eine entscheidende Rolle in meinem Leben spielt. Also ... Er ist natürlich mein bester Freund, aber das bedeutet ja nicht, dass ... Also ...«

Sei ruhig! Verdammt, sei still!

»Was ich damit sagen will ... Danke, Cole.«

Er lachte. Laut und mit einem Charme, der mir die Röte ins Gesicht schoss.

»Du bist wirklich etwas Besonderes«, prustete er. »Wortwörtlich!«

»Bitte?«

Kopfschüttelnd und mit einem glücklichen Ausdruck in den Augen beugte sich Cole zu mir und küsste mich. Nur kurz, weniger als eine Sekunde. Aber es reichte, um mich noch verlegener zu machen. Die Schmetterlinge in meinem Bauch zu wecken.

»Du bist der Knaller.« Er schmunzelte und legte seine Stirn an meine. »Weißt du eigentlich, wie süß du bist?«

Mir fehlten die Worte.

Noch bevor ich mich wieder fangen konnte, löste sich der Mann von mir, um sich aufzuraffen. Seinen starken Körper streckend, drehte er sich in die Richtung des Hauses. Sein Lächeln verblasste.

»Also wirklich!«, seufzte Cole. Als er mir seine Hand reichte, nahm ich sie stumm an, damit er mich auf die Beine ziehen konnte. »Wie lange sitzen wir schon hier ...? Und die streiten immer noch.«

Sichtlich genervt – unser gemeinsamer Moment schien verblichen – stemmte Cole seine Hände gegen die Hüften, wandte sich allerdings in der nächsten Sekunde noch einmal an mich.

»Wollen wir uns nicht einmischen?«

Ich stand total auf dem Schlauch, nicht mehr wissend, wo oben und unten war. Zuerst verfiel ich mir selbst, anschließend blamierte ich mich, worauf Cole den Genuss entdeckte, mich auszulachen, und nun tat er so, als wäre nichts geschehen?

Männer – musste man sie wirklich verstehen?

»Wenn du meinst.«

Mit großen Schritten ging er dem Häuschen entgegen und ließ mich sozusagen im Regen stehen. Kein erneutes Umdrehen, kein Wortwechsel.

»Ich verstehe Männer nicht«, grummelte ich leise, folgte ihm dann jedoch dementsprechend schneller, um ihn an der Tür einzuholen.

War ich mir nicht sicher gewesen, die Liebe zwischen Scarlett und Gerrit gespürt zu haben? So offensichtlich, dass sich der Streit wie von selbst lösen würde?

Naivität stand heute wohl auf der Speisekarte.

Fast schon hasserfüllt boten sich die beiden ein heißes Wortgefecht. Gespickt mit Schimpfwörtern und Hasstiraden, unterstrichen von Porzellan, das dem Dämon entgegensauste.

»Du bist bloß ein arroganter und egoistischer Arsch, der nicht einmal ansatzweise daran denkt, seiner Frau einen Hauch Vertrauen entgegenzubringen! Gott!«, schrie Scarlett und warf den erstbesten Gegenstand, den sie in die Finger bekam, nach Gerrit. Der fing das Küchenbrett ohne Anstrengung ab. Belustigung zeichnete sich auf seinem Gesicht ab, was Scarlett umso wütender werden ließ.

»Komm runter, Kätzchen«, sagte er und lachte übertrieben laut. »Du sprichst von Vertrauen, vergisst aber, dass du diejenige bist, die meines missbraucht. Ich versuche, dich zu schützen, während du ohne Sinn und Verstand in die Gefahr rennst.«

»Was immer noch meine Sache ist! Kapierst du das nicht? Ich bin kein Spielzeug, das man bei Bedarf ausschalten kann. Ich besitze keine Ladefunktion und bin auch nicht dafür gemacht, dir aufs Wort zu gehorchen!«

Auf einmal sammelten sich Tränen in Scarletts Augen. Ich erkannte mich in ihr wieder. Verwirrt und überfordert mit der

Situation, nicht wissend, was nun wahr oder gelogen war. Ich wollte zu ihr laufen, sie umarmen, doch Cole hielt mich zurück. Mit einem Kopfschütteln verdeutlichte er mir, dass ich dies unterlassen sollte.

Ich gehorchte, obwohl mein Herz das Gegenteil verlangte.

»Ich hasse dich«, schluchzte sie zitternd und senkte den Blick.

Gerrits überhebliches Lachen verschwand. Im nächsten Moment stand er vor ihr und schlang die Arme so fest um sie, als wollte er sie erdrücken.

»Ich weiß, dass du das nicht tust«, hauchte er liebevoll. Von der eben noch herrschenden Wut keine Spur mehr. »Nun weine nicht. Es ist alles gut, mein Schatz. Sch ... Ich verspreche es dir.«

Es war so rührend, dass mein Herz aufging wie ein Soufflé in eng umschlossener Hitze. Mir fehlten die Worte. Verlegen wandte ich mich ab, weil ich ihre Zweisamkeit nicht stören wollte. Dieser sinnliche Moment gehörte ihnen allein.

Ein Gedanke, der alle anderen vollkommen kalt ließ.

»Gut«, stöhnte Aaron genervt, den ich, wie die anderen beiden, vollkommen übersehen hatte. »Da euer Verstand endlich wieder normal zu funktionieren scheint ... können wir nun endlich darüber sprechen, wie wir in die Hölle kommen?«

»Ich schließe mich Aaron an«, fügte Cole hinzu. »Für diesen Liebesmist haben wir keine Zeit.«

Empört hielt ich mich gerade noch zurück, einen unpassenden Kommentar abzugeben. Mir gefiel die kühle Reaktion der beiden nicht, doch Scarlett schien davon aus ihrer Trauer aufgerüttelt zu werden.

Mit einem Grinsen auf den Lippen wischte sie sich die Tränen fort und schenkte der Situation ihre volle Aufmerksamkeit.

»Wie gesagt, ich wäre sicherlich in der Lage, ein Tor zu öffnen. Dann wäre die Reise allerdings für mich zu Ende. So viel Kraft kann ich nicht aufbringen.«

Ich sah Gerrit an, dass er diese Möglichkeit bereits ausschloss.

»Nein!« Skylar schüttelte den Kopf. Bis jetzt hatten Koen und sie sich aus der Diskussion herausgehalten. »Das ist keine gute Idee. Wir sollten dich als Joker benutzen, falls wir wirklich keine

Möglichkeit finden sollten, zurückzukehren. Gerrit, ich weiß, das gefällt dir nicht, aber wir sollten Scarletts Verbündeten fragen. So, wie es für mich klang, kann er uns ohne weitere Probleme zu Luzifer bringen.«

»Ich vertraue ihm aber nicht«, murrte unser Anführer. Seine Haltung veränderte sich bei der Erwähnung des Fremden. Angespannt suchte seine Hand nach Scarlett.

»Das musst du auch nicht«, versicherte Koen. »Sieh es als ein Geschäft. Wir bieten ihm etwas, worauf er uns das gibt, was wir verlangen.«

Klang recht vernünftig, fand ich.

»Ich halte das für einen guten Plan«, sagte Scarlett, bevor Gerrit erneut widersprechen konnte. »Wir können ihm im Notfall einen Deal vorschlagen. Wie wäre es, wenn wir ihn erst einmal aufsuchen? Womöglich hilft er uns sogar von sich aus.«

Schließlich überredeten wir Gerrit doch, uns auf den Weg zu Scarletts Verbündeten zu machen.

Es war nicht einfach, die Hütte des Mannes zu finden. Umschlossen von verfaulenden Mooren und ätzend riechenden Gewässern gab es einen Pfad, der uns laut Scarlett zu unserem Ziel führen würde. Alles um uns herum wirkte düster. Schreckliches Geheul erklang, wurde ab und zu von schmerzverzerrten Schreien überdeckt. Mir grauste es und obwohl ich auf der Stelle hatte umdrehen wollen, blieb ich tapfer.

Skylar griff nach meiner Hand und hielt sie auf dem ganzen Weg durch diese unwirtliche Gegend fest.

Nach einer Weile tauchte ein größeres Gewässer auf, das wenigstens nicht stank. Fische schwammen wild umher, als wir den Steg passierten, der zu seinem Haus auf einer vorgelagerten kleinen Insel führte. Das Haus war alt und wirkte nicht sehr stabil, trotzdem besaß es einen gewissen Charme, der meine Neugier weckte. Wie es wohl von innen aussah?

Scarlett klopft an die Tür.

Es dauerte einen Moment, bis sie sich einen Spaltbreit öffnete. Ich erwartete Gelächter und Umarmungen. Einen Wortwechsel, wie es dem anderen wohl ergangen war.

Doch stattdessen funkelte der Fremde die Hexe an, als wäre sie eine Verbrecherin.

»Was willst du hier?«, fragte er barsch.

»Bring uns in die Hölle«, forderte Scarlett. Ein leises Flehen lag in ihrer Stimme. »Wir schaffen das nicht allein.«

Der Fremde öffnete die Tür etwas weiter und brach in schallendes Gelächter aus. Ihm fehlte das linke Ohr. Auch das Auge schien nicht mehr echt zu sein. Glas schimmerte im Sonnenlicht. Die Haut war übersät mit Schnittwunden, entzündet und vernarbt. Eiter tropfe aus einer Wunde am Schienbein und vermischte sich mit frischem Blut.

Was war diesem armen Mann nur zugestoßen?

Ich wollte schon nach ihm greifen, doch Cole hielt mich zurück. Sein abweisender Blick machte mich stutzig. Ich hielt es dann aber für das Beste, die Füße stillzuhalten.

»Und du glaubst, ich helfe dir dabei?«

»Wir können dir einen Deal anbieten. Meine Freundin kann dich heilen, dir sogar dein Augenlicht wiedergeben. Du musst uns dafür nur zu Luzifer bringen.«

Sein Lachen verstärkte sich, ehe es jäh abbrach. »Hältst du mich für total durchgeknallt? Ich will nichts mit euch zu tun haben! Weder mit dir, noch mit deinem Schoßhündchen und vor allem nicht mit Liliths Töchtern.«

Scarlett starrte ihn an.

»Oh ja! Glaubst du, ich weiß nicht, wen du da mitschleppst? Auf meine Hilfe müsst ihr verzichten. Diese Welt hat mir genug angetan, als dass ich auch noch mein Leben für das eure gebe!«

»Das wollen wir doch gar nicht!«, entfuhr es mir. »Keiner möchte Ihnen das Leben nehmen. Wir brauchen nur einen Moment Ihrer Zeit. Bitte, es ist wichtig.«

Der Mann sah mir nicht einmal für eine Sekunde in die Augen. Es schien fast, als würde er nicht von meiner Erscheinung wissen. Als blendete er mich vollkommen aus. Der Fremde schüttelte den Kopf, mehr nicht, was dazu führte, dass einige Büschel seiner Haare zu Boden fielen.

Scarlett wich von ihm zurück.

»Das war mein letztes Wort und nun verschwindet.« Er klang kränklich und schwach. Nichtsdestotrotz hatte ich das Gefühl, dass es nicht klug wäre, erneut nach seinen Fähigkeiten zu fragen. Er hatte Angst, deshalb wollte er uns nicht unterstützen, und sein Stolz hinderte ihn daran, sich helfen zu lassen.

Wir befanden uns in einer Sackgasse.

Mit einem lauten Knall schlug er uns die Tür vor der Nase zu.

»Jetzt stehen wir wieder am Anfang.« Aaron seufzte.

»Wir sind komplett am Arsch«, fügte Koen trocken hinzu.

Wir überquerten den Steg und ließen uns schließlich auf das harte Gras fallen. Uns fehlte jede Motivation, wir hatten keine Idee, was wir nun tun sollten.

»Lasst uns zurückkehren«, murmelte Skylar schließlich. »Schlaf täte uns sicherlich gut und eine warme Mahlzeit ... Hm ... Dagegen hätte ich nichts einzuwenden.«

Schlagartig knurrte mein Magen.

»Wir werden schon noch eine Möglichkeit finden ... Morgen.«

»Nein.« Die Hexe schüttelte frustriert ihre blonde Mähne. »Ich bin mir nicht einmal mehr sicher, ob wir den Worten des alten Mannes Gehör schenken sollten. Wir versuchen, nur wegen einer Vermutung in die Hölle zu gelangen. Es könnte doch auch durchaus sein, dass er genau das Gegenteil von uns erwartet.«

»Ich blicke da nicht mehr durch«, gestand Aaron. »Aber ich gebe Skylar recht. Wir sind ausgelaugt und müde. Lasst uns morgen weitermachen.«

»Können wir hierher zurückkommen?«, erkundigte ich mich. »Immerhin hat Àrís uns hergebracht und der ist fort.«

Gerrit versicherte mir, dass es andere Wege gab, in die Unterwelt zu gelangen. Jeder, vor allem die Schwestern, waren dazu in der Lage. Wie, verriet er mir allerdings nicht.

Also rafften wir uns auf, um in unsere Welt zurückzukehren. Mein Magen bedankte sich dafür, doch mein Verstand suchte noch immer nach einer passenden Lösung, irgendeinem Weg, wie wir doch noch in die Hölle gelangen konnten.

Plötzlich tauchte ein helles Licht neben uns auf. Klein und rund schwebte es vor uns in der Luft, bis es größer wurde und zu einem Portal heranwuchs, aus der zwei Gestalten stiegen.

Fasziniert starrte ich die Fremde in Cherrys Begleitung an.

»Was machst du denn hier?«, erkundigte sich Skylar. »Vor allem ... mit der da.«

Die Frau lächelte sanft und sah nicht danach aus, als wäre sie als Feind hierher gekommen. Grübchen bildeten sich in ihrem Gesicht, und sie klemmte sich einige kurze, blonde Strähnen hinter das Ohr. Sie wirkte recht freundlich, aufrichtig nett. Doch in ihren Augen lag etwas, was ich nicht zu identifizieren wusste.

War es Angst?

»Karda«, nannte Gerrit sie. »Wieso bist du hier? Ich dachte, wir hätten eine Vereinbarung?«

»Diese besteht weiterhin«, versicherte sie mit ruhiger Stimme. Ihre Erscheinung wirkte unheimlich beruhigend, obwohl sie selbst recht unruhig erschien. Sie versuchte es zu verbergen, doch ich erkannte recht schnell, dass irgendetwas nicht stimmte.

Aber sie schien uns nicht feindlich gesinnt zu sein.

Skylar musterte sie misstrauisch. »Wieso hast du sie hergebracht, Cherry?«

»Ich brauche eure Hilfe«, antwortete Karda, noch bevor sie Cherry zu Wort kommen ließ. »Natürlich ist mir bewusst, dass ich nicht das Recht besitze, um eure Gunst zu bitten. Das, was wir getan haben, war alles andere als richtig. Ich sehe ein, dass es ein Fehler war. Ich bin allerdings nicht hier, um Vergebung zu betteln.«

»Spuck's schon aus«, forderte Cole.

»Ihr müsst die Schwester mit den Selbstheilungskräften finden. Ich bitte euch!«

Überrascht zog Gerrit die Augenbrauen hoch.

»Warum?«

»Arcor wurde schwer verletzt und trotz magischer Kraft sind wir nicht in der Lage, ihn zu heilen. Deswegen bitte ... Nein, ich flehe euch an. Wenn ihr irgendetwas über dieses Mädchen wisst, sagt es mir. Ich werde Frieden zwischen uns herrschen lassen und wir werden vereint für eine sichere Zukunft kämpfen. Doch bitte. Bitte überreicht mir das Mädchen.«

Ich erstarrte. Mein Herz wollte ihrer Bitte sofort nachkommen. Karda sah so verzweifelt aus, verlassen von den eigenen Kräften. Sie bat uns um Hilfe und die wollte ich ihr geben. Aber ich brachte kein Wort heraus. Mein Körper bewegte sich keinen Millimeter, als sträubte er sich mit jeder Faser dagegen.

»Wir konnten sie noch nicht finden«, sagte Scarlett wie aus der Pistole geschossen.

Doch Gerrit wirkte zum ersten Mal an diesem Tag ruhig und entspannt. Selbst sein Lächeln schien echt zu sein. Er trat einen Schritt vor und reichte Karda seine schmutzige Hand.

»Im Gegenzug öffnest du für uns das Tor zur Hölle.«

Karda zögerte nicht eine Sekunde. Sie griff nach seiner Hand und erwiderte die Geste. Sie blickte unserem Anführer in die Augen, straffte ihren Körper, stark und wunderschön.

»Abgemacht.«

Sie hielten sich für Sekunden an den Händen, bis Karda sich ruckartig umdrehte und die Arme in die Luft warf. Ihr Körper erstrahlte in einem derart grellen Licht, dass ich meinen Blick abwenden musste.

Es dauerte nur einen Wimpernschlag, bis die Helligkeit verblasste und meine Sicht freigab. Dort schwebte es – ein funkelndes Portal, in dem sich ein blauer Strudel abzeichnete. Am Ende dieses Strudels lag eine Schwärze, die mir das Blut in den Adern gefrieren ließ.

Nicht in der Lage, den Blick davon abzuwenden, spürte ich mein Herz immer schneller schlagen. Grob drückte es sich gegen meinen Brustkasten. Mein Körper begann zu kribbeln und eine Gänsehaut breitete sich aus.

»Dieses Tor wird euch auf direktem Wege in die Hölle befördern. Keine Umwege, keine Risiken.«

Gerrit nickte.

»Gut, danke, Karda. Wir kommen auf deine Bitte zurück.«

»Was? Gerrit, bitte. Ich brauche ihre Heilungskräfte sofort.«

Er lächelte und Scarlett reichte ihr die Hand.

»Wir werden tun, was wir können. Noch haben wir sie nicht gefunden. Aber wir sind ihr auf der Spur und sobald wir sie finden, kontaktieren wir dich.«

In Kardas Augen schimmerten Tränen, als sie einen Schritt zurücktrat und ein weiteres Portal öffnete. Ihr Dank war das Letzte, was man vernahm, bevor sie in einem strahlenden Rot verschwand.

Cherry allerdings blieb. Mit einem Grinsen schritt sie dem Tor entgegen und streckte ihre Hand durch das glitzernde Blau.

»Warum auch immer ihr dorthin wollt, aber wir sehen uns in der Hölle!« Im nächsten Augenblick war sie nicht mehr zu sehen.

Skylar lachte, als Koen an ihre Seite trat. Hand in Hand tauchten sie in das wirbelnde Portal.

Gerrit und Aaron folgten.

Zögerlich trat ich an die magische Wand. Cole legte seinen Arm um mich.

»Gemeinsam?«

»Gemeinsam.«

Mit einem Ruck hob er mich in seine Arme und während er mich durch das Tor trug, vereinte er unsere Lippen miteinander. Ich bemerkte, wie ich ihn mehr küsste, mich wie verzaubert an ihn klammerte. Seine Zunge drängte sich in meinen Mund, umspielte meine Mundhöhle mit einer Leidenschaft, die mir ein Keuchen entlockte.

Doch noch bevor ich darin verschwinden, mit Cole verschmelzen konnte, stand ich plötzlich wieder auf meinen Beinen. Wacklig und mit einem Zittern in den Knien.

Der Anblick, der sich mir nun bot, verschlug mir die Sprache. Schockiert presste ich die Hände auf meinen Mund, um meinen Schrei zu unterdrücken.

Ein Mann, übersät mit klaffenden Wunden, sprang von einem Felsen und zeigte uns seine zahnlose Grimasse.

»Oh … Lebendige Frischlinge. Willkommen im Land des Todes!«

Kapitel 22

Der unerträgliche Gestank von Verwesung raubte mir die Luft zum Atmen. Ich fror erbärmlich, obwohl überall verstreut Flammennester züngelten und sich ein heißer Lavastrom an uns vorbeischob, der nur von einem schmalen Grat aus schwarzem Gestein überbrückt wurde. Meine Haut war eiskalt und mein Atem verwandelte sich in Nebel. Ich zitterte, sodass es mir schier den Verstand raubte. Meine Fingernägel nahmen einen leicht bläulichen Ton an, während sich auf den Fingerspitzen kleine Eiskristalle bildeten. Während mein Oberkörper von dieser eisigen Kälte umhüllt wurde, brannten meine Beine wie Feuer. Eine Feuerkugel tobte in meinem Unterleib, schickte die Hitze hinunter bis in die Zehen.

Die schrecklichen Schmerzen zwangen mich auf die Knie. Meine Tränen gefroren zu Kristallen und ich drängte die weiteren aufkommenden Tränen zurück. Die Pein zog sich durch meinen gesamten Körper, hinterließ Kopfschmerzen und den Wunsch, auf der Stelle ausgeknockt zu werden.

Koen ging neben mir in die Hocke. »Entspann dich, Angel«, redete er sanft auf mich ein. »Das ist nicht real. Es gibt keine Säulen aus Flammen und Eis, die dich zu zerreißen drohen. Versuche, den Gedanken von dir zu schieben, verändere die Vorstellung in deinem Kopf.«

Ich wollte seiner Aufforderung folgen, doch es funktionierte nicht. Ein gellendes Lachen übertönte seine Worte. Ich presste die Hände auf meine Ohren.

»Oh, leidet das kleine Mädchen etwa?«, erklang plötzlich eine Frauenstimme in meinem Kopf, laut und gehässig.

»Huren haben heutzutage aber auch wirklich nichts mehr drauf. Schade, schade.«

»Entspann dich mal, Shey«, sagte ein Mann und kicherte. »Du

musst deine schlechte Laune nun wirklich nicht an unserem süßen Besuch auslassen. Sieh sie dir doch an.«

Sheys Lachen wurde noch lauter. »Anschauen? Was an diesem Kind soll mir gefallen? Die flachen Titten oder der nicht vorhandenen Arsch? Oh, wenn ich es so sehe, scheint sie dein Typ zu sein, stimmt's?«

»Halt die Fresse oder ich komme hoch und stopfe sie dir.« Cole zitterte vor Wut.

In meinem Schädel tobte ein stechender Schmerz. Schluchzend schloss ich die Augen, drückte fester gegen meine Ohren. Nichts half. Die Stimmen beherrschten meinen Verstand. Ich konnte keinen klaren Gedanken mehr fassen. Meine Erinnerungen erloschen.

Ich öffnete meine Lider, blinzelte immer wieder. Doch ich sah nichts als Schwärze. Sie zwang mich in eine Umklammerung, aus der ich nicht mehr entkommen konnte.

Bis ich plötzlich eine weibliche Stimme hörte, die sich durch das Nichts schlug.

»Heile dich, Angel!«, befahl sie mir. War das Skylar? »Ich sagte, heil dich!«

Es war ihr bedrohliches Brüllen, welches mich aus dieser gefährlichen Trance riss. Ich drehte mich auf den Rücken und als würde jemand meinen Körper kontrollieren, legte ich mich hin. Meine Lippen trennten sich voneinander, gezwungen, dem aufkommenden Schrei Freiheit zu gewähren. Die Mischung aus heiß und kalt verschwand. Es wurde von einem Ziehen vertrieben, welches durch meine Adern glitt. Jede Stelle begann zu kribbeln und als die letzte Träne über meine Wange wanderte, entglitt mir auch die Dunkelheit. Licht erkämpfte sich seinen Weg. Gab mir mein Augenlicht zurück.

Keuchend setze ich mich auf und starrte auf meine schmutzigen Hände. Die Eiskristalle waren verschwunden, die Kälte besiegt. Noch während ich nach Luft rang, sah ich Skylar auf einem Felsen stehen, den Hals einer Frau umklammernd.

Kleine schwarze Hörner drückten sich durch ihren Schädel, als sie der Gefangenen, die winselte und verzweifelt nach Luft rang, die Kehle zudrückte.

»Jetzt ist dir das Lachen vergangen, was? Gefällt dir wohl nicht, wenn es dir genauso ergeht.«

Fasziniert und schockiert zugleich betrachtete ich meine Schwester. Sie wirkte nicht mehr wie sie selbst, als hätte etwas ihren Körper übernommen.

Auch das Lachen der anderen verebbte. Niemand gab auch nur einen Mucks von sich.

»Genug!«, herrschte Koen seine Geliebte an. »Es reicht. Shey ist doch längst tot.«

Skylar starrte hinüber zu ihm, die Augen funkelten feuerrot.

»Du bist ein Spielverderber, Schönling.«

Wie auf Knopfdruck verschwanden ihre Hörner, das Rot verwandelte sich zurück in das mir vertraute helle Blau. Sie ließ die Dämonin auf den Stein fallen, sprang vom Felsen und kam auf mich zu. Ihre Züge wurden sanfter, als sie mir auf die Beine half.

»Oh nein!« Sie fluchte leise, als sie über die verfluchte Stelle an meinem Handgelenk strich.

Das Tattoo vergrößerte sich. Kleine Blüten wuchsen auf meiner Haut.

»Verflucht, daran hätte ich denken müssen!«

»Schon in Ordnung, Skylar«, beruhigte ich sie. »Danke für deine Hilfe. Ich habe ... den Überblick verloren.«

»Süß ausgedrückt«, sagte Cole, bevor er mir einen Kuss auf die Nasenspitze drückte.

Sofort fühlte ich mich behütet. Nun machte mir dieser Ort auch nicht mehr so viel Angst. Die gequälten Menschen, die gefährlichen Flammen. Ich würde damit umgehen können.

Da erschien ein Mann mit blau gefärbten Haaren. »Lebende haben hier nichts zu suchen!«, knurrte er. Getrocknetes Blut klebte an seiner Kleidung und bedeckte die Hälfte seines Gesichtes. Es war wohl nicht sein eigenes Blut. Die Tatsache, dass er den blutigen Griff einer Peitsche umklammerte, bestätigte meine Vermutung.

»Wir suchen Luzifer«, sagte Gerrit.

»Er ist nicht hier«, keuchte Shey, deren Hals sich dunkel verfärbt hatte. »Und selbst wenn, er würde nicht mit euch sprechen. Er hält nichts von lebenden Menschen.«

Ich sah, wie Skylars Augen für einen Moment rot schimmerten.

»Wir sind nicht nur Menschen«, antwortete sie gespielt freundlich. »Wenn ihr uns nicht helft, müssen wir wohl selber nach ihm suchen.«

Cherry kicherte hinter vorgehaltener Hand, tat bei Aarons tadelndem Blick jedoch so, als unterdrückte sie nur ein Gähnen.

»Er ist tatsächlich nicht hier«, bestätigte der blauhaarige Typ. »Wir wissen nicht, wohin er gegangen ist, oder wann er hier wieder aufschlagen wird. Wir sind nicht seine Aufpasser. Luzifer meldet sich nicht bei uns ab, falls ihr das glaubt.«

Einer der Männer, der zuvor schlafend neben einem Brocken Gestein gesessen hatte, starrte in Koens Richtung. Er durchlöcherte ihn förmlich, sagte allerdings nichts. Bis die Frau erneut einen Kommentar von sich ließ, der Skylar gar nicht gefiel.

»Halte dich zurück, Shey. Sie sind gefährlich. Wenn der Meister dich dabei erwischt, wie du sie schlecht behandelst, bringt er dich in eine Einzelzelle. Willst du das?«

An ihrem Blick sah ich, wie sehr sie sich vor dieser Vorstellung graute. Ihre Lippen blieben geschlossen. Sie wandte sich ab und zog sich zurück. Ihr Ratgeber tat dasselbe, sodass nur noch der blauhaarige Mann übrig blieb, der lässig an den Rand des Lavastroms trat.

»Ihr werdet das Gesuchte hier nicht finden. Glaubt mir. Es ist besser für alle Beteiligten, wenn ihr wieder verschwindet.«

»Wir hören nicht auf Tote«, erwiderte Gerrit. »Sondern verschaffen uns lieber selbst ein Bild. Dann werden wir sehen, ob du der Unwahrheit verfallen bist.«

Der Gefangene lachte, als wäre Gerrit der komischste Mann weit und breit.

»Unwahr? Ich? Ich bitte dich, Dämon. Weswegen sollte ich nun mit dem Lügen beginnen? Meine Zeit ist vorbei. Ich werde hier verrotten, auf ewig gehalten als Gefangener, mit dem Trieb, schuldigen Seelen Leid zuzufügen. Was würde mir solch ein Lügenspiel bringen?«

»Schachzüge kann man nicht immer vorhersehen, Kleiner«, sagte Gerrit mit rauer Stimme. »Wie oft hast du wohl an deine Freiheit gedacht? Gehofft, durch ein Portal zurück in die Welt der Lebenden zu gelangen, dir eine neue Identität zuzulegen? Glaub mir, Satan findet dich überall. Schlag dir diesen Gedanken aus dem Kopf.«

Der Mann sah uns wütend an.

Gerrit hatte einen wunden Punkt getroffen. Dieser Mann suchte offensichtlich eine Möglichkeit zur Flucht. Und die sah er in uns. Lebendige, die nicht ewig im Land des Todes verweilen konnten. Wir würden irgendwann in unsere Welt zurückkehren. Er wollte sich an unsere Fersen heften.

Ein Wunsch, den wir ihm weder erfüllen wollten, noch konnten.

Gerrit betrat die Brücke. »Gehen wir!«

Keiner der Toten sagte etwas. Wie eingefroren standen sie an ihren Plätzen, den Blick starr auf uns gerichtet.

Ich hielt mich nah an Cherry, als wir die Brücke überquerten. Es gab kein Geländer, das uns vor dem heißen Untergrund schützte.

Nachdem wir die Brücke passiert hatten, folgten wir einer Gasse, die durch das hohe Gestein führte. Den Kummer um uns herum versuchte ich, soweit es ging, zu ignorieren. Je weiter wir gingen, desto schlimmer wurden die Schreie. Ich erkannte nicht nur Dämonen, die sich auf dem Untergrund räkelten, in der Hoffnung, endlich erlöst zu werden. Auch Menschen befanden sich unter ihnen, furchterregende Menschen.

Es schüttelte mich, als ich beobachtete, wie eine Frau brutal auf einen Mann eintrat, der sich nicht wehrte, obwohl er offenbar unter schrecklichen Schmerzen litt.

»Was ist das für ein Ort?«, erkundigte ich mich leise bei Cherry, die sich bei mir unterhakte.

»Die Hölle«, erklärte sie, als wäre der Rest vollkommen verständlich.

»Das sehe ich, aber wieso gibt es hier so viel Schmerz? Befinden wir uns nicht im Reich der Toten? Gehört es wirklich zum Tod dazu, im Nachhinein gequält zu werden?«

Im selben Moment brachen Knochen. Ein Werwolf biss in das Fleisch einer jungen Frau. Blut spritzte.

Mir wurde schlecht.

Cole nahm meine Hand und zog mich von Cherry weg. Diese verdrehte die Augen und ging zu Scarlett.

»Du interpretierst zu viel, Süße«, sagte Cole. »Was wir hier sehen, ist brutale Folterung. Böse, wirklich grausame Wesen aller Art werden hierher verbannt. Dann wird ausgelost. Wer bekommt welchen Part. Wenn du Pech hast, wirst du den Rest deines toten Lebens geschlagen, getreten und im schlimmsten Fall sogar zerfetzt. Tote können nicht noch einmal sterben. Verletzungen verwandeln sich in Narben, fehlende Körperteile wachsen wieder. Doch der Schmerz bleibt.«

»Und wenn man *Glück* hat?« Meine Stimme bebte.

»Bist du derjenige, der dem anderen solches Leid zufügen darf. Das ist hier unten ein Privileg.«

»Das klingt wie etwas Gutes. Dabei ist es so bestialisch.«

Er nickte. »In der Tat. Doch es gibt noch etwas Schlimmeres. Einzelhaft. Wenn du in eine einzelne Zelle gesteckt wirst, gibt es keinen Ausweg mehr, hierher zurückzukehren. Dort werden sich die Handlanger von Luzifer um dich kümmern. Lass dir gesagt sein, Angel: Mit denen will man wirklich nichts zu tun haben.«

Kurz hing ich meinen Gedanken nach, fragte mich, was für ein Typ dieser Luzifer sein mochte. Ein hässlicher, alter Mann, der sein Leid mit den Toten teilte. Wie kaltherzig musste jemand sein, um solche Dinge zu tun.

»Und Luzifer? Tut er auch solche Dinge.«

»Nur bei besonderen Fällen. Er macht sich nicht gern die Hände schmutzig, weißt du? Nur weil er der Boss von Millionen Toten ist, bedeutet das nicht, dass er die ganze Zeit Leute quälen kann. Er erledigt meist andere Dinge.«

Noch bevor ich mich nach diesen erkundigten konnten, hielten wir an einer Abzweigung. Ein etwas freundlicher aussehender Weg führte nach rechts, der andere, mit Knochen bestückt, nach links. Mich zog es nach rechts, warte aber die Entscheidung der anderen ab.

»Wohin nun?«, fragte Scarlett. »Wenn wir falsch wählen, entfernen wir uns womöglich nur noch weiter von ihm.«

Gerrit wandte sich an Koen. »Kennst du diesen Ort?«

»Nicht wirklich. Es kann sein, dass ich es aus der Ferne gesehen habe. Aber es ist eine Weile her. Ich kann mich nicht mehr so genau erinnern. Zudem ist Luzifer aus dem Nichts aufgetaucht. Er hat keinen der Pfade benutzt.«

Aus dem Nichts aufgetaucht?

»Wovon spricht er?«, flüsterte ich Cole zu.

Er sprach von Koens Ableben, als er Skylar zu beschützen versucht hatte. Berichtete mir von dem Fluch, den Sky auf sich nehmen musste, um Koen aus der Hölle zu holen. Sie hatte es geschafft, ihren toten Geliebten zurück ins Leben zu zaubern. Wie ihr das gelungen war, behielt er jedoch für sich.

Ich nahm es ihm nicht übel. Womöglich musste ich nicht alles erfahren. Mir reichte es schon zu wissen, was für einen Mist meine Schwester bereits durchgestanden hatte. Ich würde sie fragen, sobald wir wieder im Anwesen waren.

»Ist dir ihre Art nicht komisch vorgekommen? Die Hörner, die ganze Veränderung ihrer selbst?«, wollte Cole wissen.

Verlegen strich ich mir eine Strähne hinters Ohr. Natürlich war es mir aufgefallen, wie gemein sie auf einmal gewesen war. Aber ich hatte diese Tatsache schnell beiseitegeschoben.

Cole wuschelte mein Haar.

»Koens Tod hat ihre dämonische Seite geweckt. Du weißt ja, dass Skylar sozusagen eine zweite Person in sich trägt.«

Ich erinnerte mich daran. »Ja, die innere Lady. Richtig?«

»Korrekt. Und die Lady übernahm Skylar, als diese zu schwach war, um die andere Seite zu bändigen. Nun haben die beiden quasi Frieden geschlossen. Wir sperren diesen Teil ihrer Seele nicht ein. Dadurch ist es Sky möglich, sie zu kontrollieren.«

Das klang alles andere als einfach.

Automatisch griff ich mir an die Brust. Befand sich auch in mir ein Dämon, der durch den Verlust geliebter Personen die Kontrolle übernehmen würde? Wäre ich eine Gefahr für meine Familie?

Cole schien meine Unruhe zu spüren. Sanft schloss er mich in seine Arme.

»Zerbrich dir darüber nicht dein hübsches Köpfchen. Du bist nicht wie deine Schwester. Die Schicksale ähneln sich, doch der entscheidende Unterschied liegt bei dir. Du bist von Geburt an eine wundervolle, sanfte Seele. In dir wohnt kein niederträchtiges Wesen, das von Rachsucht geplagt wird. Du bist du, Angel.«

Seine Worte gaben mir zu denken. Er beschrieb dieses Wesen in Skylar als Monster.

Aber meine Schwester war alles andere als ein Monster. Sie war lieb, hilfsbereit und aufmerksam. Himmel, sie trug einen unheimlich starken Willen in sich, das Böse zu besiegen. Ja, womöglich gehörte diese Seite an Sky nicht gerade zu den sanftesten Wesen. Dennoch, beide Seelen waren Skylar Coleman, beide Teile waren eine Person. Meine Schwester, die ich liebte.

»Wir gehen nach links«, entschied Gerrit und zeigte auf einen der Totenschädel, die auf dem Boden lagen. »Folgen wir einfach dem Tod.«

Niemand widersprach ihm.

Während unseres Weges war ich in Gedanken noch immer bei Skylar. Fragen kamen auf, die ich ihr am liebsten sofort gestellt hätte. Leider ließ die momentane Situation das nicht zu. Vor allem nicht, wenn Koen in der Nähe war. Ein Mann, der dem Tod bereits in die Augen geblickt hatte.

Im wahrsten Sinne des Wortes.

Seufzend schüttelte ich meinen Kopf. Dabei zwang ich mich, meine Neugier vorerst abzuschütteln. Es würde noch genug Zeit geben, mehr über Skylar zu erfahren. Unter Umständen gefiel ihr ein Mädelsabend. So etwas mochte doch fast jedes Mädchen.

Wir näherten uns einer Art Camp. Der Weg wurde breiter, bis er sich in drei Pfade gabelte. Jeder von ihnen führte zu einem anderen Bungalow. Einer wirkte ungemütliche als der andere. Verbeulte Eimer und Kohle lagen herum. Dazwischen funkelten Edelsteine, die sehr wertvoll aussahen.

Wo, um Himmels willen, waren wir nun gelandet?

»Ein Arbeitslager?« Cherry schien überrascht. »Wer hätte gedacht, dass Satan sie auf diese Weise arbeiten lässt? Praktisch.«

Als wir uns den Flachbauten näherten, bemerkte ich recht schnell, dass sie bereits seit einer Weile verlassen waren. Es gab keine

Hinweise, dass erst kürzlich jemand hier gewesen war. Vielleicht hatte man die Gefangenen an einen anderen Ort gebracht.

»Lasst uns weitergehen«, sagte Aaron. »Wir wissen nicht, was noch vor uns liegt.«

»Wenn ihr weitergeht, werdet ihr eines grausamen Todes sterben«, erklang auf einmal eine fremde Stimme nah an meinem Ohr. Erschrocken drehte ich mich um und blickte in Augen so schwarz wie Ebenholz. Ein kokettes Grinsen zierte das gleichmäßige Gesicht.

»Du bist also der Teufel«, stellte Gerrit trocken fest.

Der Angesprochene schüttelte den Kopf, fast so, als wäre er beleidigt. Er schlenderte an uns vorbei, kehrte uns den Rücken zu und betrachtete die Bauten.

Plötzlich dreht er sich um und blickte zu Koen. »Es ist wirklich eine Schande, dich wiederzusehen. Was machst du nur mit deinem unsterblichen Leben, Dämon? Gefällt dir wohl hier unten.«

»Wohl kaum!«, antwortete Koen kalt.

Der Teufel lachte.

»Also gut. Was bringt euch – ich will es eigentlich nicht betonen, aber – lebendige Menschen in mein Reich? Und das zu so später Stund'! Ihr solltet euch wirklich an die Führungszeiten halten.«

Versuchte der Chef der Hölle tatsächlich ... witzig zu sein?

Als niemand etwas erwiderte, leckte er sich über die Lippen. Sein Blick verlor an Belustigung.

»Humorvoll sind meine Gäste augenscheinlich auch nicht. Also, Dämon, sag mir, was ihr hier verloren habt.«

»Wir waren auf der Suche nach dir«, presste Koen hervor.

»Oh, tatsächlich. Und von mir möchtet ihr nun Freikarten für einen Tag im Todesland, oder weshalb versammelt ihr euch hier wie eine Gruppe Kindergartenkinder?«

»Da hat wohl jemand einen Clown verschluckt«, knurrte Cherry.

Luzifer betrachtete die junge Frau, bevor er ihr entgegenschritt.

»Wie ist dein Name, Teufelchen?«

Seine Finger strichen durch ihre Haare, bis er sie um ihre Kehle legte.

»Such dir doch einen aus, Arschloch.«.

»Oh, oh! Es wäre ein Leichtes, dir den kleinen, süßen Hals umzudrehen. Weißt du denn nicht, wo du dich befindest?« Luzifers Grinsen wurde wieder breiter, bevor er Cherry losließ, die sich nicht rührte, in die Hände klatschte und wieder einen Schritt zurücktrat.

»Wir sind nicht hier, um euch zu verschmähen«, sagte Gerrit. »Wir sind hier, um mit einem Mann zu sprechen, der seit Hunderten von Jahren an deiner Seite lebt. Wir reden von deiner rechten Hand.«

Er wirkte nicht ansatzweise so überrascht, wie ich es vermutet hatte.

Der Teufel fuhr sich durch sein schwarzes Haar.

»Und ihr glaubt, dass ich dieses Treffen erlaube?«

»Jetzt sind wir schon mal hier.« Scarlett gluckste. »Ein kleiner Plausch wird doch wohl erlaubt sein, oder nicht, Satan?«

Er zeigte an ihr keinerlei Interesse. Stattdessen warf er immer wieder einen Blick auf Cherry, die diesen erwiderte, allerdings nicht ansatzweise auf dieselbe Art, wie er es tat.

»Nun gut. Mir war sowieso gerade langweilig. Wir werden sehen, ob ihr einem kleinen Amüsement gerecht werdet.«

»Wir danken!«, sagte Gerrit.

Der Teufel wollt gerade losgehen, als er noch einmal innehielt.

Er starrte uns an, nachdenklich und mit einem Hauch Ärger in den Augen. Sein Blick glitt über jeden von uns, als studiere er unsere Persönlichkeit. Anschließend leckte er sich über die hellen Lippen. Wie bei einem Festmahl. Er betrachtete uns wie eine Hauptspeise!

»Dann los!«, sagte er scheinbar fröhlich.

Angst, in eine Falle getappt zu sein, durchströmte meinen Körper.

Der Teufel schnippte mit dem Finger und binnen weniger Sekunden standen wir inmitten einer großen Halle – überall schwarzer Marmor. Wir waren in einer Festung gelandet, die prächtiger aussah als alles, was ich je gesehen hatte. Riesige leuchtende Kronleuchter hingen an den Decken, Säulen aus purem Glas stützten sie. Feine Seide umrahmte Kunstwerke, die ich an so einem Ort nicht erwartet hätte. Ölgemälde, Statuen aus weiß schimmerndem Marmor. Eine mit Seide bezogene Couch stand hinter einem mit Gold umrahmten Tisch. Weich aussehende Kissen zierten die Sessel. In einem von ihnen ruhte ein Mann mittleren Alters. Er hatte die Augen geschlossen.

»Sieh hin, mein Freund. Zum ersten Mal seit Hunderten von Jahren bringe ich dir Besuch.«

Der Mann schoss auf, um wohl im nächsten Moment enttäuscht festzustellen, dass er uns nicht kannte. Vermutlich hoffte er, seine Familie vor sich zu haben. Ein Traum, der wie eine Seifenblase zerplatzte.

»Wer seid ihr?«

»Ich bin Gerrit und wir sind hier, um mit dir zu sprechen.«

»Worüber?«

»Wir brauchen wirklich deine Hilfe.«

»Worüber?«, wiederholte der Mann ungeduldig.

Ich trat einen Schritt vor, reckte mich ihm mutig entgegen. »Wir möchten mit dir über meine Mutter sprechen.«

Die Zeit stand still. Ich realisierte, dass ich nicht auf diese Weise hätte vorgehen sollen.

Luzifers Augen funkelten gefährlich, als eine schwarze Macht seinen Körper in Besitz nahm. Wie ein Schatten erhob sich die Dunkelheit, ließ seine Haut wie einen Stern am Nachthimmel wirken.

Genauso schön, doch um das Tausendfache gefährlicher.

»Deswegen seid ihr hier?« Seine Worte hinterließen ein Beben. Sie erschütterten die Säulen, Glas klirrte. Kronleuchter tänzelten im Kreis und die Ketten, die sie hielten, klimperten bedrohlich.

Er baute sich vor uns auf, was den Schatten zwang, sich zu teilen. Er verwandelte sich in mehrere Personen, in Tote.

»Ihr betretet mein Reich und schleicht euch in mein Zuhause, um über diese Hure zu sprechen?« Seine Stimme hallte laut durch den Raum. Ein Glockenschlag erklang.

Coles kräftiger Griff zog mich hinter sich.

»Rührst du sie auch nur an, lernst du mich kennen, Teufel!«

Das düstere Gesicht des Satans verzog sich erneut zu einem Grinsen, offenbar belustigt von der Drohung.

»Ist schon in Ordnung, Luzifer.« Liliths erster Geliebter schlug seine Lider nieder, bevor er vor seinen Meister trat. »Ich werde mir anhören, was sie mir zu sagen haben.«

Luzifer zögerte, rief seine Gefährten aber dann zurück. Die Schatten wurden eins, kehrte in das Funkeln seines Seelenspiegels zurück.

Lässig ließ er sich auf das Sofa fallen, ließ uns aber nicht aus den Augen.

»Gut, sprecht. Rasch, oder ich entscheide mich für die schönere Variante«, knurrte er, worauf sein Untertan lächelte.

»Wir sind nicht auf einen Kampf aus«, versicherte Gerrit. »Wir suchen eine Möglichkeit, Liliths Auferstehen zu unterbinden.«

»Und dabei brauchen wir deine Hilfe«, ergänzte Skylar.

Der Tote stöhnte frustriert und wirkte auf einmal um einiges älter. Sogleich ließ er sich neben seinen Meister fallen. Fast so, als würde die Erschöpfung ihn jeden Moment zu Boden drücken. Mit einer Handbewegung gedeutete er uns, ebenfalls Platz zu nehmen.

Als wir seiner Bitte folgten, rieb der Mann sich stürmisch durch das lange, braune Haar. Für solch ein Gespräch sah er nicht bereit aus, und doch erlaubte er uns, die Fragen zu stellen, die ihn an eine Zeit erinnerten, welche er unbedingt vergessen wollte.

Obwohl wir nun die Chance dazu besaßen, hielt sich Gerrit bedeckt. Kein Wort sagte er, als würde der Dämon auf irgendetwas warten. Ich verstand es einigermaßen, als ich zu unserem Gastgeber blickte, dessen Kopf immer wieder zur Seite schnellte. Er beobachtete Skylar und mich. Schwestern. Töchter einer Frau, die sein Leben ruinierten.

Fest biss er sich auf die Lippe, bis ich das feine, rote Blut erkennen konnte. Er saugte es auf, als nährte es ihn, bevor er zögerlich seine Finger ineinander verschränkte.Dann blieb sein Blick an Gerrit haften.

»Mein Name ist Lucien und ich bin der Grund für eure Existenz.«

Kapitel 23

Sonnenschein schlich sich durch die hellen Vorhänge und kitzelte die junge Frau an der Nase. Mürrisch, umschlungen von Müdigkeit, drehte sie sich auf dem Rücken, um noch etwas von der Ruhe in sich aufzunehmen. Doch ihre Träume wichen und die Wachheit wuchs.

Stöhnend, weil sie wieder so früh erwacht war, zog sie sich schließlich auf die Beine. Ihre Füße führten die Frau zum Fenster. Mit einem Ruck wurden die Vorhänge zur Seite geschoben, sodass der Schein des Himmels nun komplett auf ihrer Gestalt ruhte. Doch sie fand kein Interesse an der Schönheit der rötlich schimmernden Morgensonne.

Die junge Frau mit dem roten Haar seufzte. Ihr Atem ging schleppend und sie wünschte sich wieder in ihr Bett zurück. Doch heute war ein besonderer Tag. Ein Jahrestag, den sie nicht zu vergessen wagte.

Kurz wanderte ihr Blick zum zweiten Teil des Bettes, der die Nacht über leer gewesen war. Obwohl sie sich dagegen wehrte, erfasste sie ein tiefer Schmerz. Sie wollte sich nicht mehr so fühlen, wie bereits seit Wochen.

Um die schrecklichen Gedanken zu vertreiben, entschloss sie, etwas Wasser zu besorgen. Frisches Gewässer aus dem naheliegenden Brunnen. Auch entschied sie, gleich etwas mehr von der Köstlichkeit zu besorgen. Die Wasservorräte in ihrem Haus neigten sich dem Ende.

Mühsam setzte sie einen Schritt vor den anderen. Das Wesen, das in ihr heranwuchs, nagte an ihrer Energie. Aber die ständige Müdigkeit macht ihr nichts aus. Für dieses Wesen, das Kind unter ihrem Herzen, würde sie alles tun. Selbst, wenn es ihr Leben kosten sollte.

Das Gras unter ihren Füßen fühlte sich feucht an. In der Nacht waren Tränen gefallen, hatte die Stadt in Nässe gehüllt. Doch nun merkte man kaum noch etwas davon. Stattdessen glänzte der Himmel, bedeckt von einem beruhigenden Hellblau.

Sie liebte solche Tage.

Am Brunnen angekommen gab die schwangere Frau sich die größte Mühe, sich nicht sonderlich anstrengen zu müssen. Doch der Eimer glitt nicht von allein in den Brunnen hinein und der gefüllte Inhalt würde sich auch nicht von selbst in ihr Haus tragen lassen. Also nahm sie alle Kraft zusammen, wenig, wie sie in diesem Moment feststellte, und nahm sich das, was sie dringend brauchte.

Auf einmal fühlte sich ihre Kehle trocken an. Hitze durchflutete ihren erschöpften Körper. Sie sank auf die Knie, drückte wimmernd die Hände auf ihren gewölbten Bauch. Sie verspürte ein Ziehen im Unterleib.

Ein schlechtes Zeichen. Sie wusste es.

Da hörte sie die Stimme ihres Liebsten. Sofort verblasste der Schmerz und Freude durchströmte sie. Sie eilte in die Richtung, aus der seine Stimme kam. Wasserspritzer bedeckten den Saum ihres Kleides.

Sie wollte sich nur noch in die Arme ihres Liebsten, dem Vater ihres Kindes, werfen. So schnell sie konnte, hastete sie den kleinen Pfad entlang, um schließlich auf der Stelle zu verharren.

Tränen schossen ihr in die Augen und ihr Herz brach. Ihre Welt zerfiel in einer einzigen Sekunde.

Dort stand er, die Hände in den Haaren eines Mädchens vergraben. Er entlockte ihr ein Stöhnen, als seine Finger über die üppigen Brüste wanderten. Das wunderschöne Mädchen lächelte in den Kuss, ihre Flügel zitterten. Mit zärtlichen Berührungen gelang es ihm, seine Geliebte zu Boden zu drücken. Mit geschlossenen Augen ließ sie zu, wie er ihre Brüste küsste und den Stoff ihres Kleides hob.

Im selben Moment trafen sich die Blicke der Eheleute. Obwohl er seine Frau sah, weinend und gebrochen, tat er, was er tun musste.

Er verführte den leuchtenden Engel im Schatten des Schmerzes seiner Liebsten.

Entsetzt blickte ich zu Lucien. Meine Hände zitterten vor Aufregung. Ich rieb die Handflächen aneinander, damit die Wärme zurückkehrte. Mir fehlten die Worte. Keiner der anderen schien genauso zu reagieren. Sie wirkten einigermaßen entspannt, wenn auch ungeduldig.

Nur Skylar biss sich auf die Lippen. Als sich unsere Blicke trafen, erkannten wir, dass diese Erinnerung nur für uns bestimmt gewesen war.

Doch wieso versuchte er, sie den anderen vorzuenthalten?

»Du hast sie gemocht«, stellte Skylar fest, als sie sich hilfesuchend an Koen lehnte, der schützend den Arm um sie legte, auch wenn er nicht wissen konnte, was in ihr vorging.

»Wenn es doch nur das gewesen wäre.« Lucien lächelte traurig und sah zu Luzifer.

Dieser nickte, als gäbe er ihm die Erlaubnis, weiterzusprechen.

»Wovon sprecht ihr?«, fragte Gerrit verwirrt.

Unsicher wanderte mein Blick von Lucien zu Gerrit, der die rechte Hand des Teufels auffordernd ansah.

»Liliths Fluch hat Spuren hinterlassen. Seht ihr die roten Sprenkel in meinen Augen? Das ist ihr Verdienst. Ihr ekelhafter Fluch hat mich verändert.«

»Das erklärt nicht die Reaktion der Mädchen.«

Lucien seufzte genervt. »Du musst zwischen den Zeilen lesen, Dämon.«

Gerrit knurrte bedrohlich. Als Scarlett ihre Hand auf seinen Arm legte, um ihn zu beruhigen, zog er ihn reflexartig zurück.

»Wir sind nicht zum Spielen hergekommen. Die Zeit rast, falls dir das nicht bewusst ist. Also sprich, Toter.«

Lucien gefiel diese Bezeichnung offenbar ganz und gar nicht. Herausfordernd lehnte er sich zurück und grinste unseren Anführer herausfordernd an.

»Lilith wurde in die Tiefen der Hölle verbannt, warum solltet ihr also keine Zeit haben?«

»Ist das nicht offensichtlich?«, sagte Aaron. »Wir stehen vor einem Scheideweg. Egal, in welche Richtung wir gehen, Liliths Aufstieg werden wir nicht aufhalten können.«

Luciens Gesichtszüge entglitten und er rutschte nervös hin und her.

»Macht ihr euch gerade lustig über mich? Der Scherz kann euch teuer zu stehen kommen!«

»Ich wünschte, ich könnte von einem Scherz sprechen«, antwortete Cole. »Aber im Moment stehen die Karten schlecht. Dämonen versammeln sich. Sie beginnen Grüppchen zu bilden, in der Hoffnung, ihre Königin erneut auf den Thron zu heben. Viele, die dagegen waren, ändern plötzlich ihre Meinungen. Es herrschen Unsicherheit und Angst, was nicht nur die Menschen schwächt.«

»Das ist Blödsinn!« Lucien sprang auf.

Ich sah die Furcht in seinen Augen.

»Was brauchen sie dazu? Das Blut ihrer Verwandten. Ihr habt zwei von dreien. Was wollt ihr denn noch?«

Plötzlich ging mir ein Licht auf.

»Ihr wollt sie vernichten!« Meine Augen weiteten sich.

Selbst Skylar zuckte zusammen. Von dieser Warte aus hatte ich das Ganze noch gar nicht betrachtet. Sie hatten nur gesagt, sie würden mich beschützen. Sie wollten ihre Wiedergeburt verhindern, um die Schwestern vor dem Bösen zu schützen. Doch was, wenn Gerrit genau das Gegenteil plante? Unser Blut. Ihr Leben.

»Oh nein! Nein, nein, nein! Das werde ich auf keinen Fall zulassen!«, rief Lucien panisch. »Was bildest du dir ein, Dämon? Hier geht es nicht nur um deine Aufgabe, dich um die Schwestern zu kümmern! Die Menschheit ist betroffen. Fuck, du bringst damit die ganze verfickte Welt in Gefahr!«

Gerrit hob beruhigend seine Hände.

Doch Lucien ignorierte die Geste.

»So eine Frechheit! Nach all den Albträumen, den Wunden. Du willst das Schicksal aller Wesen in die Hoffnung legen, Lilith zu besiegen?«

»Jetzt hör doch erst einmal zu!«, brüllte Gerrit. Die Kronleuchter schwangen durch die Vibration wie kleine Anhänger hin und her.

Luzifer hob unbeeindruckt die Augenbrauen.

»Wir haben nichts davon vor, okay? Es war eine Idee. Wir mussten jede Möglichkeit in Betracht ziehen. Selbst wenn alles andere scheitern würde, wäre ich nicht in der Lage, solch eine bösartige Tat zu vollbringen. Glaubst du, wir denken nicht an die Konsequenzen?«

»Ich kenne euch nicht«, erwiderte Lucien. »Ihr seid Fremde in einer Welt, die ihr nicht versteht. Warum sollte ich euch also vertrauen?«

»Weil wir dich darum bitten«, sagte ich. Ich sah kurz zu Cole, der mich mit einem leichten Lächeln beobachtete. »Wir wissen nicht, was wir hier eigentlich wollen. Der Hexer, der Lilith damals verbannt hat, gab uns den Tipp, mit dir zu sprechen. Allerdings nannte er keinen Grund dafür, weswegen wir nun ahnungslos hier sitzen. Ohne Idee oder Plan, was wir tun sollen. Verzeih, wenn wir etwas grob auftreten, aber alles, was Gerrit möchte, ist, das Leben aller zu bewahren.«

Cole rückte etwas näher zu mir und legte seinen Arm um mich. Er gab mir Halt, eine Geste, die ich nun wirklich gebrauchen konnte.

Doch nun saß ich da, den Rücken gestreckt und den Blick ernst auf unseren Verbündeten gerichtet. Und genau dieser schien von meinen Worten gefesselt. Stumm setzte er sich wieder, als wäre er zuvor nicht in abgründiger Verzweiflung gesunken.

»Gut«, sagte er nach einer Weile. »Ich glaube dir …«

»Angel.«

»Angel! Ein passender Name.«

Er lachte leise, bevor er sich ein weiteres Mal zurücklehnte. Nachdenklich blickte er auf seine Hände, während sich Sorgenfalten auf seiner Stirn bildeten.

»Ich weiß nicht, wie ich euch helfen soll«, gestand er. »Dieser Hexer muss sich irren. Was sollte ich auch an eurer Situation ändern können? Ich besitze nicht viele Fähigkeiten und kann dieses Reich nicht verlassen. Mein Dasein ist für euer Tun vollkommen uninteressant.«

»Irgendetwas muss es geben«, sagte Cherry. »Sonst wären wir sicherlich nicht hier.«

»Was sind das für Fähigkeiten?«, wollte Koen wissen. »Und warum besitzt du sie? Ich dachte, du gehörtest den Menschen an.«

»Das wollte ich vorhin sagen. Lilith hinterließ mir nicht nur ihre Augenfarbe, sondern auch eine kleine, wenn auch eher unwichtige Kraft. Ich habe die Fähigkeit, anderen meine Erinnerungen zu zeigen.«

»Klingt tatsächlich ziemlich nutzlos«, murmelte Cherry, worauf Skylar ihr einen finsteren Blick zuwarf.

Im nächsten Moment lief die Vision von soeben ein weiteres Mal in meinem Kopf ab. Sie zeigte mir die Trauer der schwangeren Frau. Der Schmerz war förmlich spürbar, dennoch verspürte ich diesmal kein Mitleid.

Warum fehlte mir diese Emotion? Etwas stimmte bei der zweiten Darstellung nicht und ich merkte auch recht schnell, was es war.

»Du hast euer Aufeinandertreffen verborgen und versuchst, die anderen glauben zu lassen, du hättest deine Frau nicht gesehen. Wieso?«

Er raufte sich die Haare. Ertappt sah er zur Seite.

»Das ist nicht wichtig«, sagte unser Anführer schnell.

Diese Entscheidung überraschte mich. Seine Gründe wollten sich mir nicht erklären, doch ich ließ es geschehen. Womöglich würde ich ihn später darauf ansprechen.

Luciens dankbarer Blick brachte Erkenntnis. Er schämte sich. Nur uns Schwestern hatte er das Privileg geschenkt, die Wahrheit zu erkennen. Eine rührende Geste, wie ich fand. Dennoch befriedigte es mich nicht.

Irgendein Puzzleteil fehlte mir.

Dann erinnerte ich mich an Skylars Worte. Der Nebel in meinem Kopf lichtete sich.

»Du mochtest sie tatsächlich. Dein Herz galt nicht nur deiner Frau.«

Lucien blieb stumm, doch seine Haltung verriet ihn. Die Anspannung kehrte in seinen Körper zurück. Selbst Luzifer starrte seinen Untertanen an. Es versetzte mein Blut in Rage.

Gerrit schien dessen Reaktion auch nicht entgangen zu sein.

»Ist das wahr?«, fragte Gerrit eindringlich. »Beruhten diese Gefühle auf Gegenseitigkeit?«

Stille.

»Bitte«, flehte Scarlett. »Diese Information wäre wichtig!«

Lucien schwieg.

»Lucien, bitte!«

»Verdammt, ja!«, brüllte er auf einmal. »Ich erbärmlicher, dummer Mann war in dieses Biest verliebt. Ich verbrachte gern meine Zeit mit ihr. Wir sprachen über Gott und die Welt. *Im wahrsten Sinne!* Schließlich verliebte ich mich ernsthaft in sie. Doch ich konnte diese Beziehung nicht aufrechterhalten. Ihr wisst nicht, wie viel Zeit ich für die Möglichkeit investierte, für immer bei meiner Frau zu bleiben. Zuerst wollte ich es nur deswegen, doch irgendwann wuchs diese Frau mir ans Herz. Meine Frau und das Baby gehörten einem Leben an, das nicht schöner hätte sein können. Niemals wäre ich in der Lage gewesen, die beiden zu verlassen. Nicht einmal für Lilith.«

Er bedeckte beschämt mit den Händen seine Augen.

»Ihr wisst nicht, wie das ist, wenn die Liebe eures Lebens zu Hause sitzt, schwanger auf euch wartet und ihr mit einer anderen zu Gange seid. Es ging nicht mehr. Ich konnte meine Gefühle, meine ganzen beschissenen Taten nicht mehr rechtfertigen. Wenn ich es könnte, würde ich all das rückgängig machen und wie ein normaler Mensch sterben. Niemals wieder werde ich mich in Liliths Nähe wagen. Nein, ihr wisst wahrlich nicht, wie das ist.«

»Wissen wir nicht«, stimmte Cherry ihm zu. »Ich kann aber nachempfinden, wie sich Lilith gefühlt haben musste. Auch ich wurde hintergangen und belogen.«

Luzifers Blick schnellte zu ihr. Ich sah ihm an, dass er mehr hören wollte.

Mir erging es nicht anders.

»Ich wollte nicht, dass es so weit kommt«, sagte Lucien leise. »Aber wie hätte ich mit Liliths folgenschweren Taten rechnen können? Das soll natürlich keine Ausrede sein. Ich habe großes Unrecht begangen. Vergebung wird mir nicht zuteil.«

»Frauen«, sagte Luzifer trocken. »Da musst du mit allem rechnen.«

Cherry funkelte ihn finster an, was er mit einem herausfordernden Achselzucken quittierte.

»Vergebung ist etwas, das nur bei dir beginnen kann«, sagte Gerrit. »Tu etwas dafür, Lucien. Hilf uns, Liliths Macht zu besiegen, damit du Vergebung erlangen kannst.«

Er schien tatsächlich darüber nachzudenken. Doch wie er uns ansah, verriet mir, dass er sich bereits für etwas entschieden hatte. Eine Variante, die uns nicht helfen würde. Er entschied sich für das Gegenteil.

»Nein«, sagte er nach einer Weile des Schweigens, seufzte und erhob sich. »Das alles hat für mich ein Ende. Ich werde mich mit diesen Dingen – dieser schrecklichen Person – nicht mehr auseinandersetzen. Mir reicht es. Tut mir leid, aber euer Weg endet hier. Meine Hilfe könnt ihr nicht erwarten.«

»Das kann nicht dein Ernst sein!« Entsetzt sprang Scarlett auf. »Wir haben nur wegen dir diesen beschwerlichen Weg auf uns genommen und du verweigerst uns deine Hilfe, weil du dich in deinem Selbstmitleid suhlst? Das wird dir sicher keine Vergebung bringen! Damit bringst du dich erst recht in die Hölle.«

Lucien wandte sich an die Hexe, mit einem Ausdruck in den Augen, der mir den Atem raubte. Die Sprenkel hatten seine Augen übernommen, ließen sie rot funkeln – rot wie Blut.

»Da bin ich bereits.«

* * *

Es war hoffnungslos. Lucien hatte sich in sein Quartier zurückgezogen und war nicht gewillt, noch einmal mit sich reden zu lassen. Jeder aus unserer Gruppe hatte es vergebens versucht. Ein Ergebnis, das Gerrit nicht akzeptieren wollte. Enttäuschung prägte seinen gesamten Körper, entfaltete sich in jeder seiner Bewegungen. Scarlett spürte die Veränderungen ihres Liebsten, konnte dagegen jedoch nichts unternehmen. Was hätte sie auch tun sollen, wenn doch selbst in ihr Traurigkeit lag?

Die Hoffnung hatte uns verlassen. Nun standen wir da. Verloren und nicht wissend, was wir mit unserer Zeit anstellen sollten. Niemand sagte auch nur ein Wort. Jeder hing seinen eigenen Gedanken nach und versuchte das Geschehene zu realisieren.

Unser Weg war umsonst gewesen. Wir hatten nichts erfahren, was uns weiterhelfen konnte. Wir hatten nur unsere Zeit verschwendet.

Ich dachte über das nach, was Lucien gesagt hatten. Ich konnte nicht glauben, dass er etwas für Lilith empfunden hatte. Dass es mehr war als nur ein Spiel. Wenn auch nur für einen bestimmten Zeitraum.

Stirnrunzelnd sank ich auf den eiskalten Untergrund. Ich zog meine Beine an und legte die Stirn auf die Knie.

Cole setzte sich zu mir. »Was liegt dir auf dem Herzen?«

»Liegt das nicht auf der Hand?«

»Ich hoffte, etwas anderes von dir zu hören, mehr als nur diese negative Einstellung.«

Ich lachte auf. »Das versuche ich, glaub mir. Aber ich weiß nicht mehr weiter. Meine Energie ist am Ende.«

Cole schüttelte energisch den Kopf. Empörung lag in seinem Blick.

»Schwachsinn! Du hast davon mehr als genug und ich denke, das weißt du. Angel, du wirst jetzt doch wohl nicht aufgeben wollen!«

»Von wollen kann keine Rede sein, doch bleibt mir wohl nichts anderes übrig. Wir stehen wieder am Anfang, wenn ich noch immer nicht verstehe, was wir uns eigentlich erhofft haben. Einen Weg, uns alle zu beschützen? Lilith zu töten? Cole, ich bin doch nur ein Mädchen.«

Er zog mich auf seinen Schoß und streichelte meinen Hals, bis seine Hand sich in meinen Haaren verfing. Leicht zog er daran und zwang mich, seinem Blickkontakt standzuhalten.

»Dass du dir das ja nicht noch einmal einbildest! Du bist auch ohne das Erbe viel mehr als nur ein Mädchen. Erkennst du nicht die Stärke, die in dir wohnt? Andere hätten an ihrem Verstand gezweifelt, während du tapfer und stolz deinem Schicksal entgegentrittst. Nimm das nicht als selbstverständlich.«

Ich legte meine Hand auf seine Brust und spürte das starke Pochen seines Herzens, die feinen Brustmuskeln. Zärtlich fuhr ich hinunter zu seinen Hüften. Dort krallte ich mich fest, und küsste ihn, fast schon besessen. Sofort spürte ich seine Zunge, die sich zwischen meine Lippen schob. Cole küsste mich, hemmungslos, voller Leidenschaft.

Ein Moment für die Ewigkeit.

Doch er hielt nicht lange. Er stand auf, zog mich mit sich und wich einen Schritt zurück. Obwohl er sich von mir gelöst hatte, folgte ich ihm, um erneut von seinem wundervollen Mund zu kosten. Ich nahm ihn in Besitz, knabberte und zerrte an ihm. Bis Cole mich mit einem Ruck in seine Arme hob und an die Wand presste. Mir entfuhr ein Stöhnen, was ihn dazu animierte, meinen Hintern mit seinen großen Händen zu umfassen.

Cole weckte etwas Animalisches in mir. Ich wollte mich ihm hier und jetzt hingeben. Als sich unsere Lippen trennten, machte er sich über meinen Hals her. Bedeckte ihn mit Küssen, leckte und knabberte an ihm.

Jemand räusperte sich hinter uns.

»Wie ich sehe, versteht ihr euch recht gut.«

Cole knurrte bedrohlich, ließ allerdings nicht von mir ab. Grob und fest massierten seine Hände meinen Po. Keuchend versuchte ich, Cole von mir zu schieben. Verlegenheit übermannte mich, als Luzifer zu lachen begann und näher herantrat. Mein Dämon ignorierte den neugierigen Zuschauer, bis dieser eindeutig zu nahe kam.

Seine Finger wanderten über meinen freien Arm, hinterließen eine Gänsehaut.

»C-Cole!«

Ich wollte mich von meinem Hüter lösen, stattdessen presste ich mich stärker an ihn. Bis Luzifer plötzlich über meine Schulter leckte. Er richtete seinen Blick provokant auf Cole, der mit einem Schlag erstarrte. Mit einer Hand hielt er mich, während er mit der anderen ausholte und nach Luzifer schlug, der belustigt auswich.

»Gut, da ich nun eure ungeteilte Aufmerksamkeit besitze, möchte ich euch mitteilen, dass die anderen gehen wollen. Gesellt euch zu ihnen.«

Mit diesen Worten drehte er sich auf dem Absatz um und verschwand.

Cole murrte genervt, als er mich behutsam absetzte.

Ich sah ihm an, dass es ihm alles andere als gefiel, dass er nun nicht das tun konnte, wonach er verlangte.

Und mich ärgerte es, dass ich es Cole nicht geben konnte. Trotzdem fühlte ich mich unglaublich glücklich.

»Komm, lass uns gehen.«

Er hielt mich zurück und vergrub sein Gesicht in meinem Haar, während er mich besitzergreifend an seine Brust drückte.

»Ich weiß, wir kennen uns noch nicht lange«, hauchte Cole gegen mein Ohr. »Doch meine Gefühle für dich wachsen, Angel. Es ist deine Art, die mich zu dir drängt, deine Anziehungskraft, die mir den Verstand raubt, deine Stimme, die mich dazu bewegt, dir zu folgen, egal wohin. Alles an dir ist für mich so unheimlich faszinierend.«

Ich wusste nicht, was ich sagen sollte, also drückte ich mich ihm entgegen.

Ein Schnurren drang aus seiner Kehle, als er den fehlenden Widerstand bemerkte.

»Ich mag dich, Angel. Sehr sogar.«

Meine Knie zitterten wie Espenlaub und ich drohte zu versinken. Doch Cole löste sich von mir und küsste mich, so hauchzart, dass ich es kaum spürte.

Zu meinem Entsetzen löste Cole sich schließlich von mir und verließ den Raum.

Mir war heiß und kalt zugleich. In meinem Kopf rauschte es, meine Wangen glühten.

Was um Himmels willen war gerade geschehen?

* * *

Ich hatte einen Moment allein benötigt, sodass ich die Letzte war, die sich zu unserer Gruppe gesellte. Ich hoffte, dass sie mir nicht ansahen, was gerade geschehen war. Tatsächlich schien niemand etwas zu bemerken. Selbst Luzifer sah mich nicht an, da sein Blick gespannt an Cherrys Lippen hing. Sie zeigte ihm allerdings die kalte Schulter.

Cole stand nahe bei Koen. Sie tuschelten miteinander, Aaron nur einen Meter daneben. Ich erkannte, dass er dem Gespräch der beiden folgte.

»Hört mir bitte zu«, sagte Gerrit jetzt in die Runde.

Sofort schenkten ihm alle ihre Aufmerksamkeit.

»Wir mussten uns mit einem Fehlschlag begnügen. Lucien will und kann uns nicht helfen, doch wir werden einen anderen Weg finden, unsere Ziele zu erreichen. Wir werden nun ins

Hauptquartier zurückkehren und die nächsten Schritte besprechen. Vielleicht sollten wir uns lieber erst einmal darauf konzentrieren, Schwester Nummer drei zu finden.«

»Das war der ursprüngliche Plan«, murmelte Koen, dem unsere Expedition von Anfang an nicht gefallen hatte.

»Das ist richtig«, stimmte der Sex-Dämon ihm zu. »Offenbar wollen wir zu viel auf einmal.«

»Was nicht bedeutet«, warf Scarlett ein, »dass wir diese Variante schleifen lassen. Die Idee, Lilith auf ewig los zu sein, ist alles andere als unwichtig.«

Wir nickten zustimmend und wandten uns Luzifer zu, der uns mit einem breiten Grinsen gegenübertrat.

Ein ungutes Gefühl beschlich mich.

»Ihr wollt doch nicht etwa verschwinden?«

Eiskalter Wind rauschte durch den Korridor, wirbelte durch unsere Haare.

»Ja.« Aarons Stimme klang fest. »Und es wäre nett, wenn du das Tor öffnen würdest.«

Luzifer umkreiste uns wie eine lauernde Katze.

»Die Toten dulden kein lebendiges Fleisch in ihren Reihen.«

»Deswegen wollen wir ja auch verschwinden«, fauchte Sky, die die Falle witterte.

»Das wird nicht möglich sein, kleines Mädchen. Hier in meiner Welt halte ich die Macht in den Händen. Ich bin für den Tod und für das Leben verantwortlich. Glaubt ihr etwa, ich lasse euch einfach so gehen? Nein, nun gehört ihr mir.«

Fassungslos starrte Cherry ihn an.

»Was soll der Scheiß?«, fluchte sie. »Öffne ein Portal!«

Jäh stand er vor ihr. Seine Hand schnellte nach vorne, umfasste grob ihr Haar. Fest zog er ihren Kopf zur Seite, legte dabei ihren Hals frei. Augenblicklich machten sich die anderen kampfbereit.

»Du hast keine Manieren, kleine Cherry. Hat dir niemand beigebracht, dass man sich als Gast höflicher verhält?«

»Lass sie los!«, befahl Gerrit.

Luzifer lachte hämisch, zerrte etwas fester, sodass Cherry schließlich in die Knie ging.

Ich wusste nicht, was zu tun war. Auch die anderen rührten sich nicht.

Nur Gerrit forderte ihn auf, sie loszulassen, diesmal freundlicher.

Luzifer dachte nicht daran. Doch dann veränderte sich sein Gesichtsausdruck.

»Ich werde euch ein Portal öffnen, wenn eure kleine Cherry sich dazu entscheidet, den gesamten nächsten Sommer bei mir hier unten zu verbringen.«

»Fick dich!«, spuckte sie ihm entgegen und versuchte, sich aus seinem Griff zu winden.

Ich schluckte. »Das ist nicht fair. Du hast es gehört, sie will hier nicht bleiben.«

»Das ist nicht mein Problem. Lebende haben hier keine Rechte. Nicht einmal den Toten stehen diese zu. Entweder, ihr nehmt meinen Vorschlag an, oder ihr bleibt. Auf ewig.«

»Luzifer ...«

»Okay!«, schrie Cherry, als er erneut an ihrer Haarpracht zog. »Ich tu es. Einen Sommer lang.«

Ruckartig ließ der Teufel sie los und erntete einen bösen Blick von ihr. »Erinnere dich daran, meine Kirsche. Ich werde dich zu mir holen, Cherry.«

Mit einem lasziven Lächeln drehte er sich um und hob die Hände.

Ein riesiges Tor aus dunklen Flammen erschien, das uns den Weg in die Menschenwelt ebnen sollte.

»Geht, ihr Eindringlinge!«, rief Luzifer so laut, dass der Raum erbebte.

Keuchend krallte ich mich an Cole, als sich im Portal ein Strudel bildete. Er sog uns in die heißen Flammen.

Bis wir plötzlich bis zu den Knöcheln im Schnee standen.

Das war eindeutig nicht die Menschenwelt.

Kapitel 24

Ich schlang meine Arme um meinen Oberkörper. Kälte rauschte wie ein Wirbelsturm durch meinen Körper und verwandelte mich in einen lebendigen Eiszapfen. Wie sehr ich es auch versuchte, die Kontrolle glitt mir aus den Fingern.

Gleichzeitig überrannte mich die Furcht wie eine Horde ängstlicher Tiere. Das kalte, unkontrollierbare Gefühl erinnerte mich an die Hölle. An den Moment der Gefangenschaft, an die Minuten, während derer ich mich nicht hatte wehren können.

Wie auf Knopfdruck begann mein Herz bei dieser Erinnerung fester zu schlagen. Mit einer ungewöhnlichen Lautstärke hallte es in meinem Verstand wieder, um mich an meine Schwäche zu erinnern. Innerlich versuchte ich dagegen anzukämpfen. Wollte der Angst den Kampf ansagen.

Doch es gelang nicht. Stattdessen zwangen mich die Eiskristalle, die sich ein weiteres Mal auf meiner Haut bildeten, in die Knie. Ein ungeheurer Druck presste meinen Körper in den Schnee. Mit aller Kraft schob ich die drohende Schwärze von mir. Als ich es schaffte, den dunklen Träumen zu entrinnen, sah ich, wie auch die anderen gegen die manipulierte Schwerkraft ankämpften.

Cherry spuckte Schnee, während ihre Lippen sich blau färbten. Selbst Gerrit, dem die Kälte normalerweise nichts ausmachte, bebte wie Espenlaub. Tränen sammelten sich in seinen Augen und rannen über seine Wangen.

Was um Himmels willen geschah hier?

Erfolglos versuchte ich, mich auf die Knie zu raffen.

Ein plötzlicher Knall ließ mich zusammenfahren.

»Nein, nein, bitte!«, kreischte eine männliche Stimme. »Ich habe nichts getan! Beweise, ich habe Beweise!«

Geschockt weiteten sich meine Augen. War das nicht …?

Eine verzerrte Stimme antwortete dem Mann, dessen Reaktion mir das Herz zerriss. Ein Schrei, verworren aus Schmerz und Leid, durchstieß die fürchterliche Kälte und brannte sich in meinen Schädel.

»Mehr kann ich nicht geben!« Der Mann wurde zunehmend leiser. »Herr, nein, ich …«

Ein Schuss. Vögel stoben auf und flohen wild flatternd.

Die Schwerkraft löste sich mit einem Schlag auf.

Gerrit sprang auf und wischte sich mit dem Handrücken über die feuchten Wangen. Auch die anderen kamen auf die Beine und stützten sich gegenseitig.

Cole eilte zu mir und half mir auf. Sein Blick sprach Bände.

»Ist alles in Ordnung? Fehlt dir etwas?«

Hastig warf ich einen Blick auf meine Füße und wackelte mit den Zehen. Erleichtert atmete ich auf.

»Alles noch dran. Mir geht's ganz gut.«

Sanft, als könnte ich jede Sekunde zerbrechen, fuhr er mit dem Daumen über meine eisige Wange.

»Wir werden von hier verschwinden«, versprach er. »Der Kamin wird dich wärmen.«

Meine Sicht verschwamm und mein Gleichgewicht geriet ins Wanken.

»Ich ertrage das nicht mehr!«, jammerte eine junge Frau, die Arme um ihre Taille geschlungen. »Das wird mir einfach zu viel. Ich will diese Verräter nicht mehr anblicken müssen! Sie sollen für das, was sie mir angetan haben, büßen!«

Dunkelheit umspielte die Handflächen der Frau mit dem gebrochenen Herzen. Die letzte Feder ihrer einst so prächtigen Flügel zierte die Mitte. Sie bebte, bewegte sich durch die Wut der außergewöhnlichen Schönheit.

Mit eisernem Blick brüllte Lilith auf. Verachtung überwuchs das Loch in ihrer Brust.

»Ich sehe sie«, brachte ich mühsam heraus und hustete mit trockener Kehle. »Jemand zeigt mir Ausschnitte aus Liliths Vergangenheit.«

»Lucien? Denkst du, er steckt dahinter?«

Woher hätte Lucien über solche Informationen verfügen sollen? Er konnte mir wohl kaum Dinge zeigen, die er selbst nicht miterlebt hatte. Oder lag ich falsch?

»Unwahrscheinlich«, antwortete Skylar für mich. »Ich habe diese Bilder nicht gesehen. Lucien hätte diese Erinnerung mit uns beiden geteilt. Wer also zwingt dich, so etwas zu sehen?«

Ich zuckte verwirrt mit den Schultern, kämpfte mit den prickelnden Zehen. Die Kälte haftete wie eine zweite Haut an mir.

Ich schüttelte mich.

»Wir sollten sofort von hier verschwinden!«, mischte sich Gerrit ein, der unruhig über das Schneefeld blickte. Wir befanden uns in einer Mulde und konnten dadurch nichts von der Umgebung erkennen.

Wer wusste schon, was sich hinter all dem versteckte. Und dann dieser Schuss.

Ich wollte ihm zustimmen, doch da erfasste mich erneut dieses träge Gefühl. Jemand drang in meinen Geist ein.

»Es tut so weh, Herrin. Bitte erlaubt mir, in mein Gemach zurückzukehren.«

Das Flehen der Dienerin bestand kaum aus einem Flüstern und dennoch hörte ihre Gebieterin sie, als stände sie direkt vor deren Lippen.

Lilith saß auf einem Thron aus wertvollen, schwarzen Edelsteinen. Sie funkelten im Licht der untergehenden Sonne, deren Strahlen durch die geöffneten Fenster fielen. Sie überkreuzte ihre Beine und lehnte sich erwartungsvoll nach hinten. Das, was sie sah, gefiel ihr nicht.

»Mach weiter!«, befahl sie ihrer Dienerin unbeeindruckt. »Bring mich zum Lachen.«

Die verletzte junge Frau schluckte, tat aber, was ihre Herrin von ihr verlangte. Langsam glitt die Schneide des Messers durch ihren Oberschenkel. Blut floss und klebte an den zitternden Händen. Schmerz

zeichnete sich in ihren Augen ab, doch sie versuchte, ihn zurückzu-
drängen.

Lilith schüttelte den Kopf, senkte gelangweilt den Kopf und bettete
ihn auf ihren Handflächen. Anschließend glitt ihr Blick zu den Dämo-
nen, die begierig am Rande des Raumes standen, die junge Dienerin
mit lüsternen Augen beobachteten.

Lilith seufzte. »Nehmt sie euch«, sagte sie schließlich. »Das Ding
langweilt mich.«

Im nächsten Augenblick rammten sich zwei spitze Zähne in den
Hals der Dienerin.

Keuchend und mit geweiteten Augen krallte ich mich an Cole, der
mich in seinen Armen hielt. Ich verstand nicht, was ich gerade
gesehen hatte. Doch das war nicht das, was mich so fertigmachte.
Es war der Angriff auf mein Gehirn. Er machte mich unheimlich
müde. Meine Lider wurden schwer und ich fühlte mich, als würde sich etwas verändern. Doch was es war, wollte sich mir nicht
erschließen.

»Öffne ein Portal, Scarlett«, forderte Gerrit, als er sich versichert
hatte, dass ich mich auf den Beinen halten konnte.

Sie antwortete nicht, ihr Blick verharrte in der Luft. Erst, als
Cherry sie am Arm packte, wandte sie sich an ihn.

»Warte noch«, bat sie. »Ich will wissen, wer das war.«

»Sicherlich nicht!«, fuhr er sie an. »Das geht uns nichts an und
Angel friert. Wir gehen!«

»Dann komme ich nach.«

»Vergiss es. Scar, wir gehen!«

Doch sie hörte nicht auf ihn, sondern stapfte den Hügel hinauf.

Gerrit rannte ihr sofort hinterher, was Scarlett allerdings nicht
zurückhielt. Fast gleichzeitig erreichten sie den oberen Rand der
Mulde.

Gerrit verharrte auf der Stelle, während Scarlett die Hand vor
den Mund schlug. Schrecken zeichneten sich auf ihrem Gesicht ab.

Ohne auf die anderen zu achten, stieß ich mich von Cole ab und
folgte den beiden.

Die wenigen Meter kamen mir vor wie eine Ewigkeit. Wie in

Zeitlupe kämpfe ich mich nach oben. Mein Puls stieg und die Fingerspitzen brannten.

Und als ich schließlich bekam, was ich wollte, lief es mir eiskalt den Rücken hinunter. Der eisige Schnee verblasste in einem zerstörerischen Rotton, dessen metallischer Geruch meine Sinne benebelte. Die Farbe klebte überall. Bedeckte das gesamte Meer, in dessen Nähe die weiße Decke ihren Sinn verlor.

Ich schluckte Erbrochenes.

Die Macht des Todes beherrschte das rote Land. Schmerzen und Leid beeinträchtigten die Welt, zerstörten Städte und Familien. Brachen Menschen und deren Leben. Heimatlos und hungernd spielten die Kinder mit gebrochenen Knochen in den Ecken der Gassen. Wesen mit Macht regierten die Viertel, kämpften sich an die Seite der Person, deren Wille über Grausamkeit entschied.

Zwischen all den Schmerzen stand Lilith, die Hände zum Himmel erhoben, weinend. Tränen des Hasses übernahmen ihre Gestalt, verwandelten ihre reine Haut in verfaultes Fleisch. Ihre Hülle starb im Angesicht der Sonnenstrahlen, die auf sie hinablachten.

Ihr die Seele verfluchten.

»Warum habt ihr mir nicht geholfen?«, brüllte die Frau verzweifelt. Die langen, spitzen Krallen bohrten sich in den feuchten Untergrund. Überreste knackten wie Streichhölzer.

»Eure Gebote habt ihr gebrochen! Hilf den Unschuldigen. Hilf denen, die Hilfe benötigen! Wo waren eure Regeln, als ich in Not schwebte? Wo waren sie?«

Wut brach über die junge Frau herein, als die letzte Träne erstarb. Dunkle Macht umhüllte ihren Körper, erregte das tote Land unter ihren Füßen. Lilith fluchte, spuckte auf die Worte ihrer Peiniger. Rache verlangte sie. Ehrenlose, niederträchtige Rache an denen, die sie vergessen hatten, zu dem gemacht hatten, was sie nun war.

Blut floss in Rinnsalen an den Ruinen hinunter, fraß sich in das verbrannte Fleisch Unschuldiger. Ein letzter Sonnenstrahl bedeckte die Welt des Dämons, bevor Schwärze den Himmel bedeckte und das letzte Gute löschte.

Licht.

Die Hütte, in der der Mann hauste, der uns in die Hölle hätte bringen sollen, stand inmitten des roten Meeres. Reste von verschmutztem Schnee lagen auf dem improvisierten Dach, während an den Wänden kleine Eiskristalle klebten.

Eisiger Wind schoss um uns herum, trug den Gestank des Todes in unsere Richtung. Mir wurde übel, doch diesmal behielt ich den Mageninhalt bei mir.

Ein weiterer Windstoß riss die Tür auf, die gegen das knarrende Holz knallte.

Ohne Scham starrte ich mit meinem nach der Verwandlung geschärften Blick auf den blutüberströmten Körper, der im Inneren lag. Verunstaltet und besudelt, seines Stolzes enthört.

»Nichtsnutz! Verschwinde, oder ich beende dein armseliges Leben!«

Monster versteckten sich unter den Betten, Diener flohen. Niemand gab auch nur einen Mucks von sich, in der Hoffnung, nicht von ihrer Gebieterin wahrgenommen zu werden.

In Lilith kochte es. Hass und Liebe kämpften unerbittlich gegeneinander, bis die Dunkelheit siegte. Sie versuchte, sich einen Weg auszudenken, den Himmel in die Knie zu zwingen.

Doch wie zwang man jemanden zu laufen, wenn doch Flügel seinen Rücken zierten?

Automatisch griff Lilith sich an den Rücken, erhaschte jedoch nur Luft. Keine einzige Feder fühlte sie. Keine prächtigen Flügel.

Der verdorbene Kern in ihrer Seele machte sie fuchsig, unberechenbar und böse. Ihr Schrei hallte durch die Nacht, als sie ihre Krallen in den Hals eines Werwolfes schlug und seine Kehle mit einem Ruck herausriss.

»Nein!«, schrie Scarlett, als sie aus ihrer Starre erwachte. Sie rannte den Hang hinunter. Der blutige Schnee knirschte unter ihren Schritten. Sie schnappte keuchend nach Luft, als sie den Steg überquerte. Kristalle bedeckten auch diesen.

Gerrit hastete ihr nach, packte sie, bevor sie die Hütte betreten konnte, und drückte ihr Gesicht an seine Brust, um ihr die Sicht zu nehmen.

Ich sah, dass er beruhigend auf sie einsprach, konnte aber seine Worte nicht hören.

»Fuck!«, knurrte Cole, der an meine Seite trat. »Das ist gar nicht gut.«

»Das ist vor allem kein Zufall«, sagte Koen.

Aaron nickte zustimmend.

»Unter diesen Umständen glaube ich das auch nicht. Er wurde wenige Stunden nach unserem Besuch ermordet.«

»Schwachsinn«, murmelte Skylar, während sie Koens Hand streichelte. »Kann das überhaupt sein? Vorsicht ist Gerrits zweiter Vorname. Niemals wäre ihm eine Verfolgung entgangen.«

»Wir sollten wirklich verschwinden«, sagte Cherry, die nervös von einem zum anderen Fuß trat. »Nennt mich ruhig einen Angsthasen, aber hier ist es schlicht zu gefährlich.«

Cole nickte und erwiderte etwas.

Benommen taumelte ich einen Schritt zurück.

Es gab kein Gelächter. Nichts deutete auf Freude hin. Glücklichsein schien vergessen, das Lächeln aus den Erinnerungen der Wesen gelöscht. Düsternis überall. Man zwang die Männer zum Arbeiten, Frauen galten als Gebärmaschine für neue Arbeiter. Mädchen wurden nach der Geburt im Fluss ertränkt, dort, wo Lilith nun saß und ihre Beine ins Wasser hielt. Die Ruhe ließ sie aufseufzen, sie schloss in der kühlen Brise ihre Lider. Zum ersten Mal seit langer Zeit fühlte sie sich normal. Hier und jetzt, an diesem Ort, war sie nicht gut oder schlecht. Weder Engel noch Dämon. Hinter der hässlichen Fassade versteckte sich eine liebenswürdige Person. Eingepfercht in einem schmutzigen Keller und gefesselt mit den stärksten Ketten der Welt.

Liliths Gedanken kreisten um eine Zukunft, die sie hätte haben können. Ein Ehemann, der ihr die Sterne vom Himmel holte. Kinder, die mit ihr kuschelten. In einem Himmelbett aus Seide würde sie jeden Morgen erwachen, beim ersten Wimpernschlag das Meer in Sicht.

In so einer Welt hätte jeder Traum in Erfüllung gehen können. Selbst der kleinste Wunsch wäre erhört worden. Doch in ihrer Welt gab es solche Träume nicht, nur verblasste Wünsche.

Doch hier, an diesem Fluss, geriet Lilith ins Wanken. Tränen des

Schmerzes wanderten über ihre Wangen. Ihre Hand ruhte auf ihrem runden Bauch. Sie spürte Tritte, spürte das Leben in ihrem verdorbenen Körper.

Sie hasste sich. Sie hasste die Menschen. Doch eines hasste sie nicht. Das Kind unter ihrem gebrochenen Herzen.

Mein Atem ging schwer. Gleichzeitig übermannte mich Müdigkeit, die mich mit aller Gewalt auf die Erde zwingen wollte, doch ich widerstand dem Drang, da ich den anderen keine Last sein wollte.

Trotzdem musste ich gähnen. Rasch hielt ich mir die Hand vor den Mund.

»Jetzt sieht er nach der Leiche. Wollte er nicht als Erster nach Hause gehen?«, stellte Koen sichtlich genervt fest, als er seinen Freund dabei beobachtete, wie dieser die Hütte betrat. Obwohl ich nicht mehr hinsehen wollte, folgte ich jeder seiner Bewegungen.

Gerrit ging neben der Leiche in die Hocke, um sich die Schandtat etwas näher anzusehen. Mit der Hand berührte er das verstümmelte Fleisch. Blut klebte an seinen Fingern, an denen er anschließend roch.

Dann ging er wieder zu Scarlett. Sie gestikulierte wild, während er auf sie einredete.

»Was er wohl sagt?«, fragte ich mich leise selbst.

Cole trat an meine Seite, wobei er automatisch nach meiner Hand griff. Sofort drückte ich sie und hob anschließend meinen Blick, um im gleichen Augenblick seinen aufzufangen.

Ohne ein Wort drückte er seine Stirn gegen meine. Tiefe Sorge stand in seinem Gesicht.

»Aaron, Koen!«, rief Gerrit im selben Augenblick. »Kommt mal her. Ihr müsst euch das ansehen.«

Aaron folgte der Aufforderung, während Koen noch einen Moment bei Skylar verharrte und sie küsste. Dann folgte er Aaron.

»Seht euch das an«, hörte ich Gerrit laut sagen, als die beiden nur noch ein paar Meter von ihm entfernt waren. »Kennt ihr so eine Tötungsvariante? Mir kommt sie sehr bekannt vor.«

Mehr konnte ich nicht verstehen, da sie jetzt anscheinend in normaler Lautstärke miteinander sprachen.

Skylar kuschelte sich an Cherry.

»Würde mich wirklich interessieren, was Gerrit damit meint.«

»Ernsthaft?« Cherry lachte und klopfte ihrer Freundin auf die Schulter. »Deine Verwandlung hat dir wohl deine Unschuld geraubt. Früher hättest du das nicht sehen wollen.«

»Es geht mir im Grunde nicht um die Leiche, Cherry. Trotzdem würde ich es mir gerne anschauen. Aber offenbar hat Gerrit etwas entdeckt, was, abgesehen von den abgetrennten Gliedern, nicht normal ist. Warum sollte er sonst die Hüter zurate ziehen?« Kurz sah sie zu Cole, nach dem Gerrit nicht verlangt hatte.

»Trotzdem. Du bist wirklich seltsam geworden.«

Empört löste sich Skylar von ihr, kniff ihre Freundin in die Seite. Cherry wehrte sich lachend.

Ich schüttelte den Kopf. Hatten die beiden denn vor gar nichts Achtung? Verspürten sie kein Mitgefühl für den Mann, mit den wir vor wenigen Stunden noch gesprochen hatten und der auf so grausame Weise den Tod gefunden hatte?

Just in diesem Moment entstanden erneut fremde Bilder in meinem Kopf.

»Hört auf! Ich bitte Euch!«, schrie eine Frau mittleren Alters. In Lumpen gekleidet warf sie sich in den Dreck, drückte ihre Stirn gegen den staubigen Boden. Sie zitterte, wirkte gebrochen. Dickes, braunes Blut sickerte aus ihren vielen Wunden. Sie stank.

Lilith zog das Messer, das sie gerade noch an die Kehle eines Mannes gehalten hatte, zurück und richtete es auf die Frau. Lautes Lachen zeugte von ihrer Belustigung.

»Du wagst es, mich bei meiner Arbeit zu stören, Weib?«

»Das ist keine Arbeit, sondern Tortur!«, schrie sie schluchzend. »Ich bitte Euch, Herrin. Wir sind am Ende, können einfach nicht mehr. Keine Verteidigung, kein Widerstand. Hört also bitte damit auf, Herrin. Wir werden an Eurer Seite kämpfen, doch bitte … bitte bringt nicht noch mehr Leid über dieses Dorf.«

Niemand sagte etwas. Allerdings starrten sie. Unsicher, was sie nun tun sollten, sahen die Bewohner des kleinen Dorfes zu der einzigen Person, die um Gnade bat.

Die Dämonenkönigin durfte ihren Stolz und ihre Autorität nicht verlieren.

»Du willst mir also meinen Spaß verweigern, habe ich das richtig verstanden?«

»Zum Teufel, ja! Seht Ihr nicht, was Eure Taten anrichten? Ihr habt meine Kinder und meinen Mann getötet. Jeder, der mir etwas bedeutete, ist tot. Bitte, mit ihnen ist genug Blut geflossen. Es muss nicht noch mehr Tote geben!«

Liliths zynisches Lachen hallte durch das Dorf.

Einer von Liliths Wachen zuckte, wandte seinen Blick ab. Lilith verspürte Missachtung und Verrat, konnte beides förmlich auf ihrer Zunge schmecken.

Das Lachen erklang erneut, als der Wächter leblos zu Boden fiel, mit einem Dolch in der Brust.

»Du willst also nicht, dass ich so etwas tue?«, wandte Lilith sich wieder an die Frau. »Verlangst von mir, das zu unterlassen, was mir Freude bereitet? Wer bist du, dass du solch ein Wort gegen mich richten kannst? Du bist bloß eine Made unter meinen Füßen, die ich jederzeit zerquetschen kann. Also sag es mir, Miststück. Wer bist du?«

Die Frau senkte langsam die Hände. Ihr Blick aus blutunterlaufenen Augen heftete sich auf die Königin der Unterwelt, gefüllt mit Trauer und Verzweiflung.

»Ich bin bloß eine Mutter.«

»Hör auf zu schmollen. Das kann sich ja niemand ansehen!«, lachte Cherry, bevor sie einen Schritt zurück machte. »Ich geh runter und sag dir dann, was dort vor sich geht. Abgemacht?«

»Oh, ich liebe dich!«

»Das weiß ich, Schatz. Trotzdem schuldest du mir nun ein Essen.«

Mit einem Zwinkern begab auch sie sich zur Hütte. Ihr Gespräch brannte sich in meinen Verstand und bereitete mir Kopfschmerzen. Schluckend drückte ich Coles Hand, der diese Geste zärtlich erwiderte. Doch seine Aufmerksamkeit galt der Hütte.

Ich fühlte mich überhitzt. Schweiß rann mir von der Stirn und tropfte von meiner Nasenspitze. In meinem Schädel pochte es und die Übelkeit kehrte zurück.

Ich fühlte mich erbärmlich. Tief atmete ich durch, doch es half nicht. Als ich mir sicher war, mich übergeben zu müssen, wandte ich mich von Cole ab und traute meinen Augen nicht.

Dort stand er. Auf einem Hügel etwas weiter entfernt. Der Hexer.

Ich schloss die Augen, vermutlich war es wieder eine Wahnvorstellung. Gleich darauf öffnete ich sie wieder. Ich hatte mich nicht geirrt. Àris war an Thelions Seite. Er bewegte seine Lippen, aber ich verstand nicht, was er sagte.

Ich wollte zu ihm gehen. Als Thelion jedoch den Kopf schüttelte, hielt ich inne. Er strahlte tiefe Traurigkeit aus. Auch sein Gefolgsmann wirkte alles andere als glücklich. Àris ging auf die Knie, als würde er mich um Verzeihung bitten wollen.

Ich ignorierte Thelions stumme Bitte und ging ein paar Schritte auf sie zu.

Dann sah ich seine Lippenbewegungen. Ich musste mich nicht groß anstrengen, um zu wissen, was er mir sagen wollte.

Es tut mir leid.

Skylars Schrei ließ mich herumfahren. Ketten umschlangen die Handgelenke meiner Schwester und ließen sie zu Boden sinken. Ihre Augen waren weit aufgerissen, aus dem geöffneten Mund tropfte Speichel.

»Skylar! Nein!«, brüllte Koen. Mit großen Schritten eilte er zu ihr. Doch im nächsten Moment stürzte auch er zu Boden und rührte sich nicht mehr.

Cole zog mich hinter sich und drehte sich wild mit mir im Kreis, um die Umgebung abzusuchen. »Hilf ihr!«, flehte ich. Ich wollte zu ihr, sie berühren und heilen. Doch Cole hielt mich eisern zurück.

»Cole, Vorsicht!«

Doch Gerrits Warnung kam zu spät. Mit einem Mal wurde Cole hinaus aufs Moor geschleudert. Schlick zog seinen Körper in die Tiefe und hielt ihn an Ort und Stelle.

Ich rannte in Gerrits Richtung. Doch auch er stürzte wie vom Blitz getroffen zu Boden. Scarlett und Cherry lagen, ohne sich zu rühren, neben ihm.

Ich sah mich nach Aaron um.

»Ein wunderschönes Mädchen«, raunte eine männliche Stimme.

Perplex drehte ich mich herum und blickte in das Gesicht eines Unbekannten. Er hielt Skylar in seinen Armen, die Hände fest in ihrem Haar versunken und schlug ihr ins Gesicht. Sie röchelte, zappelte wie ein Fisch in seinem Griff.

»Was wollen Sie? Tun Sie ihr bitte nicht weh!«

Er gluckste. »Du kannst nicht beides haben, kleine Angel.«

»Woher kennen Sie meinen Namen?«

»Das erfährst du noch früh genug, Mädchen. Schnapp sie dir.«

»Was ...?«

Blitze schossen durch meine Venen, heiß strömte das Blut durch meine Adern. Ein unheimliches Zittern übermannte mich, zwang mich auf die Knie. Jemand packte mich am Hals und bohrte seine Fingernägel tief in mein Fleisch.

»Schlaf gut, Schwester.«

Die Ohnmacht überraschte mich nicht so sehr wie der Traum, der sich in meinen Verstand schlich.

Nicht meine Kinder, ihr Missgeburten! Nicht meine Kinder!

Kapitel 25

In einer hellen Nacht erwachte ein kleines Mädchen mit engelsgleichem Gesicht in seinem märchenhaften Bett. Sein Körper bebte und Schweiß befeuchtete seine in Falten gelegte Stirn. Mit den kleinen Händen krallte sich das Kind in die Bettdecke, um sie im nächsten Moment ängstlich über den Kopf zu ziehen. Während es seine grauen Augen geschlossen hielt, hörte es sein Herz laut pochen. Spürte deutlich, wie es immer wieder gegen seinen Brustkorb donnerte.

Erst als es sich etwas beruhigt hatte, wagte das Mädchen einen Blick hinaus. Es lugte unter dem weichen Stoff hervor, um sich zu versichern, dass sich keines der Monster aus seinen Träumen im Zimmer aufhielt. Tatsächlich sah es keine der schrägen Kreaturen, die es so unsanft aus dem Schlaf gerissen hatten.

Also warf das Mädchen die Decke beiseite und kletterte aus dem Bett. Auf nackten Füßen huschte es durchs Zimmer und betrat das Bad.

Angel zog einen Hocker vor das Waschbecken, stellte sich darauf und starrte in ihr Ebenbild, das ihr müde und erschöpft aus dem Spiegel entgegensah. Sie versuchte, ihre Angst zu verdrängen.

»Ich bin ein starkes Mädchen«, flüsterte sie immer wieder. »Die Monster sind nur in meinem Kopf. Sie können mir nichts tun.«

Eine Träne rann über ihre Wange. Sie hasste es, zu weinen. Doch Angel konnte die Tränen nicht stoppen. Immer mehr rannen über ihr Gesicht, tropften von ihrem Kinn und ins Waschbecken.

Erst als sie hörte, dass jemand ein Fenster öffnete, drängte sie die Tränen zurück und wischte sich rasch übers Gesicht. Sie wollte nicht, dass ihre Eltern davon erfuhren. Sie hasste es, wenn sie ihnen zur Last fiel.

Auch wenn sie erst fünf Jahre alt war, wusste sie, wie schwer es Erwachsene haben konnten. Ihre Mutter weinte oft, obwohl sie versuchte, *es vor Angel zu verbergen. Sie wusste nicht, warum ihre Mutter so oft traurig war, aber sie hatte sich geschworen, ihrer Mutter Glück und ständiges Lachen zu schenken.*

Bevor sie das Badezimmer wieder verließ, spritzte sie sich etwas Wasser ins Gesicht, damit die verräterischen Spuren verschwanden.

Ihre Mutter hatte eigenartigerweise noch nicht nach ihr gerufen. Also lief sie zurück ins Zimmer und stellte fest, dass niemand dort war. Das Fenster, das zuvor geschlossen gewesen war, stand nun weit offen. Die rosa Vorhänge tanzten im Wind und wirbelten wie eine Ballerina durch die Luft.

Angels Naivität verdeckte das komische Gefühl in ihrem Magen. Irgendetwas sagte dem Kind, dass es auf keinen Fall näher kommen sollte. Doch stattdessen tat es genau das Gegenteil. Mutig kletterte es auf das Fensterbrett und wagte einen Blick in die Nacht hinaus.

Der Mond erhellte den Garten, ließ einen kleinen Teil erstrahlen. Kleine Sterne zeichneten sich im Wasser des Teiches ab, was Angel zum Strahlen brachte. All ihre Aufmerksamkeit gehörte dem kleinen Ort, an dem winzige Fische schwammen.

Bis sie eine Gestalt erkannte, die geheimnisvoll durch das Grün schritt. In den Händen Angels Teddybär.

Vielleicht hatte sie sich ja getäuscht, doch ein Blick aufs Bett bestätigte ihren Verdacht.

Jemand hatte ihren geliebten Bären gestohlen.

Ihr Inneres riet ihr, Mama und Papa zu wecken, doch der versteckte Mut erkämpfte sich seinen Platz an die Oberfläche. Kaum war es ihm möglich seine Macht zu entfalten, ersann Angel den Plan, den Fremden aufzuhalten. Ohne an die Konsequenzen zu denken, beugte sie sich weiter nach vorne, fing den Schatten im Augenwinkel ein.

»He! Stehen geblieben. Das ist meiner!«

Zur Überraschung des Mädchens blieb die Person stehen, drehte sich um und schenkte Angel einen fragenden Blick.

Hellbraune Augen strahlten Angel im Licht des Mondes entgegen. Faszination umschloss Angel wie eine Umarmung, zwang sie dazu, näher zu kommen. Sie wollte mehr sehen. Das hübsche Gesicht der fremden Gestalt sehen.

Bis sie eine Grenze zu viel überschritt.

Angel bemerkte erst, was mit ihr hätte geschehen können, als ihr jemand einen Schlag gegen die Schulter verpasste.

»Bist du verrückt? Du hättest dir den Hals brechen können, ist dir das klar? Verdammt!«

Angel blinzelte verwirrt, bis sie realisierte, dass sie auf dem Gras saß. Vor ihrem Fenster. Im Garten.

»Bin ich ... gefallen?«

»Oh ja! Hat dir niemand beigebracht, dass so etwas gefährlich ist?«

Sorge und Wut vibrierten in der Stimme der Fremden.

Angel, der tatsächlich die Worte fehlten, starrte in das Gesicht ihrer Retterin; ein Mädchen, nicht viel älter als sie selbst. Feuerrote Locken umrahmten sein Gesicht, gehalten mit einigen Spangen. Stöhnend ließ es sich auf den Hintern fallen und rieb sich die Schläfen.

Obwohl das Mädchen noch ein Kind war, ähnelte sein Auftreten dem eines Erwachsenen.

Angel musterte ihr Gegenüber.

»Geht es dir nicht gut?«

»Klar, alles in Ordnung. Kümmere dich lieber um dein eigenes Leben.«

Ihr Ton versteckte etwas Zynisches. Doch Angel ließ sich von der unfreundlichen Antwort nicht beirren. Auch die Tatsache, dass die Fremde ihren geliebten Bären gestohlen hatte, ignorierte sie.

»Möchtest du morgen mit mir spielen? Wenn ich mich nicht gut fühle, dann treffe ich mich immer mit meinen Freunden.«

Der Blick ihrer Retterin wurde traurig.

Angel dachte, sie beleidigt zu haben.

»Du musst nicht mit mir spielen, wenn du nicht magst«, sagte sie rasch. Du hast bestimmt viele Freunde, mit denen du Spaß haben kannst.

So unschuldig und so naiv.

»Ich habe keine Freunde«, flüsterte das Mädchen schließlich und drückte den Bären an ihre Brust. Es schien, als hielte es das Stofftier für eine Art Schild, das es vor etwas schützen sollte. Die Lippen berührten den Kopf des Bären für einen Kuss, der so verloren aussah, dass Angel sich schämte.

»Möchtest du meine Freundin sein?«

»*Das willst du nicht, Kind. Niemand will das. Ich bin nicht das, was du suchst.*«

»*Möchtest du meine Freundin sein?*«, wiederholte Angel.

Die Fremde fauchte. »*Hörst du mir nicht zu? Ich brauche keine Freunde! Jemand wie ich ist ständig in Gefahr und kann Kinder wie dich nicht gebrauchen. Niemand tut das!*«

Ihre Stimme war lauter geworden.

Im Haus ging ein Licht an.

»*Möchtest du meine Freundin sein?*«

»*Warum sagst du so etwas? Warum möchtest du das unbedingt? Ich ... ich bin niemand, den du gerne um dich haben willst.*«

»*Das stimmt doch gar nicht. Ich wäre gerne deine Freundin. Als Beweis dafür schenke ich dir Mister Fluff.*«

Das fremde Mädchen begann zu zittern. Sie drückte den Teddybären noch fester gegen ihre Brust, als fürchtete es, Angel würde es sich anders überlegen.

Doch das tat sie nicht. Stattdessen nahm sie ihre neue Freundin in den Arm.

»*Ich habe dich lieb*«, *flüsterte Angel.*

Ein leises Schluchzen erklang, bis es von Angels aufgebrachter Mutter unterbrochen wurde.

»*Angel? Liebling, bist du hier draußen? Um Gottes willen! Angel! Wo bist du?*«

Die Fremde löste sich abrupt aus ihrer Umarmung, wischte sich hastig über die Wangen, bevor sie sich aufraffte, um im Gebüsch zu verschwinden. Angel packte sie am Arm.

»*Du hast mir deinen Namen noch nicht genannt. Ich bin Angel.*«

»*Deine Mama wartet auf dich*«, *sagte sie leise.*

Angel hegte den schlimmen Verdacht, dass dieses Mädchen niemanden besaß. Keinen Menschen, zu dem es zurückkehren konnte.

»*Das kann warten*«, *erwiderte Angel und kicherte, obwohl sie genau wusste, wie sehr sie ihre Eltern damit verärgern würde.* »*Also, wie heißt du?*«, *fragte sie noch einmal und schob das Mädchen hinter ein Gebüsch.*

Im nächsten Moment drang der Strahl einer Taschenlampe zu ihnen. Die Fremde zog ihren Kopf ein, gab keinen Mucks von sich.

Erneut rief Angels Mutter ihren Namen. Statt in ihre Arme zu laufen, verharrte Angel.

»Ich muss verschwinden, tut mir leid«, sagte die Fremde und riss sich los.

Sie robbten gemeinsam zum Zaun. Darin befand sich ein Loch, durch das das Mädchen geschlüpft war.

»Kommst du wieder?«, fragte Angel, als sie ihr so weit folgte, wie sie konnte. Ihr rotes Haar wehte wild im Wind, als sie sich auf die Beine zog und noch einmal zurücksah. Mit leuchtenden Augen schenkte sie Angel zum ersten Mal ein Lächeln.

»Bald, meine Freundin, bald.«

Sie wollte gehen, doch mit einem leisen Lachen fügte sie hinzu: »Mein Name ist Talisha und ich glaube, wir sollten lieber Schwestern sein.«

Der plötzliche starke Wind zwang Angel, die Augen zu schließen. Als sie sie wieder öffnete, war Talisha verschwunden.

Dennoch verspürte sie Freude in ihrem Herzen, Glück darüber, eine neue Freundin gefunden zu haben.

»Schwestern«, flüsterte Angel glücklich, während sie ihren Eltern entgegenging. »Hört sich schön an.«

In der nächsten Nacht blieb Angel lange wach, um nach ihrer neuen Freundin Ausschau zu halten. Auch in der nächsten und übernächsten Nacht.

Doch Talisha kam nicht. Sie besuchte Angel nie wieder.

Ich rang nach Atem, öffnete die Augen und starrte an eine graue Wand. Mein Kopf schmerzte höllisch. Der klägliche Versuch, mich aufzurichten, scheiterte.

Wo zum Teufel befand ich mich?

Von der mit Spinnweben bedeckten Decke baumelte eine schmutzige Glühbirne, deren flackerndes Licht in meinen Augen brannte, sodass ich sie wieder schloss.

Man hatte mich gekidnappt, so viel war sicher.

Während ich grübelte, wo die anderen waren, schlich sich immer wieder dieser Traum in meinen Kopf. War es möglich, dass ich Talisha schon einmal begegnet war? Doch warum konnte ich mich nicht daran erinnern? Oder gehörte dieser Traum zu einer explizierten Erinnerung, auf die ich im wachen Zustand nicht zugreifen konnte?

Ich versuchte, mich an den Teddy und dem scheinbaren Sturz aus dem Fenster zu erinnern. Doch nichts davon kam mir bekannt vor. Auch meine Eltern hatten niemals mit mir über einen derartigen Vorfall gesprochen.

Wenn diese Erinnerungen tatsächlich der Wahrheit entsprachen, geschah dies alles vor unzähligen Jahren. Vor meinem Unfall. Oder hatte ich dieses Treffen mit *Talisha* gerade deswegen vergessen?

Talisha ... Verdammt. Warum hatte sie nicht erwähnt, dass sie mich bereits kannte? Wie viele Mädchen in der Umgebung gab es schon mit diesem Namen?

Ein fremdes Keuchen ließ mich aufhorchen. Dieses Mal gelang es mir, mich aufzusetzen.

Mit einem Stöhnen, als ein stechender Schmerz durch mein Bein fuhr, stand ich auf und drückte mich an die Wand. Aufgrund der niedrigen Decke konnte ich nicht aufrecht stehen.

Getrocknetes Blut klebte an meinem Schienbein. Just in diesem Moment verblasste eine auffällig große Narbe, bis sie nicht mehr zu sehen war. Meine Hose war zerfetzt, das untere Ende des rechten Hosenbeines weggerissen.

Ich blickte auf die Kratzer an meinem Arm, einer meiner Nägel war eingerissen.

Das Pochen hinter meiner Stirn wurde leichter und verschwand. Als ich auf mein Handgelenk sah, wusste ich, warum. Meine Selbstheilungskräfte verwandelten meinen Körper in ein Tattoo.

Diesmal war eine kleine Kralle hinzugekommen.

Da sah ich aus den Augenwinkeln den gekrümmten Leib meiner Schwester ein Stück entfernt auf dem Boden liegen.

Erschrocken eilte ich zu dem Gitter, das mich von ihr trennte.

»Skylar! Oh Gott, Sky!«

Sie regte sich nicht. Zum Glück hob und senkte sich ihr Brustkorb. Ich stöhnte vor Erleichterung.

In der Ecke meiner Zelle stand eine Schüssel mit einer stinkenden

Flüssigkeit darin. Ich schwor mir, dieses Gebräu niemals anzurühren.

Auf allen vieren kroch ich zu der Zellentür und umklammerte die engen Eisenstangen. Im selben Augenblick jagte ein Stormstoß durch meinen Körper, sodass mir für einen Augenblick schwarz vor den Augen wurde.

Panisch wich ich zurück.

»Was zum Teufel ...?«

Skylar rührte sich wimmernd und ihr Anblick nahm mir den Atem.

Ihr rechtes Auge glänzte in einem dunklen Blau, das sich bereits mit einem Hauch Grün vermischt hatte. Die Lippe war aufgeplatzt und Blut klebte unter ihrer Nase.

»Diese Schweine«, fluchte ich leise, zitterte wutentbrannt. »Alles wird gut, Sky. Das schwöre ich dir.«

Ihr Körper zuckte heftig und das Wimmern wurde kurz lauter, bevor er es vollkommen erstarb. Sie musste wieder das Bewusstsein verloren haben. Ihre Hände waren mit Handschellen aneinandergefesselt. Blut zeichnete sich darunter ab.

Zum ersten Mal in meinem Leben fühlte ich eine grenzenlose Wut, Hass auf die Menschen, die meiner Familie so etwas antun konnten.

Ich biss mir auf die Lippe, um den aufkommenden Schrei zu unterdrücken. Ein Beben erfasste meinen Körper. Verdammt! Ich musste mich beruhigen, einen klaren Kopf bewahren.

Wir mussten etwas unternehmen! Wir? Nein, ich!

Ich kroch, so weit es ging, zu ihr.

»Skylar, komm schon. Wach auf! Bitte!«

Sie rührte sich nicht.

»Bitte, wenn du mich hören kannst. Wach auf!«

Nichts. Ich überlegte krampfhaft, wie ich sie wecken konnte.

Da kam mir eine bombensichere Idee!

»Äh ... Teil von Lilith. Schwester. Ich ... Gott, das ist so doof.« Ich schluckte, hustete und versuchte, den Kloß in meinem Hals zu vertreiben. »Lady, wenn du mich hören kannst, dann tu etwas. Ich flehe dich an, hilf ihr! Hilf euch!«

Aufmerksam beobachtete ich Skylar, doch es geschah nichts. Keine Reaktionen.

Ich holte tief Luft, wusste, dass ich einen großen Fehler beging.

»Wach gefälligst auf, Lilith!«, brüllte ich.

Mit einem Ruck öffneten sich Skylars Augen. Blutrote Pupillen starrten mich an.

»Ja, genau. Hilf ihr! Rette Skylar! Bitte!«

Ich erwartete einen Knall. Irgendetwas Böses, das sich nun ausbreiten und die Zelle zerstören würde. Doch es geschah nichts. Stattdessen blickte sie auf die Handschellen, bis sich das Rot in ihren Augen zurückzog und zu einem glanzlosen Blau wurde. Ihre Lider schlossen sich.

Verdammt!

Enttäuscht rutschte ich an die Wand und lehnte mich dagegen. Ich hatte keine Ahnung, was ich tun sollte. Ich wusste ja noch nicht einmal, wer genau uns gefangen hielt.

Ich schlang die Arme um meine Knie. Alles schien nutzlos zu sein.

Hilf mir, Cole. Ich bitte dich. Finde uns.

Just in diesem Moment wurde eine Tür geöffnet. Ich erstarrte. Panisch hielt ich den Atem an, nicht in der Lage, einen klaren Gedanken zu fassen.

»Oh, das Täubchen ist aufgewacht«, sagte eine männliche Stimme.

Eine andere lachte hämisch. »Sie scheint uns wohl erwartet zu haben, findest du nicht? Sieht ganz danach aus.«

Ich schüttelte den Kopf, so heftig, dass mir schwindlig wurde.

»Sieh an, was sie da tut. Ihr ist wohl nicht klar, was gerade vor sich geht.«

»Zeigen wir ihr, wie schön es bei uns sein kann.«

Zwei verschiedene Stimmen, doch derselbe Hass darin.

Zwei Männer unterhielten sich vor meiner Zelle. Sie trugen gleich aussehende Kutten, schwarz und schlicht, das Gesicht versteckt.

Einer von ihnen legte seine Hand auf das Gitter. Statt ebenfalls von dem Schlag zu kosten, öffnete sich der Eingang.

Mir wurde kotzübel.

Einer von ihnen befahl mir, mich zu ihnen zu begeben.

Meine Welt verschwamm jäh in einem dichten Nebel, eine Art Illusion, die mich vor ihnen schützen sollte.

Doch die Männer ließen die Blase platzen und schritten mit knirschenden Stiefeln einfach hindurch. Einer von ihnen packte mich.

Dies war der Moment, in dem mein Verstand wieder funktionierte.

Schreiend wand ich in seinem Griff und versuchte, nach ihm zu treten. Doch der Kerl war viel zu stark. Er packte meine Haare und der andere meine Beine. Es war ein Leichtes für die beiden, mich aus meinem Gefängnis zu ziehen.

»Ein raues, kleines Kätzchen«, schnurrte der Mann, der meine Beine zusammendrückte.

Der andere lachte. »Aber nichts im Vergleich zu ihrer Schwester.« Er ließ mich los und mein Kopf knallte auf den Boden. Kurz verschwamm alles vor meinen Augen.

»Glaubst du, sie ist es? Diese Aktion soll nicht umsonst gewesen sein.«

»Das ist sie auch dann nicht, wenn die Kraft einer anderen gehört. Wir brauchen sie alle.«

Als sich der Griff um meine Beine etwas lockerte, holte ich aus und trat zu, so stark ich konnte.

»Du dämliche Schlampe!« Der Kerl packte erneut meine Beine und ein flammender Schmerz jagte durch meinen Körper.

Meine Adern kochten und ich spürte ein unheilvolles Knacken in meinem Fußgelenk.

Ich brüllte vor Schmerz. Tränen raubten mir die Sicht.

»Wollen wir doch mal sehen, ob der ganze Aufwand es wert war. Los, Schlampe, zeig uns deine Macht!«

Grob wurde mein Arm gepackt. Trotz der Tränen erkannte ich den spitzen Dolch, spürte, wie die scharfe Schneide in meine Haut drang und nach unten gezogen wurde. Warmes Blut tropfte auf den Boden. Die Hand des Mannes wanderte über die Wunde, bis er verharrte.

»Sieh dir das an, Kumpel. Jackpot!«

Der Schmerz verwandelte sich in ein aufregendes Prickeln. Sofort war mir klar, dass soeben der Heilungsprozess begonnen hatte.

Als der Fremde den Daumen aus meiner Wunde zog, staunte er nicht schlecht. Binnen weniger Wimpernschläge hatte sich der Schnitt geschlossen. Keine Wunde, keine Narben.

»Wir haben sie, Orga.«

»Ja, bringen wir unseren Hauptgewinn nach nebenan, Aga.«

In dem selben Moment, indem sie mich aus dem Zimmer schleiften, öffneten sich noch einmal Skylars Augen. Rot und wutentbrannt folgten mir ihre Iriden, nur um danach wieder zu verschwinden.

Dann verlor auch ich mein Bewusstsein.

Kapitel 26

Im Kreis der vier Hexer – Arcors Sicht

Ich schnappte nach Luft. Mir war schwindlig und mein Schädel dröhnte ohne Pause. Der Schmerz, der mich durchzuckte, als ich die Finger bewegte, war unbeschreiblich. Mein Körper gehorchte mir nicht mehr richtig.

Zittrig und mit verschwitzter Stirn kämpfte ich mit mir, zwang meinen Körper dazu, sich aufzurichten. Ein Kampf, den ich schlussendlich gewann. Doch zu welchem Preis? Kaum hatte ich mich hingesetzt, explodierte etwas in meinem Schädel. Die Kopfschmerzen zogen sich durch meinen Nacken, hinunter zu meinen Füßen. Der Schmerz verwandelte sich in ein ehrfürchtiges Beben, welches in jeder einzelnen Pore verharrte. Bis es sich zu einer grässlichen Übelkeit verwandelte, die mich fast dazu brachte, mich auf der Stelle zu übergeben. Mein Magen dreht sich um.

Doch ich hielt dem ekelhaften Geschmack in meinem Hals stand, behielt die Flüssigkeit in mir.

»Verfluchte Scheiße«, fluchte ich, während ich langsam die Decke von mir schob.

Mir stachen sofort die vielen Bandagen ins Auge, die meinen Oberkörper bedeckten. An einigen Stellen war etwas Blut durchgesickert. Doch die Farbe hatte sich dunkel verfärbt, war bereits getrocknet. Nichtsdestotrotz machte ich mir Sorgen darum.

Wie lange hatte ich geschlafen?

Unsicher sah ich mich um, suchte nach irgendwelchen Hinweisen. Doch alles, was sich sah, waren leere Schokoriegelpackungen und verschiedene Medikamente.

Schokoriegel? Karda musste hier gewesen sein.

Karda!

Ich wusste nicht, woher dieser plötzliche Gedanke kam, doch ich wollte zu ihr. Ich musste sehen, ob es ihr gut ging. War sie ebenfalls verletzt worden? Lag sie womöglich in einem anderen Zimmer?

Lebte sie?

Keuchend schob ich mich von der Liege. Das Schwindelgefühl wurde wieder stärker, versuchte, meinen Willen zu brechen und die Führung zu übernehmen. Doch ich würde dies nicht zulassen, verwehrte es so oft ich konnte. Dunkelheit übermannte mich wie einen Schatten, doch auch diesen konnte ich zurückdrängen.

Meine Knie schlotterten, als säße ich zwischen Eisschollen. Als ich schließlich versuchte, mich aufzuraffen, konnte ich mich nicht lange halten. Die Muskeln in meinen Beinen fühlten sich schwach an, unfähig, mich zu tragen. Ich versuchte es erneut, wenn auch diesmal etwas vorsichtiger. Doch es wollte nicht klappen.

Erneut kam die Frage auf: Wie lange hatte ich geschlafen?

»Arcor! Beim Willen aller Götter! Was tust du da?«

Bei Taxus' erschrockener Stimme zuckte ich zusammen wie ein schuldiges Kind. Die schnelle Bewegung zehrte an meiner Energie. Sog mir die Kraft aus den Armen, ohne die ich mich nicht zu halten wusste.

Bevor ich vollkommen den Halt verlor, stand Taxus an meiner Seite und stützte mich.

»Gott, Alter!«, rief er. »Ich dachte, wir hätten dich verloren.« Er lachte, gleichzeitig meinte ich, Tränen in seinen Augen zu sehen.

»Ich bin nicht so leicht kleinzukriegen, das weißt du doch.« In meinem Hals kratze es, als hätte ich eine Tonne Sand geschluckt.

Taxus half mir, mich wieder auf die Liege zu setzen. Dann reichte er mir ein Glas Wasser.

Gierig trank ich.

Er schenkte mir nach.

»Wie geht es dir, Arcor. Oh, das hätte ich wohl sofort fragen sollen, nicht?«

Was sollte ich darauf antworten? Die rechte Seite meines Körpers fühlte sich taub an, allein laufen war fast unmöglich. Die Kopfschmerzen brachten mich beinahe um, während mein Schädel jeden Moment zu explodieren drohte.

»Schrecklich.«

Übelkeit kroch erneut an die Oberfläche, doch dieses Mal konnte ich sie nicht zurückhalten. Keuchend beugte ich mich hinunter und erbrach mich.

»Fuck! Oh, fuck! Fuck, fuck!«

»Taxus!«, sagte ich schwach.

»Ja … ja, na klar. 'tschuldigung. Sag mir, was ich tun soll.«

Ich bereute es sofort, als ich es tat. Das aufkommende Kopfschütteln brachte mich dazu, meinen Mageninhalt noch einmal offenzulegen. Das Wasser, das ich gerade aufgenommen hatte, verabschiedete sich mit schwingenden Fahnen.

Gott, ging es mir dreckig. Das Gift, das sich noch immer in meinem Blut befand, trieb mich in den Wahnsinn. Es machte meine Augen träge, meinen Verstand weich. Meine magische Kraft war im Nirgendwo verschwunden.

Ich wischte mir mit dem Handrücken über den Mund. »Wo ist Karda?«, brachte ich mühsam hervor.

»Unterwegs.«

Es war keine große Kunst, zu erraten, dass er mir etwas verheimlichte. Ich sah es in seinen Augen und spürte es. Und Taxus wusste es.

»Sag es mir«, forderte ich geschwächt. Meine Sicht verschwamm, doch ich versuchte, es mir nicht anmerken zu lassen.

»Arcor bitte. Du brauchst Ruhe …«

»Verdammt noch mal, Taxus!«

Ich klang verzweifelter, als ich eigentlich wollte. Meine Worte brachen, verwandelten sich gleichzeitig um ein missverstandenes Murmeln. Dennoch schien Taxus alles verstanden zu haben, denn die Traurigkeit in seinen Iriden verriet ihn.

»Sie ist fort, Arcor. Fort, auf der Suche nach Hilfe. Hilfe für dich.«

Meine Lider wurden schwer. Mein Verstand versuchte, den Körper in den Engeriesparmodus zu versetzen. Doch wer war ich, wenn ich nun aufgeben würde? Nein, ich durfte das Ziel nicht aus den Augen verlieren, die Krankheit nicht einfach gewinnen lassen.

Ich war Arcor, der Hauptmann des Rates der Hexer. Nicht einmal eine unheilbare Vergiftung würde mich in die Knie zwingen können.

Dieser Gedanke verlieh mir Kraft, so mächtige, dass die Magie zurück in meine Glieder floss und mir dabei half, mich aufzurichten. Ich reckte den Kopf und verdrängte den Schmerz, all die Pein in meinem Inneren.

»Arcor, was hast du nun vor? Was glaubst du, ausrichten zu können?«

»Ich weiß es nicht. Doch ich werde hier nicht tatenlos herumsitzen und warten. Taxus, du weißt, dass ich das nicht kann. Womöglich werde ich nicht zurückkehren, doch alles ist besser, als hier allein, womöglich für immer, zu liegen.«

»Du bist nicht allein!« Der junge Hexer erhob sich, stellte sich mir in den Weg. »Wir sind deine Familie, egal was du von uns hältst. Und wir halten zusammen!«

Ich erstarrte. Wie ein Blitz streifte mich die Erinnerung, brachte mich zum Taumeln.

»Arcor? He, ist es wieder schlimmer? Setz dich bitte!«

Taxus wollte mich erneut stützen. Doch ich schob ihn weg und trat an die Vitrine, in der sich verschiedene Medikamente befanden. Einen Vorrat an Gegengiften, die wir einst gesammelt hatten.

Doch das war es nicht, was mich interessierte. Es war das Bild, das darüber an der Wand hing. Es zeigte die früheren Hexer, vor Hunderten von Jahren. An den Tagen, an denen wir Lilith verbannt und die Kinder versteckt hatten. In diesen Stunden war ein Bild entstanden, dass uns stets daran erinnern sollte, was dieser Moment für die Zukunft bedeuten könnte. Ein Dämon hatte es nach unserem Sieg geschossen, als wir kaputt und müde waren, mit zerrissenen und matschbesudelten Umhängen.

Umhänge, die unsere Körper verhüllten und die Brandmale versteckten.

»Das ist nicht wahr«, flüsterte ich schockiert. Ich nahm das Bild von der Wand ab und sah mir den Riss in den Mänteln meiner Freunde genauer an.

»Arcor? Langsam fürchte ich mich vor dir.«

»Wo ist der Rest des Ordens?«

»Am Baum. Sie haben irgendein Problem mit ... ihrer Magie. Und Orga ist zusammen mit Aga verschwunden. Warum fragst du das?«

»Geh zu ihnen und sucht augenblicklich nach Karda. Wir werden sie brauchen. Ich kümmere mich um den Rest. Halte aber Orga und Aga da heraus, verstanden?«

»Bitte? Wieso, Arcor? Ich verstehe dich nicht.«

Wutentbrannt hielt ich ihm das Bild unter die Nase und zeigte auf die Male, die Orga und Aga an derselben Stelle trugen. Ein Stern mit verräterischen Verschnörkelungen. Die gleichen Zeichen, die der Serienmörder in der Unterwelt in die Haut der Leichen geritzt hatte.

Ich holte tief Luft, während Taxus das Bild betrachtete. Er umklammerte den Rahmen so stark, dass die Knöchel an seinen Händen weiß hervortraten.

Ich musste mich konzentrieren, sammelte jedes Bisschen meiner Magie in den Handflächen. Nun lag es an mir, die Situation zu retten und das Gleichgewicht zurückzuholen. Blut tropfte aus meiner Nase, das Atem fiel mir schwer.

Obwohl mich die Dunkelheit zu verschlingen versuchte, öffnete ich mit all meiner Kraft etwas, wozu ich normalerweise nicht in der Lage war. Ein Portal.

»Rüstet euch für den Kampf«, sagte ich geschwächt. »Der Krieg beginnt.«

Bevor Taxus mich aufhalten konnte, glitt ich in das Portal. Just in diesem Moment explodierte die Blase, die den Schmerz in meinen Kopf gebändigt hatte. Qualen rannen durch meinen Leib, sickerten in meine Magie. Ich glitt aus dem Portal und fiel in weichen Sand. Ich würde nicht sterben! Und wenn es das Letzte war, was ich tat!

Kapitel 27

Ich wollte nicht mehr.

Zu meinem Entsetzen hielt die Bewusstlosigkeit nicht allzu lange an. Ein Schlag, fest wie das Metall eines Hammers, erweckte mich aus meinen grausamen Träumen. Zu gerne hätte ich die Augen geschlossen und die hässlichen Gedanken an mich genommen, nur um aus diesem lebendigen Albtraum zu flüchten.

Hitze pulsierte durch meinen Körper, hypnotisierte mich förmlich. Durch meinen verschwommenen Blick war es mir verwehrt, meine Peiniger zu sehen. Den Ort zu betrachten, an den die Männer mich verschleppten.

Selbst meine Beine schienen ihren Dienst aufgeben zu wollen. Von der Taubheit manipuliert ließen sie sich nicht bewegen. Die Männer schleiften mich über den harten, ungleichmäßigen Boden. Ich verlor einen Schuh.

Cinderella. Wie gerne wäre ich nun eine Prinzessin in Not, in letzter Sekunde gerettet von dem holden Prinzen in weißer Rüstung. Das Bild eines Mannes, so strahlend wie die Sonne, erschien in meinem Kopf.

Ein lachhafter Gedanke.

»Hörst du das, ihr jämmerliches Lachen, mein Kamerad? Wir haben ihre schwache Seele bereits gebrochen.«

Leises Gemurmel verwandelte sich in binnen weniger Sekunden in lautes Gebrüll, das mein Trommelfell fast zum Platzen brachte.

Ruhe. Stille. *Ich will sie nicht mehr hören!*

»Womöglich ist sie das schwächste Glied. Lilith scheint wohl den falschen Mann gewählt zu haben.«

»In jedem Wurf entstehen schwarze Schafe. Sieh uns an!«

Sie lachten schallend.

Verzweifelt presste ich die Augen zu, versuchte, die Kerle auszublenden. Doch es gelang mir nicht, ihnen fernzubleiben. Diese Ungetüme zogen mich zurück in ihre Welt. An einen Ort, an den ich nicht gehörte.

Heftig schlug ich auf dem kalten Boden auf. Ich schmeckte etwas Metallisches. Sie fesselten meine Arme und rissen mich an einem Seil in die Höhe. Ein starker Schmerz ließ mich aufstöhnen, ich hatte keinen Halt mehr. Meine Füße baumelten knapp über dem Boden.

Einer der beiden packte meinen Knöchel. Ich trat nach ihm. Doch Orga, wie ich inzwischen wusste, lachte nur.

»Heiß, die Kleine. Wirklich eine Schande, dass dieses hübsche Mädchen unsere Auserwählte sein muss. Welch Verschwendung!«

»Deine unangebrachten Fantasien solltest du für dich behalten, mein Freund. Denk an das, was wir vorhaben. Nicht an deine Lüsternheit, die dir den Kopf vernebelt.«

»Du bist ein wahrhafter Spielverderber, Aga. Hast du eigentlich jemals Spaß? Unternimm doch mal etwas, alter Mann.«

Schmerz durchzuckte mein Handgelenk, als sich die Schneide des Dolches tief in meine Adern drückten. Blut regnete zu Boden.

»Das tue ich, Orga. Du musst nur genau hinsehen.«

Der Angesprochene schnaufte verächtlich.

»Und du sprichst von Fantasien. Vergleicht man uns beide, bist du der wirkliche Perversling. Ergötzt dich am Leid anderer. Genießt die Qualen, die du ihnen in aller Ruhe zufügst. Womöglich hast du dabei auch noch einen Ständer, alter Mann.«

»Wo liegt das Problem? Lust ist ein dehnbarer Begriff.«

Aga lachte ungehalten, fast schon verrückt. Für einen Augenblick hegte ich die Hoffnung, Orga auf meine Seite ziehen zu können. Ihm gefielen Agas Spielereinen offenbar nicht.

»Nun, schlecht ist es nicht, zu fühlen, wie sich das Wesen unter deiner Macht sträubt. Zu sehen, wie dein Opfer allen Mut verliert und dir das gibt, wonach du dich so sehr sehnst.«

»Kontrolle.«

Meine Zuversicht platzte, Tränen verschleierten meine Sicht und zwangen mich zurück in den dichten Nebel aus Schmerz und

Hoffnungslosigkeit. Ich spürte das klebrige Blut, roch den Gestank von Schweiß und Desinfektionsmittel. Ein unangenehmer Schauder rann über meinen verletzten Körper, während sich das bekannte Kribbeln ausbreitete.

Die Heilung meiner Wunden hatte begonnen.

Orga war der erste, der seine Hände von mir nahm. Als sein Kamerad es ihm gleichtat, fühlte ich mich augenblicklich ausgeliefert. Nicht wissend, was als nächstes passieren würde, musste ich ausharren und warten. Beten, dass sie die Verletzungen sein ließen, mich nicht weiter beschmutzen.

Doch innerlich wusste ich, dass sich dieser Traum nicht erfüllen würde.

Meine Peiniger genossen das ungehaltene Zucken, das durch meinen Leib fuhr, sobald sie mich erneut schnitten. Liebten das Wimmern und meine Schreie. Sie würden mich niemals in Ruhe lassen.

Ich flehte um eine erlösende Ohmacht, bis mir meine Schwester in den Sinn kam.

Skylar war verletzt und gefangen. Im Dreck liegengelassen. Misshandelt.

Ich würde nicht aufgeben. Niemals. Nicht, bevor sie in Sicherheit war.

Ich blinzelte den Nebel vor meinen Augen weg. Es dauerte etwas, bis es mir gelang, einen Blick auf die Männer zu werfen, die mich wie ein Tier behandelten. Männer, für die ich nur Abscheu empfand.

»Was wollt ihr von mir?«, presste ich keuchend hervor.

Sie antworteten nicht, schenkten mir nicht einmal einen Blick. Stattdessen standen sie mit dem Rücken zu mir vor einem breiten Metalltisch, auf dem Nadeln, Spritzen und Kanülen lagen. Rechts von Orga erkannte ich einen kleinen Behälter. Dichter weißer Rauch entwich der Öffnung, gab drei längliche Fläschchen frei. Eines davon war mit Blut gefüllt.

Ich zwang mich zur Ruhe. Rief mir in Erinnerung, weswegen und für wen ich dies tat.

»Hört mir gefälligst zu!« Meine Stimme klang überraschend stark. »Lasst mich frei!«

Ein Befehl, der Aga dazu brachte, sich zu mir umzudrehen. In seinem Blick lag ein ungewöhnliches Funkeln. Belustigt fletschte er seine Zähne, als er einen Schritt auf mich zuging.

»Du wagst es, Forderungen zu stellen, kleines Mädchen? Siehst du nicht, in welcher Lage du dich befindest? Sei ein liebes Kind und halt deinen vorlauten Mund, oder ich werde ihn dir stopfen müssen.«

Wild kämpfte ich gegen meine Furcht, meinen aufgewühlten Verstand an, der mich dazu bringen wollte, still und artig zu sein.

Doch dieses Mädchen gab es nicht mehr.

»Ihr wisst nicht, mit wem ihr euch einlasst. Mein Blut ist gefährlich, edler als eure gesamte Existenz. Befreit mich auf der Stelle!«

Er schlug mir ins Gesicht. Taubheit benetzte mein Gesicht, wodurch der entstandene Schmerz abprallte.

»Halt dein dämliches Maul! Wer glaubst du, wer du bist, Schlampe?«

Orga trat an meine freie Seite. In den Händen eine Spritze mit einem der Fläschchen dran. Sein finsterer Blick brachte mich zum Erzittern, doch ich starrte ihn kalt an.

»Lasst mich los!«, wiederholte ich meine Forderung.

Orgas Faust raste in meinen Magen zu. Der Schlag war brutal, doch ich ignorierte den heftigen Schmerz und spuckte ihm das Blut, das sich in meinem Mund gesammelt hatte, ins Gesicht.

Orga wischte es mit dem Ärmel seiner Kutte weg und kam mit seinen Lippen nah an mein Ohr.

»Es wird mir eine Freude sein, dir deinen erbärmlichen Widerstand aus diesem schwächlichen Körper zu prügeln. Ich werde dich mit Feuer und Eis strafen, dich quälen, bis du um Erlösung winselst. Du wirst darum betteln, mir die Füße küssen zu dürfen.« Er legte seine Hand auf meine Brust.

Eine unangenehme Gänsehaut rann mir über den Rücken, brachte mich zum Schlucken. Mein Verstand drehte sich, verursachte Kopfschmerzen und Orientierungsschwierigkeiten, als Orga seine Hand auf meine Brust legte. Mich so berührte, wie es ihm nicht gestattet war.

»Oh, kleines Mädchen.«

»Fass mich nicht an, Arschloch«, fauchte ich. »Ich töte dich!«

Der Druck seiner Hand verstärkte sich. Mir wurde übel. Vergebens versuchte ich, ihn von mir zu stoßen. Seine Zähne glitten über meine Ohrmuschel.

»Du wärst wahrlich ein guter Fang. Womöglich genieße ich noch ein paar Stunden mit dir. Sag mir, Angel. Wurdest du schon gefickt?«

Galle stieg mir in den Hals.

Cole, hilf mir!

Die Spitze der Nadel durchstieß meine Halsschlagader. Zuckend warf ich meinen Kopf zurück. Alles drehte sich, als mich erneut ein Faustschlag traf. Ich spürte, wie eine oder mehrere Rippen brachen. Blut rann über meine Lippen, tropfte aus der Wunde, die Aga hinterlassen hatte.

Ich erfasste alles nur noch wie in Zeitlupe und ohne Ton.

Aga trat zwischen meine Beine, ein Skalpell in den Händen. Während er die Lippen zu einem gehässigen Grinsen verzog, zerschnitt er mein Shirt. Der Stoff streifte meine verletzte Haut, ehe er zu Boden fiel.

Meine Sicht wurde immer schlechter, doch das Adrenalin in meinem Körper zwang mich, jede seiner Bewegungen zu folgen. Das Messer glitt durch meine Haut, als bestände sie aus weicher Butter. Blut rann hinunter, verteilte sich auf meinem Bauch und zog sich in den Stoff meiner Hose. Grob drückte er das Werkzeug in meinen Körper, zerschnitt Gewebe und Fleisch. Der Schmerz war ungeheuerlich. Auf einmal stoppte er und Orga reichte ihm einen Schlauch.

Die Welt um mich herum verdunkelte sich und ich erbrach mich auf meine Peiniger. Ein heftiger Schlag schenkte mir endlich die ersehnte Schwärze.

Sie galt als Monster, gefürchtet von allem und jedem. Dem gefallenen Engel in Schwarz gelang es, jede noch so starke Macht auf seine Seite zu ziehen, sie sich untertan zu machen. Seine Gestalt entlockte seinen Feinden Furcht und Gehorsam. Selten musste die Frau um ihren Platz in der Nahrungskette kämpfen. Selbst die ungewöhnlichen Wesen, die ihr trotzten und gewillt waren, sie von ihrem Thron zu stürzen, waren nicht stark genug, um ihren Plan in die Tat umzusetzen.

Lilith wusste nur zu gut, was sie besaß. Die Kraft, die sie sich erschlichen hatte, gab ihr alles, was sie brauchte, um an der Spitze zu bleiben. Und doch, obwohl sie alles besaß, sehnte sie sich nach etwas anderem.

Es war nicht das Kind unter ihrem Herzen, das sie dazu bewegte, anders zu denken. Auch die vielen Männerbesuche konnten ihren Verstand nicht verändern, den Wunsch in ihrem Herzen wachsen lassen.

Nein, der Schlüssel war in einem Fetzen Erinnerung verborgen, der sie an ihre Vergangenheit erinnerte. Es lebte etwas in ihrem Herzen, das nicht vollkommen versteinert und dunkel war. Ein Hauch Licht hatte sich in ihr Innerstes geschlichen.

Die Königin der Unterwelt quälte und tötete. Sie zerstörte Menschen und zerriss Familien.

Lilith wollte das alles nicht mehr, sehnte sich nach etwas anderem.

Sie lag in ihren Gemächern, umschlungen von lüsternen Männern und Frauen, als sie bemerkte, dass ihr Trieb nachließ. Diese Figuren, die sie sonst so wundervoll unterhalten hatten, langweilten sie auf einmal. Ihr Körper genoss die verführerischen Berührungen nicht mehr. Nein, er sträubte sich sogar dagegen. Also versuchte sie herauszufinden, woran es lag. Sie suchte und suchte, fand allerdings nichts, was sie dazu bringen könnte, ihr Leben zu verändern, um erneut Glück zu verspüren, trotz der verdrängten Erinnerungen und dem kleinen Funken Licht in ihrem Herzen.

Bis sie ihr eigenes, gewolltes Kind in den Armen hielt und in dessen wunderschöne, braune Augen blickte. Lilith wurde auf Anhieb klar, was sie ihr Leben lang vermisst hatte. Der Platz in ihrer Seele, den dieses Kind nun einnahm, war einst von Hass und Leid ausgefüllt worden. Es dauerte nicht lange, bis sie realisierte, welche Bedeutung dies mit sich zog.

Als sie an die Zukunft dachte, daran, was sie alles würde durchmachen müssen, begann sie, ihre Vergangenheit zu verachten. Lilith wollte sich und ihr Dasein verändern, glaubte daran, für dieses Kind leben zu können. Dieses junge Mädchen, das sie jeden Tag sah und liebte, schenkte ihr all das, was sie immer gewollt hatte. Doch ihre Gier danach wurde zu groß. Der Dämon wollte mehr von diesen ungewohnten Gefühlen, verlangte nach Größerem.

Ihre zweite Tochter besaß schimmernd blaue Augen, und wenn Lilith ihren Blick auffing, konnte sie direkt in die Tiefe des Meeres blicken. Die tiefe Begierde zu dieser Tochter verwandelte sich zu einer Sucht. Niemand durfte sich den Mädchen nähern. Nur ausgewählte, starke Dämonen durften sich in die Zimmer der Kinder wagen. Nicht lange und nur, wenn es wirklich nötig war. Die leuchtende Stelle in ihrem Herzen flackerte von Woche zu Woche stärker.

Bis das Blut erneut ihre Klauen beschmutzte.

Das Vertrauen in ihre Untergebenen sank, je öfter sie diese sah. So war sie irgendwann der Meinung, in allem und jedem einen Feind sehen zu müssen. Hausmädchen wurden gefoltert, Stallburschen wie Vieh geschlachtet. Die Dunkelheit übernahm erneut die Kontrolle.

Tochter Nummer drei war etwas zierlicher und kleiner. Mausgraue Augen eroberten Lilith im Sturm. Die Berührungen des Mädchens waren schwächer, aber dennoch voller Glückseligkeit und Liebe.

Dennoch erreichte Lilith ein Limit, das sie nicht kontrollieren konnte.

Das gedeihende Gute in ihrem Herzen erstarb. Kälte verwandelte die liebende Mutter zurück in das Monster, das sie vorher war. Hass und Eifersucht plagten sie. Die kleinen Geschöpfe, die sie einst so begehrt hatte, wuchsen zu einer Gefahr heran. Sie vereinten Schönheit und Stärke, Güte und Sanftheit in sich. Doch der Neid Liliths verschmähte diese Eigenschaften.

Sie begann, ihr eigenes Fleisch und Blut zu verachten.

An einem Morgen, geprägt von Tod und Leid, stand Lilith an den Betten ihrer Kinder, die Krallen geschärft und erhoben. Plötzlich war es, als legte sich ein Schalter in ihr um.

An diesem Tag verloren vierunddreißig Dorfbewohner ihr Leben.

* * *

Liliths Herz bestand einzig aus kaltem Gestein. Darin gab es keinen Platz für Liebe oder Gerechtigkeit. Grausamkeit beherrschte den

Dämon, durchströmte ihn wie eine Droge. Ihr Leben wurde beherrscht von Begierde und Martyrium. Lilith lebte für Sex, kostete vom Blut der Unschuldigen und der Rache an allen, die ihr nicht unterwürfig entgegentraten.

Doch all die Macht war nicht genug. Sie wollte mehr, verlangte nach allem, was es zu besitzen gab. Sie entsandte Truppen, schickte sie durch ein Portal, um die Welt der Menschen in Besitz zu nehmen. Frauen und Kinder wurden getötet, Männer auf ihren Lebenswillen getestet. Starke, mächtige Seelen wurden hinunter in die Welt der Dämonen gebracht, wo sie gegeneinander kämpfen mussten. Gladiatorenkämpfe wurden ausgefochten, doch keiner der Menschen überlebte.

Lilith hasste sie. Diese niedrigen Geschöpfe störten den Lauf der Dinge und waren es nicht wert, zu leben. Also schenkte sie ihnen etwas, von dem sie nie geträumt hatten. Den Tod.

Hunderte von Dämonen bedeckten die verschiedensten Länder. Es wurden Gefangene genommen, Personen verstümmelt und auf Pfählen aufgespießt. Sie bewies ihre Macht denjenigen, die nicht einmal wussten, dass es sie gab.

Krieg entstand.

* * *

Tausende von Menschen hatten ihr Leben verloren. Andere standen kurz davor. Die Religion stand am Scheideweg. Gläubige verfluchten ihre Götter, flehten und bettelten nach Vergebung und Erbarmen. Manche hielten Liliths Plage für ein Zeichen Gottes, der sie bestrafte.

Vier Monate dauerten die Kämpfe. Vier Monate lang gelang es keiner Seele, auch nur eine Nacht ruhig zu schlafen. Doch am Abend des letzten Tages herrschte vollkommene Ruhe.

Niemand verlor sein Leben, keiner wurde verletzt.

In diesen Stunden stand Lilith auf einem Berg in der Menschenwelt. Ihre Töchter spielten unschuldig auf einer nahen Wiese. Niemals wollte sie ihr Fleisch und Blut an solch einen Ort bringen. Es war zu gefährlich, Unwürdigen zu begegnen.

Die Gefühle für ihre Töchter waren zwiespältig. Sie verspürte puren Hass auf diese wundervollen Geschöpfe. Sie waren so stark, dass sie

sie tot sehen wollte. Doch dann gab es Momente wie diese, in denen sie die drei mehr liebte als alles andere. Wut schlich sich in ihr kaltes Herz, wenn sie daran dachte, was man ihren Lieblingen antun könnte. Selbst wenn sie selbst es war, die nachts mit einem Dolch vor ihren Betten stand.

Trotz der komplizierten Gefühle veränderte sich an diesem Abend etwas. Liliths Gestalt erzitterte, bebte wie Espenlaub. Blutige Tränen flossen ungehalten über ihre Wangen. Ihre Gedanken kreisten, ihre Seele litt, der Verstand schmerzte.

Die Herrscherin der Unterwelt wusste nicht mehr, was sie tun sollte.

Panik beherrschte Lilith. Sie wusste, dass die Hexer sie verflucht hatten, und kannte den Willen des Oberhaupts des Rates. Der Fluch zwang sie in den Wahnsinn, benebelte ihre gesamte Welt. Und doch war ihr Geist in diesem Augenblick so frei und rein, dass der aufkommende Gedanke ihre gesamte Identität infrage stellte.

Lilith wusste, dass ihr die Zeit davonlief. Sie würde handeln müssen. Bald.

Hinter ihr öffnete sich ein Portal und ein Fremder trat daraus hervor. Sie ignorierte ihn. Erst, als er das Wort erhob, wandte sie sich ihm zu.

»Du wolltest mich sehen, Lilith. Warum? Ich werde den Fluch nicht von dir nehmen.«

Gespannt lauschte Lilith den Worten des Hexers, der ihrem Ruf gefolgt war. Thelion.

»Ich habe auch nichts anderes erwartet, Thelion.« Sie lachte spöttisch. Keines ihrer Worte erlaubte dem Hexer, etwas von ihrer Trauer zu erkennen. Die Tränen blieben versteckt. »Ich habe dich aus einem anderen Grund gerufen.«

»Und der wäre?«

»Lass deine Spielchen. Du kennst meine Bitte bereits. Tu es einfach.« Thelion seufzte. »Ich weiß nicht, wovon du sprichst.«

»Lüg mich nicht an! Du besitzt die Macht der Voraussicht. Ich habe dich studiert, alter Mann. Verbirg es nicht vor mir. Ich weiß, was du kannst. Also tu endlich das, weswegen du hier bist. Ansonsten wärst du meinem Ruf nicht gefolgt, habe ich recht?«

Der alte Mann sagte nichts. Stattdessen hörte Lilith das Geräusch von platzenden Seifenblasen. Diese glitten direkt aus den Fingerspitzen des Hexers, bevor sie zu den Kindern wanderten. Sie umkreisten sie, bis sie die Kinder wie eine Wolke in die Höhe hoben. Eine Blase nach der anderen zerplatzte und nahm ihr Bewusstsein mit sich. Sie schliefen ruhig.

»Du wirst sie nie wiedersehen.«

»Habe ich denn eine Wahl?« Sie lächelte gehässig. »Ihr verurteilt mich zum ewigen Leben. Verbannt mich in die Tiefen der Hölle. Dorthin werde ich sie nicht mitnehmen können.«

Lilith wusste, dass Thelion nicht verstand, warum sie all das tat. Trotz seiner Gabe erschloss sich ihm nicht, weshalb er nun die Kinder nehmen sollte. Für ihn ergab diese Zukunft keinen Sinn. Er sah nicht, was daraus entstehen sollte.

Und Lilith wusste das. Sie ahnte, dass er sich dagegen sträuben würde. Dieser Dienst veränderte ihre Zukunft, das gesamte Leben der Dämonenkönigin. Und der Zauber einer freundlichen Hexe hinderte Thelion daran, das Geschehen in hunderten von Jahren zu sehen.

Lilith hatte immer ein Ass im Ärmel. Zu jeder Zeit, an allen Orten.

Als sich das Portal schloss und der Hexer und ihre Töchter verschwunden waren, brach die Königin in ein hemmungsloses Gelächter aus. Ihr Lachen hallte durch die Nacht, schreckte Raben auf, die mit ausgebreiteten Flügeln dem Nachthimmel entgegenglitten.

Trotz des Gelächters strömten neue Tränen über ihre Wangen. Tränen der Trauer, des Hasses, der Liebe. Lilith verachtete sich dafür.

So sehr, dass sie den Frieden unterbrach und sich in das verwandelte, was sie wirklich war. Ein Monster.

Zweihundertfünfundzwanzig Menschen verloren ihr Leben.

* * *

Mir dröhnte der Schädel. Der Schleier verborgener Erinnerungen lüftete sich. Alles, was zurückblieb, war ein ungewöhnlicher Druck hinter meiner Stirn, der mir die Macht des Denkens raubte. Während der dunkle Schleier meine Augen verließ, schmerzte jeder Atemzug, brannte in den Lungen. Dennoch konnte ich nicht damit aufhören, musste spüren, dass ich noch am Leben war.

»Scheiße«, raunte ich. Mit geschlossenen Augen versuchte ich, den Schmerz zurückzudrängen.

Zu meiner Überraschung funktionierte es. Mein Leid verschwand. Selbst das Brennen in meinen Lungen löste sich in Luft auf. Gleichzeitig verspürte ich ein Kribbeln an meinem Handgelenk, das sich bis zu meinem Ellbogen zog.

Ich öffnete die Augen und stellte erschrocken fest, dass sich das Tattoo ausgebreitet hatte. Eine Katzentatze zierte meinen Unterarm, die in einer Verschnörklung, eine Art Schriftzeichen, endete. Darüber zeichneten sich Rosen ab, die in kleinen Wellen endeten. Das Tattoo bedeckte meinen gesamten Unterarm.

Scheiße! Was um Himmels willen musste mein Körper heilen?

Als ich meinen Blick senkte, sah ich, was für meine Tattoos verantwortlich war.

An der Stelle, an der mein Herz saß, klaffte ein Loch. In diesem steckte ein Schlauch, nicht breiter als mein kleiner Finger. Kleine Fäden zogen sich an dem Schlauch entlang, die ebenfalls in meiner Brust verschwanden.

Nervös sah ich, dass der Schlauch zu einer Kugel führte, die ich aus Filmen kannte. Einer Hexerkugel. Die Fäden hielten einige Zentimeter vorher inne. Sie funkelten, leuchteten ab und zu. Ich brauchte mich mit dieser Materie nicht auszukennen, um zu wissen, dass dort ein magisches Feld entstanden war. Ein Feld, das die Kugel zum Schweben brachte.

»Oh, sieh an, sieh an. Wer ist denn endlich zu sich gekommen?«

Orga war hereingekommen und lachte nun hämisch.

Angst packte mich, grauenvolle Angst. Was zum Teufel machten sie mit mir?

»Riechst du das?«, säuselte Aga, der sich von der anderen Seite her näherte. »Furcht. Das ganze Mädchen stinkt danach. Spürst du das zittrige Gefühl in den Knochen, kleines Mädchen?«

Als er neben mir stehen blieb, strich er mit der Hand über meinen nackten Bauch. Sofort versteifte ich mich.

Doch der alte Mann lachte bloß und leckte sich über die Lippen.

»Sieh dir das an, Orga. Ich liebe es, wenn sie ihren Verstand verlieren.«

»Wir haben ihr wohl zu viele Schmerzen zugefügt. Dem Gör fehlen die Worte.«

Sie grinsten über beide Ohren. Pervers und mit dem Blick auf meine Brüste gerichtet. Orga entfloh ein erregtes Knurren, worauf sein Kamerad sofort den Kopf schüttelte.

»Nein!«, sagte er. »Sie wird keines deiner Spielgefährten. Du weißt, wir brauchen sie. Das Mädchen bringt uns nichts, wenn du sie zerstörst.«

»Zerstören?«, grunzte Orga. »Sie heilt. Jede Wunde, die wir ihr zugefügt haben, ist vollständig verheilt. Selbst das Loch in ihrer Brust hat sich soweit wieder geschlossen. Glaubst du wirklich, sie kann gebrochen werden?«

»Jeder kann das«, antwortete der Ältere. »Und wir sollten damit nicht so verschwenderisch umgehen. Du hast die Tattoos gesehen. Wir wissen also nicht, wie viel Macht ihr noch zur Verfügung steht.«

Das Grinsen auf Orgas Gesicht verschwand. Die Tatsache, dass Aga recht behielt, passte dem Hexer wohl nicht. Er trat an den Tisch, auf dem nun zwei Fläschchen mit Blut standen.

Er stemmte die Hände auf das Metall, den Blick gierig auf den Inhalt eines Buches gerichtet, das vor ihm lag. Seine Lippen bebten.

»Glaubst du nicht, wir sollten langsam beginnen? Es wird Zeit, dass wir sie finden. Unsere Herrin ruft nach der Erlösung.«

Endlich begriff ich, was diese Männer bezweckten. Diese Psychopathen, offensichtlich Hexer, wollten Lilith zurück in diese Welt holen. Deswegen hatten sie mir Blut abgenommen. Damit waren sie in der Lage, das Tor zu öffnen, das die Königin zurück in diese Welt brachte. Ein Vorhaben, das die Organisation unbedingt verhindern wollte.

Mit einem Schlag kehrte Leben in meinen Körper zurück.

»Ihr werdet meine Schwester niemals finden«, rief ich.

Agas Interesse spiegelte sich in seinen Augen wider. Er zwang mich, ihn anzusehen.

»Tatsächlich? Und wieso bist du dir da so sicher, Prinzessin?«

Obwohl mir nicht danach zumute war, lachte ich und sah ihn hochnäsig an.

»Typen wie euch wird es niemals gelingen, unser Blut zusammenzuführen. Ihr hättet uns nicht einmal gefunden, wenn wir nicht zufällig am Moor gewesen wären.«

Orga drehte sich mit einem Ruck um. Er wirkte jetzt zufrieden, fast belustigt.

»Du glaubst an einen Zufall? Unser Zusammentreffen war kein Glück, kleines Mädchen. Wir sind Ratsmitglieder, unsterbliche Hexer. Wir verfügen über Möglichkeiten, die du dir nicht einmal im Traum vorstellen könntest.«

»Orga, still!«

»Fürchtest du dich, Aga? Nun weiß sie, wer wir sind, na und? Sie kommt hier nicht lebend raus. Wir müssen lediglich ihre Leiche irgendwann entsorgen.«

Ein Schmunzeln lag auf meinen Lippen.

»Nichts davon wird euch gelingen. Ihr werdet weder meine Schwester finden, noch am Leben bleiben. Die Organisation wird euch vernichten.«

Die beiden Männer schüttelten höchst amüsiert ihre Köpfe. Sie nahmen mich nicht ernst. Doch das mussten sie auch nicht.

Ich glaubte an meine Freunde und vertraute ihnen. Sie würden Skylar befreien und die Hexer aufhalten. Und ich ... ich würde ihnen so viel Zeit verschaffen, wie sie brauchten. Egal was es mich kostete.

Bevor ich erneut zum Reden ansetzen konnte, näherte sich Orga der geheimnisvollen Kugel.

»Dir wird dein Enthusiasmus bald vergehen, Angel. Wir haben eine Möglichkeit entwickelt, deine Schwester zu finden. Hast du dich nicht gewundert, was diese Träume zu bedeuten haben? Die Erinnerungen in deinem Kopf, die gar nicht von dir stammen können?«

Ich schluckte.

»Durch deine Gene ist es uns möglich, die Erinnerungen deiner Vorfahren anzuzapfen. Eine Verbindung zwischen Lilith und dir herzustellen. Und wenn wir es schaffen, den Erinnerungsstrang zu finden, wird es ein Leichtes sein, herauszufinden, wer die letzte Auserwählte ist.«

Aga drückte den Schlauch in meiner Brust, der sofort gegen mein Herz stieß. Ich schrie vor Schmerz, spürte die Fäden, wie sie sich durch mein Fleisch bohrten und sich auf mein schlagendes Herz legten.

»Glaub mir, kleiner Engel. Das wird ein Vergnügen werden ... Für uns.«

Aga ging zu seinem Verbündeten. Die beiden legten gleichzeitig ihre Hände auf die Kugel, die augenblicklich blau zu leuchten begann. Sie murmelten etwas in lateinischer Sprache, das Licht zog sich in den Schlauch, wanderte hinauf zu meinem Herzen.

Der Schrei, der aus meinem Mund kam, war so laut, dass ich für einen Moment nichts hören konnte. Magie übernahm meinen Körper und meine Seele. Die Umgebung färbte sich blau, bis ich mich plötzlich nicht mehr im Labor befand. Stattdessen lag ich in meinem alten Bett mit Dean an meiner Seite. Sein Auge war blau geschlagen, die Lippe aufgeplatzt.

Bevor ich in der verführerischen Magie versank, fragte ich mich: Woher kam diese Erinnerung?

Kapitel 28

Betrübt musterte ich Dean. Er fuhr mit der Zunge über seine verletzte Lippe und spielte mit einem Stofftier, das er von meiner Kommode genommen hatte.

Ich seufzte, bevor ich mich, so gut es ging, aufrichtete.

»Möchtest du mir jetzt sagen, wieso dich dieser Junge geschlagen hat?«

Dean blieb stumm.

Ihn so zu sehen, machte mich furchtbar traurig. Seit zwei Jahren war er nun an meiner Seite, nannte sich meinen besten Freund und doch verweigerte er sich mir nun. Für mich fühlte es sich wie ein Vertrauensbruch an.

»Kann ich irgendwie helfen?«, versuchte ich es erneut. »Wenn du möchtest, können wir die Vertrauenslehrerin bitten, mit dem Jungen zu sprechen. Womöglich kann sie dir helfen.«

Er schnaufte und lachte gehässig.

»Ja, klar«, murrte er. »Als wäre diese Frau jemals eine Hilfe.«

Empört schürzte ich meine Lippen.

»Dean, diese Frau hat mir bereits geholfen und ich denke, dass du ihre Unterstützung annehmen solltest. Es kann doch nicht schaden. Selbst wenn sie nur euren Konflikt aus der Welt schafft, haben wir wenigstens etwas erreicht.«

»Du verstehst das nicht«, sagte er heftig.

Diese Reaktion kannte ich nicht von ihm. Ich wusste nicht, was ich tun sollte.

»Dann erkläre es mir. Bitte, Dean. Ich möchte dich nicht leiden sehen. Das ist doch nicht normal.« Als er nicht antwortete, fuhr ich einfach fort. »Wenn du nicht zuhören möchtest und dein Stolz nicht zulässt, dass du dich an unserer Lehrerin wendest, dann rede ich mit dem Jungen. Mich wird er bestimmt nicht schlagen.«

»Auf keinen Fall!« Er schüttelte energisch den Kopf und sah mich endlich an. In seinem Blick lag etwas, das ich zuvor nie gesehen hatte. Furcht. »Das werde ich nicht zulassen! Eher lasse ich mich erneut verprügeln!«

»Wovon redest du?«, fragte ich verärgert. »Das steht außer Frage!«

»Verdammt!« Er raufte sich die Haare. »Du machst mich verrückt, Angel. Weißt du das?«

»Dean?«

»Sie haben sich über dich lustig gemacht! Ich kann doch nicht zulassen, dass sie Witze über dich machen. Nur weil du nicht laufen kannst! Und ihr Anführer hielt sich für besonders cool! Wollte dir sogar Würmer in dein Lunchpaket schmuggeln. Das konnte ich nicht zulassen!«

Verlegen sah ich ihn an. Augenblicklich färbten sich meine Wangen rot. So etwas hatte noch nie jemand für mich getan. Er hatte mich verteidigt, dafür mehrere Schläge riskiert. Doch … warum?

»Das ist … sehr lieb von dir. Aber warum tust du das? Ich kann mich selbst verteidigen, wenn nötig.«

»Ich weiß … aber … Ach egal.«

»Dean? Sag es mir, bitte. Warum machst du so etwas? Du hättest ernsthaft verletzt werden können.«

Plötzlich nahm er mein Gesicht in seine Hände. Und dann küsste er mich.

»Deswegen … du Dummkopf.«

* * *

»Entschuldigen Sie bitte!«

Verlegen senkte ich mein Haupt, entschuldigte mich bei der jungen Frau, die ich angerempelt hatte. Diese schüttelte lächelnd den Kopf, bevor sie mir anbot, mich zu meinem Ziel zu bringen. Erleichtert und gleichzeitig etwas überfordert nahm ich ihre Bitte an. Sie rollte mich zu Gang sechs und half mir, das Buch zu finden, nach dem ich suchte. Kurz darauf überreichte sie es mir. Ich bedankte mich und sie ging. Ich lenkte meinen Rollstuhl an einen freien Tisch und schlug das dicke Buch auf. Im Inhaltsverzeichnis fand ich das passende Stichwort.

»Hier bist du! Angel, du kannst doch nicht einfach weggehen«, murrte Dean und setzt sich neben mich. »Oh, was hast du da?«

Empört, dass er mich unterbrochen hatte, sah ich ihn an. Als ich allerdings das strahlende Funkeln in seinen Augen sah, verblasste mein Ärger. Stattdessen flatterten Schmetterlinge durch meinen Magen.

»Warum siehst du dir so etwas an?« Offensichtliche Verwirrung lag in seiner Stimme. »Ich dachte, wir hätten das geklärt. Du kannst nicht studieren.«

»Und was hält mich davon ab? Dean, ich sitze nur um Rollstuhl. Ich bin nicht todkrank.«

»Vergiss es lieber gleich, bevor du dir unnötige Hoffnungen machst. Es gibt Dinge, die können manche Menschen einfach nicht. Weißt du, was das für ein Aufwand wäre, dich studieren zu lassen? Du bräuchtest eine eigene Pflegerin, die dich in jede Vorlesung begleitet. Wenn du diese überhaupt betreten kannst. Hast du dir die Räume angesehen? Viele sind nicht für Rollstuhlfahrer ausgelegt.«

»Aber ... das könnte man doch arrangieren. Es gibt zahlreiche Möglichkeiten ...«

»Genau, Angel. Such dir etwas Leichteres. Komm, ich helfe dir ...«

Traurig ließ ich zu, dass Dean das Buch zu sich zog. Während er darin blätterte, krallte ich die Finger in den Stoff meiner Hose und biss mir auf die Lippe, um nicht sofort in Tränen auszubrechen.

Mein Blick glitt durch die Bibliothek, bis er an einer rothaarigen Schönheit in meinem Alter hängen blieb. Sie starrte mich an, zeigte aber keine Reaktion. Doch das war nicht, was mich so in den Bann zog. Sie hielt einen Artikel in den Händen, der mich dazu brachte, meine Träume nicht in den Müll zu werfen. Die Zeitschrift zeigte eine junge Frau im Rollstuhl, die es geschafft hatte, Lehrerin zu werden.

Etwas, was ich schon immer tun wollte. Kinder unterrichten.

Kurz blickte ich zu Dean, der noch immer in dem Buch blätterte. Als ich mich erneut von ihm abwandte, war das Mädchen verschwunden.

* * *

»Hey! Meine Tasche!«

Erschrocken starrte ich dem Kind hinterher, das mir meine Handtasche vom Schoß gerissen hatte. Ich konnte es kaum glauben, war nicht in der Lage, etwas zu tun. Hilfesuchend sah ich mich um, hoffte auf jemanden, der dem Jungen hinterherrennen konnte. Doch niemand schien mich wahrzunehmen. Ich kam mir so klein und hilflos vor. Keiner der Parkbesuchern reagierte auf meine Rufe, sie sahen sich nicht einmal um. Jeder kümmerte sich um seinen eigenen Kram.

Was dem Mädchen im Rollstuhl geschah, interessierte keinen.

Bis Dean an meiner Seite erschien, den kleinen Dieb im Schlepptau. Erst jetzt wanderten die überraschten Blicke in meine Richtung. Jetzt, wo es bereits zu spät war.

»Verzeih, Liebes. Ich habe unser Eis fallen lassen, als ich gesehen habe, dass der Bursche dich bestohlen hat.«

»Lass mich gefälligst los«, fauchte der Kleine, sah allerdings nicht sonderlich rebellisch aus. Er wirkte eher alles andere als tough. In seinem Blick lag Angst vor den Konsequenzen. Seine Hände zitterten.

»Warum hast du das getan, Kleiner?«, fragte ich ihn sanft.

»Lass uns einfach die Polizei rufen. Die wird sich um ihn kümmern«, riet Dean und griff automatisch nach seinem Handy.

Ich schüttelte den Kopf und fragte den Jungen noch einmal. Erst jetzt erklärte er mir, dass es sich um eine Mutprobe handelte. Er hätte die Tasche wiedergebracht, heimlich in der Nähe abgelegt, wo ich sie sicherlich gesehen hätte. Zusammen mit dem Inhalt und einem Entschuldigungsschreiben.

Tränen standen in seinen Augen, als er den Tadel erwartete, der normalerweise folgte. Doch ich erklärte ihm, was er falsch gemacht hatte. Erläuterte ihm, was dies für Folgen haben könnte. Ich blieb freundlich, bis er beschämt den Blick senkte und sich aufrichtig dafür entschuldigte.

Erst dann ließ ich ihn ziehen. Ohne meine Tasche natürlich.

»Du bist viel zu nett für diese Welt.« Dean schüttelte seufzend den Kopf. »Wenn seine Freunde es verlangen, wird er so etwas wieder tun. Mit polizeilicher Hilfe vielleicht nicht.«

Mit einem Lächeln auf den Lippen drückte ich die Handtasche gegen meine Brust. Ein Glücksgefühl durchströmte mich. »Nein, Dean, ich denke, wir haben alles richtig gemacht.«

Während mein Freund sich entschuldigte, um noch einmal einen Becher Eis zu holen, rollte ich unter einen Apfelbaum. Lächelnd sah ich in den Himmel, erfreut, etwas Gutes getan zu haben.

»Das war eine kluge Entscheidung«, sagte auf einmal jemand.

Überraschte blickte ich auf eine junge Frau, die mich lächelnd ansah. Eine große Sonnenbrille verdeckte die Hälfte ihres Gesichtes, das gleichzeitig von einem großen Sonnenhut überschattet wurde. Ich sah lediglich ihr Lächeln, dass so friedlich auf mich wirkte, dass ich sie am liebsten länger angesehen hätte.

»Es sind doch nur Kinder«, sagte ich.

»Du wärst sicherlich eine gute Lehrerin«, erwiderte sie.

Ich sah sie verwirrt an. Mir fehlten die Worte.

Dann wandte sie sich wortlos ab und ging weiter.

Ein Windstoß zog auf einmal durch den Park und hob den Hut der jungen Frau in die Luft. Er entblößte schimmerndes, rotes Haar.

* * *

Eines von Liliths Hausmädchen rannte, so schnell sie konnte, durch die Flure des großen Schlosses. Schweiß tropfte von ihrer Stirn, verfing sich in den feuchten Strähnen ihrer strubbligen Haare. In den Händen hielt sie ein Leinentuch und einen Eimer mit heißem Wasser.

Fast wäre sie gegen die Wand gelaufen, wenn sie nicht noch rechtzeitig in einen der engen Gänge abgebogen wäre. Sie keuchte und schnaufte. Ihr Gesicht war vom Rennen ganz rot, die Augen von dunklen Augenringen gezeichnet.

Ein Schrei erklang.

So gut sie konnte, balancierte sie das Gefäß mit dem Wasser, um ja keinen Tropfen zu verschütten.

Endlich erreichte sie das Schlafgemach ihrer Herrin.

Eine Amme saß neben der Königin, hielt ihre Klauen beruhigend fest. Zwei Hebammen standen am Ende des Bettes, beugten sich über die wimmernde Königin. Ihre Hände waren mit Blut benetzt, die Kleidung schmutzig.

»Na endlich!«, fauchte eine von ihnen. »Gib mir das Wasser!«

Das Hausmädchen tat, wie ihr befohlen wurde. Dann wollte sie gehen, aus diesem Zimmer verschwinden und niemals zurückkehren. Doch ihre Neugierde war größer als der Zwang, zu verschwinden.

Ihre Herrin bekam zum ersten Mal ein Kind.

Es dauerte nicht lange, bis die Hebamme das neue Leben in Händen hielt. Sie lächelte, als sie die Nabelschnur durchtrennte. Nach einem leichten Klaps begann das Dämonenkind zu schreien. Sie wickelte es in ein Tuch.

»Ein Mädchen, Herrin. Es ist ein Mädchen!«

Das Hausmädchen trat etwas vor. Sie musste das Neugeborene näher betrachten.

Sie verliebte sich augenblicklich in das winzige Geschöpf und lächelte glücklich. Vor allem die kurzen roten Haare erinnerten sie an ein wildes Feuer.

Seit diesem Tag wich das Hausmädchen kaum noch von der Seite des Kindes.

* * *

Liliths Hass staute sich von Tag zu Tag. Sie hatte sich nicht mehr unter Kontrolle, verlor jeglichen Bezug zu allem. Sie verlangte nach Leid und Qual, wollte mit ihren Untertanen spielen. Doch schnell verlor die Königin das Interesse daran. Stattdessen führte sie ihr Weg zu den Kindern, die ruhig in ihren Bettchen schliefen. Zu jeder Stunde stand die Dämonin vor ihnen, betrachtete die süßen, zierlichen Gesichter und stellte sich vor, wie es wohl wäre, ihre Schreie zu hören. Laute, ängstliche Schreie, erfüllt von Schmerz.

Doch sie beherrschte sich, fasste keinen ihrer Blutsverwandten an. Stattdessen starrte sie die Kinder an, solange, bis sich heiße Wut an die Oberfläche kämpfte, Hass spie, bis sie sich Opfer suchte, die ihre Sucht befriedigten.

Als sie wieder einmal am Bett ihre ersten Tochter stand, nahm sie das Mädchen hoch und betrachtete es im Licht der Sonne.

Für Lilith glich dieses Mädchen einem Kunstwerk. Sie war perfekt, bestechend schön. Eigenschaften, nach denen sich die Königin sehnte.

Sie wollte sie sich diese Besonderheiten zu eigen machen, aber sie wusste nicht, wie sie dies anstellen sollte.

Lilith war ebenfalls schön. Sie glich einer perfekten Puppe. Doch das stellte sie nicht zufrieden. Sie wollte wie ihre kleinen, unschuldigen Kinder sein.

Zornig fuhr die Königin ihre Krallen aus, bohrte sie in den Stoff des Kleides, das ihre Tochter trug.

Sie stand kurz davor, das Leben zu beenden, das sie ihr geschenkt hatte.

Da öffnete das kleine Geschöpf die Augen. Ein brauner, schimmernder Seelenspiegel blickte ihr entgegen und zog sie in seinen Bann.

Der Neid in Liliths Seele verblasste. Die Krallen verwandelten sich in sanfte Hände, die das junge Dämonenkind an ihre Brust drückten. Sie lachte und kuschelte sich an ihre Mutter.

Lilith schluchzte leise, wissend, wie verloren sie war.

* * *

»Was hast du zu deiner Verteidigung zu sagen?«

Purer Hass spiegelte sich in Liliths gefährlichen Augen, als sie sich bedrohlich von ihrem Thron erhob. Vor ihr lag ein Mann auf dem Boden, blutüberströmt, doch noch nicht gebrochen. Er schenkte der Königin ein selbstgefälliges Grinsen und spuckte vor ihr aus.

Lilith sprang die wenigen Stufen hinunter, bevor sie den Verletzten an den Haaren packte. Ein Knurren rann durch ihre Kehle. Sie presste ihre Krallen in die Kopfhaut des Mannes und erwartete sein Flehen.

Doch stattdessen kämpfte er sich auf die Knie, um ihren hasserfüllten Blick zu erwidern.

»Es ist mir nicht gelungen, diese Bastarde zu töten. Doch andere werden nach meinem Tod kommen, die die Bälger an meiner statt töten.«

Mit einem wütenden Schrei schleuderte sie ihren Gefangenen durch den Saal. Bevor der Todgeweihte auf dem Boden aufschlagen konnte, war sie an seiner Seite und versetzte ihm einen Tritt in die Rippen. Zufrieden lauschte sie dem Brechen der Knochen. Mit einem Keuchen krachte er gegen die Wand.

»Du wagst es, in meinem Palast so mit mir zu sprechen?«, kreischte sie. »Du Dreckfresser! Ich bin Lilith, Herrscherin der Unterwelt, Bezwingerin der Hölle!«

Er gluckste leise, bis er in lautes Gelächter ausbrach. Trotz seiner Schmerzen richtete er sich langsam auf und blickte ihr geradewegs in die Augen.

»Netter Titel, den du dir geschenkt hast, Lilith.«

Ihr Verstand setzte aus, nicht in der Lage zu verstehen, wieso dieser Mann so mit ihr sprechen konnte. Sie zerfetzte ihn gnadenlos. Ihre Mordlust wuchs ins Unermessliche, die sich nun auch gegen ihre Befürworter richtete. Unschuldiges Blut wurde vergossen, bis das kleine rothaarige Mädchen zu ihr krabbelte und lachend seine kleine Hand in eine Blutlache legte.

Lilith, sank auf die Knie und zitterte.

* * *

Nachdenklich saß Lilith in ihrem Schlafgemach. Ihr Blick flackerte, als sie zu dem kleinen Bett sah, das erst am Morgen aufgebaut worden war. Darin lag das Neugeborene, ihr erstes Kind.

Langsam, als stünde sie kurz davor, sich noch einmal umzuentscheiden, stand die Königin der Unterwelt auf. Ihre Schritte waren zögernd, als sie an das Bettchen herantrat.

Neugierig lugte sie über den Rand, blickte in das Gesicht ihrer schlafenden Tochter. Sie wusste nicht, was nun zu tun war. Natürlich war dieses Mädchen nicht ihr erstes Kind, das sie auf die Welt gebracht hatte. Sie hatte unzählige Dämonen ausgetragen und ihr Aufwachsen nebenbei miterlebt. Doch dieses Mal war es etwas anderes. Sie spürte, dass dieses Kind ihre Zukunft sicherte. Lilith konnte es sich nicht erklären, doch sie fühlte für dieses Geschöpf. Sie empfand Emotionen, die sie vorher niemals verspürt hatte. Und das machte ihr Angst.

Das rothaarige Mädchen schmatze, bevor es langsam seine Augen öffnete. Braune, süße Kulleraugen sahen sie an.

Lilith nahm das winzige Geschöpf vorsichtig hoch und drückte es zart an ihre Brust.

378

»Hallo, mein Kleines«, hauchte sie und küsste das Kind. Das versteinerte Herz in ihrer Brust pochte so laut, dass die Dämonin erschrak. Doch dann lachte sie. Leise und ganz für sich allein.

»Eigentlich wollte ich dir keinen Namen geben, doch ich habe eine bessere Idee.« Noch einmal gab Lilith ihrer Tochter einen Kuss und lächelte verliebt. Das Baby hatte sie vollkommen in seinen Bann gezogen. So sehr, dass sie das Kind nicht mehr als Waffe ansehen konnte.

»Willkommen in der Unterwelt, kleine Talisha.«

* * *

Blitzartig wich die Magie von mir zurück und hinterließ eine grenzenlose Leere, die meinen Magen zum Rumoren brachte. Ich wollte mich übergeben, doch mein Geist ließ dies nicht zu. Innerlich kämpfte ich gegen den Brechreiz, gewann..

Erschöpft ließ ich den Kopf sinken. Trotz der Schwäche zwang ich mich, meine Konzentration auf die Peiniger zu richten.

Orga zog seine Hände aus dem Kraftfeld. Anschließend trat er an den Tisch, nahm einen Stift und schrieb etwas auf ein gelbliches Papier.

Sein Freund starrte noch in das Licht, das in der Mitte der Kugel leuchtete. Dann folgte er dem Beispiel seines Kameraden und trat zurück.

»Faszinierend«, sagte er sichtlich erfreut.

Orga hingegen schien alles andere als begeistert. Wutentbrannt warf er den Stift von sich, stellte sich dicht vor mich und riss meinen Kopf an den Haaren nach oben.

»Wie lange weißt du es schon, Schlampe?«, brüllte er.

Ich keuchte. »Ich weiß nicht, was du meinst.«

Falsche Antwort. Eine Ohrfeige folgte.

»Spiel nicht die Dumme! Spuck's aus!«

Urplötzlich begannen seine Finger zu leuchten. Starke, übermächtige Magie – sie brachte mich augenblicklich zum Zittern – umwirbelte seine Hand, die er schließlich mitten auf mein Gesicht legte.

»Orga, lass das gefälligst!«, rief Aga.

Doch der ignorierte den Einwand.

»Sprich, Mädchen. Oder ich lasse dein hübsches Gesicht explodieren. Mal sehen, ob deine Kräfte auch in der Lage sind, solche *Verletzungen* zu heilen.«

»Ich wusste es nicht«, brachte ich mühsam hervor. »K-keiner wusste es.«

Glücklicherweise ließ er von mir ab und setzte sich auf einen der Hocker am Tisch.

Stille kehrte ein.

Kurze Zeit später betrat ein junges Mädchen den Raum. Auch sie trug eine lange Kutte.

»Herr, wir haben alles für die Auferstehung Liliths vorbereitet. Nun benötigen wir nur noch das verfluchte Blut.«

Orga nickte gedankenverloren.

»Habt ihr den Kristall gefunden?«, wollte Aga wissen.

Mit einem Nicken bestätigte das Mädchen die Frage. Es erklärte dem Hexer, dass bei der Besorgung eine Zauberin gefallen sei.

Aga nickte und zeigte auf mich.

»Bringt mir Skylar. Fesselt sie an den Tisch und verdoppelt die Dosis des Giftes. Bereitet gleichzeitig ein weiteres Kreuz vor, Schwester Nummer drei wird bald zu uns stoßen.«

Unterwürfig fiel das Mädchen auf die Knie und küsste den Ring ihres Meisters. Erst als Aga seine Hand zurückzog, stand sie auf und verließ den Raum.

»Tut ihr bitte nicht weh!«, flehte ich und rüttelte an meinen Fesseln. »Ich bitte euch. Tut meiner Schwester kein Leid an.«

Orga richtete sich auf, seinen kalten Blick auf mich geheftet.

»Unter einer Bedingung, Schwester.«

»Alles!«, versprach ich. »Aber bitte lasst sie in Ruhe!«

Orga grinste, näherte sich mir. Automatisch wollte ich zurückweichen.

Doch er berührte mich nicht. Stattdessen hielt er vor mir inne.

»Beantworte mir eine Frage«, raunte er bedrohlich. »Wo finden wir Talisha?«

Kapitel 29

Coles Sicht – Hauptquartier

Verzweiflung benetzte meinen Geist, als ich den Stuhl ergriff und gegen die Wand schleuderte. Mein Schrei erschütterte das Anwesen wie ein Erdbeben. Ich wollte mehr als nur Brüllen. Dinge zerschlagen, zerstören. Meine Faust krachte auf den antiken Tisch. Das Holz zerbarst.

Jemand packte mich und zwang mich in die Enge. Mein Äußeres wollte sich wehren, den Mann von mir stoßen, doch mein Inneres litt. Schmerz haftete an meiner Seele, schmeckte so bittersüß.

Stimmen riefen nach mir, versuchten, mich mit ihrem Honig zu umgarnen. In eine Welt zu ziehen, in der das Leid nicht mehr existierte. Der Schleier verdichtete sich, umhüllte alles, woran ich denken konnte.

Es war nicht die aufgestaute Wut, die mich zurück in die Realität beförderte. Gerrits Faustschlag zog mich aus diesem verlorenen Ort.

»Hör gefälligst sofort auf damit«, polterte mein Freund. »Wir brauchen einen Plan, irgendetwas, um die Mädchen zu finden. Doch das können wir nicht, wenn du den Verrückten spielst!«

»Gerrit, verurteile ihn nicht. Wir fühlen genauso«, versuchte Scarlett mich zu verteidigen, doch ihr Geliebter stoppte ihr Tun.

»In der Tat, das tun wir«, bestätigte Gerrit. »Doch das bedeutet nicht, dass ich deine Unbeherrschtheit akzeptieren kann. Scar, wie sollen wir richtig handeln, wenn wir uns von unseren Gefühlen beherrschen lassen? Sag mir das!«

Er ließ von mir ab und ging zu ihr. »Es gibt einen Grund, weshalb wir auf dieser Welt verweilen. Es ist unsere Aufgabe, das Leben der Schwestern zu schützen. Nur das allein zählt!«

»Gerrit ...«

»Nein, Ruhe! Ich will, dass wir endlich damit beginnen, ihren Aufenthaltsort ausfindig zu machen! Ruft alle Freunde an, die euch noch einen Gefallen schulden, fordert Deans Rudel auf, uns zu helfen. Verdammt noch mal, ich will, dass ihr vor dem Rat der Geschöpfe kniet und um Hilfe fleht!«

Keiner sagte auch nur ein Wort. Niemand rührte sich, bis Talisha und Shawn das Zimmer betraten, dahinter Dean.

Er stürzte sich sofort auf mich.

»Du hast nicht auf sie aufgepasst!« Blanker Hass spiegelte sich in seinem Gesicht wider. »Ich wusste es. Ohne euch wäre das niemals geschehen! Wie konnte ich nur so dumm sein, euch zu vertrauen?«

»Dean«, unterbrach Gerrit ihn. »Ruf deinen Vater an. Bitte.«

Der Jüngling zückte sein Handy. Wahlwiederholung.

»Dad, ich brauche dich. Jetzt!«

Er legte auf und verließ knurrend die Küche.

Dean hatte recht. Ihre Eltern hatten sie uns anvertraut, in der Hoffnung, dass wir sie beschützen würden. Doch nun waren beide Schwestern verschollen, entführt von Männern, die uns ohne großen Aufwand überrumpeln hatten können.

»Mach dir keine Gedanken«, sagte Cherry zaghaft, die offenbar meine Gedanken gelesen hatte. Ihre Lider zuckten, als müsste sie aufkommende Tränen unterdrücken. »Die beiden sind starke Seelen. Skylar kennt ihre Fähigkeiten und die innere Lady lässt sie sicherlich nicht im Stich. Ihnen wird nichts geschehen.«

»Wie kannst du dir da so sicher sein?«, sagte Koen, der nach einer Flasche Jack Daniels griff und einen großen Schluck davon trank. Ohne das Gesicht zu verziehen, starrte er Cherry an. »Sie sind jung, unerfahren. Skylar tut gerne auf hart, doch sie ist zerbrechlicher, als alle glauben.«

»Verflucht! Rede sie nicht schlecht!«, rief Cherry. »Skylar ist stark und mutig!«

»Darum geht es nicht«, brüllte ich. »Wenn wir sie nicht finden, werden beide sterben. Ist dir das nicht bewusst?«

»Das ist es tatsächlich«, keifte sie zurück. »Doch ich versuche, nicht an die negativen Dinge zu denken. Was passieren oder wer etwas tun könnte. Gib ihnen eine Chance, Cole!«

»Das tue ich.« Trotz meiner Beteuerung fühlte ich mich nutzlos. »Doch was bringt mir das, wenn ich nicht einmal das tun kann, für das ich lebe?«

»Die Engel haben einen Fehler begangen«, sagte Aaron »Wir sind wahrlich nicht die Männer für solch einen Job. Muss wohl eine Verwechslung sein. Wer würde uns zu Hütern erwählen?«

Für einen kurzen Moment blieb es still. Nur der aufgebrachten Stimme Deans konnte man lauschen. Bis Scarlett ihren Kopf schüttelte, in die Mitte des Raumes trat. Ihre Lippen waren zu einer strammen Linie gezogen, als sie Aarons trübseligen Blick erwiderte.

»Sag das nie wieder!«, zischte sie langsam und unglaublich gefährlich. »Der Himmel wird wissen, weshalb ihr für diese Aufgabe ausgewählt worden seid. Hinterfragt das nicht.«

»Warum nicht?«, erwiderte Aaron. »Was haben wir bis jetzt erreicht? Wir waren nicht in der Lage, Skylar vor der Verwandlung zu beschützen. Hätten sie durch einen Fehler unserseits fast verloren. Und nun Angel, die Unschuld in Person. So etwas verdient sie nicht. Keine von ihnen.«

Scarlett ballte die Hände zu Fäusten und ging wütend auf und ab. Ein bläuliches Licht umgab sie, das deutlich ihren Zorn spiegelte.

»Du darfst nicht vor den Trümmern deiner Erinnerungen stehen«, sagte sie. »Betrachte das Ganze als Bild! Setze die Teile zusammen und hör endlich auf, das Endergebnis zu ignorieren!«

»Und was soll das sein?« Der Dämon lacht trocken. »Nichts als Lügen! Du versuchst, uns durch irgendeinen letzten Rest deiner Hoffnung, Bilder in den Kopf zu setzen, die nicht existieren. Pah, ich habe das so satt!«

Mit diesen Worten, und ohne unserer Hexe einen weiteren Blick zu schenken, verließ er die Küche und warf die Tür hinter sich zu.

»Nicht zu fassen!«

»Scar ... lass es«, bat ich sie, als sie Aaron hinterhereilen wollte. Auch Gerrit schenkte ihr einen Blick, der sie innehalten ließ.

»Ich verstehe euch nicht«, sagte sie jetzt etwas ruhiger. »Wir können und dürfen sie nicht aufgeben. Sky und Angel sind unsere Freundinnen. Eure Liebsten. Seid ihr wirklich in der Lage, beide fallen zu lassen?«

Koen lachte laut auf, verschränkte die Hände vor der Brust. Tatsächlich verlor sich die Besorgnis und hinterließ einen Hauch seiner Arroganz, die sich nun an die Oberfläche kämpfte. Das laszive Grinsen verriet ihn.

»Fallen lassen? Von was redest du, Scarlett? Steigt dir deine Magie zu Kopf?«

»Was soll ich sonst denken? Ihr verliert euren Mut, die Motivation, für das zu kämpfen, was ihr begehrt. Und das darf nicht sein!«

»Scar ...«

»Nein! Ich bin enttäuscht von euch! So habe ich euch nicht kennengelernt. Denkt ihr, mir macht diese Situation Spaß? Euch anbrüllen zu müssen, weil ihr scheinbar nicht dazu in der Lage seid, eure Köpfe zusammenzustecken und eine Lösung zu finden? Himmel, nein, da spiele ich nicht mehr mit!« Das Blau ihrer sichtbar gewordenen Magie wurde dunkler, ließ sie erzittern. »Wenn ihr nicht die Eier dazu habt, werde ich es tun. Und wenn es das Letzte ist, was ich für die beiden tun kann!«

Mit diesen Worten hastete sie auf den Flur hinaus. Kurz darauf hörten wir das Knallen einer Tür. Scarlett hatte recht. Ich konnte hier nicht rumsitzen und darauf warten, Angels Leiche vorzufinden. Doch was konnte ich schon tun? Ich, Cole, ein einfacher Dämon?

»Wir sind am Arsch«, stöhnte Ames, der sich müde durchs Haar fuhr.

»Kannst du laut sagen, Alter.«

Koen nahm noch einen großen Schluck, bevor er die Flasche zur Seite stellte. Sein Gesicht sprach Bände. In seinem Kopf musste es gewaltig rattern.

»Ich werde sie suchen, jetzt!«, schrie er plötzlich.

»Wohin willst du?«, fragte ich ihn spöttisch. »Du kannst nicht einfach losgehen und hoffen, zufällig auf ihr Versteck zu stoßen.«

»Wollen wir wetten?«

»Das wird ihnen auch nicht helfen«, warf Dean ein, der wieder hereingekommen war. »Es kann ewig dauern, bis du sie findest. Bis dahin könnte alles zu spät sein! Ab jetzt leite ich diese Operation.«

»Wer gibt dir dazu das Recht?«

»Cole, du hältst verdammt noch mal deine Fresse. Es ist allein deine Schuld, dass man mir meinen Engel genommen hat. Ich wusste von Anfang an, dass du ihr nur schaden würdest. Und das werde ich ihr auch sagen, nachdem ich sie nach Hause geholt hab. Hier wird sie nicht bleiben.«

Aaron musterte ihn. »Du hast eine Idee?«

»In der Tat. Im Gegensatz zu euch verwende ich mein Hirn.«

Meine Neugier stieg.

Doch der Gestaltwandler zeigte er uns die kalte Schulter und tippte etwas in sein Handy. Dann blickte er mit funkelnden Augen in die Runde.

»Wie erreiche ich das Oberhaupt des Himmels? Einen Engel?«

Ames lachte bitter. Belustigt schüttelte er seine blonde Pracht, bevor er sich provokant über die spitzen Eckzähne leckte.

»Wenn du auf himmlische Unterstützung baust, wirst du enttäuscht werden. Engel mischen sich nur im allergrößten Notfall ein, wenn überhaupt. Die interessiert es einen Scheißdreck, ob wir die Mädchen finden oder nicht.«

»Schwachsinn. Sie fürchten Liliths Aufstieg und werden alles tun, um sie aufzuhalten.«

»Wenn du dich da mal nicht irrst, Kleiner.« Der Vampir erhob sich und löste sich von der Flasche, die er inzwischen an sich genommen hatte. »Du glaubst wahrscheinlich nur das, was dir dein lieber Daddy ins Ohr flüstert. Wir leben seit Jahrhunderten, Dean.«

»Das bedeutet nicht, dass ihr sie kennt!«

»Das heißt auch nicht, dass du das tust. Du bist bloß ein verwöhntes, kleines Kätzchen, das zum ersten Mal in diesem erbärmlichen Leben verlassen worden ist. Was weißt du schon über den Ernst des Lebens, über Geschöpfe und Dinge, die älter als dein verfluchtes Rudel sind? Nichts! Gar nichts! Also halt endlich dein Maul, oder ich kann der Versuchung nicht widerstehen, dir die Fresse zu polieren.«

Bevor das Kätzchen antworten konnte, schob ich mich zwischen die beiden. Uns fehlte die Zeit für solch einen Kindergarten.

»Es reicht!«

»Dennoch ist es einen Versuch wert«, erwiderte Dean trotzig. »Besser als das, was ihr tut. Gar nichts.«

Er und Scarlett lagen richtig. Wir taten nichts, um den Mädchen zu helfen. Weil wir nicht wussten, wie. Sollten wir tatsächlich ein Telegramm in den Himmel schicken? Einen Brief schreiben und um Hilfe bitten? Wären die Engel in der Lage, ihren Stolz beiseitezuschieben, um den Töchtern des Bösen zu helfen?

Mit einem dröhnenden Schädel verließ ich die Küche und ging ins Wohnzimmer. Mit wirren Gedanken betrachtete ich die benutzten Kerzendochte, die auf den Schränken verteilt standen.

Ich ging zum Musikplayer und betätigte den On-Knopf. Sofort drang die sanfte Melodie, die ich mit Angel gehört, nach der wir getanzt hatten, aus den Boxen.

In meinem Kopf spielte sich ein Film ab. Angel berührte meine Schultern, als sie ihre Arme um meinen Hals legte. Elegant bewegten sich ihre Hüften, der Körper an den meinen gepresst. Ihr Atem war stoßweise gewesen, als sie sich mit leuchtenden roten Wangen um ihre eigene Achse drehte. Trotz ihres Unfalls hatte sie auf ihren Zehen gestanden, wie eine richtige Ballerina. Sie war so unheimlich glücklich gewesen.

Ich biss mir heftig auf die Lippe, um die schmerzhaft schöne Erinnerung zu vertreiben.

»Fuck!«

Ich nahm den Rekorder und schleuderte ihn gegen die Wand, sah zu, wie Einzelteile über den Boden rollten. Die CD blieb heile.

»Du vermisst sie«, stellte Cherry fest. Ich hatte nicht bemerkt, dass sie mir gefolgt war. Mein Kopfschütteln ließ sie lächeln. »Du vermisst sie mehr als alles andere. Du bist ihr verfallen, Cole.«

»Natürlich bin ich das.« Ich seufzte. »Ich begehre sie, Cherry. Will sie berühren und dafür sorgen, dass sie glücklich ist. Es ist wie eine Sucht, die von Minute zu Minute stärker wird. Dieses Gefühl … Manchmal möchte ich, dass es aufhört.«

»Das wird es nicht, weil …«

»Weil ich sie liebe. Weil ich vom ersten verfickten Augenblick an in sie verliebt bin.«

Sie sah mich mit einem Gesichtsausdruck an, als hätte sie genau das von mir hören wollen. Ein offenes Geheimnis, wie ich fand. Man musste ein Dummkopf sein, um nicht zu bemerken, wie ich für das Mädchen fühlte. Ich wünschte mir nichts sehnlicher als von ihr zu hören, sie sei mein.

»Deshalb wirst du derjenige sein, der sie findet, Cole. Deans Rudel wird ihren Geruch vielleicht wahrnehmen können. Womöglich würde er irgendwann das Versteck finden. Doch wir müssen sie jetzt finden, nicht irgendwann.«

»Ich kann nicht ...«

»Du kannst!«, widersprach Talisha, die ebenfalls hereingekommen war, im Schlepptau meine Hüterbrüder. »Und du wirst. Sieh den Zusammenhang. Erinnere dich an das, was Scarlett versucht hat, dir zu sagen.«

Ich probierte es, doch ihre Worte ergaben keinen Sinn. Was könnte ich ausrichten?

Talisha kam zu mir.

»Cole, siehst du es nicht? Erkennst du nicht, wieso die Engel euch auserwählt haben?« Ich glaubte zu sehen, wie Talisha einen schnellen Blick auf Aaron warf, der sie nicht eine Sekunde aus den Augen ließ. »Ihr seid vom Schicksal verbunden, Seelenverwandte. Denkst du wirklich, das ist Zufall?«

»Ihr seid mehr als nur Hüter«, ergänzte Cherry und sah von einem zum anderen. »Ihr seid Freunde. Partner. Geliebte.«

»Das klingt ja alles schön und gut«, murrte Aaron, der mit dieser Information offensichtlich nicht sonderlich zufrieden war. »Aber das hilft uns auch nicht weiter.«

»Das tut es.« Scarlett stand im Gerrit im Türrahmen. Sie wirkte prachtvoll, stark, und der Zorn war aus ihrem Gesicht gewichen. »Ihr besitzt eine Macht, die kein anderer von uns beherrscht.«

»Klingt kitschig, aber sie redet von eurer Liebe«, Ames grinste breit. »Schnulzig, nicht wahr?«

»Wie soll die Tatsache, dass ich Skylar liebe, dabei helfen, ihr Leben zu retten?« Koen wirkte irritiert.

Scarlett packte zuerst Koen, dann mich, und zog uns in den Garten hinaus, während die anderen uns folgten.

»Ich möchte, dass ihr ein Portal öffnet. Findet die Mädchen in euren Gedanken und versucht es!«

»Wir besitzen diese Fähigkeit nicht«, schnauzte Koen. »Wie kommst du auf so einen bescheuerten Gedanken?«

»Tal hat mich darauf gebracht«, sagte Scarlett, als sei es vollkommen logisch.

Talisha zuckte mit den Schultern. Erneut huschte ihr Blick zu Aaron. »Der Himmel tut nichts ohne Hintergedanken. Sie haben euch drei gesegnet, euch ihre Unsterblichkeit geschenkt. Sicherlich nicht ohne Grund.«

Als keiner von uns etwas sagte, seufzte sie. »Ihr müsst daran glauben.«

Innerlich zerfraß mich der Gedanke. Nachdenklich sah ich auf meine Hände, mit denen ich Angel, meine Geliebte, gehalten hatte. Verdammt noch mal. Ich war doch noch nie ein Feigling gewesen.

Ich sah von Koen zu Scarlett.

»Ich tue es!«

»Dann werde ich es ebenfalls tun«, sagte mein Bruder und stellte sich neben mich »Ich werde es versuchen.«

Anschließend blickte die Hexe zu Aaron, der noch immer unsicher wirkte.

Er schüttelte den Kopf. »Versucht es ruhig, mich benötigt ihr dazu nicht.«

»Wir brauchen auch deine Kraft«, sagte sie. »Die Macht der drei Hüter vereint zu einer kraftvollen Energie. Unterstütze sie, hilf ihnen, Aaron. Für deine Liebe.«

Schließlich gab er nach und gesellte sich zu Koen und mir. Wir bildeten einen kleinen Kreis und legten uns gegenseitig die Hände auf die Schultern.

»Was tun wir hier?«, murmelte Aaron.

Koen zog eine Grimasse. »Wir retten Leben. Wie jeden Tag, oder?«

»Und wir werden dies weiterhin tun. Heute die Mädchen, morgen die Welt«, ergänzte ich.

Wir schlossen die Augen.

»Konzentriert euch!«, befahl Scarlett. »Denkt an das, was euer Herz begehrt!«

Bilder von Angel schossen mir in den Kopf, ihr betörendes Lächeln, ihre offene, liebenswerte, tapfere Art. Obwohl meine Liebe zu ihr eine Schwäche war, die der Feind auszunutzen wusste, wollte ich sie nicht missen. Nein, ich wollte ihr endlich sagen, dass ich sie liebte, sie davon überzeugen, wie viel sie mir bedeutete. Angel wusste, dass ich sie mochte. Klugheit gehörte zu ihren Stärken

Ich lächelte, als ich an das Strahlen im Grau ihrer Augen dachte.

Bis Skylar vor mein inneres Auge trat. Sie umschlang Koen, küsste zärtlich seine Fingerspitzen. Murmelte Liebesbeteuerungen. Reines Glück umarmte die beiden.

Ich spürte Koens Gefühle. Seine Wärme erreichte mich, durchströmte meinen Körper. Doch dann teilte sich diese Emotion und eine weitere Person stieß zu uns. Die Hitze veränderte sich, wurde stärker und stärker. Mein Leib kribbelte.

Aaron starrte zu Talisha, die in unserer Mitte stand. Ich konnte das laute Pochen seines Herzens hören, spüren, wie sehr er sie begehrte. Doch er wandte seinen Blick ab, lächelnd. Seine Hand wanderte zu seiner Brust, in der es wild hämmerte. Obwohl sie bloß dort stand, ihm ihre Aufmerksamkeit verweigerte, leuchteten seine Wangen. Frieden legte sich über ihn, ließen ihn unglaublich entspannt wirken.

»Cole, hilf mir. Folge meiner Stimme!«

»Ich halte das nicht mehr lange aus. Es zerstört mich!«

»Nicht meine Schwester! Nicht sie!«

»Qualen ... ich will sie nicht mehr. Bitte! Hilf mir doch jemand!«

Plötzlich erhob sich die Hitze, verwandelte uns in eine Art Energiebündel. Meine Kraft schwand für einen Moment, kehrte jedoch nach wenigen Sekunden zurück.

Koen löste sich von mir. Aaron keuchte.

»Heilige Scheiße!«, fluchte Ames.

Ich zwang mich, meine Augen zu öffnen.

Es leuchtete heller als alles, was ich je gesehen hatte. In der Mitte unseres Kreises befand sich ein Tor, durchwoben von reiner, außergewöhnlicher Magie. Als wir einen Schritt zurücktraten, vergrößerte er sich zu einem gewaltigen, strahlenden Torbogen. Schatten waberten in seiner Tiefe. Doch es schien nicht negativ gesinnt zu sein.

Im Gegenteil, ich hatte das Gefühl, etwas darin schien nach uns zu rufen. Die Magie übertrug sich auf meinen Körper und als ich das Licht berührte, tauchte es meinen Körper in eine vollkommen neue Dimension. stärker als zuvor.

Ich fühlte eine Kraft, stärker als jemals zuvor. Ich zog meine Hand zurück. Blaue Blitze umschlossen sie.

»Holt die anderen, Dean und sein Rudel. Wir gehen auf die Jagd.«

Kapitel 30

Coles Sicht – Unterwelt

»Es beginnt, wenn alle hier sind. Wir brauchen jeden Mann, den wir kriegen können.«

Gerrits Worte klangen logisch und mein Verstand wollte zustimmen, doch mein Herz sträubte sich dagegen.

»Richtig, und sie brauchen uns. Wie lange sollen wir auf diese Vollidioten noch warten?«

»Nicht allzu lange«, knurrte Dean, der mit seinem Vater durch das Portal schritt.

Doch seine Garstigkeit ging mir am Arsch vorbei, denn neben seinem Dad sah er mickrig aus. Dieser Mann war eine Wucht. Er musste fast vier Meter groß sein, hatte Schultern so mächtig, als könnten sie ihn jeden Moment auf die Erde drücken, und Hände, die so groß waren, dass ein normaler Mensch fast darin verschwinden würde. Trotz seiner furchteinflößenden Erscheinung wirkte sein Gesicht sanft und väterlich. Er erinnerte mich an meinen Hauptmann.

Er stieß seinen Sohn gegen den Oberarm, der sofort sein Haupt senkte.

»Er verliert tatsächlich langsam den Verstand. Das jedoch aus gutem Grund.«

Während er zu uns sprach, sah er sich um.

Sein Rudel befand sich bereits vor Ort. Sie waren vor etwa einer Viertelstunde hier angekommen. Neben ihnen war inzwischen auch der Rest von uns aufgeschlagen. Cherry und Aaron hatten außerdem Freunde mitgebracht, die zum Kämpfen bereit waren.

Eine Geste, die wir ihnen niemals würden zurückzahlen können.

»Ihr seid nun hier, das ist alles, was zählt«, sagte Gerrit.

Seine Hände zitterten, was mir etwas Sorgen bereitete. Äußerlich wirkte er ruhig, doch ich konnte erahnen, wie er sich wirklich fühlen musste.

»Was habt ihr herausgefunden?«, erkundigte sich der Rudelführer. »Sind die Späher zurückgekehrt?«

»Ja, wir haben sie allerdings noch einmal fortgeschickt. Sie halten für uns zusätzlich die Augen offen. Es wäre unpraktisch, wenn sie uns bemerken würden, noch bevor wir das Gebäude stürmen konnten«, antwortete Gerrit.

Ich wandte mich von den Oberhäuptern ab und betrachtete das riesige Gebäude, vor dem wir lauerten.

Als wir das Portal betreten hatten, war uns zuerst nichts Außergewöhnliches aufgefallen. Wir waren inmitten eines Waldes vor einem verfallenen Haus, das von Gräsern und Moos überwuchert war gelandet.

Scarlett war es gewesen, die den Zauber überwunden und das Versteck preisgegeben hatte, welches sich als eine Art Schloss herausstellte. Doch nicht nur das war eine Überraschung, mit der wir umgehen mussten. Außerhalb des Schlosses gab es mehr Magie, als wie je zu Gesicht bekommen hatten. Fallen, Verwünschungen und Täuschungen.

Scarlett war es gelungen, all die Stellen, die mit dieser unheimlichen Magie getränkt waren, zu umgehen. Bis jetzt lief alles ganz gut, wenn auch uns die Umwege viel Zeit gekostet hatten.

»Was geht in deinem Kopf vor, Cole?«, fragte Talisha, die sich zu mir gesellte. Zum ersten Mal wirkte sie zurückhaltend. Ob sie Furcht verspürte?

»Was wird uns erwarten, Tal? Wer sind diese Arschlöcher, die für all den Scheiß verantwortlich sind? Es gibt so vieles, über das ich grübeln muss. Zu viel.«

Sie seufzte, lächelte schwach. »Mach dir keine Sorgen, Großer. Bald wird Angel in deinen Armen liegen, vollkommen gesund und munter.«

Ich bemerkte ihren traurigen Blick, zwang mich allerdings, diesen zu übergehen. Weitere Sorgen konnte und wollte ich mir im Moment nicht leisten.

Aaron drängte sich an den Katzen vorbei zu uns.

»Es geht los, Cole. Sammle dich.«

»Du auch, Bruder.«

Stumm sahen wir uns einige Sekunden an. Ich musste die Worte nicht aussprechen, die in unseren Köpfen hallten.

Stirb nicht, mein Freund.

Gerrit und schwarze Kralle, das Oberhaupt der Katzen, traten an die vorderste Front. Dort, wo Scarlett auf dem Boden saß, den Körper von schwacher Magie umgeben.

»Wirst du es schaffen?«, fragte Gerrit, in der Hoffnung, keinerlei Rückschlag zu erleiden.

»Darauf kannst du all deinen Besitz verwetten.« Sie grinste. »Doch wir sollten das Tempo anziehen, Gerrit. Mit meiner Energie kann ich nicht sonderlich viel ausrichten. Es sind zu viele Barrieren, um jede einzelne zu bekämpfen.«

»Das würde zu viel Aufmerksamkeit erregen«, warf Schwarze Kralle ein. »Wir dürfen uns keinen Fehler erlauben. Wir sollten jeden Schritt durchdenken, alles genau planen. Ein Fehltritt könnte nicht nur Angel das Leben kosten.«

»Womöglich.« Scarlett wirkte unzufrieden. »Doch auf diese Weise könnte es noch Stunden dauern. Das ist viel zu lang!«

»Und würde unsere Mädchen trotzdem töten«, murrte Ames.

»Was sol...«

»Still!«, befahl Cherry und duckte sich.

Das Tor ins Innere des Anwesens öffnete sich. Zwei dümmlich grinsende Männer verließen das Gebäude. Einer von ihnen streckte sich, gähnte, als hätte er seit längerer Zeit keinen Schlaf gefunden. Der andere spielte mit einem kleinen Messer, dass er nun in die Rinde eines Baumes schleuderte.

Ames verdrehte die Augen. »Verwandte.«

Überrascht hob ich meine Brauen. Mit Vampiren hatte ich tatsächlich nicht gerechnet. Vor allem nicht mit ... *solchen.* Die Männer wirkten alles andere als intelligent. Bestätigt durch das Werfen gefährlicher Waffen, vor einem Anwesen, das normalerweise nicht zu sehen sein sollte.

Die beiden konnten unmöglich die Entführer meines Mädchens sein.

»He, der Boss sieht es nicht gern, wenn du hier draußen spielst«, tadelte der eine.

»Er wird es nicht erfahren, oder willst du es ihm sagen?«

»Womöglich ...?«

Sie sahen einander an, bis beide gleichzeitig in Gelächter ausbrachen. Während die Schwachköpfe über nichts lachten, baten wir Gerrit stumm, eingreifen zu dürfen. Diese Möglichkeit durften wir nicht verstreichen lassen!

Verdammt, das Tor stand offen!

Noch bevor jemand das Wort ergreifen konnte, klopfte Gerrit Ames grinsend auf die Schulter, der aus seinem Versteck sprang. Die Katzen sahen ihm nach und begriffen wohl nicht, was gerade geschah.

Ames benutzte seine übermenschliche Schnelligkeit, um eine gewisse Entfernung zwischen uns und ihm zu bringen. Erst dann blieb er mitten auf dem Pfad stehen.

»Brüder!«, rief er laut. »Endlich öffnet ihr mir eure Pforten! Ich warte hier schon seit Stunden.«

Die Freunde taten genau das Gegenteil dessen, was ich erwartete.

»Krass, 'tschuldigung. Wir wussten nicht, dass du hier draußen bist. Mann, warum hast du nicht den Tunnel benutzt?«, sagte derjenige, der sich gerade noch seines Messers entledigt hatte.

Ames schüttelte den Kopf, als würde er sich über seine eigene Unzulässigkeit ärgern.

»Oh, jetzt wo du es sagst. Ich bin ja ein Dummkopf.«

Die beiden gingen zu ihm. Der eine klopfte ihm lachend auf den Rücken. »Scheiß drauf. Komm rein und gönn dir ein wenig Spaß. Die anderen sind schon da. Frag mich ja, wann der erste seinen Kopf verliert.«

Sie ließen unseren Kameraden in ihre Reihen, ohne zu hinterfragen, um wen es sich handelte. Zusammen kehrten die drei uns den Rücken zu, bis sie schließlich im Inneren verschwanden.

»Worauf wartet ihr?«, rief Ames uns kurz darauf durch das noch immer offene Tor zu.

Er hatte seine Vampirgenossen mit einem einzigen Schlag außer Gefecht gesetzt.

»So leichtsinnig werden wir nicht immer vorgehen, oder?«, fragte Schwarze Kralle.

»Lass dich überraschen, Alter«, sagte Shawn, der sich als Erster aus seinem Versteck erhob.

Kurz darauf befanden wir uns in einer Art Innenhof mit allerlei Pflanzen und hoch aufragenden Bäumen.

Zu unserem Pech blickten wir auf zahlreiche Wesen, wie sie unterschiedlicher nicht hätten sein können. Selbst in den Baumkronen saßen sie.

»Was soll das hier sein? Ein Kindergarten für ungeliebte Monster?«, sagte Ames.

Ich hatte noch nie so viele Wesen von verschiedenen Rassen auf einem Platz gesehen, sich normalerweise gegenseitig hätten zerfleischen müssen. Stattdessen beachteten sie einander kaum.

»Eine Falle?«, fragte Cherry. »Vielleicht erwarten sie uns.«

»Unwahrscheinlich«, antwortete Schwarze Kralle. »Sonst wären sie anders vorgegangen.«

»Sie glaubten meinem Wesen«, sagte Ames verärgert. »Die beiden waren nicht verkehrt. Bloß dämlich.«

»Seid still!«, befahl Gerrit. Sein Blick ruhte auf den Wesen, deren Geduldsfaden langsam riss.

Vampire und Ghule waren natürliche Feinde. Wölfe waren erst recht nicht gerne gesehen. Und doch saßen dort alle drei Rassen und starrten einander gespannt an. Ich konnte das Reißen des Fadens vernehmen, spürte, wie sich Druck aufbaute. Einer der Ghule wurde unruhig.

Bevor es allerdings zu einer Auseinandersetzung kommen konnte, bebte die Erde. Inmitten der Monster öffnete sich ein Portal. Es war schwach und glanzlos.

Ein Mann kämpfte sich heraus und sank auf die Knie.

Blut lief ihm über die Lippen. Er spuckte es von sich, zwang sich auf die Beine, auf denen er sich nur unsicher halten konnte. Trotz seiner miserablen Verfassung grinste er. Mit einem hämischen Blick sah er in die Runde.

»Wer ist der Erste?«

Alles ging viel zu schnell. Die Monster stürzten sich auf ihn.

Ghule griffen mit toten Armen nach ihm und die spitzen Zähne der Vampire gruben sich in sein bleiches Fleisch.

Der Mann schrie, versuchte zu entkommen. Doch es er schaffte es nicht.

Ich konnte das nicht mit ansehen.

Gleichzeitig, wie abgesprochen, stürmten wir Hüter nach vorn. Aaron schleuderte die Ghule zu Boden, drückte einem der Feinde einen Dolch in die Brust.

Ich packte einen der Wölfe am Hals. Bevor er sich verwandeln konnte, brach ich ihm das Genick. Sein Jaulen hallte durch den ganzen Hof.

Ein riesiger Leopard sprang an mir vorbei, schlug mit seinen Pranken nach einem der Wölfe. Ein Kampf entbrannte, wild, animalisch. Auch Dean, in Gestalt eines Löwen, sprang ins Gefecht, biss seinen Feind. Ich schlug einen Vampir von mir, brach ihm die spitzen Beißerchen.

Plötzlich fielen die Monster wie tote Fliegen zu Boden. Scarletts Magie rauschte über den Platz und ließ die Feinde schlafen.

Dean knurrte unwillig. Vermutlich fühlte er sich hintergangen. Doch als er ihren strengen Blick auf sich gerichtet sah, hielt er sich zurück.

»Hexer Arcor, was ist geschehen?«, fragte sie, als sie sich neben den Neuankömmling setzte. Sie half ihm, sich aufzusetzen, und stützte ihn.

Erschrocken stellte ich fest, dass es sich tatsächlich um das Ratsmitglied handelte. Er war mir durchaus bekannt vorgekommen, doch in diesem Zustand hatte ich ihn nicht sofort erkannt.

Blasse, mit dunklen Adern durchzogene Haut, dunkle Ringe unter den Augen, blaue Flecken im Gesicht, Blut tropfte von seinen Lippen, das er mit seinen zitternden Händen wegwischte.

»Kleiner Unfall«, antwortete er kraftlos.

Als die Hexe eine entzündete Wunde an seiner Brust freilegte, zischte sie.

»Das sieht richtig beschissen aus«, sagte Ames. »Wie das aussieht, hätte er bereits vor Tagen den Löffel abgeben müssen.«

»Ames!«, fuhr ich ihm über den Mund.

»Er hat recht«, keuchte Arcor und lächelte schwach. »Aber ...
ich kann noch nicht gehen. Ich muss ... sie aufhalten.«

»Sie?« Gerrit drängte sich vor und beugte sich zu dem Hexer
hinunter. »Kennst du die Männer, die die Schwestern entführt haben?«

»Hexer«, stieß er sichtlich angewidert aus »Orga und Aga. Ihr
habt sie kennengelernt. Sie ... haben den dunklen Pfad gewählt,
leben für das Böse. Aber ... ich wusste nicht ...«

»Sch, ist schon in Ordnung«, besänftigte ihn Scarlett. »Wir werden uns darum kümmern. Die Mädchen werden es überstehen.
Beide.«

Arcor wollte etwas sagen, doch Scarlett zwang ihn zur Ruhe. Stattdessen wandte sie sich den Katzen zu. Ihr Blick sprach
Bände.

Schwarze Kralle verstand sofort, zerrte Dean an den Schultern
vor seine Füße.

»Er wird hier warten und ihm helfen. Dean besitzt einfühlsame
Hände, wenn er möchte.«

»Dad, nein! Ich will ...«

»Keine Widerworte, Sohn!«

Gerrit hielt dies offenbar für eine gute Idee. »Shawn und Logan
werden ebenfalls hierbleiben. Eine helfende Hand mehr oder weniger kann nicht schaden. Bringt Arcor etwas Wasser und beschützt
ihn.«

Scarlett verwünschte eine leere Bierflasche, sodass diese nun
stets mit klarem, kühlen Wasser gefüllt sein würde. Shawn nahm
sie entgegen, nachdem sie Arcor zu einer schwer einsehbaren Stelle, geschützt durch eine halbhohe Mauer und dichtem Gewächs,
getragen hatten.

Wir anderen teilten uns in drei Gruppen auf. Ein Teil der Gestaltwandler übernahm die Durchsuchung des südlichen Flügels,
während der Rest von ihnen und unsere freiwillige Helfer mit
Cherry den nördlichen Flügel übernahmen.

Meine engsten Vertrauten und ich wollten uns den westlichen
Gebäudekomplex vornehmen.

»Hältst du das für eine gute Idee?«, fragte Aaron, als wir zu sechst einen Flur entlanggingen. »Hätte nicht besser jeder Hüter eine Truppe anführen sollen?«

»Wahrscheinlich«, antwortete er leise. »Ich habe das Gefühl, dass wir richtig sind.«

»Warum?« Talisha wirkte nervös. Ihre Finger zuckten unruhig, während sie immer wieder einen Blick nach hinten warf. Gleichzeitig blies sie sich eine Haarsträhne aus dem Gesicht, versuchte sich von ihrer *coolen* Seite zu zeigen. Was war mit ihr los?

Scarlett leuchtete uns den Weg aus, da es hier keine Fackeln gab. Dann blieb sie kurz stehen und horchte. Es musste Einbildung gewesen sein, da sie weiterging.

»Seit dem Vorfall mit Thelion überdenken Gerrit und ich einiges«, sagte sie dann. »Es erscheint uns eigenartig, wie plötzlich alles gekommen ist. Das Schicksal hat uns zur Vergangenheit geführt und unsere Schwestern in die Tiefe gerissen. Wir haben ... na ja.«

»Wir haben den Verdacht, dass Thelion uns mit Absicht in die Hölle geschickt hat«, übernahm Gerrit das Wort. »Mit dem Wissen, dass Luzifer uns nicht zurück in die Menschenwelt gehen lassen würde. Die beiden mussten entführt werden. Eine Entscheidung für die Zukunft.«

Koen packte Gerrit am Kragen.

»Ist das ein blöder Scherz? Dieser Mistkerl!«

Scarlett rief ihn in Erinnerung, dass Gerrit nichts für diese Überegungen konnte.

Jetzt, als ich so darüber nachdachte, klang das tatsächlich logisch. Warum sonst hatte Thelions Gesicht so traurig gewirkt, als er uns verließ? Das war alles Teil seines Plans gewesen.

Verdammt, wir waren direkt in die Falle getappt!

Koen atmete tief durch, bevor er Gerrit losließ und eine Entschuldigung murmelte.

Mein Blick fiel auf Talisha, die plötzlich unglaublich blass wirkte. Vielleicht lag es aber auch nur an dem flackernden Licht.

»Wenn das wahr ist, warum hat er euch dann nicht noch mehr verraten?«, wollte sie wissen. »Was es mit der dritten Tochter auf sich hat, zum Beispiel?«

»Das wissen wir nicht. Er hat seine Worte mit Bedacht gewählt«, beantwortete Gerrit ihre Frage.

»Mit Sicherheit hat er uns mehr verraten, als wir jetzt überhaupt ahnen«, murmelte ich.

Koen stimmte mir zu.

Stumm gingen wir weiter, bis wir zu einer Abzweigung kamen. Gerrit hob seine Nase. Wir anderen taten es ihm gleich. Doch es gab keinen ungewöhnlichen Geruch. Nichts Vertrautes. Also versuchten wir es mit unserem Gehör, das uns normalerweise nicht im Stich ließ. Alles, was wir vernehmen konnten, waren die leisen Stimmen der Katzenwandler, die sich eigentlich weiter entfernt von uns aufhalten sollten.

»Das ist komisch«, bemerkte Scarlett. »Ich fühle Reste von Magie. Hier muss vor Kurzem jemand gewesen sein. Dennoch gibt es keinen Geruch. Die Spuren scheinen verwischt.«

»Oder getarnt«, sagte Koen, der immer unruhiger wurde.

Doch die Hexe konnte auch keinen Geheimgang ausmachen.

Gerade als wir uns für eine Richtung entschieden hatten, geschah etwas, mit was wir nicht gerechnet hatten. Aus der Dunkelheit kam uns keuchend ein junger Hexer mit blutenden Händen entgegen. Er schwitzte stark und wirkte gehetzt. Immer wieder murmelte er das Gleiche: »Hol zwei Vampire. Hol ihre Zähne.«

Der Jüngling stockte panisch, als er uns erblickte. Er drehte sich auf dem Absatz um und öffnete den Mund. Doch bevor er etwas sagen, gar den Feind warnen konnte, presste ihm Koen blitzschnell die Hand auf den Mund und drückte den Kleinen gefährlich knurrend an die Wand. »Wenn dir dein kleines, armseliges Leben lieb ist, führst du uns jetzt sofort zu den Schwestern. Ansonsten zeige ich dir eine recht unangenehme Art, jemanden übers Knie zu legen.«

Die Finger des Jungen zitterten, als er ängstlich in einen der Gänge zeigte.

Dann hörte ich sie. Die Stimme, die mich wie ein Zauber betörte und der ich zu jeder Stunde lauschen wollte. Angel schrie um Verzeihung.

Kapitel 31

»Es tut mir leid, unendlich leid! Verzeih mir!«, schrie ich verzweifelt.

Verzweiflung war mein engster Begleiter. Hielt mich an der Hand wie ein Betreuer, führte mich in eine Richtung, in die ich nicht gehen wollte. Ich versuchte mich ihr zu entziehen, mich auf den rechten Weg zu begeben, doch es schien unmöglich. Immer wieder zog mich der Zweifel zurück, zerrte mich an den Rand eines Loches, dessen Dunkelheit meine Seele zu übernehmen versuchte.

Doch ich kämpfte. Wie eine Löwin versuchte die die Oberhand zu gewinnen. niemals würde ich mich ihnen unterwerfen. Nicht jetzt und auch nicht später. *Niemals!*

Doch meine Zunge scherte sich nicht um meinen Willen.

»Lasst sie gehen, ich flehe euch an!«, bettelte ich ein weiteres Mal. »Nehmt mich, aber lasst Skylar in Ruhe. Sie weiß von nichts!«

Orga lachte, als er Skylars Hals umfasste und das Mädchen durch das Labor schleuderte. Sie schlug hart auf. Aus ihrer Kehle drang nur ein leises Stöhnen, da sie ihr einen Knebel in den Rachen gestopft hatten. Aber sie lebte noch!

»Bitte! Hexer, hört mich an. Sprecht mit mir!«, bettelte ich erneut.

Orga ging zu meiner Schwester, beugte sich über sie und legte ihr die Hand auf das von Schweiß getränkte Haar.

»Oh, kleines Mädchen. Süßes, unschuldiges Kind«, säuselte er gespielt liebevoll. »Es könnte vorbei sein. Ich möchte doch nur eine Kleinigkeit von euch. Du musst mir doch nur sagen, wo sich eure Dritte befindet. Ist das wirklich so kompliziert?«

Skylar atmete schwer. Die Platzwunde an ihrem Kopf blutete stark. Ihre Augen waren fast zugeschwollen, die Haut hatte sich blau und gelb verfärbt. Ihre Lippen wiesen Schnittwunden auf, die Orga ihr langsam zugefügt hatte. Genauso langsam, wie er auch den Rest ihres Körpers berührt und besudelt und einem Schnitt nach dem anderen zugefügt hatte. Die schlimmste Verletzung war jedoch das klaffende Loch in ihrem Oberschenkel. Es wollte einfach nicht aufhören zu bluten!

»Schau sie dir an, Aga. Ist sie nicht ekelhaft niedlich?«, grunzte der Hexer und packte das Gesicht meiner Schwester.

Ich sah den grenzenlosen Schmerz in ihrem Gesicht. Dennoch spürte ich ihren Widerstand. Skylar sagte Orga wortlos den Kampf an.

Wenn sie nicht aufgab, konnte ich es auch nicht.

Ich zerrte, wie schon so oft, an meinen Fesseln. Erneut vergeblich.

Doch Skylar schaffte es, den Knebel herauszuwürgen und in die Hand des Hexers zu beißen.

Dieser wich erschrocken zurück, bevor er ihr fluchend eine heftige Ohrfeige verpasste.

»Wir werden dir einen Scheiß erzählen«, presste sie hervor. »Tu mit mir, was du willst. Brich mir alle Knochen, häute mich oder verfüttere mich an deine dummen Gefolgsleute. All das wird nichts ändern.«

»Bring sie zurück in die Zelle«, befahl Aga belustigt. »Und injizier ihr noch etwas von dem Gift. Langsam verliert es an Wirkung.«

Doch Orga dachte nicht daran, sie in Ruhe zu lassen. Wutentbrannt packte der Hexer sie erneut an den Haaren und schleifte sie zum Tisch. Sie zappelte wie ein gefangener Fisch und versuchte mit den Beinen Halt zu finden, irgendetwas zu ergreifen.

»Hör auf!«, brüllte ich, rüttelte immer fester, panischer an den Stricken. »Lass sie los, bitte!«

Mein Herz schlug mir bis zum Hals, als er den Dolch packte, mit dem er ihr die Schnitte zugefügt hatte. Fest drückte er die Schneide gegen ihren Hals, verstärkte den Druck. Bis ein Tropfen Blut über ihre Haut wanderte.

»Ich gebe dir noch eine Chance, Schlampe, bevor ich dich aufschlitze.«

»Orga!«, rief Aga.

Meine Schwester grinste nur hämisch. »Trau dich, Schlappschwanz.«

Plötzlich ging alles sehr schnell. Das Metall drang in ihren Hals, zerschnitt ihre Hauptschlagader. Blut spritzte, floss an ihrem Körper hinunter, der von Sekunde zu Sekunde schlaffer wurde.

Ich schrie mir die Seele aus dem Leib, die Augen auf die tödliche Wunde gerichtet. Jäh durchflutete mich ein neues, aufregendes Gefühl. Ein wohltuendes Kribbeln wanderte durch meinen Körper, breitete sich aus, beflügelte mich. Wie Magie umfing mich der Schleier dieser ungewöhnlichen Kraft.

Aga schlug seinen Kumpanen den Dolch aus der Hand und schüttelte ihn.

Skylar glitt wie eine schwebende Feder zur Seite und stützte die Hände auf dem Boden ab.

»Skylar!« Meine Stimme hallte in meinem Kopf wieder. Sofort hob sie ihren Kopf und sah mich an. Ich konnte ihren Herzschlag hören, lauschte dem Rauschen ihres Blutes, spürte, wie sie schwächer wurde.

Auf einmal entspannte sich mein Leib. Das Lächeln auf meinen Lippen machte mir Angst, als ich wie in Trance mit meiner Schwester sprach, dabei die klaffende Wunde musterte.

Eine Wunde, die zu heilen begann. Die durchtrennten Hautfetzen griffen ineinander als nähte sie jemand zusammen. Das Rauschen wurde lauter, schneller. Unglaublich schnell produzierte ihr Körper das fehlende Blut.

Ein breites Grinsen schlich sich in das Gesicht meiner Schwester, als sie mit dem verheilenden Bein gegen den Tisch trat. Die Gläschen mit dem gesammelten Blut bebten. Erneut trat sie danach, bis die Hexer das Übel realisierten.

Reflexartig richtete Aga seine Hand auf sie und entfesselte einen Feuerball. Mit letzter Kraft zog sich Skylar aus der Schusslinie, hielt allerdings ihre Hände direkt in die Flammen. Sie schrie, als sich stinkende Blasen auf ihrer Haut bildeten. Trotz der Schmerzen erreichte sie ihr Ziel.

Die Handschellen sprangen auf und ließen Skylar frei.

Lässig erhob sich die Dämonin, zeigte sich lachend ihren Peinigern. Bedrohlich langsam öffnete Skylar ihre Augen, die sich direkt auf ihre *Opfer* richteten. Sie leuchteten blutrot.

»Sieh an, sieh an«, feixte Orga, der sie keine Sekunde aus den Augen ließ. »Noch so eine Wildkatze.«

»Was hast du getan, Freund?«, rief Aga, der der Situation alles andere als freudig entgegentrat.

»Ich?«, erwiderte Orga noch immer belustigt. »Du hast sie befreit, alter Mann.«

Skylar legte ihren Kopf zur Seite.

Bei ihrem Anblick lief es mir eiskalt den Rücken hinunter. Kleine Hörner wuchsen aus ihrem Schädel.

»Ihr werdet uns nun gehen lassen«, bestimmte sie. »Das Blut nehmen wir mit.«

»Und du glaubst, wir lassen euch einfach gehen?« Orga blinzelte überrascht. »Weißt du eigentlich, wer hier vor dir steht? Wir sind nicht irgendwelche kleinen Zauberer, *Hoheit*. Man nennt uns Krieger, Schatten in den Reihen des Rats.«

»Eure Titel sind mir scheißegal«, brüllte sie. »Und wenn ihr Lilith höchstpersönlich wärt! Ihr werdet fallen, Hexer.«

In diesem Moment schien die Erde stillzustehen. Der Dämon in Skylar rang sichtlich um die Oberhand. Die Hände meiner Schwester zuckten, der Dämon in ihr gierte offenbar danach, den Hexern an die Kehle zu springen. Doch sie tat es nicht. Meinetwegen.

Orga strahlte über das ganze Gesicht, leckte sich genüsslich über die rissigen Lippen. Vermutlich wollte er, dass Skylar einen Fehler machte. Er verzehrte sich unübersehbar danach, sie erneut in seine Hände zu bekommen.

Ich versuchte, so leise wie möglich, zu atmen. Die Spannung zwischen den beiden war kaum auszuhalten. Der kleinste Fehler von Skylar und …

In diesem Moment flog die Tür auf.

»Angel!«

Coles Stimme war noch nicht ganz verhallt, als das Chaos ausbrach. Blitzschnell versuchte Skylar, nach den Blutfläschchen zu greifen, verfehlte sie allerdings, als Orga sie mit einem Zauber traf. Sie wurde grob nach hinten geschleudert und von Koen aufgefangen.

Ich wusste nicht, wohin ich blicken sollte.

»Ich komme, Angel! Halte durch!«, rief Cole, als er auf mich zueilte.

Da tauchte Aga mit leuchtenden Händen wie ein Geist vor mir auf und richtete sie auf den Dämon. Cole verdeckte geblendet die Augen und bemerkte das Zischen der Lichtkugel, die gleich darauf auf ihn zuschoss nicht.

»Sag Lebewohl, kleiner Dämon«, raunte Aga.

Ich schrie.

Cole schaffte es nicht mehr, auszuweichen.

Doch es geschah nichts. Die Kugel platzte wie eine Seifenblase und tröpfelte zu Boden.

»Lass deine Finger von meinen Freunden«, knurrte Scarlett, die sich schützend vor meinen Liebsten stellte. »Du wirst keinem von ihnen Leid antun.«

Aga, der endlich begriff, welche grausame Macht er in den Händen hielt, gluckste. Ruckartig drückte er die Hand um meinen Hals, ließ mich nach Luft schnappen.

»Du elender Wichser!«, kreischte Skylar und jagte auf den Hexer zu. Dabei übersah sie Orga, der Aaron mühelos von sich schleuderte und Gerrits Angriffen geschickt auswich.

Er hob die Arme. »Aquara pugná!«

Ein Gefängnis aus Wasser schlang sich um Skylars Gestalt, hüllte sie in eine feuchte Kugel. Sie wollte schreien, sich wehren. Der schwebende Kerker ließ es nicht zu, zwang sie, ruhig und still zu bleiben.

»Welch erschrockene Gesichter.« Orga sah kichernd in die Runde. »Fehlt euch etwas?«

»Lass das Gelaber«, rief Koen. »Lass sie frei! Beide!«

»Und warum, lieber Hüter, sollte ich das tun? Was glaubt ihr eigentlich, was ihr hier tut? Stellt Forderungen, als haltet ihr den Sieg in den Händen.«

»Sie erinnern sich nicht«, raunte Aga, dessen Augen sich ungewöhnlich dunkel färbten. »Überschätzen ihre Fähigkeiten.«

Orga ging betont lässig zum Tisch, auf dem die intakten Gläschen standen. Er nahm eines nach dem anderen und betrachtete eingehend den Inhalt, als hätte er alle Zeit der Welt. Dann ließ er die Behälter unter seiner Kutte verschwinden.

Anschließend wandte er sich Gerrit zu.

»Ich kann mich nicht daran erinnern euch eingeladen zu haben.« Er lächelte und fuhr mit dem Finger spielerisch über die Tischkante. Er hatte eindeutig den Verstand verloren. »Es ist unhöflich, ungeladen zu erscheinen.«

»Unhöflichkeit spielt hier keine Rolle«, erwiderte Gerrit.

»Oh, tut es nicht? Aga, mein Freund. Ich glaube, unser Besucher weiß nicht, wovon er spricht!«

»Glaub mir, Orga. Er weiß das besser als jeder andere.«

Koen ballte knurrend seine Hände zu Fäusten. Er stand kurz davor, etwas zu sagen, doch Aaron hielt ihn davon ab. Auch Cole versuchte mit einem entsprechenden Blick seinem Freund klarzumachen, dass er sich ruhig verhalten musste.

Gerrit trat einen Schritt auf Orga zu, doch als dieser seine Hand gegen ihn richtete, hielt er inne.

»Wenn dir das Leben dieses Mädchens tatsächlich so viel wert ist, solltest du stehen bleiben.«

Ich sog mühsam die spärliche Luft in meine Lungen. *Was hast du vor, Gerrit?*

Aga grinste hämisch und ließ mich los. Sofort schnappte ich nach Luft. Er musterte mich kurz, zwinkerte, worauf es mir eiskalt den Rücken hinunterlief. Mir wurde schlecht.

»Befreie Skylar«, bat Gerrit. Diese Bitte fiel ihm unüberhörbar schwer. Dennoch zwang er sich metaphorisch auf die Knie, überließ den Hexern die Oberhand. »Löse das Gefängnis, Hexer. Sie muss leben.«

»Oh, muss sie das?«

Orga legte den Kopf schief und auf die Wasserkugel zu.

Der Hexer griff ins Wasser und legte seine Finger unter Skylars Kinn, als würde er sich ihr Gesicht ansehen wollen.

»Wahrlich eine Schande«, sagte er. »So eine Schönheit, versiegelt unter dem Meer. Zu schade, dass man ihrem Dämon nicht trauen kann.« Ruckartig wandte er sich Gerrit zu. »Hältst du mich für bescheuert, Dämon?«, brüllte er.

»Gewiss nicht«, versicherte Gerrit schnell. »Niemand tut das.«

»Lügner«, sagte Aga kalt. »Wir sind das Gesetz, Gerrit. Das Wort in der Menschenwelt. Wir führen Kriege, wann und gegen jeden, wenn wir das wollen. Wähle deine Worte mit Bedacht, oder wir sorgen dafür, dass eure Köpfe die ersten sein werden, die rollen.«

»Das hier muss nicht blutig enden«, versuchte Gerrit, ihnen klarzumachen. »Wir sind doch alle in der Lage, erwachsen miteinander umzugehen. Lasst uns die Auseinandersetzung vergessen.«

Orga schielte zu seinem Kameraden, der belustigt die Brauen hob. Dann begannen sie lauthals zu grölen. Ich zuckte zusammen. Unschlüssig, was folgen würde, sah ich von meinen Peinigern zu unserem Hauptmann, der meinen Blick ausdrucksstark erwiderte.

Er hatte etwas vor, doch es wollte sich mir nicht erschließen, was dies sein könnte. Wir liefen auf eine Sackgasse zu und Gerrit würde es zu spät bemerken.

»Gott, seid ihr süß«, gluckste Orga, der auf einmal alles andere als verrückt klang. »Eine Schande für all eure Gleichgesinnten. Wirklich schade.« Der Hexer erhob langsam seine Hände und richtete sie auf meine Freunde. »Wirklich schade, dass ihr sterben müsst.«

Jäh loderten Flammen aus seinen Fingerspitzen. Erneut lachte er. Plötzlich hielt er allerdings inne und horchte. Von draußen erklang ein schriller Ton, ähnlich dem eines Weckers. Im nächsten Augenblick überrollte mich eine Druckwelle.

»Aga, töte sie!«, brüllte Orga, als die Flammen in die Höhe stiegen.

Der wandte sich mir zu. Doch bevor er mich berühren konnte, stieß ihn Cole zu Boden. Hasserfüllt stach er auf den Magier ein, der gleich darauf zu Staub verfiel, dann jedoch hinter Orga auftauchte.

Während sich Cole fluchend aufraffte, stellten sich Scarlett und Aaron schützend vor uns. Im selben Moment wich Gerrit dem Feuer aus und schlug nach seinem Gegner, der lässig auswich.

»Keine Sorge, jetzt bist du in Sicherheit«, versprach Cole, als er den Schlauch vorsichtig aus meiner Brust zog und meine Fesseln löste.

Ich krallte mich an ihm fest, bis das bekannte Gefühl in meine Beine zurückkehrte.

»Verschwinden wir.«

Ich schüttelte heftig den Kopf und zeigte auf meine gefangene Schwester.

»Nein, nicht ohne Skylar!«

»Koen wird sie befreien. Versprochen, aber wir müssen dich erst einmal aus der Schusslinie bringen.«

»Nein!«, weigerte ich mich. Niemals würde ich ohne meine Schwester gehen. Sie war ein Teil meiner Familie. Ich riss mich von Cole los und rannte zu Skylar. Auf einmal bebte der Boden unter meinen Füßen und riss mich zu Boden.

Aga reckte seine Arme gen Himmel. Obwohl wir uns in einem geschlossenen Raum befanden, sammelten sich an der Decke dunkle Wolken. In ihnen donnerte es. Blaue Blitze schossen herab und verfehlten mich nur um wenige Zentimeter.

Ich rappelte mich auf und trat einen Schritt zurück.

»Bring dich in Sicherheit«, brüllte Cherry. »Raus aus dem Zentrum!«

Das musste sie mir nicht zweimal sagen!

Ich raste ich durch den Raum, suchte ein Versteck, bis sich die Tür einen Spalt öffnete. Ohne nachzudenken, ergriff ich die Hand, die sich mir helfend entgegenstreckte. Rotes Haar wehte durch die drückende Luft, als ich nach draußen gezogen wurde.

Im nächsten Moment knallte es. Blitze schossen zu Boden, brachen Marmor und Fliesen.

Erschrocken drehte ich mich zu meiner Retterin um.

»Talisha!«

Sofort presste sie mir ihre Hand auf den Mund.

»Still! Wir dürfen keinerlei Aufmerksamkeit erregen.«

»Wieso?«, fragte ich, nachdem ich ihre Hand weggezogen hatte. »Sie haben gesehen, wohin ich geflohen bin.«

»Darum geht es nicht.« Sie schüttelte wild ihre schimmernde Mähne, die sie zu einem hohen Zopf gebunden hatte. »Komm, ich bringe dich erst einmal fort von hier.«

Sie umfasste mein Handgelenk. Doch ich war nicht bereit, zu gehen. Ohne Skylar und die anderen würde ich auf keinen Fall verschwinden!

»Sei nicht dumm!«, Talisha klang erzürnt, doch ich bemerkte auch den zittrigen Unterton, den sie zu verstecken versuchte. Diese Frau fürchtete sich vor etwas. »Die anderen werden zurechtkommen! Angel, sie sind auserwählte Hüter. Sie sind dafür bestimmt, dich zu beschützen. Glaubst du, es würde ihnen helfen, wenn du dich wieder in die Gefahr stürzt?«

Sie zog mich einen dunklen Flur entlang. Alles um uns herum bebte. Wir rannten, unser Atem ging stoßweise. Doch mein Inneres zwang mich, erneut stehen zu bleiben.

»Nein!« Ich holte tief Luft. »Ich weiß nicht, wie es mit dir steht, *Schwester*, aber ich werde niemanden im Stich lassen!«

Talishas Gesichtszüge entglitten ihr, sie wurde blass.

Enttäuscht riss ich mich von ihr los und wollte zurückrennen.

Doch das Beben war inzwischen so stark, dass ich keinen Halt fand. Die Halterungen für die Fackeln brachen aus den Wänden, Gestein rieselte herab. Uns kam wortwörtlich die Decke entgegen.

Da packte mich meine Schwester erneut und riss mich grob hinter sich her. Im letzten Moment erreichten wir das Freie.

Während sich Talisha auf den Beinen halten konnte, stolperte ich und fiel.

Der Gang stürzte in einer gewaltigen Staubwolke hinter uns ein.

»Sky! Aaron!«, schrie ich panisch. »Wo ...«

Inmitten des Gesteinshaufens explodierte etwas. Marmorbrocken und Dreck wirbelten durch die Luft. Über den Ruinen schwebte eine magische Kugel. Die Magie verblasste mit einem Mal und meine Freunde standen inmitten der Trümmer.

Scarlett ging erschöpft auf die Knie, hielt aber weiterhin ihren Blick auf die Hexer gerichtet, deren schützende Kuppel nun ebenfalls verblasste. Das Wassergefängnis meiner Schwester bestand noch immer.

Ich wollte auf sie zustürzen, mich durch die Hindernisse kämpfen, als mein Blick auf Arcor fiel. Er stand zwischen den Hexern und meinen Freunden. Gleich hinter ihm sieben andere Menschen, eingehüllt in dunkelblaue Kutten.

Von Arcors Mundwinkeln tropfte Blut. Er hielt sich nur mühsam auf den Beinen.

Mein Blick glitt zu … Karda.

»Wie konntet ihr nur?«, wandte sie sich mit finsterer Miene an Orga und Aga. »Ihr habt einen Eid geleistet. Eure Unsterblichkeit steht für den Schutz aller Menschen und nun kehrt ihr dem Licht den Rücken zu?«

»Ich bin enttäuscht von euch«, fügte Jupiter hinzu.

Aus irgendeinem Grund kannte ich all ihre Namen.

Mit Belustigung in den Augen starrte Orga seinen ehemaligen Kameraden entgegen, kicherte, dann wich die Regung aus seinem Blick.

»Heuchler«, beschimpfte er sie. »Ihre alle seid nichts weiter als dreckige Insekten. Glaubt ihr wirklich, uns würde eure Meinung interessieren?«

»Ihr habt gegen die Regeln verstoßen«, sagte Arcor. »Hiermit werdet ihr aus unseren Reihen verbannt.«

»Du kannst uns nicht rauswerfen!«, erwiderte Aga großspurig und umfasste das Medaillon, das er um seinen Hals trug. Er nahm es ab und schleuderte es Arcor vor die Füße. »Orga ist nun das Oberhaupt.«

»Nur über meine Leiche!«

»Das wird nicht mehr allzu lange dauern.« Orga lachte höhnisch.

Plötzlich tauchte hinter einem Stück Mauer, das noch nicht eingestürzt war, ein Paar auf.

»Du!«, rief Arcor und bebte sichtlich vor Wut.

»Ach ja«, kicherte Orga gehässig. Gespielt unschuldig trat er einen Schritt näher heran, zeigte auf die Neuankömmlinge. »Du erinnerst dich an meine kleine Freundin, *Hauptmann*?«

Die Frau stand mit einem Sprung vor dem Magier. Bösartig leckte sie sich über die spitzen schwarzen Zähne.

»Du lebst noch, Hexer? Ich habe wohl nicht fest genug zugebissen.«

Kardas' hasserfüllter Schrei rollte über uns hinweg, als ihre Magie die Fremde in den Dreck beförderte. Wutentbrannt stürzte sie sich auf sie und verpasste ihr einen rechten Haken. Ihr Zauber glühte vor Zorn.

»Du elende Schlampe!«

»Niedlich, nicht?«, grölte Orga, der mit lüsterner Miene den Kämpferinnen zusah. »Hätte ich gewusst, welches Kätzchen in ihr schlummert, hätte ich sie bei Nacht besucht.«

»Untersteh dich, Mistkerl!«

»Hört auf!«, befahl nun ein blonder, junger Hexer. »Wir sind hier, um das Gleichgewicht der Welten wiederherzustellen.«

Ich erkannte ihn an den Grübchen, den stählernen, ausdrucksstarken Augen. Er war Taxus, Thelions Sohn.

»Auf euch wird ein Verfahren zukommen, das über euer künftiges Schicksal entscheidet.«

»Und ihr glaubt, wir lassen uns einfach abführen?«, spuckte Aga, dessen Hand in das Wasserversteck glitt. Skylars Blick glitt zu den Fingern ihres Peinigers, die das Kinn des Mädchens fest packten.

»Wie du siehst, behalten wir die Oberhand. Was wollt ihr also tun? Kämpfen?«

Sein Lachen verstärkte sich, als Arcor keuchend auf die Knie stürzte. Er spuckte Blut, das ihm aus Mund und Nase kam.

Ich musste ihm helfen, sofort! Doch Talisha hielt mich mit eisernem Griff zurück.

»Sag mir eines, Orga. Warum?« Radia klang gebrochen, zutiefst verletzt.

»Ist das nicht offensichtlich, Radia? Es geht um die Wiederauferstehung der bösen, hoch gefürchteten Königin der Unterwelt.«

»Für was?«, schrie Koen. »Was soll dir das bringen? Lilith verachtet Hexer.«

»Oh, glaubst du, ich möchte ihr huldigen? Nein, mich interessiert ihr heißer Arsch nicht, der auf irgendeinem Thron sitzen soll. Mich erregt die Macht, die durch ihre Venen fließt. Das Böse in ihren Knochen. Ich will ihre Kraft.«

Aga zuckte zusammen, als hörte er davon zum ersten Mal.

»Wovon sprichst du, mein Freund? Das waren nicht unser Plan!«

»Deiner vielleicht nicht, Dummkopf!«

Aga brauchte einen Augenblick, bis er kapierte, dass er hintergangen worden war.

Der alte Mann sank auf die Knie und starrte auf seine faltigen Hände.

»Ich bring dich um!«, schrie Karda, während sie sich erneut auf die Frau stürzte. Beide krachten zu Boden. Im selben Moment verlor die Hexe die Oberhand. Die Dämonin umfasste ihren Hals und drückte zu.

»Nein!«

Da erklang ein lautes Jaulen. Die Gestaltwandler hetzten in großen Sprüngen über die Steinhaufen. Dean sprang durch das nasse Gefängnis meiner Schwester und schlug seine gewaltigen Zähne in Orgas Arm. Dieser stieß einen gellenden Schrei aus und rollte mit dem Löwen zur Seite.

Im selben Augenblick zerplatzte Skylars Gefängnis. Das Wasser ergoss sich in alle Richtungen und verschwand zwischen den Steinen.

Meine Schwester lag am Boden und schnappte nach Luft.

Endlich schaffte ich es, mich von Talisha loszureißen und eilte zu Skylar. Koen erreichte sie vor mir.

»Geht es dir gut?«, fragte ich panisch, als der Hüter sie in seine Arme zog.

Mühsam brachte sie ein Lächeln zustande.

»Ist schon gut. Mir ging's schon schlimmer.«

Koen erhob sich mit ihr und küsste sie auf die Stirn. Sie zitterte vor Nässe und Schwäche.

Dennoch strahlten ihre Augen eine Härte aus, die mich faszinierte.

»Angel! Vorsichtig!«, brüllte Cole auf einmal.

Noch während ich mich umdrehte, sah ich, wie Orga auf mich zuraste. Mit einem grässlichen Funkeln in den Augen, sein rechter Arm hing leblos an ihm herunter, packte er mich. Es dauerte nicht lange, bis sich das Prickeln durch meinen Körper schlich und sich auf den Hexer übertrug.

Cole erreichte uns. Orga schlug ihm die gesunde Linke ins Gesicht. Mein Hüter taumelte, fing sich allerdings recht schnell. Das Grün seiner Augen wurde dunkel, als er sich auf den Hexer warf.

Der Schreck lähmte mich. Monster krochen aus ihren Verstecken, eilten ihren Meistern zu Hilfe. Sie stürzten sich auf meine Freunde, bekriegten die Hexer, die verzweifelt versuchten, Arcor zu schützen. Dieser wankte, fiel zu Boden und rührte sich nicht mehr.

Deans Löwengestalt erschien neben mir und stürzte sich in den Kampf.

Alles schien in Zeitlupe abzulaufen. Ich krallte meine Fingernägel in die Handflächen und flehte nach einem Ende dieser sinnlosen Schlacht.

»Hört auf«, flüsterte ich zitternd. Doch niemand achtete auf mich. Da verfärbte sich der Himmel, er wurde dunkel und begann leise zu weinen. Vergebens. Mein Zittern wurde immer stärker und mit ihm meine Wut, die sich tief im Inneren gebildet hatte. Ich holte tief Luft.

»Hört sofort auf damit!«, schrie ich.

Es donnerte und als ein Blitz einen der Bäume durchschlug, verstummte das Kampfgetümmel. Selbst Orga stockte. Cole nutze diese Gelegenheit, warf sich auf den Mann und bohrte ihm seinen Dolch in die Brust.

Orga schrie vor Schmerz und Zorn.

»Aga! Halte es auf!«, kreischte er panisch, doch dieser rührte sich nicht. Die Fläschchen waren aus seiner Kutte gerutscht und wurden nun durch eine heftige Windböe durch die Luft geschleudert. Sie flogen in Talishas Richtung.

»Fang sie!«, rief ich ihr zu.

»Nein!«, schrie Gerrit. »Lass sie zerbrechen!«

Talisha schnappte im letzten Moment die Gefäße. Ihre Augen verdunkelten sich.

Orgas grässliches Lachen durchschnitt die plötzliche Stille.

»Ich wusste es!«, gackerte er wie ein Schulmädchen. »Ihr Möchtegernhelden! Dumm seid ihr, komplett durchgeknallt! Sieh sie dir an, kleine Angel. Schau genau hin!«

Er zuckte, als Cole den Druck des Dolches verstärkte und ihm gleichzeitig ein Messer in die Schulter rammte.

Gerrit ignorierte den Schmerz, schaute unverwandt zu Talisha.

Nun verstand ich, was der Hexer mir hatte sagen wollen. Wir alle waren vollkommen ahnungslos. Niemand, nicht einmal Aaron, der sich so gut mit Talisha verstand, ahnte, dass sie königliches Blut in sich trug. Doch sie ... sie wusste es.

»Zerbrich es!«, forderte unser Anführer. »Dieses Blut kann viel zu viel Schaden anrichten. Lass es uns gemeinsam vernichten.«

Talisha drückte mit einem traurigen Lächeln die Ampullen an sich. Doch dann ließ sie die Fläschchen fallen.

Der Hexer brüllte, streckte die Hand nach dem Blut aus, das er nicht erreichen konnte.

Das Glas zerbrach, hinterließ eine rote Pfütze. Das Blut von Skylar und mir vermischte sich.

Talisha zog einen kleinen Dolch aus ihrem Tattoo. Eine Gabe, die sie mir bereits im Anwesen präsentiert hatte. Sie richtete die Spitze auf ihren Unterarm, setzte einen kleinen Schnitt und hielt die Hand nach unten.

Wir sahen zu, wie ein Tropfen Blut zur Spitze ihres Zeigefingers wanderte.

Aaron blickte ungläubig zu seiner Freundin.

»Nein ... Tal ... Du bist es nicht. Oder?«

»Talisha ...« Gerrits Stimme war nur noch ein Hauch.

Genau diese erhob ihren Blick, streifte die unsere. Kälte zierte ihr Gesicht und obwohl sie versuchte, so unnahbar wie möglich zu erscheinen, erkannte ich tiefe Trauer in ihrem schwachen Lächeln.

Der Blutstropfen wurde größer, füllte sich mit der roten Flüssigkeit, bis er sich schließlich von dem Fingernagel löste. Direkt in das dunkle Meer fiel. Kaum berührten sich das verschiedene Blut, verdüsterte sich der Himmel ein weiteres Mal, färbte sich komplett schwarz.

Aaron rannte auf Talisha zu, doch der Untergrund spaltete sich, brach.

Cole packte mich und riss mich zurück. Schutt fiel in den Abgrund, nahm die Wesen mit sich.

Ein Knall ließ mich zusammenzucken. Lauter, als alles, was ich jemals gehört hatte. Mein Gehör streikte. Doch das grausame Lachen, das die gesamte Unterwelt durchdrang, entging mir nicht.

Lilith!

Aga fiel vor dem Abgrund auf die Knie und legte seine Stirn auf das Gestein.

»Herrin! Oh, wie sehr ich mich nach Eurer Rückkehr gesehnt habe! Mein Name ist Aga und ich stehe Euch voll und ganz zur Verfügung! Ich werde Euch helfen, diese Welt wieder für Euch einzunehmen.«

Als es erneut zu beben begann, krallte ich mich an Cole.

Schlangenartige Tentakel krochen an der Kante des Abgrunds entlang auf den Hexer zu. Dieser breitete seine Arme aus, in der Erwartung, zu seiner Königin zu gelangen. Die Tentakel schlangen sich um ihn, durchstießen seinen Körper, ein Gurgeln kam aus seinem Mund, als sie offenbar sein Herz durchbohrten. Blitzschnell zogen sie seinen Körper hinunter in die Hölle.

Aaron, der mit einem mächtigen Satz über den Abgrund gesprungen war, stand nun neben Talisha.

Sie hielt eine Perle in der Hand, die sie zu Boden warf. Rauch stieg auf und verwandelte sich zu einem Portal.

»Wag es nicht!«, rief Scarlett. »Ich warne dich!«

»Tu es nicht.« Aaron sah sie todtraurig an.

Sie erwiderten seinen Blick, lächelte leicht und betrat das Portal. Ehe es Gerrit erreichen konnte, schloss es sich.

»Arcor!«, riss mich Kardas Schrei aus meiner Erstarrung und ließ mich herumwirbeln.

Im selben Moment warf sich die verletzte Karda vor die Füße ihres Liebsten, legte die zittrigen Fingerspitzen auf dessen Hals.

»Oh Gott«, wimmerte sie schluchzend. »E-ein Hauch von Leben! Helft ihm. Gott, bitte. Helft ihm!«

Ich wollte zu ihm, doch Cole schüttelte bestimmt den Kopf. Doch ich entriss mich ihm. Sie hatte uns bereits angefleht, ihrem Liebsten zu helfen, als sie uns in die Hölle befördert hatte. Ich würde sie nicht im Stich lassen, ihm und jedem anderen auf diesem Schlachtfeld das Leben retten.

So schnell mich meine Beine trugen, rannte ich zu Arcor und kniete mich neben ihn.

»Hilf ihm«, flehte Karda unter Tränen. »Ich bitte dich.«

Sanft und mit dem Willen, ihm das Leben zu schenken, positionierte ich meine Handflächen auf seiner Brust. Der Herzschlag war kaum zu vernehmen, so schwach war er.

Erneut jagte diese ungewöhnliche Kraft durch meinen Körper. Jede Faser meines Leibes begann zu prickeln. Die Energie glitt durch meine Fingerspitzen in den ohnmächtigen Hexer. Feine Linien – sie glichen Adern – bildeten sich auf seiner Haut und wanderten in die Bisswunde an seiner Schulter.

Die Blässe in seinem Gesicht verabschiedete sich, die Augenringe verschwanden. Und die dunkle Verfärbung des Bisses verschwand, bis die Haut wieder glatt und rosig war.

Das Herz hinter dem starken Brustkorb schlug schneller und der Blutkreislauf normalisierte sich. Arcors Lider blieben geschlossen, doch ich wusste, dass er nicht mehr in Gefahr schwebte. Es war vorüber.

»Danke«, hauchte die Hexe und küsste immer wieder Arcors Hand. »Vielen, vielen Dank!«

Bevor ich etwas erwidern konnte, drehte sich alles in meinem Kopf und ich sackte zu Boden. Ich blickte auf meinen brennenden Arm, verfolgte die feinen Linien, die sich weiter ausbreiteten und verbanden. Dann schwanden meine Sinne. Mit einem zufriedenen Lächeln gab ich mich der Dunkelheit hin.

Kapitel 32

Coles Sicht – Schlachtfeld

Ich hob Angel auf, drückte sie behutsam an meine Brust und legte sie an einer freien Stelle ab. Mein Mädchen brauchte nun Ruhe, konnte dieses Drama dort drüben nun wirklich nicht gebrauchen. So vorsichtig ich konnte, setzte ich Angel auf einer freien Stelle ab. Ich zog meine Jacke aus, rollte sie zusammen und legte sie unter ihren Kopf.

Dean, noch immer in der Gestalt eines Löwen, verfolgte jede meiner Bewegungen, wobei er leise knurrte. Ich ignorierte ihn. Obwohl ich ihn nicht leiden konnte, ließ ich zu, dass er sich dicht neben sie legte und sie wärmte.

Automatisch kuschelte Angel sich an ihn.

Heute würde ich die innige Nähe der beiden akzeptieren.

Anschließend wandte ich mich dem Ort der Tragödie zu. Deans Rudel durchsuchte jeden Winkel. Mit ihren ausgeprägten Nasen versuchten sie, die Fährte des verschwundenen Hexers aufzunehmen.

Ja, Orga hatte seine Chance wahrgenommen und war im letzten Moment in das Portal gestolpert. Weit sollte er allerdings nicht kommen. Die Spitze meines Messers war vergiftet gewesen. Orga würde sein Leben verlieren, sollte er keine Heilerin finden, die tatsächlich in der Lage war, seinen verfluchten Körper zu heilen. Ich glaubte nicht daran, dass er überleben würde. Dennoch ließen wir sein Verschwinden nicht einfach so stehen. Zusammen mit dem Rudel würden wir einen Trupp bilden, der in der Lage sein sollte, den Leichnam des Hexers ausfindig zu machen.

Sollte er nicht überleben, was ich für ihn hoffte. Andersfalls würde ich nach ihm suchen. Das, was er meinem Mädchen ... Skylar angetan hatte, dafür gab es keine Gnade.

Koen sah es genauso. Trachtete bereits nach seinem Leben.

Doch der bösartige Hexer nahm nicht die Spitze der Prioritätenliste ein. Talisha, offensichtlich Schwester Nummer drei, war nun das Wichtigste. Wie hatte sie uns so belügen können? Ihre Identität glich einem Buchcharakter – erfunden.

Sie, mit der wir seit Jahren zusammenlebten, hatte uns verraten. Uns, ihre Familie.

Es wollte nicht in meinen Kopf. Immer wieder dachte ich darüber nach, suchte nach Hinweisen, die uns auf die richtige Spur hätten führen können. Hatte sie schon immer auf der Seite ihrer Mutter gestanden oder war etwas passiert, das ihre Meinung geändert hat.

Ich schüttelte den Kopf und drängte diese Problematik erst einmal in den Hintergrund. Stattdessen gesellte ich mich zu meinen Brüdern. Sie durchsuchten den Schutt und sahen sich nach Informationen um. Irgendetwas, mit dem wir etwas anfangen konnten.

Während ich noch einmal hinüber zu dem schlafenden Engel blickte, bückte ich mich, um den anderen zur Hand zu gehen. Wir warfen Gesteinsbrocken umher, wischten Staub beiseite, kramten in Schränken und Truhen, die nicht vollkommen zerstört waren.

»Wie lange wollt ihr das noch machen?«, rief Scarlett, die sich seit Talishas Verschwinden nicht von der Stelle bewegt hatte. Stattdessen starrte sie auf den Abgrund, in dem Aga verschwunden war. Ein weiteres Problem, welches wir bis jetzt erfolgreich ignoriert hatten.

Als niemand etwas erwiderte, fuhr sie sich hektisch durch die Haare. Skylar ging zu ihr und wollte den Arm um sie legen.

Doch Scarlett schob sie grob beiseite und wandte sich Gerrit zu.

»Gerrit, ich bitte dich! Das kann dir doch nicht egal sein. Sie ist unsere Freundin!«

»Das hat sie auch nicht davon abgehalten, uns anzulügen«, erwiderte er kühl, hielt aber den Blick zu Boden gerichtet. Dabei hielt er den Blick stets auf den Schutt gerichtet. Seine Geliebte, die das nicht akzeptieren wollte, steuerte auf den Sex-Dämon zu, um ihn schließlich zu packen. Mit feuchten Augen starrte sie ihn an, als suchte sie bei ihm Hilfe, die andere ihr verwehrten.

»Hör sofort auf damit, Gerrit. Tu nicht so, als würde es dich nicht interessieren! Talisha gehört zur Familie und wird für ihr Verhalten sicherlich auch ihre Gründe gehabt haben.«

Wütend straffte er seine Schultern.

»Wie kannst du sie nach all dem noch so nennen? Talisha, wenn das überhaupt ihr richtiger Name ist, hat uns von hinten bis vorn verarscht! Sie wusste von Anfang an, dass sie eine der Schwester ist. Fuck, ich will davon nichts mehr hören. Kapierst du nicht, wie hinterhältig sie sich benommen hat und was für einen fatalen Fehler sie begangen hat?«

Er wollte sich abwenden, doch Scarlett zwang ihn, sie anzuschauen.

»Verfickt noch mal, hör auf, den Schwanz einzuziehen! Tal wird ihre Gründe haben, das garantiere ich dir. Sie ist keine Verräterin.«

»Ach, was soll sie dann sein?«, schrie er sie an. »Was, hm? Sag es mir, Scarlett. Was ist sie denn sonst? Dieses miese Miststück hat unser Vertrauen missbraucht, weil sie an das Blut ihrer Geschwister wollte. Wieso will das nicht in deinen Kopf?«

Scarlett zitterte. »Weil es eine Lüge ist.«

»Hört auf, das bringt doch nichts«, sagte ich und schob mich zwischen die beiden. »Es hilft keinem von uns, wenn wir uns streiten. Wir brauchen einander und sollten zusammenhalten. Wir dürfen jetzt nicht unseren Verstand verlieren.«

Scarlett schwieg, doch ich sah ihr an, dass für sie diese Diskussion noch lange nicht beendet war.

Da trat Ames die Reste eines Stuhles zur Seite, um etwas aufzuheben. Als er sich wieder aufrichtete, hatte er ein Buch in der Hand und schlug es auf. Ein Stück Pergament kam zum Vorschein.

»Leute, schaut euch das an.«

Aaron schnappte sich das Pergamentstück.

Wir gingen zu ihm, und er studierte die verschnörkelte Schrift.

Kurz darauf schnaufte er vernehmlich. »Das ist eine Prophezeiung, Boss!«

Überrascht blickte ich auf das Schriftstück.

Unter Prophezeiungen verstand man eine Vorhersage der Götter. In früheren Zeiten hatten die Menschen fest an so etwas geglaubt. Oftmals waren diese sogenannten Vorhersagen für Kriege verantwortlich gewesen. Missverstanden von irgendwelchen Priestern. Dennoch enthielten diese Weissagungen oft die Wahrheit. Man musste sie nur richtig interpretieren.

Gerrit befahl ihm, die Prophezeiung vorzulesen.

Vom Himmel verbannt, der Hölle entsprungen.
Der Liebe beraubt, zum Hassen gelehrt.
Unter dem blutroten Himmel geboren, jagt der Auserwählte Federn.
Schwestern werden fallen, Beschützer begraben.
Ein Mann wird die Kontrolle übernehmen und das Böse stürzen.
Das Licht wird erlischen, der Dunkelheit die Hand reichen.
Darunter ein Baby, entstanden aus Liebe und Kraft.
Die Hand zu den Wolken gestreckt, wird es sein Erbe erwecken.
Zerstörung steht der Welt bevor.
Mit Liebe getötet oder mit Hass überlebt.

»Was, zum Fick, soll das sein?«, murrte Koen genervt. »Das sind doch bloß Worte, die unsinnig zusammengesetzt wurden.«

»Für mich ergibt das auch keinen Sinn«, sagte Cherry und wiederholte die Weissagung leise.

Gerrit steckte den Zettel in seine Jackentasche.

»Vergessen wir es einfach. Womöglich ist es ein Ablenkungsversuch.«

»Oder die dumme Vorstellung der Hexer«, fügte Skylar hinzu.

Arcor, der sich vollkommen erholt hatte, trat in unsere Mitte.

»Ihr solltet Prophezeiungen nicht leichtsinnig betrachten. Hinter ihnen steckt Sinn, wenn dieser auch versteckt scheint. Diese Worte sind wichtig für den Verlauf der Geschichte.«

Ja, früher waren Vorhersagungen tatsächlich auf eine gewisse Art und Weise eingetroffen. Doch diese Worte ergaben keinen Sinn.

Welcher Mann würde die Kontrolle übernehmen? Und über welches Kind sprachen sie? Ging es überhaupt um eines oder war dies metaphorisch zu betrachten?

Ich hasste Prophezeiungen.

»Cole, sie wacht auf«, flüsterte Cherry, die mir sanft gegen die Seite stieß.

Besorgt wandte ich mich an den Löwen, der mit seiner Zunge über die Hand meines Mädchens leckte. Ihre Lider flackerten. Sie öffnete sie und gähnte herzhaft.

Ich wandte mich an unseren Boss. »Gerrit, wir sollten von hier verschwinden.«

Dieser nickte und rieb sich die Schläfe. Er wirkte müde und erschöpft. Schlaf würde uns allen sicherlich guttun.

»Ja, lasst uns erst einmal nach Hause gehen.«

Nichtsdestotrotz konnte ich nur an eine Sache denken. Liliths Erwachen.

* * *

»Entspann dich, Angel. He, hör mir doch mal zu!«

Stöhnend folgte ich meiner Schönheit durch das Anwesen. Sie wollte die Wahrheit nicht an sich heranlassen, behauptete steif und fest, dass Talisha sich in ihrem Zimmer aufhalten würde.

»Ich werde es dir beweisen!«, rief sie und eilte davon.

Ich holte sie ein und zog sie dicht an meine Brust heran. Das Mädchen atmete heftig.

»Tu dir das nicht an, Angel. Sie ist fort. Du wirst dort nichts als Leere vorfinden.«

»Aber das ... das ist nicht möglich.«

Obwohl sie Talisha kaum kannte, hatte es diese während der kurzen Zeit geschafft, ihr Herz für sich zu gewinnen. Sie mochte Talisha und wollte nicht miterleben, wie sie in Schwierigkeiten geriet. Deswegen, so vermutete ich, wollte sie die Wahrheit nicht akzeptieren.

Zärtlich hauchte ich ihr einen Kuss auf die Nase.

Sie seufzte und schlang ihre Arme um mich.

»Ich will das nicht«, sagte sie leise. »Lass das bitte ein Albtraum sein.«

»Das wäre das Beste, Süße, aber ... nicht wahr. Bitte schau nicht so. Ich verspreche dir, dass wir sie finden werden. Zusammen beweisen wir, dass sie uns nicht ohne Grund verraten hat. Abgemacht? Wir bekommen das hin.«

Das war das Einzige, was ich ihr anbieten konnte, auch wenn Talisha in den Augen aller, auch in meinen, schuldig war.

Aaron traf es am schlimmsten. Er liebte Talisha und nun verstanden wir auch warum. Die Anziehungskraft, die eine Schwester auf einen Hüter ausübte, hatte sich vom ersten Moment an auf den Dämon übertragen.

Ein Anzeichen, das wir einfach ignoriert, es für einen Zufall gehalten haben.

Ruckartig löste sich Angel von mir und starrte auf die geschlossene Tür, vor der wir standen. Dahinter lag Talishas Zimmer. Ein Ort, der eigentlich verlassen sein sollte. Doch jemand wühlte darin herum.

Noch bevor ich sie aufhalten konnte, stürmte Angel in den Raum. Dort machte sich Dean an den Dingen zu schaffen, die ihn überhaupt nichts angingen.

»Was zum Teufel tust du da?«, fragte sie schrill.

»Nach was sieht es denn aus?«, blaffte er zurück. »Ich suche nach Hinweisen. Irgendwas, was diese Schlampe hinterlassen hat.«

»Dean!«

»Was? Willst du es leugnen, Süße? Sie ist eine hinterhältige Schlange. Wer weiß, vielleicht hat sie mit diesen Hexern sogar zusammengearbeitet.«

»So ein Blödsinn!«

»Aha, und was ist das?«

Dean zog ein Pergamentstück unter der Matratze hervor, das dem vom Schlachtfeld ähnelte.

Kein wahrhaftiges Indiz, dass sie tatsächlich kooperiert hatten. Dennoch sehr mysteriös.

»Ist es dieselbe Prophezeiung?«, fragte ich, obwohl ich die Antwort nicht hören wollte. Zu meiner Überraschung schüttelte der Gestaltwandler seinen Kopf. Er wirkte verwirrt, augenscheinlich irritiert. Er reichte mir das Papier.

Umschlungen von Tod und Verderben.
Kein Zuhause und die Macht, Leben zu zerstören.
Im Besitz von unsterblichem Blut, in der Lage, die Mutter zu töten.

Verrat bedeutet vergossene Tränen.
Das Schicksal der Welt in den Händen einer Mörderin.
Vom Himmel geprägt und von der Hölle verstoßen.
Licht besiegt das Dunkel, doch fordert seinen Tribut.
Ein Opfer für das Leben der Welt.
Das erste, geliebte Kind.

»Hält sich Talisha für das Opfer?«, fragte Angel erschrocken.

Dean zuckte mit den Schultern.

»Wenn du mich fragst«, sagte er, »hat sich da jemand einen schlechten Scherz erlaubt. Prophezeiungen klingen doch viel mysteriöser und reimen sich meist. Dieser Schwachsinn gehört in den Müll.« Er wollte danach greifen.

Angel stellte sich vor mich.

»Was, wenn sie sich tatsächlich für den Träger hält, Cole? Wenn sie glaubt, Lilith selbst besiegen zu können? Erinnerst du dich, was Gerrit in der Hölle gesagt hat? Dies sei der letzte Ausweg. Eine Idee, deren Ausführung er nur im schlimmsten Fall hätte erwähnen wollen.«

»Du glaubst, sie hält dieses Stück Papier für ihr eigenes Schicksal?«

Sie trat ohne zu antworten ans Fenster.

Ich ging zu ihr. Der Himmel in der Menschenwelt strahlte hell. Keine Wolke bedeckte die wundervolle Decke. Ich prägte mir diesen friedlichen Anblick ein. So einen Anblick würden wir bald nicht mehr genießen können.

Die Welt stand vor einem Wendepunkt. Ich spürte es deutlich. Und der einzige Weg, das Übel zu verhindern, versteckte sich in zwei geheimnisvollen Prophezeiungen.

Ich wandte mich an Angel.

»Wir müssen den Rat einberufen. Jeden von ihnen. Hexer, Wölfe … Dämonen. Wir brauchen Hilfe.«

Sie nahm meine Hand.

»Wir werden sterben, oder?«, flüsterte sie.

Ich nahm ihr Gesicht in meine Hände und küsste sie, wie ich es noch nie zuvor getan hatte. Meine Zunge umschloss die ihre, tanzte mit ihr im Licht der Sonne, bis meine Liebe sich auf sie übertrug, ihr Herz in die Höhe schnellen ließ.

Erst dann löste ich mich von ihr, lehnte meine Stirn gegen die ihre.

»Solange ich an deiner Seite bin, Angel, wird dir nichts geschehen. Ich werde dich beschützen, dein Geliebter, Freund und Helfer sein. Alles werde ich dir schenken, dir jeden Wunsch erfüllen.«

Sie schniefte. »Dann versprich mir eines. Verlass mich nicht.«

»Niemals, Angel. Niemals.«

Epilog

Eine Woche war bereits vergangen, seit Talisha unser Blut zusammengeführt und Lilith erweckt hatte. Seitdem war so gut wie nichts geschehen. Tatsächlich hatten wir mit mehr gerechnet. Mit Tod, Leid und Verderben, Dämonen, die den Verstand verloren, Ghule, die sich in die Menschenwelt schlichen.

Doch von all dem war nichts passiert. Zum Glück.

Allerdings jagte mir diese Ruhe fürchterliche Angst ein.

Nachdem wir Gerrit die Prophezeiung gezeigt hatten, wollte er von der Verschwörung, den Gedanken, die Cole und ich gehegt hatten, nichts hören. Stattdessen rief er – auf unsere Bitte hin – den Rat um Hilfe. Zwei Tage dauerte die Zusammenkunft nun schon, die allerdings nicht hier im Anwesen stattfand. Keiner von uns hatte ihn begleiten dürfen. Nicht einmal Scarlett.

Seitdem lag die Beziehung der beiden auf Eis. Während sie im gemeinsamen Schlafzimmer schlief, verbrachte Gerrit die Nächte in seinem Büro. Wir anderen konnten nicht helfen. Egal was wir versuchten, sie wollten einfach nicht miteinander reden. Die Hexe war zu erbost, der Dämon zu stolz.

Mit Talishas Verschwinden zerbrach ein Teil unserer Familie. Wir zersplitterten.

Ich konnte die Leere, die Talisha in dem Anwesen hinterlassen hatte, nicht mehr ertragen.

Deshalb standen wir nun vor dem Haus meiner Eltern, das Scarlett wiederaufgebaut hatte.

»Fürchtest du dich?«, erkundigte sich Cole, der zur Unterstützung mitgekommen war.

Ich erwiderte seinen fragenden Blick mit einem schwachen Lächeln. Ich wusste nicht, wie ich ihm meine Angst verdeutlichen sollte und kuschelte mich wortlos an ihn. Es war nicht ihre

Reaktion, die mich ängstigte. Nein, die beiden würden ausrasten! Es war ... nur ein dummes Gefühl, das mich zurückhielt, und ich wusste nicht einmal, warum.

»Mach dir keine Sorgen.« Coles Lächeln erhellte meine Seele. »Es wird alles gut gehen.«

»Natürlich wird es das«, sagte Dean, der lässig aus dem Kofferraum des schwarzen Wagens stieg. »Es wird großartig.«

Ich verdrehte die Augen.

»Du hast dich in den Kofferraum geschmuggelt?«, stellte Cole trocken fest und starrte den Gestaltwandler an, als sei er verrückt geworden.

»Natürlich«, sagte dieser überheblich. »Andernfalls hättet ihr mich niemals mitgenommen.«

»Das hat seine Gründe!«

»Beruhig dich, Dämon, ich bin hier, um mit Angel zu sprechen.« Er wandte sich an mich. »Du gehst mir seit geraumer Zeit aus dem Weg. Womöglich ist dies nicht der richtige Ort, doch ich möchte es endlich hinter mich bringen. Bitte, Angel. Hör mich an.«

Tatsächlich war ich ihm seit dem Kuss mit Cole aus dem Weg gegangen. Womöglich fühlte er sich von mir verraten. Auf eine Art und Weise hintergangen, die ich nicht wiedergutmachen konnte.

Doch es gab Wichtigeres als Dean, um das ich mich kümmern musste.

»Das ist wahrlich nicht der richtige Moment«, sagte Cole.

Ich nickte Dean zu, drückte Coles Hand und löste mich von ihm. Wir gingen ein paar Schritte, so weit, dass Cole uns zwar sehen, aber nicht hören konnte. Das hoffte ich zumindest.

»Es tut mir leid«, platzte es aus Dean heraus, als trüge er diese Last seit Jahren mit sich herum.

»Nicht ... du musst nicht ...«

»Doch, diese Entschuldigung ist schon längst überfällig. Ich hasse mich dafür, dich verloren zu haben. Natürlich bin ich darüber verärgert und Cole wird sicherlich deswegen auch nicht mein bester Freund, aber ... ich verstehe wieso. Du bist ein starkes, wundervolles Mädchen. Mit dir zusammen aufgewachsen zu sein, dich an Größe gewinnen zu sehen, bedeutet mir mehr als alles andere.«

»Dean … was soll das?«

Er bat mich, ihn ausreden zu lassen. Gleichzeitig nahm er meine Hände in seine, sanft und vorsichtig. Es war keine intime Geste, dennoch spürte ich seine Gefühle für mich. Emotionen, die gewachsen waren, während meine abgenommen hatten.

»Mir ist erst vor Kurzem klar geworden, dass Cole recht hatte. Du hast mich nie wirklich gebraucht, Angel. Du warst schon immer eine eigenständige Person. Den Rollstuhl hast du mit einem Fingerschnipsen gemeistert. Nicht er, sondern ich stand dir im Weg. Ständig habe ich auf dich eingeredet, dir deine Träume ausgetrieben und dabei nicht bemerkt, was ich dir wirklich antue. Du wärst eine wundervolle Lehrerin geworden.«

Ich war sprachlos. Dean war stets lieb und nett zu mir gewesen, doch dieses Lob freute mich mehr als jedes Kompliment. Dennoch wusste ich nicht, was er damit bezwecken wollte. Meine Gefühle für ihn gab es nicht mehr. Mein Herz lebte bloß in der Nähe meines Hüters. Ich konnte diese Beziehung mit ihm nicht wieder aufnehmen. Das ging einfach nicht!

»Ich liebe dich, Angel. Mehr als alles andere auf dieser Welt, aber ich habe endlich verstanden, dass ich dich gehen lassen muss. Glaub mir, sollte dieser Penner dich schlecht behandeln, werde ich der Erste sein, der ihm den Arsch aufreißt.«

»Dean!« Gespielt empört sah ich ihn an, konnte das Kichern allerdings nicht unterdrücken.

»Ich weiß … du liebst mich nicht mehr. Es schmerzt und ich wünschte, es wäre anders, doch ich war dein bester Freund. Ich möchte diesen Platz gerne wieder einnehmen, dich an meiner Seite wissen. Wenn auch nur freundschaftlich.«

Bei diesen Worten ging mir das Herz auf. Ich konnte nicht anders, als meine Arme um seinen Hals zu schlingen. Fest, als könnte er jede Sekunde verschwinden, schmiegte ich mich an ihn.

»Danke«, hauchte ich. »Das bedeutet mir so viel!«

»Ich habe dich vermisst, Angel«, flüsterte Dean zurück.

In diesem Moment öffnete jemand die Haustür. Cole, dessen Finger auf der Klingel lag, grinste überheblich. Eigentlich hätte ich beleidigt sein sollen, doch darüber konnte ich einfach nur lachen. Anders als Dean, der meinen Freund einen bösen Blick zuwarf.

Etwas, das vollkommen seine Bedeutung verlor, als der erschrockene Schrei meiner Mutter erklang.

»Gott, Cole! Du hast mich erschreckt!«, lachte Mama, als sie dem Dämon sachte gegen die Schultern schlug. Offensichtlich hatte er gerade klingeln wollen, als sie automatisch die Tür geöffnet hatte. Sie hatte einen Müllsack in der Hand.

»Hast du sie mitgebracht?«, fragte sie. »Wo ist mein Mädchen?«

Ich holte tief Luft, bevor ich mich von Dean löste und zum Gartentor ging. Meine Knie schlotterten und das Herz schlug mir bis zum Hals. Ich sehnte mich nach der Umarmung meiner Mutter, die ich so vermisst hatte.

»Hallo, Mama.«

Ihr Blick schnellte zu mir. Sie ließ den Sack fallen, ein zweiter Schrei erklang, voller Schock und Unglaube. Weinend sank meine Mutter auf die Knie, bedeckte Mund und Nase mit den Händen. Sie zitterte am ganzen Körper.

Rasch ging ich zu ihr und umarmte sie. »Bitte weine nicht«, flehte ich, selbst den Tränen nah. Ich strich ihr übers Haar, wie sie es bei mir früher getan hatte.

Überrascht stolperte ich zurück, als sie sich mir entgegenwarf. Wir fielen beide auf den Boden.

»Wie ist das möglich?«, keuchte sie. Sie berührte meine Beine, die unter ihren Händen zu beben begannen. »Oh, lass das bitte kein Traum sein.«

»Ist es nicht, Mama. Alles ist gut.«

Sie nahm mein Gesicht in die Hände und bedeckte es mit Küssen. Immer wieder wanderte ihr Blick ungläubig von Cole zu Dean, dann wieder zu meinen Beinen.

»Aber wie …?«, brachte sie schließlich heraus. Sie rieb sich über die Augen. »Das ist unmöglich!«

»Nicht mehr«, versicherte ich sanft. »Wollen wir hineingehen? Dort werde ich dir jede Frage beantworten.«

Sie nickte hastig und kämpfte sich auf die Beine.

»Dein Vater ist arbeiten. Denkst du, ich soll ihn anrufen, damit er nach Hause kommt.«

»Nicht nötig.« Liebe und Glück schossen wie Adrenalin durch meinen Körper. Würden all die entstandenen Emotionen leuchten, hätte man mich sicherlich mit einem Glühwürmchen verwechseln können. Wie ein Flummi folgte ich meiner Mutter ins Haus, strahlte Cole entgegen, als dieser lachend der Einladung folgte. So auch Dean, der in unserem Zuhause immer gern gesehen war.

Mamas Hände zitterten ununterbrochen. Also eilte ich ihr zu Hilfe, brachte sie dazu, sich hinzusetzen. Nun war nicht die Zeit, von meiner Familie bedient zu werden. Im Gegenteil. Jetzt würde sich erst einmal alles um sie drehen.

Bei diesem Gedanken griff ich automatisch in meine linke Hosentasche, musste den Fetzen Papier berühren, der meine Eltern für zwei Monate in den Himmel bringen würde.

Oh, unerwartetes Wortspiel.

Zwar besaß ich keinen einzigen Penny, doch ich hatte Cole um eine Sache gebeten. Flugtickets, die meine Eltern auf die Malediven bringen sollten. Es würde zwar niemals ein Ersatz für all die Arbeit und Sorge sein, die meine Eltern für mich auf sich genommen hatten, aber es war ein hübscher Anfang.

Ich ging in die Küche, um Tee aufzusetzen.

»Wann möchtest du ihr die Karten geben?«, fragte Cole, der mir gefolgt war. Zum ersten Mal wirkte er vollkommen entspannt und verteilte den mitgebrachten Kuchen auf die Teller.

»Später«, versprach ich. »Sie ist im Moment zu aufgeregt, um gleich noch ein Geschenk entgegennehmen zu können. Lassen wir ihr erst einmal etwas Zeit, sich an die neue Situation zu gewöhnen.«

Coles Brauen hoben sich, als er den Sinn dahinter entzifferte.

»Du möchtest ihr davon erzählen? Von uns? Von dir?«

Als ich nickte, zog er mich in seine Arme. Die Welt um mich herum verschwamm, als sein Seelenspiegel mich gefangen nahm. Zärtlich umfasste ich seine raue Hand.

»Wäre das in Ordnung für dich, Cole? Ich möchte nichts sagen, was dich unglücklich machen könnte.«

»Solange du bei mir bist, wird es unmöglich sein, mich nicht glücklich zu machen.«

Seine Worte betörten mich wie der Duft von frisch gebackenen Leckereien. Man konnte ihnen einfach nicht widerstehen.

Zum ersten Mal in meinem Leben fühlte ich keine Reue. Niemand tätschelte meinen Kopf oder stand hinter mir, um mich aufzufangen, falls ich stürzte. Ich würde fortan geradeausgehen, dem Neuen entgegen.

Von nun an zählte nur noch die Wahrheit.

Und bei Cole würde ich anfangen.

»Ich liebe dich, Cole.«

Mein Hüter lächelte und küsste mich zärtlich.

»Genauso sehr wie ich dich liebe, Angel.«

In meinem Inneren kribbelte es. Schmetterlinge übernahmen die Oberhand, zwangen meinen Verstand in den Hintergrund. Alles, wonach ich verlangte, waren seine prächtigen Lippen.

»Wovor fürchtest du dich noch, Angel? Ich sehe es dir an. Irgendetwas liegt dir auf der Seele.«

Seufzend kuschelte ich mich an seine Brust, genoss das Streicheln seiner Hände. Es überraschte mich nicht, dass er meine Sorge erkannte.

»Ich stelle mir immer wieder dieselbe Frage, seit ich von all dem weiß. Es ... Ich möchte nicht undankbar erscheinen – ich liebe meine Eltern! –, aber manchmal frage ich mich, wer meine richtigen Eltern waren. Lilith, bevor sie vollkommen den Verstand verlor. Mein Vater. Cole, niemand spricht über meinen Vater, wieso? War dieser Mann wirklich nicht mehr als eine Marionette?«

»Warum interessiert dich das?«

»Tut es nicht«, versuchte ich ihm klarzumachen. »Irgendwie, ach, keine Ahnung! Es schwirrt wie eine Wolke in meinem Kopf herum. Ich würde gerne etwas über ihn erfahren, ob er gut oder schlecht war. Verstehst du das, Cole?«

»Das tue ich. Und wir werden bestimmt etwas über ihn herausfinden, doch jetzt müssen wir uns erst einmal um deine Mutter kümmern. Bringen wir sie zu Fall, Angel. Vielleicht erfahren wir dann alles, wonach wir verlangen.«

Nickend schlang ich die Arme um seinen Hals, küsste ihn so liebevoll wie möglich.

Bis die Scheibe riss und die Erde zu beben begann. So sehr, dass ich förmlich aus Cole Armen rutschte.

Dean stürmte in die Küche.

»Arbeitet dein Vater noch immer in der Innenstadt?«, fragte er panisch. Ich nickte.

»Warum«, wollte Cole wissen.

»Seht selbst.« Er deutete zum Fenster, verwandelte sich und verließ das Haus.

Draußen wirbelte ein Strudel, gefüllt mit Dunkelheit und Magie, der direkt aus der Erde kam und bis zum Himmel reichte, quer durch die Stadt. Dann hörten wir sie lachen. Lilith.

»Scheint, als müssten wir die Reise deiner Eltern verschieben«, sagte Cole trocken.

»Mum!« Ich rannte ins Wohnzimmer.

Hart schlug der Regen gegen die Fenster. Vom dunklen Himmel zuckten Blitze herab.

»Komm, wir müssen dich sofort in Sicherheit bringen!«

In dem Moment, als Cole meine Mum und mich packte, starrte ich hinaus in die Finsternis. Dort, versteckt in den Schatten eines Hauses, stand Talisha.

Das Haar klebte ihr im Gesicht, die Wangen geschwollen.

Sie weinte, als der Schatten die Welt der Menschen bedeckte.

Nina Hirschlehner
The Last Desire
Verlassen

Ein verhängnisvolles Experiment reißt Cat unsanft aus ihrem gewohnten Leben. Plötzlich findet sie sich gemeinsam mit ihrem besten Freund Andy auf einem Vampirinternat wieder. Dort lernt sie schnell, wie gefährlich es sein kann, stärker zu sein als andere, und hält ihre neu erlangte Gabe deshalb geheim. Mo, ein grausamer Vampir, will ihre Kräfte unter allen Umständen an sich reißen. Wird Andy sie beschützen können?

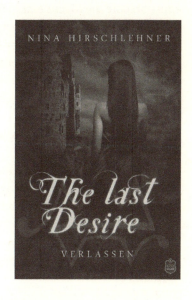

ISBN: 978-3-96173-002-5 (Taschenbuch)
ISBN: 978-3-946172-14-7 (E-Book)

Michael Schöck

SEELENSPLITTER
ERWACHEN

Einst brachte die Macht eines Dämons Krieg über den Kontinent
Materia. Seitdem verzehren sich
dunkle Kräfte danach, ihn wieder
zu befreien. Doch dafür benötigen sie den Schlüssel zu dem Gegenstand, der die Seele des Dämons bewahrt – ein uraltes Arte-
fakt.

Als drei befreundete Diebe aus
der Villa eines mächtigen Magi-
ers einen leuchtenden Edelstein
stehlen, ahnen sie nicht, welche
Konsequenzen dies haben wird.
Denn der Frieden ist brüchig geworden.

Nur der Seher Luriel ahnt, dass
Materia vor einer erneuten zerstörerischen Bedrohung steht und
versucht, die Seele des Dämons zu verstecken. Doch zu diesem
Zeitpunkt werden er und die Diebesfreunde bereits gejagt.

ISBN: 978-3-96173-012-4 (Taschenbuch)
ISBN: 978-3-946172-11-6 (E-Book)